# UNE DANSE
## AVEC
# LES DRAGONS

# GEORGE R.R. MARTIN

# UNE DANSE
# AVEC
# LES DRAGONS

*Le Trône de Fer, 15*

roman

Traduit de l'américain
par Patrick Marcel

Pygmalion

Titre original
A SONG OF ICE AND FIRE, BOOK FIVE
A DANCE WITH DRAGONS
(Troisième partie)

Sur simple demande adressée à
Pygmalion, 87 quai Panhard et Levassor, 75647 Paris Cedex 13,
vous recevrez gratuitement notre catalogue
qui vous tiendra au courant de nos dernières publications.

© 2011, George R.R. Martin.
© 2013, Pygmalion, département de Flammarion, pour l'édition en langue française.
ISBN 978-2-7564-0676-3

Ce volume est pour mes fans

pour Lodey, Trebla, Stego, Pod,
Caress, Yags, X-Ray et Mr. X,
Kate, Chataya, Mormont, Mich,
Jamie, Vanessa, Ro,
pour Stubby, Louise, Agravaine,
Wert, Malt, Jo,
Mouse, Telisiane, Blacktyre,
Bronn Stone, Coyote's Daughter
et le reste des cinglés et des folles furieuses de
la Confrérie sans Bannières

pour les sorciers de mon site web
Elio et Linda, seigneurs de Westeros,
Winter et Fabio de WIC,
et Gibbs de Dragonstone, à l'origine de tout

pour les hommes et les femmes d'Asshai en Espagne
qui nous ont chanté un ours et une gente damoiselle
et les fabuleux fans d'Italie
qui m'ont tant donné de vin

pour mes lecteurs en Finlande, Allemagne,
Brésil, Portugal, France et Pays-Bas
et tous les autres pays lointains
où vous attendiez cette danse

et pour tous les amis et les fans
qu'il me reste encore à rencontrer

Merci de votre patience

# Le Sud

♦ — Château
◇ — Château en ruine

Les Piz

Les Trois Sœurs

LES DOIGTS

Grand-Arc

VAL D'ARRYN

Cordial

Les Eyrié

La Porte Sanglante

Goëville

Route Royale

Cap des Aigles

Salvemer

Vepfurque

LE TRIDENT

Iles de Fer
Vieux Wyk

Baie du Fer-né

Vieilles-Pierres

Auberge

Ruffurque

Herpivoie

Salins

Baie des Crabes

Grand Wyk

Pyk

Harloi

Culbute

Vivesaigues

Noblecœur

La Glandée

Harrenhal

Viergétang

Presqu'île de Claquepince

Pince-Isle

Belle Ile

Falaise

Belcastel

Cendremarc

La Dent d'Or

Ile aux Faces

L'Œildieu

Sombreval

Lamarck

Le Gosier

Peyredragon

Pierremoûtier

Castral Rock

Feux-de-Joie

Port-Lannis

Route d'Or

Nero

Port-Réal

Rosby

La Baie de la Néra

Le Bec de Massey

N

LE BIEF

Bois-du-Roi

Wend

Bronzes

Torth

Route de la Rose

Pont-l'Amer

Accalmie

La Vesprée

Mander

Cidre

BAIE DES NAUFRAGEURS

Iles Bouclier

Cendregué

Lestival

Bois de la Pluie

Rocvert

Hautjardin

Séréna

Havrenoir

Cap de l'Ire

Rubriant

Marches de Dorne

MER DE DORNE

Mielbois

Les Osseux

Midvin

Villevieille

Passe du Prince

Le Murmure

Ferrugyer

Les Météores

DORNE

Fléau

Le Bras Cassé

Lancehélion

Souffre

Voi

Versang

La Treille

Carte par James Sinclair

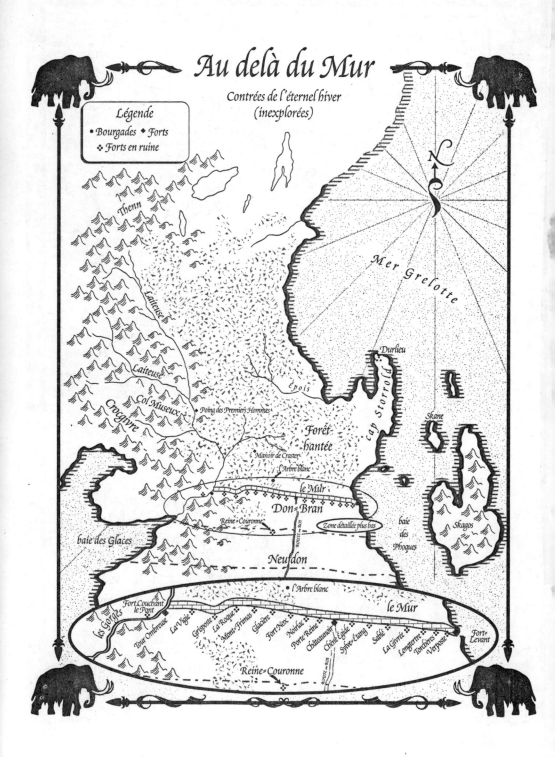

# Au delà du Mur

Contrées de l'éternel hiver
(inexplorées)

Légende
• Bourgades  ◆ Forts
❖ Forts en ruine

N

Thenn

Mer Grelotte

Laiteuse

Durlieu

Laiteuse

Col Museux

Poing des Premiers Hommes

Skane

Crocgivre

Forêt hantée

cap Storrold

Manoir de Craster
(l'Arbre blanc)

le Mur

Don-Bran

Skagos

Reine-Couronne

Zone détaillée plus bas

baie des Phoques

baie des Glaces

Neufdon

• l'Arbre blanc

le Mur

Fort-Couchant
le Pont

Tour Ombreuse

les Gorges

La Vigie

Grisposte

La Roque

Mont-Frimas

Glacière

Fort-Nox

Noirlac

Porte-Reine

Châteaunoir

Chêne-Égilé

Sylve-Étang

Sablé

La Givrée

Longterre

Torchère

Verposte

Fort-Levant

Reine-Couronne

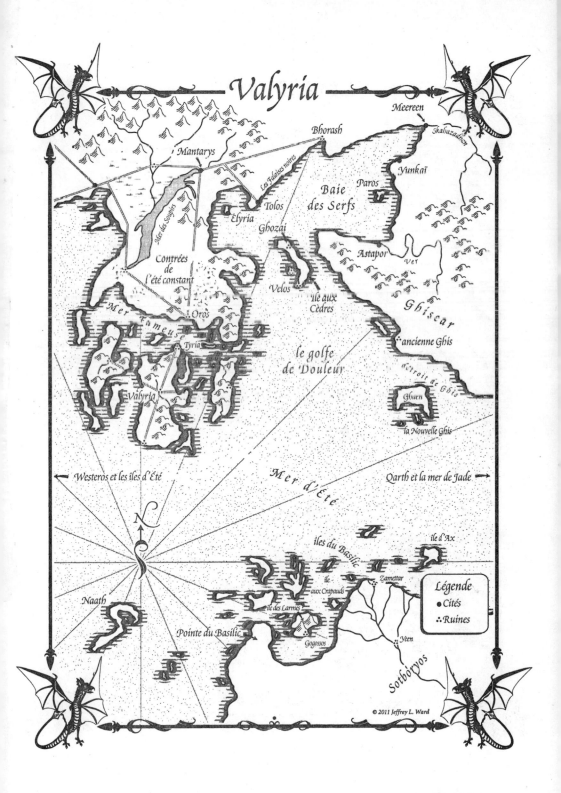

# Les Cités libres

**Légende**
- Cités
- Bourgades
- Ruines

Braavos

les Doigts

Mer Grelotte

Lorath

baie de Lorath

La Cognée

Baie des Crabes

collines de Norvos

Andalos

Norvos

forêt de Qohor

Haute Rhoyne

Petite Rhoyne

Collines de Velours

Le Détroit

Pentos

Ghoyan Drohe

Flotnoir

Qohor

Rhoyne

Basses Landes

Ny Sar

Ar Noy

baie des Crofes

Torth

Champs dorés

lac de la Dague

Qhoyne

baie des Naufrageurs

Selhoru

Mer de Myrth

Myr

les Chagrins (Chroyane)

Tyrosh

Mer de Dorne

Peyresang

les Dents de Pierre

Terres Disputées

Selhorys

les Grises Potences

Valysar

Rhoyne

Volène

Dorne

Sar Mell

Lys

côte d'Orange

Volon Therys

Volantis

© 2011 Jeffrey L. Ward

# DAENERYS

La salle retentissait de rires yunkaïis, de chants yunkaïis, de prières yunkaïies. Des danseurs évoluaient ; des musiciens exécutaient d'étranges mélodies à grand renfort de cloches, de couinements et d'outres ; les chanteurs interprétaient de vieilles ballades d'amour dans la langue impénétrable de l'antique Ghis. Le vin coulait à flots – non point la piètre piquette de la baie des Serfs, mais les riches crus liquoreux de La Treille et le vinsonge de Qarth, que parfumaient des épices inconnues. Sur l'invitation du roi Hizdahr, les Yunkaïis étaient venus signer la paix et assister à la renaissance des arènes de combat de Meereen, réputées au plus loin. Pour leur faire fête, le noble époux de Daenerys Targaryen avait ouvert les portes de la Grande Pyramide.

*J'exècre tout cela*, songeait-elle. *Comment en suis-je arrivée à boire et à sourire avec des hommes que je voudrais écorcher vifs ?*

On servait une douzaine de variétés de viandes et de poissons : du chameau, du crocodile, de la pieuvre chanteuse, du canard laqué et des larves épineuses, avec de la chèvre, du jambon et du cheval pour ceux dont les goûts inclinaient moins vers l'exotisme. Et du chien. Aucun banquet ghiscari n'aurait été complet sans son plat de chien. Les cuisiniers d'Hizdahr savaient préparer l'animal de quatre façons différentes. « Les Ghiscaris mangent tout ce qui nage, vole ou rampe, l'homme

13

et le dragon exceptés, l'avait avertie Daario. Et le dragon, ils en mangeraient aussi, je parie, pour peu que la moindre occasion se présente. » Toutefois, la viande seule n'assurait pas un repas, aussi y avait-il de même des fruits, des graines, des légumes. L'air embaumait des fragrances du safran, de la cannelle, du clou de girofle, du poivre et d'autres aromates de grand prix.

À peine Daenerys avala-t-elle une bouchée. *C'est la paix*, se répétait-elle. *Ce que je voulais, ce pour quoi j'ai œuvré, la raison de mon mariage avec Hizdahr. Alors, pourquoi tout cela a-t-il un tel goût de défaite ?*

« Ça ne durera plus très longtemps, mon amour, lui avait certifié Hizdahr. Les Yunkaïis vont bientôt se retirer et, avec eux, leurs alliés et leurs séides. Nous aurons tout ce que nous désirions. La paix, des vivres, le commerce. Notre port est de nouveau ouvert, et les navires ont le loisir d'aller et de venir.

— Ils nous en donnent la *permission*, certes, avait-elle riposté, mais leurs navires de guerre ne bougent pas. Ils peuvent refermer les doigts sur notre gorge dès qu'ils le souhaiteront. *Ils ont installé un marché aux esclaves en vue de mes remparts !*

— *À l'extérieur* de nos remparts, douce reine. C'était une des conditions de la paix, que les Yunkaïis soient comme auparavant libres de trafiquer des esclaves, sans qu'on leur porte atteinte.

— Dans leur propre cité. Pas en un lieu où je dois en être témoin. » Les Judicieux avaient établi leurs enclos d'esclaves et l'estrade des ventes juste au sud de la Skahazadhan, à l'endroit où le vaste fleuve brun se jetait dans la baie des Serfs. « Ils me rient au nez, et exécutent toute une mise en scène pour exhiber mon impuissance à les arrêter.

— Des poses et des postures, assura son noble époux. Une mise en scène, tu le dis toi-même. Qu'ils se livrent donc à leurs simagrées. Une fois qu'ils seront partis, nous convertirons ce qu'ils ont laissé derrière eux en marché aux fruits.

— Une fois qu'ils seront partis, répéta Daenerys. Et quand partiront-ils ? On a signalé des cavaliers sur l'autre rive de la Skahazadhan. Des éclaireurs dothrakis, selon Rakharo, que suit un *khalasar*. Ils doivent avoir des captifs. Des hommes, des femmes et des enfants, des présents pour les marchands d'esclaves. » Les Dothrakis n'achetaient ni ne vendaient rien : ils offraient des cadeaux et en recevaient. « Voilà pourquoi les Yunkaïis ont dressé leur marché. Ils repartiront d'ici avec des milliers de nouveaux esclaves. »

Hizdahr zo Loraq haussa les épaules. « Mais ils repartiront. Voilà ce qui importe, mon amour. Yunkaï s'adonnera au trafic d'esclaves, pas Meereen, tel est l'accord conclu. Supporte un petit moment encore, et cela disparaîtra. »

Aussi Daenerys siégea-t-elle en silence durant le repas, enveloppée d'un *tokar* vermillon et de noires pensées, ne parlant que lorsqu'on s'adressait à elle, songeant aux hommes et aux femmes qu'on achetait ou vendait sous ses murailles, tandis qu'on festoyait ici, dans la cité. Que son noble époux prononce les discours et rie aux mauvaises plaisanteries yunkaïies. Tel était le privilège du roi, et tel son devoir.

Une grande part de la conversation autour de la table roulait sur les affrontements qui auraient lieu le lendemain. Barséna Cheveux-noirs allait se mesurer à un sanglier, défenses contre poignard. Khrazz disputerait un combat singulier, de même que le Félin moucheté. Et au cours du dernier affrontement de la journée, Goghor le Géant se mesurerait à Belaquo Briseur-d'os. Avant le coucher du soleil, l'un des deux serait mort. *Aucune reine n'a les mains nettes*, se répétait Daenerys. Elle songea à Doreah, à Quaro, à Eroeh... à une petite fille qu'elle n'avait jamais rencontrée et qui se nommait Hazzéa. *Mieux vaut que quelques-uns périssent dans l'arène, plutôt que des milliers devant les portes. Tel est le prix de la paix. Je l'acquitte volontiers. Si je regarde en arrière, c'en est fait de moi.*

Le commandant suprême yunkaïi, Yurkhaz zo Yunzak, aurait pu avoir connu la Conquête d'Aegon, à juger sur sa mine. Ridé, édenté, le dos cassé, il fut porté jusqu'à la table par deux vigoureux esclaves. Les autres seigneurs yunkaïis n'étaient guère plus impressionnants. L'un d'eux était menu et courtaud, bien que les esclaves qui le servaient fussent d'une taille et d'une maigreur grotesques. Le troisième était jeune, musclé et séduisant, mais tellement ivre que Daenerys avait du mal à comprendre un traître mot de ce qu'il disait. *Comment ai-je pu être acculée dans une telle situation par pareilles créatures ?*

Les épées-louées étaient une autre affaire. Chacune des quatre compagnies libres au service de Yunkaï avait délégué son commandant. Les Erre-au-Vent étaient représentés par le noble pentoshi qu'on appelait le Prince en Guenilles, les Longues Lances par Gylo Rhegan, qui ressemblait plus à un cordonnier qu'à un soldat, et parlait par murmures. Barbesang, de la Compagnie du Chat, produisait assez de vacarme pour lui et une douzaine d'autres. Colosse doté d'une grande barbe en broussaille et d'un prodigieux appétit pour le vin et les femmes, il beuglait, rotait, pétait avec la force d'un coup de tonnerre, et pinçait toutes les servantes qui passaient à portée de main. De temps en temps, il en attrapait une pour l'asseoir sur ses genoux, lui pétrir les seins et la palper entre les jambes.

Les Puînés eux aussi étaient représentés. *Si Daario était ici, ce repas s'achèverait en bain de sang.* Aucune promesse de paix n'aurait jamais pu convaincre son capitaine de laisser Brun Ben Prünh entrer dans Meereen et la quitter vivant. Daenerys avait juré qu'il n'adviendrait aucun mal aux sept envoyés et commandants, mais cela n'avait pas satisfait les Yunkaïis. Ils avaient également exigé d'elle des otages. Pour contrebalancer les trois nobles Yunkaïis et les quatre capitaines mercenaires, Meereen avait envoyé dans le camp des assiégeants sept des siens : la sœur d'Hizdahr, deux de ses cousins, Jhogo le Sang-coureur de Daenerys, Groleo son amiral, le capitaine immaculé Héro, et Daario Naharis.

« Je laisse mes filles avec toi, avait déclaré son capitaine en lui tendant son baudrier et ses garces dorées. Prends-en soin pour moi, mon amour. Il ne faudrait pas qu'elles se livrent à de sanglantes facéties parmi les Yunkaïis. »

Le Crâne-ras était absent, lui aussi. Le premier geste d'Hizdahr après son couronnement avait été de lui retirer le commandement des Bêtes d'Airain pour lui substituer son propre cousin, le replet et blafard Marghaz zo Loraq. *C'est pour le mieux. Selon la Grâce Verte, une affaire de sang versé oppose Loraq et Kandaq, et jamais le Crâne-ras n'a fait mystère de son dédain envers le seigneur mon époux. Et Daario...*

Daario se comportait de façon toujours plus insensée, depuis les noces de Daenerys. Il ne prisait guère la paix de celle-ci, moins encore son mariage, et il avait été furieux d'avoir été dupé par les Dorniens. Quand le prince Quentyn leur avait révélé que les autres Ouestriens s'étaient engagés dans les Corbeaux Tornade sur les ordres du Prince en Guenilles, seule l'intervention de Ver Gris et de ses Immaculés avait retenu Daario de tous les tuer. Les faux déserteurs avaient été emprisonnés en lieu sûr dans les tréfonds de la pyramide... Mais la rage de Daario continuait à s'envenimer.

*Il sera plus en sécurité comme otage. Mon capitaine n'est pas fait pour la paix.* Daenerys ne pouvait courir le risque qu'il abattît Brun Ben Prünh, ridiculisât Hizdahr devant la cour, provoquât les Yunkaïis ou remît en question l'accord pour lequel elle avait tant cédé. Daario représentait la guerre et l'affliction. Désormais, elle devrait le garder hors de son lit, de son cœur et d'elle. S'il ne la trahissait pas, il la dompterait. Elle ne savait laquelle de ces éventualités l'effrayait davantage.

Une fois les ripailles achevées et les reliefs des plats à demi mangés débarrassés – pour être distribués aux pauvres réunis en bas, à l'insistance de la reine –, on emplit de hautes flûtes en verre d'une liqueur épicée sombre comme l'ambre, venue de Qarth. Alors débutèrent les attractions.

Une troupe de castrats yunkaïis, propriété de Yurkhaz zo Yunzak, chanta pour eux des odes dans l'ancienne langue du Vieil Empire, de leurs voix hautes et suaves, d'une impossible pureté. « As-tu jamais entendu pareil chant, mon amour, s'enquit Hizdahr. Ils ont des voix de dieux, non ?

— Certes, mais je me demande s'ils n'auraient pas préféré conserver des fruits d'hommes. »

Tous les artistes étaient des esclaves. La condition avait été incluse dans les accords de paix : les détenteurs d'esclaves auraient permission de faire entrer leur cheptel dans Meereen sans craindre de les voir affranchis. En retour, les Yunkaïis avaient promis de respecter les droits et les libertés des anciens esclaves que Daenerys avait affranchis. Un marché équitable, avait jugé Hizdahr, mais qui laissait un goût infâme dans la bouche de la reine. Elle but une nouvelle coupe de vin pour le faire passer.

« Si tel est ton bon plaisir, Yurkhaz sera ravi de nous donner les chanteurs, je n'en doute pas, disait son noble époux. Un présent pour sceller notre paix, un ornement pour notre cour. »

*Il nous offrira ces castrats*, songea Daenerys, *et puis il rentrera chez lui en fabriquer d'autres. Le monde regorge de petits garçons.*

Les acrobates qui suivirent échouèrent également à la toucher, même lorsqu'ils formèrent une pyramide humaine haute de neuf niveaux, avec une petite fille toute nue à son sommet. *Est-ce censé représenter ma pyramide ?* s'interrogea la reine. *La fillette au sommet, est-ce moi ?*

Par la suite, le seigneur son époux conduisit ses invités sur la terrasse inférieure, afin que les visiteurs venus de la Cité Jaune pussent contempler Meereen de nuit. Coupe de vin en main, les Yunkaïis se promenèrent par petits groupes sous les citronniers et les fleurs nocturnes, et Daenerys se retrouva face à face avec Brun Ben Prünh.

Il s'inclina très bas. « Votre Splendeur. Vous êtes superbe. Enfin, vous l'avez toujours été. Aucun de ces Yunkaïis est à moitié aussi joli. J'avais pensé apporter un présent pour vos noces, mais les enchères sont montées trop haut pour ce vieux Brun Ben.

— Je ne veux pas de tes présents.

— Celui-là aurait pu vous plaire. La tête d'un vieil ennemi.

— La tienne ? demanda-t-elle d'une voix charmante. Tu m'as trahi.

— Voilà une bien rude façon de décrire la chose, si vous m'en voulez pas de le dire. » Brun Ben gratta sa barbe tachée de gris et de blanc. « On est passés du côté des vainqueurs, c'est tout. Comme on avait fait avant. La décision vient pas seulement de moi, non plus. J'ai demandé l'avis de mes hommes.

— Et donc, ce sont *eux* qui m'ont trahie, c'est ce que tu veux dire ? Pourquoi ? Ai-je mal traité les Puînés ? Ai-je lésiné sur vos gains ?

— Jamais de la vie, mais tout se résume pas à une question de monnaie, Votre Toute-Puissance. J'ai appris ça y a longtemps, à ma première bataille. Le lendemain du combat, je fouillais parmi les morts, pour chercher un petit complément de butin, disons. Et je tombe sur un cadavre à qui la hache d'un guerrier avait tranché le bras à hauteur de l'épaule. Il était couvert de mouches et caparaçonné de sang séché, c'est sans doute pour ça que personne d'autre y avait touché. Mais, par-dessous, il portait un gambison clouté, qu'avait l'air d'être en beau cuir. J'ai estimé qu'il m'irait pas trop mal, alors j'ai chassé les mouches et je l'ai découpé pour le dégager. Mais il était bougrement plus lourd qu'il aurait dû. Sous la doublure, le type avait cousu une fortune en pièces. *De l'or*, Votre Splendeur, du bel or jaune. Assez pour qu'un homme vive comme un lord jusqu'à la fin de ses jours. Et quel bien il en avait retiré ? Il était là vautré, étalé dans le sang et la boue, avec son putain de bras en moins. Et la voilà, la leçon, vous voyez ? L'argent est doux et l'or est notre mère, mais une fois qu'on est mort, ça vaut moins que le dernier étron que vous chiez en crevant. Je vous l'ai dit une fois : les mercenaires, y a les vieux et y a les hardis, mais les vieux mercenaires hardis, ça existe pas. Mes gars ont pas envie de crever, c'est tout, et quand je leur ai dit que vous pouviez pas lâcher vos dragons contre les Yunkaïis, eh ben, ma foi... »

*Tu m'as vue vaincue*, compléta Daenerys, *et qui suis-je pour prétendre que tu te trompais ?* « Je comprends. » Elle aurait pu en terminer là, mais elle était curieuse. « Assez d'or pour vivre comme un lord, as-tu dit. Qu'as-tu fait de toute cette fortune ? »

Brun Ben rit. « Comme un couillon de morveux que j'étais, j'en ai parlé à un gars que je prenais pour mon ami, qui en a parlé au sergent, et mes compagnons d'armes sont arrivés et m'ont soulagé de ce fardeau. Le sergent a déclaré que j'étais trop jeune, que j'allais le gaspiller en putains, et tout ça. Mais il m'a autorisé à conserver le gambison. » Il cracha par terre. « Faut jamais se fier à une épée-louée, madame.

— J'ai appris cela. Un jour, il faudra que je veille à te remercier de cette leçon. »

Les yeux de Brun Ben pétillèrent. « Pas la peine. Je sais bien quel genre de remerciements vous avez en tête. » Il s'inclina de nouveau et se retira.

Daenerys se tourna pour contempler sa cité. Au-delà de ses remparts, les tentes jaunes des Yunkaïis se dressaient en bord de mer selon des rangées ordonnées, protégées par les fossés que leur avaient creusés leurs esclaves. Deux légions de fer venues de la Nouvelle-Ghis, formées et armées de la même façon que les Immaculés, campaient de l'autre côté du fleuve, au nord. Deux légions ghiscaries supplémentaires avaient dressé le camp à l'est, coupant la route vers le col de Khyzai. Les lignes de chevaux et les feux de cuisine des compagnies libres s'étiraient au sud. Le jour, des filets de fumée s'accrochaient au ciel comme des rubans gris élimés. La nuit, on voyait des feux au loin. Tout au bord de la baie se trouvait l'abomination : le marché aux esclaves à ses portes. Elle ne le voyait pas, pour l'instant, avec le soleil couché, mais elle savait qu'il était là. Cela ne servait qu'à accroître son courroux.

« Ser Barristan ? » appela-t-elle à voix basse.

Le chevalier blanc apparut aussitôt. « Votre Grâce.

— Qu'avez-vous entendu ?

— Suffisamment. Il n'a pas tort. Ne vous fiez jamais à une épée-louée. »

*Ni à une reine*, songea Daenerys. « Y a-t-il parmi les Puînés un homme qu'on pourrait convaincre de... d'éliminer... Brun Ben ?

— Comme Daario Naharis a naguère éliminé les autres capitaines des Corbeaux Tornade ? » Le vieux chevalier parut mal à l'aise. « Peut-être. Je n'en puis rien savoir, Votre Grâce. »

*Non*, reconnut-elle en son for intérieur, *tu es trop honnête et trop honorable.* « Sinon, les Yunkaïis emploient trois autres compagnies.

— Des crapules et des coupeurs de gorge, la racaille de cent champs de bataille, la mit en garde ser Barristan, avec des capitaines largement aussi fourbes que Prünh.

— Je ne suis qu'une jeune fille et je m'y connais peu en de tels domaines, mais il me semble que nous leur *demandons* d'être fourbes. Une fois, il doit vous en souvenir, j'ai convaincu les Puînés et les Corbeaux Tornade de nous rejoindre.

— Si Votre Grâce souhaite s'entretenir en privé avec Gylo Rhegan ou le Prince en Guenilles, je pourrais les faire venir dans vos appartements.

— L'heure ne s'y prête pas. Trop d'yeux, trop d'oreilles. On noterait leur absence, même si vous parveniez à les écarter des Yunkaïis sans être remarqué. Nous devons trouver un moyen plus discret d'entrer en contact avec eux... pas ce soir, mais bientôt.

— Comme vous l'ordonnerez. Mais je crains de ne pas être particulièrement qualifié pour une telle tâche. À Port-Réal, on laissait ce genre de besogne à lord Littlefinger ou à l'Araignée. Nous autres vieux chevaliers sommes des hommes simples, uniquement bons à nous battre. » Il tapota la poignée de son épée.

« Nos prisonniers, suggéra Daenerys. Les Ouestriens qui nous sont arrivés des Erre-au-Vent, avec les trois Dorniens. Nous les détenons toujours en cellule, n'est-ce pas ? Employons-les.

— Les libérer, voulez-vous dire ? Est-ce bien sage ? On les a envoyés ici gagner votre confiance par cautèle, afin de trahir Votre Grâce à la première occasion.

— En ce cas, ils ont échoué. Je n'ai aucune confiance en eux, et jamais n'en aurai. » À parler franc, Daenerys commençait à oublier comment l'on se fiait à quiconque. « Nous pouvons néanmoins user d'eux. Il y avait une femme. Meris. Renvoyez-la, en... en gage de ma considération. Si leur capitaine est un habile homme, il comprendra.

— La femme est la pire du lot.

— D'autant mieux. » Daenerys réfléchit un moment. « Nous devrions sonder les Longues Lances, également. Et la Compagnie du Chat.

— Barbesang. » La mine sombre de ser Barristan se rembrunit encore. « N'en déplaise à Votre Grâce, nous ne tenons nullement à avoir affaire à lui. Votre Grâce est trop jeune pour se rappeler les Rois à neuf sous, mais ce Barbesang est taillé dans la même brutale étoffe. Il n'y a nul honneur en lui, rien que de la soif... d'or, de gloire, de sang.

— Vous en savez plus long que moi sur de tels hommes, ser. » Si Barbesang était réellement la plus déshonorable et cupide des épées-louées, il pourrait être le plus aisé à retourner, mais elle répugnait à aller contre les conseils de ser Barristan en de telles affaires. « Faites comme vous le jugerez préférable. Mais agissez vite. Si la paix d'Hizdahr devait se rompre, je veux être prête. Je n'ai pas confiance en ces esclavagistes. » *Je n'ai pas confiance en mon époux.* « Ils se retourneront contre nous au premier signe de faiblesse.

— Les Yunkaïis s'affaiblissent, eux aussi. La caquesangue s'est enracinée chez les Tolosiens, à ce qu'on dit, et, sur l'autre berge du fleuve, elle se propage au sein de la troisième Légion ghiscarie. »

*La jument pâle.* Daenerys soupira. *Quaithe m'avait mise en garde contre l'arrivée de la jument pâle. Elle m'a également parlé du prince de Dorne, le fils du soleil. Elle m'a dit tant et plus de choses, mais tout cela par énigmes.* « Je ne puis compter sur une épidémie pour me sauver de mes ennemis. Libérez la Belle Meris. Sur-le-champ.

— Comme vous l'ordonnez. Bien que... Votre Grâce, si je puis avoir l'audace, il y a une autre voie...

— La voie de Dorne ? » Daenerys poussa un nouveau soupir. Les trois Dorniens étaient présents au banquet, ainsi qu'il convenait avec une personnalité du rang du prince Quentyn, bien que Reznak eût pris soin de les installer aussi loin que possible de son mari. Hizdahr ne paraissait pas d'un naturel jaloux, mais aucun homme ne serait enchanté par la présence d'un prétendant rival aux côtés de sa nouvelle épouse. « Le jeune homme semble agréable et courtois, mais...

– La maison Martell est d'une ancienne noblesse, et a été une amie féale de la maison Targaryen depuis plus d'un siècle, Votre Grâce. J'ai eu l'honneur de servir sous le grand-oncle du prince Quentyn parmi les sept de votre père. Le prince Lewyn était le compagnon d'armes le plus vaillant qu'on pût souhaiter. Quentyn Martell charrie le même sang, plaise à Votre Grâce.

— Il m'aurait plu qu'il se présentât avec ces cinquante mille épées dont il parle, au lieu d'apporter deux chevaliers et un parchemin. Un parchemin protégera-t-il mon peuple des Yunkaïis ? S'il était arrivé à la tête d'une flotte...

— Lancehélion n'a jamais été une puissance maritime, Votre Grâce.

— Non. » Daenerys connaissait assez l'histoire de Westeros pour le savoir. Nymeria avait échoué dix mille navires sur les côtes sablonneuses de Dorne. Mais, en épousant son prince de

Dorne, elle les avait tous incendiés afin de se détourner de la mer à jamais. « Dorne est trop loin. Pour plaire à ce prince, il me faudrait abandonner mon peuple. Vous devriez le renvoyer chez lui.

— Les Dorniens ont la réputation d'être obstinés, Votre Grâce. Les ancêtres du prince Quentyn ont combattu les vôtres pendant pratiquement deux siècles. Il ne partira pas sans vous. »

*Alors, il mourra ici*, conclut Daenerys, *à moins qu'il ne me cache autre chose sur lui-même.* « Est-il toujours à l'intérieur ?

— En train de boire avec ses chevaliers.

— Amenez-le-moi. Il est temps qu'il rencontre mes enfants. »

L'ombre d'un doute passa sur le long visage solennel de Barristan Selmy. « À vos ordres. »

Le roi de Daenerys riait avec Yurkhaz zo Yunzak et les autres seigneurs yunkaïis. La reine supposa qu'elle ne lui manquerait pas, mais donna à tout hasard à ses caméristes instruction de lui répondre qu'elle satisfaisait un besoin naturel, s'il s'inquiétait d'elle.

Ser Barristan attendait près de l'escalier, avec le prince de Dorne. Le visage carré de Martell était animé et rubicond. *Trop de vin*, en conclut la reine, en dépit de tous les efforts qu'il déployait pour le dissimuler. À l'exception de la guirlande de soleils en cuivre qui ornementait sa ceinture, le Dornien était vêtu simplement. *On l'appelle Guernouille*, se remémora Daenerys. Elle en voyait la raison. L'homme n'était pas séduisant.

Elle sourit. « Mon prince. Le chemin est long jusqu'en bas. Vous y tenez, vous en êtes sûr ?

— S'il plaît à Votre Grâce.

— Alors, venez. »

Une paire d'Immaculés descendait les marches devant eux, porteurs de flambeaux ; derrière venaient deux Bêtes d'Airain, l'une masquée en poisson, l'autre en faucon. Même ici, dans sa propre pyramide, en cette faste nuit de paix et de célébration, ser Barristan insistait pour qu'elle conservât autour d'elle des gardes, partout où elle se rendait. La petite compagnie effectua la descente en silence, s'arrêtant à trois reprises pour se rafraîchir en cours de route. « Le Dragon a trois têtes, déclara Daenerys quand ils furent parvenus sur le dernier palier. Mon mariage ne doit pas représenter le terme de tous vos espoirs. Je sais pourquoi vous êtes ici.

— Pour vous, affirma Quentyn, tout de gauche galanterie.

— Non. Pour le feu et le sang. »

De son box, un des éléphants barrit à leur adresse. Un rugissement souterrain lui répondit, faisant rosir Daenerys d'une chaleur soudaine. Le prince Quentyn, alarmé, leva les yeux. « Les dragons sentent sa présence », lui expliqua ser Barristan.

*Tout enfant sent la présence de sa mère*, se dit Daenerys. *Quand les mers seront asséchées et quand les montagnes auront sous le vent le frémissement de la feuille...* « Ils m'appellent. Venez. » Elle prit le prince Quentyn par la main pour le conduire à la fosse où étaient confinés deux de ses dragons. « Restez au-dehors », ordonna-t-elle à ser Barristan tandis que les Immaculés ouvraient les immenses portes de fer. « Le prince Quentyn me protégera. » Elle entraîna le prince dornien à l'intérieur avec elle, pour aller se placer au-dessus de la fosse.

Les dragons tournèrent le cou, pour les considérer avec des prunelles ardentes. Viserion avait rompu une chaîne et fondu les autres. Il s'accrochait au plafond de la fosse comme une énorme chauve-souris blanche, ses griffes plantées profond dans le croulement des briques brûlées. Rhaegal, encore entravé, rongeait une carcasse de taureau. Les ossements sur le sol de la fosse formaient une couche plus épaisse que la dernière fois qu'elle était descendue ici, et les parois et le sol étaient noirs et gris, cendres plus que brique. Ils ne tiendraient plus longtemps... mais derrière eux, il n'y avait que de la terre et de la pierre. *Des dragons peuvent-ils forer à travers la roche, comme les dragons ardents de l'ancienne Valyria ?* Elle espérait que non.

Le prince de Dorne était devenu aussi blanc que du lait. « Je... j'avais entendu qu'il y en avait trois.

— Drogon chasse. » Il n'avait pas besoin d'en savoir davantage. « Le crème est Viserion, le vert Rhaegal. Je leur ai donné le nom de mes frères. » Sa voix résonnait contre la pierre carbonisée des murs. Une voix qui semblait ténue – celle d'une petite fille, pas d'une reine et d'une conquérante, pas les accents joyeux d'une toute nouvelle épouse.

Rhaegal rugit en réponse, et le feu emplit la fosse, une pique de rouge et jaune. Viserion répondit, de ses flammes or et orange. Quand il battit des ailes, un nuage gris de cendre satura l'air. Autour de ses pattes, ses chaînes brisées sonnèrent et raclèrent le sol. Quentyn Martell recula d'un bond d'un pied de long.

Une femme plus cruelle aurait pu rire de lui ; Daenerys lui pressa la main et confia : « Ils m'effraient aussi. Il n'y a pas de honte à cela. Dans le noir, mes enfants ont sombré dans la sauvagerie et la fureur.

— Vous... vous avez l'intention de les monter ?

— L'un d'eux. Tout ce que je connais des dragons se limite à ce que m'a raconté mon frère quand j'étais petite, et au peu que j'ai lu dans les livres, mais on affirme que même Aegon le Conquérant n'a jamais osé enfourcher Vhagar ou Meraxès, non plus que ses sœurs n'ont monté Balerion la Terreur noire. Les dragons vivent plus longtemps que les hommes, des siècles pour certains, si bien que Balerion a connu d'autres cavaliers après la mort d'Aegon... mais aucun cavalier n'a jamais chevauché deux dragons. »

Viserion émit un nouveau chuintement. De la fumée monta d'entre ses crocs, et ils purent voir au fond de sa gorge bouillonner un feu doré.

« Ce sont... des créatures terrifiantes.

— *Des dragons*, Quentyn. » Daenerys se dressa sur la pointe des pieds et l'embrassa avec légèreté, un baiser sur chaque joue. « J'en suis un, aussi. »

Le jeune prince déglutit. « Je... j'ai également en moi le sang du dragon, Votre Grâce. Je peux remonter ma lignée jusqu'à la première Daenerys, la princesse Targaryen qui fut la sœur du roi Daeron le Bon et l'épouse du prince de Dorne. Il a bâti pour elle les Jardins Aquatiques.

— Les Jardins Aquatiques ? » De Dorne ou de son histoire, elle savait tant et moins, à dire vrai.

« Le palais préféré de mon père. J'aurais plaisir à vous les montrer un jour. Ils sont tout de marbre rose, avec des bassins et des fontaines, dominant la mer.

— Cela semble superbe. » Elle l'écarta de la fosse. *Sa place n'est pas ici. Il n'aurait jamais dû venir.* « Vous devriez retourner là-bas. Ma cour n'est pas pour vous un lieu sûr, je le crains. Vous avez plus d'ennemis que vous ne le savez. Vous avez ridiculisé Daario, et il n'est pas homme à oublier un tel affront.

— J'ai mes chevaliers. Mes boucliers liges.

— Deux chevaliers. Daario a cinq cents Corbeaux Tornade. Et vous feriez bien de vous méfier également du seigneur mon mari. Il paraît un homme doux et agréable, je le sais, mais ne vous y trompez pas. La couronne d'Hizdahr tire son pouvoir de la mienne, et il jouit de l'allégeance de certains des plus redoutables guerriers du monde. Si l'un d'eux s'imaginait gagner sa faveur en disposant d'un rival...

— Je suis prince de Dorne, Votre Grâce. Je ne fuirai pas devant des esclaves et des épées-louées. »

*Alors, tu es vraiment sot, prince Guernouille.* Daenerys lança à ses sauvages enfants un dernier regard appuyé. Elle entendit hurler les dragons tandis qu'elle guidait de nouveau le jeune homme jusqu'à la porte, et elle vit jouer les lumières sur les briques, reflet de leurs feux. *Si je regarde en arrière, c'en est fait de moi.* « Ser Barristan a dû requérir deux chaises à porteurs afin de nous transporter jusqu'à la salle du banquet, mais l'ascension peut quand même être épuisante. » Derrière eux, les grandes portes de fer se refermèrent avec un choc formidable. « Parlez-moi de cette autre Daenerys, je connais moins l'histoire du royaume de mon père que je le devrais. Je n'ai jamais eu de mestre, en grandissant. » *Rien qu'un frère.*

« J'y aurai plaisir, Votre Grâce », répondit Quentyn.

La minuit était amplement passée quand leurs derniers invités prirent congé et que Daenerys se retira dans ses appartements pour y rejoindre son seigneur et roi. Hizdahr au moins était heureux, encore qu'assez ivre. « Je tiens mes promesses, lui lança-t-il tandis qu'Irri et Jhiqui les vêtaient pour leur coucher. Tu désirais la paix, et la voilà. »

*Et tu désirais du sang, que je devrai sous peu te donner,* songea en retour Daenerys, qui déclara en fait : « Je suis reconnaissante. »

L'exubérance de cette journée avait enflammé la passion de son époux. À peine les cameristes de la reine se furent-elles retirées pour la nuit qu'il lui arracha sa robe et la jeta à la renverse sur le lit. Daenerys glissa ses bras autour de lui et lui laissa libre cours. Dans son état d'ébriété, elle savait qu'il ne resterait pas longtemps en elle.

Elle voyait juste. Après, il approcha sa bouche de l'oreille de Daenerys et chuchota : « Puissent les dieux nous accorder d'avoir conçu un fils, ce soir. »

Les paroles de Mirri Maz Duur résonnèrent dans sa tête. *Quand le soleil se lèvera à l'ouest pour se coucher à l'est. Quand les mers seront asséchées et quand les montagnes auront sous le vent le frémissement de la feuille. Quand votre sein se ranimera, quand vous porterez un enfant vivant. Alors, il vous sera rendu, mais alors seulement.* Le sens en était limpide ; le *khal* Drogo avait autant de chances de revenir d'entre les morts qu'elle de donner naissance à un enfant vivant. Mais il était des secrets qu'elle ne pouvait se résoudre à partager, fût-ce avec un mari, aussi laissa-t-elle tous ses espoirs à Hizdahr zo Loraq.

Son noble époux ne tarda pas à sombrer dans un profond sommeil. Daenerys ne sut que se tourner et se retourner auprès de lui. Elle aurait voulu le secouer, le réveiller, le prier de l'étreindre, de l'embrasser, de la baiser à nouveau, mais, même s'il accomplissait tout cela, il se rendormirait ensuite, en la laissant seule dans les ténèbres. Elle se demanda ce que faisait Daario. Était-il incapable lui aussi de trouver le repos ? Pensait-il à elle ? L'aimait-il sincèrement ? La haïssait-il d'avoir épousé Hizdahr ? *Jamais je n'aurais dû l'accepter dans mon lit.* Il n'était qu'une épée-louée, et non un consort digne d'une reine ; pourtant...

*Je le savais depuis le début, mais je l'ai quand même fait.*

« Ma reine ? » interrogea une voix douce dans le noir.

Daenerys sursauta. « Qui est là ?

— Rien que Missandei. » La scribe naathie s'approcha du lit. « Ma personne vous a entendu pleurer.

— Pleurer ? Je ne pleurais pas. Pourquoi pleurerais-je ? J'ai ma paix, j'ai mon roi, j'ai tout ce qu'une reine peut souhaiter. Tu as fait un mauvais rêve, voilà tout.

— Vous dites vrai, Votre Grâce. » Elle s'inclina et se tourna pour partir.

« Reste, lui demanda Daenerys. Je ne veux pas demeurer seule.

— Sa Grâce est avec vous, fit observer Missandei.

— Sa Grâce rêve, mais je ne trouve pas le sommeil. Demain, je vais devoir me baigner dans le sang. Le prix de la paix. » Elle eut un pâle sourire et tapota le lit. « Viens. Assieds-toi. Parle avec moi.

— Si tel est votre bon plaisir. » Missandei s'installa auprès d'elle. « De quoi allons-nous discuter ?

— De chez toi. De Naath. De papillons et de frères. Parle-moi de ce qui te rend heureuse, de ce qui te fait éclater de rire et de tous tes plus doux souvenirs. Rappelle-moi qu'il y a encore du bon en ce monde. »

Missandei fit de son mieux. Elle bavardait encore quand Daenerys s'endormit enfin pour rêver d'étranges visions de fumée et de feu, à demi formées.

Le matin arriva trop vite.

# THEON

Le jour surgit exactement comme l'avait fait Stannis : sans qu'on l'eût vu venir.

Winterfell était réveillé depuis des heures, ses chemins de ronde et ses tours grouillant d'hommes vêtus de laine, de maille et de cuir, qui attendaient une attaque qui jamais ne vint. Le temps que le ciel commençât à s'éclaircir, le battement des tambours s'était effacé, bien que des trompes de guerre sonnassent trois fois encore, chaque fois un peu plus près. Et toujours la neige tombait.

« La tempête va cesser aujourd'hui, insistait bruyamment un des palefreniers survivants. Allons, quoi ! On n'est même pas encore en hiver ! » Theon aurait ri, s'il avait osé. Il se souvenait des contes de la vieille nourrice, des blizzards qui faisaient rage quarante jours et quarante nuits, un an, ou dix… des tourmentes qui engloutissaient châteaux, villes et royaumes entiers sous une centaine de pieds de neige.

Assis au fond de la grande salle, non loin des chevaux, il observait Abel, Aveline et une lavandière aux cheveux bruns, vive et menue, nommée Escurel, s'attaquer à de larges tranches de pain bis rassis, frit dans la graisse de bacon. Pour sa part, Theon déjeuna d'une chope de bière brune, fumeuse de levure et assez épaisse pour étouffer son monde. Encore quelques chopes, et peut-être le plan d'Abel ne semblerait-il plus aussi insensé.

Roose Bolton entra, bâillant, les yeux pâles, accompagné de sa grassouillette épouse enceinte, Walda la Grosse. Plusieurs lords et capitaines l'avaient précédé, parmi lesquels Pestagaupes Omble, Aenys Frey et Roger Ryswell. Plus loin au long de la table siégeait Wyman Manderly, dévorant saucisses et œufs pochés, tandis qu'à côté de lui le vieux lord Locke enfournait des cuillerées de gruau dans sa bouche édentée.

Lord Ramsay ne tarda pas à apparaître à son tour, bouclant son baudrier tandis qu'il se dirigeait vers le haut bout de la salle. *Il est d'humeur massacrante ce matin.* Theon savait le discerner. *Les tambours l'ont tenu éveillé toute la nuit*, supposa-t-il, *ou quelqu'un l'a irrité.* Un mot de travers, un regard inconsidéré, un rire à contretemps, tout cela pouvait soulever l'ire de Sa Seigneurie et coûter à quelqu'un une lanière de peau. *De grâce, m'sire, ne regardez pas par ici.* Il suffirait à Ramsay d'un coup d'œil pour tout comprendre. *Il le lira sur mon visage. Il saura. Il sait toujours tout.*

Theon se tourna vers Abel. « Ça ne marchera jamais. » Il gardait la voix si basse que même les chevaux n'auraient pu surprendre ses paroles. « Nous serons pris avant que de quitter le château. Même si nous nous échappons, lord Ramsay nous traquera, lui, Ben-les-Os et les filles.

— Lord Stannis se trouve devant les murs, et pas loin, à en juger par le raffut. Il nous suffit simplement de parvenir jusqu'à lui. » Les doigts d'Abel dansaient sur les cordes de son luth. Le chanteur avait la barbe brune, bien que ses cheveux eussent largement viré au gris. « Si le Bâtard se lance à nos trousses, il pourrait vivre assez longtemps pour le regretter. »

*Dis-toi ça*, pensa Theon. *Crois-y. Répète-toi que c'est vrai.* « Ramsay usera de tes femmes comme de proies, expliqua-t-il au chanteur. Il les chassera à courre, les violera et donnera leurs cadavres à dévorer à ses dogues. Si leur traque lui procure du plaisir, il pourrait gratifier de leurs noms sa prochaine portée de chiennes. Toi, il t'écorchera. Lui, l'Écorcheur et Damon Danse-pour-moi, ils s'en feront un jeu. Tu les supplieras de te tuer. » Il saisit le bras du chanteur avec une main mutilée. « Tu as juré que tu ne me laisserais pas retomber entre ses griffes. J'ai ta parole sur ce point. » Il avait besoin de l'entendre encore.

« La parole d'Abel, assura Escurel. Forte comme le chêne. »
Abel pour sa part se borna à hausser les épaules. « Quoi qu'il
arrive, mon prince. »

Sur l'estrade, Ramsay se disputait avec son père. Ils étaient
trop éloignés pour que Theon distinguât leurs paroles, mais la
peur sur le visage rond et rose de Walda la Grosse était élo-
quente. Il entendit toutefois Wyman Manderly réclamer un sup-
plément de saucisses et Roger Ryswell rire à quelque saillie
d'Harbois Stout, le manchot.

Theon se demanda s'il verrait jamais les demeures liquides
du dieu Noyé, ou si son fantôme s'attarderait ici, à Winterfell.
*Mort, c'est mort. Plutôt mort que Schlingue.* Si le plan d'Abel
échouait, Ramsay rendrait leur agonie longue et pénible. *Il
m'écorchera de pied en cap cette fois-ci, et nulle mesure de
supplication ne mettra un terme aux tourments.* Aucune douleur
qu'avait jamais ressentie Theon n'approchait de celle que
l'Écorcheur savait conjurer avec un petit couteau à dépecer.
Abel apprendrait vite la leçon. Et pour quoi ? *Jeyne, son nom
est Jeyne, et elle n'a pas des yeux de la bonne couleur.* Un
baladin tenant un rôle. *Lord Bolton le sait, et Ramsay, mais
les autres sont aveugles, même ce foutu barde avec ses sourires
madrés. La plaisanterie se joue à tes dépens, Abel, aux tiens
et à ceux de tes putains assassines. Vous allez crever pour une
fille qui n'est pas la bonne.*

Il était passé à un cheveu de leur avouer la vérité, lorsque
Aveline l'avait livré à Abel dans les ruines de la tour Brûlée,
mais au tout dernier instant il avait tenu sa langue. Le chanteur
semblait résolu à fuir avec la fille d'Eddard Stark. S'il savait
que l'épouse de lord Ramsay n'était qu'une simple gamine
d'intendant, eh bien…

Les portes de la grande salle s'ouvrirent avec fracas.

Un vent glacial entra en tourbillons, et un nuage de cristaux
de givre scintilla, bleu-blanc dans l'air. En son sein avança d'un
pas résolu ser Hosteen Frey, gansé de neige jusqu'à la taille,
un corps dans ses bras. Tout au long des bancs, les hommes
posèrent coupes et cuillères pour contempler bouche bée
l'affreux spectacle. Le silence se fit dans la salle.

*Encore un meurtre.*

De la neige se détacha de la cape de ser Hosteen alors qu'il marchait vers le haut bout de la table, ses pas résonnant sur le parquet. Une douzaine de chevaliers et d'hommes d'armes de Frey entrèrent à sa suite. Theon reconnut l'un d'entre eux, un gamin – Grand Walder, le plus petit, avec son visage de renard et sa maigreur de brindille. Son torse, ses bras et sa cape étaient éclaboussés de sang.

L'odeur fit hennir les chevaux. Des chiens émergèrent de sous les tables, en flairant l'air. Des hommes se levèrent de leur banc. Le corps dans les bras de ser Hosteen scintillait à la lueur des flambeaux, tout enarmuré d'un givre rosé. Le froid à l'extérieur lui avait gelé le sang.

« Le fils de mon frère Merrett. » Hosteen Frey déposa le cadavre sur le sol devant l'estrade. « Saigné comme un pourceau et enfoncé sous une congère. *Un enfant.* »

*Petit Walder*, se dit Theon. *Le plus grand.* Il jeta un coup d'œil vers Aveline. *Elles sont six*, se remémora-t-il. *N'importe laquelle d'entre elles aurait pu faire ça.* Mais la lavandière perçut son regard. « C'est pas notre ouvrage, affirma-t-elle.

— Tais-toi », lui intima Abel.

Lord Ramsay descendit de l'estrade jusqu'à l'enfant mort. Son père se leva avec plus de lenteur, les yeux pâles, le visage de marbre, solennel. « C'est un forfait ignoble. » Pour une fois, Roose Bolton s'exprimait assez haut pour que sa voix portât. « Où a-t-on découvert le corps ?

— Sous le donjon en ruine, messire, expliqua Grand Walder. Çui qu'a les vieilles gargouilles. » Les gants du garçon étaient nappés du sang de son cousin. « Je lui ai dit de pas sortir seul, mais il a répondu qu'il devait retrouver un homme qui lui devait de l'argent.

— Quel homme ? demanda Ramsay. Qu'on me donne son nom. Indique-le-moi, petit, et je t'offre une cape de sa peau.

— Il n'en a rien dit, messire. Uniquement qu'il avait gagné la somme aux dés. » Le jeune Frey hésita. « C'étaient des hommes de Blancport qui lui apprenaient à jouer aux dés. Je ne saurais dire lesquels, mais c'étaient eux.

— Messire, tonna Hosteen Frey. Nous connaissons l'homme qui a fait ceci. Qui a tué cet enfant, et tous les autres. Oh, pas de ses propres mains, non. Il est trop suiffeux, trop pleutre pour tuer lui-même. Mais sur son ordre. » Il se retourna vers Wyman Manderly. « Le niez-vous ? »

Le sire de Blancport sectionna une saucisse en deux d'un coup de dents. « Je le confesse... » Avec la manche, il essuya la graisse sur ses babines. « Je le confesse, je ne sais pas grand-chose sur ce pauvre garçon. L'écuyer de lord Ramsay, non ? Quel âge avait l'enfant ?

— Neuf ans, à son dernier anniversaire.

— Si jeune, prononça Wyman Manderly. Mais peut-être est-ce au fond une bénédiction. S'il avait vécu, en grandissant il serait devenu un Frey. »

Ser Hosteen percuta du pied le plateau de la table, le pro-pulsant sur ses tréteaux jusque contre la bedaine boursouflée de lord Wyman. Coupes et plats volèrent, les saucisses s'épar-pillèrent à la ronde, et une douzaine d'hommes de Manderly se levèrent en sacrant. Certains se saisirent de couteaux, de vais-selle, de carafes, de tout ce qui pouvait servir d'arme.

Ser Hosteen Frey arracha sa longue épée à son fourreau et bondit en direction de Wyman Manderly. Le sire de Blancport essaya de s'écarter dans un sursaut, mais le plateau de la table le clouait à son siège. La lame tailla trois des replis de son quadruple menton avec une gerbe de sang rouge vif. Lady Walda poussa un cri et saisit le bras du seigneur son époux. « Arrêtez, s'écria Roose Bolton. *Arrêtez, vous êtes fous.* » Ses propres hommes se ruèrent en avant tandis que les Manderly sautaient par-dessus les bancs pour s'en prendre aux Frey. L'un d'eux se jeta avec un poignard sur ser Hosteen, mais le grand chevalier pivota et lui trancha le bras à l'épaule. Lord Wyman se remit debout avec effort, pour s'écrouler aussitôt. Le vieux lord Locke réclama à grands cris un mestre, tandis que Man-derly se convulsait sur le sol comme un morse assommé, dans une mare de sang qui allait grandissant. Autour de lui, les dogues se disputaient les saucisses.

Il fallut une quarantaine des piquiers de Fort-Terreur pour séparer les combattants et mettre un terme au carnage. Sur le sol gisaient déjà, morts, six hommes de Blancport et deux Frey. Une douzaine d'autres étaient blessés et un des gars du Bâtard,

Luton, agonisait à grand bruit, réclamant sa mère en tentant de renfourner une poignée d'entrailles visqueuses par une blessure béante à son ventre. Lord Ramsay le réduisit au silence, arrachant une pique à l'un des hommes de Jarret d'Acier pour la ficher dans la poitrine de Luton. Et tout du long, les poutres continuaient à résonner de cris, de prières et de jurons, des hennissements des chevaux terrifiés et des grondements des chiennes de Ramsay. Walton Jarret d'Acier dut cogner une dizaine de fois du bout de sa pique contre le sol avant que la salle s'apaisât suffisamment pour qu'on entendît Roose Bolton.

« Je vois que vous avez tous soif de sang », déclara le sire de Fort-Terreur. Mestre Rhodry se tenait à côté de lui, un corbeau sur son bras. À la clarté des flambeaux, le plumage noir de l'oiseau brillait comme de l'huile de charbon. *Trempé*, comprit Theon. *Et dans la main de Sa Seigneurie, un parchemin. Il doit être mouillé aussi. Noires ailes, noires nouvelles.* « Plutôt que d'user de vos épées les uns contre les autres, vous devriez les essayer contre lord Stannis. » Lord Bolton déroula le parchemin. « Son ost se trouve à moins de trois journées d'ici à cheval, prisonnier des neiges et mourant de faim et, pour ma part, je suis las d'attendre son bon plaisir. Ser Hosteen, rassemblez vos chevaliers et vos hommes d'armes aux portes principales. Puisque vous bouillez tant d'impatience à vous battre, vous porterez notre premier coup. Lord Wyman, réunissez vos hommes de Blancport près de la porte est. Ils effectueront eux aussi une sortie. »

L'épée d'Hosteen Frey était rougie presque jusqu'à la garde. Des éclaboussures de sang lui piquetaient les joues comme des taches de rousseur. Il abaissa sa lame et répliqua : « À vos ordres, messire. Mais une fois que je vous aurai livré le chef de Stannis Baratheon, j'ai bien l'intention de finir de trancher celui de lord La Graisse. »

Quatre chevaliers de Blancport avaient formé un cercle autour de lord Wyman, tandis que mestre Medrick s'activait sur lui afin d'étancher le flot de sang. « Il vous faudra nous passer sur le corps d'abord, ser », déclara le plus âgé d'entre eux, un ancien au visage dur, blanchi sous le harnois, dont le surcot maculé de sang arborait trois sirènes d'argent sur un champ violet.

« Volontiers. Un par un ou tous à la fois, peu me chaut.

— *Assez* », rugit lord Ramsay, en brandissant sa pique ensanglantée. « Encore une menace, et je vous embroche tous moi-même. Le seigneur mon père a parlé ! Réservez votre courroux pour Stannis le prétendant. »

Roose Bolton hocha la tête avec approbation. « Il dit juste. Vous aurez assez de temps pour vous battre entre vous une fois que nous en aurons fini avec Stannis. » Il tourna la tête, ses pâles yeux froids fouillant la salle jusqu'à trouver Abel le barde, auprès de Theon. « Barde, appela-t-il, viens nous donner quelque air apaisant. »

Abel s'inclina. « Comme il plaira à Votre Seigneurie. » Luth à la main, il avança d'une démarche guillerette jusqu'à l'estrade, enjambant avec souplesse un cadavre ou deux, pour s'asseoir en tailleur au haut bout de la table. Au moment où il commença à jouer – une triste et douce mélodie que Theon Greyjoy ne reconnut pas – ser Hosteen, ser Aenys et leurs congénères Frey tournèrent les talons pour mener leurs chevaux hors de la salle.

Aveline saisit Theon par le bras. « Le bain. Il faut que ce soit maintenant. »

Il s'arracha à sa poigne. « De jour ? On va nous voir.

— La neige nous dissimulera. Tu es sourd ? Bolton dépêche ses épées. Nous devons rejoindre le roi Stannis avant eux.

— Mais… Abel…

— Abel saura s'occuper de lui-même », marmonna Escurel.

*C'est de la folie. Insensé, absurde, perdu d'avance.* Theon vida le fond de sa bière et se leva à contrecœur. « Va trouver tes sœurs. Il faut beaucoup d'eau pour remplir la baignoire de Madame. »

Escurel s'enfuit, de son pas toujours léger. Aveline escorta Theon hors de la salle. Depuis qu'elle et ses sœurs l'avaient découvert dans le bois sacré, une d'entre elles était attachée en permanence à ses pas, sans jamais le quitter des yeux. Elles n'avaient aucune confiance en lui. *Et pourquoi en auraient-elles ? Schlingue j'étais, et Schlingue je pourrais redevenir. Schlingue, Schlingue, ça commence comme chafouin.*

Dehors, la neige tombait toujours. Les bonshommes de neige dressés par les écuyers avaient enflé en géants monstrueux, hauts de dix pieds et épouvantablement déformés. En prenant le chemin du bois sacré, Aveline et lui se virent encadrés étroitement par de blancs remparts ; les passages reliant le donjon, la tour et la grande salle s'étaient changés en un dédale de tranchées verglacées, déblayées toutes les heures à la pelle pour les maintenir praticables. On pouvait aisément se perdre dans un tel labyrinthe givré, mais Theon Greyjoy en connaissait chaque tour et détour.

Même le bois sacré blanchissait. Une pellicule de glace s'était déposée sur l'étang au pied de l'arbre-cœur, et le visage sculpté sur son tronc pâle s'était paré d'une moustache de petits glaçons. À cette heure, ils ne pouvaient espérer avoir les anciens dieux pour eux seuls. Aveline entraîna Theon à l'écart des Nordiens qui priaient devant l'arbre, vers un recoin retiré le long du mur des casernements, près d'une mare de boue tiède qui puait l'œuf pourri. Même la boue givrait sur les bords, remarqua Theon. « L'hiver vient... »

Aveline lui jeta un regard dur. « Tu n'as aucun droit de prononcer la mise en garde de lord Eddard. Pas toi. Jamais. Après ce que tu as fait...

— Tu as tué un gamin, toi aussi.

— Ce n'était pas moi. Je te l'ai dit.

— Les mots sont du vent. » *Ils ne valent pas mieux que moi. Nous sommes exactement pareils.* « Vous avez tué les autres, pourquoi pas lui ? Dick le Jaune...

— ... puait autant que toi. Un vrai porc.

— Et Petit Walder était un porcelet. Son meurtre a déclenché les hostilités entre les Frey et les Manderly, c'était adroit, vous...

— *Pas nous.* » Aveline l'empoigna par la gorge et le repoussa contre le mur de la caserne, gardant le visage à un pouce du sien. « Répète encore ça et je t'arrache ta langue de menteur, fratricide. »

Il sourit à travers ses dents cassées. « Tu ne le feras pas. Vous avez besoin de ma langue pour franchir l'obstacle des gardes. Besoin de mes mensonges. »

Aveline lui cracha au visage. Puis elle le lâcha et essuya ses mains gantées sur ses cuisses, comme si le simple fait de le toucher l'avait souillée.

Theon savait qu'il n'aurait pas dû l'agacer. À sa façon, cette fille était aussi dangereuse que l'Écorcheur ou que Damon Danse-pour-Moi. Mais il était frigorifié et épuisé, sa tête battait, il n'avait pas dormi depuis des jours. « J'ai commis des horreurs... trahi les miens, retourné ma casaque, ordonné la mort d'hommes qui se fiaient à moi... Mais je ne suis pas un fratricide.

— Les fils Stark n'ont jamais été tes frères, certes. Nous le savons. »

Le fait était exact, mais ce n'était pas ce que Theon entendait par là. *Ils n'étaient pas de mon sang, mais je ne leur ai néanmoins fait aucun mal. Les deux que nous avons tués n'étaient que les fils d'un meunier.* Theon ne voulait pas songer à leur mère. Il connaissait l'épouse du meunier depuis des années, il avait même couché avec elle. *De gros seins lourds, avec de larges aréoles sombres, une bouche agréable, un rire joyeux. Autant de plaisirs que je ne goûterai jamais plus.*

Mais il ne servirait à rien de raconter à Aveline tout cela. Jamais elle ne croirait à ses dénégations, pas plus que lui aux siennes. « J'ai du sang sur les mains, mais pas le sang de frères, déclara-t-il avec lassitude. Et j'ai été puni.

— Pas assez. » Aveline lui tourna le dos.

*Idiote.* Toute créature brisée qu'il était, Theon avait encore son poignard avec lui. Il aurait eu beau jeu de le faire coulisser hors du fourreau pour le lui planter entre les omoplates. Cela au moins demeurait parmi ses capacités, malgré ses dents manquantes ou cassées, et tout le reste. Il se pourrait même que ce fût de la miséricorde – un trépas plus rapide et plus propre que celui que connaîtraient ses sœurs et elle, si Ramsay les attrapait.

Schlingue aurait pu le faire. Il l'aurait fait, dans l'espoir de complaire à lord Ramsay. Ces traînées avaient l'intention d'enlever l'épouse de ce dernier ; Schlingue ne pouvait laisser se perpétrer un tel acte. Mais les anciens dieux l'avaient reconnu, et appelé Theon. *Fer-né, j'étais fer-né, fils de Balon Greyjoy et héritier légitime de Pyk.* Les moignons de ses doigts le démangeaient et dansaient, mais il conserva son poignard au fourreau.

Lorsque Escurel revint, les quatre autres l'accompagnaient ; Myrte, maigre et grisonnante, Saule Œil-de-sorcière avec sa longue tresse noire, Frenya à la taille lourde et aux seins énormes, Houssie avec son coutelas. Vêtues en servantes de plusieurs couches de triste coutil gris, elles portaient des capes en laine brune doublées de fourrure de lapin. *Pas d'épées*, nota Theon. *Ni haches, ni masse, pas d'autres armes que des poignards.* La cape de Houssie était retenue par une agrafe en argent et Frenya arborait une cordelière de chanvre, serrée autour du milieu du corps, des hanches aux seins. Celle-ci la faisait paraître encore plus massive que nature.

Myrte avait pour Aveline une tenue de servante. « Les cours grouillent d'imbéciles, les mit-elle en garde. Ils ont l'intention de faire une sortie.

— Des agenouillés, répliqua Saule avec un bruit de mépris. Leur seigneurial seigneur a parlé, faut obéir.

— Ils vont mourir, pépia Houssie, ravie.

— Eux et nous, intervint Theon. Même si nous passons l'obstacle des gardes, comment avez-vous l'intention de faire sortir lady Arya ? »

Houssie sourit. « Six femmes qui entrent, six qui sortent. Qui regarde des servantes ? Nous donnerons à la fille Stark la tenue d'Escurel. »

Theon jeta un coup d'œil à cette dernière. *Elles ont pratiquement la même taille. Ça pourrait marcher.* « Et Escurel, comment sortira-t-elle ? »

L'intéressée répondit elle-même. « Par une fenêtre, et tout droit jusqu'au bois sacré. J'avais douze ans la première fois que mon frère m'a emmenée pour une razzia au sud de ton Mur. C'est là que j'ai reçu mon nom. Mon frère trouvait que je ressemblais à un écureuil qui court sur un arbre. Je l'ai escaladé six fois, ce Mur, depuis. Aller et retour. J' me dis que j'arriverai à descendre d'une tour de pierre.

— Satisfait, tourne-casaque ? demanda Aveline. Allons, en route. »

Les cuisines de Winterfell, vastes comme une caverne, occupaient une dépendance dédiée, bien séparée des salles et des
donjons principaux du château, en cas d'incendie. À l'intérieur,
les fumets évoluaient d'heure en heure – un parfum sans cesse
changeant de rôts, de poireaux et d'oignons, de pain cuit. Roose
Bolton avait posté des gardes à la porte de la cuisine. Avec
tant de bouches à satisfaire, chaque miette de nourriture était
précieuse. Les cuisinières et les marmitons eux-mêmes étaient
surveillés en permanence. Mais les gardes connaissaient Schlingue. Ils aimaient le railler, quand il venait chercher l'eau chaude
du bain de lady Arya. Aucun d'eux n'osait aller plus loin que
cela, cependant. On savait bien que Schlingue était le familier
de lord Ramsay.

« Le Prince qui pue s'en vient quérir de l'eau chaude »,
annonça un garde lorsque Theon et ses servantes parurent
devant lui. Il ouvrit pour eux la porte d'une poussée. « Allez,
dépêchez, avant que toute cette bonne chaleur se sauve. »

À l'intérieur, Theon crocha au passage un galopin par le bras.
« De l'eau pour m'dame, petit, ordonna-t-il. Six pleins seaux,
et veille à c'qu' l'eau soit bien chaude. Lord Ramsay la veut
toute rose et propre.

— Bien, m'sire, répondit le gamin. Tout d' suite, m'sire. »

« Tout d' suite » nécessita plus de temps que ne l'aurait préféré Theon. Aucune des grandes marmites n'était propre, aussi
le galopin dut-il en récurer une avant de la remplir d'eau.
Ensuite, elle sembla requérir un temps infini avant de s'agiter
à gros bouillons et deux fois plus longtemps pour que six seaux
de bois soient pleins. Et tout ce temps, les filles d'Abel attendaient, leur visage dissimulé sous leurs cagoules. *Elles s'y
prennent mal.* Les vraies servantes taquinaient sans cesse les
marmitons, contaient fleurette aux cuisiniers, quémandaient une
bouchée de ceci, une miette de cela. Aveline et ses sœurs
conspiratrices ne voulaient pas attirer l'attention, mais leur
silence morose incita bientôt les gardes à leur lancer des regards
intrigués. « Où qu'elles sont, Maisie, Jez et les autres ? demanda
l'un d'eux à Theon. Celles qui viennent d'habitude ?

— Elles ont fâché lady Arya, mentit-il. Son eau était froide
avant d'atteindre sa baignoire, la dernière fois. »

L'eau chaude emplissait l'air de volutes de vapeur, faisant fondre les flocons de neige qui descendaient. La procession retraversa dans l'autre sens le labyrinthe des tranchées aux parois de glace. À chaque pas qui faisait tanguer le contenu des seaux, l'eau refroidissait. Les passages étaient encombrés de soldats : des chevaliers en armure, avec surcots en laine et capes fourrées, des hommes d'armes chargés de piques en travers des épaules, des archers portant leurs arcs sans la corde et des boisseaux de flèches, des francs-coureurs, des valets d'écurie menant des palefrois. Les hommes de Frey exhibaient l'emblème aux deux tours, ceux de Blancport arboraient triton et trident. Ils fendaient la tempête dans des directions opposées et se jetaient des regards méfiants en se croisant, mais on ne tirait pas l'épée. Pas ici. *Ce sera peut-être une autre affaire dans les bois.*

Une demi-douzaine de guerriers d'expérience de Fort-Terreur gardaient les portes du Grand Donjon. « Putain ! Encore un bain ? » s'écria leur sergent en voyant les seaux d'eau fumante. Il avait enfoncé les mains sous les aisselles pour se protéger du froid. « Elle en a pris un hier au soir. Comment est-ce qu'on peut se salir dans son propre lit ? »

*Plus aisément que tu ne crois, quand on le partage avec Ramsay*, songea Theon, en se remémorant la nuit de noces et ce que lui et Jeyne avaient été contraints de faire. « Ordres de lord Ramsay.

— Entrez, alors, avant que l'eau ne gèle », leur enjoignit le sergent. Deux des gardes poussèrent le double vantail pour l'ouvrir.

L'entrée était pratiquement aussi froide que l'air du dehors. Houssie tapa ses bottes pour en décrocher la neige et baissa la cagoule de sa cape. « J'aurais cru que ce serait plus difficile. » Son souffle givra dans l'air.

« Il y a encore des gardes en haut de la porte de Sa Seigneurie, la prévint Theon. Des hommes de Ramsay. » Il n'osait pas les appeler les Gars du Bâtard, pas ici. On ne savait jamais qui risquait d'entendre. « Gardez la tête baissée et les capuchons levés.

— Fais ce qu'il dit, Houssie, déclara Aveline. Y en a qui connaissent ton visage. On a pas besoin de problèmes de ce genre. »

Theon ouvrit la voie dans la montée de l'escalier. *J'ai grimpé cet escalier mille fois auparavant.* Enfant, il les gravissait en courant ; pour descendre, il sautait les marches trois par trois. Une fois, il avait bondi tout droit contre la vieille nourrice, qu'il avait jetée par terre. Cela lui avait valu la pire fessée qu'il avait jamais reçue à Winterfell, bien qu'elle fût presque tendre comparée aux raclées que lui infligeaient ses frères, sur Pyk. Robb et lui avaient livré bien des combats héroïques sur ces marches, s'estoquant à grands coups d'épées de bois. Une excellente pratique, ça ; cela vous faisait comprendre la difficulté de s'ouvrir un passage jusqu'au sommet d'un escalier en spirale face à une opposition déterminée. Ser Rodrik aimait à dire qu'un bon guerrier pouvait en retenir une centaine, s'il combattait en position haute.

Cela remontait loin, toutefois. Tous étaient morts, désormais. Jory, le vieux ser Rodrik, lord Eddard, Harwin et Hullen, Cayn et Desmond, et Tom le Gros, Alyn qui rêvait de chevalerie, Mikken qui lui avait donné sa première vraie épée. Même la vieille nourrice, selon toute vraisemblance.

Et Robb. Robb, qui avait été plus un frère pour Theon que n'importe quel fils né des œuvres de Balon Greyjoy. *Assassiné aux Noces pourpres, massacré par les Frey. J'aurais dû être à ses côtés. Où étais-je ? J'aurais dû périr avec lui.*

Theon s'arrêta si brusquement que Saule faillit percuter son dos. La porte de la chambre à coucher de Ramsay se dressait devant lui. Et, pour la garder, il y avait deux des Gars du Bâtard, Alyn le Rogue et Grogne.

*Les anciens dieux doivent nous vouloir du bien.* Grogne n'avait pas de langue et Alyn le Rogue pas de tête, aimait à répéter lord Ramsay. L'un était brutal, l'autre méchant, mais tous deux avaient passé le plus clair de leur vie au service de Fort-Terreur. Ils exécutaient les ordres.

« J'ai de l'eau chaude pour lady Arya, leur annonça Theon.

— Essaie d' te laver, toi, Schlingue, répliqua Alyn le Rogue. Tu pues la pisse de cheval. » Grogne bougonna une approbation.

Ou peut-être ce bruit voulait-il exprimer un rire. Mais Alyn déverrouilla la porte de la chambre, et Theon fit signe aux femmes de passer.

Aucune aube n'avait paru dans cette pièce. Les ombres recouvraient tout. Une ultime bûche crépitait pauvrement dans les braises expirantes de l'âtre, et une chandelle vacillait sur la table, auprès d'un lit défait, vide. *La fille a filé,* fut la première pensée de Theon. *Elle s'est jetée par la fenêtre, de désespoir.* Mais ici, les volets des fenêtres étaient clos contre la tempête, calfatés par des carapaces de neige plaquée et de givre. « Où est-elle ? » interrogea Houssie. Ses sœurs vidèrent leurs seaux dans le grand baquet rond en bois. Frenya referma la porte de la chambre et y colla le dos. « *Où est-elle ?* » répéta Houssie. Dehors, un cor sonnait. *Une trompe. Les Frey, qui s'assemblent pour la bataille.* Theon sentait ses doigts manquants le démanger.

Puis il la vit. Elle était recroquevillée dans le recoin le plus noir de la chambre, par terre, roulée en boule sous une pile de peaux de loups. Theon ne l'aurait jamais repérée sans la façon dont elle tremblait. Jeyne avait tiré sur elle les fourrures afin de se cacher. *De nous ? Ou attendait-elle le seigneur son époux ?* La pensée que Ramsay pouvait surgir lui donna envie de hurler. « Madame. » Theon n'arrivait pas à l'appeler Arya et il n'osait l'appeler Jeyne. « Inutile de vous cacher. Ce sont des amies. »

Les fourrures remuèrent. Un œil apparut, brillant de larmes. *Sombre, trop sombre. Un œil brun.* « Theon ?

— Lady Arya. » Aveline s'approcha. « Il vous faut nous suivre, et promptement. Nous sommes venues vous mener auprès de votre frère.

— Mon frère ? » Le visage de la fille émergea de sous les peaux de loups. « Je… je n'ai pas de frère. »

*Elle a oublié qui elle est. Elle a oublié son nom.* « C'est vrai, répondit Theon, mais vous en avez eu naguère. Trois. Robb, Bran et Rickon.

— Ils sont morts. Je n'ai plus de frères.

— Zavez un demi-frère, lui dit Aveline. Lord Corbac, qu'il est.

— Jon Snow ?

— Nous allons vous conduire à lui, mais faut venir sur-le-champ. »

Jeyne remonta les peaux de loups jusqu'à son menton. « Non. C'est une ruse. C'est lui, c'est mon... mon seigneur, mon doux seigneur, c'est lui qui vous a envoyés, c'est juste une sorte de mise à l'épreuve pour s'assurer que je l'aime. Oui, oui, je l'aime plus que tout. » Une larme coula sur sa joue. « Dites-le, dites-le-lui. Je ferai ce qu'il voudra... tout ce qu'il voudra... avec lui ou... ou avec le chien, ou... de grâce... il n'aura nul besoin de me couper les pieds, je ne tenterai pas de m'enfuir, jamais, je lui donnerai des fils, je le jure, je le jure... »

Aveline siffla doucement. « Les dieux maudissent cet homme.

— Je suis une *bonne* fille, geignit Jeyne. Ils m'ont *dressée*. »

Saule grimaça. « Faites-la arrêter de chialer, quelqu'un. L'autre garde est muet, pas sourd. Ils vont finir par entendre.

— Fais-la *se lever*, tourne-casaque. » Houssie avait son poignard à la main. « Fais-la se lever, sinon c'est moi qui m'en charge. *Il faut qu'on parte*. Remets-moi cette petite conne debout et secoue-la pour lui faire retrouver un peu de courage.

— Et si elle crie ? » s'inquiéta Aveline.

*Nous sommes tous morts*, répondit dans sa tête Theon. *Je leur avais dit que c'était une folie, mais aucune n'a voulu m'écouter*. Abel les avait tous perdus. Tous les chanteurs étaient à demi fous. Dans les ballades, le héros sauvait toujours la belle du château du monstre, mais la vie n'était pas une ballade, pas plus que Jeyne n'était Arya Stark. *Ses yeux n'ont pas la bonne couleur. Et il n'y a pas de héros, ici, rien que des putains*. Néanmoins, il s'agenouilla à côté d'elle, abaissa les fourrures, lui toucha la joue. « Tu me connais. Je suis Theon, tu te souviens. Moi aussi, je te connais. Je sais ton nom.

— Mon nom ? » Elle secoua la tête. « Mon nom... c'est... »

Il lui posa un doigt sur les lèvres. « Nous pourrons en discuter plus tard. Il faut que tu fasses silence, maintenant. Viens avec nous. Avec moi. Nous allons t'emmener loin d'ici. Loin de lui. »

Elle écarquilla les yeux. « De grâce, chuchota-t-elle. Oh, de grâce. »

Theon glissa la main dans celle de Jeyne. Les moignons de ses doigts perdus fourmillèrent tandis qu'il halait la jeune femme afin de la mettre debout. Les peaux de loups churent autour d'elle. Au-dessous, elle était nue, ses petits seins pâles marqués de traces de dents. Il entendit une des femmes hoqueter de surprise. Aveline lui fourra un ballot de vêtements entre les mains. « Habille-la. Il fait froid, dehors. » Escurel s'était dévêtue jusqu'au petit linge, et fouillait dans un coffre en cèdre sculpté, en quête de quelque chose de plus chaud. Finalement, elle opta pour un des pourpoints matelassés de lord Ramsay, et une paire de chausses usées qui battaient sur ses jambes comme les voiles d'un navire dans la tempête.

Avec l'aide d'Aveline, Theon fit entrer Jeyne Poole dans les vêtements d'Escurel. *Si les dieux sont bons et que les gardes sont aveugles, elle pourrait faire illusion.* « À présent, nous allons sortir et descendre les marches, annonça Theon à la jeune femme. Tiens la tête baissée et le capuchon enfoncé. Suis Houssie. Ne cours pas, ne crie pas, ne dis rien, ne regarde personne en face.

— Reste près de moi, demanda Jeyne. Ne me quitte pas.

— Je serai juste à côté de toi », promit Theon tandis qu'Escurel se coulait dans le lit de lady Arya et remontait la couverture.

Frenya ouvrit la porte de la chambre.

« Alors, tu l'as bien lavée, Schlingue ? » demanda Alyn le Rogue, quand ils émergèrent. Grogne pinça le sein de Saule au passage. Ils eurent de la chance que l'homme l'eût choisie. S'il avait porté la main sur Jeyne, elle aurait probablement poussé un hurlement. Et là, Houssie aurait ouvert la gorge de Grogne avec le coutelas dissimulé dans sa manche. Saule se contenta de se tordre pour se dégager et passer.

Un instant, Theon fut presque pris de vertige. *Ils n'ont pas jeté un regard. Ils n'ont rien vu. On a fait passer la fille sous leur nez !*

Mais sur les marches, sa peur revint. Et s'ils rencontraient l'Écorcheur, Damon Danse-pour-Moi ou Walton Jarret d'Acier ? Ou Ramsay en personne ? *Que les dieux me préservent, pas Ramsay, n'importe qui sauf lui.* À quoi bon extraire la fille de sa chambre à coucher ? Ils étaient toujours à l'intérieur du château, avec toutes les portes fermées et barrées, et des remparts grouillant de sentinelles. Selon toute probabilité, les gardes à l'extérieur du donjon allaient les arrêter. Houssie et son coutelas ne serviraient pas à grand-chose contre six hommes bardés de maille, avec épées et piques.

À moins de dix pas de la porte, Aveline laissa choir son seau vide, et ses sœurs l'imitèrent. Le Grand Donjon était déjà invisible derrière elles. La cour était un désert blanc, rempli de sons à demi perçus qui résonnaient curieusement au sein de la tempête. Les tranchées de glace s'élevèrent autour d'eux, leur arrivant d'abord aux genoux, puis à la taille, puis plus haut que leurs têtes. Ils étaient au cœur de Winterfell, entourés de toutes parts par le château, mais on n'en discernait aucun signe. Ils auraient aussi bien pu être perdus dans les Contrées de l'éternel hiver, mille lieues au-delà du Mur. « Il fait froid », geignit Jeyne Poole tandis qu'elle avançait d'un pas mal assuré aux côtés de Theon.

*Et ça ne tardera pas à empirer.* Au-delà des remparts du château attendait l'hiver avec ses crocs de glace. *Si nous parvenons jusque-là.* « Par ici », indiqua-t-il quand ils arrivèrent à un embranchement où se croisaient trois tranchées.

« Frenya, Houssie, allez avec eux, ordonna Aveline. On va suivre, avec Abel. Ne nous attendez pas. » Et sur ces mots, elle pivota et plongea dans la neige, en direction de la grande salle. Saule et Myrte se hâtèrent à sa suite, leurs capes claquant dans le vent.

*De plus en plus insensé*, estima Theon Greyjoy. L'évasion avait paru invraisemblable, avec les six femmes d'Abel au complet ; avec seulement deux, elle semblait impossible. Mais ils étaient allés trop loin pour ramener la fille dans sa chambre et feindre que rien de tout ceci n'était arrivé. Aussi prit-il Jeyne par le bras pour l'entraîner le long du chemin qui menait à la porte des Remparts. *Rien qu'une demi-porte*, se remémora-t-il. *Même si les gardes nous autorisent à passer, il n'y a aucune issue à travers le mur extérieur.* Par d'autres nuits, les gardes avaient laissé sortir Theon, mais chaque fois il était venu seul. Il ne s'en tirerait pas si facilement avec trois servantes aux basques, et si les gardes jetaient un coup d'œil en dessous du capuchon de Jeyne et reconnaissaient l'épouse de lord Ramsay…

Le passage se tordit vers la gauche. Là, face à eux, derrière un voile de neige qui tombait, béait la porte des Remparts, flanquée d'une paire de gardes. Sous la laine, la fourrure et le cuir, ils paraissaient grands comme des ours. Ils brandissaient des piques de huit pieds de long. « Qui va là ? » lança l'un des deux. Theon ne reconnut pas la voix. L'essentiel des traits de l'homme étaient recouverts par l'écharpe qui lui entourait le visage. On ne voyait que ses yeux. « Schlingue, c'est toi ? »

*Oui*, avait-il l'intention de dire. Mais il s'entendit répondre : « Theon Greyjoy. Je… je vous ai amené des filles.

— Les malheureux, s'apitoya Houssie. Vous devez être gelés. Viens, que je te réchauffe. » Elle contourna la pointe de la pique du garde et tendit la main vers son visage, dégageant l'écharpe à demi gelée pour lui coller un baiser à pleine bouche. Et à l'instant où leurs lèvres se touchèrent, sa lame trancha la chair de son cou, juste en dessous de l'oreille. Theon vit les yeux de l'homme s'écarquiller. Il y avait du sang sur les lèvres de Houssie quand elle recula d'un pas, et du sang qui coulait de la bouche de l'homme quand il s'effondra.

Le deuxième garde était encore abasourdi, désorienté, quand Frenya empoigna sa pique par la hampe. Ils luttèrent un moment, tirant jusqu'à ce que la femme lui arrachât l'arme des doigts et le percutât à la tempe avec le manche. Alors que l'homme reculait en chancelant, elle renversa la pique pour lui planter le fer dans le ventre avec un grognement.

Jeyne Poole poussa un long cri suraigu.

« Oh, putain de merde, commenta Houssie. Pour le coup, les agenouillés vont nous tomber dessus, y a pas de doute. *Courez !* »

Theon plaqua une main sur la bouche de Jeyne, l'attrapa avec l'autre par la taille et l'entraîna au-delà des gardes, celui qui était mort et celui qui mourait, pour passer la porte et franchir les douves gelées. Et peut-être les anciens dieux veillaient-ils encore sur eux : on avait laissé le pont-levis baissé, pour permettre aux défenseurs de Winterfell d'effectuer plus rapidement la traversée entre la chemise et le mur extérieur. Derrière eux sonnèrent des alarmes et des bruits de pieds qui couraient, puis l'éclat d'une trompette, venu du chemin de ronde de la chemise.

Sur le pont-levis, Frenya s'arrêta et se retourna. « Continuez. Je vais retenir les agenouillés ici. » Elle serrait encore la pique ensanglantée dans ses grandes mains.

Theon titubait quand il atteignit le pied de l'escalier. Il jeta la jeune femme sur son épaule et entama l'ascension. Jeyne avait désormais cessé de se débattre, et elle était si menue, d'ailleurs… mais, sous la neige qui les saupoudrait, le verglas rendait les degrés glissants et, à mi-chemin, Theon perdit l'équilibre et tomba durement sur un genou. Il ressentit une douleur si intense qu'il faillit lâcher la fille et, l'espace d'un demi-battement de cœur, il craignit de ne pouvoir aller plus loin. Mais Houssie le releva et, à eux deux, ils finirent par haler Jeyne jusqu'au chemin de ronde.

En s'adossant contre un merlon, le souffle court, Theon entendit crier en contrebas, à l'endroit où Frenya se battait dans la neige contre une demi-douzaine de gardes. « De quel côté ? cria-t-il à Houssie. Où est-ce qu'on va, à présent ? *Comment est-ce qu'on sort ?* »

La fureur sur le visage de Houssie se changea en horreur. « Oh, bordel de merde. La corde. » Elle éclata d'un rire de folle. « *C'est Frenya qui a la corde.* » Puis elle poussa un grognement et s'agrippa le ventre. Un carreau venait d'en jaillir. Quand elle l'empoigna d'une main, du sang lui suinta entre les doigts. « Des agenouillés sur la chemise… », hoqueta-t-elle avant qu'un second vireton n'apparût entre ses seins. Houssie crocha le merlon le plus proche et tomba. La neige qu'elle avait délogée l'ensevelit avec un choc étouffé.

Des cris montèrent à leur gauche. Jeyne Poole fixait Houssie à ses pieds tandis que la couverture de neige qui la nappait virait du blanc au rouge. Sur la muraille interne l'arbalétrier devait être occupé à recharger, Theon le savait. Il partit vers la droite, mais il y avait des hommes qui arrivaient de cette direction également, courant vers eux, épée à la main. Loin au nord, il entendit sonner une trompe de guerre. *Stannis*, songea-t-il, affolé. *Stannis est notre seul espoir, si nous pouvons l'atteindre.* Le vent hurlait, et la fille et lui étaient pris au piège.

L'arbalète claqua. Un carreau passa à moins d'un pied de lui, crevant la carapace de neige gelée qui avait bouché le plus proche créneau. D'Abel, Aveline, Escurel et les autres, il n'y avait aucun signe. La fille et lui étaient seuls. *S'ils nous prennent vivants, ils nous livreront à Ramsay.*

Theon attrapa Jeyne par la taille et sauta.

# DAENERYS

Le ciel était d'un bleu implacable, sans la moindre bouffée nuageuse en vue. *Bientôt, les briques cuiront au soleil*, songea Daenerys. *Sur le sable, les combattants sentiront la chaleur à travers les semelles de leurs sandales.*

Jhiqui fit glisser la robe de soie de Daenerys de ses épaules et Irri l'aida à entrer dans son bain. Les feux du soleil levant miroitaient à la surface de l'eau, brisés par l'ombre du plaqueminier. « Même si les arènes doivent rouvrir, Votre Grâce est-elle tenue de s'y rendre en personne ? » interrogea Missandei tandis qu'elle lavait les cheveux de la reine.

« La moitié de Meereen sera là pour me voir, tendre cœur.

— Votre Grâce, ma personne sollicite la permission de dire que la moitié de Meereen sera là pour regarder des hommes saigner et mourir. »

*Elle n'a pas tort*, reconnut la reine, *mais cela n'a pas d'importance.*

Bientôt, Daenerys fut aussi propre qu'elle pouvait l'être. Elle se remit debout, dans de légères éclaboussures. L'eau lui ruissela le long des jambes ou perla sur ses seins. Le soleil s'élevait dans le ciel, et son peuple ne tarderait pas à s'assembler. Elle aurait préféré se laisser dériver toute la journée dans les eaux parfumées du bassin, à grignoter des fruits glacés sur des plateaux d'argent, en rêvant d'une maison à la porte rouge, mais une reine se devait à son peuple, et non à elle-même.

Jhiqui apporta une serviette moelleuse pour la sécher, en la tapotant. « *Khaleesi*, quel *tokar* voulez-vous, ce jour ? s'enquit Irri.

— Celui en soie jaune. » La reine des lapins ne pouvait paraître sans ses longues oreilles. La soie jaune était légère et fraîche, et il régnerait dans l'arène une chaleur de fournaise. *Les sables rouges cuiront la plante des pieds de ceux qui vont mourir.* « Et par-dessus, les longs voiles rouges. » Les voiles empêcheraient le vent de lui projeter du sable dans la bouche. *Et le rouge masquera d'éventuelles éclaboussures de sang.*

Tandis que Jhiqui se chargeait de brosser les cheveux de Daenerys et Irri de peindre ses ongles, elles bavardaient gaiement en discutant des combats de la journée. Missandei réapparut. « Votre Grâce. Le roi vous prie de le rejoindre quand vous serez habillée. Et le prince Quentyn est ici avec ses Dorniens. Ils sollicitent une entrevue, n'en déplaise à Votre Grâce. »

*Peu de choses ne me déplairont pas, aujourd'hui.* « Quelque autre jour. »

À la base de la Grande Pyramide, ser Barristan les attendait auprès d'un palanquin ouvert et ornementé, entouré de Bêtes d'Airain. *Ser Grand-Père*, se dit Daenerys. Malgré son âge, il paraissait grand et plein de prestance dans l'armure qu'elle lui avait donnée. « Je serais plus heureux si vous aviez aujourd'hui des gardes immaculés à vos côtés, Votre Grâce, déclara le vieux chevalier, tandis qu'Hizdahr allait saluer son cousin. La moitié de ces Bêtes d'Airain sont des affranchis novices. » *Et l'autre moitié, des Meereeniens aux allégeances douteuses*, ne voulut-il pas dire. Selmy se défiait de tous les Meereeniens, même des crânes-ras.

« Et novices ils resteront, jusqu'à ce que nous les mettions à l'épreuve.

— Un masque peut dissimuler bien des choses, Votre Grâce. Celui qui se cache derrière son masque de chouette est-il cette même chouette qui vous gardait hier, ou le jour d'avant ? Comment le savoir ?

— Comment Meereen aura-t-elle jamais confiance dans les Bêtes d'Airain, si nous n'en avons pas ? Ce sont de braves et vaillants guerriers, sous ces masques. Je remets ma vie entre leurs mains. » Daenerys sourit à ser Barristan. « Vous vous inquiétez trop, ser. Je vous aurai près de moi, de quelle autre protection ai-je besoin ?

— Je suis un vieil homme, Votre Grâce.

— Belwas le Fort sera également à mes côtés.

— À vos ordres. » Ser Barristan baissa la voix. « Votre Grâce. Nous avons libéré cette Meris, comme vous l'aviez demandé. Avant de partir, elle a souhaité vous parler. C'est moi qui suis allé la rencontrer, en fait. Elle prétend que leur Prince en Guenilles avait depuis le début l'intention de rallier les Erre-au-Vent à votre cause. Qu'il l'a envoyée ici traiter en secret avec vous, mais que les Dorniens les ont démasqués et trahis avant qu'elle ait pu initier ses propres approches. »

*Trahison sur trahison*, songea la reine avec lassitude. *Tout cela n'aura-t-il jamais de fin ?* « Quelle part de ses dires croyez-vous ?

— Tant et moins, Votre Grâce, mais telles ont été ses paroles.

— Se rallieront-ils à nous, au besoin ?

— Elle le prétend. Mais cela aura un prix.

— Versez-le. » Meereen avait besoin de fer, pas d'or.

« Le Prince en Guenilles ne se contentera pas de numéraire, Votre Grâce. Meris déclare qu'il veut Pentos.

— Pentos ? » Les yeux de la reine se rétrécirent. « Comment pourrais-je lui donner Pentos ? La cité se trouve à une moitié de monde d'ici.

— Il serait disposé à patienter, a laissé entendre cette Meris. Jusqu'à ce que nous marchions sur Westeros. »

*Et si je ne marche jamais sur Westeros ?* « Pentos appartient aux Pentoshis. Et maître Illyrio habite à Pentos. C'est lui qui a arrangé mon mariage avec le *khal* Drogo et qui m'a donné mes œufs de dragon. Qui vous a envoyé à moi, ainsi que Belwas, et Groleo. Je lui dois énormément. Je refuse de rembourser cette dette en livrant sa cité à une épée-louée. C'est non. »

Ser Barristan inclina la tête. « Votre Grâce est sage.

— As-tu jamais vu journée se présenter sous de meilleurs auspices, mon amour ? » commenta Hizdahr zo Loraq lorsqu'elle le rejoignit. Il aida Daenerys à monter dans le palanquin, où deux hauts trônes étaient installés côte à côte.

« De meilleurs auspices pour toi, peut-être. Moins pour ceux qui vont devoir mourir avant le coucher du soleil.

— Tous les hommes doivent mourir, répondit Hizdahr, mais tous n'auront pas droit à une mort glorieuse, avec les ovations de la cité qui résonnent à leurs oreilles. » Il leva une main à l'adresse des soldats aux portes. « Ouvrez. »

La plaza qui s'étendait devant la pyramide de Daenerys était pavée de briques multicolores, et la chaleur en montait par ondoiements. Partout, les gens se pressaient. Certains se déplaçaient dans des litières ou en chaises à porteurs, d'autres chevauchaient des ânes, beaucoup allaient à pied. Neuf sur dix se dirigeaient vers l'ouest, en suivant la large artère de brique qui menait à l'arène de Daznak. Quand les plus proches badauds aperçurent le palanquin qui émergeait de la pyramide, des vivats s'élevèrent, pour se propager sur toute la plaza. *Comme c'est étrange*, songea la reine. *Ils m'applaudissent, sur cette même plaza où j'ai fait empaler cent soixante-trois Grands Maîtres.*

Un énorme tambour ouvrait la voie à la procession royale pour dégager le passage à travers les rues. Entre chaque coup, un héraut crâne-ras en cotte de disques en bronze poli criait à la foule de s'écarter. *Boumm*. « Ils approchent ! » *Boumm*. « Faites place ! » *Boumm*. « La reine ! » *Boumm*. « Le roi ! » *Boumm*. Derrière le tambour marchaient des Bêtes d'Airain, à quatre de front. Certaines portaient des casse-tête, d'autres des bâtons ; toutes étaient revêtues de jupes plissées, de sandales de cuir et de capes bigarrées cousues de carrés multicolores, en écho aux briques polychromes de Meereen. Leurs masques flamboyaient au soleil : des sangliers et des taureaux, des faucons et hérons, des lions et des tigres et des ours, des serpents à la langue bifide et de hideux basilics.

Belwas le Fort, qui n'aimait guère les chevaux, marchait devant eux dans son gilet clouté, sa bedaine brune couturée de cicatrices ballottant à chaque pas. Irri et Jhiqui suivaient montées, avec Aggo et Rakharo, puis Reznak dans une chaise à porteurs dotée d'un auvent pour protéger sa tête du soleil. Ser Barristan Selmy chevauchait au côté de Daenerys, son armure fulgurant au soleil. Une longue cape lui tombait des épaules, décolorée jusqu'à la blancheur de l'os. À son bras gauche s'accrochait un grand bouclier blanc. Un peu en arrière venait Quentyn Martell, le prince dornien, avec ses deux compagnons.

La colonne avançait lentement au pas en suivant la longue rue de brique. *Boumm.* « Ils approchent ! » *Boumm.* « Notre reine. Notre roi. » *Boumm.* « Faites place. »

Daenerys entendait derrière elle ses caméristes débattre du vainqueur de la dernière rencontre de la journée. Jhiqui inclinait pour le gigantesque Goghor, plus proche du taureau que de l'homme, jusque par l'anneau de bronze qu'il portait dans le nez. Irri insistait : le fléau de Belaquo Briseur-d'os signerait la perte du géant. *Mes caméristes sont dothrakies,* se remémora-t-elle. *La mort chevauche avec chaque khalasar.* Le jour où elle avait épousé le *khal* Drogo, les *arakhs* avaient brillé à son repas de noces, et des hommes étaient morts tandis que d'autres buvaient ou s'accouplaient. Chez les seigneurs du cheval, la vie et la mort allaient main dans la main et une jonchée de sang, disait-on, consacrait un mariage. Ses nouvelles noces ne tarderaient pas à être noyées sous le sang. Quelle bénédiction cela représenterait ?

*Boumm, boumm, boumm, boumm, boumm, boumm,* tonnèrent les battements du tambour, plus rapides qu'avant, subitement furieux et impatients. Ser Barristan tira son épée tandis que la colonne faisait brutalement halte entre les pyramides rose et blanc de Pahl, et vert et noir de Naqqan.

Daenerys se tourna. « Pourquoi nous sommes-nous arrêtés ? »

Hizdahr se leva. « Le passage est bloqué. »

Un palanquin renversé leur barrait la route. Un de ses porteurs s'était écroulé sur les briques, vaincu par la chaleur. « Allez secourir cet homme, ordonna Daenerys. Écartez-le de la rue avant qu'on ne le piétine et donnez-lui à manger et à boire. On dirait à le voir qu'il n'a rien pris depuis quinze jours. »

Ser Barristan jetait des regards soucieux à droite et à gauche. Des visages ghiscaris apparaissaient aux terrasses, toisant la rue avec des yeux froids et indifférents. « Votre Grâce, cette halte ne me plaît pas. Ce pourrait être un traquenard. Les Fils de la Harpie…

« — ... ont été jugulés, acheva Hizdahr zo Loraq. Pourquoi chercheraient-ils à porter la main sur ma reine alors qu'elle m'a choisi pour roi et consort ? À présent, qu'on aide cet homme, comme ma douce reine l'a ordonné. » Il prit Daenerys par la main et sourit.

Les Bêtes d'Airain exécutèrent les ordres. Daenerys les regarda opérer. « Ces porteurs étaient des esclaves, avant que j'arrive. Je les ai affranchis. Et pourtant, ce palanquin ne s'est pas allégé pour autant.

— C'est vrai, admit Hizdahr, mais on paie ces hommes pour en supporter le poids, désormais. Avant ton arrivée, cet homme qui a trébuché aurait eu au-dessus de lui un surveillant, occupé à écorcher son dos à coups de fouet. Au lieu de cela, on lui porte secours. »

C'était vrai. Une Bête d'Airain en masque de sanglier avait proposé au porteur de litière une outre d'eau. « Je dois me contenter de menues victoires, je suppose, commenta la reine.

— Un pas, et encore un pas et, bientôt, nous courrons tous. Ensemble, nous créerons une nouvelle Meereen. » Devant eux, la rue s'était enfin dégagée. « Allons-nous continuer ? »

Que pouvait-elle faire, sinon acquiescer ? *Un pas, et encore un pas, mais vers où est-ce que je me dirige ?*

Aux portes de l'arène de Daznak, deux massifs guerriers de bronze s'affrontaient en un combat mortel. L'un d'eux maniait une épée, l'autre une hache ; le sculpteur les avait représentés au moment où ils se tuaient mutuellement, leurs lames et leurs corps formant une arche au-dessus.

*L'art de la mort*, songea Daenerys.

Elle avait bien des fois vu les arènes de combat, de sa terrasse. Les plus petites criblaient la face de Meereen comme des marques de vérole ; les plus grandes ouvraient des plaies béantes, rouges et suppurantes. Aucune qui se comparât à celle-ci, toutefois. Belwas le Fort et ser Barristan les encadrèrent tandis que son époux et elle passaient en dessous des bronzes, pour émerger au sommet d'une large cuvette en brique ceinturée par des niveaux descendants de gradins, chacun d'une couleur différente.

Hizdahr zo Loraq la mena jusqu'en bas, à travers le noir, l'indigo, le bleu, le vert, le blanc, le jaune et l'orange, jusqu'au rouge, où les briques écarlates prenaient la nuance des sables en contrebas. Autour d'eux des camelots vendaient des saucisses de chien, des oignons rôtis et des embryons de chiots piqués sur un bâton, mais Daenerys n'en avait nul besoin. Hizdahr avait approvisionné leur loge de carafes de vin et d'eau douce glacés, de figues, de dattes, de melons et de grenades avec des noix de pécan et des poivrons et une grande jatte de sauterelles au miel. Belwas le Fort poussa un beuglement : « *Des sauterelles !* », en s'emparant de la jatte, et se mit à les croquer par poignées.

« Elles sont succulentes, fit valoir Hizdahr. Tu devrais en goûter quelques-unes toi aussi, mon amour. On les roule dans les épices avant le miel, si bien qu'elles sont sucrées et piquantes à la fois.

— Ça explique pourquoi Belwas transpire, commenta Daenerys. Je crois que je vais me contenter de figues et de dattes. »

De l'autre côté de l'arène, les Grâces étaient assises dans des robes flottantes aux multiples couleurs, groupées autour de la silhouette austère de Galazza Galare, seule parmi elles à porter du vert. Les Grands Maîtres de Meereen occupaient les bancs rouges et orange. Les femmes étaient voilées, et les hommes avaient peigné et laqué leurs chevelures en formes de cornes, de mains et de pointes. La parentèle d'Hizdahr, de l'ancienne lignée des Loraq, semblait affectionner les *tokars* mauves, indigo et lilas, tandis que ceux des Pahl étaient striés de rose et blanc. Les émissaires de Yunkaï, intégralement vêtus de jaune, remplissaient la loge jouxtant celle du roi, chacun d'eux accompagné de ses esclaves et de ses serviteurs. Les Meereeniens de moindre naissance se pressaient sur les gradins supérieurs, moins proches du carnage. Sur les bancs noirs et indigo, les plus élevés et écartés des sables, s'entassaient les affranchis et le reste du petit peuple. Les épées-louées avaient été installées là-haut, également, nota Daenerys, leurs capitaines placés parmi les simples soldats. Elle aperçut le visage tanné de Brun Ben, et le rouge ardent des moustaches et des longues tresses de Barbesang.

Le seigneur son époux se mit debout et leva les bras. « *Grands Maîtres !* Ma reine est venue ce jour, afin de manifester son amour envers vous, son peuple. De par sa grâce et avec sa permission, je vous accorde à présent l'art de la mort. *Meereen !* Fais entendre à la reine Daenerys ton amour ! »

Dix mille gorges rugirent leurs remerciements ; puis vingt mille ; puis toutes. Ils ne scandaient pas son nom, que peu d'entre eux auraient su prononcer. En vérité, ils criaient « *Mère !* ». Dans l'ancienne langue morte de Ghis, cela se disait *Mhysa*. Ils tapèrent des pieds, se claquèrent le ventre et hurlèrent : « *Mhysa, Mhysa, Mhysa* » jusqu'à ce que l'arène tout entière semblât trembler. Daenerys laissa le bruit déferler sur elle. *Je ne suis pas votre mère*, aurait-elle pu leur hurler en retour, *je suis celle de vos esclaves, de chaque enfant qui a jamais péri sur ces sables tandis que vous vous gorgiez de sauterelles au miel.* Derrière elle, Reznak se pencha pour lui souffler à l'oreille : « Votre Magnificence, entendez comme ils vous aiment ! »

*Non*, elle le savait bien, *ils aiment leur art de la mort.* Lorsque les ovations commencèrent à diminuer, elle se permit de s'asseoir. Leur loge se trouvait à l'ombre, mais Daenerys sentait un martèlement sous son crâne. « Jhiqui, demanda-t-elle, de l'eau fraîche, s'il te plaît. J'ai la gorge très sèche.

— C'est Khrazz qui va avoir l'honneur de la première mort du jour, lui annonça Hizdahr. Il n'y a jamais eu de meilleur combattant.

— Belwas le Fort était meilleur », insista Belwas le Fort.

Khrazz était un Meereenien d'humbles origines – un homme de haute taille, avec une crête de cheveux raides, rouge-noir, qui courait au centre de son crâne. Son ennemi était un piqueur à peau d'ébène venu des îles d'Été, dont les assauts d'estoc tinrent un moment Khrazz en respect. Mais une fois que son épée courte éluda la pointe de la pique, ne resta plus qu'une boucherie. Quand elle fut achevée, Khrazz découpa le cœur de l'homme noir, le brandit au-dessus de sa tête, rouge et ruisselant, et mordit dedans.

« Khrazz croit que le cœur des braves le rend plus fort », expliqua Hizdahr. Jhiqui murmura son approbation. Daenerys avait un jour dévoré le cœur d'un étalon pour apporter de la force à son fils à naître... mais cela n'avait pas sauvé Rhaego lorsque la *maegi* l'avait assassiné dans le ventre de Daenerys. *Trois trahisons te faut vivre. Elle était la première, Jorah la seconde, Brun Ben Prünh la troisième.* En avait-elle terminé avec les traîtres ?

« Ah, nota Hizdahr avec satisfaction. Voici maintenant le Félin moucheté. Regarde comme il se déplace, ma reine. Un poème sur deux pieds. »

L'ennemi qu'avait trouvé Hizdahr pour ce poème ambulant était aussi grand que Goghor et aussi large que Belwas, mais lent. Ils se battaient à six pieds de la loge de Daenerys quand le Félin moucheté lui sectionna les tendons. Lorsque l'homme s'écroula à genoux, le Félin plaqua un pied contre son dos et une main autour de sa tête, et il lui ouvrit la gorge d'une oreille à l'autre. Les sables rouges burent son sang, le vent ses derniers mots. La foule hurla son approbation.

« Mauvais combat, belle mort, jugea Belwas le Fort. Belwas le Fort pas aimer quand ils crient. » Il avait fini toutes les sauterelles au miel. Il laissa fuser un rot et avala une rasade de vin.

Des Qarthiens pâles, des Estiviens noirs, des Dothrakis à la peau cuivrée, des Tyroshis à barbe bleue, des Agnelets, des Jogos Nhais, des Braaviens graves, des demi-hommes à la peau mouchetée des jungles de Sothoros – ils venaient des bouts du monde mourir dans l'arène de Daznak. « Celui-ci est très prometteur, ma douceur », signala Hizdahr à propos d'un jeune Lysien aux longues mèches blondes qui flottaient au vent... Mais son ennemi agrippa une poignée de ces cheveux, tira dessus pour déséquilibrer l'adolescent, et l'éventra. Dans la mort, il paraissait encore plus jeune qu'il ne l'avait été une lame à la main. « Un enfant, protesta Daenerys. Ce n'était qu'un enfant.

— Seize ans, insista Hizdahr. Un homme fait, qui a librement choisi de risquer sa vie pour l'or et la gloire. Aucun enfant ne meurt aujourd'hui à Daznak, comme l'a décrété ma douce reine dans sa sagesse. »

*Encore une menue victoire. Peut-être ne puis-je pas rendre mon peuple bon*, se dit-elle, *mais je devrais au moins essayer de le rendre un peu moins mauvais.* Daenerys aurait également souhaité proscrire les rencontres entre femmes, mais Barséna

Cheveux-noirs avait protesté qu'elle avait autant que n'importe quel homme le droit de risquer sa vie. La reine avait aussi souhaité interdire les folies, ces combats bouffons où estropiés, nains et vieillardes s'en prenaient les uns aux autres à coups de couperets, de torches et de marteaux (plus ineptes étaient les combattants et plus cocasse la folie, de l'avis général), mais Hizdahr avait assuré que son peuple ne l'en aimerait que plus si elle riait avec eux, et argumenté que, sans de telles gambades, les estropiés, les nains et les vieillardes périraient de faim. Aussi Daenerys avait-elle cédé.

La coutume voulait qu'on condamnât les criminels à l'arène ; elle avait accepté de ressusciter cette pratique, mais pour certains crimes uniquement. « On peut contraindre les assassins et les violeurs à se battre, ainsi que tous ceux qui persistent à pratiquer l'esclavage, mais ni les voleurs, ni les débiteurs. »

Les combats d'animaux étaient toujours autorisés, cependant. Daenerys regarda un éléphant se débarrasser promptement d'une meute de six loups rouges. Ensuite, un taureau affronta un ours dans une bataille sanglante qui laissa les deux animaux agoniser en lambeaux. « La chair n'est pas perdue, intervint Hizdahr. Les bouchers utilisent les carcasses afin de préparer pour les affamés un bouillon revigorant. Tout homme qui se présentera aux Portes du Destin aura droit à un bol.

— Une bonne loi », jugea Daenerys. *Vous en avez tellement peu.* « Nous devons veiller à maintenir cette tradition. »

Après les combats d'animaux, vint une feinte bataille, opposant six fantassins à six cavaliers, les premiers armés de boucliers et d'épées longues, les seconds d'*arakhs* dothrakis. Les faux chevaliers étaient revêtus de hauberts de mailles, tandis que les faux Dothrakis ne portaient aucune armure. Au début, les cavaliers semblèrent prendre l'avantage, piétinant deux de leurs adversaires et tranchant l'oreille d'un troisième, et puis les chevaliers survivants commencèrent à s'attaquer aux montures et, un par un, les cavaliers vidèrent les étriers et périrent, au grand écœurement de Jhiqui. « Ce n'était pas un vrai *khalasar*, décréta-t-elle.

— Ces dépouilles ne sont pas destinées à votre revigorant ragoût, j'espère, commenta Daenerys tandis qu'on évacuait les morts.

— Les chevaux, si, répondit Hizdahr. Pas les hommes.

— Viande de cheval et oignons rendent forts », expliqua Belwas.

La bataille fut suivie de la première folie du jour, un tournoi que se livraient deux nains jouteurs, offerts par un des seigneurs yunkaïis invités par Hizdahr au spectacle. L'un chevauchait un chien, l'autre une truie. On avait repeint de frais leurs armures de bois, afin que l'un arborât le cerf de l'usurpateur Robert Baratheon, l'autre le lion d'or de la maison Lannister. Cela avait été fait à l'intention de Daenerys, clairement. Leurs cabrioles ne tardèrent pas à faire hoqueter de rire Belwas, bien que le sourire de Daenerys fût pâle et forcé. Quand le nain en rouge dégringola de sa selle pour se mettre à courir dans les sables aux trousses de sa truie, tandis que le nain monté sur le chien galopait à sa poursuite en lui claquant les fesses avec une épée de bois, elle déclara : « C'est bouffon et absurde, mais...

— Patience, ma douceur, lui dit Hizdahr. Ils vont lâcher les lions. »

Daenerys lui jeta un regard interloqué. « Des lions ?

— Trois. Les nains ne s'y attendront pas. »

Elle fronça les sourcils. « Les nains ont des épées de bois. Des armures de bois. Comment veux-tu qu'ils combattent contre des lions ?

— Mal, répondit Hizdahr. Mais peut-être nous surprendront-ils. Le plus probable, c'est qu'ils vont pousser des hurlements, courir en tous sens et tenter d'escalader les parois de l'arène. C'est ce qui fait de tout cela une folie. »

L'idée ne plut pas à Daenerys. « Je l'interdis.

— Douce reine. Tu ne veux pas décevoir ton peuple.

— Tu m'as juré que les combattants seraient des adultes qui avaient librement consenti à risquer leurs vies pour de l'or et des honneurs. Ces nains n'ont pas accepté de se battre contre des lions avec des épées de bois. Tu vas arrêter ça. Sur-le-champ. »

La bouche du roi se pinça. L'espace d'un battement de cœur, Daenerys crut discerner un éclair de colère dans ses yeux placides. « Comme tu l'ordonnes. » Hizdahr fit signe à son maître d'arène. « Pas de lions », dit-il quand l'homme s'approcha au petit trot, le fouet à la main.

« Quoi, même pas un, Votre Magnificence ? Mais ce n'est pas drôle !

— Ma reine a parlé. Il ne sera fait aucun mal aux nains.

— Ça ne va pas plaire au public.

— Alors, fais venir Barséna. Ça devrait les apaiser.

— Votre Excellence est la mieux placée pour juger. » Le maître d'arène fit claquer son fouet et cria des ordres. On chassa les nains, avec leur truie et leur chien, tandis que les spectateurs manifestaient leur désapprobation par des sifflets, et des jets de cailloux et de fruits pourris.

Un rugissement s'éleva à l'entrée sur les sables de Barséna Cheveux-noirs, nue à l'exception d'un pagne et de sandales. Grande, basanée, la trentaine, elle se mouvait avec la grâce sauvage d'une panthère. « Barséna est très populaire, commenta Hizdahr tandis que les clameurs enflaient jusqu'à emplir l'arène. La femme la plus brave que j'aie jamais vue.

— Combattre des femmes n'est pas si brave, déclara Belwas le Fort. Combattre Belwas le Fort serait brave.

— Aujourd'hui, elle affronte un sanglier », annonça Hizdahr.

*Certes*, se dit Daenerys, *parce que tu n'as pas réussi à trouver de femme pour la combattre, si ventrue que soit la bourse offerte.* « Et pas avec une épée de bois, semble-t-il. »

Le sanglier était une bête énorme, aux défenses aussi longues qu'un avant-bras d'homme et de petits yeux noyés de rage. Daenerys se demanda si le sanglier qui avait tué Robert Baratheon avait eu aussi féroce aspect. *Une créature effroyable, une mort effroyable.* L'espace d'un instant, elle ressentit presque de la peine pour l'Usurpateur.

« Barséna est très rapide, expliquait Reznak. Elle va danser avec le sanglier, Votre Magnificence, et le lacérer quand il passera près d'elle. Il ruissellera de sang avant de s'écrouler, vous verrez. »

Tout commença exactement comme il l'avait prédit. Le sanglier chargea, Barséna pivota pour l'esquiver, l'argent de sa lame étincelant au soleil. « Elle aurait besoin d'une pique », estima ser Barristan, tandis que Barséna bondissait par-dessus la deuxième charge de la bête. « Ce n'est pas ainsi que l'on combat un sanglier. » Il ressemblait à un grand-père bougon, comme le répétait Daario.

La lame de Barséna dégouttelait de rouge, mais le sanglier ne tarda pas à se figer. *Il est plus malin qu'un taureau*, comprit Daenerys. *Il va cesser de charger.* Barséna parvint à la même conclusion. Poussant des cris, elle approcha du sanglier, lançant son couteau d'une main à l'autre. Quand la bête recula, elle l'insulta et la frappa sur la hure, en essayant de la provoquer… avec succès. Cette fois-ci, elle sauta un instant trop tard, et une défense lui ouvrit la cuisse gauche du genou jusqu'à l'aine.

Une plainte monta de trente mille gorges. Empoignant sa jambe lacérée, Barséna laissa choir son couteau et tenta de s'éloigner en claudiquant, mais avant qu'elle ait progressé de deux pas, le sanglier la chargea derechef. Daenerys détourna la tête. « Était-ce assez brave ? » interrogea-t-elle Belwas le Fort, tandis qu'un hurlement retentissait à travers les sables.

« Combattre des cochons est brave, mais crier si fort n'est pas brave. Ça fait mal dans les oreilles de Belwas le Fort. » L'eunuque massa sa panse gonflée, couturée d'anciennes cicatrices blanches. « Ça donne mal au ventre de Belwas le Fort, aussi. »

Le sanglier plongea le groin dans le ventre de Barséna et se mit à en extirper les entrailles. La puanteur dépassait ce que la reine pouvait endurer. La chaleur, les mouches, les cris de la foule… *Je ne peux plus respirer.* Elle souleva son voile et le laissa s'envoler. De la même façon, elle retira son *tokar*. Les perles cliquetèrent les unes contre les autres tandis qu'elle déroulait la soie.

« *Khaleesi ?* lui demanda Irri. Que faites-vous ?

— Je retire mes oreilles de lapin. » Une douzaine d'hommes armés de piques à sangliers firent irruption dans l'arène pour chasser la bête du cadavre et la repousser dans son enclos. Le maître d'arène les accompagnait, un long fouet barbelé à la main. Lorsqu'il le fit claquer en direction du sanglier, la reine se leva. « Ser Barristan, voulez-vous bien me raccompagner jusqu'à mon jardin ? »

Hizdahr parut décontenancé. « Ce n'est pas terminé. Une folie, avec six vieillardes, et trois autres combats. Belaquo et Goghor !

— Belaquo va gagner, trancha Irri. C'est connu.

— Ce n'est *pas* connu, riposta Jhiqui. Belaquo va mourir.

— L'un ou l'autre mourra, coupa Daenerys. Et celui qui survivra mourra un autre jour. J'ai eu tort de venir.

— Belwas le Fort a mangé trop de sauterelles. » Le large visage brun de l'eunuque affichait une expression de nausée. « Belwas le Fort a besoin de lait. »

Hizdahr l'ignora. « Magnificence, le peuple de Meereen est venu célébrer notre union. Tu les as entendus te saluer. Ne rejette pas leur amour.

— Ils ont acclamé mes oreilles de lapin, pas moi. Emmène-moi loin de cet abattoir, mon époux. » Elle distinguait les grognements du sanglier, les cris des piqueurs, le claquement du fouet du maître d'arène.

« Douce dame, non. Reste encore un petit moment. Pour la folie, et un dernier combat. Ferme les paupières, personne ne s'en apercevra. Ils seront occupés à regarder Belaquo et Goghor. Ce n'est pas le moment de... »

Une ombre passa comme une onde sur son visage.

Le tumulte et les cris expirèrent. Dix mille voix se turent. Tous les yeux se tournèrent vers le ciel. Un vent chaud caressa les joues de Daenerys et, par-dessus les pulsations de son cœur, elle entendit battre des ailes. Deux piquiers se précipitèrent vers un abri. Le maître d'arène se figea sur place. Le sanglier revint en soufflant à Barséna. Belwas le Fort poussa un gémissement, quitta son siège en trébuchant et tomba à genoux.

Au-dessus d'eux tous tournoyait le dragon, sombre contre le soleil. Il avait des écailles noires, des yeux, des cornes et des plaques dorsales rouge sang. Depuis toujours le plus grand du trio, Drogon avait encore crû en vivant dans la nature. Ses ailes, noires comme le jais, atteignaient vingt pieds d'envergure. Il en battit une fois en survolant de nouveau les sables, et ce bruit résonna comme un coup de tonnerre. Le sanglier leva le mufle, en grognant... et les flammes l'engloutirent, un feu noir veiné de rouge. Daenerys perçut la vague de chaleur à trente pieds de distance. Le hurlement d'agonie de la bête parut presque humain. Le dragon s'abattit sur la carcasse et planta ses griffes dans la chair fumante. Commençant à se repaître, il n'opéra aucune distinction entre Barséna et le sanglier.

« Oh, dieux, gémit Reznak, il est en train *de la dévorer !* » Le sénéchal se couvrit la bouche. Belwas le Fort vomissait à grand bruit. Une étrange expression passa sur le long visage blême d'Hizdahr zo Loraq – pour partie peur, pour partie désir, pour partie ravissement. Il se lécha les lèvres. Daenerys vit les Pahl remonter les marches en un flot, agrippant leurs *tokars* et trébuchant sur les franges dans leur hâte à s'enfuir. D'autres suivirent. Certains couraient, se bousculaient. Davantage restèrent à leur place.

Un homme prit sur lui de se conduire en héros.

C'était un des piquiers envoyés refouler le sanglier vers son enclos. Était-il ivre, ou fou ? À moins qu'il n'ait adoré de loin Barséna Cheveux-noirs, ou qu'il n'ait entendu chuchoter l'histoire de la petite Hazzéa. Mais peut-être était-ce simplement un homme ordinaire qui voulait que les bardes chantent sa gloire. Il fila vers l'avant, sa pique pour le sanglier entre les mains. Ses talons firent voler le sable rougi, et des cris retentirent sur les gradins. Drogon leva la tête, du sang lui ruisselant des crocs. Le héros lui bondit sur le dos et planta le fer de lance à la base du long cou écailleux du dragon.

Daenerys et Drogon hurlèrent d'une seule voix.

Le héros pesa sur sa pique, usant de sa masse pour enfoncer la pointe plus avant encore. Drogon se cambra vers le haut avec un chuintement de douleur. Sa queue cingla latéralement l'air. Daenerys vit la tête du dragon tourner au bout de ce long cou de serpent, ses ailes noires se déplier. Le tueur de dragon perdit l'équilibre et alla culbuter sur le sable. Il tentait de se remettre debout quand les crocs du dragon claquèrent fermement sur son avant-bras. « Non », voilà tout ce que l'homme eut le temps de crier. Drogon lui arracha le bras au niveau de l'épaule, et le jeta de côté comme un chien pourrait lancer un rat dans une fosse à vermine.

« Tuez-le, cria Hizdahr zo Loraq aux autres piquiers. *Tuez cette bête !* »

Ser Barristan retint Daenerys étroitement. « Détournez les yeux, Votre Grâce.

— *Lâchez-moi !* » Daenerys se tordit pour échapper à son étreinte. Le monde sembla ralentir au moment où elle franchissait le parapet. En atterrissant dans l'arène, elle perdit une sandale. Se mettant à courir, elle sentit le sable, brûlant et grossier, entre ses orteils. Ser Barristan l'appelait. Belwas le Fort vomissait encore. Elle redoubla de vitesse.

Les piquiers couraient, eux aussi. Certains se précipitaient vers le dragon, piques à la main. D'autres s'enfuyaient, jetant leurs armes dans leur fuite. Le héros tressautait sur le sable, le sang clair se déversant du moignon déchiqueté à son épaule. Sa pique demeura plantée dans le dos de Drogon, tanguant quand le dragon battit des ailes. De la fumée s'élevait de la blessure. Quand les autres piques commencèrent à fermer le cercle autour de lui, le dragon cracha du feu, arrosant de sa flamme noire deux des hommes. Sa queue fouetta sur le côté et prit par surprise le maître d'arène qui se coulait derrière lui, le brisant en deux. Un autre assaillant attaqua en visant ses yeux jusqu'à ce que le dragon le saisît entre ses mâchoires et lui déchirât le ventre. Les Meereeniens hurlaient, sacraient, gueulaient. Daenerys entendit la course de quelqu'un derrière elle. « Drogon, hurla-t-elle. *Drogon.* »

Il tourna la tête. De la fumée monta d'entre ses crocs. Son sang fumait aussi, en gouttant sur le sol. Il battit à nouveau des ailes, soulevant une suffocante tempête de sables écarlates. Daenerys entra en trébuchant dans la nuée brûlante et rouge, en toussant. Il claqua des dents.

Elle n'eut que le temps de dire : « Non. » *Non, pas moi, tu ne me reconnais pas ?* Les dents noires se refermèrent à quelques pouces de son visage. *Il avait l'intention de m'arracher la tête.* Elle avait du sable dans les yeux. Elle trébucha sur le cadavre du maître d'arène et tomba sur le postérieur.

Drogon rugit. Le fracas emplit l'arène. Un vent de fournaise avala Daenerys. Le long cou écailleux du dragon s'étira vers elle. Lorsqu'il ouvrit la gueule, elle vit entre ses crocs noirs des morceaux d'os broyés et de chair calcinée. Il avait des yeux en fusion. *Je contemple l'enfer, mais je ne dois pas détourner les yeux.* Jamais elle n'avait été aussi convaincue d'une chose. *Si je fuis, il me brûlera et me dévorera.* En Westeros, les septons évoquaient sept enfers et sept cieux, mais que les Sept Couronnes et leurs dieux étaient loin ! Si elle mourait ici, se demanda Daenerys, le dieu cheval des Dothrakis écarterait-il les herbes avant de la revendiquer pour son *khalasar* stellaire, afin qu'elle puisse galoper dans les terres nocturnes, auprès du soleil étoilé de sa vie ? Ou les dieux courroucés de Ghis dépêcheraient-ils leurs harpies pour s'emparer de son âme et l'entraîner dans les tourments ? Drogon lui rugit au visage, d'un souffle assez brûlant pour lui cloquer la peau. Sur sa droite, Daenerys entendit Barristan s'écrier : « *Moi !* Attaque-moi. Par ici ! *Moi !* »

Dans les fosses rouges et embrasées des yeux de Drogon, Daenerys aperçut son propre reflet. Comme elle paraissait menue, et faible, fragile, effrayée. *Je ne peux pas lui laisser sentir ma peur.* Elle rampa dans le sable, repoussant le cadavre du maître d'arène, et ses doigts frôlèrent la poignée de son fouet. Ce contact la rendit plus brave. Le cuir était chaud, vivant. Drogon rugit de nouveau, avec tant d'éclat qu'elle faillit en lâcher le fouet. Il claqua des crocs à son adresse.

Daenerys le frappa. « *Non* », hurla-t-elle, balançant le fouet avec toute la force qu'elle avait en elle. D'une saccade, le dragon retira sa tête. « *Non* », hurla-t-elle une nouvelle fois. « *NON !* » Les ardillons éraflèrent le museau du dragon. Drogon se redressa, couvrant Daenerys sous l'ombre de ses ailes. Elle fit cingler la mèche contre le ventre écailleux de la bête, répétant le coup jusqu'à en avoir le bras endolori. Le long cou serpentin se banda comme un arc. Avec un sifflement, il cracha sur elle du feu noir. Daenerys plongea sous les flammes, maniant le fouet en criant : « Non, *non, non.* Couché ! » Il répondit par un rugissement de peur et de fureur, et rempli de douleur. Ses ailes battirent une fois, deux fois…

… et se replièrent. Le dragon poussa un ultime chuintement et s'étendit sur le ventre, de tout son long. Du sang noir coulait de la blessure à l'endroit où la pique l'avait transpercé, fumant aux endroits où il dégouttait sur les sables brûlants. *Il est du feu fait chair*, songea-t-elle, et *moi aussi.*

Daenerys Targaryen bondit sur le dos du dragon, empoigna la pique et l'arracha. Le fer en était à demi fondu, son métal porté au rouge luisait. Elle le rejeta. Drogon se tordit sous elle, contractant ses muscles en réunissant ses forces. L'air était saturé de sable. Daenerys ne voyait rien, ne pouvait plus respirer, ne pouvait plus penser. Les ailes noires claquèrent comme le tonnerre et, soudain, les sables écarlates chutèrent au-dessous d'elle.

Prise de vertige, Daenerys ferma les paupières. Quand elle les rouvrit, elle aperçut sous elle, à travers une brume de larmes et de poussière, les Meereeniens qui refluaient comme une marée sur les gradins pour aller se répandre dans les rues.

Elle avait toujours le fouet au poing. Elle le fit siffler d'un coup léger contre l'encolure de Drogon et cria : « *Plus haut !* » Son autre main se retint aux écailles, ses doigts cherchant fébrilement une prise. Les larges ailes noires de Drogon brassaient les airs. Daenerys sentait sa chaleur entre ses cuisses. Son cœur lui paraissait sur le point d'éclater. *Oui*, se dit-elle, *oui, maintenant, maintenant, vas-y, vas-y, emporte-moi, emporte-moi, VOLE !*

# JON

Ce n'était pas un géant que Tormund Fléau-d'Ogres, mais les dieux lui avaient accordé un torse large et un ventre massif. Mance Rayder l'avait surnommé Tormund Cor-Souffleur pour la puissance de ses poumons, et avait coutume de dire que Tormund était capable, de son rire, de balayer la neige des cimes. Dans son courroux, ses beuglements rappelaient à Jon les barrissements d'un mammouth.

Ce jour-là, Tormund beugla maintes fois, et avec vigueur. Il rugit, il cria, il tapa du poing sur la table si fort qu'une carafe d'eau se renversa et se vida. Une corne d'hydromel ne se trouvait jamais très loin de sa main, si bien que les nuées de postillons qui accompagnaient ses menaces se sucraient de miel. Il traita Jon Snow de poltron, de menteur, de tourne-casaque, le maudit d'être un bougre d'agenouillé au cœur noir, un voleur et un charognard de corbac, l'accusa de vouloir embourrer le peuple libre par-derrière. En deux occasions, il jeta sa corne à boire à la tête de Jon, mais seulement après l'avoir vidée. Tormund n'était point homme à gâcher du bon hydromel. Jon laissa tout cela déferler sur lui. Jamais il n'éleva la voix lui-même, ni ne répondit à la menace par la menace, mais il ne lâcha pas non plus davantage de terrain qu'il n'était dès le départ préparé à en concéder.

Finalement, alors que les ombres de l'après-midi s'étiraient à l'extérieur de la tente, Tormund Fléau-d'Ogres – Haut-Disert,

Cor-Souffleur et Brise Glace, Tormund Poing-la-Foudre, Époux-d'Ourses, sire Hydromel de Cramoisi, Parle-aux-Dieux et Père Hospitalier – tendit sa main. « Tope là, et qu' les dieux me pardonnent. Y a cent mères qui m' pardonneront jamais, ça, j'le sais. »

Jon serra la main offerte. Les paroles de son serment lui résonnaient dans le crâne. *Je suis l'épée dans les Ténèbres. Je suis le veilleur aux remparts. Je suis le feu qui flambe contre le froid, la lumière qui rallume l'aube, le cor qui secoue les dormeurs, le bouclier protecteur des Royaumes humains.* Et pour lui, un nouveau refrain : *Je suis le garde qui a ouvert la porte et laissé entrer les cohortes de l'ennemi.* Il aurait donné tant et plus pour savoir s'il agissait au mieux. Mais il était allé trop loin pour faire demi-tour. « Topé et conclu », déclara-t-il.

La poigne de Tormund broyait les phalanges. Voilà au moins chez lui une chose qui n'avait pas changé. Sa barbe était identique aussi, bien que, sous cette broussaille de poil blanc, le visage eût considérablement maigri et qu'il y eût des rides profondes gravées dans ces joues rubicondes. « Mance aurait dû t' tuer lorsqu'il en avait l'occasion », dit-il en s'efforçant de son mieux de transformer la main de Jon en bouillie et en os. « De l'or contre du gruau, et des garçons… c'est cruel, comme prix. Où il est passé, le gentil p'tit gars que j'ai connu ? »

*On l'a nommé lord Commandant.* « Un marché équitable laisse les deux camps mécontents, ai-je ouï dire. Trois jours ?

— Si je vis jusque-là. Certains des miens vont m' cracher à la gueule en entendant ces termes. » Tormund libéra la main de Jon. « Tes corbacs vont râler aussi, si j' les connais bien. Et j' devrais. J'ai tué tant de tes bougres noirs que j'en ai perdu le compte.

— Mieux vaudrait ne pas en faire si bruyamment mention quand vous viendrez au sud du Mur.

— Har ! » Tormund s'esclaffa. Cela non plus n'avait pas changé ; il riait encore facilement et souvent. « Sages paroles. J' voudrais pas mourir becqu'té par ta bande de corbacs ! » Il flanqua une claque dans le dos de Jon. « Une fois qu' tout mon peuple sera à l'abri derrière ton Mur, on partagera un peu de viande et d'hydromel, toi et moi. D'ici là… » Le sauvageon retira le torque de son bras gauche et le lança à Jon, puis procéda de même avec son jumeau au bras droit. « Ton premier paiement. J' tiens ces deux-là de mon père, et lui du sien. Maintenant, ils sont à toi, salaud de voleur noir. »

Les bracelets étaient en vieil or, massif, lourd, gravé des runes anciennes des Premiers Hommes. Tormund Fléau-d'Ogres les arborait depuis que Jon le connaissait ; ils semblaient faire autant partie de lui que sa barbe. « Les Braaviens vont les fondre pour en récupérer l'or. Ça me paraît dommage. Tu devrais peut-être les conserver.

— Non. J' refuse qu'on raconte que Tormund Poing-la-Foudre a poussé le peuple libre à céder ses trésors alors qu'il gardait les siens. » Il sourit. « Mais j' vais garder l'anneau qu'je porte autour du membre. L'est bien plus gros qu' ces babioles. Sur toi, il servirait de torque. »

Jon ne put se retenir de rire. « Tu ne changes pas.

— Oh, que si. » Le sourire s'évapora comme neige en été. « J' suis pas çui que j'étais à Cramoisi. J'ai vu trop de morts, et pire encore. Mes fils... » Le chagrin tordit le visage de Tormund. « Dormund est tombé durant la bataille du Mur, lui qu'était à moitié un enfant. C'est un chevalier d'un de tes rois qui lui a réglé son compte, une ordure en acier gris avec des papillons de nuit sur son bouclier. J'ai vu le coup, mais mon p'tit était mort avant que j'aie pu le r'joindre. Et Torwynd... c'est l' froid qui l'a pris. Toujours dolent, qu'il était, çui-là. Il est mort comme ça, d'un coup, une nuit. Et le pire, c'est qu'avant même qu'on sache qu'il était mort, il s'est r'levé, tout pâle, avec les yeux tout bleus. J'ai dû m'en charger moi-même. Ça a été dur, Jon. » Des larmes brillaient dans ses yeux. « Il était pas bien solide, faut dire, mais ç'avait été mon p'tit gars, avant, et je l'aimais. »

Jon posa une main sur l'épaule de Tormund. « Je suis vraiment désolé.

— Pourquoi ? T'avais rien à voir là-dedans. T'as du sang sur les mains, ouais ; moi aussi. Mais pas l'sien. » Tormund secoua la tête. « J'ai encore deux fils vigoureux.

— Ta fille... ?

— Munda. » Cela ramena le sourire de Tormund. « Elle a pris c't Échalas Ryk pour époux, tu crois ça, toi ? Il a plus de couilles que de cervelle, ce gamin, si tu veux mon avis, mais il la traite plutôt correctement. J' lui ai dit, si jamais il lui fait du mal, j' lui arrache la queue et j' le fouette au sang avec ! » Il assena à Jon une autre bourrade cordiale. « Temps que tu rentres. Si on t' garde encore, ils vont s'imaginer qu'on t'a bouffé.

— À l'aube, donc. Dans trois jours. Les garçons d'abord.

— J'avais bien entendu les dix premières fois, corbac. On pourrait croire qu'on s' fait pas confiance, nous deux. » Il cracha. « Les garçons d'abord, oui-da. Les mammouths feront le tour. Assure-toi bien que Fort-Levant s'attende à les voir. Moi, j' veillerai à c' qu'y ait pas de bagarre ni de cohue vers ta foutue porte. On sera bien tous sages et en ordre, des canetons à la file. Et ça s'ra moi, la mère cane ! Har ! » Tormund raccompagna Jon hors de sa tente.

À l'extérieur, le jour était lumineux et le ciel dégagé. Le soleil était revenu dans le ciel après quinze jours d'absence et, au sud, le Mur se dressait, blanc bleuté et miroitant. Il existait un dicton, que Jon avait entendu les vétérans à Châteaunoir répéter : *le Mur a plus d'humeurs que le roi Aerys le Fol*, disaient-ils, ou parfois : *le Mur a plus d'humeurs qu'une femme*. Quand le temps était couvert, il semblait bâti de roc blanc. Par les nuits sans lune, il était noir charbon. Durant les tourmentes, on l'aurait cru taillé dans la neige. Mais lors de journées comme celle-ci, on ne pouvait confondre sa glace avec quoi que ce soit d'autre. Par de telles journées, le Mur miroitait avec l'éclat d'un cristal de septon, chaque crevasse, chaque fissure, soulignées de soleil, tandis que des arcs-en-ciel transis dansaient et mouraient derrière des ondoiements diaphanes. Par de telles journées, le Mur était beau.

L'aîné de Tormund se tenait près des chevaux, en train de causer avec Cuirs. Toregg le Grand, on l'appelait parmi le peuple libre. Bien qu'il mesurât à peine plus d'un pouce que Cuirs, il dominait son père d'un bon pied. Harse, le solide gars de La Mole qu'on surnommait Tocard, était blotti près du feu, le dos tourné aux deux autres. Cuirs et lui étaient les seuls hommes que Jon avait amenés avec lui aux pourparlers ; davantage aurait pu être interprété comme un signe de peur, et vingt hommes n'auraient pas été plus utiles que deux, si Tormund avait été d'humeur à verser le sang. Fantôme était la seule protection dont Jon eût besoin ; le loup géant savait flairer les ennemis, même ceux qui masquaient leur animosité sous des sourires.

Fantôme avait disparu, toutefois. Jon retira un de ses gants noirs, porta deux doigts à sa bouche et siffla. « *Fantôme !* À moi ! »

D'en haut résonna un soudain claquement d'ailes. Le corbeau de Mormont s'abattit de la branche d'un vieux chêne pour venir se percher sur la selle de Jon. « *Grain* », grommela-t-il, dodelinant de la tête d'un air sage. Puis Fantôme émergea d'entre deux arbres, Val à ses côtés.

*Ils semblent faits l'un pour l'autre.* Val était tout de blanc vêtue ; des culottes de laine blanche enfoncées dans de hautes bottes d'un cuir teint en blanc, une cape en peau d'ours blanc, agrafée à l'épaule par un visage en barral sculpté, une tunique blanche avec des attaches en os. Son souffle aussi était blanc… mais elle avait les yeux bleus, une longue tresse couleur de miel sombre et des pommettes rougies par le froid. Voilà bien longtemps que Jon n'avait pas vu si charmant spectacle.

« Est-ce que vous cherchiez à me voler mon loup ? lui demanda-t-il.

— Et pourquoi non ? Si chaque femme avait un loup géant, les hommes seraient bien plus aimables. Même les corbacs.

— Har ! s'esclaffa Tormund Fléau-d'Ogres. Fais pas assaut de mots avec celle-là, lord Snow, elle est trop fine mouche pour des gens comme toi et moi. Vole-la vite, ça vaut mieux, avant que Toregg se réveille et qu'il s'en empare le premier. »

Qu'avait dit de Val ce balourd d'Axell Florent ? « *Une fille nubile, et point déplaisante à voir. De bonnes hanches, une bonne poitrine, bien faite pour pondre des enfants.* » Fort juste, tout cela, mais la sauvageonne dépassait tellement cette description. Elle l'avait prouvé en retrouvant Tormund, quand des patrouilleurs vétérans de la Garde y avaient échoué. *Elle n'est pas princesse, mais elle ferait une digne épouse pour n'importe quel lord.*

Mais ces ponts étaient coupés depuis bien longtemps, et Jon avait lui-même officié. « Toregg a la voie libre, annonça-t-il. J'ai prononcé des vœux.

— C'est pas ça qui va la déranger. Pas vrai, ma fille ? »

Val tapota le long couteau en os sur sa hanche. « Lord Corbac est le bienvenu s'il veut se glisser une nuit dans mon lit, s'il l'ose. Une fois chaponné, il éprouvera bien plus d'aisance à respecter ses vœux.

— *Har !* s'esclaffa de nouveau Tormund. T'entends ça, Toregg ? Garde tes distances, avec celle-là ! J'ai déjà une fille, j'en ai pas b'soin d' deux. » Secouant la tête, le chef sauvageon replongea sous sa tente.

Tandis que Jon grattait Fantôme derrière l'oreille, Toregg apporta le cheval de Val pour elle. Elle montait encore le poney gris que lui avait donné Mully au jour de son départ du Mur, une créature borgne, hirsute et contrefaite. Alors qu'elle le tournait vers le Mur, elle demanda : « Comment se porte le petit monstre ?

— Deux fois plus gros que lorsque vous nous avez quittés, et trois fois plus bruyant. Quand il veut la tétée, on l'entend brailler jusqu'à Fort-Levant. » Jon enfourcha sa propre monture.

Val vint se ranger à sa hauteur. « Alors… Je vous ai ramené Tormund, comme je l'avais dit. Et maintenant ? Il faut que je regagne mon ancienne cellule ?

— Votre ancienne cellule est occupée, désormais. La reine Selyse s'est approprié la tour du Roi. Vous souvient-il de la tour d'Hardin ?

— Celle qui semble prête à s'écrouler ?

— Elle a cet aspect depuis cent ans. Je vous ai fait préparer le dernier étage, madame. Vous y aurez plus d'espace que dans la tour du Roi, même si ce ne sera pas aussi confortable. Personne ne l'a jamais appelée le palais d'Hardin.

— Je placerai toujours la liberté avant le confort.

— Vous aurez toute liberté d'aller et de venir dans l'enceinte du château, mais je regrette de dire que vous devez demeurer captive. Je peux toutefois vous promettre que vous ne serez pas importunée par les visiteurs indésirables. Ce sont mes propres hommes qui gardent la tour d'Hardin, et non ceux de la reine. Et Wun Wun dort dans le hall d'entrée.

— Un géant pour protecteur ? Même Della n'aurait pu se vanter d'autant. »

Les sauvageons de Tormund les regardèrent passer, sortant la tête de tentes et d'appentis en toile tendus sous des arbres dénudés. Pour tout homme en âge de combattre, Jon vit trois femmes et autant d'enfants, des créatures aux visages hâves, aux joues creuses et aux regards perdus. Quand Mance Rayder avait mené le peuple libre contre le Mur, ses fidèles poussaient devant eux de larges troupeaux de moutons, de chèvres et de pourceaux, mais les seuls animaux visibles désormais étaient les mammouths. Sans la férocité des géants, on les aurait dévorés aussi, Jon n'en doutait pas. Une carcasse de mammouth représentait beaucoup de viande.

Jon repéra également des signes de maladie. Cela l'inquiéta plus qu'il n'aurait su le dire. Si la bande de Tormund était affamée et malade, qu'en était-il des milliers qui avaient suivi la mère Taupe à Durlieu ? *Cotter Pyke ne tardera sans doute plus à les rejoindre. Si les vents ont été propices, sa flotte pourrait fort bien se trouver en ce moment même sur le chemin du retour à Fort-Levant, avec tous ceux du peuple libre qu'il aura pu entasser à bord.*

« Comment les choses se sont-elles passées avec Tormund ? demanda Val.

— Posez-moi la question dans un an. Le plus dur m'attend encore. La partie où je dois convaincre les miens de s'attabler au repas que je leur ai préparé. Aucun d'entre eux ne va en apprécier le goût, je le crains.

— Laissez-moi vous aider.

— Vous l'avez fait. Vous m'avez ramené Tormund.

— Je peux accomplir davantage. »

*Pourquoi pas ?* se dit Jon. *Ils sont tous convaincus qu'elle est princesse.* Val avait la figure du rôle et montait comme si elle était née à cheval. *Une princesse guerrière,* décida-t-il, *et non une de ces graciles créatures, assise toute droite dans sa tour, à brosser sa chevelure en attendant qu'un chevalier vienne à sa rescousse.* « Je dois informer la reine de cet accord, poursuivit-il. Si vous voulez la rencontrer, vous êtes la bienvenue, si vous pouvez vous astreindre à ployer le genou. » Il ne faudrait surtout pas que Sa Grâce soit froissée avant même qu'il ait ouvert la bouche.

« Puis-je rire en m'agenouillant ?

— Absolument pas. Ce n'est pas un jeu. Un fleuve de sang sépare nos deux peuples, ancien, rouge et profond. Stannis Baratheon est une des rares personnes qui soient disposées à admettre les sauvageons dans le royaume. J'ai besoin que sa reine soutienne ce que j'ai fait. »

Le sourire mutin de Val mourut. « Vous avez ma parole, lord Snow. Je serai pour votre reine une princesse sauvageonne convenable. »

*Elle n'est pas ma reine*, aurait-il pu répondre. *Et s'il faut dire le vrai, le jour de son départ ne saurait arriver trop vite à mon goût. Et, si les dieux sont bons, elle emportera Mélisandre avec elle.*

Ils chevauchèrent en silence sur le reste du trajet, Fantôme trottant sur leurs talons. Le corbeau de Mormont les suivit jusqu'à la porte, puis s'enleva vers le haut d'un battement d'ailes tandis que le reste de l'équipage mettait pied à terre. Tocard ouvrit la voie avec un brandon pour éclairer le passage à travers le tunnel de glace.

Une petite cohorte de frères noirs attendait à la porte lorsque Jon et ses compagnons émergèrent au sud du Mur. Ulmer de Bois-du-Roi figurait parmi eux, et ce fut le vieil archer qui s'avança, afin de parler pour les autres. « N' vous déplaise, m'sire, les gars, y s'demandaient. Y aura-t-y la paix, m'sire ? Ou le fer et le sang ?

— La paix, répondit Jon Snow. Dans trois jours, Tormund Fléau-d'Ogres conduira son peuple à travers le Mur. En amis, et non en ennemis. Certains pourraient même venir grossir nos rangs, comme frères. Ce sera à nous de les accueillir. À présent, retournez à vos tâches. » Jon remit à Satin les rênes de son cheval. « Je dois rencontrer la reine Selyse. » Sa Grâce s'estimerait offensée qu'il ne vînt pas la voir sur-le-champ. « Ensuite, j'aurai des lettres à écrire. Apporte dans mes quartiers du parchemin, des plumes et un pot de noir de mestre. Ensuite, convoque Marsh, Yarwyck, le septon Cellador et Clydas. » Cellador serait à moitié soûl, et Clydas était un piètre succédané à un véritable mestre, mais ils étaient tout ce dont il disposait. *Jusqu'au retour de Sam.* « Les Nordiens également. Flint et Norroit. Cuirs, toi aussi, tu devras être présent.

— Hobb prépare des tartes à l'oignon, signala Satin. Dois-je leur demander de tous vous retrouver au dîner ? »

Jon y réfléchit. « Non. Dis-leur de venir me rejoindre au sommet du Mur, au coucher du soleil. » Il se tourna vers Val. « Madame. Suivez-moi, si vous voulez bien.

— Le corbac ordonne, la captive se doit d'obéir. » Elle parlait sur un ton espiègle. « Votre reine doit être terrible, si les jambes d'hommes faits ploient sous eux quand ils se présentent devant elle. Aurais-je dû revêtir de la maille, plutôt que de la laine et des fourrures ? Ces vêtements m'ont été donnés par Della, je préférerais ne pas les tacher de sang.

— Si les mots faisaient couler le sang, vous auriez motif à quelque crainte. Je crois que votre tenue n'a pas grand-chose à redouter, madame. »

Ils se dirigèrent vers la tour du Roi, en suivant des chemins fraîchement déblayés entre des monticules de neige sale. « J'ai entendu raconter que votre reine portait une grande barbe noire. »

Jon savait qu'il ne devrait pas sourire, mais il ne put s'en empêcher. « Une simple moustache. Très duveteuse. On peut en compter les poils.

— Je suis très déçue. »

En dépit de son désir tant proclamé d'être maîtresse en son propre domaine, Selyse Baratheon ne semblait guère pressée d'abandonner le confort de Châteaunoir pour les ombres de Fort-Nox. Elle conservait des gardes, bien entendu – quatre hommes, en faction à la porte, deux dehors sur le parvis, deux à l'intérieur près du brasero. Pour les commander, ser Patrek du Mont-Réal, revêtu de sa parure blanche, bleue et argent de chevalier, sa cape un semis d'étoiles à cinq branches. Quand on le présenta à Val, le chevalier tomba un genou en terre pour lui baiser le gant. « Vous êtes encore plus charmante qu'on ne me l'avait dit, princesse, déclara-t-il. La reine m'a tant et plus vanté votre beauté.

— Voilà qui est singulier, car elle ne m'a jamais vue. » Val tapota ser Patrek sur la tête. « Allons, debout maintenant, ser agenouillé. Debout, debout... » Elle donnait l'impression de parler à un chien.

Jon eut toutes les peines du monde à ne pas rire. Le visage de marbre, il annonça au chevalier qu'ils requéraient audience auprès de la reine. Ser Patrek envoya un des hommes d'armes gravir en courant l'escalier pour demander si Sa Grâce acceptait de les recevoir. « Le loup restera ici, toutefois », insista ser Patrek.

Jon s'y attendait. La proximité du loup géant angoissait la reine Selyse, presque autant que celle de Wun Weg Wun Dar Wun. « Fantôme, pas bouger. »

Ils trouvèrent Sa Grâce en train de broder au coin du feu, tandis que son fou dansait au son d'une musique qu'il était seul à entendre, dans le tintement des grelots accrochés à ses andouillers. « Le corbeau, le corbeau, s'exclama Bariol en voyant paraître Jon. Sous la mer, blancs comme neige sont les corbeaux, je sais, je sais, ohé, ohé. » La princesse Shôren était pelotonnée sur la banquette bordant la fenêtre, son capuchon remonté pour cacher le pire de la léprose qui la défigurait.

Il n'y avait aucune trace de lady Mélisandre. De cela au moins, Jon fut reconnaissant. Tôt ou tard, il devrait affronter la prêtresse rouge, mais il préférait que ce ne fût pas en présence de la reine. « Votre Grâce. » Il posa un genou en terre. Val l'imita.

La reine Selyse mit son ouvrage de côté. « Relevez-vous.

— S'il plaît à Votre Grâce, puis-je lui présenter la dame Val ? Sa sœur Della était...

— ... la mère du marmot braillard qui nous empêche de dormir la nuit. Je sais qui elle est, lord Snow. » La reine renifla. « Vous avez de la chance qu'elle nous soit revenue avant le roi mon époux, sinon la situation aurait pu mal tourner pour vous. Très mal, en vérité.

— Êtes-vous la princesse des sauvageons ? s'enquit Shôren auprès de Val.

— Certains m'appellent ainsi, répondit Val. Ma sœur était l'épouse de Mance Rayder, le Roi au-delà du Mur. Elle est morte en lui donnant un fils.

— Je suis princesse, moi aussi, mais je n'ai jamais eu de sœur. J'ai eu un cousin, naguère, avant qu'il ne prenne la mer. Ce n'était qu'un bâtard, mais je l'aimais bien.

— Franchement, Shôren, intervint sa mère. Je suis sûre que le lord Commandant n'est pas venu entendre parler des incartades de Robert. Bariol, sois un gentil bouffon et conduis la princesse dans sa chambre. »

Les grelots sonnaillèrent sur le couvre-chef du fou. « Allons, allons, chantonna-t-il. Venez avec moi sous la mer, allons, allons, allons. » Il prit la petite princesse par une main et l'entraîna hors de la pièce, en sautillant.

« Votre Grâce, commença Jon, le chef du peuple libre a accepté mes conditions. »

La reine Selyse donna un infime hochement de tête. « Le vœu du seigneur mon époux a toujours été d'accorder sanctuaire à ces peuples sauvages. Tant qu'ils respectent la paix du roi, ils sont bienvenus en notre royaume. » Elle pinça les lèvres. « On me dit qu'ils ont d'autres géants avec eux. »

Ce fut Val qui répondit. « Presque deux cents, Votre Grâce. Et plus de quatre-vingts mammouths. »

La reine frémit. « Affreuses créatures. » Jon ne sut pas si elle parlait des mammouths ou des géants. « Quoique de tels animaux puissent être utiles au seigneur mon époux dans ses batailles.

— Il se peut, Votre Grâce, reprit Jon, mais les mammouths sont trop gros pour franchir notre porte.

— Ne peut-on élargir la porte ?

— Ce... ce ne serait pas sage, je pense. »

Selyse renifla. « Si vous le dites. Vous êtes sans doute versé en ces questions. Où avez-vous l'intention d'établir ces sauvageons ? Assurément, La Mole n'est point assez vaste pour contenir... combien sont-ils ?

— Quatre mille, Votre Grâce. Ils nous aideront à installer des garnisons dans nos châteaux abandonnés, afin de mieux défendre le Mur.

— On m'a laissé entendre que ces châteaux étaient des ruines. Des lieux sinistres, tristes et froids, à peine plus que des amoncellements de décombres. À Fort-Levant, on nous a parlé de rats et d'araignées. »

*Le froid a dû tuer les araignées, désormais*, songea Jon, *et les rats fourniront une utile source de viande, quand l'hiver sera venu.* « Tout cela est vrai, Votre Grâce... mais même des ruines offrent quelque abri. Et le Mur se dressera entre eux et les Autres.

— Je vois que vous avez considéré tout cela avec soin, lord Snow. Je suis convaincue que le roi Stannis sera satisfait lorsqu'il rentrera triomphant de sa bataille. »

*En supposant qu'il rentre.*

« Bien entendu, poursuivit la reine, les sauvageons doivent commencer par reconnaître Stannis comme leur roi et R'hllor comme leur dieu. »

*Et nous y voilà, face à face dans le goulet d'étranglement.* « Votre Grâce, pardonnez-moi. Tels ne sont pas les termes de notre accord. »

Le visage de la reine se durcit. « Une sérieuse négligence. » Les vagues traces de chaleur qu'avait contenues sa voix s'évanouirent sur-le-champ.

« Le peuple libre ne s'agenouille pas, lui exposa Val.

— Alors on l'agenouillera, déclara la reine.

— Faites cela, Votre Grâce, et nous nous soulèverons de nouveau à la première occasion, promit Val. Et nous prendrons les armes. »

Les lèvres de la reine se pincèrent, et son menton fut pris d'un léger frémissement. « Vous êtes insolente. Je suppose qu'on ne peut pas s'attendre à autre chose, de la part d'une sauvageonne. Nous devrons vous trouver un époux qui vous enseignera la courtoisie. » La reine tourna ses regards vers Jon. « Je n'approuve pas, lord Commandant. Et le seigneur mon époux ne le fera pas non plus. Je ne puis vous retenir d'ouvrir votre porte, nous le savons fort bien tous les deux. Mais je vous promets que vous en répondrez quand le roi reviendra de la bataille. Peut-être souhaiterez-vous y réfléchir à deux fois.

— Votre Grâce. » Jon mit de nouveau un genou en terre. Cette fois-ci, Val ne suivit pas son exemple. « Je regrette que mes actes vous aient déplu. J'ai agi selon ce que j'estimais être le mieux. Ai-je votre autorisation de me retirer ?

— Vous l'avez. Sans délai. »

Une fois au-dehors, et hors de portée des hommes de la reine, Val laissa éclater son courroux. « Vous m'avez menti sur sa barbe. Cette femme a plus de poil au menton que je n'en ai entre les cuisses. Et la fille... son visage...

— La léprose.

— Nous appelons ça la mort grise.

— Elle n'est pas toujours mortelle, chez les enfants.

— Au nord du Mur, si. La ciguë est un remède sûr, mais un oreiller ou une lame opère aussi bien. Si j'avais donné naissance à cette pauvre enfant, je lui aurais accordé le don de miséricorde depuis longtemps. »

C'était une Val que Jon n'avait encore jamais vue. « La princesse Shôren est la fille unique de la reine.

— Je les plains toutes deux. L'enfant n'est pas saine.

— Si Stannis remporte sa guerre, Shôren deviendra l'héritière du trône de Fer.

— Alors, je plains vos Sept Couronnes.

— Les mestres disent que la léprose n'est pas...

— Que les mestres croient ce qu'ils veulent. Demandez à une sorcière des bois, si vous voulez la vérité. La mort grise sommeille, mais ce n'est que pour se réveiller. *Cette enfant n'est pas saine !*

— C'est une jeune fille qui semble gentille. Vous ne pouvez pas savoir...

— Si. Vous n'y connaissez rien, Jon Snow. » Val le saisit par le bras. « Je veux qu'on sorte le monstre d'ici. Lui, et ses nourrices. On ne peut pas les laisser dans la même tour que la morte. »

Jon dégagea sa main d'une secousse. « *Elle n'est pas morte.*

— Si. Sa mère ne le voit pas. Vous non plus, apparemment. Cependant, la mort est là. » Elle s'éloigna de lui, s'arrêta, se retourna. « Je vous ai amené Tormund Fléau-d'Ogres. Amenez-moi mon monstre.

79

— Si je le peux, je le ferai.

— Faites-le. Vous avez une dette envers moi, Jon Snow. »

Jon la regarda s'éloigner à grands pas. *Elle se trompe. Il faut qu'elle se trompe. La léprose n'est pas aussi mortelle qu'elle le prétend, pas chez les enfants.*

Fantôme avait à nouveau disparu. Le soleil était bas à l'ouest. *Un gobelet de vin épicé me ferait du bien, en ce moment précis. Et deux, encore davantage.* Mais cela devrait attendre. Il avait des adversaires à affronter. Des adversaires de la pire sorte : des frères.

Il trouva Cuirs qui patientait près de la cage à poulie. Tous deux montèrent ensemble. Plus ils s'élevaient et plus le vent forcissait. À cinquante pieds de hauteur, la lourde cage se mit à tanguer à chaque rafale. De temps en temps elle raclait contre le Mur, déclenchant de petites averses cristallines de glace qui scintillaient au soleil dans leur chute. Ils dépassèrent les plus hautes tours du château. À quatre cents pieds de hauteur, le vent avait des crocs, et il tirait sur sa cape noire, si bien qu'elle claquait bruyamment contre les barreaux de fer. À sept cents, il transperçait Jon tout net. *Le Mur m'appartient*, se remémora Jon, tandis que les hommes se balançaient dans la cage, *pour deux jours encore, au moins.*

Jon sauta sur la glace, remercia les hommes qui actionnaient la poulie et adressa un signe de tête aux piquiers en faction. Tous deux portaient des cagoules en laine enfoncée sur leur tête, si bien qu'on ne pouvait rien voir de leur visage, sinon leurs yeux, mais Jon reconnut Ty à la tresse brouillonne de noirs cheveux graisseux qui lui tombait dans le dos, et Owen à la saucisse qu'il avait enfoncée dans le fourreau à sa hanche. Il les aurait reconnus, de toutes façons, rien qu'à leur posture. *Un bon seigneur doit connaître ses hommes.* Son père avait un jour déclaré cela devant Robb et lui, à Winterfell.

Jon s'avança jusqu'au bord du Mur et baissa le regard vers la zone de bataille où avait péri l'ost de Mance Rayder. Il se demanda où était Mance, à cette heure. *T'a-t-il jamais retrouvée, petite sœur ? Ou n'étais-tu qu'une ruse dont il a usé pour que je le relâche ?*

Voilà si longtemps qu'il n'avait plus vu Arya. À quoi ressemblait-elle, à présent ? La reconnaîtrait-il, seulement ? *Arya sous-mes-pieds. Elle avait tout le temps le visage sale.* Aurait-elle encore cette petite épée qu'il avait demandé à Mikken de forger à son intention ? *Frappe avec le bout pointu*, lui avait-il dit. Sages paroles pour sa nuit de noces, si la moitié de ce qu'il avait entendu dire sur Ramsay Snow était véridique. *Ramène-la à la maison, Mance. J'ai sauvé ton fils de Mélisandre et je vais maintenant sauver quatre mille personnes de ton peuple libre. Cette unique petite fille, tu me la dois.*

Dans la forêt hantée au nord, les ombres de l'après-midi se faufilaient entre les arbres. Le ciel à l'occident était un embrasement rouge, mais à l'est pointaient les premières étoiles. Jon Snow plia les doigts de sa main d'épée, se remémorant tout ce qu'il avait perdu. *Sam, bon gros couillon, tu m'as joué un tour bien cruel en me faisant lord Commandant. Un lord Commandant n'a pas d'amis.*

« Lord Snow ? intervint Cuirs. La cage monte.

— Je l'entends. » Jon s'écarta du bord.

Les premiers à accomplir l'ascension furent les chefs de clan Flint et Norroit, vêtus de fourrures et de fer. Le Norroit ressemblait à un vieux goupil – ridé et menu de carrure, mais vif et l'œil rusé. Torghen Flint avait une demi-tête de moins mais devait peser le double – un homme rogue et trapu aux mains aussi massives que des jambons, noueuses, avec des articulations rougies, qui s'appuyait lourdement sur une canne en prunellier, tandis qu'il avançait sur la glace en clopinant. Puis vint Bowen Marsh, emmitouflé dans une peau d'ours. Ensuite, Othell Yarwyck. Enfin le septon Cellador, dans une semi-ébriété.

« Marchons ensemble », leur proposa Jon. Ils suivirent le Mur vers l'ouest, empruntant des passages semés de gravier en direction du soleil couchant. Une fois qu'ils se furent éloignés de cinquante pas de la guérite de réchauffage, Jon déclara : « Vous savez pourquoi je vous ai convoqués. Dans trois jours, la porte s'ouvrira, pour permettre à Tormund et à son peuple de franchir le Mur. Nous avons beaucoup à faire, en préparation. »

Un silence accueillit son annonce. Puis Othell Yarwyck objecta : « Lord Commandant, il y a *des milliers de…*

— … de sauvageons efflanqués, épuisés, affamés, loin de chez eux. » Jon indiqua du doigt les lueurs de leurs feux de camp. « Les voilà. Quatre mille, selon Tormund.

— J'en compte trois mille, d'après leurs feux. » Pour Bowen Marsh, compter et mesurer était une raison d'exister. « Plus de deux fois autant à Durlieu avec la sorcière des bois, nous dit-on. Et ser Denys évoque dans ses messages de grands camps dans les montagnes, au-delà de la tour Ombreuse… »

Jon ne le nia pas. « Tormund affirme que le Chassieux a l'intention de retraverser le pont des Crânes. »

La Vieille Pomme Granate effleura sa cicatrice. Il l'avait reçue en défendant le pont à la dernière tentative du Chassieux pour s'ouvrir un chemin à travers les Gorges. « Le lord Commandant n'a sûrement pas l'intention de permettre à ce… ce démon de passer, lui aussi ?

— Pas de grand cœur. » Jon n'avait pas oublié les têtes que lui avait laissées le Chassieux, avec des cavités sanglantes où s'étaient trouvés leurs yeux. *Jack Bulwer le Noir, Hal le Velu, Garth Plumegrise. Je ne peux les venger, mais je n'oublierai pas leurs noms.* « Mais pourtant si, messire, lui aussi. Nous ne pouvons faire un choix au sein du peuple libre, en décidant que celui-ci passera, et point celui-là. La paix doit signifier la paix pour tous. »

Le Norroit se racla la gorge et cracha par terre. « Autant faire la paix avec les loups et les corneilles qui s'nourrissent de carognes.

— La paix règne, dans mes cachots, bougonna le Vieux Flint. Donnez-moi le Chassieux.

— Combien de patrouilleurs le Chassieux a-t-il tués ? interrogea Othell Yarwyck. Combien de femmes a-t-il violées, tuées ou capturées ?

— Trois d' ma lignée, déclara le Vieux Flint. Et celles qu'y prend pas, il leur crève les yeux.

— Quand un homme revêt le noir, ses crimes sont pardonnés, leur rappela Jon. Si nous voulons voir le peuple libre

82

se battre à nos côtés, nous devons pardonner leurs crimes passés comme nous le ferions des nôtres.

— Jamais le Chassieux dira les vœux, insista Yarwyck. Il prendra pas le noir. Même les autres razzieurs ont pas confiance en lui.

— Il n'est pas utile d'avoir confiance en un homme pour se servir de lui. » *Sinon, comment pourrais-je vous utiliser tous ?* « Nous avons besoin du Chassieux, et d'autres comme lui. Qui mieux qu'un sauvageon connaît les étendues sauvages ? Qui mieux qu'un homme qui les a combattus connaît nos ennemis ?

— Tout ce que connaît le Chassieux, c'est le viol et le meurtre, contra Yarwyck.

— Une fois le Mur franchi, les sauvageons seront trois fois plus nombreux que nous, fit observer Bowen Marsh. Et cela, en ne comptant que la bande de Tormund. Ajoutez-y les hommes du Chassieux et ceux de Durlieu, et ils auront assez de forces pour en finir avec la Garde en une seule nuit.

— Le nombre ne suffit pas à remporter une guerre. Vous ne les avez pas vus. La moitié d'entre eux sont morts sur pied.

— Je les préférerais encore morts sous terre, déclara Yarwyck. Ne vous en déplaise, messire.

— Il m'en *déplaît*. » La voix de Jon était aussi froide que le vent qui faisait claquer leurs capes. « Il y a des enfants, dans ce camp, par centaines, par milliers. Des femmes, aussi.

— Des piqueuses.

— Quelques-unes. Ainsi que des mères, des grand-mères, des veuves et des pucelles… et vous les condamneriez toutes à périr, messire ?

— Des frères ne devraient point se disputer, intervint le septon Cellador. Agenouillons-nous et prions l'Aïeule d'éclairer notre voie vers la sagesse.

— Lord Snow, annonça le Norroit, où vous avez l'intention de loger vos sauvageons ? Pas sur *mes terres*, j'espère ?

— Certes, renchérit le Vieux Flint. Si vous les voulez installer sur le Don, c't une folie qui regarde que vous, mais veillez à ce qu'ils s'égarent pas, sinon j' vous renverrai leurs têtes. L'hiver est proche, j' veux pas d'autres bouches à nourrir.

— Les sauvageons demeureront sur le Mur, assura Jon. La plupart seront logés dans un des châteaux abandonnés. » La garde avait désormais des garnisons installées à Glacière, Longtertre, Sablé, Griposte et Noirlac, toutes sérieusement en sous-effectif, mais dix châteaux restaient encore vides, à l'abandon. « Des hommes avec femmes et enfants, tous les orphelins, filles et garçons, en dessous de dix ans, les vieilles, les mères veuves, toutes les femmes qui ne souhaitent pas combattre. Nous enverrons les piqueuses rejoindre leurs sœurs à Longtertre, et les hommes non mariés dans les autres forts que nous avons rouverts. Ceux qui prendront le noir s'établiront ici ou seront postés à Fort-Levant, ou à Tour Ombreuse. Tormund s'établira à Chêne Égide, afin qu'on puisse le conserver à portée de main. »

Bowen Marsh poussa un soupir. « Si leurs épées ne nous tuent pas, leurs bouches le feront. De grâce, comment le lord Commandant se propose-t-il de nourrir Tormund et ses multitudes ? »

Jon avait anticipé la question. « Par Fort-Levant. Nous ferons venir la nourriture par navires, autant qu'il sera nécessaire. De Conflans, des terres de l'Orage et du Val d'Arryn, de Dorne et du Bief, de l'autre côté du détroit, des Cités libres.

— Et tous ces vivres seront payés… comment, si je puis poser la question ? »

*Avec l'or de la Banque de Fer de Braavos*, aurait pu rétorquer Jon. Mais il annonça : « J'ai accepté que le peuple libre conserve ses fourrures et ses peaux. Ils en auront besoin pour se tenir chaud quand viendra l'hiver. Ils devront céder toute autre richesse. L'or et l'argent, l'ambre, les pierres précieuses, les sculptures, tout ce qui a de la valeur. Nous l'expédierons de l'autre côté du détroit pour le vendre dans les Cités libres.

— Toute la fortune des sauvageons, commenta le Norroit. Voilà qui devrait vous payer un boisseau d'orge. Deux, peut-être.

— Lord Commandant, pourquoi ne pas leur demander de céder leurs armes, également ? » s'enquit Clydas.

En entendant sa question, Cuirs se mit à rire. « Vous voulez que le peuple libre se batte à vos côtés contre l'ennemi commun. Et comment, sans armes ? Voudriez-vous nous voir cribler les spectres de boules de neige ? Ou allez-vous nous donner des bâtons, pour les frapper avec ? »

*Les armes que possèdent la plupart des sauvageons ne valent guère mieux que des bâtons*, se dit Jon. Des gourdins de bois, des haches en pierre, des casse-tête, des piques à la pointe durcie au feu, des couteaux d'os, de silex et de verredragon, des boucliers d'osier, des armures d'os ou de cuir bouilli. Les Thenns forgeaient le bronze, et des razzieurs comme le Chassieux arboraient des épées d'acier ou de fer, volées sur des cadavres… Mais même celles-là étaient souvent d'une grande ancienneté, émoussées par des années d'emploi soutenu et piquetées de rouille.

« Jamais Tormund Fléau-d'Ogres n'acceptera de désarmer son peuple, répliqua Jon. Sans être le Chassieux, il n'est point poltron, non plus. Si j'avais exigé cela de lui, le sang aurait coulé. »

Le Norroit tripota sa barbe. « Vous pouvez installer vos sauvageons dans les forts en ruine, lord Snow, mais comment les contraindrez-vous à y rester ? Qu'est-ce qui les retiendra de partir au sud, vers des terres plus agréables et plus chaudes ?

— Les *nôtres*, précisa le Vieux Flint.

— Tormund m'a donné sa parole. Il servira jusqu'au printemps à nos côtés. Le Chassieux et leurs autres capitaines prêteront le même serment, sinon nous ne les laisserons pas passer. »

Le Vieux Flint secoua la tête. « Ils nous trahiront.

— La parole du Chassieux vaut rien, expliqua Othell Yarwyck.

— Ce sont des sauvages sans dieux, affirma le septon Cellador. Même dans le Sud, la fourberie des sauvageons est réputée. »

Cuirs croisa les bras. « La bataille, là, en bas ? J'étais de l'autre côté, vous vous souvenez ? À présent, je porte le noir comme vous, et j'apprends à vos gamins à tuer. Y en a qui pourraient me traiter de tourne-casaque. Ça se peut… mais je suis pas plus sauvage que vous autres, les corbacs ! On a des dieux, nous aussi. Les mêmes que ceux qu'on respecte à Winterfell.

— Les dieux du Nord, et avant même qu'on ait élevé ce Mur, compléta Jon. Voilà sur quels dieux Tormund a juré. Il tiendra parole. Je le connais, comme je connaissais Mance Rayder. J'ai marché un temps à leurs côtés, vous vous rappelez sans doute.

— J'avais pas oublié », commenta le lord Intendant.

*Non*, songea Jon. *De ta part, le contraire m'aurait étonné.*

« Mance Rayder a prêté serment, lui aussi, continua Marsh. Il a juré de pas porter de couronne, de pas prendre femme, de pas engendrer. Et puis il a retourné sa casaque et fait tout cela, et il a mené un ost terrible contre le royaume. Ce sont les vestiges de cet ost qui attendent, au-delà du Mur.

— Les vestiges brisés.

— On peut reforger une épée brisée. On peut tuer, avec une épée brisée.

— Le peuple libre n'a ni lois, ni lords, dit Jon, mais ils aiment leurs enfants. Voulez-vous bien reconnaître cela, au moins ?

— C'est pas leurs enfants qui nous importent. Nous redoutons les pères, pas les fils.

— Moi aussi. Aussi ai-je insisté pour avoir des otages. » *Je ne suis pas l'idiot confiant pour lequel tu me prends... Pas plus que je ne suis à moitié sauvageon, quoi que tu puisses en penser.* « Cent garçons, entre les âges de huit et seize ans. Un fils de chacun de leurs chefs et capitaines, le reste choisi par tirage au sort. Les garçons aideront comme pages et écuyers, libérant nos propres hommes pour d'autres tâches. Certains pourront choisir de prendre le noir, un jour. On a vu plus étrange. Le reste nous servira d'otages pour assurer la loyauté de leurs géniteurs. »

Les Nordiens se dévisagèrent. « Des otages, répéta le Norroit sur un ton songeur. Tormund a accepté ça ? »

*C'était cela ou regarder mourir son peuple.* « Il a nommé cela mon prix du sang, répondit Jon Snow, mais il paiera.

— Certes, et pourquoi pas ? » Le Vieux Flint tapa de sa canne contre la glace. « Des pupilles, on a toujours appelé ça, quand Winterfell exigeait de nous des garçons, mais c'étaient des otages et ils s'en portaient pas plus mal.

— Sauf ceux dont les pères déplaisaient aux rois d' l'Hiver, fit le Norroit. Ceux-là, y rentraient chez eux raccourcis d'une tête. Alors, dis-moi, mon garçon... si tes amis sauvageons se montrent traîtres, t'auras le cran de faire ce qu'y faudra ? »

*Demande à Janos Slynt.* « Tormund Fléau-d'Ogres sait qu'il vaut mieux ne pas me mettre au défi. Je peux vous sembler un gamin encore vert, lord Norroit, mais je demeure un fils d'Eddard Stark. »

Et pourtant, même cela ne parut pas apaiser son lord Intendant. « Vous dites que ces garçons serviront comme écuyers. Le lord Commandant ne sous-entend quand même pas qu'on les formera au maniement *des armes* ? »

La colère de Jon éclata. « Non, messire, j'entends par là qu'on leur apprendra à coudre des dessous en dentelle. Bien sûr, qu'on les formera au maniement des armes ! Et de même, ils baratteront le beurre, couperont du bois de chauffage, nettoieront les écuries, videront les pots de chambre et porteront des messages... et, entre-temps, on les exercera à manier une pique, une épée et un arc. »

Marsh vira à une nuance plus sombre de rouge. « Le lord Commandant devra excuser mon franc-parler, mais je n'ai aucune façon plus modérée de dire ceci. Huit mille ans durant, les hommes de la Garde de Nuit se sont tenus sur le Mur et ont combattu ces sauvageons. Et maintenant, vous avez l'intention de les laisser passer, de les abriter dans nos châteaux, de les nourrir, de les vêtir et de leur apprendre à se battre. Lord Snow, dois-je vous le rappeler ? *Vous avez prononcé un serment.*

— Je sais ce que j'ai juré. » Jon récita les paroles. « *Je suis l'épée dans les Ténèbres. Je suis le veilleur aux remparts. Je suis le feu qui flambe contre le froid, la lumière qui rallume l'aube, le cor qui secoue les dormeurs, le bouclier protecteur des Royaumes humains.* Étaient-ce ces mêmes paroles que vous avez prononcées quand vous avez vous-même prêté serment ?

— En effet. Comme le lord Commandant le sait bien.

— Êtes-vous certain que je n'en ai pas oublié ? Celles qui parlent du roi et de ses lois, et de la façon dont nous devons défendre chaque pied de cette terre et nous accrocher à chaque château en ruine ? Que dit-elle, précisément ? » Jon attendit une réponse. Il n'en vint aucune. « *Je suis le bouclier protecteur des Royaumes humains.* Voilà les termes. Alors, dites-moi, messire – que sont ces sauvageons, sinon des hommes ? »

Bowen Marsh ouvrit la bouche. Aucun mot n'en sortit. Une rougeur monta sur son cou.

Jon Snow se détourna. La dernière clarté du soleil commençait à s'effacer. Il regarda les crevasses sur le Mur virer du rouge au gris, puis au noir, de bandeaux ardents à des flots de glace noire. En contrebas, lady Mélisandre devait allumer son feu nocturne et entonner : *Maître de la lumière, défends-nous, car la nuit est sombre et pleine de terreurs.*

« L'hiver vient, dit enfin Jon, brisant le pesant silence, et avec lui viennent les marcheurs blancs. C'est au Mur que nous les arrêterons. Le Mur a été *construit* pour les arrêter… Mais il faut des gardes sur le Mur. La discussion est close. Nous avons beaucoup à faire avant que la porte ne s'ouvre. Il faudra nourrir, habiller et loger Tormund et son peuple. Certains d'entre eux sont malades et auront besoin de soins. Cela vous échoira, Clydas. Sauvez-en autant que vous le pourrez. »

Clydas cligna ses yeux roses et troubles. « Je ferai de mon mieux, Jon. Messire, je veux dire.

— Nous aurons besoin de préparer tous les chariots et les carrioles pour transporter le peuple libre jusqu'à leurs nouveaux logis. Othell, vous y veillerez. »

Yarwyck fit une grimace. « Bien, lord Commandant.

— Lord Bowen, vous percevrez le péage. L'or et l'argent, l'ambre, les torques, les bracelets et les colliers. Triez tout cela, comptez-le, veillez à ce que cela parvienne en toute sécurité à Fort-Levant.

— Oui, lord Snow », dit Bowen Marsh.

Et Jon se souvint : « *De la glace, a-t-elle dit, et des dagues dans le noir. Du sang gelé, rouge et dur, et l'acier nu.* » Il fit jouer sa main d'épée. Le vent se levait.

# CERSEI

Chaque nuit paraissait plus froide que la précédente.

La cellule ne disposait ni d'un âtre ni d'un brasero. L'unique ouverture était trop haute pour lui permettre de voir l'extérieur, et trop étroite pour se faufiler à travers, mais plus qu'assez large pour laisser entrer le froid. Cersei avait déchiré la première camisole qu'on lui avait donnée, exigeant qu'on lui rendît ses propres vêtements, mais cela n'avait eu d'autre résultat que de la laisser grelotter toute nue. Quand on lui avait tendu une nouvelle chemise, elle l'avait enfilée et les en avait remerciées, ses mots lui restant en travers de la gorge.

L'embrasure laissait également entrer les bruits. C'était le seul moyen pour la reine d'apprendre ce qui se passait en ville. Les septas qui lui apportaient à manger ne lui en disaient mot.

Cela l'ulcérait. Jaime allait venir la chercher, mais comment saurait-elle qu'il était arrivé ? Cersei espérait seulement qu'il n'aurait pas la sottise de partir en avant-garde de son armée. Il aurait besoin de toutes ses épées pour se charger de la horde dépenaillée des Pauvres Compagnons qui cernaient le Grand Septuaire. Cersei demandait souvent des nouvelles de son jumeau, mais ses geôlières ne lui répondaient pas. Elle les interrogeait également sur le sort de ser Loras. Aux dernières nouvelles, le Chevalier des Fleurs agonisait sur Peyredragon de blessures reçues pendant la prise de la forteresse. *Qu'il crève*, se disait Cersei, *et qu'il se hâte*. La mort du jeune homme libérerait une place dans la Garde Royale, et cela pourrait représenter pour elle le salut. Mais les septas restaient bouche close, tant sur Loras Tyrell que sur Jaime.

Lord Qyburn avait été son dernier et unique visiteur. Le monde où elle vivait comptait une population de quatre personnes : elle-même et ses trois geôlières, pieuses et inflexibles. La septa Unella avait une solide charpente et des manières hommasses, des mains calleuses et des traits ingrats, maussades. La septa Moelle avait des cheveux blancs et raides et de petits yeux mauvais plissés en permanence par le soupçon, aux aguets sur un visage ridé aussi tranchant qu'un fer de hache. La septa Scolera avait une silhouette courte et épaisse, des seins pesants, une peau olivâtre et une odeur de rance, comme du lait sur le point de tourner. Elles lui apportaient le manger et l'eau, vidaient son pot de chambre et emportaient à l'occasion sa chemise pour la laver, la laissant se pelotonner nue sous sa couverture jusqu'à ce qu'on la lui restituât. Parfois, Scolera lui lisait des passages de *L'Étoile à sept branches* ou du *Livre des Prières sacrées*, mais pour le reste, aucune d'entre elles ne lui adressait la parole ni ne répondait à la moindre de ses questions.

Elle les haïssait et les méprisait toutes les trois, presque autant qu'elle haïssait et méprisait les hommes qui l'avaient trahie.

De faux amis, des serviteurs félons, des hommes qui avaient juré un amour éternel, même des hommes de son propre sang… tous, ils l'avaient abandonnée lorsqu'elle avait eu besoin d'eux. Osney Potaunoir, cette chiffe molle, avait capitulé sous le fouet, déversant dans l'oreille du Grand Moineau des secrets qu'il aurait dû emporter dans la tombe. Ses frères, de la racaille des rues qu'elle avait élevée à un noble rang, s'étaient contentés de rester assis sur leurs mains. Aurane Waters, son amiral, avait fui en mer avec les dromons qu'elle avait fait construire pour lui. Orton Merryweather était reparti à toutes jambes à Longuetable, en emmenant son épouse Taena, qui avait été la seule amie véritable de la reine en cette effroyable période. Harys Swyft et le Grand Mestre Pycelle l'avaient laissée croupir en captivité, offrant le royaume précisément à ceux qui avaient conspiré contre elle. Il n'y avait plus de traces nulle part de Meryn Trant et de Boros Blount, protecteurs jurés du roi. Même son cousin Lancel, qui protestait naguère de son amour pour elle, figurait parmi ses accusateurs. Son oncle avait refusé de l'aider à gouverner, alors qu'elle le voulait faire Main du Roi.

Et Jaime…

Non, cela, elle ne pouvait le croire, ne voulait le croire. Jaime accourrait ici dès qu'il apprendrait dans quelle situation elle se trouvait. « *Viens tout de suite* », lui avait-elle écrit. « *Aide-moi. Sauve-moi. J'ai besoin de toi aujourd'hui comme jamais je n'ai eu besoin de toi auparavant. Je t'aime. Je t'aime. Je t'aime. Viens tout de suite.* » Qyburn avait juré de veiller à ce que la lettre parvînt à son jumeau, quelque part dans le Conflans avec son armée. Qyburn n'était jamais revenu, toutefois. Pour ce qu'elle en savait, il pouvait être mort, sa tête fichée au bout d'une pique au-dessus des portes du Donjon de la ville. À moins qu'il ne se morfondît dans l'un des noirs cachots sous le Donjon Rouge, sans que la lettre ait été envoyée. Cent fois la reine s'était enquise de lui, mais ses geôlières n'en voulaient rien dire. Elle n'avait qu'une unique certitude : Jaime n'était pas venu.

*Pas encore*, se répétait-elle. *Mais bientôt. Et une fois qu'il sera là, le Grand Moineau et ses garces chanteront sur un autre ton.*

Elle exécrait ce sentiment d'impuissance.

Elle avait menacé, mais ses menaces avaient été accueillies par des visages de bois et de sourdes oreilles. Elle avait ordonné, mais on avait ignoré ses ordres. Elle avait invoqué la clémence de la Mère, en appelant à la compréhension naturelle entre femmes, mais ces trois septas flétries avaient dû se séparer de leur féminité en prononçant leurs vœux. Elle avait essayé la séduction, en leur parlant d'un ton affable, en acceptant tout nouvel outrage avec humilité. Rien ne les fit fléchir. Elle leur avait offert des récompenses, promis sa mansuétude, des honneurs, de l'or, des charges élevées à la cour. Elles avaient traité ses promesses de même manière que ses menaces.

Et elle avait prié. Oh, comme elle avait prié. Elles ne demandaient que des prières, aussi leur en servit-elle, et les leur servit-elle à genoux comme si elle était une vulgaire traînée des rues, et non point une fille du Roc. Elle avait appelé dans ses prières le soulagement, la délivrance, Jaime. À haute voix elle avait supplié les dieux de défendre son innocence, en silence elle avait demandé que ses accusateurs fussent frappés de morts subites et douloureuses. Elle avait prié jusqu'à se mettre les genoux à vif et en sang, jusqu'à en avoir la langue si lasse et si lourde qu'elle s'en serait étouffée. Toutes les prières qu'on lui avait apprises enfant revinrent à l'esprit de Cersei dans sa cellule, et elle en inventa de nouvelles, selon ses besoins, sollicitant la Mère et la Pucelle, le Père et le Guerrier, l'Aïeule et le Forgeron. Elle avait même invoqué l'Étranger. *Qu'importe le dieu quand le besoin parle.* Les Sept se montrèrent aussi sourds que leurs servantes terrestres. Cersei leur adressa tous les mots qu'elle avait en elle, leur donna tout sauf des larmes. *Cela, ils ne l'auront jamais*, se jura-t-elle.

Elle exécrait ce sentiment de faiblesse.

Si les dieux lui avaient attribué la force qu'ils avaient accordée à Jaime et à ce fat fier-à-bras de Robert, elle aurait pu s'évader par ses propres moyens. *Oh, que n'ai-je une épée et le talent pour la manier.* Elle avait un cœur de guerrière, mais les dieux dans leur aveugle malveillance l'avaient dotée d'un corps de faible femme. La reine avait essayé de s'opposer aux septas, au début, mais elles avaient eu le dessus. Elles étaient trop nombreuses, et plus robustes qu'elles n'y paraissaient. D'horribles vieillardes, toutes autant qu'elles étaient, mais le temps qu'elles avaient consacré à prier, à briquer, et à rosser des novices à coups de bâton les avait endurcies comme des racines.

Et elles lui refusaient tout repos. Nuit et jour, chaque fois que la reine fermait les paupières pour dormir, une de ses geôlières apparaissait pour la réveiller et exiger la confession de ses péchés. Elle était accusée d'adultère, de fornication, de haute trahison et même de meurtre, car Osney Potaunoir avait avoué avoir étouffé le dernier Grand Septon sur son ordre. « Je suis venue t'entendre relater tous tes crimes et fornications », grondait la septa Unella, en secouant la reine pour l'éveiller. La septa Moelle lui déclarait que c'étaient ses péchés qui la privaient de repos. « Seuls les innocents connaissent la quiétude d'un sommeil paisible. Reconnais tes péchés, et tu dormiras comme un nouveau-né. »

Veille, sommeil et encore veille, chaque nuit était mise en pièces par les rudes mains de ses bourrelles, et chaque nuit était plus froide et plus cruelle que la précédente. Les heures du hibou, du loup et du rossignol, le lever et le coucher de la lune, le crépuscule et l'aube défilaient devant elle en titubant comme autant de pochards. Quelle heure était-il ? Quel jour était-on ? Où était-elle ? Était-ce un rêve, ou s'était-elle éveillée ? Les petites échardes de sommeil qu'on lui autorisait se muaient en rasoirs, qui lui tailladaient l'entendement. Chaque matin la trouvait plus hagarde que la veille, épuisée et fiévreuse. Elle avait perdu toute notion de la durée de son emprisonnement dans cette cellule, dans les hauteurs d'une des sept tours du grand Septuaire de Baelor. *Je vais vieillir et mourir ici*, se disait-elle, au désespoir.

Cersei ne pouvait permettre que cela advînt. Son fils avait besoin d'elle. Le royaume avait besoin d'elle. Elle devait se libérer, quel qu'en fût le risque. Son monde s'était rétréci à une cellule de six pieds carrés, un pot de chambre, une paillasse toute en creux et en bosses, et une couverture de laine brune, aussi mince que ses espoirs, qui lui grattait la peau, mais elle demeurait l'héritière de lord Tywin, une fille du Roc.

Épuisée par son manque de sommeil, grelottant sous le froid qui s'insinuait chaque nuit dans la cellule de la tour, tantôt fiévreuse et tantôt affamée, Cersei en arriva enfin à la conclusion qu'elle devait se confesser.

Cette nuit-là, quand la septa Unella arriva pour l'arracher au sommeil, elle trouva la reine qui attendait à genoux. « J'ai péché », déclara Cersei. Elle avait la langue lourde en bouche, les lèvres gercées, irritées. « J'ai péché fort gravement. Je le vois, à présent. Comment ai-je pu être si aveugle si longtemps ? L'Aïeule m'a visitée avec sa lampe brandie bien haut et, à sa lumière sacrée, j'ai vu la route que je devais suivre. Je veux de nouveau être propre. Je ne recherche que l'absolution. Je vous en prie, bonne septa, je vous en supplie, conduisez-moi devant le grand Septon, afin que je puisse confesser mes crimes et mes fornications.

— Je le lui dirai, Votre Grâce, répondit la septa Unella. Sa Sainteté Suprême en sera fort aise. C'est seulement au travers de la confession et d'une sincère repentance que nos âmes immortelles peuvent trouver le salut. »

Et durant le reste de cette longue nuit, elles la laissèrent dormir. Des heures et des heures de sommeil bienheureux. Pour une fois, le hibou, le loup et le rossignol se succédèrent sans laisser trace ni souvenir de leur passage, tandis que Cersei faisait un long et doux rêve où Jaime était son époux et leur fils vivait encore.

Le matin venu, la reine se sentit presque redevenue elle-même. Quand ses geôlières vinrent la chercher, elle leur adressa un fort pieux verbiage, et leur réitéra sa détermination à confesser ses péchés et à être pardonnée de tout ce qu'elle avait commis.

« Nous nous réjouissons de l'entendre, assura la septa Moelle.

— Votre âme sera soulagée d'un gros poids, commenta la septa Scolera. Vous vous sentirez beaucoup mieux, après, Votre Grâce. »

*Votre Grâce.* Ces deux simples mots la firent tressaillir de joie. Durant son interminable captivité, ses geôlières ne s'étaient pas souvent donné la peine de cette élémentaire courtoisie.

« Sa Sainteté Suprême attend », annonça la septa Unella.

Cersei baissa la tête, humble et obéissante. « Pourrais-je avoir d'abord la permission de prendre un bain ? Je ne suis pas dans une condition décente pour me trouver en sa présence.

— Vous vous laverez plus tard, si Sa Sainteté Suprême l'autorise, répondit la septa Unella. C'est la propreté de votre âme immortelle qui devrait vous préoccuper pour l'heure, et non de telles vanités de la chair. »

Les trois septas lui firent emprunter l'escalier de la tour, la septa Unella ouvrant le chemin, et les septas Moelle et Scolera sur ses talons, comme si elles craignaient qu'elle pût chercher à fuir. « Voilà si longtemps que je n'ai eu de visite, murmura Cersei à voix basse au cours de la descente. Comment se porte le roi ? Je ne pose cette question qu'en tant que mère, inquiète pour son enfant.

— Sa Grâce est en bonne santé, répondit la septa Scolera, et bien protégée, nuit et jour. La reine est auprès de lui, en permanence. »

*C'est moi, la reine !* Elle ravala les mots, sourit et dit : « Je suis heureuse de le savoir. Tommen l'apprécie tellement. Je n'ai

jamais cru aux horreurs qu'on avait racontées sur son compte. »
Margaery Tyrell avait-elle d'une façon ou d'une autre réussi à
se dépêtrer des accusations de fornication, d'adultère et de haute
trahison ? « Y a-t-il eu un procès ?

— Bientôt, dit la septa Scolera. Mais son frère...

— *Chut !* » La septa Unella se retourna pour jeter par-dessus
son épaule un regard noir à Scolera. « Tu jacasses trop, vieille
idiote. Il ne nous appartient pas d'aborder de tels sujets. »

Scolera baissa la tête. « Je te prie de me pardonner. »

Elles effectuèrent le reste de la descente en silence.

Le Grand Moineau reçut Cersei dans son sanctuaire, une austère chambre à sept côtés où les visages grossièrement sculptés
des Sept fixaient les parois de pierre, avec des expressions
presque aussi aigres et désapprobatrices que Sa Sainteté Suprême
en personne. Quand Cersei entra, le Grand Septon était assis
derrière une table sommaire, occupé à écrire. Il n'avait pas
changé depuis la dernière fois qu'elle s'était trouvée en sa présence, le jour où il l'avait fait arrêter et emprisonner. C'était
toujours un homme maigre aux cheveux gris, à la silhouette
fine, dure et décharnée, au visage ridé avec des traits anguleux,
aux yeux soupçonneux. Au lieu des riches robes de ses prédécesseurs, il portait une tunique informe en laine écrue qui lui
arrivait aux chevilles. « Votre Grâce, lança-t-il en guise de salu-
tation. J'ai cru comprendre que vous désiriez vous confesser. »

Cersei tomba à genoux. « Oui, Votre Sainteté Suprême. L'Aïeule
m'a visitée durant mon sommeil, sa lampe brandie haut...

— Mais bien sûr. Unella, restez ici et prenez note de ce que
dira Sa Grâce. Scolera, Moelle, vous avez ma permission de
vous retirer. » Il pressa les doigts de ses mains les uns contre
les autres, le même geste qu'elle avait vu son père exécuter
mille fois.

La septa Unella prit un siège derrière Cersei, déploya un parchemin, plongea une plume dans l'encre de mestre. Cersei sentit
une pointe de peur. « Une fois que je me serai confessée, aurai-je
le droit de...

— On traitera Votre Grâce selon ses péchés. »

*Cet homme est implacable*, comprit-elle, une fois de plus.
Elle se concentra un moment. « Que la Mère prenne pitié de

95

moi, en ce cas. J'ai couché avec des hommes en dehors des liens du mariage. Je le confesse.

— Qui ? » Les yeux du Grand Septon étaient rivés sur les siens.

Cersei entendait Unella écrire derrière elle. Sa plume produisait un léger grattement. « Lancel Lannister, mon cousin. Et Osney Potaunoir. » Les deux hommes avaient avoué avoir couché avec elle, il ne lui servirait à rien de le nier. « Ses frères, également. Tous les deux. » Elle n'avait aucun moyen de savoir ce que pouvaient dire Osfryd ou Osmund. Mieux valait confesser trop de choses que pas assez. « Cela n'excuse pas mon péché, Votre Sainteté Suprême, mais j'étais seule et j'avais peur. Les dieux m'ont pris le roi Robert, mon amour et mon protecteur. J'étais seule, entourée de conspirateurs, de faux amis et de traîtres qui complotaient la mort de mes enfants. Je ne savais pas à qui me fier, aussi ai-je… ai-je employé le seul moyen dont je disposais pour lier les Potaunoir à moi.

— Par cela, vous entendez vos attributs féminins ?

— Ma chair. » Elle pressa une main contre son visage, en frémissant. Quand elle la baissa de nouveau, elle avait les yeux trempés de larmes. « Oui. Que la Pucelle me pardonne. Mais j'ai agi pour mes enfants, pour le royaume. Je n'y ai point pris de plaisir. Les Potaunoir… ce sont des hommes durs, et cruels, et ils ont usé de moi avec rudesse, mais que pouvais-je faire d'autre ? Tommen avait besoin autour de lui d'hommes auxquels je puisse me fier.

— Sa Grâce était protégée par la Garde Royale.

— La Garde Royale a assisté sans pouvoir intervenir à la mort de son frère Joffrey, assassiné à son propre banquet de noces. J'ai vu mourir un fils, je n'aurais pas pu supporter d'en perdre un autre. J'ai péché, je me suis livrée à une fornication débridée, mais je l'ai fait pour Tommen. Que Votre Sainteté Suprême me pardonne, mais j'aurais ouvert mes cuisses à tous les hommes de Port-Réal si tel avait été le prix à payer pour préserver mes enfants.

— Le pardon ne vient que des dieux. Qu'en est-il de ser Lancel, qui était votre cousin, et l'écuyer du seigneur votre époux ? L'avez-vous accueilli dans votre lit pour gagner sa loyauté, lui aussi ?

— Lancel. » Cersei hésita. *Prudence*, se dit-elle, *Lancel a dû tout lui raconter.* « Lancel m'aimait. C'était à moitié un enfant, mais je n'ai jamais douté de son dévouement, envers moi et envers mon fils.

— Et cependant vous l'avez quand même corrompu.

— Je me sentais seule. » Elle ravala un sanglot. « Je venais de perdre mon époux, mon fils, le seigneur mon père. J'étais régente, mais une reine demeure femme, et les femmes sont de fragiles réceptacles, aisément tentés... Votre Sainteté Suprême sait la vérité de tout cela. On a même vu de pieuses septas céder au péché. J'ai puisé du réconfort auprès de Lancel. Il était doux, tendre, et j'avais besoin de quelqu'un. C'était mal, je le sais, mais je n'avais personne d'autre... Une femme a *besoin* qu'on l'aime, elle a besoin d'un homme à ses côtés, elle... elle... » Elle éclata en sanglots incontrôlables.

Le Grand Septon ne fit pas un geste pour la consoler. Il resta assis, fixant sur elle ses yeux durs, avec la même immobilité de pierre que les statues des Sept dans le septuaire au-dessus. De longs moments s'écoulèrent, mais enfin les larmes de Cersei se tarirent entièrement. Elle avait les yeux rouges et brûlants d'avoir pleuré et se sentait au bord de la pâmoison.

Le Grand Moineau n'en avait toutefois pas terminé avec elle. « Ces péchés sont de nature triviale, déclara-t-il. On connaît bien la perversité des veuves, et toutes les femmes sont au fond des gourgandines, rompues à employer leurs charmes et leur beauté pour imposer leur volonté aux hommes. Il n'y a en cela nulle trahison, tant que vous ne vous êtes pas écartée de la couche nuptiale du vivant de Sa Grâce le roi Robert.

— Jamais, souffla-t-elle, en frémissant. *Jamais*, je le jure. »

Il ne prêta aucune attention à ces mots. « On a porté contre Votre Grâce d'autres accusations, des crimes bien plus graves que de simples fornications. Vous reconnaissez que ser Osney Potaunoir était votre amant, et ser Osney insiste pour dire qu'il a étouffé mon prédécesseur à votre requête. Il insiste, de plus, pour affirmer qu'il a commis un faux témoignage contre la reine

Margaery et ses cousines, en racontant des actes de fornication, d'adultère et de haute trahison, là encore à votre demande.

— Non, protesta Cersei. Ce n'est pas vrai. J'aime Margaery comme si elle était ma fille. Et l'autre… Je me suis plainte du Grand Septon, je le reconnais. Il était une créature de Tyrion, faible et corrompue, une offense à votre sainte Foi. Votre Sainteté Suprême sait cela aussi bien que moi. Il se peut qu'Osney ait cru que sa mort me contenterait. En ce cas, je porte une partie du blâme… Mais un meurtre ? Non. De cela, je suis innocente. Conduisez-moi au septuaire et je me placerai devant le siège de jugement du Père pour en jurer la vérité.

— En son temps, répondit le Grand Septon. Vous êtes également accusée d'avoir conspiré à la mort du seigneur votre époux, notre roi défunt et bien-aimé Robert, Premier du Nom. »

*Lancel*, songea Cersei. « Robert a été tué par un sanglier. M'accuse-t-on à présent d'être une change-peau ? Un zoman ? Suis-je accusée d'avoir tué Joffrey, également, mon propre fils chéri, mon premier-né ?

— Non. Simplement votre époux. Le niez-vous ?

— Certes, je le nie. Face aux dieux et aux hommes, je le nie. »

Il hocha la tête. « En dernier lieu, et pire que tout, il est des gens pour affirmer que vos enfants n'ont point été engendrés par le roi Robert, qu'ils sont des bâtards nés de l'inceste et de l'adultère.

— Stannis l'affirme, répliqua aussitôt Cersei. Mensonge, mensonge, mensonge criant. Stannis guigne le trône de Fer, mais les enfants de son frère lui font obstacle, aussi lui faut-il prétendre qu'ils ne sont point nés de son frère. Cette lettre immonde… Elle ne contient pas une once de vérité. Je le nie. »

Le Grand Septon plaça ses deux mains à plat sur la table, et poussa pour se lever. « Bien. Lord Stannis s'est détourné de la vérité des Sept pour adorer un démon rouge, et sa foi impie n'a nulle place en ces Sept Couronnes. »

Voilà qui était presque rassurant. Cersei hocha la tête.

« Quand bien même, poursuivit le Grand Septon, ce sont de terribles accusations, et le royaume doit savoir si elles ont quelque fondement. Si Votre Grâce a dit vrai, nul doute qu'un procès prouvera votre innocence. »

*Un procès, malgré tout.* « J'ai confessé...

— ... certains péchés, certes. Vous en niez d'autres. Votre procès séparera les vérités des mensonges. Je demanderai aux Sept de pardonner les péchés que vous avez confessés et prierai pour qu'on vous juge innocente de ces autres accusations. »

Cersei se releva lentement de sa position agenouillée. « Je m'incline devant la sagesse de Votre Sainteté Suprême, dit-elle. Mais si je pouvais implorer une seule goutte de la clémence de la Mère, je... Voilà bien longtemps que je n'ai vu mon fils, s'il vous plaît... »

Les yeux du vieil homme étaient des éclats de silex. « Il ne serait pas convenable de vous autoriser à voir le roi, tant que vous n'avez pas été purgée de vos perversités. Vous avez accompli le premier pas sur la voie qui vous remettra sur le droit chemin, cependant, et, à la lumière de cela, je vous permets d'autres visiteurs. Un par jour. »

La reine fondit de nouveau en larmes. Cette fois-ci, ses pleurs étaient sincères. « Vous êtes trop bon. Merci.

— La Mère est miséricordieuse. C'est à elle que doivent aller vos remerciements. »

Moelle et Scolera attendaient pour la ramener dans sa cellule de la tour. Unella les suivait de près. « Nous avons toutes prié pour Votre Grâce », confia la septa Moelle tandis qu'elles montaient. « Oui, renchérit la septa Scolera, et vous devez vous sentir tellement plus légère, à présent, propre et innocente comme une pucelle au matin de ses noces. »

*Le matin de mes noces, j'ai baisé avec Jaime*, se souvint la reine. « En effet, dit-elle, je sens comme une seconde naissance, comme si on avait percé un abcès purulent et que, désormais, je puisse enfin entamer ma guérison. Je m'envolerais presque. » Elle imagina le plaisir qu'elle aurait à percuter du coude le visage de la septa Scolera pour l'envoyer dégringoler l'escalier en spirale. Si les dieux étaient bons, cette vieille conne ridée se heurterait à la septa Unella pour l'entraîner dans sa chute.

« C'est bon de vous voir à nouveau sourire, commenta Scolera.

— Sa Sainteté Suprême a déclaré que je pourrais recevoir des visiteurs ?

— En effet, confirma la septa Unella. Si Votre Grâce nous indique qui elle souhaite voir, nous les avertirons. »

*Jaime, j'ai besoin de Jaime.* Mais si son jumeau se trouvait en ville, pourquoi n'était-il pas venu à elle ? Elle serait mieux avisée peut-être de laisser Jaime de côté jusqu'à ce qu'elle ait des notions plus précises de la situation au-delà des murs du grand Septuaire de Baelor. « Mon oncle, décida-t-elle. Ser Kevan Lannister, le frère de mon père. Est-il en ville ?

— Oui, répondit la septa Unella. Le lord Régent a élu résidence dans le Donjon Rouge. Nous allons tout de suite l'envoyer quérir.

— Merci », dit Cersei, qui nota : *Lord Régent, vraiment ?* Elle ne pouvait prétendre en être surprise.

Un cœur humble et pénitent se révéla avoir des avantages qui dépassaient largement celui d'avoir une âme lavée de tout péché. Cette nuit-là, on déménagea la reine dans une cellule plus grande, deux étages plus bas, avec une fenêtre par laquelle elle pouvait vraiment regarder, et des couvertures chaudes et douces pour son lit. Et quand vint l'heure du dîner, au lieu du pain rassis et du gruau d'avoine, on lui servit un chapon rôti, une assiette de légumes frais saupoudrés de brisures de noix, et un monticule de purée de panais baignant dans le beurre. Cette nuit-là, elle se glissa dans son lit le ventre plein pour la première fois depuis son arrestation, et dormit d'une traite durant les noires veilles de la nuit sans être jamais dérangée.

Le lendemain, avec l'aube arriva son oncle.

Cersei n'avait pas achevé son petit déjeuner quand la porte s'ouvrit largement et que ser Kevan Lannister la franchit. « Laissez-nous », lança-t-il à ses geôlières. La septa Unella fit sortir Scolera et Moelle et referma la porte derrière elle. La reine se mit debout.

Ser Kevan paraissait plus vieux que lors de leur dernière entrevue. C'était un grand gaillard, les épaules larges et la taille épaisse, avec une barbe blonde taillée ras qui suivait la ligne de sa mâchoire lourde, et de courts cheveux blonds en pleine déroute sur son front. Une grosse cape en laine, teinte en écarlate, était retenue sur une épaule par une broche d'or en forme de tête de lion.

« Merci d'être venu », dit la reine.

Son oncle se rembrunit. « Tu devrais t'asseoir. Il y a des choses que je me dois de t'apprendre... »

Elle ne voulait pas s'asseoir. « Vous êtes encore en colère contre moi. Je l'entends dans votre voix. Pardonnez-moi, mon oncle. J'ai eu tort de vous jeter mon vin à la tête, mais...

— Crois-tu que j'ai cure d'une coupe de vin ? Lancel est mon *fils*, Cersei. Ton propre neveu. Si je suis furieux contre toi, la raison vient de là. Tu aurais dû veiller sur lui, le guider, lui trouver une fille convenable de bonne famille. Et au lieu de ça, tu...

— Je sais. Je sais. » *Lancel me désirait plus que je ne l'ai jamais désiré. Et il me désire encore, je le parierais.* « J'étais seule, j'étais faible. Je vous en prie. Mon oncle. Oh, mon oncle. C'est tellement bon de voir votre visage, votre doux, votre si doux visage. J'ai commis des horreurs, je le sais, mais je ne pourrais pas supporter que vous me haïssiez. » Elle jeta ses bras autour de lui, lui baisa la joue. « Pardonnez-moi. Pardonnez-moi. »

Ser Kevan soutint l'étreinte le temps de quelques battements de cœur avant de lever enfin ses propres bras pour la rendre. L'accolade fut brève et gênée. « Ça suffit », déclara-t-il, d'une voix encore atone et froide. « Tu es pardonnée. À présent, assieds-toi. Je t'apporte de rudes nouvelles, Cersei. »

Ces mots effrayèrent la reine. « Est-il arrivé quelque chose à Tommen ? Par pitié, non. Je me suis tant inquiétée pour mon fils. Personne ne veut rien me dire. Par pitié, dites-moi que Tommen va bien.

— Sa Grâce va bien. Il demande souvent de tes nouvelles. » Ser Kevan posa les mains sur les épaules de Cersei, la maintint à distance.

« Jaime, alors ? Est-ce Jaime ?

— Non. Jaime est toujours dans le Conflans, quelque part.

— Quelque part ? » Cette expression ne lui plut guère.

« Il a pris Corneilla et accepté la capitulation de lord Nerbosc, mais sur le chemin du retour vers Vivesaigues, il a abandonné sa suite pour partir avec une femme.

— Une femme ? » Cersei le regarda sans comprendre. « Quelle femme ? Pourquoi ? Où sont-ils allés ?

— Nul ne le sait. Nous n'avons plus eu de nouvelles de lui. La femme était peut-être la fille de l'Étoile-du-Soir, lady Brienne. »

*Elle.* La reine se souvenait de la Pucelle de Torth, une créature énorme, laide, gauche qui s'habillait dans de la maille d'homme. *Jamais Jaime ne me quitterait pour un tel être. Mon corbeau n'est jamais parvenu jusqu'à lui, sinon il serait venu.*

« Nous avons reçu des nouvelles du débarquement d'épées-louées dans tout le Sud, disait ser Kevan. Torth, les Degrés de Pierre, le cap de l'Ire... Où Stannis a-t-il trouvé les moyens d'engager une compagnie libre, j'aimerais énormément le savoir. Je n'ai pas les forces pour me charger d'eux, pas ici. Mace Tyrell en dispose, mais il refuse de se déplacer tant que la question de sa fille n'aura pas été réglée. »

*Un bourreau trancherait promptement le problème.* Cersei se moquait comme d'une guigne de Stannis, ou de ses mercenaires. *Que les Autres l'emportent, et les Tyrell avec lui. Qu'ils se massacrent les uns les autres, le royaume ne s'en portera que mieux.* « De grâce, mon oncle, sortez-moi d'ici.

— Comment ? Par la force des armes ? » Ser Kevan avança jusqu'à la fenêtre et regarda au-dehors, sourcils froncés. « Il me faudrait transformer ce lieu sacré en abattoir. Et je n'ai pas les hommes pour ce faire. La plus grande part de nos troupes se trouvait à Vivesaigues avec ton frère. Je n'ai pas eu le temps de lever une nouvelle armée. » Il se retourna pour lui faire face. « J'ai discuté avec Sa Sainteté Suprême. Il ne te libérera pas tant que tu n'auras pas expié tes péchés.

— J'ai confessé.

— *Expié*, ai-je dit. Aux yeux de la ville. Une marche...

— Non. » Elle savait ce que son oncle allait conseiller et ne voulait point l'entendre. « Jamais. Expliquez-le-lui, si vous devez encore vous entretenir avec lui. Je suis reine, et non une putain des quais.

— Il ne t'adviendrait aucun mal. Nul ne touchera...

— Non, répéta-t-elle, avec plus de dureté. Plutôt mourir. »

Ser Kevan n'en fut pas ému. « Si tel est ton souhait, tu risques de le voir exaucé sous peu. Sa Sainteté Suprême est déterminée à te faire juger pour régicide, déicide, inceste et haute trahison.

— Déicide ? » Elle faillit en rire. « En quelle occasion ai-je tué un dieu ?

— Le Grand Septon parle ici-bas pour les Sept. Frappe-le, et tu frappes les dieux eux-mêmes. » Son oncle leva la main avant qu'elle pût protester. « Il ne sert à rien d'évoquer ces choses. Pas ici. Il sera bien temps d'en débattre au cours d'un procès. » Il parcourut la cellule des yeux. Son visage s'exprimait avec une éloquence extrême.

*Quelqu'un nous écoute.* Même ici, même maintenant, elle ne pouvait s'aventurer à s'exprimer librement. Elle reprit son souffle. « Qui me jugera ?

— La Foi, répondit son oncle, à moins que tu n'insistes pour avoir un jugement par combat. Auquel cas, tu devras désigner comme champion un chevalier de la Garde Royale. Quelle qu'en soit l'issue, ton règne est terminé. Je tiendrai le rôle de régent pour Tommen jusqu'à sa majorité. Mace Tyrell a été nommé Main du Roi. Le Grand Mestre Pycelle et ser Harys Swyft poursuivront comme de coutume, mais Paxter Redwyne est désormais lord Amiral et Randyll Tarly a accepté la charge de justicier. »

*Des bannerets de Tyrell, tous les deux.* Tout le gouvernement du royaume était remis entre les mains de ses ennemis. La parentèle de la reine Margaery. « Margaery est également accusée. Elle, et ses belles cousines. Comment se fait-il que les moineaux l'aient libérée, et pas moi ?

— Randyll Tarly a insisté. Il a été le premier à atteindre Port-Réal quand cette tourmente a éclaté, et il a apporté son armée avec lui. Les filles Tyrell passeront quand même en jugement, mais les charges contre elles sont faibles, Sa Sainteté Suprême le reconnaît. Tous les hommes cités comme amants de la reine ont nié l'accusation ou se sont rétractés, à l'exception de ton chanteur estropié, qui paraît à demi fou. Si bien que le Grand Septon a placé les filles sous la garde de Tarly et que lord Randyll a prêté un serment sacré de les livrer au jugement quand l'heure viendrait.

— Et ses accusateurs ? demanda la reine. Qui les détient ?

— Osney Potaunoir et le Barde Bleu sont ici, au-dessous du septuaire. Les jumeaux Redwyne ont été déclarés innocents, et Hamish le Harpiste est mort. Les autres se trouvent au cachot dans les profondeurs du Donjon Rouge, sous la responsabilité de ton séide, Qyburn. »

*Qyburn*, songea Cersei. C'était bien, au moins un fétu de paille auquel se raccrocher. Lord Qyburn était leur geôlier, et lord Qyburn était capable d'opérer des miracles. *Et des horreurs. Il est aussi capable d'opérer des horreurs.*

« Il y a plus, et pire. Est-ce que tu vas *t'asseoir* ?

— M'asseoir ? » Cersei secoua la tête. Que pouvait-il y avoir de pire ? On allait la juger pour haute trahison alors que la petite reine et ses cousines s'envolaient, libres comme l'oiseau. « Dites-moi. Qu'y a-t-il ?

— Myrcella. Nous avons reçu de graves nouvelles de Dorne.

— *Tyrion* », dit-elle aussitôt. Tyrion avait expédié sa petite fille à Dorne, et Cersei avait dépêché ser Balon Swann afin de la ramener à la maison. Tous les Dorniens étaient des serpents, et les Martell étaient les pires du lot. La Vipère Rouge avait même essayé de défendre le Lutin, et frôlé d'un cheveu la victoire qui aurait permis au nain d'échapper au blâme pour la mort de Joffrey. « C'est lui. Il était à Dorne tout ce temps, et voilà qu'il s'est emparé de ma fille. »

Ser Kevan grimaça à ces mots. « Myrcella a été attaquée par un chevalier dornien du nom de Gerrold Dayne. Elle est vivante, mais blessée. Il lui a lacéré le visage, elle... Je suis désolé... elle a perdu une oreille.

— Une oreille. » Cersei le fixa, atterrée. *Ce n'était qu'une enfant, ma précieuse princesse. Et elle était si jolie.* « Il lui a tranché l'oreille. Et le prince Doran et ses chevaliers dorniens, où étaient-ils ? Ils n'ont pas su défendre une petite fille ? Où était Arys du Rouvre ?

— Tué en la défendant. Dayne l'a occis, dit-on. »

L'Épée du Matin avait été un Dayne, se souvenait la reine, mais il était mort depuis longtemps. Qui était ce ser Gerrold, et pourquoi voudrait-il du mal à sa fille ? Elle ne voyait aucun sens à tout cela sinon que... « Tyrion a perdu la moitié de son nez dans la bataille de la Néra. Lacérer le visage de Myrcella, lui couper une oreille... Je vois les petites mains crasseuses du Lutin dans toute cette affaire.

— Le prince Doran n'a rien dit de ton frère. Et Balon Swann écrit que Myrcella attribue tout cela à Gerrold Dayne. Sombre Astre, comme on l'appelle. »

Elle eut un rire amer. « Qu'on l'appelle comme on veut, il tire les marrons du feu pour mon frère. Tyrion a des amis parmi les Dorniens. Le Lutin a manigancé cela depuis le début. C'est Tyrion qui a promis Myrcella au prince Trystan. À présent, je comprends pourquoi.

— Tu vois Tyrion dans chaque ombre.

— C'est une créature des ombres. Il a tué Joffrey. Il a tué Père. Croyez-vous qu'il va s'arrêter là ? Je craignais que le Lutin fût toujours à Port-Réal, en train de comploter quelque malveillance contre Tommen, mais en fait il a dû gagner Dorne pour tuer d'abord Myrcella. » Cersei arpentait sa cellule. « J'ai besoin d'être auprès de Tommen. Ces chevaliers de la Garde Royale sont aussi inutiles que des tétons sur une cuirasse. » Elle se retourna vers son oncle. « Ser Arys a été tué, disiez-vous ?

— Aux mains de ce Sombre Astre, oui.

— Mort. Il est bien mort, vous en êtes certain ?

— C'est ce qu'on nous a rapporté.

— Alors il y a une place libre dans la Garde Royale. On doit immédiatement la combler. Il faut protéger Tommen.

— Lord Tarly dresse une liste de chevaliers dignes de considération, à soumettre à votre frère, mais, jusqu'à ce que Jaime réapparaisse…

— Le roi peut décerner le manteau blanc à quelqu'un. Tommen est un bon garçon. Dites-lui qui nommer et il le nommera.

— Et qui voudrais-tu voir nommer ? »

Elle n'avait pas de réponse immédiate. *Mon champion aura besoin de porter un nouveau nom, autant qu'un nouveau visage.* « Qyburn saura. Reposez-vous sur lui sur ce compte. Nous avons eu nos différends, mon oncle, vous et moi. Mais, pour le sang que nous partageons et l'amour que vous portiez à mon père, pour le salut de Tommen et celui de sa pauvre sœur mutilée, faites ce que je vous demande. Allez voir lord Qyburn de ma part, apportez-lui un manteau blanc, et dites-lui que l'heure est venue. »

# LE GARDE DE LA REINE

« Vous étiez l'homme de la reine, expliqua Reznak mo Reznak. Le roi désire avoir autour de lui ses propres hommes, quand il donne audience. »

*Je demeure l'homme de la reine. Aujourd'hui, demain, à jamais, jusqu'à mon dernier souffle ou le sien.* Barristan Selmy refusait de croire à la mort de Daenerys Targaryen.

Peut-être était-ce pour cette raison qu'on l'écartait. *Un par un, Hizdahr nous éloigne tous.* Belwas le Fort vacillait à la porte de la mort dans le temple, aux bons soins des Grâces Bleues... bien que Selmy les soupçonnât à demi de parachever l'ouvrage entamé par ces sauterelles au miel. Skahaz Crâne-ras avait été démis de sa charge. Les Immaculés s'étaient retirés dans leur casernement. Jhogo, Daario Naharis, l'amiral Groleo et Héro des Immaculés demeuraient les otages des Yunkaïis. Aggo, Rakharo, et le reste du *khalasar* de la reine avaient été expédiés sur l'autre rive du fleuve, à la recherche de leur reine perdue. Même Missandei avait été remplacée : le roi n'estimait pas convenable d'employer comme héraut une enfant, une ancienne esclave naathie, par-dessus le marché. *Et à présent, moi.*

Il fut un temps où il aurait considéré ce congé comme une tache sur son honneur. Mais c'était en Westeros. Dans le nid de vipères qu'était Meereen, l'honneur apparaissait aussi cocasse qu'une cotte bipartie de bouffon. Et cette méfiance était mutuelle. Hizdahr zo Loraq pouvait bien être le consort de sa reine, jamais il ne serait son roi. « Si Sa Grâce souhaite que je quitte la cour...

— Sa Splendeur, corrigea le sénéchal. Non, non, non, vous m'avez mal compris. Son Excellence doit recevoir une délégation de Yunkaïis, pour discuter du retrait de leurs armées. Il se pourrait qu'ils demandent... euh... réparation pour ceux qui ont perdu la vie face au courroux du dragon. Une situation délicate. Le roi estime qu'il vaudra mieux qu'ils voient sur le trône un roi meereenien, sous la protection de guerriers meereeniens. Assurément, vous pouvez comprendre cela, ser. »

*Je comprends plus que tu ne le penses.* « Pourrais-je savoir quels hommes Sa Grâce a choisis pour le protéger ? »

Reznak mo Reznak afficha son gluant sourire. « De terribles guerriers, qui ont beaucoup d'affection pour Son Excellence. Goghor le Géant. Khrazz. Le Félin moucheté. Belaquo Briseur-d'os. Tous des héros. »

*Tous des combattants d'arène.* Ce choix ne surprenait pas ser Barristan. Hizdahr zo Loraq occupait une position difficile, sur son nouveau trône. Voilà dix mille ans que Meereen n'avait plus eu de roi, et certains, même parmi l'Ancien Sang, estimaient qu'ils auraient pu choisir plus méritant que lui. À l'extérieur de la cité campaient les Yunkaïis, leurs épées-louées et leurs alliés ; à l'intérieur, se trouvaient les Fils de la Harpie.

Et le nombre des protecteurs du roi allait chaque jour diminuant. La maladresse d'Hizdahr avec Ver Gris lui avait coûté les Immaculés. Quand Sa Grâce avait essayé de les placer sous le commandement d'un sien cousin, comme il l'avait fait avec les Bêtes d'Airain, Ver Gris avait informé le roi qu'ils étaient des hommes libres et ne recevaient d'ordres que de leur Mère. Quant aux Bêtes d'Airain, la moitié était des affranchis et le reste des crânes-ras, sans doute toujours réellement loyaux à Skahaz mo Kandaq. Les combattants d'arène représentaient le seul soutien fiable du roi Hizdahr, face à un flot d'ennemis.

« Puissent-ils défendre Sa Grâce contre toutes les menaces. » Le ton de ser Barristan ne laissait rien soupçonner de ses sentiments véritables ; il avait appris à les cacher à Port-Réal, bien des années auparavant.

« Sa *Magnificence*, insista Reznak mo Reznak. Vos autres devoirs demeurent inchangés, ser. Si cette paix devait échouer, Sa Splendeur souhaiterait encore que vous commandiez ses forces contre les ennemis de notre cité. »

*Il a au moins un grain de bon sens.* Belaquo Briseur-d'os et Goghor le Géant pourraient servir de boucliers à Hizdahr, mais l'idée que l'un ou l'autre conduisît une armée à la bataille était tellement ridicule que le vieux chevalier faillit en sourire. « Je suis aux ordres de Sa Grâce.

— Pas *Grâce*, protesta le sénéchal. C'est une appellation ouestrienne. Sa Splendeur, Sa Lumière, Son Excellence. »

*Sa Fatuité conviendrait davantage.* « Comme vous voudrez. »

Reznak s'humecta les lèvres. « Alors, nous en avons terminé. » Cette fois ci, son sourire onctueux signifiait un congé. Ser Barristan se retira, heureux de laisser derrière lui la puanteur du parfum du sénéchal. *Un homme devrait sentir la sueur, pas les fleurs.*

La Grande Pyramide de Meereen mesurait huit cents pieds de haut de la base au sommet. Les appartements du sénéchal se situaient au deuxième niveau. Ceux de la reine, et ceux de Selmy, occupaient le sommet. *Une longue ascension, pour un homme de mon âge,* estima ser Barristan en l'entamant. Il lui était arrivé de l'accomplir cinq ou six fois par jour, pour les affaires de la reine, comme en attestaient les douleurs dans ses genoux et au creux de ses reins. *Viendra un jour où je ne pourrai plus affronter ces marches,* songea-t-il, *et ce jour viendra plus tôt que je ne le souhaiterais.* Avant qu'il n'arrive, ser Barristan devait veiller à ce que quelques-uns de ses protégés au moins fussent prêts à le remplacer auprès de la reine. *Je les ferai moi-même chevaliers quand ils en seront dignes, et je leur donnerai à chacun un cheval et des éperons d'or.*

Les appartements royaux étaient figés et silencieux. Hizdahr n'y avait pas élu résidence, préférant établir sa propre suite dans les profondeurs du cœur de la Grande Pyramide, entouré de toutes parts par de massifs murs de brique. Mezzara, Miklaz, Qezza et le reste des jeunes échansons de la reine – des otages, en réalité, mais Selmy, comme la reine, s'y était tellement attaché qu'il avait du mal à les envisager sous ce terme – avaient

109

suivi le roi, tandis qu'Irri et Jhiqui s'en allaient avec les autres Dothrakis. Seule demeurait Missandei, petit fantôme solitaire qui hantait les appartements de la reine, au sommet de la pyramide.

Ser Barristan sortit sur la terrasse. Le ciel sur Meereen avait la couleur de la chair des cadavres – terne, lourd et blafard, couvert par une masse ininterrompue de nuages, d'un horizon à l'autre. Le soleil se cachait derrière ce mur. Il se coucherait sans qu'on le vît, comme il s'était levé ce matin-là. La nuit serait chaude, encore une de ces nuits de transpiration, suffocante et moite, sans le moindre souffle d'air. Depuis trois jours, la pluie menaçait, sans que tombât la moindre goutte. *L'arrivée de la pluie serait un soulagement. Elle pourrait aider à laver la cité.*

D'ici, il avait une vue sur quatre moindres pyramides, les remparts à l'ouest de la cité et les camps des Yunkaïis sur les côtes de la baie des Serfs, où une épaisse colonne de fumée grasse montait en se tordant comme un monstrueux serpent. *Les Yunkaïis qui incinèrent leurs morts*, comprit-il. *La jument pâle traverse au galop les camps des assiégeants.* En dépit de tous les efforts de la reine, la maladie s'était propagée, tant dans l'enceinte de la ville qu'à l'extérieur. Les marchés de Meereen étaient fermés, ses rues vides. Le roi Hizdahr avait permis aux arènes de rester ouvertes, mais le public était clairsemé. Les Meereeniens avaient même commencé à éviter le Temple des Grâces, selon certains rapports.

*Les esclavagistes trouveront moyen de blâmer Daenerys de cela aussi*, songea avec amertume ser Barristan. Il les entendait presque chuchoter – les Grands Maîtres, les Fils de la Harpie, les Yunkaïis, tous en train de se raconter que sa reine était morte. La moitié de la cité en avait la conviction, bien que, pour l'heure, les gens n'eussent pas le courage de le répéter à voix haute. *Mais bientôt, je pense.*

Ser Barristan se sentait très fatigué et très vieux. *Où sont passées toutes ces années ?* Ces derniers temps, chaque fois qu'il s'agenouillait pour boire dans un bassin tranquille, il voyait le visage d'un étranger le contempler des profondeurs de l'eau. Quand ces pattes d'oie étaient-elles apparues autour de ses pâles yeux bleus ? Depuis combien de temps ses cheveux avaient-ils passé du soleil à la neige ? *Des années, vieil homme. Des décennies.*

Pourtant, cela semblait hier seulement qu'il avait accédé au rang de chevalier, après le tournoi à Port-Réal. Il se souvenait encore du contact de l'épée du roi Aegon sur son épaule, léger comme le baiser d'une pucelle. Les mots s'étaient étranglés dans sa gorge, quand il avait prononcé ses vœux. Au banquet, ce soir-là, il avait mangé des côtes de cochon sauvage, préparées à la mode de Dorne avec du poivre dragon, si fort qu'il lui emportait la gueule. Quarante-sept ans, et son goût lui restait encore à la mémoire. Et cependant, il n'aurait su dire ce qu'il avait eu à dîner dix jours plus tôt, la totalité des Sept Couronnes en eût-elle dépendu. *Du chien bouilli, probablement. Ou un autre plat immonde qui n'avait pas meilleur goût.*

Selmy s'émerveilla, et ce n'était pas la première fois, des étranges aléas qui l'avaient conduit ici. Il était chevalier de Westeros, un homme des terres de l'Orage et des marches de Dorne ; sa place se trouvait dans les Sept Couronnes, pas ici, sur les berges torrides de la baie des Serfs. *Je suis venu ramener Daenerys chez elle.* Et pourtant, il l'avait perdue, tout comme il avait perdu son père, et son frère. *Même Robert. Avec lui aussi, j'ai failli.*

Peut-être Hizdahr était-il plus sage que Selmy ne le pensait. *Il y a dix ans, j'aurais pressenti ce que Daenerys avait l'intention de faire. Il y a dix ans, j'aurais été assez prompt pour la retenir.* Mais là, il était demeuré abasourdi tandis qu'elle sautait dans la fosse, à crier son nom, puis à courir en vain à ses trousses à travers les sables écarlates. *Je suis devenu vieux et lent.* Rien d'étonnant à ce que Naharis l'appelât ser Grand-Père, par moquerie. *Daario aurait-il réagi avec plus de rapidité s'il s'était trouvé aux côtés de la reine, ce jour-là ?* Selmy pensait savoir la réponse à cette question, bien qu'elle ne lui plût pas.

Il en avait encore rêvé la nuit précédente : Belwas le Fort à genoux, vomissant bile et sang, Hizdahr excitant les tueurs de dragon, les hommes et les femmes qui fuyaient terrorisés, se battant dans les escaliers, se piétinant, s'époumonant et hurlant. Et Daenerys...

111

*Elle avait les cheveux embrasés. Elle tenait le fouet dans sa main et elle criait, puis elle était sur le dos du dragon, en vol.* Le sable soulevé par Drogon qui prenait son essor avait blessé les yeux de ser Barristan, mais à travers un voile de larmes, il avait regardé l'animal s'enlever de l'arène, ses grandes ailes noires gifler les épaules des guerriers de bronze aux portes.

Le reste, il l'avait appris plus tard. Devant ces mêmes portes se trouvait une foule compacte de gens. Paniqués par l'odeur du dragon, les chevaux en contrebas s'étaient cabrés de terreur, battant l'air de leurs sabots ferrés. Étalages de nourriture et palanquins avaient été pareillement renversés, les hommes jetés à terre et piétinés. On avait lancé des piques, tiré à l'arbalète. Certains carreaux avaient atteint leur cible. Le dragon s'était violemment tordu dans les airs, fumant de ses blessures, la fille agrippée à son dos. Puis il avait craché son feu.

Il avait fallu aux Bêtes d'Airain le reste de la journée et une bonne partie de la nuit pour collecter les cadavres. Le bilan s'élevait finalement à deux cent quatorze tués, trois fois autant de brûlés et de blessés. Drogon avait désormais quitté la cité depuis longtemps, aperçu pour la dernière fois haut au-dessus de la Skahazadhan, volant vers le nord. De Daenerys Targaryen, on n'avait retrouvé aucune trace. Certains juraient l'avoir vue tomber. D'autres soutenaient avec insistance que le dragon l'avait emportée pour la dévorer. *Ils se trompent.*

Ser Barristan ne connaissait des dragons que ce que tout enfant entend dans les contes, mais il connaissait les Targaryen. Daenerys *avait chevauché* ce dragon, comme jadis Aegon sur Balerion.

« Elle est peut-être en train de voler jusque chez elle, se dit-il à voix haute.

— Non, murmura derrière lui une voix douce. Elle ne ferait pas ça, ser. Elle ne rentrerait pas chez elle sans nous. »

Ser Barristan se retourna. « Missandei. Ma petite. Depuis combien de temps es-tu debout là ?

— Pas longtemps. Ma personne regrette de vous avoir dérangé. » Elle hésita. « Skahaz mo Kandaq souhaite s'entretenir avec vous.

— Le Crâne-ras ? Tu lui as parlé ? » C'était imprudent, très imprudent. Il y avait une profonde inimitié entre le roi et Skahaz, et la fillette était assez fine pour le savoir. Skahaz n'avait fait aucun mystère de son opposition au mariage de la reine, chose qu'Hizdahr n'avait pas oubliée. « Il est ici ? Dans la pyramide ?

— Quand il le désire. Il va et vient, ser. »

*Oui. Ça ne m'étonne pas.* « Qui t'a dit qu'il voulait s'entretenir avec moi ?

— Une Bête d'Airain. Elle portait un masque de hibou. »

*Elle portait un masque de hibou lorsqu'elle t'a parlé. Désormais, ce pourrait être un chacal, un tigre, un pangolin.* Ser Barristan avait pris ces masques en haine depuis le début, et jamais davantage que maintenant. Des hommes droits n'auraient nul besoin de se cacher le visage. Quant au Crâne-ras...

*À quoi pouvait-il donc songer ?* Après qu'Hizdahr avait transmis le commandement des Bêtes d'Airain à son cousin Marghaz zo Loraq, Skahaz avait été nommé gouverneur du Fleuve, chargé de tous les bacs et les dragues, et des fossés d'irrigation qui bordaient la Skahazadhan sur cinquante lieues, mais le Crâne-ras avait refusé cet office ancien et honorable, ainsi que l'avait présenté Hizdahr, préférant se retirer dans la modeste pyramide de Kandaq. *Sans la reine pour le protéger, il court un très gros risque en venant ici.* Et si l'on voyait ser Barristan lui parler, des soupçons pourraient également tomber sur le chevalier.

L'odeur de tout cela ne lui plaisait guère. La situation puait la fourberie, les chuchotis et les mensonges, les complots ourdis dans le noir, toutes ces choses qu'il espérait avoir laissées derrière lui avec l'Araignée, lord Littlefinger et leurs congénères. Barristan Selmy n'était point un érudit, mais il avait souvent jeté un coup d'œil dans les pages du Livre Blanc, où étaient consignées les actions de ses prédécesseurs. Certains avaient été des héros, d'autres des faibles, des canailles ou des poltrons. La plupart n'étaient que des hommes – plus vifs et plus forts que le commun des mortels, plus habiles avec une épée et un bouclier, mais toujours vulnérables à l'orgueil, à l'ambition, au désir, à l'amour, à la colère, à la jalousie, à la cupidité, à la soif de l'or, au pouvoir et à tous les autres défauts qui affligeaient les moindres mortels. Les meilleurs surmontaient leurs défauts, accomplissaient leur devoir et mouraient l'épée à la main. Les pires...

*Les pires étaient ceux qui s'adonnaient au jeu des trônes.* « Tu saurais retrouver ce hibou ? demanda-t-il à Missandei.

— Ma personne peut essayer, ser.

— Dis-lui que je discuterai avec... avec notre ami... après la tombée du jour, près des écuries. » On fermait et on barrait les portes principales de la pyramide au coucher du soleil. À cette heure-là, les écuries seraient tranquilles. « Assure-toi que c'est le même hibou. » Il ne faudrait pas qu'une autre Bête d'Airain apprenne l'affaire.

« Ma personne comprend. » Missandei se retourna comme pour s'en aller, puis suspendit son mouvement un instant et dit : « On raconte que les Yunkaïis ont cerné la cité de scorpions, pour cribler de carreaux d'acier le ciel, au cas où Drogon reviendrait. »

Ser Barristan avait entendu dire cela, aussi. « Tuer un dragon en plein ciel n'est pas une mince affaire. À Westeros, beaucoup ont essayé d'abattre Aegon et ses sœurs. Personne n'y a réussi. »

Missandei hocha la tête. Difficile de juger si elle se sentait rassurée. « Croyez-vous qu'ils la retrouveront, ser ? Les prairies sont tellement vastes, et les dragons ne laissent aucune trace, dans le ciel.

— Aggo et Rakharo sont du sang de son sang... et qui connaît la mer Dothrak mieux que des Dothrakis ? » Il lui pressa l'épaule. « Ils la retrouveront si quelqu'un le peut. » *Si elle est encore en vie.* D'autres *khals* sillonnaient les herbes, des seigneurs du cheval avec des *khalasars* dont les cavaliers se comptaient par dizaines de milliers. Mais la fillette n'avait pas besoin d'entendre de telles choses. « Tu l'aimes bien, je le sais. Je te jure que je la garderai en sécurité. »

Ces paroles semblèrent apporter un peu de réconfort à la fillette. *Les mots sont du vent, pourtant,* songea ser Barristan. *Comment pourrais-je protéger la reine, alors que je ne suis pas à ses côtés ?*

Barristan Selmy avait connu bien des rois. Il était né durant le règne troublé d'Aegon l'Invraisemblable, chéri du petit peuple, avait reçu de ses mains sa dignité de chevalier. Le fils d'Aegon, Jaehaerys lui avait accordé le manteau blanc quand il avait vingt et trois ans, après qu'il avait tué Maelys le Monstrueux durant la guerre des Rois à Neuf Sous. Avec ce même manteau, il s'était tenu près du trône de Fer tandis que la folie dévorait Aerys, le fils de Jaehaerys. *Je m'y tenais, je voyais, j'entendais et je n'ai cependant rien fait.*

Mais non. Ce n'était pas juste. Il avait accompli son devoir. Certaines nuits, ser Barristan s'interrogeait : ne l'avait-il pas trop bien accompli ? Il avait prononcé ses vœux sous les yeux des dieux et des hommes, l'honneur lui interdisait d'y contrevenir… mais respecter ces vœux était devenu ardu, au cours des dernières années du règne du roi Aerys. Il avait assisté à certaines choses qu'il avait douleur à se rappeler, et plus d'une fois il s'était demandé quelle part du sang répandu souillait ses propres mains. S'il ne s'était pas rendu à Sombreval pour tirer Aerys des geôles de lord Sombrelyn, le roi aurait fort bien pu y périr, tandis que Tywin Lannister mettait la ville à sac. Alors, le prince Rhaegar serait monté sur le trône de Fer, peut-être pour panser les plaies du royaume. Sombreval avait été son heure de gloire, et pourtant le souvenir lui laissait un goût âcre sur la langue.

C'étaient ses échecs qui le hantaient la nuit, cependant. *Jaehaerys, Aerys, Robert. Trois rois morts. Rhaegar, qui aurait été un meilleur roi que n'importe lequel d'entre eux. La princesse Elia et les enfants. Aegon, un bébé encore, Rhaenys avec son chaton.* Morts, tous, et pourtant lui vivait toujours, qui avait juré de les protéger. Et à présent Daenerys, sa reine enfant, brillante et glorieuse. *Elle n'est pas morte. Je refuse de le croire.*

L'après-midi apporta à ser Barristan un bref répit dans ses doutes. Il le passa dans la salle d'entraînement au troisième niveau de la pyramide, à travailler avec ses garçons, à leur apprendre l'art de l'épée et du bouclier, du cheval et de la lance… et de la chevalerie, le code qui faisait du chevalier davantage qu'un combattant d'arène. Daenerys aurait besoin autour d'elle de protecteurs de son âge, une fois qu'il aurait disparu, et ser Barristan était résolu à les lui fournir.

Les jeunes gens qu'il formait allaient de huit ans jusqu'à vingt. Il avait commencé avec plus de soixante d'entre eux, mais l'entraînement s'était révélé trop rigoureux pour beaucoup. Moins de la moitié de ce nombre demeurait à présent, certains montrant énormément de promesses. *Sans roi à garder, j'aurai plus de temps pour les entraîner, désormais*, jugea-t-il en allant d'une paire à l'autre, les regardant se battre ensemble avec des épées émoussées et des piques à la tête arrondie. *De braves garçons. De basse extraction, certes, mais certains feront de bons chevaliers, et ils aiment la reine. Sans elle, tous auraient fini aux arènes. Le roi Hizdahr a ses combattants d'arène, mais Daenerys aura des chevaliers.*

« Levez bien le bouclier, lança-t-il. Montrez-moi comment vous frappez. Tous ensemble, à présent. En haut, en bas, en bas, en bas, en haut, en bas... »

Selmy prit un repas simple sur la terrasse de la reine, ce soir-là, tandis que le soleil se couchait. À travers la pourpre du crépuscule, il vit les feux s'éveiller un à un dans les grandes pyramides à degrés, tandis que les briques multicolores de Meereen viraient au gris, puis au noir. Des ombres s'amassaient en contrebas dans les rues et les venelles, créant des bassins et des fleuves. Au crépuscule, la cité paraissait paisible, et même belle. *C'est l'épidémie, pas la paix*, se dit le vieux chevalier avec sa dernière gorgée de vin.

Il ne souhaitait pas se faire remarquer ; aussi, quand il eut fini son souper, troqua-t-il son manteau blanc de la Garde Régine contre une cape de voyage brune et cagoulée, d'un genre que portait n'importe quel homme ordinaire. Il conserva son épée et son poignard. *Il pourrait encore s'agir d'un piège.* Il avait peu confiance en Hizdahr et moins encore en Reznak mo Reznak. Le sénéchal parfumé pouvait bien tremper dans l'affaire, et essayer de l'attirer dans une réunion secrète, afin de pouvoir capturer à la fois ser Barristan et Skahaz, en les accusant de conspirer contre le roi. *Si le Crâne-ras parle de trahison, il ne me laissera d'autre choix que de l'arrêter.*

116

*Hizdahr est le consort de ma reine, même si cela ne me plaît guère. Je lui dois ma loyauté, pas à Skahaz.*

Mais était-ce bien vrai ?

Le premier devoir de la Garde Royale était de défendre le roi contre toute atteinte et toute menace. Les chevaliers blancs avaient eux aussi juré d'obéir aux ordres du roi, de préserver ses secrets, de conseiller quand on le leur demandait et de se taire quand on ne leur demandait rien. À strictement parler, c'était purement au roi de décider s'il fallait étendre sa protection à d'autres individus, même à ceux de sang royal. Certains rois jugeaient normal et approprié d'assigner la Garde Royale au service et à la défense de leurs épouses et de leurs enfants, de leurs frères et sœurs, tantes, oncles et cousins à des degrés plus ou moins éloignés et, à l'occasion, peut-être aussi à leurs maîtresses et à leurs bâtards. Mais d'autres préféraient employer à ces tâches les chevaliers et hommes d'armes de la maison, tout en réservant les sept à leur garde personnelle, jamais éloignée d'eux.

*Si ma reine m'avait ordonné de protéger Hizdahr, je n'aurais pas eu d'autre choix que d'obéir.* Mais Daenerys Targaryen n'avait jamais établi de Garde de la Reine spécifique, même pour elle-même, ni donné d'ordres en ce qui concernait son consort. *Le monde était plus simple quand j'avais un lord Commandant pour décider de ce genre de choses*, songea Selmy. *Maintenant que je suis le lord Commandant, le juste chemin est difficile à déterminer.*

Quand il arriva enfin au bas de la dernière volée de marches, il se retrouva tout seul au milieu des couloirs éclairés de torches enclos dans les massifs murs de brique de la pyramide. Les grandes portes étaient fermées, barrées, ainsi qu'il s'y attendait. Quatre Bêtes d'Airain montaient la garde à l'extérieur de ces portes, quatre autres à l'intérieur. Ce furent celles-là que rencontra le vieux chevalier – des hommes de forte carrure, masqués en sanglier, en ours, en campagnol et en manticore.

« Tout est calme, ser, lui annonça l'ours.

— Veillez à ce que cela continue. » Il n'était pas inouï pour ser Barristan d'effectuer une ronde de nuit, afin de s'assurer de la sécurité de la pyramide.

Plus loin dans les profondeurs de l'édifice, on avait posté quatre autres Bêtes d'Airain pour garder les portes de fer donnant sur la fosse où étaient enchaînés Viserion et Rhaegal. La lumière des torches se reflétait sur leurs masques – singe, bélier, loup, crocodile.

« Les a-t-on nourris ? s'enquit ser Barristan.

— Oui, ser, répondit le singe. Un mouton chacun. »

*Et combien de temps encore cela suffira-t-il, je me le demande ?* Au fur et à mesure que les dragons grandissaient, leur appétit suivait.

Il était temps de trouver le Crâne-ras. Ser Barristan dépassa les éléphants et la jument argentée de la reine, pour gagner le fond de l'écurie. Un baudet poussa sur son passage un vague renâclement, et quelques chevaux bronchèrent sous l'éclat de la lanterne. À ces détails près, régnaient l'obscurité et le silence.

Puis une ombre se détacha de l'intérieur d'une stalle vide pour constituer une nouvelle Bête d'Airain, vêtue d'une jupe noire plissée, de grèves et d'une cuirasse musculaire. « Un chat ? » commenta Barristan Selmy en voyant le bronze sous la cagoule. Lorsque le Crâne-ras avait commandé les Bêtes d'Airain, sa préférence allait à un masque en tête de serpent, impérieux et effrayant.

« Les chats se glissent partout, répondit la voix familière de Skahaz mo Kandaq. Personne ne leur accorde d'attention.

— Si Hizdahr apprenait votre présence ici…

— Qui la lui dira ? Marghaz ? Marghaz sait ce que je souhaite qu'il sache. Les Bêtes m'appartiennent toujours. Ne l'oubliez pas. » Le masque étouffait la voix du Crâne-ras, mais Selmy entendit la colère qu'elle contenait. « Je tiens l'empoisonneur.

— Qui ça ?

— Le confiseur d'Hizdahr. Son nom ne vous dirait rien. L'homme n'était qu'un instrument. Les Fils de la Harpie ont enlevé sa fille et juré de la lui rendre saine et sauve une fois que la reine serait morte. Belwas et le dragon ont sauvé Daenerys. Personne n'a sauvé la fille. Elle a été rendue à son père en pleine nuit, en neuf morceaux. Un pour chacune de ses années de vie.

— Pourquoi ? » Le doute le rongeait. « Les Fils avaient cessé leurs tueries. La paix d'Hizdahr…

— … est un leurre. Pas au début, non. Les Yunkaïis craignaient notre reine, ses Immaculés, ses dragons. Ce pays a déjà connu les dragons. Yurkhaz zo Yunzak a lu les chroniques historiques, il savait. Hizdahr aussi. Pourquoi pas la paix ? Daenerys la voulait, ils le voyaient bien. Elle la voulait trop. Elle aurait dû marcher sur Astapor. » Skahaz s'approcha encore. « C'était avant. L'arène a tout changé. Daenerys disparue, Yurkhaz mort. À la place d'un vieux lion, une meute de chacals. Barbesang… En voilà un qui n'a pas de goût pour la paix. Et il y a plus. Bien pire. Volantis a lancé sa flotte contre nous.

— Volantis. » La main d'épée de Selmy le démangea. *Nous avons conclu la paix avec Yunkaï. Pas avec Volantis.* « Vous en êtes certain ?

— Certain. Leurs Bontés le savent. Leurs amis aussi. La Harpie, Reznak, Hizdahr. Le roi ouvrira aux Volantains les portes de la ville dès qu'ils arriveront. Tous ceux que Daenerys a libérés seront de nouveau réduits en esclavage. Même ceux qui n'ont jamais connu la servitude se verront dotés de colliers à leur taille. Vous risquez de finir vos jours dans une arène de combat, vieil homme. Khrazz vous dévorera le cœur. »

Il avait mal au crâne. « Il faut prévenir Daenerys.

— Commencez par la trouver. » Skahaz l'empoigna par l'avant-bras. Ses doigts ressemblaient à du fer. « Nous ne pouvons pas l'attendre. J'ai parlé avec les Frères Libres, les Fils de la Mère, les Boucliers fidèles. Ils n'ont aucune confiance en Loraq. Nous devons écraser les Yunkaïis. Mais nous avons besoin des Immaculés. Ver Gris vous écoutera, vous. Parlez-lui.

— À quelle fin ? » *Ses propos sont une trahison. Une conspiration.*

— Pour vivre. » Les yeux du Crâne-ras étaient des flaques d'ombre sous le bronze du masque de chat. « Nous devons frapper avant l'arrivée des Volantains. Briser le siège, tuer les seigneurs esclavagistes, retourner leurs épées-louées. Les Yunkaïis ne s'attendent pas à une attaque. J'ai des espions dans leur camp. La maladie y règne, dit-on, pire chaque jour. La discipline est entrée en pourrissement. Les seigneurs sont soûls plus souvent qu'à leur tour, se gobergent dans des banquets, vantent les richesses qu'ils se partageront à la chute de Meereen, se disputent la primauté. Barbesang et le Prince en Guenilles se méprisent. Personne ne s'attend à un combat. Pas maintenant. La paix d'Hizdahr nous a tous endormis, croient-ils.

— Daenerys a signé cette paix, répondit ser Barristan. Il ne nous appartient pas de la rompre sans sa permission.

— Et si elle est morte ? demanda Skahaz. Que ferons-nous alors, ser ? Je dis qu'elle voudrait que nous protégions sa cité. Ses enfants. »

Ses enfants étaient les affranchis. *Mhysa, l'appelaient-ils — tous ceux dont elle a brisé les chaînes. « Mère ».* Le Crâne-ras n'avait pas tort. Daenerys voudrait voir ses enfants protégés. « Et Hizdahr ? Il demeure son consort. Son roi. Son époux.

— Son empoisonneur. »

*Est-ce bien vrai ?* « Où est votre preuve ?

— La couronne qu'il porte en est la preuve suffisante. Le trône sur lequel il siège. Ouvrez les yeux, vieil homme. Voilà la seule raison pour laquelle il avait besoin de Daenerys, tout ce qu'il a jamais voulu. Une fois qu'il l'a eu obtenu, à quoi bon partager le pouvoir ? »

*À quoi bon, en effet ?* Il avait régné une telle chaleur, dans l'arène. Il voyait encore l'air vibrer au-dessus des sables écarlates, sentait le sang versé par ceux qui avaient péri pour leur divertissement. Et il entendait encore Hizdahr presser sa reine de goûter aux sauterelles au miel. *Elles sont succulentes... sucrées et piquantes... Et cependant, lui-même n'y a pas touché...* Selmy se massa la tempe. *Je n'ai pas prononcé de serment envers Hizdahr zo Loraq. Quand bien même l'aurais-je fait qu'il m'a écarté, tout comme Joffrey m'avait chassé.* « Ce... ce confiseur. Je veux l'interroger moi-même. Seul à seul.

— Est-ce une condition ? » Le Crâne-ras se croisa les bras en travers de la poitrine. « Accordé, alors. Interrogez-le tant que vous voudrez.

— Si... si ce qu'il a à dire me convainc... si je vous rejoins dans ce, cette... j'aurais besoin de votre parole qu'aucun mal ne sera fait à Hizdahr zo Loraq jusqu'à... à moins que... qu'on ne puisse prouver qu'il a joué un rôle dans tout cela.

— Pourquoi êtes-vous si soucieux d'Hizdahr, vieil homme ? S'il n'est pas la Harpie, il en est le fils aîné.

— Tout ce que je sais avec certitude, c'est qu'il est le consort de la reine. Je veux votre parole sur ce point, ou, je le jure, je me dresserai contre vous. »

Skahaz eut un sourire sauvage. « Eh bien, soit ! Ma parole. Aucun mal à Hizdahr jusqu'à ce que sa culpabilité soit prouvée. Mais quand nous aurons la preuve, j'ai l'intention de le tuer de mes propres mains. Je veux lui arracher les entrailles et les lui exhiber avant de le laisser crever. »

*Non*, pensa le vieux chevalier. *Si Hizdahr a conspiré pour tuer ma reine, je m'occuperai moi-même de lui, mais il aura droit à une mort rapide et propre.* Les dieux de Westeros étaient bien loin d'ici ; toutefois, ser Barristan Selmy s'accorda le temps d'une prière silencieuse, demandant à l'Aïeule d'éclairer son chemin vers la sagesse. *Pour les enfants*, se dit-il. *Pour la cité. Pour ma reine.*

« Je vais parler à Ver Gris », déclara-t-il.

# LE PRÉTENDANT DE FER

Le *Deuil* apparut seul à l'aube, ses voiles noires nettement dessinées contre le rose pâle des cieux au matin.

*Cinquante-quatre*, conclut Victarion avec amertume quand on le réveilla, *et il navigue seul*. En silence, il maudit la malveillance du dieu des Tempêtes, sa rage pesant comme une pierre noire au creux de son ventre. *Où sont passés mes vaisseaux ?*

Il avait levé l'ancre des Boucliers avec quatre-vingt-treize bâtiments, sur la centaine qui avait jadis constitué la Flotte de Fer, une flotte qui n'appartenait pas à un unique lord, mais au trône de Grès lui-même, gouvernée et pilotée par des hommes en provenance de toutes ses îles. Des navires certes plus petits que les énormes dromons de guerre des terres vertes, mais trois fois plus gros que n'importe lequel de leurs navires classiques, avec des coques profondes et des éperons féroces, dignes d'affronter la marine du roi au combat.

Dans les Degrés de Pierre, ils avaient fait provision de grain, de gibier et d'eau douce, après l'interminable voyage au long de la côte sinistre et stérile de Dorne, avec ses récifs et ses tourbillons. Là, le *Fer Vainqueur* avait capturé un navire marchand ventru, la grande cogue *Noble Dame*, à destination de Villevieille via Goëville, Sombreval et Port-Réal, avec une cargaison de morue salée, d'huile de baleine et de hareng mariné. La nourriture représenta une addition bienvenue à leurs réserves.

Cinq autres prises dans le chenal Redwyne et le long de la côte dornienne – trois cogues, une galéasse et une galère – avaient amené leurs effectifs à quatre-vingt-dix-neuf.

Quatre-vingt-dix-neuf navires avaient quitté les Degrés en trois flottes orgueilleuses, avec l'ordre de se rejoindre au large de la pointe sud de l'île des Cèdres. Quarante-cinq étaient désormais parvenus de l'autre côté du monde. De ceux de Victarion, vingt-deux s'étaient traînés, par groupes de trois ou quatre, parfois en solitaire ; quatorze de ceux de Ralf le Boiteux ; neuf seulement de ceux qui avaient pris la mer avec Ralf Maisonpierre le Rouge. Ralf le Rouge lui-même comptait parmi les disparus. À leur nombre, la flotte avait ajouté neuf prises nouvelles conquises en mer, aussi le total atteignait-il cinquante-quatre... mais les bâtiments capturés étaient des cogues et des bateaux de pêche, des navires de commerce et des transports d'esclavagistes, et non des vaisseaux de guerre. Au combat, ils seraient de piètres remplacements pour les vaisseaux perdus par la Flotte de Fer.

Le dernier navire à faire son apparition avait été la *Terreur des Vierges*, trois jours plus tôt. La veille, trois bâtiments étaient apparus ensemble au sud – sa *Noble Dame* captive, voguant lourdement entre la *Providence des Charognards* et le *Baiser de Fer*. Mais le jour précédent et celui encore avant, il n'y avait rien eu et, préalablement, seule la *Jeyne sans Tête* et la *Peur*, puis deux jours encore de mers désolées et de cieux sans nuages après l'apparition de Ralf le Boiteux avec les vestiges de son escadre. Le *Lord Quellon*, la *Veuve Blanche*, la *Lamentation*, la *Douleur*, le *Leviathan*, la *Dame de Fer*, le *Vent de la Faucheuse* et le *Marteau de guerre*, avec six autres bâtiments à la traîne, dont deux, battus par les tempêtes, en remorque.

« Les tempêtes, avait grommelé Ralf le Boiteux en venant se présenter devant Victarion. Trois gros ouragans et, entre eux, des vents mauvais. Des vents rouges qui soufflaient de Valyria, puant la cendre et le soufre, et des noirs, qui nous rafalaient vers cette côte de perdition. Ce voyage est maudit depuis le départ. L'Œil de Choucas vous craint, messire, sinon pourquoi vous envoyer si loin ? Il a pas l'intention qu'on en revienne. »

Victarion avait pensé la même chose en affrontant la première tempête à une journée au large de l'Antique Volantis. *Si les dieux n'avaient pas en horreur ceux qui tuent les gens de leur sang*, remâchait-il, *Euron Œil de Choucas aurait dix fois péri de ma main.* Tandis que la mer se brisait autour de lui et que le pont montait et s'abattait sous ses pieds, il avait vu le *Banquet de Dagon* et la *Marée rouge* entrer si violemment en collision que tous deux avaient éclaté en esquilles. *L'œuvre de mon frère*, avait-il jugé. C'étaient les deux premiers vaisseaux qu'il perdait dans son propre tiers de la flotte. Mais non point les derniers.

Aussi avait-il frappé deux fois le Boiteux en pleine face et lancé : « Le premier coup, c'est pour les vaisseaux que tu as perdus, le second, pour les histoires de malédictions. Parle encore une fois comme ça et je te cloue la langue au mât. L'Œil de Choucas sait créer des muets, mais moi aussi. » La pulsation douloureuse dans sa main gauche rendit le ton plus dur qu'il ne l'aurait été sinon, mais Victarion en pensait chaque mot. « D'autres navires viendront. Les tempêtes se sont calmées, désormais. J'aurai ma flotte. »

Un singe sur le mât au-dessus d'eux hurla sa dérision, presque comme s'il percevait la frustration du capitaine. *Sale bestiole piaillarde.* Il aurait pu expédier un homme à ses trousses là-haut, mais les singes semblaient raffoler de ces jeux et s'y étaient révélés plus agiles que son équipage. Les hurlements lui résonnaient dans ses tympans, pourtant, et aggravaient encore la douleur de sa main.

« Cinquante-quatre », maugréa-t-il. Ç'aurait été trop espérer que de s'attendre à trouver la Flotte de Fer au complet au terme d'un aussi long voyage… Mais soixante-dix, voire quatre-vingts vaisseaux – le dieu Noyé aurait au moins pu lui accorder ça. *Si seulement nous avions avec nous le Tifs-trempés, ou un autre prêtre.* Victarion avait célébré un sacrifice avant de lever l'ancre, et un second dans les Degrés de Pierre, où il avait scindé sa flotte en trois, mais peut-être avait-il prononcé la mauvaise prière. *C'est ça, ou alors le dieu Noyé n'a aucun pouvoir ici.* De plus en plus, il en venait à craindre qu'ils n'eussent navigué trop loin, dans des mers inconnues où même les dieux étaient étrangers... mais il ne confiait ces doutes qu'à sa noiraude, à qui manquait une langue pour les répéter.

Quand apparut le *Deuil*, Victarion fit venir Wulfe-qu'une-oreille. « J'aurai deux mots à dire au Mulot. Fais prévenir Ralf le Boiteux, Tom Pas-de-sang et le Berger noir. Faut rappeler tous les groupes de chasseurs, et les camps à terre devront être levés au point du jour. Chargez tous les fruits que vous pourrez récolter et rembarquez les cochons. Nous les abattrons au fur et à mesure des besoins. Que le *Squale* reste sur place pour indiquer à d'éventuels retardataires la route que nous avons prise. » Le bâtiment aurait besoin de ce délai pour effectuer des réparations ; les tempêtes n'en avaient guère laissé que la coque. Ce qui les ramènerait à cinquante-trois, mais impossible de procéder autrement. « La flotte lève l'ancre demain, avec la marée du soir.

— À vos ordres, répondit Wulfe, mais un jour de plus pourrait représenter un navire supplémentaire, lord Capitaine.

— Oui-da. Et dix de plus en faire dix, ou pas un seul. Nous avons trop perdu de jours à espérer une voile. Notre victoire aura d'autant plus de goût que nous vaincrons avec une flotte réduite. » *Et je me dois d'atteindre la reine dragon avant les Volantains.*

À Volantis, il avait vu les galères embarquer des provisions. Toute la cité paraissait soûle. On apercevait marins, soldats et vagabonds danser dans les rues en compagnie de nobles et de gras négociants et, dans chaque auberge et gargote, on levait sa coupe aux nouveaux triarques. On ne causait que de l'or, des pierreries et des esclaves qui afflueraient à Volantis une fois que la reine dragon serait morte. Une journée de comptes rendus de ce genre et Victarion ne put en supporter davantage ; il paya les vivres et l'eau à prix d'or, malgré la honte qu'il en éprouvait, et reprit la mer avec sa flotte.

Les tempêtes avaient dû égailler et retarder les Volantains, tout comme elles l'avaient fait de ses propres bâtiments. Si la fortune souriait à Victarion, nombre de leurs vaisseaux de guerre avaient sombré ou s'étaient échoués. Mais pas tous. Aucun dieu n'avait tant de bonté, et les galères vertes rescapées avaient très bien pu déjà contourner Valyria. *Ils vont filer vers*

le nord en direction de Meereen et de Yunkaï, de grands dromons de guerre regorgeant d'esclaves soldats. Si le dieu des
Tempêtes les a épargnés, ils pourraient avoir atteint le golfe
de Douleur. Trois cents navires, voire cinq cents. Leurs alliés
croisaient déjà au large de Meereen : des Yunkaïis et des Asta-
poris, des hommes de la Nouvelle-Ghis et de Qarth, de Tolos
et le dieu des Tempêtes savait d'où encore, même les propres
vaisseaux de guerre de Meereen, ceux qui avaient fui la ville
avant sa chute. Face à tout cela, Victarion alignait cinquante et
quatre bâtiments. Cinquante et trois, sans le *Squale*.

L'Œil de Choucas avait traversé la moitié du monde, pillant
et razziant, de Qarth à Grand Banian, faisant escale dans des
ports sans foi ni loi au-delà desquels seuls s'aventuraient les
insensés. Euron avait même bravé la mer Fumeuse et survécu
pour s'en vanter. *Et cela, avec un seul navire. S'il peut se rire
des dieux, alors moi aussi.*

« Bien, capitaine », répondit Wulfe-qu'une-oreille. Il ne valait
pas la moitié de Nutt le Barbier, mais l'Œil de Choucas lui
avait volé Nutt. En l'élevant au titre de lord Bouclier de Chêne,
son frère s'était approprié le bras droit de Victarion. « Destination Meereen, toujours, hein ?

— Où voudrais-tu aller, sinon ? C'est à Meereen que
m'attend la reine dragon. » *La plus belle femme du monde, s'il
faut en croire mon frère. Elle a des cheveux d'or blanc et des
yeux d'améthyste.*

Espérait-il trop en supposant que, pour une fois, Euron avait
dit la vérité ? *Peut-être.* La fille se révélerait probablement être
une garce tavelée de vérole avec des seins qui lui battaient les
genoux et, en guise de « dragons », des lézards tatoués des
marais de Sothoryos. *Mais si elle correspond à tout ce que
clame Euron...* Ils avaient entendu vanter la beauté de Daenerys
Targaryen de la bouche de pirates des Degrés et de gras marchands de l'Antique Volantis. Ça pourrait être vrai. Et Euron
n'en avait certes pas fait don à Victarion ; l'Œil de Choucas
avait l'intention de la garder pour lui. *Il m'envoie comme un
domestique la lui ramener. Comme il hurlera quand je la garderai pour moi !* Que les hommes murmurent. Ils avaient trop

loin navigué et trop perdu pour que Victarion mît cap à l'ouest sans sa prise.

Le capitaine fer-né referma sa main valide en un poing. « Va faire exécuter mes ordres. Et puis trouve-moi le mestre, où qu'il se cache, et envoie-le dans ma cabine.

— Bien. » Wulfe s'en fut en clopinant.

Victarion Greyjoy se retourna vers la proue, parcourant sa flotte du regard. Les longs vaisseaux couvraient la mer, voiles ferlées et rames embarquées, flottant à l'ancre ou halés sur la plage de sable pâle. *L'île des Cèdres*. Où étaient-ils, ces cèdres ? Noyés quatre cents ans plus tôt, de toute évidence. Victarion était descendu à terre une douzaine de fois pour chasser de la viande fraîche, et il n'avait toujours pas vu l'ombre d'un seul.

Selon le mestre efféminé dont Euron l'avait encombré à Westeros, ces lieux s'appelaient jadis « L'île des Cent Batailles », mais les guerriers qui avaient livré les batailles en question étaient tous tombés en poussière depuis des siècles. *L'île des Singes, voilà comment on devrait l'appeler.* Elle avait des cochons, également : les plus massifs et les plus noirs que Fer-né ait jamais vus, et une abondance de marcassins couinant dans les taillis, des créatures effrontées qui n'avaient pas la peur de l'homme. *Mais ils apprenaient.* Les cambuses de la Flotte de Fer se remplissaient de jambons fumés, de porc salé et de bacon.

Les singes, en revanche... les singes étaient une plaie. Victarion avait interdit à ses hommes d'introduire à bord la moindre de ces démoniaques créatures, et pourtant, sans qu'on sût comment, la moitié de sa flotte en était désormais infestée, y compris son propre *Fer Vainqueur*. Il en voyait en ce moment précis se balancer d'espars en vergues, d'un navire à l'autre. *Que ne donnerais-je pour une arbalète.*

Victarion n'aimait pas cette mer, ni ces infinis cieux sans nuages, ni le soleil ardent qui leur martelait la tête et cuisait les ponts jusqu'à chauffer assez les planches pour brûler des pieds nus. Il n'aimait pas ces ouragans, qui semblaient surgir de nulle part. Les tempêtes sévissaient souvent sur les mers autour de Pyk, mais on pouvait au moins subodorer leur arrivée. Ces bourrasques méridionales étaient sournoises comme des femmes. Même l'eau n'avait pas la bonne couleur – un turquoise miroitant à proximité de la côte et, plus au large, un bleu si foncé qu'il confinait au noir. Victarion avait la nostalgie des flots gris-vert de chez lui, avec leurs houles et leurs déferlantes.

Cette île des Cèdres ne lui plaisait pas non plus. Certes, la chasse y était bonne, mais les forêts étaient trop vertes et tranquilles, débordant d'arbres tordus et de bizarres fleurs bariolées, sans commune mesure avec ce que ses hommes avaient jamais pu rencontrer, et des horreurs rôdaient parmi les décombres des palais et les débris des statues de Vélos l'engloutie, à une demi-lieue au nord du cap où la flotte tanguait à l'ancre. La dernière fois que Victarion avait passé la nuit à terre, des rêves noirs l'avaient perturbé et, à son réveil, il avait la bouche remplie de sang. Le mestre assurait qu'il s'était mordu la langue dans son sommeil, mais il vit là un présage envoyé par le dieu Noyé, afin de l'avertir : qu'il s'attardât ici trop longtemps, et il se noierait dans son propre sang.

Le jour où le Fléau s'était abattu sur Valyria, racontait-on, une muraille d'eau de trois cents pieds de haut avait déferlé sur l'île, noyant des centaines de milliers d'hommes, de femmes et d'enfants, ne laissant pour raconter les événements que quelques pêcheurs qui se trouvaient en mer et une poignée de piquiers vélosiens en faction dans une solide tour de pierre sur la plus haute colline de l'île, d'où ils avaient vu les vallées au-dessous d'eux se changer en mer démontée. La belle Vélos avec ses palais de cèdre et de marbre rose avait disparu en un battement de cœur. À l'extrémité nord de l'île, les anciens murs de brique et les pyramides à degrés du port esclavagiste de Ghozaï avaient subi le même sort.

*Tant de noyés... Le dieu Noyé sera fort, là-bas*, avait estimé Victarion en choisissant l'île pour la réunion des trois parties de sa flotte. Mais il n'était pas prêtre. Et s'il s'était complètement fourvoyé ? Peut-être le dieu Noyé avait-il détruit l'île dans son courroux. Son frère Aeron aurait su la réponse, mais le Tifs-trempés était resté sur les îles de Fer à prêcher contre l'Œil de Choucas et son règne. *Aucun impie ne peut s'asseoir sur le trône de Grès*. Et cependant, les capitaines et les rois avaient crié en faveur d'Euron aux états généraux de la royauté, le préférant à Victarion et à d'autres hommes pieux.

Le soleil du matin se reflétait sur l'eau en éclats de lumière trop vive pour la regarder en face. La tête de Victarion commençait à le faire souffrir, mais cela venait-il du soleil, de sa main ou des doutes qui l'agitaient, il n'aurait su le dire. Il regagna sa cabine sous le pont, dans la fraîcheur et l'ombre. La noiraude savait ce qu'il voulait sans qu'il eût même à le demander. Tandis qu'il se glissait sur son siège, elle prit un linge doux et humide dans la cuvette et le posa sur son front. « Bien, commenta-t-il. Bien. Et à présent, la main. »

La noiraude ne répondit rien. Euron lui avait coupé la langue avant de donner la fille à Victarion. Pour celui-ci, il n'y avait aucun doute : l'Œil de Choucas avait probablement couché avec elle, aussi. C'était dans la nature de son frère. *Euron offre des présents empoisonnés*, s'était rappelé le capitaine, le jour où la noiraude était montée à bord. *Je ne veux pas de ses restes*. Il avait alors décidé de lui trancher la gorge et de la jeter à la mer, un sacrifice sanglant au dieu Noyé. Sans comprendre pourquoi, cependant, il n'avait jamais vraiment mis sa menace à exécution.

La situation avait bien évolué, depuis. Avec la noiraude, Victarion pouvait parler. Jamais elle ne se risquait à répliquer. « Le *Deuil* est le dernier, lui annonça-t-il tandis qu'elle lui retirait le gant. Le reste a perdu sa route, pris du retard ou sombré. » Il grimaça quand la femme insinua la pointe de son coutelas sous le linge souillé qui bandait sa main de bouclier. « Il y en aura qui jugeront que je n'aurais pas dû diviser la flotte. Des imbéciles. Nous avions quatre-vingt-dix et neuf vaisseaux... un encombrant troupeau à guider de par les mers jusqu'aux bouts de la terre. Si je les avais conservés ensemble, les vaisseaux plus rapides se seraient trouvés otages des plus lents. Et où collecter les provisions pour tant de bouches ? Jamais port n'accueillerait en ses eaux tant de vaisseaux de guerre. Les tempêtes nous auraient dispersés, de toute façon. Comme des feuilles semées sur la mer d'Été. »

Il avait préféré scinder la vaste flotte en escadres, et les envoyer chacune vers la baie des Serfs par une route différente.

Les vaisseaux les plus rapides avaient été confiés à Ralf Maisonpierre le Rouge, pour suivre la route des corsaires, le long du littoral septentrional de Sothoryos. Mieux valait éviter les cités mortes qui pourrissaient sur cette côte de fièvres et de moiteur, tous les marins le savaient, mais sur les îles du Basilic, dans les villages de boue et de sang qui grouillaient d'esclaves en fuite, d'esclavagistes, d'écorcheurs, de putains, de chasseurs, d'hommes mouchetés et de pire encore, on pouvait toujours se procurer des provisions, lorsqu'on ne craignait pas d'acquitter le prix du fer.

Les navires plus grands, plus lourds et plus lents avaient pris la direction de Lys, afin d'y vendre les prisonniers capturés sur les Boucliers, les femmes et les enfants d'Houëttlord et d'autres îles, en même temps que des hommes qui avaient préféré la capitulation à la mort. Victarion n'avait que mépris pour de tels faibles. Quand bien même, cette vente lui laissait un mauvais goût en bouche. Rendre serf un homme, ou femme sel une captive, cela était bel et bon, mais les hommes n'étaient point des chèvres ou de la poulaille qu'on achetait et vendait pour de l'or. Il était content de laisser cette vente à Ralf le Boiteux, qui emploierait les sommes obtenues à charger ses lourds bâtiments de vivres pour la longue et lente traversée diagonale vers l'orient.

Ses propres vaisseaux s'étaient traînés en suivant les Terres Disputées pour embarquer à Volantis de la nourriture, du vin et de l'eau douce avant d'obliquer vers le sud et contourner Valyria. C'était la route de l'est la plus usitée, ainsi que la plus fortement fréquentée, riche en prises à capturer et en petites îles où l'on pouvait s'abriter des tempêtes, procéder à des réparations, et renouveler les provisions, au besoin.

« Cinquante et quatre navires, c'est trop peu, confia-t-il à la noiraude, mais je ne peux plus attendre. La seule façon… » Il grogna quand elle décolla le bandage, arrachant par la même occasion une croûte séchée. Dessous, la chair était verte et noire à l'endroit où l'épée l'avait entaillée. « … la seule façon d'y parvenir consiste à prendre les esclavagistes par surprise, comme je l'ai fait une fois à Port-Lannis. Surgir de la mer et les écraser, puis s'emparer de la fille et mettre les voiles avant que les Volantains ne fondent sur nous. » Victarion n'était pas un poltron, mais ce n'était pas non plus un imbécile ; il ne pouvait défaire trois cents vaisseaux avec cinquante-quatre. « Elle sera mon épouse et tu seras sa servante. » Une servante dénuée de langue ne pourrait jamais laisser échapper de secrets.

Il aurait pu en dire plus long, mais le mestre se présenta à ce moment-là, toquant à la porte de la cabine avec la timidité d'une souris. « Entre, lança Victarion, et barre la porte. Tu sais pourquoi tu es ici.

— Lord Capitaine. » Le mestre ressemblait à une souris, également, avec ses robes grises et sa petite moustache brune. *Est-ce qu'il se figure que ça le fait paraître plus viril ?* Il s'appelait Kerwin. Il était très jeune, vingt et deux ans, peut-être. « Puis-je examiner votre main ? » demanda-t-il.

*Question idiote.* Les mestres avaient leur utilité, mais Victarion n'éprouvait que mépris pour ce Kerwin. Avec ses joues roses et lisses, ses mains douces et ses boucles brunes, il paraissait plus féminin que la plupart des filles. En montant la première fois à bord du *Fer Vainqueur*, il affichait aussi un petit sourire goguenard, mais une nuit, au large des Degrés de Pierre, il avait souri à celui qu'il ne fallait pas, et Burton Humble lui avait cassé quatre dents. Peu après, Kerwin était venu geindre auprès du capitaine que quatre membres de l'équipage l'avaient traîné en cale pour user de lui comme d'une femme. « Voilà comment on y met bon ordre », avait rétorqué Victarion en faisant claquer un poignard sur la table qui les séparait. Kerwin avait pris la lame – trop apeuré pour refuser, avait jugé le capitaine – mais il ne s'en était jamais servi.

« Ma main est là, répondit Victarion. Examine tout ton soûl. »

Mestre Kerwin posa un genou à terre pour mieux inspecter la blessure. Il alla jusqu'à la renifler, comme un chien. « Je vais devoir faire couler le pus. La couleur… Lord Capitaine, l'estafilade ne guérit pas. Je vais peut-être devoir vous amputer la main. »

Ils en avaient déjà discuté. « Si tu me coupes la main, je te tue. Mais d'abord, je t'attacherai au bastingage et j'offrirai ton cul à tout l'équipage. Allons, vas-y.

— Ce sera douloureux.

— Comme toujours. » *La vie n'est que douleur, imbécile. Il n'y est nulle joie, sinon dans les demeures liquides du dieu Noyé.* « Vas-y. »

Le mioche – difficile de considérer quelqu'un d'aussi rose et doux comme un homme – posa le tranchant de la dague contre la paume du capitaine et incisa. Le pus qui en gicla était épais et jaune comme du lait tourné. La noiraude fronça du nez à l'odeur, le mestre s'étrangla, et Victarion lui-même sentit son estomac se retourner. « Coupe plus profond. Purge tout. Fais-moi voir le sang. »

Mestre Kerwin enfonça le poignard. Cette fois-ci, la douleur était là, mais avec le pus monta le sang, un sang si sombre qu'il semblait noir à la lueur de la lanterne.

Du sang. C'était bien. Victarion émit un grognement approbateur. Il resta assis sans frémir tandis que le mestre épongeait, exprimait et retirait le pus avec des carrés de linge doux bouillis dans du vinaigre. Le temps qu'il ait terminé, l'eau claire de la cuvette s'était changée en soupe écumante. Cette seule vision aurait rendu malade n'importe qui. « Emporte-moi cette saleté et file. » D'un signe de tête, Victarion indiqua la noiraude. « Elle pourra me panser. »

Même après la fuite du mioche, la puanteur demeura. Ces derniers temps, on ne pouvait plus y échapper. Le mestre avait suggéré qu'il vaudrait mieux vider la blessure sur le pont, à l'air frais et au soleil, mais Victarion s'y était catégoriquement opposé. Pas question que son équipage assistât à un tel spectacle. Une moitié de monde les séparait de chez eux, c'était trop loin pour leur laisser voir que leur capitaine de fer commençait à rouiller.

Sa main gauche continuait à le torturer – une douleur sourde, mais persistante. Quand il ferma le poing, elle s'aiguisa, comme si un coutelas se plantait dans son bras. *Pas un coutelas, une flamberge. Une longue flamberge, maniée par un fantôme.* Serry, tel était son nom. Chevalier et héritier de Bouclier du Sud. *Je l'ai tué, mais de sa tombe il me larde. Du cœur brûlant de l'enfer où j'ai pu l'expédier, il frappe son acier dans ma main et tord la lame.*

Victarion se remémorait le combat comme s'il l'avait livré hier. Son bouclier en miettes pendait inutile à son bras ; aussi, quand l'épée de Serry s'était abattue, fulgurante, avait-il levé la main pour la retenir. Le jouvenceau avait été plus vigoureux qu'il ne paraissait : la lame avait mordu à travers l'acier à l'écrevisse du gantelet et traversé le gant matelassé au-dessous, jusqu'au charnu de sa paume. *Une griffure de chaton*, avait jugé Victarion par la suite. Il avait lavé la coupure, versé dessus du vinaigre bouilli, pansé la plaie et n'y avait plus guère songé, comptant bien que la douleur s'effacerait et que la main guérirait avec le temps.

Mais, de fait, la blessure s'était infectée, jusqu'à ce que Victarion se demandât si la lame de Serry n'avait pas été empoisonnée. Pourquoi, sinon, la coupure refusait-elle de guérir ? L'idée le mettait en fureur. Un homme, un vrai, ne tuait pas par le poison. À Moat Cailin, les diables des tourbières avaient tiré des flèches empoisonnées sur ses hommes, mais qu'attendre d'autre, de la part de créatures aussi dégénérées ? Serry avait été chevalier, un chevalier de haute naissance. Le poison était bon pour les pleutres, les femmes et les Dorniens.

« Sinon Serry, qui d'autre ? demanda-t-il à la noiraude. Serait-ce l'œuvre de cette souris de mestre ? Les mestres sont experts en sortilèges et autres tours. Il pourrait en employer un pour m'empoisonner, dans l'espoir que je lui laisserai me couper la main. » Plus il y songeait, et plus l'idée paraissait vraisemblable. « C'est l'Œil de Choucas qui me l'a donnée, cette lamentable créature. » Euron avait capturé Kerwin sur le Bouclier Vert, où ce dernier était au service de lord Chester, à surveiller ses corbeaux et instruire ses enfants, à moins que ce ne fût l'inverse. Et qu'elle avait couiné, la souris, quand un des muets d'Euron l'avait livrée à bord du *Fer Vainqueur*, en la traînant par cette laisse si commode qu'elle portait autour du cou. « S'il se venge pour cela, il me fait grand tort. C'est Euron qui a insisté pour qu'on s'empare de lui, afin de l'empêcher de causer des ennuis avec ses oiseaux. » Son frère lui avait également donné trois cages de corbeaux, de manière que Kerwin pût expédier des rapports sur leur voyage, mais Victarion lui avait interdit d'en lâcher. *Que l'Œil de Choucas cuise dans son jus et s'interroge.*

La noiraude lui pansait la main avec des linges propres, les enveloppant six fois autour de sa paume, quand Longuesaigues Pyke s'en vint cogner à la porte de la cabine et annoncer que le capitaine du *Deuil* était monté à bord avec un prisonnier. « Y raconte qu'y nous ramène un sorcier, capitaine. Y dit qu'y l'a repêché en mer.

— Un sorcier ? » Se pourrait-il que le dieu Noyé lui ait dépêché un présent, ici, à l'autre bout du monde ? Son frère Aeron aurait su le dire, mais Aeron avait vu la majesté des demeures aquatiques du dieu Noyé sous la mer avant d'être rendu à la vie. Victarion éprouvait vis-à-vis de son dieu une crainte salutaire, comme le devrait tout homme, mais il plaçait sa foi dans l'acier. Il contracta sa main blessée, avec une grimace, puis il enfila son gant et se leva. « Montre-moi ce conjurateur. »

Le maître du *Deuil* les attendait sur le pont. Un petit homme, velu autant que laid, Sparr par la naissance. Les hommes le surnommaient le Mulot. « Lord Capitaine, commença-t-il quand Victarion apparut, voilà Moqorro. Un don que nous envoie le dieu Noyé. »

Le conjurateur était un véritable monstre, aussi grand que Victarion lui-même et deux fois plus large, avec un ventre comme un rocher et une crinière de cheveux d'un blanc d'os qui encadraient son visage comme une crinière de lion. Sa peau était noire. Pas le brun noisette des Estiviens sur leurs vaisseaux cygnes, ni l'ocre brun des seigneurs du cheval dothrakis, non plus que la coloration terre et fusain de la peau de la noiraude ; *noir*. Plus noir que le charbon, plus que le jais, plus que l'aile d'un corbeau. *Brûlé*, décida Victarion, *comme un homme qui a rôti à un brasier jusqu'à ce que la chair crame, se recroqueville et lui tombe, fumante, des os.* Les feux qui l'avaient calciné dansaient sur ses joues et sur son front, d'où ses yeux regardaient au travers d'un masque de flammes figées. *Des tatouages d'esclave*, identifia le capitaine. *Des marques mauvaises.*

« On l'a trouvé accroché à une vergue brisée, expliqua le Mulot. L'a passé dix jours dans l'eau après qu' son navire a sombré.

— S'il avait passé dix jours dans l'eau, il serait mort ou il aurait perdu la raison à force de boire de l'eau de mer. » L'eau de mer était sacrée ; Aeron Tifs-trempés et d'autres prêtres pouvaient l'employer pour bénir les gens et en avaler de temps en temps une gorgée ou deux, afin de raffermir leur foi, mais nul mortel ne pouvait boire à la mer profonde plusieurs jours de suite et espérer survivre. « Tu te prétends conjurateur ? demanda Victarion au prisonnier.

— Non, capitaine », répondit l'homme noir dans la Langue Commune. Sa voix était si grave qu'elle semblait sourdre du fond des mers. « Je ne suis qu'un humble serviteur de R'hllor, maître de la Lumière. »

*R'hllor. Un prêtre rouge, donc.* Victarion avait vu ses semblables dans des cités étrangères, en train de veiller sur leurs feux sacrés. Ceux-là avaient arboré de riches robes rouges, en soie, velours et laine d'agneau. Celui-ci portait des haillons fanés, maculés de sel, dont les lambeaux se plaquaient à ses jambes épaisses et pendaient en loques sur son torse... Mais quand le capitaine examina ces guenilles de plus près, il lui apparut qu'elles avaient pu être rouges un jour. « Un prêtre rose, annonça Victarion.

— Un prêtre démon », s'exclama Wulfe-qu'une-oreille. Il cracha.

« P't' êt' que ses robes ont pris feu et qu'il a sauté par-d'sus bord pour les éteindre », suggéra Longuesaigues Pyke, déclenchant un éclat de rire général. Même les singes s'en amusèrent. Les bestioles jacassèrent dans les hauteurs, et l'une d'elles balança une poignée de ses propres excréments qui vint s'écraser sur les planches du pont.

Victarion Greyjoy se méfiait des rires. Leur écho lui inspirait invariablement le sentiment confus d'être la cible d'une plaisanterie qui lui échappait. Souvent, Euron Œil de Choucas s'était raillé de lui, quand ils étaient enfants. De même Aeron, avant de devenir le Tifs-trempés. Leurs moqueries se présentaient souvent sous une livrée de louanges et, en certaines occasions, Victarion n'avait même pas eu conscience qu'on se moquait de lui. Pas avant d'entendre les rires. Alors la colère montait, bouillonnant au fond de sa gorge jusqu'à ce que son fiel soit près de l'étouffer. Voilà ce que lui inspiraient les singes. Leurs facéties n'amenaient pas même un sourire sur le visage du capitaine, au contraire de son équipage, qui rugissait de rire, gueulait et lançait des coups de sifflet.

« Envoyez-le rejoindre le dieu Noyé avant qu'il n'attire sur nous une malédiction, le pressa Burton Humble.

— Un navire envoyé par le fond, et lui seul s'accroche aux débris, commenta Wulfe-qu'une-oreille. Où qu'il est passé, l'équipage ? Est-ce qu'il aurait invoqué des démons pour les dévorer ? Qu'est-ce qu'il est devenu, son navire ?

— Une tempête. » Moqorro croisa ses bras sur son torse. Il ne paraissait pas inquiet, malgré tous ces hommes autour de lui qui réclamaient sa mort. Même les singes ne semblaient guère apprécier ce conjurateur. Ils bondissaient de drisse en drisse, dans les airs, en hurlant.

Victarion hésitait. *Il est sorti de la mer. Pourquoi le dieu Noyé l'a-t-il rejeté, sinon parce qu'il voulait que nous le trouvions ?* Son frère Euron avait ses petits conjurateurs personnels. Peut-être le dieu Noyé voulait-il que Victarion eût aussi le sien. « Qu'est-ce qui te fait raconter que cet homme est un conjurateur ? interrogea-t-il le Mulot. Je ne vois qu'un prêtre rouge en loques.

— J'ai cru pareil, capitaine... mais y *sait* des choses. Y savait qu'on se dirigeait vers la baie des Serfs, avant même qu'on lui ait dit, et y savait que zétiez là, au large de c't' île. » Le petit homme hésita. « Lord Capitaine, y m'a dit... y m'a dit qu' zalliez mourir à coup sûr si on l' conduisait pas à vous.

— Que *moi*, j'allais mourir ? » Victarion laissa échapper un renâclement de dérision. *Tranchez-lui la gorge et jetez-le à la mer*, se préparait-il à dire, quand une pointe de souffrance dans sa main blessée se planta dans son bras, remontant presque jusqu'au coude, une douleur si intense que ses mots se changèrent en bile au fond de sa gorge. Il tituba et se raccrocha au bastingage pour ne pas tomber.

« Le sorcier a j'té un sort au capitaine », lança une voix.

D'autres reprirent le cri. « *Coupez-lui la gorge ! Tuez-le avant qu'il invoque des démons contre nous !* » Longuesaigues Pyke fut le premier à tirer son coutelas. « *NON !* beugla Victarion. Arrière ! Tous ! Pyke, range ta lame. Mulot, repars sur ton navire. Humble, conduis ce sorcier dans ma cabine. Le reste, reprenez vos tâches. » Pendant la moitié d'un battement de cœur, il ne fut pas certain qu'ils allaient obéir. Ils restaient sur place, en grommelant, la moitié avec un coutelas tiré, s'entre-regardant tous en quête d'une décision. La merde de singe plut autour d'eux, *plaf, plaf, plaf.* Personne ne bougea jusqu'à ce que Victarion attrapât le conjurateur par un bras et l'entraînât vers l'écoutille.

Lorsqu'il ouvrit la porte de la cabine du capitaine, la noiraude se retourna vers lui, muette et souriante... mais quand elle vit le prêtre rouge à ses côtés, ses lèvres se retroussèrent sur ses dents, et elle poussa un sifflement de fureur soudaine, à la manière d'un serpent. Victarion la gifla d'un revers de sa main valide, l'envoyant rouler sur le plancher. « La paix, femme. Du vin pour nous deux. » Il pivota vers l'homme noir. « Le Mulot a dit vrai ? Tu as vu ma mort ?

— Cela, et plus encore.

— Où ça ? Quand ? Est-ce que je mourrai au combat ? » Sa main valide s'ouvrait et se refermait. « Si tu me mens, je te fends le crâne comme un melon et je donne ta cervelle à manger aux singes.

— Votre mort est avec nous en cette heure, messire. Montrez-moi votre main.

— Ma main ? Que sais-tu de ma main ?

— Je vous ai vu dans les feux nocturnes, Victarion Greyjoy. Vous avancez à travers les flammes, grave et féroce, votre grande hache ruisselant de sang, aveugle aux tentacules qui vous enserrent le poignet, le cou et la cheville, les fils noirs qui vous font danser.

— *Danser ?* » Victarion frémit de colère. « Tes feux nocturnes mentent. Je n'ai pas été conçu pour la danse, et je ne suis le pantin de personne. » Il arracha son gant et brandit sa mauvaise main sous le nez du prêtre rouge. « Tiens. C'est ça, que tu voulais ? » Le linge propre était déjà barbouillé de sang et de pus. « Il portait une rose sur son bouclier, celui qui m'a fait ça. Je me suis griffé la main sur une épine.

— Même la plus légère égratignure peut se révéler mortelle, lord Capitaine, mais si vous m'y autorisez, je vais guérir ceci. J'ai besoin d'une lame. En argent, ce serait l'idéal, mais le fer suffira. D'un brasero également. Je me dois d'allumer un feu. Ce sera douloureux. Terriblement douloureux, une souffrance comme vous n'en avez jamais connu. Mais lorsque nous en aurons terminé, votre main vous sera restituée. »

*Tous les mêmes, ces hommes de magie. La souris m'a mis en garde contre la douleur, elle aussi.* « Je suis fer-né, prêtre. Je me ris de la douleur. Tu auras ce que tu demandes... mais si tu échoues et que ma main ne guérit pas, je te couperai la gorge moi-même et je te donnerai à la mer. »

Moqorro s'inclina, ses yeux sombres brillant. « Qu'il en soit ainsi. »

On ne revit pas le capitaine de fer ce jour-là, mais, au fil des heures, l'équipage de son *Fer Vainqueur* rapporta avoir entendu des accès de rire dément en provenance de la cabine du capitaine, un rire grave, sombre et fou, et quand Longue-saigues Pyke et Wulfe-qu'une-oreille essayèrent d'ouvrir la porte de la cabine, ils la trouvèrent barrée. Plus tard, ce fut un chant, une complainte étrange et aiguë dans une langue que le mestre identifia comme du haut valyrien. C'est alors que les singes abandonnèrent le bord, poussant des cris en sautant à la mer.

Le coucher du soleil venu, tandis que la mer virait à un noir d'encre et que le soleil boursouflé teignait le ciel d'un rouge profond et sanglant, Victarion remonta sur le pont. Il était torse nu, son bras gauche ensanglanté jusqu'au coude. Tandis que son équipage s'assemblait en échangeant chuchotements et coups d'œil, il éleva une main calcinée et noircie. Des filets de fumée sombre montèrent de ses doigts quand il désigna le mestre. « Lui. Qu'on lui tranche la gorge et qu'on le jette à la mer, et nous aurons des vents favorables jusqu'à Meereen. » Moqorro avait vu cela dans ses feux. Il avait également vu que la garce était mariée, mais quelle importance ? Ce ne serait pas la première femme que Victarion Greyjoy rendrait veuve.

# TYRION

Le guérisseur entra sous la tente en murmurant des amabilités, mais une inspiration de l'air vicié et un coup d'œil à Yezzan zo Qaggaz y mirent bon ordre. « La jument pâle », déclara l'homme à Douceur.

*Mais quelle stupeur*, commenta Tyrion en son for intérieur. *Qui s'en serait douté ? Hormis n'importe qui doté d'un nez et moi, avec ma moitié d'un.* Yezzan brûlait de fièvre, s'agitant spasmodiquement dans une flaque de ses propres excréments. Sa merde s'était changée en une bouillie brune striée de sang... et il échoyait à Yollo et Sou de lui torcher son cul jaune. Même avec de l'assistance, leur maître était incapable de soulever son propre poids ; toutes ses forces déclinantes étaient mobilisées dès qu'il fallait rouler sur un côté.

« Mes arts ne prévaudront pas ici, annonça le guérisseur. La vie du noble Yezzan repose entre les mains des dieux. Tenez-le au frais si vous le pouvez. D'après certains, cela peut aider. Apportez-lui de l'eau. » Ceux qu'avait contaminés la jument pâle avaient perpétuellement soif, avalant des volumes d'eau entre chaque diarrhée. « De l'eau fraîche et pure, autant qu'il sera capable d'en boire.

— Pas l'eau du fleuve, commenta Douceur.

— En aucune façon. » Et sur ces mots, le guérisseur décampa.

*Nous avons besoin de fuir, nous aussi*, estima Tyrion. Il était un esclave muni d'un collier d'or et de petits grelots qui tintaient

141

de notes pimpantes à chaque pas qu'il faisait. *Un des trésors spéciaux de Yezzan.* Un honneur impossible à distinguer d'une condamnation à mort.* Yezzan zo Qaggaz aimait à conserver ses chéris près de lui, si bien que la tâche de s'occuper de lui avait échu à Yollo, Sou, Douceur et ses autres trésors, quand il était tombé malade.

*Pauvre vieux Yezzan.* Son Altesse du lard n'était pas le plus mauvais des maîtres possibles. Douceur avait eu raison sur ce point. En servant durant ses banquets nocturnes, Tyrion avait vite appris que Yezzan occupait le premier rang parmi les seigneurs yunkaïis partisans de respecter la paix avec Meereen. La plupart des autres se bornaient à patienter, en attendant l'arrivée des armées de Volantis. Quelques-uns voulaient prendre immédiatement la ville d'assaut, de crainte que les Volantains ne les privassent de leur part de gloire et du plus beau butin. Yezzan n'en voulait rien savoir. Non plus qu'il n'avait consenti à renvoyer les otages de Meereen via trébuchet, comme l'avait proposé Barbesang, l'épée-louée.

Mais tant et plus de choses peuvent changer en deux jours. Deux jours plus tôt, Nourrice était robuste et en bonne santé. Deux jours plus tôt, Yezzan n'avait pas entendu battre les sabots fantômes de la jument pâle. Deux jours plus tôt, les flottes de l'Antique Volantis se trouvaient à deux jours de navigation supplémentaires. Et maintenant...

« Est-ce que Yezzan va mourir ? » demanda Sou, de cette voix qui signifiait : *Par pitié, dis-moi que ce n'est pas vrai.*

« Nous allons tous mourir.

— De la caquesangue, je voulais dire. »

Douceur leur lança à tous deux un regard affolé. « Il ne faut *pas* que Yezzan meure. » L'hermaphrodite caressait le front de leur gigantesque maître, repoussant en arrière les cheveux trempés de sueur. Le Yunkaïi gémit, et une nouvelle marée de liquide brun déferla sur ses jambes. Sa couche était souillée et puante, mais ils n'avaient aucun moyen de le déplacer.

« Certains maîtres affranchissent leurs esclaves, au moment de mourir », fit observer Sou.

Douceur gloussa. C'était un bruit sinistre. « Les favorites, seulement. Ils les libèrent des peines de ce monde, afin qu'elles accompagnent leur maître bien-aimé dans la tombe et qu'elles le servent dans l'au-delà. »

*Douceur est bien placé pour savoir. Il sera le premier à avoir la gorge tranchée.*

Le jeune chèvre-pied prit la parole. « La reine d'argent…

— … est morte, affirma Douceur. N'y pense plus ! Le dragon l'a emportée de l'autre côté du fleuve. Elle s'est noyée dans la mer Dothrak.

— On peut pas se noyer *dans de l'herbe*, riposta le chèvre-pied.

— Si nous étions libres, suggéra Sou, nous pourrions retrouver la reine. Ou, du moins, partir à sa recherche. »

*Toi sur ton chien, moi sur ma truie, à la chasse du dragon à travers la mer Dothrak.* Tyrion gratta sa cicatrice afin de se retenir de rire. « Le dragon en question a déjà manifesté un goût marqué pour le rôti de porc. Et le rôti de nain est deux fois plus savoureux.

— Ce n'était qu'un souhait, répondit Sou d'un air pensif. Nous pourrions prendre la mer. Les navires ont recommencé à circuler, maintenant que la guerre est finie. »

*Finie ?* Tyrion avait tendance à en douter. Des parchemins avaient été signés, mais une guerre ne se livre pas sur des bouts de papier.

« Nous pourrions partir pour Qarth, continua Sou. Les rues y sont pavées de jade, me disait toujours mon frère. Les murs de la ville sont une des merveilles du monde. Quand nous nous produirons à Qarth, l'or et l'argent pleuvront sur nous, tu verras.

— Certains des navires dans la baie sont qarthiens, lui rappela Tyrion. Lomas Grandpas a vu les murailles de Qarth. Je me contenterai de ses livres. Je suis allé aussi loin à l'est que j'en ai l'intention. »

Douceur tapotait le visage fiévreux de Yezzan avec un linge humide. « Il faut que Yezzan vive. Sinon, nous mourrons tous avec lui. La jument pâle n'emporte pas tous ses cavaliers. Le maître se rétablira. »

C'était un mensonge éhonté. Ce serait un miracle si Yezzan vivait un jour de plus. Son Altesse du lard agonisait déjà d'on ne savait quelle atroce maladie ramenée de Sothoryos, semblait-il à Tyrion. Son trépas allait simplement se voir précipité. *Une miséricorde, en vérité.* Mais pas d'un genre auquel le nain tenait pour sa propre part. « Le guérisseur a dit qu'il avait besoin d'eau fraîche. Nous allons y veiller.

— C'est charitable de votre part. » Douceur paraissait abattue. Cela dépassait la simple crainte de se faire trancher la gorge ; seule parmi les trésors de Yezzan, elle semblait éprouver un attachement sincère pour leur volumineux maître.

« Sou, viens avec moi. » Tyrion ouvrit le rabat de la tente et la fit sortir dans la chaleur d'une matinée meereenienne. L'air, moite et étouffant, offrait cependant un soulagement bienvenu après les miasmes de sueur, de merde et de maladie qui imprégnaient l'atmosphère dans le pavillon palatial de Yezzan.

« L'eau va aider le maître, déclara Sou. Le guérisseur l'a dit, ce doit être vrai. De l'eau fraîche.

— L'eau fraîche n'a pas aidé Nourrice. » *Pauvre vieux Nourrice.* Les soldats de Yezzan l'avaient jeté sur la carriole des morts, la veille au crépuscule, une victime de plus de la jument pâle. Lorsque des hommes meurent toutes les heures, personne n'inspecte de trop près un mort de plus, surtout un personnage aussi universellement haï que Nourrice. Les autres esclaves de Yezzan avaient refusé d'approcher le surveillant dès que les crampes s'étaient manifestées, aussi était-ce Tyrion qui avait dû le tenir au chaud et lui apporter à boire. *Du vin coupé d'eau, du jus de citron sucré et une bonne soupe bien brûlante, un potage de queue de chien, enrichi de tranches de champignons dans le bouillon. Avale tout, mon brave Nounou, il faut renouveler cette merde liquide qui te gicle du cul.* Le dernier mot qu'avait prononcé Nounou avait été : « Non. » Et les derniers qu'il ait jamais entendus : « Un Lannister paie toujours ses dettes. »

Tyrion avait caché à Sou la vérité de l'affaire, mais elle devait comprendre la situation exacte de leur maître. « Je serais stupéfait que Yezzan vive jusqu'à l'aube. »

Elle lui étreignit le bras. « Que va-t-il nous arriver ?

— Il a des héritiers. Des neveux. » Quatre d'entre eux étaient venus de Yunkaï avec Yezzan pour commander ses esclaves soldats. L'un d'eux était mort, occis par des épées-louées Targaryen au cours d'une sortie. Les trois autres se répartiraient très probablement les esclaves de Sa Jaune Ventripotence. Savoir si l'un de ces neveux partageait la dilection de Yezzan pour les estropiés, les phénomènes et les grotesques, était beaucoup plus problématique. « L'un d'entre eux pourrait hériter de nous. Ou nous pourrions nous retrouver sur le marché, vendus aux enchères.

— Non. » Elle écarquilla les yeux. « Pas ça. De grâce.

— La perspective ne m'enchante pas davantage. »

À quelques pas de là, six des esclaves soldats de Yezzan, accroupis dans la poussière, lançaient les osselets en faisant circuler une outre de main en main. L'un d'eux, le sergent qu'on appelait le Balafré, était une sombre brute au crâne aussi lisse que la pierre et à la carrure de bœuf. *Proche du bœuf par la ruse, également,* se rappela Tyrion.

Il se dandina jusqu'à eux. « Balafré, aboya-t-il, le noble Yezzan a besoin d'eau pure et fraîche. Emmène deux hommes et rapporte autant de seaux que vous pourrez en tenir. Et ne traîne pas. »

Les soldats interrompirent leur partie. Le Balafré se remit debout, fronçant sa protubérante arcade sourcilière. « T'as dit quoi, le nain ? Tu te prends pour qui ?

— Tu sais qui je suis. Yollo. Un des trésors de ton maître. Maintenant, exécute ce que je t'ai dit. »

Les soldats éclatèrent de rire. « Allez, Balafré, gouailla l'un d'eux, et traîne pas. Le singe de Yezzan t'a donné un ordre.

— On dit *pas* aux soldats ce qu'il faut faire, déclara le Balafré.

— Des soldats ? » Tyrion feignit la perplexité. « Je ne vois que des esclaves. Tu portes un collier autour du cou, exactement comme moi. »

Le sauvage revers de main que lui flanqua le Balafré l'envoya rouler à terre, et lui éclata la lèvre. « Le collier de Yezzan. Pas le tien. »

Tyrion essuya du dos de la main le sang de sa lèvre fendue. Lorsqu'il voulut se remettre debout, une jambe s'effaça sous lui, et il retomba à genoux. Il eut besoin de l'aide de Sou pour se relever. « Douceur a dit qu'il fallait de l'eau au maître, insista-t-il avec son plus beau geignement.

— Douceur a qu'à aller se faire foutre. Il peut même faire ça tout seul. On reçoit pas d'ordres de ce monstre, non plus. »

*Non*, songea Tyrion. Même parmi les esclaves, il y avait les seigneurs et les paysans, comme il n'avait pas tardé à l'apprendre. L'hermaphrodite, de longue date le favori particulier de leur maître, avait été cajolé, gâté, et pour cela, les autres esclaves du noble Yezzan le haïssaient.

Les soldats avaient coutume de recevoir les ordres de leurs maîtres et de leur surveillant. Mais Nourrice était mort, et Yezzan trop mal en point pour désigner un successeur. Quant aux trois neveux, à la première rumeur de sabots de la jument pâle, ces braves hommes libres s'étaient souvenus d'affaires pressantes les requérant ailleurs.

« L... l'eau, insista Tyrion, pleurnichard. Pas celle du fleuve, le guérisseur a dit. De l'eau pure, de l'eau fraîche du puits. »

Le Balafré grogna. « Eh ben, vas-y, toi. Et traîne pas.

— Nous ? » Tyrion échangea avec Sou un regard désemparé. « C'est lourd, de l'eau. Nous ne sommes pas aussi forts que vous. Est-ce que... est-ce qu'on pourrait prendre la carriole avec la mule ?

— Prends tes jambes.

— Nous allons devoir faire une douzaine de voyages.

— Faites-en cent. J'en ai rien à foutre.

— Mais tous les deux, tout seuls... jamais nous ne pourrons transporter toute l'eau dont le maître a besoin.

— Utilisez votre ours, suggéra le Balafré. Il est probablement bon qu'à ça, à aller chercher de l'eau. »

Tyrion recula. « Comme vous voulez, maître. »

Le Balafré grimaça un sourire. *Oh, « maître », ça lui a plu, ça.* « Morgo, apporte les clés. Vous allez remplir les seaux et vous revenez tout de suite, le nain. Tu sais ce qui arrive aux esclaves qui essaient de s'enfuir.

— Apporte les seaux », ordonna Tyrion à Sou. Il partit avec le dénommé Morgo chercher ser Jorah dans sa cage.

Le chevalier ne s'était pas bien adapté à la servitude. Quand on lui avait demandé de jouer les ours et d'enlever la belle damoiselle, il s'était montré maussade et peu coopératif, tenant son rôle sans la moindre conviction, lorsqu'il daignait prendre part à leur spectacle. Bien qu'il n'eût pas tenté de s'évader, ni exercé de violence contre ses geôliers, il ignorait en général leurs ordres ou répondait par des imprécations à voix basse. Rien de tout cela n'avait amusé Nourrice, qui avait manifesté son mécontentement en confinant Mormont dans une cage en fer et en le faisant battre chaque soir tandis que le soleil sombrait dans la baie des Serfs. Le chevalier recevait les coups en silence : on n'entendait que les jurons grommelés par les esclaves qui le frappaient et les chocs mats de leurs bâtons qui cognaient la chair meurtrie et endolorie de ser Jorah.

*Cet homme n'est qu'une coquille vide*, avait pensé Tyrion, la première fois qu'il avait vu rosser le grand chevalier. *J'aurais dû tenir ma langue et laisser Zahrina l'emporter. Il aurait sans doute connu un sort préférable.*

Mormont émergea du confinement étroit de sa cage, tordu, clignant les paupières, les deux yeux pochés et le dos tout encroûté de sang séché. Il avait le visage tellement tuméfié et enflé que ce n'était quasiment plus une figure humaine. Il était nu, hormis son pagne, une guenille jaune et crasseuse. « Tu vas les aider à porter de l'eau », lui indiqua Morgo.

Pour toute réponse, ser Jorah lui adressa un regard renfrogné. *Il est des hommes qui préféreraient mourir libres que de vivre en esclave, je suppose.* Pour sa part, Tyrion ne souffrait pas de cette affliction, mais si Mormont assassinait Morgo, les autres esclaves pourraient négliger d'observer ce distinguo entre eux. « Viens », intervint-il avant que le chevalier ne commette un acte de bravoure imbécile. Il s'éloigna en se dandinant, en espérant que Mormont allait suivre.

Pour une fois, les dieux furent bons. Mormont suivit.

Deux seaux pour Sou, deux pour Tyrion, et quatre pour ser Jorah, deux dans chaque main. Le puits le plus proche se situait au sud-ouest de la Mégère, aussi partirent-ils dans cette direction, les grelots de leurs colliers tintinnabulant gaiement à chaque pas. Personne ne leur prêta attention. Ce n'étaient que des esclaves qui allaient chercher de l'eau pour leur maître. Porter un collier, en particulier un collier doré frappé du nom de Yezzan zo Qaggaz, conférait certains avantages. Le tintement de leurs clochettes proclamait leur valeur à quiconque était doté d'oreilles. Un esclave n'avait que l'importance de son maître ; Yezzan était l'homme le plus riche de la Cité Jaune, et il avait fourni à la guerre six cents esclaves soldats, même s'il ressemblait à une monstrueuse limace jaune et qu'il puait la pisse. Leurs colliers leur permettaient de se déplacer partout où ils le souhaitaient dans l'enceinte du camp.

*Jusqu'à ce que Yezzan meure.*

Les Lords de la Sonnaille faisaient s'exercer leurs esclaves soldats sur le champ voisin. Le fracas des chaînes qui les entravaient produisait une discordante musique métallique tandis qu'ils défilaient au pas cadencé sur le sable et se rangeaient en formation avec leurs longues piques. Ailleurs, des équipes d'esclaves élevaient des rampes de pierre et de sable sous leurs mangonneaux et leurs scorpions, les dirigeant vers le ciel, afin de mieux défendre le camp en cas de retour du dragon noir. Les voir transpirer et jurer en hissant les lourds engins sur les plans inclinés fit sourire le nain. On notait également beaucoup d'arbalètes. Un homme sur deux en portait une, semblait-il, avec un plein carquois de viretons accroché à la hanche.

Si quelqu'un avait eu l'idée de lui poser la question, Tyrion aurait pu leur conseiller de ne pas se donner tant de peine. À moins qu'une des longues piques en fer d'un scorpion frappe un œil par hasard, ces joujoux avaient peu de chance de faire mordre la poussière au monstre chéri de la reine. *On ne tue pas un dragon si facilement. Si vous le chatouillez avec tout ce fourbi, vous allez uniquement réussir à le mettre en colère.*

C'était aux yeux qu'un dragon était le plus vulnérable. Les yeux et le cerveau, derrière. Pas le ventre, contrairement à ce qu'affirmaient certains vieux contes. Les écailles en ce point étaient tout aussi coriaces que celles du dos et des flancs du dragon. Et pas le gosier, non plus. C'était de la folie. Autant essayer, pour ces apprentis tueurs de dragon, d'éteindre un incendie à coups de pique. *De la goule d'un dragon la mort sort, mais point n'y entre,* avait écrit le septon Barth dans sa *Surnaturelle Histoire.*

Plus loin encore, deux légions de la Nouvelle-Ghis se faisaient face, une muraille de boucliers répondant à une autre, alors que des sergents en demi-heaumes de fer empanachés de crin de cheval gueulaient des ordres dans leur incompréhensible dialecte. À l'œil nu, les Ghiscaris paraissaient plus formidables que les soldats esclaves yunkaïis, mais Tyrion entretenait quelques doutes. On avait pu armer les légionnaires et les organiser sur le modèle des Immaculés... mais les eunuques ne connaissaient pas d'autre existence, tandis que les Ghiscaris étaient des citoyens libres qui servaient des périodes de trois ans.

La file devant le puits s'étirait sur un quart de mille.

Il n'y avait qu'une poignée de puits à moins d'une journée de marche de Meereen, aussi l'attente était-elle toujours longue. Le plus gros de l'ost yunkaïi puisait son eau potable à la Skahazadhan, ce qui, Tyrion le savait avant même la mise en garde du guérisseur, était une très mauvaise idée. Si les plus malins veillaient à remonter en amont des latrines, ils ne s'en trouvaient pas moins en aval de la cité.

Qu'il restât encore des puits utilisables à moins d'une journée de marche de la cité prouvait d'ailleurs la candeur de Daenerys Targaryen en matière de science des sièges. *Elle aurait dû empoisonner chaque puits. Dès lors, tous les Yunkaïis boiraient au fleuve. On verrait alors combien de temps leur siège durerait.* C'est ainsi qu'aurait procédé le seigneur son père, Tyrion n'en doutait pas une seconde.

Chaque fois qu'ils avançaient d'une place dans la file, les grelots de leurs colliers sonnaillaient joyeusement. *Un tintement si primesautier qu'il me donnerait envie d'énucléer le monde à la petite cuillère.* Désormais, Griff, Canard et Haldon Demi-Mestre avaient dû arriver en Westeros avec leur jeune prince. *Je devrais être auprès d'eux... mais non. J'avais bien besoin de me payer une putain. Ça ne me suffisait pas de tuer ma famille, il me fallait encore de la chatte et du vin pour sceller ma déchéance, et me voilà, au mauvais bout du monde, harnaché d'un carcan d'esclave muni de petits grelots d'or pour annoncer mon arrivée. En calculant mes pas de danse, je parviendrais sans doute à interpréter* Les Pluies de Castamere.

Il n'était point de site mieux choisi pour apprendre les dernières nouvelles et rumeurs que les abords du puits. « J'sais bien ce que j'ai vu, disait un vieil esclave au collier de fer rouillé tandis que Tyrion et Sou progressaient avec la file, et j'ai vu le dragon arracher des bras et des jambes, déchirer des hommes en deux, les réduire en cendres et en os. Les gens s' sont mis à courir, en essayant d' sortir d' cette arène, mais moi qu'étais v'nu voir un spectacle, par tous les dieux d' Ghis, j'en ai vu un. J'étais en haut, aux pourpres, alors je m'suis dit que l'dragon viendrait sans doute pas m'embêter.

— La reine a enfourché le dragon et elle s'est envolée, insista une grande femme brune.

— Elle a voulu, corrige le vieux, mais elle pouvait pas s' retenir. Les arbalètes ont blessé le dragon et la reine, elle a été touchée, en plein entr' ses beaux p'tits nichons roses, à c' qu'on m'a dit. C'est là qu'elle e˞¹ tombée. Elle est morte dans le caniveau, écrasée par une roue de chariot. J' connais une fille qui connaît un type qui l'a vue mourir. »

En pareille compagnie, le silence était une grande sagesse, mais Tyrion ne put se contenir. « On n'a pas retrouvé de cadavre », observa-t-il.

Le vieux fronça les sourcils. « Et t'en sais quoi, toi ?

— Y zétaient là, intervint la femme. C'est eux, les nains qui joutaient, ceux qu'ont fait un tournoi d'vant la reine. »

Le vieux plissa les yeux en les toisant, comme s'il voyait Tyrion et Sou pour la première fois. « C'est vous qu'étaient sur les cochons. »

*Notre notoriété nous précède.* Tyrion esquissa une courbette de courtisan et se retint de préciser que l'un des cochons était en réalité un chien. « La truie que je monte est en fait ma sœur. Nous avons le même nez, vous avez remarqué ? Un sorcier lui a jeté un sort, mais, si vous lui donnez un bon gros baiser baveux, elle se transformera en femme splendide. Le problème, c'est qu'en apprenant à la connaître, vous n'aurez qu'une envie : l'embrasser à nouveau pour rétablir le sortilège. »

Des rires éclatèrent tout autour de lui. Même le vieux s'y joignit. « Alors, vous l'avez vue, dit le petit rouquin derrière eux. Zavez vu la reine. Elle est aussi belle qu'on le raconte ? »

*J'ai vu une svelte jeune femme avec des cheveux d'argent, enveloppée dans un tokar,* aurait-il pu leur répondre. *Son visage était voilé, et je ne me suis jamais approché suffisamment pour bien la voir. J'étais juché sur une truie.* Daenerys Targaryen

150

était assise dans la loge du propriétaire, auprès de son roi ghiscari, mais Tyrion avait eu le regard attiré par le chevalier en armure blanche et or, derrière elle. Bien que ses traits fussent dissimulés, le nain aurait reconnu Barristan Selmy n'importe où. *Illyrio avait au moins raison sur ce point*, se souvenait-il d'avoir pensé. *Est-ce que Selmy va me reconnaître, en revanche ? Et si oui, comment va-t-il réagir ?*

Il avait failli s'identifier à cet instant-là, mais quelque chose l'avait retenu – méfiance, poltronnerie, instinct, appelez cela comme vous voudrez. Il n'imaginait pas Barristan le Hardi l'accueillir avec autre chose que de l'hostilité. Selmy n'avait jamais approuvé la présence de Jaime dans sa précieuse Garde Royale. Avant la rébellion, le vieux chevalier le jugeait trop jeune, pas assez aguerri ; par la suite, on l'avait entendu affirmer que le Régicide devrait troquer son manteau blanc contre un noir. Et Tyrion avait commis des crimes bien pires. Jaime avait tué un dément. Tyrion avait planté un vireton dans le bas-ventre de son géniteur, un homme que ser Barristan avait connu et servi des années durant. Il aurait pu courir le risque malgré tout, mais, à cet instant-là, Sou avait asséné un coup contre son bouclier et le moment s'enfuit, pour ne plus se représenter.

« La reine nous a regardés jouer, disait Sou aux autres esclaves, mais c'est la seule fois que je l'ai vue.

— Zavez dû voir le dragon », le pressa le vieux.

*Si seulement.* Les dieux ne lui avaient même pas accordé cela. Tandis que Daenerys Targaryen prenait son essor, Nourrice refermait avec un claquement des fers autour de leurs chevilles afin de s'assurer qu'ils ne tenteraient pas de s'évader sur le chemin du retour vers leur maître. Si seulement le surveillant avait pris congé après les avoir menés à l'abattoir, ou s'il avait fui avec le reste des esclavagistes lorsque le dragon s'était abattu du ciel, les deux nains auraient pu sortir libres d'un pas tranquille. *Ou, plus probablement, à toutes jambes, dans un carillon de clochettes.*

« Y avait-il même un dragon ? demanda Tyrion en haussant les épaules. Tout ce que je sais, c'est qu'on n'a trouvé aucune reine morte. »

Le vieux n'était pas convaincu. « Bah, y zont trouvé des cadavres par centaines. Ils les ont traînés dans l'arène pour les brûler, alors qu'une bonne moitié étaient déjà croustis à cœur. Ça s' peut qu'ils l'ont pas r'connue, toute cramée et tout écrasée, avec le sang. Ou qu'y l'ont r'connue et qu'y zont décidé de pas l'dire, pour vous faire tenir tranquilles, vous autres esclaves.

— *Nous autres ?* riposta la brune. Toi aussi, tu portes un collier.

— Çui de *Ghazdor*, s'enorgueillit le vieux. J'le connais depuis qu'j'suis né. C'est comme qui dirait un frère, pour moi. Les esclaves comme vous, la lie d'Astapor et de Yunkaï, vous chouinez qu'vous voulez être libres, mais moi, j'céderais pas mon collier à la reine dragon, même si elle proposait d'me sucer la queue en échange. »

Tyrion ne débattit pas sur ce point. L'aspect le plus insidieux de la captivité tenait à la facilité avec laquelle on s'y accoutumait. L'existence de la plupart des esclaves ne différait pas tant de celle d'un serviteur à Castral Roc, lui semblait-il. Certes, certains propriétaires d'esclaves et leurs surveillants étaient brutaux et cruels, mais il en allait de même avec quelques seigneurs ouestriens, leurs intendants et leurs baillis. La plupart des Yunkaïis traitaient leur cheptel assez correctement, du moins tant que celui-ci accomplissait ses tâches et ne causait pas de problèmes... et ce vieillard avec son collier rouillé et sa loyauté farouche envers lord Ballotte-bajoues, son propriétaire, n'avait rien d'exceptionnel.

« Ghazdor au Grand-cœur ? demanda Tyrion d'une voix suave. Notre maître Yezzan a souvent évoqué son intelligence. » Le commentaire de Yezzan, en vérité, se résumait plutôt à : *J'ai plus d'intelligence dans ma fesse gauche que Ghazdor et ses frères n'en ont en commun.* Tyrion jugea prudent d'omettre les termes exacts.

Midi arriva puis s'en fut avant que Sou et lui parvinssent au puits, où un esclave unijambiste efflanqué tirait l'eau. Il les regarda en plissant les yeux, d'un air soupçonneux. « C'est toujours Nourrice qui vient chercher l'eau de Yezzan, avec quatre hommes et une carriole tirée par une mule. » Il laissa choir le

152

seau dans l'eau, une fois de plus. On entendit une éclaboussure amortie. L'unijambiste laissa le seau se remplir, puis il commença à le hisser vers le haut. Ses bras, couverts de coups de soleil, pelaient. Malgré leur aspect malingre, ils étaient tout en muscles.

« La mule a crevé, répondit Tyrion. Et Nourrice aussi, pauvre homme. Et maintenant, Yezzan lui-même a enfourché la jument pâle, et six de ses soldats ont la chiasse. Je pourrais avoir deux pleins seaux ?

— Comme tu veux. » Le bavardage s'arrêta là. *Tu n'entendrais pas un bruit de sabots ?* Le mensonge sur les soldats avait considérablement accéléré la cadence de l'unijambiste.

Ils prirent le chemin du retour, chacun des nains chargé de deux seaux remplis à ras bord d'eau fraîche, et ser Jorah de deux seaux dans chaque main. La chaleur du jour augmentait, l'air semblait aussi lourd et moite que de la laine humide, et les récipients semblaient peser davantage à chaque pas. *Un long trajet sur de courtes jambes.* L'eau clapotait dans les seaux à chaque enjambée, lui giclant sur les mollets, tandis que ses grelots scandaient une chanson de marche. *Si j'avais su que j'en arriverais là, père, je vous aurais peut-être laissé vivre.* À un demi-mille à l'est, s'élevait un noir panache de fumée à l'endroit où l'on avait bouté le feu à une tente. *On brûle les morts de la nuit dernière.* « Par ici », annonça Tyrion en secouant la tête vers la droite.

Sou lui jeta un coup d'œil interloqué. « Ce n'est pas par là qu'on est arrivés.

— Nous ne tenons pas à respirer cette fumée. Elle grouille d'humeurs malignes. » Ce n'était pas un mensonge. *Pas complètement.*

Sou ne tarda pas à avoir le souffle court, s'évertuant sous le poids de ses seaux. « J'ai besoin de me reposer.

— Comme tu voudras. » Tyrion déposa les seaux d'eau au sol, pas fâché de faire halte. Il commençait à ressentir de féroces crampes dans les jambes, aussi se choisit-il un rocher idoine pour s'asseoir et se masser les cuisses.

« Je pourrais te les masser, proposa Sou.

— Je sais où se trouvent les contractures. » Malgré l'affection qu'il éprouvait peu à peu pour la fille, il restait mal à l'aise dès qu'elle le touchait. Il se tourna vers ser Jorah. « Encore quelques raclées, et tu seras plus laid que moi, Mormont. Dis-moi, est-ce qu'il te reste un peu de volonté de te battre ? »

L'imposant chevalier leva deux yeux pochés et le regarda comme s'il considérait un insecte. « Assez pour te rompre le cou, Lutin.

— Très bien. » Tyrion souleva de nouveau ses seaux. « Dans ce cas, par ici. »

Sou fronça les sourcils. « Non. C'est à gauche. » Elle pointa le doigt. « La Mégère se dresse là-bas.

— Et la Méchante Sœur ici. » Tyrion indiqua l'autre direction d'un hochement de tête. « Fais-moi confiance, insista-t-il. On ira plus vite par mon chemin. » Il se mit en route, tout tintant de grelots. Sou suivrait, il le savait.

Parfois, il enviait tous les jolis rêves que faisait la jeune femme. Elle lui rappelait Sansa Stark, l'enfant qu'il avait épousée et perdue. En dépit de toutes les horreurs qu'avait endurées Sou, elle semblait toujours confiante. *Elle devrait savoir, depuis le temps. Elle est plus âgée que Sansa. Et naine. Elle se conduit comme si elle l'avait oublié, comme si elle était de haute naissance, et accorte à regarder, au lieu d'être une esclave dans une ménagerie de phénomènes.* Souvent, la nuit, Tyrion l'entendait prier. *Une perte de salive. S'il y a des dieux qui écoutent, ce sont des dieux monstrueux ; ils nous tourmentent pour s'amuser. Qui d'autre aurait créé un tel monde, aussi rempli de captivité, de sang et de souffrances ? Qui d'autre nous aurait modelés de la sorte ?* Parfois, il avait envie de la gifler, de la secouer, de lui hurler aux oreilles, n'importe quoi pour la tirer de ses rêves. *Personne ne va nous sauver*, voulait-il lui crier. *Le pire reste à venir.* Et pourtant, sans savoir pourquoi, il ne parvenait pas à prononcer ces mots. Plutôt que de flanquer une bonne gifle dans cette trogne laide et lui arracher ses œillères, il se surprenait à lui presser l'épaule ou à la serrer contre lui. *Chaque contact est un mensonge. Je lui ai donné tant de fausse monnaie qu'elle s'imagine à moitié être riche.*

Il lui avait même caché la vérité sur l'arène de Daznak.

*Des lions. Ils allaient lâcher des lions sur nous.* L'ironie aurait été charmante. Peut-être aurait-il eu le temps d'émettre un court gloussement sarcastique avant d'être taillé en pièces.

Personne ne lui avait révélé la fin qu'on avait prévue pour eux, pas de façon explicite, mais il n'avait pas eu de mal à le deviner, sous les briques de l'arène de Daznak, dans le monde caché en dessous des gradins, le domaine obscur des combattants d'arène et des serviteurs qui s'occupaient d'eux, des vifs et des morts – les cuisiniers qui les nourrissaient, les forgerons qui les armaient, les barbiers chirurgiens qui les saignaient, les rasaient et pansaient leurs blessures, les putains qui les honoraient, avant et après les combats, les commis aux cadavres qui traînaient les perdants hors des sables à l'aide de chaînes et de crocs d'acier.

Le visage de Nourrice avait fourni à Tyrion son premier indice. Après leur numéro, Sou et lui avaient regagné la cave éclairée de torches où se réunissaient les combattants, avant et après les rencontres. Certains étaient assis à aiguiser leurs armes ; d'autres sacrifiaient à d'étranges dieux, ou apaisaient leur nervosité avec du lait de pavot avant de sortir mourir. Ceux qui avaient livré bataille et gagné jouaient aux dés dans un coin, riant comme seuls le peuvent des hommes qui ont regardé la mort en face et survécu.

Nourrice versait à un employé de l'arène des monnaies d'argent sur un pari perdu quand il aperçut Sou qui menait Croque. La perplexité dans ses prunelles s'évanouit en un demi-battement de cœur, mais pas avant que Tyrion ait saisi ce qu'elle signifiait. *Nounou n'espérait pas notre retour.* Il avait regardé à la ronde d'autres visages. *Aucun d'entre eux ne s'attendait à ce que nous revenions. Nous devions mourir là dehors.* Le dernier fragment tomba en place quand il entendit un dresseur de fauves se plaindre bruyamment auprès du maître d'arène. « Les lions ont faim. Deux jours qu'ils ont rien mangé. On m'avait demandé de pas les nourrir, j'ai obéi. La reine devrait payer la viande.

— Aborde le sujet avec elle la prochaine fois qu'elle donnera audience », riposta le maître d'arène.

Maintenant encore, Sou ne se doutait de rien. Quand elle avait évoqué l'arène, son plus grand souci avait été que si peu de gens eussent ri. *Ils se seraient pissé dessus de rire, si l'on avait lâché les lions*, faillit lui rétorquer Tyrion. En lieu de quoi, il lui avait pressé l'épaule.

Soudain, Sou s'arrêta. « On n'est pas sur le bon chemin.

— Non. » Tyrion posa ses seaux par terre. Les anses avaient creusé de profonds sillons dans ses doigts. « Voilà les tentes que nous cherchons, là-bas.

— Les Puînés ? » Un sourire bizarre fendit le visage de ser Jorah. « Si tu t'imagines trouver de l'aide là-bas, tu ne connais pas Brun Ben Prünh.

— Oh, que si. Prünh et moi avons disputé cinq parties de *cyvosse*. Brun Ben Prünh est rusé, tenace, pas dépourvu d'intelligence… mais prudent. Il aime laisser son adversaire prendre les risques tandis qu'il se tient en retrait et qu'il maintient ouvertes toutes ses options, afin de réagir à la bataille selon ses développements.

— La bataille ? Quelle bataille ? » Sou s'écarta de lui. « Nous devons *rentrer*. Le maître a besoin d'eau fraîche. Si nous traînons, on nous fouettera. Et Jolie Cochonne et Croque sont restés là-bas.

— Douceur veillera à ce qu'on s'occupe d'eux », mentit Tyrion. Fort probablement, le Balafré et ses amis ne tarderaient pas à dîner d'un jambon, de bacon et d'un succulent ragoût de chien, mais Sou n'avait pas besoin qu'on le lui dise. « Nourrice est mort et Yezzan agonise. La nuit pourrait tomber avant qu'on commence à s'inquiéter de notre absence. Jamais nous n'aurons de meilleure occasion que maintenant.

— *Non*. Tu sais ce qu'ils font, quand ils attrapent des esclaves qui ont tenté de s'évader. Tu le *sais*. Je t'en prie. Jamais on ne nous laissera quitter le camp.

— Nous n'avons pas quitté le camp. » Tyrion reprit ses seaux. Il s'en fut d'un dandinement rapide, sans un regard en arrière. Mormont suivit le mouvement, restant à sa hauteur. Au bout d'un moment, il entendit les bruits de Sou qui se hâtait sur ses traces, au bas d'une pente sablonneuse jusqu'à un cercle de tentes dépenaillées.

Le premier garde apparut alors qu'ils approchaient des lignes de chevaux, un piquier mince dont la barbe bordeaux le signalait comme un Tyroshi. « Qu'est-ce que c'est que ça ? Et vous trimbalez quoi, dans vos seaux ?

— De l'eau, répondit Tyrion. Ne vous déplaise.

— De la bière me plairait davantage. » Un fer pointu lui piqua les reins – un deuxième garde, arrivé derrière eux. Tyrion retrouva Port-Réal dans sa voix. *De la racaille de Culpucier.* « On s'est égaré, le nain ? s'enquit le garde.

— Nous sommes venus rejoindre votre compagnie. »

Un seau glissa de la main de Sou et se renversa. La moitié de l'eau s'en était répandue avant qu'elle réussît à le redresser.

« Nous avons suffisamment d'imbéciles, dans la compagnie. Pourquoi en prendrions-nous trois de plus ? » Du fer de sa pique, le Tyroshi tapota le collier, en faisant tintinnabuler sa clochette. « Moi, je vois là un esclave en fuite. Trois esclaves en fuite. À qui, le collier ?

— À la Baleine Jaune. » Ces derniers mots prononcés par un troisième homme, attiré par leurs voix – un drôle de bougre, maigre, la mâchoire mal rasée, les dents tachées de rouge par la surelle. *Un sergent*, reconnut Tyrion à la façon dont les deux autres s'en remettaient à lui. Il portait un crochet à l'endroit où aurait dû se trouver sa main droite. *Si ce n'est pas l'ombre bâtarde de Bronn, en plus méchant, je suis Baelor le Bien-Aimé.* « Ceux-là sont les nains que Ben a essayé d'acheter, expliqua le sergent aux piquiers en plissant les yeux. Mais le grand… Autant l'amener, lui aussi. Tous les trois. »

Le Tyroshi fit un signe de sa pique. Tyrion avança. L'autre épée-louée – un jouvenceau, à peine plus qu'un enfant, avec du duvet sur les joues et des cheveux couleur de paille sale – saisit Sou sous un bras. « Oh, la mienne a des nichons », s'exclama-t-il en riant. Il fourra une main sous la tunique de Sou, simplement pour vérifier.

« Contente-toi de l'amener », trancha le sergent.

Le jouvenceau jeta Sou sur son épaule. Tyrion ouvrit la marche, aussi vite que ses jambes rabougries le permettaient. Il savait où ils allaient : la grande tente de l'autre côté de la fosse du feu, ses parois de toile peinte craquelées et fanées par des années de soleil et de pluie. Quelques épées-louées se retournèrent pour les regarder passer, et une fille de camp ricana, mais personne ne fit mine d'intervenir.

À l'intérieur de la tente, ils trouvèrent des tabourets pliants et une table sur tréteaux, un râtelier de piques et de hallebardes, un sol couvert de tapis élimés d'une demi-douzaine de couleurs conflictuelles, et trois officiers. L'un était mince et élégant, avec une barbe pointue, une lame de spadassin et un justaucorps rose à crevés. Un autre, grassouillet et dégarni, avait des taches d'encre aux doigts et une plume serrée dans une main.

Le troisième était l'homme qu'il cherchait. Tyrion s'inclina. « Capitaine.

— Nous les avons surpris en train de s'infiltrer dans le camp. » Le jouvenceau laissa choir Sou sur le tapis.

« Des fuyards, déclara le Tyroshi. Avec des seaux.

— Des seaux ? » répéta Brun Ben Prünh. Comme personne ne se risquait à fournir une explication, il lança : « Retournez à vos postes, les enfants. Et pas un mot de tout ça à quiconque. » Une fois qu'ils furent partis, il sourit à Tyrion. « Venu livrer une nouvelle partie de *cyvosse*, Yollo ?

— Si vous le souhaitez. J'ai grand plaisir à vous battre. J'entends raconter que vous êtes doublement tourne-casaque, Prünh. Un homme selon mon cœur. »

Le sourire de Brun Ben ne monta jamais jusqu'à ses yeux. Il scruta Tyrion comme un homme pourrait étudier un serpent qui parlait. « Pourquoi es-tu ici ?

— Pour exaucer vos rêves. Vous avez essayé de nous acheter aux enchères. Ensuite, vous avez essayé de nous remporter au *cyvosse*. Même quand j'avais un nez, je n'étais point si séduisant que je soulevais de telles passions... sinon chez quelqu'un qui pouvait connaître ma valeur véritable. Eh bien, me voici, sans frais de prise en charge. À présent, soyez un ami, envoyez quérir votre forgeron et retirez-nous ces colliers. Je ne supporte plus de pisser au son du carillon.

— Je ne tiens pas à avoir d'ennui avec ton noble maître.

— Yezzan a des soucis plus pressants que la disparition de trois esclaves. Il caracole sur la jument pâle. Et pourquoi penserait-on à venir nous chercher ici ? Vous avez assez d'épées pour décourager tous ceux qui viendraient fouiner par ici. Peu de risques pour beaucoup de gain. »

Le bouffon en justaucorps rose à crevés chuinta. « Ils ont introduit la maladie parmi nous. Au cœur même de nos tentes. » Il se tourna vers Ben Prünh. « Dois-je lui trancher la tête, capitaine ? Nous pourrons jeter le reste dans la fosse des latrines. » Il tira une épée, une fine lame de spadassin au pommeau orné de joyaux.

« Prenez bien garde à ma tête, conseilla Tyrion. Je ne voudrais pas que mon sang s'en vienne vous éclabousser. Le sang charrie les maladies. Et vous allez être obligé de bouillir nos vêtements, ou les brûler.

— J'ai bien envie de les brûler avec toi dedans, Yollo.

— Ce n'est pas mon vrai nom. Mais vous le savez bien. Vous le savez depuis la première fois où vous avez posé les yeux sur moi.

— Ça se peut.

— Je vous connais, moi aussi, messire. Vous êtes moins mauve et plus brun que les Prünh de chez moi mais, à moins que votre nom ne soit un mensonge, vous êtes ouestrien, par le sang sinon par la naissance. La maison Prünh est féale de Castral Roc, et il se trouve que j'en connais quelque peu l'histoire. Votre branche est née d'un noyau craché de l'autre côté de la mer, sans doute. Un fils cadet de Viserys Prünh, je parie. Les dragons de la reine avaient de l'affection pour vous, non ? »

Cette remarque parut amuser l'épée-louée. « Qui te l'a dit ?

— Personne. La plupart des histoires que l'on entend sur les dragons sont de la pâture pour sots. Des dragons qui parlent, des dragons qui amassent l'or et les joyaux, des dragons à quatre pattes avec des ventres gros comme des éléphants, des dragons faisant assaut d'énigmes avec les sphinx... sornettes que tout cela. Mais dans les vieux livres, il y a également des vérités. Non seulement je sais que les dragons de la reine vous aimaient bien, mais je sais pourquoi.

— Ma mère disait que mon père avait une goutte de sang de dragon.

— Deux gouttes. Ça, ou une queue de six pieds de long. Vous connaissez l'histoire ? Moi, oui. Bref, vous êtes un Prünh malin, vous savez donc que mon chef vaut une seigneurie… à Westeros, à la moitié du monde d'ici. Le temps que vous la rapportiez là-bas, il n'en restera plus que de l'os et des asticots. Ma tendre sœur niera que la tête m'appartient et vous flouera de la récompense promise. Vous connaissez les reines. Toutes d'inconstantes salopes, et Cersei est la pire du lot. »

Brun Ben se gratta la barbe. « Je pourrais te livrer vivant et gigotant, en ce cas. Ou plonger ta tête dans un bocal et la confire dans la saumure.

— Ou vous joindre à moi. C'est la stratégie la plus habile. » Tyrion sourit. « Je suis né puîné. J'étais destiné à cette compagnie.

— Les Puînés n'ont pas de place pour les bateleurs, commenta avec dédain le spadassin en rose. C'est de guerriers que nous avons besoin.

— Je vous en ai ramené un. » Tyrion lança un coup de pouce en direction de Mormont.

— Cette créature ? » Le spadassin s'esclaffa. « La brute est hideuse, mais ses cicatrices ne suffisent pas à faire un Puîné. »

Tyrion leva ses yeux vairons au ciel. « Lord Prünh, qui sont ces deux amis à vous ? Le rose m'agace. »

Le spadassin tordit sa lippe, tandis que l'individu à la plume gloussait devant son insolence. Mais ce fut Jorah Mormont qui fournit leurs noms. « Pot-à-l'Encre est le trésorier de la compagnie. Le paon se fait appeler Kasporio le Rusé, mais Kasporio le Connard serait mieux adapté. Un sale type. »

Certes, dans son état tuméfié, le visage de Mormont était méconnaissable, mais sa voix n'avait pas changé. Kasporio lui jeta un regard surpris, tandis que les rides autour des yeux de Prünh se plissaient d'amusement. « Jorah *Mormont* ? C'est bien toi ? Moins fier que lorsque tu as décampé, quand même. Faut-il toujours t'appeler *ser* ? »

Les lèvres enflées de ser Jorah se tordirent en un sourire grotesque. « Donne-moi une épée et tu pourras m'appeler comme tu voudras, Ben. »

Kasporio recula d'un pas. « Tu… Elle t'a chassé…

— Je suis revenu. Traite-moi d'idiot. »

*Un idiot amoureux.* Tyrion s'éclaircit la gorge. « Vous pourrez parler du bon vieux temps plus tard… une fois que j'aurai fini d'expliquer pourquoi ma tête vous serait plus utile sur mes épaules. Vous découvrirez, lord Prünh, que je sais être très généreux avec mes amis. Si vous en doutez, demandez à Bronn. Demandez à Shagga, fils de Dolf. Demandez à Timett, fils de Timett.

— Et qui sont ces gens ? demanda le dénommé Pot-à-l'Encre.

— De braves gaillards qui m'ont juré leurs épées et ont grandement prospéré en conséquence de ces services. » Il haussa les épaules. « Oh, très bien : j'ai menti en disant *braves*. Ce sont des crapules sanguinaires, comme vous autres.

— Possible, commenta Brun Ben. Comme il se peut que tu aies simplement inventé ces noms. *Shagga*, disais-tu ? C'est un nom de femme, non ?

— Certes, il ne manque pas de poitrine. La prochaine fois que nous nous croiserons, je jetterai un œil sous ses culottes pour m'en assurer. C'est un plateau de *cyvosse* que je vois là-bas ? Approchez-le et disputons donc cette fameuse partie. Mais pour commencer, je pense, une coupe de vin. J'ai la gorge sèche comme un vieil os, et je vois qu'il va me falloir pas mal discuter. »

# JON

Cette nuit-là, il rêva de sauvageons qui sortaient en hurlant des bois, avançant au mugissement lugubre des trompes de guerre et au roulement des tambours. *Bam DAMNE Bam DAMNE Bam DAMNE*, tonnait la rumeur, un millier de cœurs battant à l'unisson. Certains portaient des piques, d'autres des arcs ou des haches. Nombre d'entre eux avaient des chariots en os, tractés par des attelages de chiens grands comme des poneys. En leur sein marchaient à pas lourds des géants hauts de quarante pieds, avec des massues de la taille de chênes.

« Tenez bon, criait Jon Snow. Repoussez-les. » Il se dressait au sommet du Mur, seul. « Des flammes, criait-il, abreuvez-les de flammes », mais il n'y avait personne pour l'écouter.

*Ils sont tous partis. Ils m'ont abandonné.*

Des traits brûlants fusaient en chuintant, escortés de traînées ardentes. Des épouvantails frères dégringolaient, leurs capes noires embrasées. « *Snow* », criailla un aigle tandis que l'ennemi grimpait sur la glace comme autant d'araignées. Jon était caparaçonné de glace noire, mais sa lame flambait rouge à son poing. Au fur et à mesure que les morts gagnaient le sommet du Mur, il les rejetait en bas, pour qu'ils mourussent de nouveau. Il tua une barbe grise et un jouvenceau imberbe, un géant, un échalas aux dents limées, une fille aux épais cheveux roux. Trop tard, il reconnut Ygrid. Elle disparut aussi vite qu'elle avait surgi.

Le monde fondit en un brouillard rouge. Jon frappait, taillait et estoquait. Il abattit Donal Noye et éventra Dick Follard – Sourd-Dick. Qhorin Mimain s'écroula à genoux, essayant en vain d'étancher le flot de sang à son cou. « C'est *moi*, le seigneur de Winterfell », hurla Jon. Devant lui à présent se tenait Robb, ses cheveux trempés de neige fondante. Grand-Griffe lui emporta la tête. Puis une main noueuse agrippa brutalement Jon par l'épaule. Il pivota vivement…

… et s'éveilla, face à un corbeau qui lui picorait le torse. « *Snow* », cria l'oiseau. Jon lui lança une gifle. Hurlant son mécontentement, le corbeau s'envola vers un des montants du lit pour le considérer d'un œil mauvais dans la pénombre qui précède l'aube.

Le jour avait paru. C'était l'heure du loup. D'ici peu, le soleil se lèverait et quatre mille sauvageons se déverseraient à travers le Mur. *Une folie.* Jon Snow laissa sa main brûlée courir dans ses cheveux et s'interrogea encore une fois sur son geste. Dès la porte ouverte, il ne serait plus possible de revenir en arrière. *C'est le Vieil Ours qui aurait dû traiter avec Tormund. Ou Jaremy Rykker, Qhorin Mimain, Denys Mallister, ou tout autre homme d'expérience. Ou mon oncle.* Cependant, il était trop tard pour remâcher de tels doutes. À chaque choix ses risques, à chaque décision ses conséquences. Il jouerait la partie jusqu'à sa conclusion.

Il se leva et s'habilla dans le noir, tandis qu'à l'autre bout de la pièce, le corbeau de Mormont marmottait. « *Grain* », déclara l'oiseau, puis « *Roi* » et « *Snow, Jon Snow, Jon Snow* ». Voilà qui était singulier. Jamais encore l'oiseau n'avait prononcé son nom complet, pour autant que Jon s'en souvînt.

Il déjeuna dans la cave en compagnie de ses officiers. Pain frit, œufs au plat, boudin et gruau d'orge composaient le repas, arrosé de petite bière jaune. Tout en mangeant, ils récapitulèrent une fois de plus les préparatifs. « Tout est prêt, assura Bowen Marsh. Si les sauvageons respectent les termes de l'accord, tout se déroulera comme vous l'avez ordonné. »

*Si ce n'est pas le cas, tout risque de sombrer dans le sang et le carnage.* « Souvenez-vous, dit Jon, les gens de Tormund ont faim, ils ont froid, ils ont peur. Certains d'entre eux nous haïssent autant que les haïssent certains d'entre nous. Nous dansons sur de la glace pourrie, ici, eux et nous. Une fissure et nous tombons tous. Si le sang coule aujourd'hui, il vaudrait mieux que ce ne soit pas l'un d'entre nous qui se risque à férir le premier coup ou, je le jure par les anciens dieux et les nouveaux, j'aurai la tête de celui qui l'aura porté. »

Des « Oui », des hochements de tête et des marmonnements tels que « À vos ordres », « Ce sera fait » ou « Bien, messire » lui répondirent. Et un par un, ils se levèrent, bouclèrent en place leur épée, endossèrent leurs chaudes capes noires et ils sortirent dans le froid.

Le dernier à quitter la table fut Edd Tallett, Edd-la-Douleur, arrivé de Longtertre dans la nuit, avec six chariots. Les frères noirs appelaient désormais la forteresse Tertre aux Catins. On avait envoyé Edd réunir toutes les piqueuses que ses chariots pourraient transporter, afin de les ramener pour rejoindre leurs sœurs.

Jon le regarda saucer avec un bout de pain du jaune d'œuf qui coulait. Il éprouvait un curieux réconfort à revoir le faciès morose d'Edd. « Comment avancent les réfections ? demanda-t-il à son ancien intendant.

— Encore dix ans et ça devrait aller, répliqua Edd de son habituel ton maussade. Les lieux étaient envahis par les rats quand on s'est installés. Les piqueuses ont tué la vermine. Désormais, les lieux sont envahis par les piqueuses. Y a des jours, j' regrette les rats.

— Que t'en semble, d'être placé sous Emmett-en-Fer ?

— En règle générale, c'est Maris la Noire qu'est placée sous lui. Moi, j'ai les mules. Orties soutient qu'on est apparentés. C'est vrai qu'on a la même trogne toute en long, mais je suis loin d'être aussi cabochard. Et puis, jamais j'ai connu leurs mères, sur mon honneur. » Il finit ses œufs et poussa un soupir. « Ah, que c'est bon, un œuf au plat bien coulant. De grâce, m'sire, laissez point les sauvageons nous bouffer tous nos poulets. »

Dans la cour, le ciel à l'orient commençait tout juste à s'éclaircir. Il n'y avait pas le plus petit nuage en vue. « Nous avons une belle journée pour notre affaire, semblerait-il, jugea Jon. Une journée claire, chaude et ensoleillée.

— Le Mur va pleurer. Et l'hiver qu'est presque sur nous ! C'est pas naturel, m'sire. Mauvais signe, si m'en croyez. »

Jon sourit. « Et s'il neigeait ?

— Pire signe.

— Quel genre de temps préférerais-tu ?

— Le genre où on reste chez soi, répondit Edd-la-Douleur. Ne vous en déplaise, m'sire, faudrait que j' retourne à mes mules. J' leur manque, quand j' suis pas là. J' pourrais pas en dire autant des piqueuses. »

Ils se séparèrent là, Tallett pour la route de l'est, où attendaient ses chariots, Jon Snow pour l'écurie. Satin attendait près de son cheval, qu'il avait fait seller et brider, un ardent coursier gris à la crinière aussi noire et brillante que de l'encre de mestre. Ce n'était pas le genre de monture qu'aurait choisi Jon pour une patrouille, mais en ce matin, tout ce qui comptait était d'impressionner et, pour ce faire, l'étalon était le choix idéal.

Son escorte attendait, elle aussi. Jon n'avait jamais aimé s'entourer de gardes, mais il lui paraissait prudent en ce jour de conserver à ses côtés quelques hommes de confiance. Ils offraient une image sévère, avec leur maille annelée, leurs demi-heaumes de fer et leurs capes noires, avec de hautes piques dans les mains et, à leur ceinture, des épées et des poignards. Pour cette tâche, Jon avait dédaigné tous les gamins et les vieillards à ses ordres, choisissant huit hommes dans la fleur de l'âge : Ty et Mully, Gaucher Lou, Grand Lideuil, Rory, Fulk la Puce, Garrett Vertelance. Et Cuirs, le nouveau maître d'armes de Châteaunoir, afin de montrer au peuple libre que même un homme qui avait combattu pour Mance au cours de la bataille sous le Mur pouvait trouver une place d'honneur au sein de la Garde de Nuit.

Une coloration rouge profond avait point à l'est, le temps qu'ils se rassemblent tous à la porte. *Les étoiles s'éteignent*, nota Jon. À leur prochaine apparition, elles brilleraient sur un monde à jamais changé. Quelques hommes de la reine observaient, debout près des braises du feu nocturne de lady Mélisandre.

Quand Jon jeta un regard vers la tour du Roi, il aperçut un éclair de rouge derrière une fenêtre. De la reine Selyse, il ne vit aucun signe.

C'était l'heure. « Ouvrez la porte, ordonna Jon Snow doucement.

— *Ouvrez la porte !* » rugit Grand Lideuil. Sa voix était un tonnerre.

Sept cents pieds plus haut, les sentinelles l'entendirent et portèrent leur trompe de guerre à leurs lèvres. L'appel retentit, se répercutant contre le Mur et à travers le monde. *Ahouuuuuuuu-uuuuuuuuuuuu.* Une interminable sonnerie. Depuis mille ans ou plus, ce signal annonçait le retour au bercail des patrouilleurs. Aujourd'hui, il revêtait un autre sens. Aujourd'hui, il appelait le peuple libre à son nouveau bercail.

À l'autre extrémité du long tunnel, les portes s'ouvrirent et des barreaux de fer se déverrouillèrent. Rose, or et mauve, la lumière de l'aube miroitait contre la glace, en hauteur. Edd-la-Douleur n'avait pas eu tort. Le Mur ne tarderait point à pleurer. *Les dieux veuillent qu'il soit seul à le faire.*

Satin les guida sous la glace, éclairant avec une lanterne en fer leur chemin à travers la pénombre du tunnel. Jon suivait, menant son cheval. Puis ses gardes. Derrière eux venaient Bowen Marsh et ses intendants, une vingtaine, chaque homme affecté à une tâche précise. Au-dessus d'eux, Ulmer de Bois-du-Roi tenait le Mur. Une quarantaine des meilleurs archers de Châteaunoir se dressaient auprès de lui, prêts à répondre au moindre signe de trouble en contrebas par une averse de flèches.

Au nord du Mur, Tormund Fléau-d'Ogres attendait, monté sur un petit poney malingre qui semblait bien trop fluet pour soutenir son poids. Il avait avec lui ses deux fils survivants, le grand Toregg et le jeune Dryn, en même temps que trois fois vingt guerriers.

« *Har !* s'exclama Tormund. Des gardes, à présent ? Allons, où est passée ta confiance, corbac ?

— Tu as amené plus d'hommes que moi.

— C'est ma foi vrai. Approche, mon garçon. Je veux que mon peuple te voie. J'ai des milliers de gens qu'ont jamais vu un lord Commandant, des adultes à qui on a raconté quand ils étaient mioches que vous autres patrouilleurs, zalliez les manger tout crus s'ils se tenaient pas sages. Y zont besoin de voir un gars ordinaire, à longue figure, dans sa vieille cape noire. Y zont besoin d'apprendre qu'y a rien à craindre de la Garde de Nuit. »

*Voilà une leçon que je préférerais ne leur point enseigner.* Jon dégagea sa main brûlée de son gant, porta deux doigts à sa bouche et siffla. Fantôme jaillit de la porte. Le cheval de Tormund fit un si rude écart que le sauvageon faillit en vider les étriers. « Rien à craindre ? répéta Jon. Fantôme, au pied.

— Zêtes un salaud au cœur noir, lord Corbac. » Tormund Cor-Souffleur emboucha sa propre trompe. Le son ricocha sur la glace comme un roulement de tonnerre, et les premiers représentants du peuple libre commencèrent à s'écouler vers la porte.

De l'aube au crépuscule, Jon regarda les sauvageons défiler.

Les otages ouvrirent la voie – cent garçons de huit à seize ans. « Le prix du sang que vous avez demandé, lord Corbac, déclara Tormund. J'espère que les lamentations de leurs pauvres mères vont pas hanter tes rêves la nuit. » Certains garçons étaient conduits à la porte par une mère ou un père, d'autres par un frère ou une sœur aînés. Davantage encore vinrent seuls. À quatorze ou quinze ans, un garçon était presque un homme, et ils ne voulaient pas qu'on les vît s'accrocher aux jupes d'une femme.

Deux intendants décomptaient les jouvenceaux au passage, consignant chaque nom sur de longs parchemins en peau de mouton. Un troisième collectait leurs objets précieux pour péage et inscrivait cela aussi. Les enfants se rendaient en un lieu où aucun n'était jamais allé, servir un ordre qui était l'ennemi des leurs depuis des millénaires, et pourtant Jon ne voyait pas de larmes, n'entendait aucune mère se lamenter. *C'est un peuple de l'hiver*, se remémora-t-il. *Les larmes vous gèlent sur les joues, au pays d'où ils viennent.* Pas un seul otage ne regimba ni n'essaya de se défiler quand vint son tour de pénétrer dans ce tunnel obscur.

Presque tous les garçons étaient maigres, certains au-delà de l'émaciation, avec des flancs creusés et des bras comme des branchettes. Jon ne s'attendait guère à mieux. Sinon, ils se présentaient sous toutes les formes, toutes les tailles et toutes les couleurs. Il en vit des grands et des petits, des bruns et des noirauds, des blond miel et des blond roux, et des rouquins qui avaient reçu le baiser du feu, comme Ygrid. Il vit des gamins avec des cicatrices, des claudications, des visages marqués de vérole. Beaucoup des plus âgés avaient les joues duveteuses ou de vagues petites moustaches, mais l'un d'eux possédait autant de barbe que Tormund. Certains étaient vêtus de belles fourrures douces, d'autres de cuir bouilli et de pièces d'armure dépareillées, la plupart de laine et de peaux de phoque, quelques-uns de haillons. Il y en avait un qui allait tout nu. Beaucoup avaient des armes : des piques affûtées, des masses à tête de pierre, des couteaux faits d'os, de pierre ou de verredragon, des massues hérissées de pointes, des rets, et même, çà et là, une vieille épée rongée de rouille. Les jeunes Pieds Cornés marchaient sans ciller pieds nus dans les congères. D'autres mioches avaient à leurs bottes des pattes d'ours et avançaient sur la surface de ces mêmes congères, sans jamais s'enfoncer sous la carapace. Six garçons arrivèrent à cheval, deux sur des mules. Deux frères se présentèrent avec une bique. Le plus grand otage mesurait six pieds et demi, mais avait un visage de bébé ; le plus petit était un avorton qui revendiquait neuf ans, mais n'en paraissait pas plus de six.

Méritant mention particulière, les fils des hommes de renom. Tormund prit soin de les signaler au passage. « Le petit, là, est le fils de Soren Fend-l'Écu, dit-il d'un grand flandrin. Lui, avec les cheveux roux, c'en est un de Gerrick Sangderoi. Y descend de la lignée d' Raymun Barberouge, à l'en croire. La lignée du p'tit frère de Barberouge, si tu veux la vérité. » Deux garçons se ressemblaient assez pour être jumeaux, mais Tormund insista : c'étaient des cousins, nés à un an d'intervalle. « L'un a pour père Harle le Veneur, l'autre Harle Beauminois, tous les deux avec la même femme. Les pères se détestent. Je s'rais toi, j'en enverrai un à Fort-Levant, et l'autre à ta tour Ombreuse. »

D'autres otages furent désignés comme des fils d'Howd l'Errant, de Brogg, de Devyn Écorchephoque, Kyleg Oreille-en-Bois, Morna Masque-Blanc, le grand Morse…

« *Le grand Morse ?* Vraiment ?

— Y portent de drôles de noms, le long d' la Grève glacée. »

Trois otages étaient fils d'Alfyn Freux-buteur, un pillard tristement célèbre, tué par Qhorin Mimain. Du moins Tormund l'affirma-t-il catégoriquement.

« Ils n'ont pas l'air de frères, commenta Jon.

— Des d'mi-frères, nés de mères différentes. Alfyn avait le membre tout p'tit, encore plus que le tien, mais il a jamais été timide quand y s'agissait de le fourrer que'q' part. Il a un fils dans chaque village, çui-là. »

D'un gamin rachitique au faciès de rat, Tormund déclara : « Çui-là est un d' ceux de Varamyr Sixpeaux. Tu t' souviens de Varamyr, lord Corbac ? »

Il s'en souvenait. « Un change-peau.

— Oui-da, c'en était un. Et un mauvais petit drôle, en sus. Mort, maintenant, très probablement. Plus personne l'a vu depuis la bataille. »

Deux garçons étaient des filles travesties. Quand Jon les vit, il envoya Rory et Grand Lideuil pour les lui ramener. L'une d'elles approcha avec une certaine docilité, l'autre résista à coups de pied et de dent. *Ça pourrait mal finir.* « Ces deux-là, leurs pères sont-ils renommés ?

— Har ! Ces maigrichons ? M'étonnerait. Choisis par tirage au sort.

— Ce sont des filles.

— Ah bon ? » Tormund plissa les yeux pour les scruter du haut de sa selle. « Moi et lord Corbac, on a parié pour savoir lequel de vous deux avait le plus gros membre. Baissez-moi ces culottes et montrez-nous. »

Un des filles vira au rouge. L'autre jeta un regard noir de défi. « Fous-nous la paix, Tormund Fléau-des-Narines. Laisse-nous passer.

— *Har !* T'as gagné, corbac. Zont pas une queue à elles deux. Mais la p'tite manque pas d' couilles. Ça sera une piqueuse, plus tard. » Il appela ses propres hommes. « Allez leur dénicher une tenue de fille à porter, avant que lord Snow nous mouille son petit linge.

— Je vais avoir besoin de deux garçons pour les remplacer.

— Comment ça ? » Tormund se gratta la barbe. « Un otage est un otage, d' mon point d' vue. Ta grosse épée peut trancher une tête de fille aussi facilement qu' celle d'un gars. Les pères aiment aussi leurs filles. Enfin, la plupart. »

*Ce ne sont pas leurs pères qui m'inquiètent.* « Mance a-t-il jamais chanté l'histoire de Danny Flint le Rebelle ?

— Pas qu' je me souvienne. C'était qui ?

— Une fille qui s'est habillée en garçon pour prendre le noir. Sa chanson est triste et belle. Pas ce qui lui est arrivé. » Dans certaines versions de la chanson, son fantôme arpentait encore Fort-Nox. « J'enverrai les filles à Longtertre. » Les seuls autres hommes là-bas étaient Emmett-en-Fer et Edd-la-Douleur, en qui il se fiait. Il ne pouvait en dire autant de tous ses frères.

Le sauvageon comprit. « Zêtes de sales oiseaux, chez les corbacs. » Il cracha par terre. « Deux garçons de plus, en ce cas. Tu les auras. »

Lorsque quatre-vingt-dix et neuf otages se furent succédé devant eux pour traverser le Mur, Tormund Fléau-d'Ogres fit venir le dernier. « Mon fils, Dryn. Veille à ce qu'on s'occupe bien de lui, corbac, ou je ferai roustir ton foie noir avant de le manger. »

Jon inspecta de près le gamin. *L'âge de Bran, ou celui qu'il aurait eu, si Theon ne l'avait pas tué.* Dryn n'avait rien de la douceur de Bran, toutefois. C'était un garçon massif, aux jambes courtes, aux bras épais et au large visage rouge – une version miniature de son père, avec une crinière de cheveux brun sombre. « Il me servira de page, promit Jon à Tormund.

— T'as entendu ça, Dryn ? Va pas t' prendre de grands airs. » À Jon il déclara : « Faudra lui flanquer une bonne raclée, de temps en temps. Mais gare à ses dents, par contre. Y mord. » Il tendit la main vers le bas pour reprendre sa trompe, qu'il leva pour souffler un nouvel appel.

Cette fois-ci, ce furent les guerriers qui s'avancèrent. Et pas seulement une centaine. *Cinq cents*, jaugea Jon Snow tandis qu'ils sortaient du couvert des arbres, *peut-être même un millier.* Un sur dix allait sur sa monture, mais tous venaient armés. En travers du dos ils portaient des boucliers d'osier ronds, tendus de peaux et de cuir bouilli, arborant des images peintes de

serpents et d'araignées, de têtes tranchées, de massues sanglantes, de crânes fracassés et de démons. Certains étaient affu-
blés d'acier volé, de pièces d'armure disparates et cabossées
récupérées sur les cadavres de patrouilleurs tués. D'autres
s'étaient caparaçonnés d'ossements, à la manière de Clinquefrac. Tous portaient des fourrures et du cuir.

Ils avaient avec eux des piqueuses, dont les longues chevelures flottaient librement. Jon ne pouvait les regarder sans se
remémorer Ygrid : le reflet du feu dans ses cheveux, l'expression de son visage lorsqu'elle s'était dévêtue pour lui dans la
grotte, le son de sa voix. « T'y connais rien, Jon Snow », lui
avait-elle cent fois répété.

*Ça demeure aussi vrai maintenant que ça l'était alors.* « Tu
aurais pu envoyer les femmes en premier, dit-il à Tormund.
Les mères et les jeunes filles. »

Le sauvageon lui lança un regard madré. « Ouais, j'aurais
pu. Comme tes corbacs auraient pu décider de fermer la porte.
Que'q' guerriers de l'autre côté, ma foi, les portes restent
ouvertes, comme ça, pas vrai ? » Il sourit. « J' l'ai acheté, ton
foutu canasson, Jon Snow. Ça veut pas dire que j' vais pas lui
compter les dents. Mais va pas croire que moi et les miens, on
aurait pas confiance en toi. On a autant confiance en toi que
toi en nous. » Il poussa un renâclement. « T'en voulais, des
guerriers, non ? Eh ben, les voilà. Chacun vaut six de tes noirs
corbacs. »

Jon ne put qu'en sourire. « Tant que vous réservez ces armes
à notre ennemi commun, je suis satisfait.

— J't'ai donné ma parole là-d'sus, non ? La parole de Tormund Fléau-d'Ogres. Solide comme le fer, qu'elle est. » Il se
tourna pour cracher par terre.

Au sein du flot de guerriers se trouvaient les pères de bien
des otages de Jon. Certains le regardaient au passage avec des
yeux froids et noirs, leurs doigts jouant avec la poignée de leur
épée. D'autres lui souriaient comme une famille perdue depuis
longtemps, bien que certains de ces sourires affectassent Jon
Snow plus que n'importe quel regard mauvais. Aucun ne plia
le genou, mais beaucoup lui prêtèrent serment. « Ce qu'a juré
Tormund, je le jure », déclara Brogg, un homme taciturne aux

cheveux noirs. Soren Fend-l'Écu inclina la tête d'un pouce et gronda : « La hache de Soren est à vous, Jon Snow, si jamais vous en avez le besoin. » Gerrick Sangderoi avec sa barbe rousse amena trois filles. « Elles f'ront d'excellentes épouses et donneront à leurs maris d' vigoureux fils de sang royal, fanfaronna-t-il. Comme leur père, elles descendent de Raymun Barberouge, qu'a été Roi d'au-delà du Mur. »

Le sang signifiait tant et moins, au sein du peuple libre, Jon le savait. Ygrid le lui avait enseigné. Les filles de Gerrick avaient en commun avec elle des cheveux rouge flamme, bien que ceux d'Ygrid eussent formé une masse de boucles, alors que les leurs pendaient longs et raides. *Le baiser du feu.* « Trois princesses, toutes plus charmantes les unes que les autres, répondit-il à leur père. Je veillerai à ce qu'elles soient présentées à la reine. » Selyse Baratheon les aimerait davantage qu'elle n'avait apprécié Val, soupçonnait-il ; elles étaient plus jeunes et considérablement plus intimidées. *Assez accortes d'apparence, mais leur père paraît bien sot.*

Howd l'Errant prononça son serment sur son épée, une pièce de fer piquetée et ébréchée comme Jon n'en avait jamais vu de pareille. Devyn Écorchephoque lui offrit un couvre-chef en peau de phoque, Harle le Veneur un collier de griffes d'ours. Morna la guerrière sorcière retira son masque de barral juste le temps de baiser sa main gantée et de jurer d'être son homme lige, ou sa femme lige, comme il le préférerait. Et ainsi de suite, encore et encore.

Au passage, chaque guerrier se dépouillait de ses trésors et les jetait dans un des chariots que les intendants avaient placés devant la porte. Pendentifs d'ambre, torques en or, poignards sertis de pierreries, broches d'argent ornées de joyaux, bracelets, bagues, coupes niellées et hanaps dorés, trompes de guerre et cornes à boire, un peigne en jade vert, un collier de perles d'eau douce… tout cela cédé et dûment enregistré par Bowen Marsh. Un homme se délesta d'une tunique d'écailles d'argent qu'on avait assurément ouvrée à l'intention de quelque grand seigneur. Un autre présenta une épée brisée portant trois saphirs sur la garde.

Et il y avait des objets plus étranges : un mammouth jouet fabriqué en véritable poil de mammouth, un phallus d'ivoire, un casque élaboré avec un crâne de licorne, corne comprise. Combien de nourriture de tels objets paieraient-ils dans les Cités libres, Jon Snow eût été incapable de le dire.

Après les cavaliers vinrent les hommes de la Grève glacée. Jon regarda rouler devant lui une douzaine de leurs grands chariots en os, un par un, dans un fracas qui rappelait Clinquefrac. La moitié continuait à rouler comme auparavant ; d'autres avaient remplacé leurs roues par des patins. Ils glissaient en douceur sur les congères, tandis que les chariots à roues s'enlisaient et s'enfonçaient.

Les chiens qui tiraient les chariots étaient d'impressionnants animaux, aussi grands que des loups géants. Les femmes étaient vêtues de peaux de phoque, certaines portaient des nourrissons à la mamelle. Les enfants plus âgés suivaient leurs mères et levaient vers Jon des yeux aussi sombres et durs que les pierres qu'ils serraient. Certains hommes arboraient sur leurs chapeaux des andouillers, et d'autres des défenses de morse. Les deux clans ne s'appréciaient pas, détecta rapidement Jon. Quelques rennes efflanqués fermaient la marche, les grands chiens claquant des mâchoires aux basques des retardataires.

« Méfie-toi de ceux-là, Jon Snow, le mit en garde Tormund. Un peuple de sauvages. Les hommes sont mauvais et les femmes sont pires. » Il prit une gourde sur sa selle et la tendit à Jon. « Tiens. Ça t' les fera peut-être paraître moins féroces. Et ça t' réchauffera pour la nuit. Non, vas-y, tu peux la garder. Bois un bon coup. »

Elle contenait un hydromel si puissant qu'il tira des larmes des yeux de Jon et lui vrilla des filaments de feu dans la poitrine. Il but une grande gorgée. « Tu es un brave homme, Tormund Marmot-d'Ogres. Pour un sauvageon.

— Meilleur qu' pas mal de monde, ça s' peut. Mais pas aussi bon qu' d'autres. »

Et toujours les sauvageons arrivaient, tandis que le soleil se traînait dans le ciel bleu lumineux. Juste avant midi, le mouvement se suspendit quand un char à bœuf se bloqua dans un coude à l'intérieur du tunnel. Jon Snow alla personnellement y regarder de plus près. Le chariot était désormais fermement coincé. Les hommes qui suivaient menaçaient de le débiter en morceaux et d'abattre le bœuf sur pied, tandis que le charretier et sa famille juraient de les tuer s'ils s'y aventuraient. Avec l'assistance de Tormund et de son fils Toregg, Jon réussit à éviter que les sauvageons n'en vinssent à faire couler le sang, mais il fallut pratiquement une heure avant que le passage ne soit rétabli.

« Z'avez besoin d'une porte plus grande, se plaignit Tormund auprès de Jon, en levant un regard morose vers le ciel, où venaient d'éclore quelques nuages. Ça va trop lentement, comme ça, bordel. Autant aspirer la Laiteuse avec un roseau. *Har*. Si j'avais le cor de Joramun. J'y soufflerais un bon coup, et on grimperait à travers les décombres.

— Mélisandre a brûlé le cor de Joramun.

— Ah ouais ? » Tormund se claqua la cuisse et hurla de rire. « Elle a brûlé c'te belle trompe ancienne, oui-da. C'est un péché, moi j' dis, foutre. Mille ans, qu'elle avait. On l'avait découverte dans une tombe de géant, et aucun d'entre nous avait jamais vu si grande trompe. Ça doit être pour ça que Mance a eu l'idée de te raconter que c'était celle de Joramun. Il voulait que vous autres corbacs croyiez qu'il avait en son pouvoir le moyen d' faire crouler votre foutu Mur à vos genoux. Mais le véritable cor, on l'a jamais trouvé, malgré tout c' qu'on a fouillé. Sinon, tous les agenouillés de vos Sept Couronnes auraient eu des morceaux de glace pour se rafraîchir leur vin durant tout l'été. »

Jon se retourna sur sa selle, sourcils froncés. *Et Joramun sonna du cor de l'Hiver et il réveilla les géants dans la terre.* Cette énorme trompe avec ses bandes de vieil or, incisées de runes anciennes... Mance Rayder lui avait-il menti, ou était-ce Tormund qui mentait à présent ? *Si le cor de Mance n'était qu'une feinte, où se cache la vraie trompe ?*

Dans l'après-midi, le soleil disparut, la journée vira au gris venteux. « Ciel de neige », prédit Tormund d'un air sinistre.

D'autres avaient lu le même présage dans ces plates nuées blanches. Il parut les inciter à se hâter. L'humeur commença à s'aigrir. Un homme fut poignardé alors qu'il essayait de se faufiler devant d'autres qui stationnaient dans la colonne depuis des heures. Toregg arracha le poignard à l'agresseur et extirpa les deux hommes de la presse pour les renvoyer au camp sauvageon et recommencer tout au début.

« Tormund, dit Jon en regardant quatre vieilles femmes tirer une pleine carriole d'enfants vers la porte, parle-moi de notre ennemi. Je voudrais savoir tout ce qu'on peut apprendre sur les Autres. »

Le sauvageon se frotta la bouche. « Pas ici, marmonna-t-il, pas de ce côté d' votre Mur. » Le vieil homme jeta un coup d'œil inquiet aux arbres dans leurs manteaux blancs. « Y sont jamais loin, tu sais. Y sortent pas le jour, pas quand not' vieux soleil brille, mais va pas t'imaginer qu' ça veut dire qu'y sont partis. Les ombres disparaissent jamais. Ça se peut que tu les voies pas, mais elles s'accrochent en permanence à tes talons.

— Vous ont-elles gênés, durant votre voyage vers le sud ?

— Elles sont jamais sorties en force, si c'est c' que tu veux dire, mais elles nous accompagnaient tout de même, en nous grignotant sur les bords. J'aime pas penser au nombre d'avant-coureurs qu'on a perdus ; rester à la traîne ou s'écarter du groupe, c'était un coup à y laisser la vie. À chaque tombée de la nuit, on encerclait nos campements de feux. Elles aiment pas trop le feu, sur ce point y a pas de doute. Mais avec l'arrivée des neiges… Certaines nuits, nos feux avaient l'air de se ratatiner et de crever. Les nuits comme ça, on trouvait toujours des morts, au matin. À moins qu'y te trouvent les premiers. La nuit où Torwynd… mon petit, il… » Tormund détourna la tête.

« Je sais », commenta Jon Snow.

Tormund retourna la tête. « T'y connais rien. Ouais, t'as tué un mort, j'ai entendu dire ça. Mance en a tué cent. On peut combattre les morts, mais quand arrivent leurs maîtres, quand se lèvent les brumes blanches… Comment tu combats *du brouillard*, corbac ? Des ombres avec des dents… un air si froid que t'as mal quand tu respires, comme un poignard en pleine poitrine… Tu sais rien, tu peux pas savoir… Ton épée, elle peut trancher *le froid* ? »

*Nous verrons bien*, se dit Jon, se remémorant ce que Sam lui avait révélé, ce qu'il avait déniché dans ses vieux bouquins. Grand-Griffe avait été forgée dans les feux de l'ancienne Valyria, forgée dans la flamme des dragons et chargée de sortilèges. *De l'acierdragon, comme l'appelait Sam. Plus solide que n'importe quel acier commun, plus léger, plus dur, plus acéré…* Mais des mots dans un livre étaient une chose. La véritable mise à l'épreuve viendrait lors de la bataille.

« Tu n'as pas tort, répondit Jon. Je ne sais pas. Et si les dieux sont bons, je ne saurai jamais.

— Les dieux sont rarement bons, Jon Snow. » Tormund indiqua le ciel d'un signe de tête. « Les nuages montent. Déjà, il fait plus froid, plus sombre. Ton Mur pleure plus. Regarde. » Il pivota pour appeler son fils, Toregg. « Repars au camp et secoue-les. Les malades et les blessés, les endormis et les poltrons, mets-les debout. Boute le feu à leurs tentes, au besoin. La porte doit se fermer à la tombée de la nuit. Tout homme qui n'aura pas passé le Mur à ce moment-là a intérêt à prier pour que les Autres le trouvent avant moi. C'est entendu ?

— Entendu. » Toregg donna du talon dans son cheval et remonta la colonne au galop.

Les sauvageons passaient, et passaient. Le jour s'assombrit, exactement comme l'avait annoncé Tormund. Des nuages nappèrent le ciel d'un horizon à l'autre, et la chaleur s'enfuit. On se bouscula davantage à la porte, quand des hommes, des chèvres et des taureaux cherchèrent à se faufiler les uns devant les autres. *C'est plus que de l'impatience*, comprit Jon. *Ils ont peur. Guerriers, piqueuses, pillards, ils ont peur de ces bois, des ombres qui se meuvent entre les arbres. Ils veulent placer le Mur entre eux, avant que la nuit ne tombe.*

Un flocon de neige dansa dans les airs. Puis un autre. *Dansez avec moi, Jon Snow*, pensa-t-il. *Vous allez danser avec moi, d'ici guère de temps.*

Et toujours les sauvageons se succédaient. Certains progressaient plus vite, à présent, se pressant pour traverser le champ de bataille. D'autres – les vieux, les jeunes, les faibles – parvenaient à peine à se mouvoir. Durant la matinée, le champ avait été couvert d'une épaisse couverture de vieille neige, dont la carapace blanche brillait au soleil. Désormais, le champ était brun, noir et boueux. Le passage du peuple libre avait changé le sol en gadoue et en glaise : les roues en bois des chariots et les sabots des chevaux, les patins d'os, de corne et de fer, les lourdes bottes, les sabots des cochons, des vaches et des taureaux, ceux, noirs et nus, du peuple des Pieds Cornés, tout cela avait laissé sa marque. La fange ralentissait encore davantage la colonne. « Il vous faut une porte plus grande », se plaignit Tormund derechef.

À la fin de l'après-midi, la neige tombait avec régularité, mais le fleuve de sauvageons s'était réduit à un ruisseau. Des colonnes de fumée montaient des arbres où s'était dressé leur camp. « Toregg, expliqua Tormund. Il brûle les morts. Y en a toujours qui s'endorment et se réveillent pas. On les retrouve dans leurs tentes, ceux qu'en ont une, recroquevillés et gelés. Toregg sait c' qu'y faut faire. »

Le temps que Toregg émerge du bois, le ruisseau ne donnait plus qu'un filet. À ses côtés chevauchaient une douzaine de guerriers armés de piques et d'épées. « Mon arrière-garde, dit Tormund avec un sourire qui exposa les trous de sa dentition. Zavez des patrouilleurs, chez les corbacs. On en a aussi. Eux, je les ai laissés au camp, au cas où on serait attaqués avant d'être tous partis.

— Tes meilleurs hommes.

— Ou les pires. Chacun de ceux-là a tué un corbac. »

Au sein des cavaliers, un homme avançait à pied, un animal énorme trottant sur ses talons. *Un sanglier*, comprit Jon. *Un monstrueux sanglier.* Deux fois plus grosse que Fantôme, la créature était couverte d'un crin rude et noir et portait des défenses longues comme un bras d'homme. Jon n'avait jamais vu sanglier si gigantesque ni si laid. L'homme près de lui n'avait rien non plus d'une beauté ; massif, le sourcil noir, il avait le nez épaté, la bajoue lourde, assombrie de poil mal rasé, des yeux petits, noirs et rapprochés.

« Borroq. » Tormund détourna la tête pour cracher.

« Un change-peau. » Ce n'était pas une question. Sans concevoir comment, Jon le savait.

Fantôme tourna la tête. La neige en tombant avait masqué l'odeur du sanglier, mais à présent le loup l'avait flairé. Il s'avança devant son maître, les crocs découverts en un grondement silencieux.

« *Non !* coupa Jon. Fantôme, aux pieds. Reste ici. *Reste !*

— Les sangliers et les loups, commenta Tormund. Vaudrait mieux garder ta bestiole sous clé, cette nuit. Je veillerai à c' que Borroq en fasse autant avec son goret. » Il leva les yeux vers le ciel qui s'obscurcissait. « C'est les derniers, et c'est pas trop tôt. Y va neiger toute la nuit, j' le sens. S'rait temps que j'aille jeter un coup d'œil à c' qu'y a, de l'autre côté de toute c'te glace.

— Passe devant, lui indiqua Jon. J'ai l'intention d'être le dernier à traverser la glace. Je te rejoindrai au banquet.

— Banquet ? *Har !* En voilà, un mot que j'aime entendre. » Le sauvageon tourna son poney vers le Mur et lui claqua la croupe. Toregg et ses cavaliers suivirent, mettant pied à terre devant la porte pour guider leurs montures durant la traversée. Bowen Marsh s'attarda le temps de superviser ses intendants qui halaient les derniers chariots dans le tunnel. Il ne resta plus que Jon Snow et ses gardes.

Le change-peau s'arrêta à dix pas de là. Son monstre grattait la boue du sabot en soufflant par les naseaux. Un saupoudrage de neige couvrait le dos noir et bossu de la bête. Il renâcla et baissa la hure et, pendant la moitié d'un battement de cœur, Jon eut l'impression qu'il allait charger. De part et d'autre de lui, ses hommes couchèrent leurs piques.

« Frère, dit Borroq.

— Tu ferais mieux de continuer. Nous allons fermer la porte.

— Fais-le, commenta Borroq. Ferme-la bien et verrouille-la. Ils arrivent, corbac. » Il afficha un des plus laids sourires qu'ait jamais vus Jon, et se dirigea vers la porte. Le sanglier avança à sa suite. La neige en tombant couvrait leurs traces derrière eux.

« C'est fini, alors », commenta Rory quand ils eurent disparu. *Non*, se dit Jon Snow, *ça ne fait que commencer.*

Bowen Marsh l'attendait au sud du Mur, avec une tablette couverte de chiffres. « Trois mille cent et dix-neuf sauvageons ont franchi la porte ce jour, lui annonça le lord Intendant. Soixante de vos otages ont été envoyés à Fort-Levant et à Tour Ombreuse après avoir été nourris. Edd Tallett a ramené six chariots de femmes vers Longtertre. Le reste demeure avec nous.

— Pas pour longtemps, lui promit Jon. Tormund a l'intention de conduire ses hommes jusqu'à Bouclier de Chêne dans un jour ou deux. Le reste suivra, dès que nous aurons décidé de leur destination.

— À vos ordres, lord Snow. » Le ton était raide. Il suggérait que Bowen Marsh savait où il les aurait envoyés, lui.

Le château auquel revint Jon ne ressemblait guère à celui qu'il avait quitté ce matin-là. Depuis qu'il le connaissait, Châteaunoir avait été un lieu de silence et d'ombres, où une maigre compagnie d'hommes en noir se déplaçaient comme des fantômes dans les ruines d'une forteresse qui avait jadis abrité dix fois leurs effectifs. Tout cela avait changé. À présent, des lumières brillaient à des fenêtres où jamais Jon Snow n'avait vu briller de lueur. Des voix inconnues résonnaient dans les cours, et le peuple libre allait et venait sur des sentiers verglacés qui n'avaient connu, depuis des années, que les bottes noires des corbacs. Devant le vieux baraquement de Flint, il croisa une douzaine d'hommes qui se lançaient de la neige. *Ils jouent*, songea Jon avec stupeur, *des adultes qui jouent comme des enfants, à se jeter des boules de neige, comme le faisaient Bran et Arya, dans le temps, et Robb et moi avant eux.*

L'ombre et le silence continuaient à régner dans la vieille armurerie de Donal Noye, toutefois, et plus encore dans les appartements de Jon, à l'arrière de la forge froide. Mais à peine eut-il retiré sa cape que Dannel passa la tête par la porte pour annoncer que Clydas apportait un message.

« Fais-le entrer. » Jon alluma une lampe avec un charbon ardent de son brasero et trois chandelles avec la lampe.

Clydas entra, tout rose et clignant les paupières, le parchemin serré dans une main douce. « Pardonnez-moi, lord Commandant. Vous devez être exténué, je le sais, mais j'ai pensé que vous voudriez voir ceci tout de suite.

— Vous avez bien fait. » Jon lut :

*À Durlieu, avec six navires. Mers démontées.* Merle *perdu avec tout l'équipage, deux vaisseaux lysiens échoués sur Skane, voies d'eau dans la* Serre. *Situation très mauvaise ici. Sauvageons mangent leurs morts. Créatures mortes dans les bois. Capitaines braaviens ne prennent à bord que femmes et enfants. Avons été traités d'esclavagistes par sorcières. Tentative de prendre à l'abordage* Corbeau des Tempêtes *repoussée, six membres d'équipage morts, nombreux sauvageons. Plus que huit corbeaux. Créatures mortes dans l'eau. Envoyez secours par voie de terre, mers ravagées par tempêtes. De la* Serre, *par la main de mestre Harmune.*

Cotter Pyke avait apposé au-dessous sa marque furibonde.

« Est-ce grave, messire ? demanda Clydas.

— Assez, oui. » *Créatures mortes dans les bois. Créatures mortes dans l'eau. Six vaisseaux rescapés, sur les onze qui avaient pris la mer.* Jon Snow enroula le parchemin, la mine sombre. *La nuit tombe*, conclut-il, *et voici que ma guerre commence.*

# LE CHEVALIER ÉCARTÉ

« *Agenouillez-vous tous devant Sa Magnificence Hizdahr zo Loraq, quatorzième de ce Noble Nom, roi de Meereen, fils de Ghis, Octarque de l'Ancien Empire, Maître de la Skahazadhan, Consort des Dragons et Sang de la Harpie* », rugit le héraut. Sa voix se répercuta contre le sol de marbre et sonna entre les colonnes.

Ser Barristan Selmy glissa une main sous les replis de sa cape et libéra son épée dans son fourreau. On n'autorisait aucune lame en présence du roi, sinon celles de ses protecteurs. Il semblait qu'il comptât encore dans ce nombre, en dépit de son renvoi. Personne n'avait tenté de lui retirer son épée, en tout cas.

Daenerys Targaryen avait préféré donner audience sur un banc d'ébène poli, lisse et simple, couvert des coussins trouvés par ser Barristan afin de le rendre plus confortable. Le roi Hizdahr avait remplacé le banc par deux imposants trônes en bois doré, aux hauts dossiers sculptés en forme de dragons. Le roi siégeait dans le trône de droite, une couronne d'or sur la tête et un sceptre orné de joyaux dans une main pâle. Le deuxième trône demeurait vacant.

*Le trône important*, songea ser Barristan. *Aucun siège dragon ne peut remplacer un dragon, aussi alambiquées que soient ses ornementations.*

À la droite des trônes jumeaux se dressait Goghor le Géant, un énorme bloc humain, au visage brutal et balafré. À gauche,

183

on trouvait le Félin moucheté, une peau de léopard jetée en travers d'une épaule. En retrait derrière eux, Belaquo Briseur-d'os et Khrazz avec ses yeux froids. *Tous des tueurs expérimentés,* estima Selmy, *mais c'est une chose d'affronter dans l'arène un ennemi dont on annonce l'arrivée au son des trompes et des tambours, et une autre de repérer un tueur caché avant qu'il ne puisse frapper.*

Le jour tout neuf était frais, et pourtant ser Barristan se sentait éreinté, comme s'il avait combattu toute la nuit. Plus il vieillissait et moins il semblait requérir de sommeil. Au temps où il était écuyer, il pouvait dormir dix heures par nuit et bâiller encore en entrant d'un pas trébuchant sur la lice d'entraînement. À trente et six ans, il découvrait que cinq heures par nuit lui suffisaient amplement. La nuit précédente, à peine avait-il dormi. Sa chambre à coucher était un simple réduit jouxtant les appartements de la reine ; des quartiers d'esclaves, à l'origine. Ses meubles comprenaient un lit, un pot de chambre, une garde-robe pour ses vêtements, et même une chaise, si l'envie de s'asseoir le prenait. Sur une table de chevet, il conservait une chandelle en cire d'abeille et une petite sculpture du Guerrier. Bien qu'il ne fût pas un homme pieux, la figurine l'aidait à se sentir moins seul dans cette bizarre cité étrangère, et c'était vers elle qu'il se tournait, aux veilles obscures de la nuit. *Protège-moi de ces doutes qui me rongent,* avait-il prié, *et donne-moi la force d'accomplir ce qui est juste.* Mais ni la prière ni l'aube ne lui avaient apporté de certitude.

Le vieux chevalier trouva la salle tout aussi bondée qu'à l'ordinaire, mais ce furent surtout les visages absents que Barristan Selmy remarqua : Missandei, Belwas, Ver Gris, Aggo, Jhogo et Rakharo, Irri et Jhiqui, Daario Naharis. La place dévolue au Crâne-ras était occupée par un gros homme portant cuirasse musculaire et masque de lion, ses lourdes jambes dépassant d'une jupe de lanières en cuir : Marghaz zo Loraq, cousin du roi et nouveau commandant des Bêtes d'Airain. Selmy avait déjà conçu un solide mépris à l'encontre de l'homme. Il avait connu ses pareils, à Port-Réal – flagorneur vis-à-vis de ses supérieurs, cassant avec les inférieurs, aussi aveugle que prétentieux, et par trop bouffi d'orgueil.

*Skahaz pourrait être dans la salle, lui aussi,* s'aperçut Selmy, *sa vilaine trogne dissimulée derrière un masque.* Une quarantaine de Bêtes d'Airain se tenaient entre les colonnes, la lumière des torches flamboyant sur le bronze poli de leurs masques. Le Crâne-ras pourrait être n'importe laquelle d'entre elles.

La salle bruissait du brouhaha de cent voix basses, résonnant entre les piliers et le sol de marbre. La tonalité générale était menaçante, irritée. Elle rappelait à Selmy le bourdonnement d'un nid de frelons un instant avant que tout l'essaim n'en jaillisse. Et sur les visages de la foule, il lisait la colère, le chagrin, le soupçon, la peur.

À peine le héraut du roi eut-il rappelé la cour à l'ordre que le sordide commença. Une femme entreprit de se lamenter sur un frère qui était mort dans l'arène de Daznak, une autre sur les dégâts subis par son palanquin. Un gros homme arracha ses bandages pour exhiber à la cour son bras brûlé, et l'endroit où la chair encore à vif suppurait. Et quand un homme en *tokar* bleu et or se mit à parler d'Harghaz le Héros, un affranchi derrière lui le bouscula pour le précipiter au sol. Il fallut six Bêtes d'Airain pour les séparer et les entraîner hors de la salle. *Renard, faucon, otarie, sauterelle, lion et crapaud.* Selmy se demanda si les masques revêtaient pour ceux qui les portaient une signification particulière. Les mêmes hommes reprenaient-ils chaque jour les mêmes masques, ou changeaient-ils chaque matin de visage ?

« Silence ! adjurait Reznak mo Reznak. « Je vous en prie ! Je vous répondrai pour peu que vous…

— Est-ce vrai ? s'écria une affranchie. Est-ce que notre mère est morte ?

— Non, non, non, piailla Reznak. La reine Daenerys rentrera à Meereen en temps et en heure, dans toute sa puissance et sa majesté. Dans l'intervalle, Son Excellence le roi Hizdahr se…

— Il n'est pas mon roi », s'exclama un affranchi.

Une bousculade éclata parmi les hommes. « *La reine n'est pas morte,* proclama le sénéchal. Ses Sang-coureurs ont été dépêchés sur l'autre rive de la Skahazadhan afin de retrouver Sa Grâce et de la rendre à son seigneur aimant et à ses loyaux sujets. Chacun dispose de dix cavaliers d'élite, et chaque homme de trois chevaux rapides, afin de voyager vite et loin. Nous retrouverons la reine Daenerys. »

Un Ghiscari de haute taille en robe de brocart prit ensuite la parole, d'une voix aussi sonore que glacée. Le roi Hizdahr changea de position sur son trône dragon, affichant un visage de marbre tandis qu'il s'efforçait de son mieux de paraître concerné, mais calme. Une fois de plus, ce fut son sénéchal qui répondit.

Ser Barristan laissa les paroles onctueuses de Reznak glisser sur lui. Ses années dans la Garde Royale lui avaient enseigné la technique d'écouter sans entendre, particulièrement utile lorsque l'orateur s'évertuait à prouver que les mots n'étaient que du vent. Au fond de la salle, il aperçut le petit prince de Dorne et ses deux compagnons. *Jamais ils n'auraient dû venir. Martell n'a aucune conscience du danger. Daenerys était sa seule amie à la cour, et elle n'est plus là.* Il se demanda s'ils comprenaient ce qui se disait. Même lui n'arrivait pas toujours à démêler le sens de la langue ghiscarie bâtarde que parlaient les esclavagistes, en particulier quand le débit était rapide.

Le prince Quentyn écoutait avec attention, cependant. *Celui-là est bien le fils de son père.* Court et trapu, banal de visage, il semblait un bon garçon, mesuré, raisonnable, obéissant… mais pas le genre qui fait battre plus vite le cœur d'une jeune fille. Et Daenerys Targaryen, quoi qu'elle pût être par ailleurs, était encore une jeune femme, comme elle l'affirmait elle-même quand il lui plaisait de jouer l'innocence. Comme toutes les bonnes reines, elle plaçait son peuple au premier plan – sinon, elle n'aurait jamais épousé Hizdahr zo Loraq – mais la jouvencelle en elle continuait d'avoir faim de poésie, de passion et de rire. *Elle désire le feu, et Dorne lui envoie de la boue.*

Avec de la boue, on pouvait faire une compresse pour calmer une fièvre. Dans la boue, on pouvait planter des graines et faire pousser une récolte pour nourrir ses enfants. La boue nourrissait quand le feu ne savait que consumer, mais immanquablement les sots, les enfants et les jeunes filles préféraient le feu.

Derrière le prince, ser Gerris Boisleau chuchotait quelque chose à Ferboys. Ser Gerris était tout ce que son prince n'était pas : grand, svelte, séduisant, la grâce du bretteur et l'esprit du courtisan. Selmy n'en doutait pas, plus d'une jeune Dornienne avait passé les doigts dans ces cheveux blondis par le soleil et chassé ce sourire narquois de ses lèvres à force de baisers. *Si celui-là avait été le prince, les choses auraient pu tourner autrement*, ne put-il s'empêcher de penser… mais Boisleau avait un peu trop de charme à son goût. *Monnaie contrefaite*, jugeait le vieux chevalier. Il avait connu de tels hommes dans le passé.

Ce qu'il murmurait devait être amusant, car son massif ami chauve étouffa un soudain pouffement, assez sonore pour que le roi lui-même tournât la tête vers les Dorniens. En voyant le prince, Hizdahr zo Loraq se rembrunit.

Cette moue ne plut guère à ser Barristan. Et quand le roi fit signe à son cousin Marghaz d'approcher, qu'il se pencha pour lui chuchoter à l'oreille, cela lui plut encore moins.

*Je n'ai pas prêté serment à Dorne*, se répéta-t-il. Mais Lewyn Martell avait été son Frère juré, au temps où les liens dans la Garde Royale s'ancraient encore profondément. *Je n'ai pas pu aider le prince Lewyn au Trident, mais je peux à présent aider son neveu*. Martell dansait sur un nid de vipères, sans même voir les serpents. Sa présence prolongée ici, même après que Daenerys s'était donnée à un autre sous le regard des dieux et des hommes, aurait ulcéré n'importe quel époux, et la reine n'était plus là pour protéger Quentyn du courroux d'Hizdahr. *Cependant…*

L'idée le frappa comme une gifle en plein visage. Quentyn avait grandi à la cour de Dorne. Complots et poisons ne lui étaient pas étrangers. Et le prince Lewyn n'était pas son unique oncle. *Il est parent de la Vipère Rouge*. Daenerys en avait pris un autre pour consort, mais, si Hizdahr périssait, elle serait libre de se marier de nouveau. *Le Crâne-ras aurait-il pu se tromper ? Qui pouvait dire si les sauterelles visaient Daenerys ? La loge appartenait au roi. Et s'il avait été la victime prévue depuis le début ?* La mort d'Hizdahr aurait rompu la paix fragile. Les Fils de la Harpie auraient repris leurs meurtres, les Yunkaïis leur guerre. Daenerys aurait pu ne plus avoir de meilleur choix que Quentyn et son pacte de mariage.

Ser Barristan luttait encore contre ce soupçon quand il entendit le son de lourdes bottes gravir les abrupts degrés de pierre au fond de la salle. Les Yunkaïis étaient arrivés. Trois des Judicieux conduisaient la procession venue de la Cité Jaune, chacun avec sa suite en armes. Un esclavagiste portait un *tokar* de soie bordeaux frangé d'or, un autre un *tokar* rayé fauve et orange, le troisième une cuirasse ornementée de scènes érotiques ouvragées en jade et en nacre. Le capitaine mercenaire Barbesang les accompagnait, une besace en cuir jetée en travers d'une puissante épaule, et une expression de satisfaction et de meurtre au visage.

*Pas de Prince en Guenilles*, nota Selmy. *Ni Brun Ben Prünh.* Ser Barristan jaugea Barbesang avec calme. *Donne-moi la moitié d'un prétexte pour danser avec toi, et nous verrons qui rira le dernier.*

Reznak mo Reznak se faufila en avant. « Judicieux, votre présence nous honore. Sa Splendeur le roi Hizdahr souhaite la bienvenue à ses amis de Yunkaï. Nous avons cru comprendre…

— Comprends ceci. » Barbesang tira de son sac une tête tranchée et la jeta au sénéchal.

Reznak poussa un glapissement de peur et sauta de côté. La tête rebondit et continua à rouler, semant des gouttelettes de sang sur le sol de marbre mauve, pour aller s'arrêter au pied du trône dragon du roi Hizdahr. À travers toute la salle, des Bêtes d'Airain couchèrent leurs lances. Goghor le Géant vint s'interposer d'un pas lourd devant le trône du roi, et le Félin moucheté et Khrazz se campèrent de part et d'autre de lui afin de dresser un rempart.

Barbesang s'esclaffa. « Il est mort. Il vous mordra pas. »

Prudemment, très prudemment, le sénéchal approcha de la tête et la souleva avec délicatesse par ses cheveux. « L'amiral Groleo. »

Ser Barristan jeta un coup d'œil vers le trône. Il avait servi sous tant de rois qu'il ne put se retenir d'imaginer la réaction probable de chacun à une telle provocation. Aerys se serait rétracté dans un frémissement d'horreur, se blessant sans doute aux pointes du trône de Fer, puis il aurait hurlé à ses hommes d'armes de tailler les Yunkaïis en pièces. Robert aurait réclamé sa masse de bataille pour infliger à Barbesang le même sort.

Même Jaehaerys, que beaucoup jugeaient faible, aurait ordonné l'arrestation de Barbesang et des esclavagistes yunkaïis.

Hizdahr resta figé, un homme pétrifié. Reznak déposa la tête sur un coussin de satin aux pieds du roi, puis s'écarta précipitamment, sa bouche tordue par une moue de dégoût. À plusieurs pas de lui, ser Barristan sentait le lourd parfum floral du sénéchal.

Le mort levait des yeux chargés de reproche. Du sang séché lui brunissait la barbe, mais un filet rouge continuait à suinter de son cou. À le regarder, il avait fallu plus d'un coup pour séparer sa tête de son corps. Au fond de la salle, les pétitionnaires commençaient à s'éclipser. Une des Bêtes d'Airain arracha son masque de faucon en bronze et se mit à vomir son petit déjeuner.

Barristan Selmy n'était pas étranger aux chefs tranchés. Celui-ci, cependant... Il avait traversé la moitié du monde avec ce vieil arpenteur des océans, de Pentos jusqu'à Qarth, et de nouveau jusqu'à Astapor. *Groleo était un brave homme. Il ne méritait pas une telle fin. Tout ce qu'il souhaitait, c'était rentrer chez lui.* Le chevalier se tendit, aux aguets.

« Ceci, déclara enfin le roi Hizdahr, ce n'est pas... Nous ne sommes pas contents, ce... Que signifie ce... ce... »

L'esclavagiste en *tokar* bordeaux présenta un parchemin. « J'ai l'honneur d'être porteur de ce message de la part du conseil des maîtres. » Il déploya le rouleau. « Il est ici inscrit : *Sept sont entrés à Meereen pour signer les accords de paix et assister dans l'Arène de Daznak aux jeux de célébration. Pour garantie de leur sécurité, sept otages nous ont été confiés. La Cité Jaune pleure son noble fils, Yurkhaz zo Yunzak, qui a péri de cruelle façon alors qu'il était l'hôte de Meereen. Le sang doit payer le sang.* »

À Pentos, Groleo avait une épouse. Des enfants, des petits-enfants. *Pourquoi lui, entre tous les otages ?* Jhogo, Héro et Daario Naharis avaient tous des combattants sous leurs ordres, mais Groleo avait été un amiral sans flotte. *Ont-ils tiré à la courte paille, ou ont-ils jugé Groleo le moins précieux pour nous, le moins susceptible de provoquer des représailles ?* s'interrogea le chevalier... il était cependant plus facile de poser la question que d'y répondre. *Je n'ai aucun talent pour démêler de tels nœuds.*

« Votre Grâce, lança ser Barristan. S'il vous plaît de vous souvenir, le noble Yurkhaz est mort par accident. Il a trébuché sur les marches en essayant de fuir le dragon et a été piétiné par ses propres esclaves et compagnons. Cela, ou son cœur a lâché sous l'empire de la terreur. Il était vieux.

— Qui est cet homme, qui parle sans la permission du roi ? » demanda le seigneur yunkaïi en *tokar* rayé, un petit homme au menton fuyant et aux dents trop grandes pour sa bouche. Selmy lui trouvait une mine de lapin. « Les seigneurs de Yunkaï doivent-ils écouter divaguer des gardes ? » Il secoua les perles qui frangeaient son *tokar*.

Hizdahr zo Loraq semblait incapable de détacher ses yeux de la tête. Ce fut seulement quand Reznak lui chuchota quelques mots à l'oreille qu'il se reprit enfin. « Yurkhaz zo Yunzak était votre commandant suprême, dit-il. Lequel d'entre vous parle au nom de Yunkaï, désormais ?

— Nous tous, riposta le lapin. Le conseil des maîtres. »

Le roi Hizdahr recouvra quelque acier dans son attitude. « Alors, vous portez tous la responsabilité de ce viol de notre paix. »

Le Yunkaï cuirassé en répondit : « Notre paix n'a pas été violée. Le sang paie pour le sang, une vie pour une autre. Afin de démontrer notre bonne foi, nous vous restituons trois de vos otages. » Les rangées de fer s'écartèrent derrière lui. On fit avancer trois Meereeniens, qui retenaient leurs *tokars* – deux femmes et un homme.

« Ma sœur, commenta avec raideur Hizdahr zo Loraq. Cousins. » Il désigna d'un geste la tête qui saignait. « Retirez ceci de notre vue.

— L'amiral était un homme de la mer, lui rappela ser Barristan. Peut-être Votre Magnificence pourrait-elle demander aux Yunkaïis de nous restituer son corps, afin que nous puissions l'ensevelir sous les vagues ? »

Le seigneur aux dents de lapin agita une main. « Si tel est le bon plaisir de Votre Splendeur, il en sera fait ainsi. En gage de notre respect. »

Reznak mo Reznak s'éclaircit bruyamment la gorge. « Sans vouloir vous offenser, il me semble toutefois que Son Excellence la reine Daenerys Targaryen vous a confié, euh... sept otages. Les trois autres...

— Les autres resteront nos hôtes, annonça le seigneur yunkaïi cuirassé, jusqu'à ce que les dragons aient été détruits. »

Un silence s'abattit sur la salle. Puis montèrent des murmures et des chuchotements, des jurons marmonnés, des prières susurrées, l'agitation des frelons dans leur ruche. « Les dragons..., commença le roi Hizdahr.

— ... sont des monstres, ainsi que chacun l'a vu, dans l'arène de Daznak. Aucune paix véritable n'est possible tant qu'ils vivront.

— Sa Magnificence la reine Daenerys est Mère des Dragons. Elle seule peut... »

Le mépris de Barbesang lui coupa la parole. « Elle n'est plus. Brûlée, dévorée. Des herbes folles poussent dans son crâne fracturé. »

Un rugissement salua ces mots. Certains commencèrent à lancer des cris et des jurons. D'autres frappèrent du pied, sifflant en signe d'approbation. Il fallut le choc des manches de piques des Bêtes d'Airain contre le sol pour que la salle retrouvât le silence.

Pas une seconde ser Barristan ne détacha les yeux de Barbesang. *Il est venu dans le but de piller une ville, et la paix d'Hizdahr l'a floué de son butin. Il fera tout son possible pour provoquer le bain de sang.*

Hizdahr zo Loraq se leva lentement de son trône dragon. « Je dois consulter mon conseil. Cette audience est levée.

— *Agenouillez-vous tous devant Sa Magnificence Hizdahr zo Loraq, quatorzième de ce Noble Nom, roi de Meereen, fils de Ghis, Octarque de l'Ancien Empire, Maître de la Skahazadhan, Consort des Dragons et Sang de la Harpie* », clama le héraut. Des Bêtes d'Airain pivotèrent entre les colonnes pour former une ligne, puis commencèrent à avancer lentement au pas cadencé, faisant sortir de la salle les pétitionnaires.

Les Dorniens eurent moins de chemin à parcourir que d'autres. Ainsi qu'il convenait à son rang et à sa station, Quentyn Martell

avait obtenu des appartements à l'intérieur de la Grande Pyramide, deux niveaux plus bas – une suite splendide avec son
propre cabinet d'aisances et une terrasse ceinturée de murs.
Peut-être était-ce pour cette raison qu'il s'attarda avec ses compagnons, attendant que la cohue se fût éclaircie avant de prendre
le chemin de l'escalier.

Ser Barristan les observa, méditatif. *Que voudrait Daenerys ?*
se demanda-t-il. Il pensait le savoir. Le vieux chevalier traversa
la salle d'un pas déterminé, sa longue cape blanche se balançant
derrière lui. Il rattrapa les Dorniens au sommet des marches. « La
cour de votre père n'a jamais été moitié si animée, entendit-il
Boisleau plaisanter.

— Prince Quentyn, appela Selmy. Puis-je solliciter un mot ? »

Quentyn Martell se retourna. « Ser Barristan. Bien entendu.
Mes appartements se trouvent au niveau inférieur.

*Non.* « Il ne m'appartient pas de vous conseiller, prince
Quentyn… Mais à votre place, je ne regagnerais point mes appartements. Vos amis et vous devriez descendre l'escalier et vous en
aller. »

Le prince Quentyn écarquilla les yeux. « M'en aller de la
pyramide ?

— De la ville. Rentrer à Dorne. »

Les Dorniens se regardèrent. « Nos armes et armures sont
restées dans nos appartements, déclara Gerris Boisleau. Sans
parler de l'essentiel de l'argent que nous possédons encore.

— Une épée se remplace, fit valoir ser Barristan. Je peux
vous fournir assez d'argent pour la traversée jusqu'à Dorne.
Prince Quentyn, le roi a noté votre présence, aujourd'hui. Il a
froncé les sourcils. »

Gerris Boisleau rit. « Devrions-nous avoir peur d'Hizdahr zo
Loraq ? Vous l'avez vu, à l'instant. Il tremblait devant les
Yunkaïis. Ils lui ont envoyé *une tête*, et il n'a rien fait. »

Quentyn Martell opina. « Un prince est bien avisé de réfléchir
avant d'agir. Ce roi… je ne sais que penser de lui. La reine
aussi m'a mis en garde contre lui, c'est vrai, mais…

— Elle vous a mis en garde ? » Selmy fronça les sourcils.
« Que faites-vous encore ici ? »

Le prince Quentyn rougit. « Le pacte de mariage…

— … a été conclu entre deux morts et ne contenait pas un mot sur la reine et sur vous. Il promettait la main de votre sœur au frère de la reine, un autre mort. Il n'a aucune valeur. Jusqu'à votre arrivée ici, Sa Grâce en ignorait l'existence. Votre père sait bien garder ses secrets, prince Quentyn. Trop bien, je le crains. Si la reine avait connu à Qarth l'existence de ce pacte, elle aurait pu ne jamais se détourner vers la baie des Serfs, mais vous êtes venu trop tard. Je n'ai aucune envie de frotter de sel vos plaies, pourtant Sa Grâce a un nouvel époux et un ancien *amant de cœur*, et semble les préférer tous deux à vous. »

La colère fulgura dans les yeux sombres du prince. « Le nobliau ghiscari n'est pas un consort digne de la reine des Sept Couronnes.

— Il ne vous appartient pas de juger. » Ser Barristan s'interrompit, en se demandant s'il n'en avait pas déjà trop dit. *Non. Dis-lui le reste.* « L'autre jour, dans l'arène de Daznak, une partie de la nourriture dans la loge royale était empoisonnée. C'est pur hasard si Belwas le Fort a tout mangé. Les Grâces Bleues disent que seules sa taille et sa force monstrueuses l'ont sauvé, mais il s'en est fallu de peu. Il pourrait encore mourir. »

Sur le visage du prince Quentyn, le choc était manifeste. « Du poison… à l'intention de Daenerys ?

— D'elle ou d'Hizdahr. Des deux, peut-être. Mais la loge était celle de Sa Grâce le roi. Il a procédé à tous les arrangements. Si le poison venait de lui… ma foi, il aura besoin d'un bouc émissaire. Qui de mieux qu'un rival venu d'un pays lointain, sans aucun ami à la cour ? Qui de mieux qu'un soupirant éconduit par la reine ? »

Quentyn Martell blêmit. « *Moi ?* Jamais je ne… vous ne pouvez imaginer que j'ai eu quelque chose à voir dans… »

*C'était la vérité, ou il excelle en matière de comédie.* « D'autres le pourraient, répondit ser Barristan. La Vipère Rouge était votre oncle. Et vous avez de bonnes raisons de souhaiter la mort du roi Hizdahr.

— Et d'autres aussi, suggéra Gerris Boisleau. Naharis, par exemple. Le…

— L'*amant de cœur* de la reine », compléta ser Barristan, avant que le chevalier dornien puisse dire quoi que ce soit qui souillât l'honneur de Daenerys. « C'est le terme dont vous usez, à Dorne, n'est-ce pas ? » Il n'attendit pas une réponse. « Le prince Lewyn était mon Frère juré. En ce temps-là, peu de choses restaient secrètes, dans la Garde Royale. Je sais qu'il avait une amante de cœur. Il n'estimait pas qu'il y eût de honte à cela.

— Non, admit Quentyn, écarlate. Mais...

— Daario tuerait Hizdahr en un éclair s'il l'osait, enchaîna ser Barristan. Mais pas avec du poison. Jamais. Et Daario ne se trouvait pas là, de toute façon. Hizdahr serait ravi de le blâmer pour les sauterelles, néanmoins... mais le roi pourrait encore avoir besoin des Corbeaux Tornade, et il les perdra s'il semble prêter la main à la mort de leur capitaine. Non, mon prince. Si Sa Grâce a besoin d'un empoisonneur, il se tournera vers vous. » Il avait exposé tout ce qu'il pouvait dire sans risque. Encore quelques jours, si les dieux leur souriaient, et Hizdahr zo Loraq ne régnerait plus sur Meereen... mais impliquer le prince Quentyn dans le bain de sang qui s'annonçait ne servirait à rien. « Si vous tenez à demeurer à Meereen, vous seriez bien inspiré de prendre vos distances avec la cour et d'espérer qu'Hizdahr vous oubliera, conclut ser Barristan. Et je continue de penser qu'un navire pour Volantis serait plus sage, mon prince. Quelle que soit la voie que vous choisirez, je vous souhaite tout le bien possible. »

Avant qu'il ait avancé de trois pas, Quentyn Martell l'appela. « Barristan le Hardi, vous appelle-t-on.

— Certains. » Selmy avait remporté cette épithète à l'âge de dix ans, frais émoulu écuyer, et si vaniteux et sot, cependant, qu'il s'était mis dans l'idée qu'il pouvait jouter contre des chevaliers expérimentés et éprouvés. Aussi avait-il emprunté un palefroi et de la plate dans l'armurerie de lord Dondarrion et était-il entré en lice à Havrenoir en tant que chevalier mystère. *Même le héraut riait. J'avais les bras si maigres qu'en couchant ma lance, j'avais toutes les peines du monde à empêcher la pointe de labourer le sol.* Lord Dondarrion aurait eu le plein droit de lui ordonner de descendre de cheval et de lui administrer une fessée, mais le prince des Libellules avait pris en pitié ce petit imbécile dans son armure mal ajustée et lui avait montré assez de respect pour relever son défi. Une charge avait suffi. Le prince Duncan l'avait ensuite aidé à se relever et lui avait ôté son casque. « Un enfant, avait-il proclamé devant la foule. Un enfant hardi. » *Il y avait cinquante-trois ans. Combien sont encore en vie, de ceux qui se trouvaient là, à Havrenoir ?*

« Quel nom croyez-vous qu'on me donnera, si je devais rentrer à Dorne sans Daenerys ? demanda le prince Quentyn. Quentyn le Prudent ? Quentyn le Poltron ? Quentyn le Couard ? »

*Le Prince qui arriva trop tard*, répondit dans sa tête le vieux chevalier... mais si un chevalier de la Garde Royale ne retient aucune autre leçon, il apprend à garder sa langue. « Quentyn l'Avisé », suggéra-t-il. Et il espéra que c'était la vérité.

# LE PRÉTENDANT ÉCONDUIT

L'heure des fantômes était presque venue quand ser Gerris Boisleau rentra à la pyramide pour rapporter qu'il avait déniché Fayots, Bouquine et le vieux Bill les Os dans une des caves les moins reluisantes de Meereen, à boire du vin jaune et à regarder des esclaves dénudés s'entre-tuer à mains nues et à dents limées.

« Fayots a dégainé une lame et proposé un pari pour vérifier si les déserteurs avaient la panse gorgée de houe jaune, rapporta ser Gerris, aussi lui ai-je jeté un dragon et demandé si de l'or jaune suffirait. Il a donné un coup de dents dans la pièce et m'a demandé ce que j'avais l'intention d'acheter. Quand je le lui ai dit, il a rangé son coutelas et voulu savoir si j'étais ivre ou fou.

— Qu'il croie ce qu'il voudra, du moment qu'il transmet le message, commenta Quentyn.

— Cela, au moins, il le fera. Je parierais que vous aurez votre entrevue, également, ne serait-ce que pour que le Guenilleux puisse demander à la Belle Meris de vous tailler le foie en tranches et de le frire aux petits oignons. Nous devrions écouter Selmy. Quand Barristan le Hardi dit de fuir, le sage lace ses chaussures. Il nous faut trouver un navire en partance pour Volantis tant que le port est encore ouvert. »

Cette seule mention suffit à colorer de vert les bajoues de ser Archibald. « Plus jamais de navires. Plutôt retourner à Volantis à cloche-pied. »

*Volantis*, songea Quentyn. *Ensuite Lys, et la maison. Retour par le trajet aller, les mains vides. Trois braves qui sont morts, et pour quoi ?*

Ce serait bon de revoir la Sang-vert, de visiter Lancehélion et les Jardins Aquatiques, et de respirer l'air pur et doux des montagnes à Ferboys, plutôt que les miasmes chauds, humides et infects de la baie des Serfs. Son père ne prononcerait pas un mot de reproche, Quentyn le savait, mais la déception serait là, dans ses yeux. Sa sœur afficherait son dédain, les Aspics des Sables se moqueraient de lui avec des sourires acérés comme des épées, et lord Ferboys, son second père, qui avait envoyé son propre fils avec lui pour assurer sa sécurité…

« Je ne veux pas vous retenir ici, annonça Quentyn à ses amis. C'est à moi que mon père a confié cette tâche, et non à vous. Rentrez chez vous, si c'est ce que vous souhaitez. Par tous les moyens qui vous plairont. Je reste. »

Le mastodonte haussa les épaules. « Alors, le Buveur et moi, on reste aussi. »

La nuit suivante, Denzo D'han se présenta à la porte du prince Quentyn pour discuter des conditions. « Il vous rencontrera demain, près du marché aux épices. Cherchez une porte marquée d'un lotus mauve. Frappez deux coups et appelez à la liberté.

— Entendu, dit Quentyn. Arch et Gerris m'accompagneront. Il peut amener deux hommes, lui aussi. Pas plus.

— Si tel est le bon plaisir de mon prince. » Oh, certes, les mots du guerrier poète étaient courtois, mais la malveillance aiguisait le ton de sa voix, et la moquerie brillait dans ses yeux. « Venez au coucher du soleil. Et veillez à ce qu'on ne vous suive pas. »

Les Dorniens quittèrent la Grande Pyramide une heure avant le couchant, au cas où ils se fourvoieraient en route ou rencontreraient quelques difficultés à localiser le lotus mauve. Quentyn et Gerris avaient ceint leur baudrier d'épée. Le mastodonte portait sa masse de guerre accrochée en travers de son large dos.

« Il n'est pas encore trop tard pour renoncer à cette folie », insista Gerris tandis qu'ils descendaient une ruelle fétide en route pour le vieux marché aux épices. L'air était saturé par une odeur de pisse et ils entendaient gronder les roues ferrées d'une carriole des morts en avant d'eux. « Le vieux Bill les Os avait coutume de raconter que la Belle Meris pouvait étirer l'agonie d'un homme sur toute une lune. Nous leur avons *menti*, Quent. On s'est servis d'eux pour parvenir ici, et ensuite on est passés chez les Corbeaux Tornade.

— Comme nous en avions reçu l'ordre.

— Le Guenilleux n'a jamais voulu que nous le fassions pour de bon, toutefois, intervint le mastodonte. Ses autres gars, ser Orson et Dick Chaume, Hugues Sylvegué, Will des Forêts, toute la bande, ils moisissent encore au fond de je ne sais quelle geôle grâce à nous. Ça m'étonnerait que ça ait beaucoup plu au Guenilleux.

Non, admit le prince Quentyn, mais l'or lui plaît, par contre. »

Gerris s'esclaffa. « Dommage que nous n'en ayons pas. Vous avez confiance en cette paix, Quent ? Pas moi. La moitié de la cité traite le tueur de dragon de héros, et l'autre crache du sang à la simple mention de son nom.

— Harzou », glissa le mastodonte.

Quentyn fronça les sourcils. « Il s'appelait Harghaz.

Hizdahr, Houmzoum, Hagnag, quelle importance ? Moi, je les appelle tous Harzou. Et c'était pas un tueur de dragon. Il a juste réussi à se faire roustir le cul, tout noir et croustillant.

— Il était brave. » *Aurais-je le courage d'affronter ce monstre sans rien d'autre qu'une pique ?*

« Il est mort bravement, c'est ce que vous voulez dire.

— Il est mort en gueulant », précisa Arch.

Gerris posa la main sur l'épaule de Quentyn. « Même si la reine revenait, elle serait toujours mariée.

— Pas si je flanque au roi Harzou une petite tape avec ma masse, suggéra le mastodonte.

— Hizdahr, corrigea Quentyn. Il s'appelle Hizdahr.

— Un bécot de mon marteau, et plus personne ne se souciera de son nom exact », assura Arch.

*Ils ne comprennent pas.* Ses amis avaient perdu de vue leur véritable objectif, ici. *La route passe par elle, mais ne s'arrête pas à elle. Daenerys fournira les moyens d'atteindre l'objectif, mais elle n'est pas l'objectif proprement dit.* « "Le Dragon a trois têtes, m'a-t-elle dit. Mon mariage ne doit pas signifier la fin de tous vos espoirs, a-t-elle ajouté. Je sais pourquoi vous êtes venu. Pour le feu et le sang." J'ai dans les veines du sang Targaryen, vous le savez. Je peux remonter ma lignée jusqu'à…

— On se fout de votre lignée, coupa Gerris. Les dragons n'auront rien à foutre de votre sang, sinon pour son goût, peut-être. On n'apprivoise pas un dragon avec une leçon d'histoire. Ce sont des monstres, pas des mestres. Quent, est-ce vraiment ce que vous avez l'intention de faire ?

— C'est ce que je dois faire. Pour Dorne. Pour mon père. Pour Cletus, et Will, et mestre Kedry.

— Ils sont morts, rappela Gerris. Ils s'en foutent.

— Tous morts, acquiesça Quentyn. Pour quoi ? Pour m'amener ici, afin que j'épouse la reine dragon. Une grande aventure, disait Cletus. Des routes du démon et des mers démontées, et au terme de tout cela, la plus belle femme du monde. Un conte à narrer à nos petits-enfants. Mais jamais Cletus n'aura d'enfants, à moins qu'il n'ait laissé un bâtard dans le ventre de cette drôlesse qu'il aimait bien, à la taverne. Jamais Will n'aura de noces. Leurs morts devraient avoir un sens. »

Gerris indiqua du doigt un cadavre affalé contre un mur de briques, une nuée de mouches vertes et luisantes empressées autour de lui. « Et sa mort à lui, en a-t-elle eu, du sens ? »

Quentyn regarda le corps avec dégoût. « Il est mort de dysen-terie. Restez bien à l'écart. » La jument pâle était entrée dans les murs de la ville. Rien de très étonnant à ce que les rues parussent tellement vides. « Les Immaculés vont lui envoyer la carriole des morts.

— Je n'en doute pas. Mais là n'était pas ma question. C'est la vie des hommes qui a du sens, et non leur mort. J'aimais Will, et Cletus aussi, mais cela ne nous les ramènera pas. C'est une erreur, Quent. On ne peut pas se fier aux épées-louées.

— Ce sont des hommes comme tous les autres. Ils veulent de l'or, de la gloire, du pouvoir. Je ne me fie qu'à cela. » *À cela et à mon propre destin. Je suis prince de Dorne, et le sang des dragons coule dans mes veines.*

200

Le soleil s'était enfoncé au-dessous des remparts de la cité quand ils trouvèrent enfin le lotus mauve peint sur la porte de bois usé d'un petit taudis en brique, accroupi dans un alignement de galetas similaires sous l'ombre de la grande pyramide jaune et verte de Rhazdar. Quentyn toqua deux coups, selon les instructions. Une voix rogue répondit à travers l'huis, grondant quelque chose d'inintelligible dans la langue bâtarde de la baie des Serfs, un méchant mélange d'ancien ghiscari et de haut valyrien. Dans la même langue, le prince répondit : « Liberté. »

La porte s'ouvrit. Par précaution, Gerris entra le premier, Quentyn tout de suite sur ses talons, et le mastodonte pour fermer la marche. À l'intérieur, l'atmosphère s'embrumait de fumée bleuâtre, dont l'odeur douce ne pouvait tout à fait masquer des remugles plus profonds de pisse, de vinasse et de viande gâtée. L'espace était bien plus vaste qu'il n'en avait donné l'impression à l'extérieur, se prolongeant sur la droite et la gauche dans les taudis voisins. Ce qui avait semblé, de la rue, constituer une douzaine d'habitations se révéla à l'intérieur former une longue salle.

À cette heure-ci, l'établissement n'était qu'à moitié rempli. Quelques-uns des clients attardèrent sur les Dorniens des regards las, hostiles ou curieux. Le reste se pressait à l'extrémité de la salle, autour de la fosse où une paire d'hommes nus luttaient au couteau, sous les encouragements du public.

Quentyn ne vit aucun signe des hommes qu'ils venaient rencontrer. Puis une porte qu'il n'avait pas remarquée s'ouvrit et en émergea une vieille femme, une créature ratatinée en *tokar* rouge sombre frangé de minuscules crânes dorés. Elle avait la peau blanche comme du lait de jument, la chevelure si clairsemée qu'il vit la peau rose en dessous. « Dorne, dit-elle, Zahrina moi. Lotus mauve. Là descendre, trouver vous eux. » Elle leur tint la porte en leur indiquant de passer.

Au-delà partait une volée de marches en bois, escarpées et tortueuses. Cette fois-ci, le mastodonte ouvrait la voie et Gerris formait l'avant-garde, le prince entre eux deux. *Un deuxième sous-sol.* La descente fut longue, et il faisait si noir que Quentyn dut tâtonner pour éviter de glisser. Presque arrivé au bas de l'escalier, ser Archibald tira sa dague.

201

Ils émergèrent dans une cave en brique d'une taille triple de celle du bouge au-dessus. D'énormes cuves de bois bordaient les parois aussi loin que portât le regard du prince. Une lanterne rouge était pendue à un crochet juste à côté de la porte, et sur une barrique renversée qui faisait office de table palpitait la flamme d'une chandelle noire suiffeuse. C'était l'unique lumière.

Caggo Tue-les-Morts allait et venait devant les cuves à vin, son *arakh* noir pendu à sa hanche. Debout, la Belle Meris berçait une arbalète, les yeux aussi froids et morts que deux pierres grises. Denzo D'han barra la porte après l'entrée des Dorniens, puis prit position devant elle, les bras croisés en travers de la poitrine.

*Un de trop*, songea Quentyn.

Le Prince en Guenilles en personne siégeait à la table, sirotant une coupe de vin. À la clarté jaune de la chandelle, ses cheveux d'un gris argenté semblaient presque dorés, bien que les poches sous ses yeux fussent tracées à la taille de fontes de selle. Il portait une cape de voyage en laine brune, avec une cotte de mailles argentée qui luisait au-dessous. Cela dénotait-il une traîtrise ou la simple prudence ? *Une vieille épée-louée est une épée-louée prudente.* Quentyn s'approcha de la table. « Messire. Vous paraissez différent sans votre cape.

— Ma parure de loques ? » Le Pentoshi haussa les épaules. « Piètre habit… Et pourtant, il remplit mes ennemis de peur et sur le champ de bataille la vue de mes guenilles qui flottent au vent donne plus de cœur au ventre à mes hommes que n'importe quelle bannière. Et si je veux me déplacer sans être vu, il n'est besoin que de m'en débarrasser pour devenir quelconque et banal. » Il désigna d'un geste le banc en face de lui. « Asseyez-vous. J'ai cru comprendre que vous êtes prince ? Si j'avais su. Quelque chose à boire ? Zahrina propose à manger, également. Son pain est rassis et son ragoût innommable. De la graisse et du sel, avec un ou deux bouts de viande. Du chien, prétend-elle, mais je crois plus probable que ce soit du rat. Ça ne vous tuera pas. J'ai découvert qu'on ne doit se méfier que des nourritures appétissantes. Les empoisonneurs choisissent invariablement les mets les plus attirants.

— Vous avez amené trois hommes, fit valoir ser Gerris, un sous-entendu dans la voix. Nous nous étions mis d'accord sur deux chacun.

— Meris n'est pas un homme. Meris, ma douce, défais ta chemise, montre-lui.

— Ce ne sera pas nécessaire », coupa Quentyn. Si les racontars qu'il avait entendus disaient vrai, la Belle Meris ne portait sous cette camisole que les cicatrices laissées par les hommes qui lui avaient tranché les seins. « Meris est une femme, je suis d'accord. Vous avez quand même biaisé sur les termes.

— Guenilleux et biaiseur, quelle fripouille je suis. Trois contre deux n'est pas un bien gros avantage, on se doit de le reconnaître, mais ça compte quand même. En ce monde, l'homme doit apprendre à saisir au vol tous les dons que les dieux élisent de lui envoyer. C'est une leçon que j'ai apprise à un certain coût. Je vous l'offre, en témoignage de ma bonne foi. » Il indiqua de nouveau le siège. « Asseyez-vous et dites ce que vous êtes venu dire. Je promets de ne pas vous faire tuer avant de vous avoir entendu jusqu'au bout. C'est le moins que je puisse faire pour un collègue prince. Quentyn, c'est bien ça ?

— Quentyn, de la maison Martell.

— Guernouille vous va mieux. Je n'ai pas coutume de boire avec des menteurs et des déserteurs, mais vous avez piqué ma curiosité. »

Quentyn s'assit. *Une parole malheureuse et tout ceci pourrait tourner au sang en un demi-battement de cœur.* « Je vous prie de nous pardonner notre tromperie. Seuls faisaient voile vers la baie des Serfs les navires loués pour vous conduire jusqu'à la guerre. »

Le Prince en Guenilles haussa les épaules. « Chaque tourne-casaque a son histoire. Vous n'êtes pas les premiers à me jurer vos épées, prendre mon argent et détaler. Ils ont tous des *raisons*. "Mon petit était malade", "Ma femme me fait cocu" ou "Les autres hommes me forcent tous à leur sucer la bite". Un charmant garçon, le dernier, mais je n'ai pas excusé sa désertion. Un autre personnage m'a déclaré que notre cuisine était tellement exécrable qu'il devait fuir avant qu'elle le rende malade. Alors, je lui ai fait couper un pied, je l'ai rôti et le lui ai fait manger. Et puis je l'ai nommé cuisinier du camp. Nos repas se sont améliorés de façon significative et, une fois son contrat achevé, il en a signé un autre. Vous, en revanche... Plusieurs de mes meilleurs éléments sont claquemurés dans les cachots de la reine grâce à votre langue de menteurs, et je doute que vous sachiez même cuisiner.

— Je suis prince de Dorne, répliqua Quentyn. J'avais un devoir envers mon père et mon peuple. Il existait un pacte secret de mariage.

— J'ai entendu dire ça. Et quand la reine d'argent a vu votre bout de parchemin, elle est tombée dans vos bras, c'est ça ?

— Non, intervint la Belle Meris.

— Non ? Oh, je me souviens. Votre épouse s'est envolée sur un dragon. Eh bien, quand elle reviendra, n'oubliez pas de nous inviter à vos noces. Les hommes de la compagnie adoreraient trinquer à votre bonheur, et j'aime beaucoup les mariages ouestriens. La nuit de noces, particulièrement, sauf que... Oh, un instant... » Il se tourna vers Denzo D'han. « Denzo, il me semblait que tu m'avais dit que la reine dragon avait déjà épousé je ne sais quel Ghiscari.

— Un noble meereenien. Riche. »

Le Prince en Guenilles se retourna vers Quentyn. « Se pourrait-il que ce soit vrai ? Sûrement pas. Et votre pacte de mariage, alors ?

— Elle lui a ri au nez », commenta la Belle Meris.

*Jamais Daenerys n'avait ri.* Le reste de Meereen pouvait bien le considérer comme une amusante curiosité, tel le roi estivien en exil que le roi Robert gardait à Port-Réal, mais la reine s'était adressée à lui avec douceur. « Nous sommes arrivés trop tard, expliqua Quentyn.

— Quel dommage que vous n'ayez pas déserté plus tôt. » Le Prince en Guenilles but délicatement son vin. « Donc... pas de mariage pour le prince Guernouille. Est-ce pour cette raison que vous revenez vers moi à grands sauts ? Mes trois braves petits Dorniens auraient-ils décidé d'honorer leurs contrats ?

— Non.

— C'est contrariant.

— Yurkhaz zo Yunzak est mort.

— Nouvelles défraîchies. Je l'ai vu périr. Le pauvre homme a vu un dragon et a trébuché en tentant de s'enfuir. Et alors, un millier de ses plus proches amis l'ont piétiné. Je ne doute pas que la Cité Jaune baigne dans les larmes. M'avez-vous fait venir pour boire à sa mémoire ?

— Non. Les Yunkaïis ont-ils choisi un nouveau commandant ?

— Le conseil des Judicieux a été incapable de s'accorder. Yezzan zo Qaggaz avait le plus de soutiens, mais le voilà qui vient de crever à son tour. Les Judicieux font tourner entre eux le commandement suprême. Aujourd'hui, notre chef est celui que vos amis ont surnommé le Conquérant ivrogne. Demain, ce sera lord Ballotte-Bajoues.

— Le Lapin, corrigea Meris. Ballotte-Bajoues était hier.

— Je prends bonne note de la correction, ma tendre. Nos amis yunkaïis ont eu la bonté de nous fournir une liste. Je dois m'astreindre à plus d'assiduité dans sa consultation.

— Yurkhaz zo Yunzak était l'homme qui vous a engagés.

— Il a signé notre contrat au nom de sa cité. C'est exact.

— Meereen et Yunkaï ont conclu la paix. Le siège va être levé et les armées dispersées. Il n'y aura pas de bataille, pas de massacre, pas de cité à mettre à sac et à piller.

— La vie est pleine de déceptions.

— Combien de temps croyez-vous que les Yunkaïis voudront continuer à payer les gages de quatre compagnies libres ? »

Le Prince en Guenilles but une gorgée de vin et répondit : « Une question déprimante. Mais tel est notre mode de vie, dans les compagnies libres. Une guerre s'achève, une autre commence. Par chance, il y a toujours quelqu'un qui se bat contre quelqu'un d'autre, quelque part. Ici, peut-être. En ce moment même, alors que nous buvons, Barbesang presse nos amis yunkaïis d'offrir une nouvelle tête au roi Hizdahr. Affranchis et esclavagistes se lorgnent mutuellement le cou en aiguisant leurs couteaux, les Fils de la Harpie complotent dans leurs pyramides, la jument pâle foule de ses sabots l'esclave autant que le maître, nos amis de la Cité Jaune regardent la mer et, quelque part dans les plaines herbues, un dragon grignote la chair tendre de Daenerys Targaryen. Qui gouverne Meereen ce soir ? Qui la gouvernera demain ? » Le Pentoshi haussa les épaules. « Il y a une chose dont je suis certain. Quelqu'un aura besoin de nos épées.

— J'en ai besoin, moi. Dorne vous engagera. »

Le Prince en Guenilles jeta un coup d'œil à la Belle Meris. « Il ne manque pas de culot, le Guernouille. Dois-je lui rafraîchir la mémoire ? Mon cher prince, le dernier contrat que nous avons signé, vous en avez usé pour torcher votre joli cul rose.

— Je paierai le double de ce que les Yunkaïis peuvent vous verser.

— Et vous paierez en or à signature du contrat, c'est bien ça ?

— Je vous paierai une partie à notre arrivée à Volantis, le reste quand je serai rentré à Lancehélion. Nous avons apporté de l'or avec nous en prenant la mer, mais il aurait été difficile de le dissimuler, une fois que nous avons rejoint la compagnie, aussi l'avons-nous confié aux banques. Je peux vous montrer les papiers.

— Ah. Des papiers. Mais nous serons payés *le double*.

— Deux fois plus de papiers, précisa la Belle Meris.

— Le reste, vous le toucherez à Dorne, insista Quentyn. Mon père est un homme d'honneur. Si j'appose mon sceau sur un accord, il en acceptera les termes. Vous avez ma parole sur ce point. »

Le Prince en Guenilles finit son vin, retourna sa coupe et la posa entre eux. « Bien. Voyons donc si j'ai compris. Un menteur et violeur de serment avéré souhaiterait conclure avec nous un contrat et nous payer de promesses. Et pour quels services ? Je me demande. Mes Erre-au-Vent devront-ils écraser les Yunkaïis et mettre à sac la Cité Jaune ? Défaire un *khalasar* dothraki sur le champ de bataille ? Vous escorter chez vous jusqu'à votre père ? Ou vous contenterez-vous de nous voir vous livrer la reine Daenerys dans votre lit, humide et consentante ? Parlez sans détours, prince Guernouille. Que désirez-vous de moi et des miens ?

— J'ai besoin de votre aide pour voler un dragon. »

Caggo Tue-les-Morts gloussa. La Belle Meris arqua les lèvres en un demi-sourire. Denzo D'han siffla.

Le Prince en Guenilles se contenta de se renverser en arrière sur son tabouret et de dire : « Le double ne paie pas des dragons, petit prince. Même une grenouille devrait savoir cela. Les dragons coûtent cher. Les hommes qui paient en promesses devraient au moins avoir le bon sens de promettre *davantage*.

— Si vous voulez que je triple...

— Ce que je veux, coupa le Prince en Guenilles, c'est Pentos. »

# LE GRIFFON RESSUSCITÉ

Il envoya tout d'abord les archers.

Balaq le Noir commandait mille arcs. Dans sa jeunesse, Jon Connington partageait le dédain de la plupart des chevaliers vis-à-vis des archers, mais l'exil lui avait apporté la sagesse. À sa façon, la flèche était aussi mortelle que l'épée, si bien que, durant le long voyage, il avait insisté pour que Harry Paisselande, le Sans-Terre, séparât le commandement de Balaq en dix compagnies de cent hommes et plaçât chaque compagnie à bord d'un navire différent.

Six de ces navires étaient restés assez groupés pour conduire leurs passagers sur les côtes du cap de l'Ire (les quatre autres traînaient, mais finiraient par arriver, assuraient les Volantains, quoique Griff estimât tout aussi probable qu'ils fussent perdus ou eussent accosté ailleurs), ce qui laissait à la compagnie six cents arcs. Pour la tâche en cours, deux cents se révélèrent suffisants. « Ils essaieront d'envoyer des corbeaux, prévint-il Balaq le Noir. Surveillez la tour des mestres. Ici. » Il la désigna sur la carte qu'il avait tracée dans la boue de leur camp. « Abattez tout oiseau qui quitte le château.

— Ça nous faisons », répondit l'Estivien.

Un tiers des hommes de Balaq employaient des arbalètes, un autre tiers l'arc oriental à double courbe, en corne et en tendon. Meilleurs encore, les arcs droits en if que portaient les archers de sang ouestrien, et meilleurs que tous ceux-là, les arcs droits d'orcœur chéris par Balaq le Noir lui-même et ses cinquante Estiviens. Seul un arc en os de dragon avait une portée supérieure à celle d'un en orcœur. Quel que fût leur arc, tous les hommes de Balaq étaient des vétérans endurcis à l'œil perçant, qui avaient prouvé leur valeur dans cent batailles, raids et escarmouches. À la Griffonnière, ils en donnèrent une nouvelle preuve.

Le château s'élevait sur les côtes du cap de l'Ire, sur un escarpement en pierre rouge sombre cerné sur trois côtés par les flots agités de la baie des Naufrageurs. Sa seule approche était défendue par un châtelet, derrière lequel s'étirait la longue crête dénudée que les Connington appelaient le goulet du Griffon. Forcer ce gosier pourrait être une sanglante affaire, car la crête exposait les attaquants aux piques, aux pierres et aux flèches des défenseurs dans les deux tours rondes flanquant les portes principales du château. Et une fois ces portes atteintes, les défenseurs pourraient leur déverser de l'huile bouillante sur la tête. Griff s'attendait à perdre une centaine d'hommes, plus peut-être.

Ils en perdirent quatre.

On avait laissé les bois gagner sur le pré devant le châtelet, si bien que Franklyn Flowers eut l'opportunité d'exploiter ce couvert pour se dissimuler et mener ses hommes à une vingtaine de pas des portes, avant d'émerger avec le bélier qu'ils avaient fabriqué au camp. Le fracas du bois contre le bois attira deux hommes sur le chemin de ronde ; les archers de Balaq le Noir les abattirent tous deux avant qu'ils aient pu se frotter les yeux pour en chasser le sommeil. Les portes se révélèrent fermées mais non point barrées ; au deuxième coup de boutoir, elles cédèrent et les hommes de ser Franklyn avaient franchi la moitié du goulet avant qu'une trompe de guerre ne sonnât l'alarme au château proprement dit.

Le premier corbeau prit son essor alors que leurs grappins montaient en parabole au-dessus de la chemise du château, le second quelques instants plus tard. Aucun des volatiles n'avait franchit cent pas qu'une flèche l'abattait. Un garde à l'intérieur jeta un seau d'huile bouillante sur les premiers hommes à atteindre les portes, mais comme il n'avait pas eu le temps de la faire chauffer, le seau causa plus de dégâts que son contenu. Bientôt, des épées sonnèrent en une demi-douzaine de lieux au long des remparts. Les hommes de la Compagnie Dorée se hissèrent à travers les merlons et coururent sur le chemin de ronde, au cri de : « Un griffon ! Un griffon ! », l'ancien cri de guerre de la maison Connington, ce qui dut désorienter encore davantage les défenseurs.

Tout fut achevé en quelques minutes. Griff remonta le goulet sur un coursier blanc aux côtés d'Harry Paisselande. Alors qu'ils approchaient du château, il vit un troisième corbeau s'envoler de la tour du mestre, pour être aussitôt transpercé par la flèche de Balaq le Noir lui-même. « Plus messages », déclara-t-il à ser Franklyn Flowers dans le baillage. Le vol de départ suivant de la tour du mestre, ce fut celui du mestre lui-même. À la façon dont il battait des bras, on aurait pu le confondre avec un autre oiseau.

Ce fut la fin de toute résistance. Les gardes qui restaient avaient jeté leurs armes. Et, aussi promptement que cela, la Griffonnière appartint de nouveau à Jon Connington et il en fut de nouveau lord.

« Ser Franklyn, dit-il, fouillez le donjon et les cuisines, et faites-en sortir tous les gens que vous trouverez. Malo, agissez de même avec la tour du mestre et l'armurerie. Ser Brendel, les écuries, le septuaire et le casernement. Rassemblez-les dans le baillage, et essayez de ne pas tuer ceux qui n'insistent pas pour mourir. Nous voulons gagner à notre cause les terres de l'Orage, et nous n'y parviendrons pas par un massacre. Veillez à vérifier sous l'autel de la Mère, il y a là un escalier dérobé qui conduit à une cache secrète. Et un autre sous la tour nord-ouest qui descend directement dans la mer. Personne ne doit s'échapper.

— Cela n'arrivera pas, m'sire », promit Franklyn Flowers.

Connington les regarda filer, puis fit signe au demi-mestre. « Haldon, charge-toi de la roukerie. J'aurai des messages à envoyer, tantôt.

— Espérons qu'ils nous ont laissé quelques corbeaux. »

Même Harry Sans-Terre était impressionné par la célérité de leur victoire. « Jamais j'aurais cru que ce serait si simple », confessa le capitaine général, tandis qu'ils entraient dans la grande salle pour jeter un coup d'œil au Trône du Griffon sculpté et doré, où cinquante générations de Connington avaient siégé pour gouverner.

« Les choses se compliqueront. Jusqu'ici, nous les avons pris à l'improviste. Ça ne peut durer éternellement, quand bien même Balaq le Noir abattrait tous les corbeaux du royaume. »

Paisselande examina les tapisseries fanées aux murs, les fenêtres en ogive avec leur myriade de carreaux losangés en verre blanc et rouge, les râteliers de piques, d'épées et de masses de combat. « Qu'ils viennent. Cet endroit est capable de résister à vingt fois notre nombre, du moment que nous avons assez de provisions. Et vous dites qu'il y a une issue par la mer ?

— En dessous. Une crique cachée sous la crête, qui n'apparaît qu'à marée basse. » Mais Connington n'avait aucune intention d'attendre « qu'ils viennent ». La Griffonnière était robuste mais petite, et tant qu'ils siégeraient ici, ils paraîtraient petits, eux aussi. Toutefois, il y avait dans les parages un autre château, considérablement plus grand et inexpugnable. *Empare-t'en et le royaume tremblera.* « Vous allez devoir m'excuser, capitaine général. Le seigneur mon père est enterré sous le septuaire, et voilà trop d'années que je n'ai pas prié pour lui.

— Bien sûr, messire. »

Pourtant, quand ils se séparèrent, Jon Connington ne se dirigea pas vers le septuaire. En réalité, ses pas le menèrent jusqu'au toit de la tour de l'est, la plus haute de la Griffonnière. En grimpant, il se remémorait de précédentes ascensions – cent fois avec le seigneur son père, qui aimait se tenir là pour regarder les bois, les rocs et la mer et savoir que tout ce qu'il contemplait appartenait à la maison Connington, et une (une seule !) avec Rhaegar Targaryen. Le prince Rhaegar et son escorte, au retour de Dorne, s'étaient attardés ici une quinzaine de jours. *Il était si jeune, alors, et je l'étais davantage. Des jouvenceaux, tous les deux.* Au banquet de bienvenue, le prince avait pris sa harpe aux cordes d'argent et joué pour eux. *Une ballade d'amour et de destin funeste*, se souvenait Jon Connington, *et toutes les femmes dans la salle pleuraient quand il a reposé sa harpe.* Pas les hommes, bien entendu. Et surtout pas son père, dont la terre était le seul amour. Lord Armond Connington avait passé toute la soirée à essayer de gagner le prince à sa cause dans sa dispute avec lord Morrigen.

La porte donnant sur le toit de la tour était si bien bloquée qu'à l'évidence, nul ne l'avait franchie depuis des années. Il dut y mettre un coup d'épaule pour la forcer à s'ouvrir. Mais lorsque Jon Connington émergea sur le haut chemin de ronde, la perspective était aussi grisante que dans son souvenir : la crête, avec ses rochers sculptés par le vent et ses pointes déchiquetées, la mer en contrebas qui grondait et rongeait le pied du château comme une bête jamais quiète, le ciel et les nuages sur des lieues sans fin, la forêt avec ses coloris automnaux. « Votre père a de magnifiques terres », avait déclaré le prince Rhaegar, debout à l'endroit exact où se tenait Jon en cet instant. Et le jouvenceau qu'il était avait répondu : « Un jour, elles m'appartiendront toutes. » *Comme si cela pouvait impressionner un prince qui devait hériter du royaume entier, de La Treille jusqu'au Mur.*

Et la Griffonnière était bel et bien devenue sienne, en temps et en heure, même si cela n'avait duré que quelques courtes années. D'ici, Jon Connington avait gouverné de vastes contrées s'étendant à bien des lieues, à l'ouest, au nord et au sud, tout comme son père, et le père de son père avant lui. Mais jamais son père et le père de son père n'avaient perdu leurs terres. Lui, si. *Je me suis élevé trop haut, j'ai aimé trop fort, j'ai osé trop loin. J'ai voulu saisir une étoile, j'ai surestimé mes capacités, et je suis tombé.*

Après la bataille des Cloches, lorsque Aerys Targaryen, en un accès insensé d'ingratitude et de soupçon, l'avait dépouillé de ses titres et exilé, les terres et la seigneurie étaient demeurées entre les mains de la maison Connington, revenant à son cousin, ser Ronald, l'homme que Jon, en partant à Port-Réal pour servir le prince Rhaegar, avait nommé gouverneur. Robert Baratheon avait parachevé la destruction des griffons après la guerre. Le cousin Ronald avait été autorisé à conserver son château et sa tête, mais il avait perdu son titre de lord, pour n'être plus désormais que le chevalier de la Griffonnière, et on lui avait confisqué neuf dixièmes de ses terres afin de les répartir entre des seigneurs circonvoisins qui avaient soutenu les revendications de Robert.

Ronald Connington était mort depuis des années. L'actuel chevalier de la Griffonnière, son fils Ronnet, était parti à la guerre dans le Conflans, racontait-on. Cela valait mieux. D'expérience, Jon Connington savait que les gens se battent pour ce qu'ils estiment leur appartenir, même ce qu'ils ont acquis par un vol. L'idée de célébrer son retour en tuant un membre de sa famille ne lui chantait guère. Le père de Ronnet le Rouge avait été prompt à profiter de la chute du seigneur son cousin, assurément, mais, à l'époque, son fils était un enfant. Jon Connington n'éprouvait même pas envers le défunt ser Ronald autant de haine qu'il l'aurait pu. La faute lui incombait.

À Pierremoûtier, par son arrogance, il avait tout perdu.

Robert Baratheon se cachait quelque part dans le bourg, blessé et seul. Jon Connington le savait, comme il savait que la tête de Robert au bout d'une pique mettrait instantanément un terme à la rébellion. Il était jeune et rempli d'orgueil. Comment en eût-il été autrement ? Le roi Aerys l'avait nommé sa Main et lui avait donné une armée, et il avait l'intention de prouver qu'il était digne de sa confiance, de l'amour de Rhaegar. Il tuerait de sa main le seigneur rebelle, et se taillerait une niche dans les chroniques historiques des Sept Couronnes.

Aussi fondit-il sur Pierremoûtier, bloqua-t-il la ville et lança-t-il des recherches. Ses chevaliers passèrent de maison en maison, enfonçant chaque porte, visitant chaque cave. Il avait même envoyé des hommes ramper dans les égouts ; pourtant, sans qu'il sût comment, Robert continuait à lui échapper. Les gens de la ville le *cachaient*. Ils le déplaçaient d'un refuge secret à un autre, toujours en avance d'une étape sur les hommes du roi. La ville entière était un nid de traîtres. Pour finir, ils avaient dissimulé l'usurpateur dans un bordel. Quel genre de roi fallait-il être, pour s'abriter derrière des jupes de femmes ? Et cependant, tandis que les recherches s'éternisaient, Eddard Stark et Hoster Tully s'abattirent sur la ville avec une armée rebelle. S'ensuivirent cloches et bataille, Robert émergea de son lupanar, épée à la main, et il avait failli occire Jon sur le parvis du vieux septuaire qui avait donné son nom à la ville.

Des années durant, par la suite, Jon Connington se répéta que la faute ne lui revenait pas, qu'il avait fait tout ce qu'on pouvait humainement faire. Ses soldats avaient fouillé chaque recoin et taudis, il avait offert pardons et récompenses, pris des otages qu'il avait suspendus dans des cages à corbeaux, jurant qu'ils n'auraient ni manger ni boire tant que Robert ne lui aurait pas été livré. Tout cela en vain. « Tywin Lannister en personne n'aurait rien pu accomplir de plus », avait-il soutenu un soir devant Cœurnoir, durant sa première année d'exil.

« En cela, tu te trompes, lui avait répliqué Myles Tignac. Lord Tywin ne se serait pas donné la peine de procéder à des fouilles. Il aurait incendié la ville et tout ce qui y vivait. Hommes et enfants, enfançons à la mamelle, nobles chevaliers et saints septons, porcs et putains, rats et rebelles, il aurait mis le feu à tout cela. Une fois les flammes retombées, quand ne seraient restées que cendres et braises, il aurait envoyé ses hommes à la recherche des ossements de Robert Baratheon. Plus tard, lorsque Stark et Tully seraient arrivés avec leur ost, il leur aurait offert à tous deux le pardon, qu'ils auraient accepté, avant de rentrer chez eux la queue basse. »

*Il n'avait pas tort*, admit Jon Connington après réflexion, accoudé sur les remparts de ses ancêtres. *Je voulais la gloire d'avoir occis Robert en combat singulier, mais pas le surnom de « boucher ». Ainsi Robert m'a-t-il échappé, pour tuer Rhaegar au Trident.* « J'ai failli le père, se jura-t-il, mais je ne faillirai pas le fils. »

Le temps que Connington ait effectué sa descente, ses hommes avaient réuni dans le baillage la garnison du château et le petit peuple survivant. Bien que ser Ronnet fût effectivement quelque part dans le Nord avec Jaime Lannister, la Griffonnière n'était pas totalement dénuée de griffons. Parmi les prisonniers on comptait le frère cadet de Ronnet, Raymund, sa sœur Alynne et son fils naturel, un gamin sauvage aux cheveux roux qu'ils appelaient Ronald Storm. Tous constituaient d'utiles otages si Ronnet le Rouge devait revenir pour tenter de reprendre le château qu'avait volé son père. Connington ordonna qu'ils

215

fussent sous bonne garde enfermés dans la tour ouest. À ces mots, la fille fondit en larmes et le bâtard essaya de mordre le piquier le plus proche de lui. « Arrêtez, tous les deux, aboya-t-il à leur adresse. Il ne vous sera fait aucun mal, à moins que Ronnet le Rouge ne se révèle être un parfait imbécile. »

Seuls quelques captifs avaient servi ici au temps où Jon Connington était encore seigneur du lieu : un sergent blanchi sous le harnois, aveugle d'un œil ; quelques-unes des lavandières ; un palefrenier qui était un gamin lors de la rébellion de Robert ; le cuisinier, devenu monstrueusement gras ; l'armurier du château. Griff s'était laissé pousser la barbe durant le voyage, pour la première fois depuis maintes années et, à sa surprise, elle s'était révélée surtout rousse, bien que çà et là la cendre apparût dans le feu. Vêtu d'une longue tunique rouge et blanche brodée des deux griffons de sa maison, combattant contre-chargés, il semblait une version plus âgée et plus sévère du jeune seigneur qui avait été l'ami et compagnon du prince Rhaegar... mais les hommes et les femmes de la Griffonnière continuaient de le considérer avec des yeux d'étrangers.

« Certains d'entre vous me connaissent, leur déclara-t-il. Les autres apprendront à le faire. Je suis votre seigneur légitime, rentré d'exil. Mes ennemis vous ont raconté que j'étais mort. Chansons et mensonges, comme vous le constatez par vous-mêmes. Servez-moi aussi fidèlement que vous avez servi mon cousin, et il n'adviendra rien de mal à aucun de vous. »

Il les fit avancer un par un, demanda à chaque homme son nom, puis le pria de ployer le genou et de lui jurer allégeance. Tout se déroula rapidement. Les soldats de la garnison – seuls quatre avaient survécu à l'attaque, le vieux sergent et trois novices – déposèrent leur épée à ses pieds. Personne ne regimba. Personne ne périt.

Ce soir-là, dans la grande salle, les vainqueurs festoyèrent de rôts et de poisson frais pêché, arrosés de riches crus de vin rouge tirés des caves du château. Jon Connington présidait sur le Trône du Griffon, partageant le haut bout de la table avec Harry Paisselande le Sans-Terre, Balaq le Noir, Franklyn Flowers et les trois jeunes griffons qu'ils avaient faits prisonniers. Les enfants étaient de son sang et il estimait de son devoir d'apprendre à les connaître, mais quand le bâtard annonça : « Mon père va vous tuer », il jugea qu'il en avait assez appris, leur ordonna de regagner leurs cellules et s'excusa de quitter la table.

Haldon Demi-Mestre avait été absent au banquet. Lord Jon le trouva dans la tour du mestre, courbé sur une pile de parchemins, des cartes étalées tout autour de lui. « Tu espères déterminer la position du reste de la compagnie ? lui demanda Connington.

— Si seulement je le pouvais, messire. »

Dix mille hommes avaient pris la mer à Volon Therys, avec toutes leurs armes, des chevaux, des éléphants. Un peu moins de la moitié étaient jusqu'ici parvenus en Westeros, à la destination prévue ou dans ses parages, une portion de côte déserte en lisière de la forêt pluviale... Des terres familières à Jon Connington, puisqu'elles lui avaient un jour appartenu.

Quelques années plus tôt seulement, jamais il n'aurait risqué un débarquement au cap de l'Ire ; les seigneurs de l'Orage montraient trop de farouche loyauté envers la maison Baratheon et le roi Robert. Mais avec le double trépas de Robert et de son frère Renly, tout avait changé. Stannis était un homme trop dur et trop froid pour inspirer grande fidélité, quand bien même il ne se serait pas trouvé à l'autre bout du monde, et les terres de l'Orage avaient peu de raisons d'aimer la maison Lannister. Quant à Jon Connington, il ne manquait point d'amis, par ici. *Certains des plus anciens seigneurs doivent encore se souvenir de moi, et leurs fils ont dû entendre les histoires. Et tous jusqu'au dernier savent qui étaient Rhaegar, et son jeune fils dont on a éclaté le crâne contre un mur de pierre froide.*

Par bonheur, son navire avait été parmi les premiers à atteindre leur destination. Dès lors, il ne s'était agi que de dresser le camp, de réunir ses hommes au fur et à mesure qu'ils touchaient terre et d'agir promptement, avant que les nobliaux locaux aient le moindre soupçon du péril. En cela, la Compagnie Dorée avait prouvé sa valeur. Le chaos qui aurait inévitablement retardé une telle marche avec un ost assemblé à la hâte à partir de chevaliers de maison et d'enrôlements locaux ne s'était jamais manifesté. Ces hommes étaient les héritiers d'Aigracier, et la discipline était leur lait maternel.

« À cette heure-ci demain, nous devrions avoir pris trois châteaux », jugea-t-il. La force qui s'était emparée de la Griffonnière représentait un quart de leur puissance disponible ; ser Tristan Rivers s'était simultanément mis en route pour le siège de la maison Morrigen à Nid de Corbeaux, et Laswell Peake pour Castelpluie, la forteresse des Wylde, chacun avec une unité de taille comparable. Le reste de leurs hommes était demeuré au camp afin de garder leur site de débarquement et le prince, sous le commandement du trésorier volantain de la compagnie, Gorys Edoryen. Leurs effectifs continueraient à grossir, il fallait l'espérer ; chaque jour de nouveaux navires arrivaient tant bien que mal. « Nous avons toujours trop peu de chevaux.

— Et pas d'éléphants », lui rappela le demi-mestre. Aucune des grandes cogues transportant les pachydermes n'avait encore fait son apparition. Ils les avaient vues pour la dernière fois à Lys, avant que la tempête ne dispersât la moitié de la flotte. « Des chevaux, cela se trouve en Westeros. Les éléphants…

— … n'ont pas d'importance. » Les énormes bêtes seraient utiles dans une bataille rangée, sans nul doute, mais du temps s'écoulerait encore avant qu'ils aient assez de puissance pour affronter leurs ennemis sur le champ de bataille. « Ces parchemins t'ont-ils appris quoi que ce soit d'utile ?

— Oh, tant et plus, messire. » Haldon lui adressa un sourire pincé. « Les Lannister se créent aisément des ennemis, mais semblent avoir plus de difficultés à conserver leurs amis. Leur alliance avec les Tyrell s'effiloche, d'après ce que je lis ici. La reine Cersei et la reine Margaery se disputent le petit roi comme deux chiennes un os de poulet, et toutes deux ont été accusées de trahison et de débauche. Mace Tyrell a abandonné son siège d'Accalmie pour marcher de nouveau sur Port-Réal et sauver sa fille, ne laissant derrière lui qu'une force symbolique qui tient les hommes de Stannis enfermés dans leur château. »

Connington s'assit. « Dis-m'en plus long.

— Au Nord, les Lannister s'appuient sur les Bolton, et dans le Conflans sur les Frey, deux maisons depuis longtemps renommées pour leur fourberie et leur cruauté. Lord Stannis Baratheon demeure en rébellion ouverte, et les Fer-nés des îles se sont également désigné un roi. Personne ne semble parler du Val, ce qui me laisse penser que les Arryn n'ont pris aucune part à tout cela.

— Et Dorne ? » Le Val était bien loin ; Dorne était voisine.

« Le benjamin du prince Doran a été promis à Myrcella Baratheon, ce qui tendrait à indiquer que les Dorniens ont pris le parti de la maison Lannister, mais ils ont une armée sur les Osseux et une autre à la Passe-du-Prince, qui attendent...

— Qui attendent. » Il se rembrunit. « Et qu'attendent-elles ? » Sans Daenerys et ses dragons, leurs espoirs se focalisaient sur Dorne. « Écris à Lancehélion. Doran Martell doit savoir que le fils de sa sœur est encore vivant et qu'il est revenu chez lui réclamer le trône de son père.

— À vos ordres, messire. » Le demi-mestre jeta un coup d'œil à un autre parchemin. « Nous n'aurions pas pu mieux calculer notre débarquement. Nous avons des amis et alliés potentiels de tous côtés.

— Mais pas de dragons, rappela Jon Connington. Aussi, pour gagner ces alliés à notre cause, nous faut-il quelque chose à leur offrir.

— L'or et les terres sont les encouragements traditionnels.

— Si seulement nous avions l'un ou les autres. Certains peuvent se satisfaire de promesses d'or et de terres, mais Paisselande et ses hommes voudront la primeur sur les plus beaux champs et châteaux, ceux qui ont été enlevés à leurs ancêtres lorsqu'ils ont fui en exil. Non.

— Vous avez, monseigneur, un prix à offrir, fit observer Haldon Demi-Mestre. La main du prince Aegon. Une alliance par le mariage, pour amener sous nos bannières quelque noble maison. »

*Une épouse pour notre brillant prince.* Jon Connington ne se souvenait que trop bien des noces du prince Rhaegar. *Ella n'avait jamais été digne de lui. Dès le début, elle avait été frêle et souffreteuse, et l'enfantement l'avait encore affaiblie.* Après la naissance de la princesse Rhaenys, sa mère avait gardé le lit la moitié d'une année, et la naissance du prince Aegon avait failli signer sa perte. Elle ne serait plus capable d'avoir des enfants, avaient ensuite annoncé les mestres au prince Rhaegar.

« Daenerys Targaryen pourrait bien rentrer un jour chez elle, répondit Connington au demi-mestre. Aegon doit être libre de l'épouser.

— Votre avis est sage, messire. En ce cas, nous pourrions envisager d'offrir à des alliés potentiels un moindre prix.

— Que suggères-tu ?

— Vous. Vous n'êtes pas marié. Un grand seigneur, encore dans la force de l'âge, sans héritiers sinon ces cousins que nous venons de déposséder, fils d'une ancienne maison dotée d'une belle et solide forteresse, et de larges et riches terres qui seront sans nul doute restituées et peut-être agrandies par la gratitude du souverain, une fois que nous aurons triomphé. Vous vous êtes forgé un nom en tant que guerrier et, comme Main du roi Aegon, vous parlerez avec sa voix et régnerez sur ce royaume en tous points, sauf le titre. J'imagine que plus d'un lord ambitieux pourrait brûler de marier sa fille à un tel homme. Peut-être même le prince de Dorne. »

Jon Connington lui répondit par un long regard glacé. Par moments, le demi-mestre l'agaçait presque autant que le nain l'avait fait. « Je ne crois pas, non. » *La mort me remonte à travers le bras. Aucun homme ne doit jamais le savoir, aucune épouse non plus.* Il se remit debout. « Prépare la lettre au prince Doran.

— À vos ordres, messire. »

Cette nuit-là, Jon Connington dormit dans les appartements du seigneur, dans le lit qui avait autrefois été celui de son père, sous un poussiéreux baldaquin en velours rouge et blanc. Il s'éveilla à l'aube au bruit de la pluie qui tombait et au timide cognement à la porte d'un serviteur inquiet de savoir de quoi son nouveau seigneur déjeunerait. « Des œufs à la coque, du pain frit et des haricots. Et un pichet de vin. La pire piquette de la cave.

— La... la *pire*, m'sire ?

— Tu m'as bien entendu. »

Quand on lui eut apporté la nourriture et le vin, il barra la porte, vida le pichet dans une cuvette et y baigna sa main. Lady

Lemore avait prescrit au nain un traitement de bains et de frictions de vinaigre, lorsqu'elle craignait qu'il n'eût contracté la grisécaille, mais exiger un pichet de vinaigre chaque matin risquait de dévoiler le pot aux roses. Il devrait se contenter de vin, mais ne voyait pas de raison de gaspiller un bon cru. Il avait désormais les ongles de quatre doigts noirs, quoique le pouce fût encore épargné. Sur le médius, le gris avait progressé au-delà de la deuxième phalange. *Je devrais les trancher*, se dit-il, *mais comment expliquer la perte de deux doigts ?* Il ne pouvait laisser découvrir sa léprose. Aussi étrange que cela pût paraître, des hommes qui auraient affronté la bataille d'un cœur léger et risqué la mort pour sauver un compagnon abandonneraient ce même compagnon en un battement de cœur, s'il se révélait porteur de la grisécaille. *J'aurais dû laisser ce maudit nain se noyer.*

Plus tard ce jour-là, habillé et de nouveau ganté, Connington procéda à une inspection du château et fit demander à Harry Sans-Terre et à ses capitaines de venir le rejoindre pour un conseil de guerre. Neuf d'entre eux se réunirent dans la salle privée : Connington et Paisselande, Haldon Demi-Mestre, Balaq le Noir, ser Franklyn Flowers, Malo Jayn, ser Brendel Broigne, Dick Cole et Lymond Gesse. Le demi-mestre avait de bonnes nouvelles. « Des informations sont arrivées au camp, envoyées par Marq Mandragore. Les Volantains l'ont débarqué sur ce qui s'est révélé être Estremont, avec près de cinq cents hommes. Il s'est emparé de Vertepierre. »

Estremont était une île au large du cap de l'Ire, jamais envisagée comme l'un de leurs objectifs. « Ces enfoirés de Volantains sont tellement pressés de se débarrasser de nous qu'ils nous jettent sur le premier lopin de terre qu'ils croisent, déclara Franklyn Flowers. Je vous parie que nous avons des gars disséminés à travers la moitié de ces foutus Degrés, en plus.

— Avec mes éléphants », renchérit Harry Paisselande sur un ton lugubre. Ses éléphants manquaient fort à Harry Sans-Terre.

« Mandragore n'avait pas d'archers avec lui, intervint Lymond Gesse. Savons-nous si Vertepierre a pu envoyer des corbeaux avant de tomber ?

— Je le présume, oui, répondit Jon Connington, mais quels messages pouvaient-ils porter ? Au mieux, l'annonce confuse de razzieurs venus de la mer. » Avant même de lever l'ancre à Volon Therys, il avait donné pour instruction à ses capitaines de ne déployer aucune bannière au cours de ces premières attaques – ni les dragons tricéphales du prince Aegon, ni ses propres griffons, ni les crânes et étendards de bataille dorés de la Compagnie. Que les Lannister soupçonnent Stannis Baratheon, des pirates des Degrés, des hors-la-loi de la forêt ou tous ceux qu'ils auraient envie de blâmer. Si les rapports parvenant à Port-Réal étaient confus et contradictoires, ce n'en serait que mieux. Plus le trône de Fer tarderait à réagir et plus ils auraient de temps pour réunir leurs forces et gagner des alliés à leur cause. « Il devrait y avoir des navires sur Estremont : c'est une île, après tout. Haldon, envoie à Mandragore ordre de laisser une garnison derrière lui et d'amener le reste de ses hommes au cap de l'Ire, en même temps que d'éventuels nobles captifs.

— À vos ordres, messire. Il se trouve que la maison Estremont est liée par le sang avec les deux rois. De bons otages.

— De bonnes rançons, jugea Harry Sans-Terre, guilleret.

— Il est également temps que nous fassions venir le prince Aegon, annonça lord Jon. Il sera plus en sécurité ici, derrière les remparts de la Griffonnière, que dans le camp.

— Je vais envoyer un cavalier, assura Franklyn Flowers, mais l'idée de rester en sécurité ne va pas trop plaire au jouvenceau, je vous le dis. Il veut se trouver au plus fort des événements. »

*Nous le voulions tous, à son âge*, se remémora lord Jon.

« L'heure est-elle venue de lever sa bannière ? s'enquit Gesse.

— Pas encore. Que Port-Réal imagine qu'il s'agit d'un simple lord qui rentre d'exil avec des épées-louées pour revendiquer son héritage. Une vieille histoire connue, tout cela. Je vais même écrire au roi Tommen en ce sens, et solliciter un pardon et la restitution de mes terres et de mes titres. Cela leur donnera matière à remâcher quelque temps. Et pendant qu'ils temporiseront, nous contacterons en secret de probables amis dans les terres de l'Orage et le Bief. Et à Dorne. » C'était l'étape cruciale. De moindres seigneurs pourraient s'unir à leur cause par peur des coups ou espoir de gain, mais seul le prince de Dorne avait le pouvoir de défier la maison Lannister et ses alliés. « Par-dessus tout, nous devons avoir Doran Martell avec nous.

— Peu de chances pour cela, jugea Paisselande. Le Dornien a peur de son ombre. Pas vraiment le genre audacieux. »

*Pas plus que toi.* « Certes, le prince Doran est un homme prudent. Jamais il ne se ralliera à nous, à moins qu'il ne soit convaincu que nous l'emporterons. Aussi, pour le convaincre, devons-nous montrer notre force.

— Si Peake et Rivers réussissent, nous contrôlerons la plus grande partie du cap de l'Ire, suggéra Paisselande. Quatre châteaux en autant de jours, voilà un début splendide, mais nous ne sommes encore qu'à la moitié de nos forces. Nous devons attendre le reste de mes hommes. Nous manquons également de chevaux et d'éléphants. Attendons, je dis. Amassons nos forces, gagnons quelques nobliaux à notre cause, laissons Lysono Maar envoyer ses espions pour apprendre ce que nous pourrons de nos ennemis. »

Connington jeta au grassouillet capitaine-général un regard froid. *Cet homme n'est ni Cœurnoir, ni Aigracier, ni Maelys. Il attendrait que les sept enfers soient pris par les glaces s'il le pouvait, plutôt que de risquer une nouvelle série d'ampoules.* « Nous n'avons pas traversé la moitié du monde pour attendre. Notre meilleure chance est de frapper fort et vite, avant que Port-Réal sache qui nous sommes. J'ai l'intention de prendre Accalmie. Une forteresse quasi inexpugnable, et la dernière tête de pont de Stannis Baratheon dans le Sud. Une fois qu'elle sera à nous, elle nous fournira une place forte sûre où nous réfugier au besoin, et sa conquête démontrera notre force. »

Les capitaines de la Compagnie Dorée échangèrent des regards. « Si Accalmie est toujours tenue par des hommes fidèles à Stannis, c'est à lui que nous la prendrons, et non aux Lannister, objecta Brendel Broigne. « Pourquoi ne pas faire cause commune avec lui contre les Lannister ?

— Stannis est le frère de Robert, de cette même engeance qui a provoqué la chute de la maison Targaryen, lui rappela Jon Connington. De plus, il se trouve à mille lieues d'ici, avec on ne sait quelles maigres forces encore sous ses ordres. Entre nous s'étend tout le royaume. Le simple fait de l'atteindre exigerait la moitié d'un an, et il a tant et moins à nous offrir.

— Si Accalmie est tellement inexpugnable, comment comptez-vous vous en emparer ? voulut savoir Malo.

— Par la ruse. »

Harry Paisselande marqua son désaccord. « Nous devrions attendre.

— Nous le ferons. » Jon Connington se remit debout. « Dix jours. Pas davantage. Il nous faudra tout ce temps pour nous préparer. Au matin du onzième jour, nous partirons pour Accalmie. »

Le prince vint les rejoindre quatre jours plus tard, caracolant en tête d'une colonne de cent chevaux, avec trois éléphants progressant lourdement à l'arrière. Lady Lemore l'accompagnait, de nouveau revêtue d'une robe blanche de septa. En tête venait ser Rolly Canardière, une cape blanche comme neige flottant à ses épaules.

*Un homme solide, et un vrai*, songea Connington en regardant Canard mettre pied à terre, *mais point digne de la Garde Royale*. Il avait fait de son mieux pour dissuader le prince d'attribuer à Canardière le manteau, lui faisant observer qu'il valait mieux garder cet honneur en réserve pour des guerriers de plus grand renom, dont la féauté ajouterait du lustre à leur cause, et les fils cadets de grands seigneurs, dont le soutien leur serait nécessaire dans la lutte à venir, mais le jouvenceau n'en avait point démordu. « Canard mourrait pour moi, au besoin, avait-il déclaré, et voilà tout ce que je demande à ma Garde Royale. Le Régicide était un guerrier de grand renom, et fils d'un grand seigneur, en sus. »

*Du moins l'ai-je convaincu de laisser les autres six places vacantes, sinon Canard pourrait bien avoir six canetons à sa traîne, chacun plus aveuglément convenable que l'autre.* « Escortez Sa Grâce jusqu'à ma salle privée, ordonna-t-il. Sur-le-champ. »

Le prince Aegon Targaryen n'était point tout à fait si obéissant que l'avait été Griff le Jeune, toutefois. Presque une heure s'écoula avant qu'il parût enfin dans la salle privée, Canard à ses côtés. « Lord Connington, déclara-t-il, votre château me plaît. »

« *Votre père a des terres splendides* », avait-il dit. *Ses cheveux d'argent flottaient dans le vent, et ses yeux étaient d'un mauve profond, plus sombre que ceux de ce jouvenceau.* « Il me plaît aussi, Votre Grâce. Je vous en prie, prenez un siège. Ser Rolly, nous n'aurons plus besoin de vous, à présent.

— Non, je veux que Canard reste ici. » Le prince s'assit. « Nous avons discuté avec Paisselande et Flowers. Ils nous ont parlé de l'attaque que vous projetez contre Accalmie. »

Jon Connington ne laissa pas paraître sa fureur. « Et Harry Sans-Terre a-t-il essayé de vous convaincre de la retarder ?

— Il l'a fait, en effet, répondit le prince, mais je m'y refuse. Harry est une vieille fille, non ? Vous avez pleinement raison, messire. Je veux que l'attaque ait bien lieu  avec une modification. J'ai l'intention de la mener moi-même. »

# LE SACRIFICE

Sur le pré du village, les gens de la reine dressaient leur bûcher.

*Ou devait-on dire sur la banquise du village ?* La neige montait partout jusqu'aux genoux, sauf aux endroits où les hommes l'avaient dégagée, afin de pratiquer, à la hache, à la pelle et au pic des trous dans le sol gelé. Des tourbillons de vent venus de l'ouest poussaient de nouvelles chutes de flocons à la surface des lacs pris par la glace.

« Vous ne tenez pas à regarder ça, déclara Aly Mormont.

— Non, mais je vais le faire quand même. » Asha Greyjoy était la fille de la Seiche, pas une donzelle dorlotée incapable de supporter le spectacle de choses laides.

La journée avait offert obscurité, froid et famine, comme la veille et la journée d'avant. Elles en avaient passé l'essentiel sur la glace, à grelotter auprès de deux orifices qu'elles avaient percés dans le plus petit des lacs gelés, des lignes de pêche serrées dans des mains embarrassées de mitaines. Il y avait peu de temps encore, elles pouvaient espérer hameçonner un ou deux poissons chacune, et des hommes du Bois-aux-Loups plus expérimentés dans la pêche sur glace en sortaient quatre ou cinq. Aujourd'hui, Asha n'était revenue qu'avec un coup de froid qui la pénétrait jusqu'à l'os. Aly ne s'était pas mieux comportée. Voilà trois jours que ni l'une ni l'autre n'avait attrapé de poisson.

L'Ourse essaya encore. « Moi, je ne tiens pas à regarder ça. »
*Ce n'est pas toi que les gens de la reine ont envie de brûler.*
« Alors, va-t'en. Tu as ma parole, je ne m'enfuirai pas. Où irais-je ?
À Winterfell ? » Asha en rit. « Nous n'en sommes qu'à trois
jours de cheval, à ce qu'on m'a dit. »

Six hommes de la reine s'échinaient à planter deux énormes
troncs de pin dans des trous creusés par six autres hommes de
la reine. Asha n'avait pas besoin d'en demander la destination.
Elle la connaissait. *Des poteaux.* La nuit tomberait bientôt sur
eux, et il fallait nourrir le dieu rouge. *Une offrande de sang et
de feu*, comme l'appelaient les hommes de la reine, *afin que
le Maître de la Lumière puisse tourner son œil ardent sur nous
et fondre ces neiges trois fois maudites.*

« Même en ce lieu de peur et ténèbres, le Maître de la Lumière
nous protège », avait déclaré ser Godry Farring aux hommes
qui s'étaient rassemblés pour regarder enfoncer les poteaux à
coups de masse dans leurs trous.

« Qu'est-ce que votre dieu sudier a à voir avec *la neige* ? »
s'enquit Artos Flint. Sa barbe noire se couvrait d'une carapace
de glace. « C'est le courroux des anciens dieux descendu sur
nous. C'est eux que nous devrions apaiser.

— Ouais, renchérit Wull le Grand Quartaut. Rahlou le
Rouge, y signifie rien, par ici. Zallez simplement réussir à nous
mettre les anciens dieux en colère. Y nous observent, d'puis
leur île. »

Le hameau s'étendait entre deux lacs, dont le plus grand se
piquetait d'îlots boisés qui crevaient la glace comme les poings
glacés d'un géant noyé. D'un d'entre eux s'élevait un ancien
barral tors, à la souche et aux branches aussi blanches que les
neiges qui l'environnaient. Huit jours plus tôt, Asha était allée
à pied avec Aly Mormont contempler de plus près les fentes
de ses yeux rouges et sa bouche sanglante. *Ce n'est que de la
sève*, s'était-elle répété, *la sève rouge qui coule à l'intérieur
de ces barrals.* Mais ses prunelles restaient sceptiques : voir,
c'était croire, et elles voyaient du sang coagulé.

« C'est vous, les Nordiens, qui avez attiré ces neiges sur
nous, insista Corliss Penny. Vous et vos arbres démons. R'hllor
nous sauvera.

— R'hllor nous condamnera », rétorqua Artos Flint.

*La vérole emporte les dieux de vos maisons*, songea Asha
Greyjoy.

Ser Godry Tueur-de-Géants inspecta les poteaux, en cognant
un pour s'assurer qu'il était fermement planté. « Bien. Bien. Ils
conviendront. Ser Clayton, faites approcher le sacrifice. »

Ser Clayton Suggs était le solide bras droit de Godry. *Ou
devrait-on dire son bras malade ?* Asha n'aimait pas ser Clayton. Alors que Farring semblait animé d'une farouche dévotion
à son dieu rouge, Suggs était simplement cruel. Elle l'avait vu
devant les feux nocturnes, observer, les lèvres entrouvertes et les
yeux avides. *Ce n'est pas le dieu qu'il aime, mais les flammes*,
en avait-elle conclu. Lorsqu'elle avait demandé à ser Justin si
Suggs avait toujours été ainsi, il avait fait une moue. « Sur
Peyredragon, il s'adonnait au jeu en compagnie des bourreaux
et leur prêtait main-forte pour l'interrogatoire des prisonniers,
en particulier lorsqu'il s'agissait de jeunes femmes. »

Cela ne surprit pas Asha. Suggs prendrait un plaisir tout particulier à la brûler, elle n'en doutait pas. *À moins que les tempêtes ne s'apaisent.*

Depuis dix-neuf jours, ils se trouvaient à trois jours de Winterfell. *Cent lieues de Motte-la-Forêt jusqu'à Winterfell. Trois
cents milles à vol de corbeau.* Mais aucun d'eux n'était un corbeau, et la tempête ne faiblissait pas. Chaque matin, Asha
s'éveillait en espérant voir le soleil, pour n'affronter qu'une
nouvelle journée de neige. La tourmente avait enseveli chaque
hutte, chaque taudis sous un monticule de neige sale, et les
congères monteraient bientôt assez haut pour engloutir à son
tour la maison commune.

Et il n'y avait rien à manger, en dehors de leurs chevaux
qui dépérissaient, des poissons pêchés dans les lacs (plus rares
chaque jour), et des quelques maigres proies que leurs chasseurs
arrivaient à dénicher dans ces forêts froides et mortes. Comme
chevaliers et seigneurs du roi s'arrogeaient la part du lion en
viande de cheval, il en restait tant et moins pour les hommes
ordinaires. Rien de très étonnant, par conséquent, à ce qu'ils
eussent commencé à dévorer leurs propres morts.

Asha avait été aussi horrifiée que les autres quand l'Ourse lui avait rapporté la nouvelle : on avait découvert quatre hommes de Cossepois en train d'équarrir un de ceux du défunt lord Fell, taillant des pièces de viande dans ses cuisses et ses fesses pendant que son avant-bras tournait sur une broche. Mais elle ne pouvait feindre la surprise. Ces quatre-là n'étaient pas les premiers à goûter à la chair humaine au cours de cette terrible marche, elle l'aurait gagé – simplement les premiers qu'on découvrait.

Par arrêt du roi, les quatre hommes de Cossepois paieraient de leur vie ce banquet... et, en brûlant, mettraient un terme à la tempête, proclamaient les gens de la reine. Asha Greyjoy n'avait aucune foi en leur dieu rouge ; néanmoins, elle priait pour qu'ils dissent vrai. Sinon, d'autres bûchers suivraient, et ser Clayton pourrait bien voir ses désirs aboutir.

Les quatre cannibales étaient nus quand ser Clayton les poussa devant lui, leurs poignets liés dans le dos par des lanières de cuir. Le plus jeune d'entre eux pleurait en trébuchant dans la neige. Deux autres marchaient comme des hommes déjà morts, les yeux fixés sur le sol. Asha fut étonnée de constater combien ils paraissaient ordinaires. *Pas des monstres*, comprit-elle, *rien que des hommes*.

Le plus âgé des quatre avait été leur sergent. Lui seul restait crâne, jetant son venin aux gens de la reine qui l'aiguillonnaient avec leurs piques. « J' vous emmerde tous, et votre dieu rouge aussi, lançait-il. T'entends, Farring ? *Tueur-de-Géants* ? J'étais content quand ton con de cousin a crevé, Godry. On aurait dû l' bouffer, lui aussi, il sentait tellement bon quand on l'a rôti. J' parie que c'était un régal, ce gamin, bien tendre et juteux. » Un coup de manche de pique précipita l'homme à genoux, mais sans le faire taire. En se relevant, il cracha une giclée de sang et de dents cassées et continua tout de bon. « Le meilleur, c'est la queue, bien grillée à la broche. Une petite saucisse bien grasse. » Pendant qu'on l'enveloppait de chaînes, il poursuivit ses imprécations. « Corliss Penny, viens-t'en par ici. D'où ça vient, comme nom, Penny ? C'était la gourmandise préférée de ta mère ? Et toi, Suggs, immonde salope, tu... »

Ser Clayton ne prononça pas un mot. Un coup rapide ouvrit la gorge du sergent, libérant un flot de sang sur son torse.

Le pleurnicheur redoubla de lamentations, son corps secoué par chaque sanglot. Il était si maigre qu'Asha pouvait lui compter les côtes. « Non, suppliait-il, je vous en prie, il était mort, il était mort et on avait faim, *pitié...*

— C'est le sergent qui a été le plus malin, confia Asha à Aly Mormont. Il a poussé Suggs à le tuer. » Elle se demanda si la même ruse pourrait fonctionner deux fois, au cas où son tour devrait venir un jour.

On enchaîna les quatre victimes dos à dos, deux par poteau. Elles restèrent accrochées là, trois vivants et un mort, tandis que les dévots du Maître de la Lumière entassaient sous leurs pieds des bûches fendues et des branches cassées, puis arrosaient d'huile de lampe les amas. Ils se devaient d'agir avec célérité. La neige tombait dru, comme toujours, et le bois serait bientôt détrempé.

« Où est le roi ? » s'enquit ser Corliss Penny.

Quatre jours plus tôt, un des écuyers du roi avait succombé au froid et à la faim, un gamin du nom de Bryen Farring, un parent de ser Godry. Stannis Baratheon s'était tenu, le visage dur, auprès du bûcher funéraire tandis que le corps de l'enfant était livré aux flammes. Puis le roi s'était retiré dans sa tour de guet. Il n'en avait plus émergé depuis... bien que, de temps en temps, on aperçût Sa Grâce sur le toit de la tour, silhouettée contre le feu du fanal qui y brûlait nuit et jour. *En train de parler au dieu rouge*, affirmaient certains. *D'invoquer lady Mélisandre*, insistaient d'autres. Que ce fût l'un ou l'autre, il semblait à Asha Greyjoy que le roi était désemparé et qu'il appelait à l'aide.

« Canty, allez trouver le roi et prévenez-le que tout est prêt, ordonna ser Godry au plus proche homme d'armes.

— Le roi est ici. » C'était la voix de Richard Horpe.

Par-dessus son armure de plates et de mailles, ser Richard portait son gambison matelassé, frappé des trois sphinx à tête de mort sur champ de cendre et d'os. Le roi Stannis marchait à ses côtés. Derrière eux, s'évertuant pour se maintenir à leur hauteur, Arnolf Karstark clopinait en s'appuyant sur une canne

231

de prunellier. Lord Arnolf les avait rejoints huit jours plus tôt. Le Nordien apportait un fils, trois petits-fils, quatre cents piques, quarante archers, une douzaine de lanciers à cheval, un mestre et une cage de corbeaux... mais seulement assez de provisions pour alimenter les siens.

Karstark, au vrai, n'était point un seigneur, avait-on laissé entendre à Asha, simplement le gouverneur de Karhold tant que le seigneur véritable demeurerait prisonnier des Lannister. Décharné, voûté et tordu, avec une épaule gauche plus haute d'un demi-pied que la droite, il avait le cou maigre, des yeux gris louchons et des dents jaunies. Seuls quelques poils blancs le séparaient encore de la calvitie ; sa barbe fourchue était mi-partie blanche et grise, mais toujours en bataille. Asha trouvait à ses sourires quelque chose de rance. Et cependant, à en croire les ragots, c'était à Karstark qu'échoirait Winterfell s'ils s'en emparaient. Quelque part dans un lointain passé, la maison Karstark avait bourgeonné de la maison Stark, et lord Arnolf avait été le premier des bannerets d'Eddard Stark à se déclarer en faveur de Stannis.

À ce qu'en savait Asha, les Karstark adoraient ces anciens dieux du Nord qu'ils partageaient avec les Wull, les Norroit, les Flint et les autres clans des collines. Elle se demanda si lord Arnolf était venu assister à cette mise au bûcher à la requête du roi, afin d'être le témoin direct de la puissance du dieu rouge.

À la vue de Stannis, deux des hommes attachés aux poteaux se mirent à implorer grâce. Le roi écouta en silence, la mâchoire crispée. Puis il indiqua à Godry Farring : « Vous pouvez commencer. »

Le Tueur-de-Géants leva les bras. « *Maître de la Lumière, entends-nous.*

— *Maître de la Lumière, défends-nous*, psalmodièrent les gens de la reine, *car la nuit est sombre et pleine de terreurs.* »

Ser Godry leva la tête vers le ciel qui s'assombrissait. « *Nous te rendons grâce pour le soleil qui nous réchauffe et t'implorons de nous le rendre, ô Seigneur, qu'il puisse éclairer notre chemin vers tes ennemis.* » Des flocons de neige fondaient sur son visage. « *Nous te rendons grâce pour les étoiles qui veillent sur nous, la nuit, et t'implorons d'arracher ce voile qui les masque, afin que nous puissions nous réjouir de nouveau à la vue de leur gloire.*

— *Maître de la Lumière, protège-nous*, prièrent les gens de la reine, *et tiens en respect les ténèbres sauvages.* »

Ser Corliss Penny s'avança, brandissant la torche à deux mains, il lui fit décrire des cercles autour de sa tête, afin d'aviver les flammes. Un des captifs se mit à geindre.

« *R'hllor*, entonna ser Godry, *nous te donnons à présent quatre mauvais hommes. D'un cœur joyeux et sincère, nous les livrons à tes feux purificateurs, que les ténèbres de leur âme puissent être consumées. Que leur chair odieuse soit brûlée et calcinée, que leurs esprits puissent s'élever, libres et purs, afin de monter dans la lumière. Accepte leur sang, ô Maître, et fais fondre les entraves de glace qui enchaînent tes serviteurs. Entends leur douleur, et accorde à nos épées la force, que nous puissions répandre le sang de tes ennemis. Accepte ce sacrifice, et indique-nous le chemin de Winterfell, afin que nous puissions défaire les incroyants.* »

— *Maître de la Lumière, accepte ce sacrifice* », reprirent en écho une centaine de voix. Ser Corliss alluma le premier bûcher avec la torche, puis l'enfonça dans le bois à la base du second. Quelques filets de fumée commencèrent à s'élever. Les captifs se mirent à tousser. Les premières flammèches parurent, timides comme des donzelles, pointant et dansant de bûche en jambe. En quelques instants, les deux poteaux furent engloutis par les flammes.

« *Il était mort*, hurla celui qui pleurait, tandis que les flammes lui léchaient les jambes. On l'a retrouvé mort… Pitié… on avait *faim…* » Les feux gagnèrent ses couilles. Alors que le poil autour de sa queue commençait à s'embraser, ses plaintes se dissocièrent en un long hurlement inarticulé.

Asha Greyjoy sentit un goût de bile au fond de sa gorge. Sur les îles de Fer, elle avait vu des prêtres de son propre peuple trancher la gorge de serfs et offrir leurs corps à la mer en l'honneur du dieu Noyé. Une cérémonie brutale, mais celle-ci était pire.

*Ferme les yeux*, s'enjoignit-elle. *Bouche-toi les oreilles. Détourne-toi. Tu n'as pas besoin de regarder ça.* Les gens de la reine chantaient un péan de louanges à R'hllor le Rouge, mais elle ne distinguait pas les paroles sous les hurlements. La chaleur des flammes lui battait le visage ; pourtant, elle frissonna. L'air se chargea de fumée et de la puanteur de la chair brûlée, et un des corps tressautait encore contre les chaînes portées au rouge qui le rivaient au poteau.

Au bout d'un moment, les cris cessèrent.

Sans un mot, le roi Stannis s'en fut, retournant à la solitude de sa tour de guet. *Retour au feu de son fanal*, comme le savait Asha, *à scruter la flamme en quête de réponses.* Arnolf Karstark voulut boitiller à sa suite, mais ser Richard Horpe le saisit par le bras et l'orienta vers la maison commune. Le public commença à s'éloigner, chacun vers son propre feu et le maigre souper qu'il pourrait trouver.

Clayton Suggs se coula aux côtés d'Asha. « Le con de fer a-t-il goûté le spectacle ? » Son haleine puait la bière et l'oignon. *Il a des yeux de porc*, estima Asha. C'était approprié ; son bouclier et son surcot arboraient un cochon ailé. Suggs avança le museau si près d'elle qu'elle aurait pu compter les points noirs sur son nez, et annonça : « Il y aura plus grande foule encore pour vous voir vous trémousser contre un poteau. »

Il n'avait pas tort. Les Loups ne l'aimaient pas ; elle était fer-née et devait répondre des crimes de son peuple, pour Moat Cailin, Motte-la-Forêt et Quart-Torrhen, pour des siècles de pillages au long de la côte rocheuse, pour tout ce que Theon avait commis à Winterfell.

« Lâchez-moi, ser. » Chaque fois que Suggs s'adressait à elle, elle avait la nostalgie de ses haches. Asha était aussi douée pour la danse du doigt que n'importe quel homme des îles, et avait ses dix doigts pour preuve. *Si seulement je pouvais danser avec celui-ci.* Certains hommes avaient un visage qui exigeait une barbe. Celui de ser Clayton exigeait une hache plantée entre les deux yeux. Mais elle en était dépourvue ici, aussi le mieux qu'elle pût faire était-il de se dégager. Cela ne réussit qu'à serrer encore la poigne de ser Clayton, les doigts gantés s'enfonçant dans son bras comme des griffes de fer.

« Madame vous a prié de la lâcher, intervint Aly Mormont. Vous seriez bien inspiré de l'écouter, ser. Lady Asha n'est point faite pour le bûcher.

— Elle le sera, insista Suggs. Nous avons trop longtemps abrité en notre sein cette adoratrice du démon. » Il relâcha néanmoins sa prise sur le bras d'Asha. On ne provoquait pas l'Ourse inutilement.

Ce fut l'instant que Justin Massey choisit pour apparaître. « Le roi a d'autres projets pour notre précieuse captive », déclara-t-il avec son sourire facile. Il avait les joues rougies de froid.

« Le roi ? Ou toi ? » Suggs renâcla avec dédain. « Manigance tant que tu voudras, Massey. Elle ira quand même au feu, elle et son sang de roi. Il y a de la puissance dans le sang des rois, disait la femme rouge. La puissance de complaire à notre maître.

— Que R'hllor se contente des quatre que nous venons de lui envoyer.

— Quatre rustres de basse extraction. Un sacrifice de misère. Ce n'est pas cette racaille qui pourrait arrêter la neige. Elle, oui. »

L'Ourse éleva la voix. « Et si tu la brûles et que les neiges continuent à tomber, qu'arrivera-t-il ? Qui brûleras-tu ensuite ? Moi ? »

Asha ne put retenir sa langue. « Et pourquoi pas ser Clayton ? Peut-être R'hllor apprécierait-il les siens. Un fidèle qui chantera ses louanges tandis que les flammes lui lèchent la queue. »

Ser Justin rit. Suggs fut moins amusé. « Ricane bien, Massey. Si la neige continue à tomber, nous verrons bien qui rira encore. » Il jeta un coup d'œil aux morts sur les poteaux, sourit et s'en fut rejoindre ser Godry et les autres gens de la reine.

« Mon champion », déclara Asha à Justin Massey. Il méritait au moins cela, quels qu'aient été ses motifs. « Merci pour ce sauvetage, ser.

— Cela ne vous gagnera pas d'amis parmi les gens de la reine, fit observer l'Ourse. Auriez-vous perdu votre foi en R'hllor le Rouge ?

— J'ai perdu ma foi en bien davantage, lui répondit Massey dont l'haleine formait une pâle brume dans l'air. Mais je crois encore au repas du soir. Voulez-vous vous joindre à moi, mesdames ? »

Aly Mormont secoua la tête. « Je n'ai point d'appétit.

— Moi non plus. Mais mieux vaudrait cependant vous forcer à avaler un peu de viande de cheval, ou vous risquez de regretter sous peu de ne pas l'avoir fait. Nous avions huit cents chevaux en prenant la route à Motte. La nuit dernière, le compte était descendu à soixante-quatre. »

Cela ne la choqua pas. Presque tous leurs grands destriers étaient tombés, y compris celui de Massey. La plupart des palefrois avaient péri, également. Même les poneys des Nordiens se mettaient à faillir, faute de fourrage. Mais à quoi bon des chevaux ? Stannis ne marchait plus vers aucun but. Le soleil, la lune et les étoiles avaient disparu depuis si longtemps qu'Asha commençait à penser qu'elle les avait rêvés. « Je vais manger. »

Aly secoua la tête. « Pas moi.

— Permettez-moi de m'occuper de lady Asha, en ce cas, lui dit ser Justin. Vous avez ma parole, je ne la laisserai pas s'évader. »

L'Ourse donna son assentiment à contrecœur, sourde à l'ironie dans la voix de Massey. Ils se séparèrent là, Aly pour regagner sa tente, ser Justin et Asha pour aller à la maison commune. Laquelle ne se situait pas loin – mais les congères étaient profondes, le vent soufflait en rafales et les pieds d'Asha ressemblaient à des blocs de glace. Elle sentait à chaque pas un coup de poignard dans sa cheville.

Si petite et misérable qu'elle fût, la maison commune était le plus grand bâtiment du village, aussi les seigneurs et les capitaines se l'étaient-ils arrogée, tandis que Stannis s'installait dans la tour de guet en pierre au bord du lac. Deux gardes en flanquaient la porte, appuyés à de longues piques. L'un d'eux souleva pour Massey le rabat graissé de la porte, et ser Justin escorta Asha pour le passer jusqu'à la chaleur bienfaisante qui régnait à l'intérieur.

Des bancs et des tables sur tréteaux couraient de part et d'autre de la salle, offrant de la place à cinquante personnes... bien que le double de ce nombre y fût entassé. Une fosse à feu avait été creusée au milieu du sol en terre battue, avec une rangée de trous pour la fumée dans le toit au-dessus. Les Loups avaient pris coutume de s'asseoir d'un côté de la fosse, les chevaliers et seigneurs sudiers de l'autre.

Les Sudiers avaient piteuse allure, jugea Asha – maigres, les joues creuses, certains pâles et malades, d'autres avec des visages rougis et gercés par le vent. Par contraste, les Nordiens semblaient en pleine santé, de grands hommes rougeauds à la barbe en broussaille, vêtus de fourrures et de fer. Ils avaient certes faim et froid, eux aussi, mais la marche avait été plus aisée pour eux, grâce à leurs poneys et à leurs pattes d'ours.

Asha retira ses mitaines en fourrure, grimaçant en pliant les doigts. La douleur fulgura dans ses jambes quand ses pieds à demi gelés commencèrent à se réchauffer dans la touffeur ambiante. En fuyant, les paysans avaient abandonné derrière eux une bonne quantité de tourbe, aussi l'air était-il chargé de fumée et de l'odeur riche et terreuse d'un sol en combustion. Asha accrocha sa cape à une cheville derrière la porte après en avoir secoué la neige qui s'y était accrochée.

Ser Justin leur trouva des places sur le banc et alla chercher à manger pour eux deux – de la bière et des morceaux de viande de cheval, calcinés en surface et saignants à l'intérieur. Asha but une gorgée de bière et se jeta sur le cheval. Sa portion était plus petite que la dernière qu'elle ait goûtée, mais le seul fumet suffisait à faire gargouiller son ventre. « Grand merci, ser, dit-elle, le sang et la graisse lui coulant sur le menton.

— Justin. J'insiste. » Massey découpa sa viande en morceaux et en piqua un de son poignard.

Plus loin à la table, Will Pourprée clamait à ceux qui l'entouraient que Stannis reprendrait sa marche sur Winterfell d'ici trois jours. Il le tenait de la bouche d'un des palefreniers qui s'occupait des chevaux du roi. « Sa Grâce a vu la victoire dans ses feux, expliquait Pourprée, une victoire qu'on chantera mille ans, autant dans les châteaux des seigneurs que dans les cabanes de paysans. »

Justin Massey leva les yeux de son plat de cheval. « La dîme du froid a atteint quatre-vingts la nuit dernière. » Il dégagea un morceau de tendon d'entre ses dents et le jeta au plus proche chien. « Si nous prenons la route, nous périrons par centaines.

— Nous périrons par milliers si nous restons ici, répliqua ser Humfrey Clifton. Continuons ou mourons, je dis.

— Continuons *et* mourons, voilà ma réponse. Et si nous atteignons Winterfell, que ferons-nous alors ? Comment prendrons-nous le château ? La moitié de nos hommes sont si affaiblis qu'ils parviennent à peine à poser un pied devant l'autre. Allez-vous les envoyer escalader des murailles ? Construire des engins de siège ?

— Nous devrions rester ici jusqu'à ce que le temps change », estima ser Folcœur Wylde, un vieux chevalier cadavérique dont la nature démentait le prénom. Asha avait entendu des rumeurs prétendant que les hommes d'armes pariaient entre eux sur les prochains grands chevaliers et seigneurs qui mourraient. Ser Folcœur s'était nettement détaché parmi les favoris. *Et combien d'argent a-t-on placé sur moi, je me demande ? Peut-être est-il encore temps d'engager un pari.* « Ici au moins nous avons quelque abri, insistait Wylde, et il y a du poisson dans les lacs.

— Trop peu de poissons et trop de pêcheurs », contesta lord Cossepois sur un ton lugubre. Il avait de bonnes raisons de parler sur ce ton : c'étaient ses hommes que ser Godry venait de faire brûler, et on en avait entendu suggérer dans cette même salle que Cossepois en personne savait certainement ce qu'ils faisaient, voire qu'il avait pris part à leurs banquets.

« Il a pas tort », bougonna Ned Woods, un des éclaireurs de Motte. Ned Sans-Nez, on l'appelait ; des engelures lui avaient pris le bout du nez deux hivers plus tôt. Woods connaissait le Bois-aux-Loups aussi bien que n'importe quel homme vivant. Les plus arrogants seigneurs du roi avaient appris à prêter l'oreille, quand il parlait. « J' les connais, ces lacs. Zêtes mis dessus comme des asticots sur une charogne, par centaines. Zavez percé tant d' trous dans la glace que c'est grand miracle si y en a pas eu davantage qui sont tombés au travers. Du côté de l'île, par endroits, on dirait un fromage attaqué par les souris. » Il secoua la tête. « Les lacs, c'est fini. Les avez épuisés.

— Raison de plus pour nous mettre en marche, insista Humfrey Clifton. Si notre destin veut que nous mourions, mourons l'épée à la main. »

C'était la même dispute que le soir précédent et celui d'avant. *Continuons et mourons, restons ici et mourons, battons en retraite et mourons.*

« Libre à vous de périr à votre guise, Humfrey, déclara Justin Massey. Pour ma part, je préférerais vivre pour connaître un autre printemps.

— Certains pourraient considérer cette attitude comme lâche, riposta lord Cossepois.

— Plutôt lâche que cannibale. »

Le visage de Cossepois se tordit avec une fureur soudaine. « Vous…

— La mort fait partie de la guerre, Justin. » Ser Richard Horpe se tenait dans l'encadrement de la porte, ses cheveux sombres trempés de neige fondante. « Ceux qui marcheront avec nous auront leur part de tout le butin que nous prendrons à Bolton et à son bâtard, et une plus grande de gloire éternelle. Ceux qui sont trop faibles pour avancer devront se débrouiller tout seuls. Mais vous avez ma parole, nous enverrons des vivres dès que nous aurons pris Winterfell.

— *Vous ne prendrez pas Winterfell !*

— Oh, que si ! » Le caquètement venait du haut bout de la table, où Arnolf Karstark siégeait avec son fils Arthor et trois petits-fils. Lord Arnolf se repoussa contre la table pour se lever, tel un vautour se retirant de sa proie. Une main tachetée crocha l'épaule de son fils pour s'y soutenir. « Nous le prendrons, pour le Ned et pour sa fille. Oui-da, et pour le Jeune Loup aussi, qu'on a si cruellement massacré. Moi et les miens, nous vous ouvrirons la voie, au besoin. J'en ai dit autant à Sa Bonne Grâce le roi. *Marchez*, je lui ai dit et, avant que la lune soit passée, nous nous baignerons tous dans le sang des Frey et des Bolton. »

Des hommes commencèrent à taper du pied, à marteler de leur poing le plateau de la table. Presque tous étaient des Nordiens, nota Asha. De l'autre côté de la fosse du feu, les seigneurs sudiers siégeaient en silence sur leurs bancs.

Justin Massey attendit que le tumulte s'apaisât. Puis il déclara : « Voilà un admirable courage, lord Karstark, mais ce n'est pas le courage qui jettera bas les murailles de Winterfell. Comment comptez-vous prendre le château, je vous prie ? À coups de boules de neige ? »

Un des petits-fils d'Arnolf lui répondit : « Nous abattrons des arbres pour en faire des béliers et enfoncer les portes.

— Et nous mourrons. »

Un autre petit-fils se fit entendre. « Nous construirons des échelles et nous escaladerons les remparts.

— Et nous mourrons. »

Arthor Karstark, fils cadet de lord Arnolf, prit la parole. « Nous dresserons des tours de siège.

— Et nous mourrons, et nous mourrons, et nous mourrons. » Ser Justin leva les yeux au ciel. « Bonté des dieux, êtes-vous tous fous, chez les Karstark ?

— *Des dieux ?* reprit Richard Horpe. Vous vous oubliez Justin. Nous n'avons qu'un dieu, ici. Ne parlez pas de démons en la présente compagnie. Seul le Maître de la Lumière peut nous sauver, à présent. N'en êtes-vous pas d'accord ? » Il posa la main sur la poignée de son épée, comme pour souligner ses mots, mais ses yeux ne quittèrent pas le visage de Justin Massey.

Sous ce regard, ser Justin perdit de sa superbe. « Le Maître de la Lumière, certes. Ma foi est aussi profonde que la vôtre, Richard, vous le savez.

— C'est votre courage que je mets en doute, Justin, pas votre foi. Vous avez prêché la défaite à chaque étape du trajet depuis que nous avons quitté Motte-la-Forêt. Je finis par me demander de quel côté vous êtes. »

Une rougeur monta sur le cou de Massey. « Je ne resterai pas ici pour me faire insulter. » Il arracha sa cape humide du mur avec tant de force qu'Asha l'entendit se déchirer, puis passa d'un pas furieux devant Horpe et franchit la porte. Une bouffée d'air froid traversa la salle, soulevant les cendres du foyer et avivant un instant ses flammes.

*Brisé aussi vite que cela*, observa Asha. *Mon champion est taillé dans le saindoux.* Cependant, ser Justin restait l'un des seuls à pouvoir objecter si les gens de la reine tentaient de la brûler. Aussi se remit-elle debout pour revêtir sa propre cape et le suivre dans la tempête de neige.

Elle se perdit avant d'avoir fait dix pas. Asha voyait le feu du fanal flamber au sommet de la tour de guet, une vague lueur orange flottant dans les airs. À tous autres égards, le village avait disparu. Elle était seule, dans un monde blanc de neige et de silence, à se frayer un passage dans des congères qui lui montaient jusqu'aux cuisses. « *Justin ?* » appela-t-elle. Pas de réponse. Quelque part sur sa gauche, elle entendit un cheval renâcler. *La pauvre bête semble nerveuse. Peut-être sait-elle qu'elle fournira le repas de demain.* Asha serra plus fort sa cape autour d'elle.

Elle se retrouva sur le pré communal sans s'en apercevoir. Les poteaux en pin se dressaient toujours, calcinés et charbonneux, mais pas totalement consumés. Les chaînes cerclant les morts avaient désormais refroidi, elle le constata, mais elles retenaient encore les cadavres dans leur étreinte de fer. Un corbeau s'était perché sur l'un d'eux, tiraillant les lambeaux de chair brûlée qui s'accrochaient encore au crâne noirci. Les rafales de neige avaient couvert les cendres à la base du bûcher, montant le long de la jambe du mort, jusqu'à la cheville. *Les vieux dieux cherchent à l'ensevelir*, pensa Asha. *Ce n'est pas leur ouvrage.*

« Regarde bien, petite conne, énonça derrière elle la voix grave de Clayton Suggs. Tu seras aussi jolie qu'eux une fois qu'on t'aura rôtie. Dis-moi, ça hurle, un encornet ? »

*Dieu de mes pères, si vous pouvez m'entendre dans vos domaines aquatiques sous les vagues, accordez-moi juste une petite hache de jet.* Le dieu Noyé ne répondit pas. Il répondait rarement. C'était le problème, avec les dieux. « Avez-vous vu ser Justin ?

— Cet imbécile minaudier ? Qu'est-ce que tu lui veux, sale conne ? Si c'est pour te baiser, je suis plus homme que Suggs. »

*Conne, encore ?* Étrange comme les hommes tels que Massey employaient ce mot pour rabaisser la femme, alors que c'était la seule partie d'elles qu'ils prisaient. Et Suggs était pire que

Lideuil le Deux. *Quand il dit ce mot, il le pense.* « Votre roi castre les hommes qui commettent un viol », lui rappela-t-elle.

Ser Clayton ricana. « Le roi est à moitié aveugle, à force de scruter les feux. Mais t'inquiète pas, conne, je te violerai pas. Faudrait que je te tue, ensuite, et je préfère te voir brûler. »

*Encore le cheval.* « Vous entendez ?

— Entendre quoi ?

— Un cheval. Non, des chevaux. Plusieurs. » Elle tourna la tête, dressant l'oreille. La neige jouait d'étranges tours avec les sons. Il était difficile de déterminer de quelle direction venaient les bruits.

« C'est des facéties d'encornet, c'est ça ? J'entends rien du... » Suggs grimaça. « Bordel de merde. Des cavaliers. » Il tâtonna sur son baudrier, ses mains malhabiles dans leurs gants de fourrure et de cuir, et réussit enfin à arracher sa longue épée du fourreau.

Mais les cavaliers étaient déjà sur eux.

Ils émergèrent de la tourmente comme une troupe de spectres, des gaillards sur de petits chevaux, rendus plus imposants encore par le volume de fourrures qu'ils portaient. Des épées balançaient à leur hanche, chantant leur douce mélodie d'acier en branlant dans les fourreaux. Asha vit une hache de bataille sanglée à la selle de l'un d'eux, une masse au dos d'un autre. Des boucliers, aussi, mais tellement dissimulés sous la neige et la glace qu'on ne pouvait lire les armes qui y figuraient. En dépit de toutes les couches de laine, de fourrure et de cuir bouilli qu'elle portait, Asha se sentit nue face à eux. *Une trompe*, se dit-elle, *il faut que je trouve une trompe pour alerter le camp.*

« Cours, pauvre conne, gueula ser Clayton. Cours avertir le roi, lord Bolton nous attaque. » Toute brute qu'il fût, Suggs ne manquait pas de courage. L'épée à la main, il avança à travers la neige, se plaçant entre les cavaliers et la tour du roi, son fanal luisant derrière lui comme l'œil orange d'un dieu inconnu. « Qui va là ? Halte ! *Halte !* »

Le cavalier de tête tira sur ses rênes devant lui. Derrière en venaient d'autres, une vingtaine, peut-être. Asha n'eut pas le temps de les compter. Il pouvait y en avoir des centaines d'autres, là-bas, dans la tempête, en train de fondre sur eux, sous le couvert des ténèbres et des tourbillons de neige. Ceux-ci, toutefois…

*Trop nombreux pour être des éclaireurs, et trop peu pour constituer une avant-garde.* Et deux d'entre eux étaient tout de noir vêtus. *La Garde de Nuit,* comprit-elle soudain. « Qui êtes-vous ? lança-t-elle.

— Des amis, répondit une voix à demi familière. Nous vous avons cherchée à Winterfell, mais nous n'y avons découvert que Freuxchère Omble en train de battre tambour et de sonner de la trompe. Il nous a fallu quelque temps pour vous retrouver. » Le cavalier sauta de selle, retira sa cagoule et s'inclina. Sa barbe était tellement épaisse et tellement prise par la glace, qu'un instant Asha ne le reconnut point. Puis la lumière se fit. « *Tris ?* dit-elle.

— Madame. » Tristifer Botley mit un genou en terre. « Pucelle est ici, également. Roggon, Âpre-langue, Phalanges, Corneille… six d'entre nous, tous ceux qui étaient assez valides pour chevaucher. Cromm a péri de ses blessures.

— De quoi s'agit-il ? voulut savoir ser Clayton Suggs. Vous êtes des siens ? Comment avez-vous échappé aux cachots de Motte ? »

Tris se remit debout et essuya la neige de son genou. « Sybelle Glover s'est vu offrir une coquette rançon pour notre liberté et a choisi de l'accepter au nom du roi.

— Quelle rançon ? Qui verserait du bon argent pour la racaille des mers ?

— Moi, ser. » Celui qui venait de parler s'avança sur son poney. Il était très grand et très maigre, avec de si longues jambes qu'on s'émerveillait que ses pieds ne touchassent pas terre. « J'avais besoin d'une solide escorte pour me conduire en toute sécurité jusqu'au roi, et lady Sybelle de quelques bouches en moins à nourrir. » Une écharpe masquait les traits de l'échalas, mais sur son crâne était perché le plus étrange couvre-chef qu'Asha eût vu depuis sa dernière escale à Tyrosh, une tour de tissu doux sans rebord, évoquant trois cylindres empilés les uns sur les autres. « On m'avait laissé entendre que je pourrais trouver ici le roi Stannis. Il est fort important que je m'entretienne sur-le-champ avec lui.

— Et qui, au nom des sept enfers puants, êtes-vous donc ? »

L'échalas glissa avec grâce à bas de son poney, retira son singulier chapeau et s'inclina. « J'ai l'honneur d'être Tycho Nestoris, humble serviteur de la Banque de Fer de Braavos. »

De toutes les créatures étranges qui auraient pu jaillir de la nuit au galop, un banquier braavien était bien la dernière à laquelle se serait attendue Asha Greyjoy. C'était vraiment trop invraisemblable. Elle ne put se retenir de rire. « Le roi Stannis a pris ses quartiers dans la tour de guet. Ser Clayton sera ravi de vous conduire à lui, je n'en doute pas.

— Ce serait fort urbain. Le temps est une considération capitale. » Le banquier la scruta avec des yeux sombres et perçants. « Vous êtes la dame Asha de la maison Greyjoy, si je ne m'abuse.

— Asha de la maison Greyjoy, certes. Les opinions divergent quant à savoir si je suis ou non une dame. »

Le Braavien sourit. « Nous vous avons apporté un présent. » Il fit signe aux hommes qui le suivaient. « Nous nous attendions à trouver le roi à Winterfell. Hélas, le château a été englouti sous la même tempête de neige. Au pied de ses remparts, nous avons découvert Mors Omble avec une troupe de jeunes gens non aguerris, qui espéraient l'arrivée du roi. Il nous a confié ceci. »

*Une gamine et un vieillard*, jugea Asha tandis qu'on les laissait tous les deux choir brutalement devant elle dans la neige. La gamine grelottait violemment, même sous ses fourrures. Si elle n'avait pas eu si peur, elle aurait même pu être jolie, bien que le bout de son nez fût noirci par une engelure. Le vieillard… personne ne le trouverait jamais séduisant. Elle avait vu des épouvantails mieux en chair. Son visage était un crâne tendu de peau, ses cheveux, blancs comme l'os et crasseux. Et qu'il *puait* ! Sa seule vue emplit Asha de révulsion.

Il leva les yeux. « Ma sœur. Tu vois. Cette fois-ci, je t'ai reconnue. »

Le cœur d'Asha cessa un instant de battre. « *Theon ?* »

Les lèvres de l'homme se retroussèrent sur ce qui aurait pu être un sourire. La moitié des dents manquaient, et la moitié de celles qui restaient étaient cassées et fracturées. « Theon, répéta-t-il. Mon nom est Theon. On se doit de connaître *son nom.* »

# VICTARION

Noire était la nuit, et argent la mer quand la Flotte de Fer fondit sur sa proie.

Ils la repérèrent dans les passes séparant l'île des Cèdres des collines accidentées de l'arrière-pays astapori, exactement comme le prêtre noir Moqorro l'avait annoncé. « Ghiscari », cria Longuesaigues Pyke depuis le nid de pie. Victarion Greyjoy regarda sa voile grossir depuis le gaillard d'avant. Bientôt, il fut en mesure de distinguer ses rames qui montaient et descendaient, et le long sillage blanc derrière le bâtiment qui brillait au clair de lune, comme une cicatrice sur la mer.

*Pas un vrai vaisseau de guerre*, comprit Victarion. *Une galère de commerce, et une grosse.* Elle constituerait une belle prise. Il fit signe à ses capitaines de donner la chasse. Ils allaient aborder le navire et s'en emparer.

Le capitaine de la galère avait désormais compris le péril. Il changea de route pour obliquer vers l'ouest, se dirigeant vers l'île des Cèdres, avec l'espoir peut-être de s'abriter dans une crique cachée ou de précipiter ses poursuivants sur les récifs déchiquetés bordant la côte nord-est. Mais sa galère était lourdement chargée, et le vent favorisait les Fer-nés. Le *Deuil* et le *Fer Vainqueur* coupèrent la route du fuyard, tandis que l'*Épervier* et l'agile *Danseur du Doigt* se ruaient derrière elle. Même alors, le capitaine ghiscari n'abattit pas ses bannières. Le temps que la *Lamentation* vînt bord à bord avec la proie, raclant son flanc bâbord et brisant ses rames, les deux navires étaient si proches des ruines hantées de Ghozaï qu'on pouvait entendre jacasser les singes tandis que les premières lueurs de l'aube déferlaient sur les pyramides écroulées de la ville.

Leur prise s'appelait l'*Aube ghiscarie*, déclara le capitaine de la galère quand on le livra enchaîné à Victarion. Originaire de la Nouvelle-Ghis, elle y revenait via Yunkaï après avoir commercé à Meereen. L'homme ne parlait aucune langue décente, rien qu'un ghiscari guttural, lardé de borborygmes et de chuintements, une des plus laides langues que Victarion Greyjoy eût jamais entendues. Moqorro traduisit les paroles du capitaine dans la Langue Commune de Westeros. La guerre de Meereen était remportée, selon le capitaine ; la reine dragon était morte et un Ghiscari du nom d'Hizdak gouvernait désormais la ville.

Victarion lui fit arracher la langue pour prix de ses mensonges. Daenerys Targaryen n'était *pas* morte, lui assurait Moqorro ; son dieu rouge, R'hllor, lui avait montré le visage de la reine dans ses feux sacrés. Le capitaine ne supportait pas le mensonge, aussi fit-il jeter le capitaine, pieds et poings liés, par-dessus bord, en sacrifice au dieu Noyé. « Ton dieu rouge recevra son dû, promit-il à Moqorro, mais les mers sont gouvernées par le dieu Noyé.

— Il n'y a d'autres dieux que R'hllor et l'Autre, dont on ne peut prononcer le nom. » Le prêtre sorcier était vêtu de noir funèbre, à l'exception d'un soupçon de fil d'or au col, aux manchettes et au revers. Il n'y avait pas de tissu rouge à bord du *Fer Vainqueur*, mais il n'était pas acceptable que Moqorro se déplaçât dans les haillons souillés de sel qu'il portait lorsque le Mulot l'avait tiré de l'océan, aussi Victarion avait-il ordonné à Tom Boisdeflotte de lui coudre de nouvelles robes à partir de ce qui était disponible, et il avait même fait don à cette fin d'une partie de ses tuniques. Celles-là étaient noir et or, puisque les armes de la maison Greyjoy présentaient une seiche d'or sur champ noir, et les bannières et voiles de leurs navires proclamaient le même emblème. Le vermillon et l'écarlate de la tenue des prêtres rouges étaient étrangers aux Fer-nés, mais

Victarion comptait que ses hommes accepteraient plus aisément Moqorro une fois revêtu des couleurs des Greyjoy.

Il espérait en vain. Harnaché de noir de pied en cap, avec un masque de flammes rouges et orange tatoué sur le visage, le prêtre paraissait plus sinistre que jamais. L'équipage l'évitait quand il arpentait le pont, et les hommes crachaient par terre si son ombre passait par mégarde sur eux. Même le Mulot, qui avait tiré le prêtre rouge des flots, avait pressé Victarion de l'offrir au dieu Noyé.

Mais Moqorro avait de ces côtes étrangères une connaissance dont les Fer-nés étaient dépourvus, ainsi que des secrets des dragons. *L'Œil de Choucas s'est attaché des sorciers, pourquoi pas moi ?* Son sorcier noir était plus puissant que les trois d'Euron, même si vous les aviez jetés dans une marmite et fait bouillir pour les réduire à un seul. Que le Tifs-Trempés désapprouve. Aeron et sa piété étaient bien loin.

Aussi Victarion serra-t-il sa main brûlée en un poing puissant pour déclarer : « L'*Aube ghiscarie* n'est pas un nom digne d'un vaisseau de la Flotte de Fer. Pour toi, sorcier, je vais le rebaptiser le *Courroux du dieu rouge.* »

Son sorcier inclina la tête. « Comme le désirera le capitaine. » Et de nouveau les vaisseaux de la Flotte de Fer furent au nombre de cinquante et quatre.

Le lendemain, une soudaine bourrasque s'abattit sur eux. Là encore, Moqorro l'avait prédit. Quand le grain passa, on découvrit que trois vaisseaux avaient disparu. Victarion n'avait aucun moyen de savoir s'ils avaient sombré, s'étaient échoués ou avaient été déviés de leur course. « Ils savent où nous allons, déclara-t-il à son équipage. S'ils sont toujours à flot, nous nous retrouverons. » Le capitaine fer-né n'avait pas le temps d'attendre les retardataires. Pas quand sa promise était cernée par les ennemis. *La plus belle femme du monde a un besoin urgent de ma hache.*

D'ailleurs, Moqorro lui assura que les trois bâtiments n'étaient pas perdus. Chaque soir, le prêtre sorcier allumait un feu sur le gaillard d'avant du *Fer Vainqueur*, et il allait et venait autour des flammes, en psalmodiant des prières. Les lueurs du brasier faisaient briller sa peau noire comme l'onyx poli et Victarion aurait parfois pu jurer que les flammes de son tatouage dansaient, elles aussi, se tordant et se ployant, se fondant les unes dans les autres, changeant de couleur à chaque mouvement de la tête du prêtre.

« Le prêtre noir attire les démons sur nous », entendit-on un rameur déclarer. Lorsqu'on rapporta cette réflexion à Victarion, il fit fouetter le coupable jusqu'à ce que son dos ne fût que sang, des épaules jusqu'aux fesses. Aussi, quand Moqorro déclara : « Vos ouailles égarées regagneront le troupeau au large de l'île nommée Yaros », le capitaine répliqua-t-il : « Prie pour qu'ils le fassent, prêtre. Sinon, tu pourrais être le prochain à tâter de mon fouet. »

La mer était bleue et verte et le soleil flambait dans un ciel bleu et vide quand la Flotte de Fer fit sa deuxième prise, dans les eaux au nord-ouest d'Astapor.

Cette fois-ci, c'était une cogue myrienne appelée la *Colombe*, à destination de Yunkaï avec escale à la Nouvelle-Ghis, chargée d'une cargaison de tapis, de vin vert doux et de dentelles myriennes. Son capitaine possédait un œil de Myr qui rapprochait les objets lointains – deux lentilles de verre placées dans une série de tubes de bronze, habilement agencés de façon que chaque section coulissât à l'intérieur de la suivante, jusqu'à ce que l'œil n'eût plus que la taille d'un poignard. Victarion revendiqua pour lui-même ce trésor. Il rebaptisa la cogue *Pie-grièche*. On garderait son équipage pour en exiger rançon, décréta le capitaine. Ce n'étaient ni des esclaves ni des esclavagistes, mais des Myriens libres et des matelots d'expérience. De tels hommes valaient de belles sommes. Venue de Myr, la *Colombe* ne leur apporta pas des nouvelles fraîches de Meereen ou de Daenerys, rien que des rapports dépassés sur des cavaliers dothrakis aperçus le long de la Rhoyne, le départ de la Compagnie Dorée et d'autres faits déjà sus de Victarion.

« Que vois-tu ? » demanda le capitaine à son prêtre noir, ce soir-là, alors que Moqorro se tenait devant son feu nocturne. « Qu'est-ce qui nous menace, demain ? Encore de la pluie ? » Il lui semblait la sentir dans l'air.

« Des cieux gris et de forts vents, répondit Moqorro. Pas de pluie. Derrière, viennent les tigres. Devant nous attend ton dragon. »

*Ton dragon.* Victarion aimait le son de la formule. « Révèle-moi quelque chose que j'ignore, prêtre.

— Le capitaine ordonne et j'obéis », répondit Moqorro. L'équipage avait pris coutume de l'appeler la Flamme noire, un nom attribué par Steffar le Bègue, qui n'arrivait pas à prononcer « Moqorro ». Quel que fût son nom, le prêtre avait de vrais pouvoirs. « Ici, la côte court d'ouest en est, annonça-t-il à Victarion. Lorsqu'elle obliquera vers le Nord, tu rencontreras deux autres lièvres. Rapides, et dotés de bien des pattes. »

Et il en fut ainsi. Cette fois, la proie se révéla être une paire de galères, longues, fines et rapides. Ralf le Boiteux fut le premier à les repérer, mais elles ne tardèrent pas à distancer la *Désolation* et le *Maigre Espoir*, aussi Victarion envoya-t il l'*Aile de Fer*, l'*Épervier* et le *Baiser du Kraken* pour les rattraper. Il n'avait pas navire plus rapide que ces trois-là. La poursuite occupa la plus grande partie de la journée, mais enfin les deux galères furent prises à l'abordage et capturées, après des combats brefs mais brutaux. Les navires voguaient à vide, découvrit Victarion, en route vers la Nouvelle-Ghis pour y charger vivres et armes à l'intention des légions ghiscaries campées devant Meereen… et pour apporter à la guerre des légionnaires frais, afin de remplacer tous ceux qui avaient péri. « Des hommes tués au combat ? » demanda Victarion. Les équipages des galères répondirent par la négative ; les morts venaient d'une dysenterie. La jument pâle, l'appelaient-ils. Et comme le capitaine de l'*Aube ghiscarie*, les capitaines des galères répétèrent le mensonge de la mort de Daenerys Targaryen.

« Embrassez-la pour moi dans l'enfer où vous pourrez bien la retrouver », lança Victarion. Il réclama sa hache et les décapita sur-le-champ. Puis il mit également à mort les équipages, ne préservant que les esclaves enchaînés aux avirons. Il brisa lui-même leurs entraves et déclara qu'ils étaient désormais des hommes libres et qu'ils auraient le privilège de ramer pour la Flotte de Fer, un honneur que tout gamin des îles de Fer rêvait d'obtenir quand il serait grand. « La reine dragon affranchit les esclaves. Moi aussi », proclama-t-il.

Il rebaptisa les galères le *Fantôme* et la *Revenante*. « Car j'ai l'intention de les faire revenir hanter ces Yunkaïis », affirma-t-il ce soir-là à la noiraude après avoir pris son plaisir avec elle. Ils étaient proches maintenant, de plus en plus chaque jour. « Nous nous abattrons sur eux comme la foudre », assura-t-il en malaxant la poitrine de la femme. Il se demanda si son frère Aeron ressentait la même chose quand le dieu Noyé s'adressait à lui. Il entendait presque la voix du dieu monter des abysses de la mer. *Tu me serviras bien, capitaine*, semblaient dire les vagues. *C'est à cette fin que je t'ai créé.*

Mais il nourrirait également le dieu rouge, le dieu du feu de Moqorro. Le bras qu'avait guéri le prêtre était affreux à voir : du craquant de porc, du coude au bout des doigts. Parfois, quand Victarion fermait le poing, la peau se fendait et fumait ; toutefois, le bras était plus vigoureux qu'il l'avait jamais été. « Deux dieux m'accompagnent, désormais, annonça-t-il à la noiraude. Aucun ennemi ne pourrait tenir, face à deux dieux. » Puis il la fit rouler sur le dos et la prit une fois de plus.

Quand les falaises de Yaros apparurent à tribord de leurs proues, il trouva ses trois navires perdus qui l'attendaient, conformément à la promesse de Moqorro. Victarion offrit au prêtre un torque d'or en récompense.

Il devait à présent prendre une décision : risquer les passes, ou contourner l'île avec la Flotte de Fer ? Le souvenir de Belle Île ulcérait encore la mémoire du capitaine fer-né. Stannis Baratheon avait fondu sur la Flotte de Fer à la fois par le nord et par le sud, alors qu'ils étaient engoncés dans le chenal séparant l'île du continent, infligeant à Victarion sa plus écrasante défaite. Mais contourner Yaros lui coûterait un temps inestimable. Avec Yunkaï si proche, le trafic dans les passes serait probablement dense, mais Victarion ne s'attendait à rencontrer des vaisseaux de guerre yunkaïis qu'une fois arrivé plus près de Meereen.

*Que ferait l'Œil de Choucas ?* Il médita longtemps sur cette question, puis transmit le signal à ses capitaines. « Nous traversons les passes. »

Ils firent trois prises supplémentaires avant que Yaros ne diminuât en poupe. Le Mulot et le *Deuil* capturèrent une galéasse dodue, tandis que Manfryd Merlyn du *Milan* s'emparait d'une galère de commerce. Leurs cales débordaient de marchandises, vins et soieries, épices, bois précieux et des parfums plus précieux encore, mais les navires eux-mêmes représentaient la véritable prise. Plus tard le même jour, un ketch de pêcheurs fut arraisonné par le *Sept Crânes* et la *Terreur des Serfs*. C'était un petit bâtiment, lent et crasseux, qui méritait à pcine qu'on l'abordât. Victarion fut mécontent de découvrir qu'il avait fallu deux de ses vaisseaux pour réduire les pêcheurs à merci. Ce fut pourtant de leur bouche qu'il apprit le retour du dragon noir. « La reine d'argent a disparu, lui raconta le maître du ketch. Elle s'est envolée sur son dragon, au-delà de la mer Dothrak.

— Où se situe cette mer Dothrak ? voulut-il savoir. Je vais la traverser avec la Flotte de Fer et je retrouverai la reine, où qu'elle soit. »

Le pêcheur s'esclaffa. « Voilà un spectacle qui mériterait d'être vu. La mer Dothrak est couverte d'herbes, imbécile. »

Il n'aurait pas dû répondre cela. Victarion le saisit à la gorge avec sa main brûlée pour le soulever tout entier en l'air. Le cognant en arrière contre le mât, il serra jusqu'à ce que le visage du Yunkaïi devînt aussi noir que ces doigts qui s'enfonçaient dans sa chair. L'homme décocha des coups de pied et se tortilla un moment, essayant en vain de se dégager de l'emprise du capitaine. « Quand on traite Victarion Greyjoy d'imbécile, on ne survit pas pour s'en vanter. » Lorsqu'il ouvrit sa main, le corps avachi de l'homme s'écroula sur le pont. Longuesaigues Pyke et Tom Boisdeflotte le balancèrent par-dessus bord, une nouvelle offrande au dieu Noyé.

« Ton dieu Noyé est un démon, déclara par la suite Moqorro le prêtre noir. Il n'est qu'un serf de l'Autre, le dieu obscur dont on ne doit pas dire le nom.

— Prends garde, prêtre, l'avertit Victarion. Il y a à bord de ce vaisseau des hommes pieux qui t'arracheraient la langue pour avoir prononcé de tels blasphèmes. Ton dieu rouge recevra son dû, je le jure. Ma parole est de fer. Demande à n'importe lequel de mes hommes. »

Le prêtre noir courba la tête. « Il n'en est pas besoin. Le Maître de la Lumière m'a montré votre valeur, lord Capitaine. Chaque nuit dans mes feux, j'aperçois la gloire qui vous attend. »

Ces paroles satisfirent considérablement Victarion Greyjoy, ainsi qu'il le rapporta cette nuit-là à la noiraude. « Mon frère Balon était un grand homme, dit-il, mais j'accomplirai ce qu'il n'a pas réussi. Les îles de Fer seront à nouveau libres, et l'Antique Voie sera rétablie. Même Dagon en a été incapable. » Presque cent années avaient passé depuis que Dagon Greyjoy avait siégé sur le trône de Grès, mais les Fer-nés contaient toujours ses exploits dans les razzias et les batailles. Au temps de Dagon, un roi faible siégeait sur le trône de Fer, ses yeux chassieux fixés sur l'autre rive du détroit où bâtards et exilés ourdissaient des rébellions. Aussi lord Dagon avait-il pris le large à Pyk, pour s'approprier la mer du Couchant. « Il a tiré la barbe du lion dans son antre et fait des nœuds à la queue du loup-garou, mais même Dagon n'a pas pu vaincre les dragons. Mais je ferai mienne la reine dragon. Elle partagera ma couche et me donnera nombre de fils vaillants. »

Cette nuit-là, la Flotte de Fer comptait soixante vaisseaux.

Les voiles inconnues se firent plus fréquentes au nord de Yaros. Ils se trouvaient très près de Yunkaï, et la côte, entre la Cité Jaune et Meereen, devait grouiller de navires de commerce et de ravitailleurs qui allaient et venaient, aussi Victarion guida-t-il la Flotte de Fer vers des eaux plus profondes, hors de vue de la terre. Même là, ils croisaient d'autres vaisseaux. « Que nul n'échappe pour avertir nos ennemis », ordonna le capitaine fer-né. Nul n'échappa.

La mer était verte et le ciel gris le matin où le *Deuil*, la *Garce guerrière* et le *Fer Vainqueur* de Victarion capturèrent la galère d'esclaves de Yunkaï dans les eaux au plein nord de la Cité Jaune. Dans ses cales se trouvaient vingt jouvenceaux parfumés et quatre-vingts filles, destinés aux maisons de plaisir de Lys. L'équipage n'aurait jamais imaginé rencontrer un péril si près de leurs eaux, et les Fer-nés eurent peu de mal à s'en emparer. Elle s'appelait la *Pucelle Consentante*.

Victarion passa les esclavagistes au fil de l'épée, puis il envoya ses hommes dans la cale libérer les rameurs de leurs chaînes. « À présent, vous ramez pour moi. Ramez dur, et vous prospérerez. » Il partagea les filles entre ses capitaines. « Les Lysiens auraient fait de vous des catins, leur annonça-t-il, mais nous vous avons sauvées. Vous ne devez plus désormais servir qu'un seul homme au lieu d'une multitude. Celles qui contenteront leur capitaine pourront devenir femmes-sel, un statut honorable. » Il ligota les garçons parfumés de chaînes et les précipita à la mer. C'étaient des créatures contre nature, et le navire sentit meilleur dès qu'il fut débarrassé de leur présence.

Pour lui-même, Victarion se réserva les sept plus belles filles. L'une avait des cheveux d'or roux et des taches de rousseur sur les seins. Une autre s'épilait entièrement. Une autre encore, timide comme une souris, avait des cheveux et des yeux marron. Une avait les plus gros seins qu'il ait jamais vus. La cinquième était une créature toute menue, aux cheveux noirs et raides et à la peau dorée. Elle avait des yeux de la couleur de l'ambre. La sixième était blanche comme le lait, avec des anneaux d'or passés dans la pointe de ses seins et ses lèvres inférieures ; la septième, noire comme l'encre de pieuvre. Les esclavagistes de Yunkaï les avaient formées à la méthode des sept soupirs, mais ce n'était pas pour cette raison que Victarion les voulait. Sa noiraude suffisait à satisfaire ses appétits jusqu'à ce qu'il atteigne Meereen et puisse revendiquer sa reine. Un homme n'avait cure de chandelles, quand le soleil l'attendait.

Il rebaptisa la galère le *Cri de l'esclavagiste*. Avec elle, les vaisseaux de la Flotte de Fer comptaient soixante et un bâtiments. « Chaque navire que nous capturons nous rend plus forts, déclara Victarion à ses Fer-nés, mais désormais, les choses vont se compliquer. Demain ou le jour d'après, nous risquons de croiser des vaisseaux de guerre. Nous entrons dans les eaux de Meereen, où nous attendent les flottes de notre ennemi. Nous rencontrerons des navires esclavagistes des trois Cités de l'Esclavage, des vaisseaux de Tolos, d'Elyria et de la Nouvelle-Ghis, voire des bâtiments de Qarth. » Il veilla à ne pas évoquer les galères vertes de l'Antique Volantis qui devaient sûrement remonter le golfe de Douleur en ce moment même. « Ces esclavagistes sont de faibles créatures. Vous les avez vus fuir devant nous, entendus couiner quand nous les passions au fil de l'épée. Chaque homme parmi vous en vaut vingt des leurs, car nous seuls sommes de fer. Souvenez-vous-en la prochaine fois que nous repérerons la voilure de quelque esclavagiste. Ne faites pas de quartier et n'en espérez aucun. Quel besoin avons-nous de quartier ? Nous sommes les Fer-nés, et deux dieux veillent sur nous. Nous nous emparerons de leurs vaisseaux, écraserons leurs espoirs et changerons leur baie en sang. »

À ces mots, une grande clameur monta. Le capitaine répondit par un hochement de tête, visage fermé, puis ordonna qu'on fît monter sur le pont les sept filles qu'il s'était attribuées. Il embrassa chacune sur les joues et les entretint de l'honneur qui les attendait, bien qu'elles ne comprissent pas ses paroles. Puis il les fit embarquer à bord du ketch de pêche qu'ils avaient capturé, fit trancher les filins et y bouter le feu.

« Avec cette offrande d'innocence et de beauté, nous honorons les deux dieux », proclama-t-il, tandis que les vaisseaux de guerre de la Flotte de Fer dépassaient à la rame le ketch en flammes. « Que ces filles renaissent dans la lumière, sans être souillées par la concupiscence des mortels, ou qu'elles descendent vers les demeures liquides du dieu Noyé, pour y festoyer, danser et rire jusqu'à ce que les mers se tarissent. »

Vers la fin, avant que le ketch fumant ne fût englouti par la mer, les cris des sept beautés se changèrent en chant de joie, sembla-t-il à Victarion Greyjoy. Un grand vent se leva alors, un vent qui gonfla leurs voiles et les poussa vers le nord-nord-est, en direction de Meereen et de ses pyramides de brique polychrome. *Sur les ailes du chant, je vole vers toi, Daenerys*, pensa le capitaine de fer.

Cette nuit-là, pour la première fois, il exposa la trompe de dragon que l'Œil de Choucas avait trouvée parmi les décombres fumants de la grande Valyria. C'était un objet tordu, six pieds d'une extrémité à l'autre, luisant et noir, cerclé d'or rouge et de sombre acier valyrien. *La trompe infernale d'Euron*. Victarion laissa courir sa main sur sa longueur. La trompe était aussi chaude et lisse que les cuisses de la noiraude, et si brillante qu'il pouvait discerner dans ses profondeurs une réplique déformée de ses propres traits. D'étranges inscriptions sorcières avaient été incisées dans les bandeaux qui la cerclaient. « Des glyphes valyriens », les avait appelées Moqorro.

Cela au moins, Victarion le savait déjà. « Que disent-ils ?

— Tant et plus. » Le prêtre noir indiqua du doigt une bande d'or. « Ici, la trompe est nommée : *Je suis Dompte-dragon*, dit-elle. L'avez-vous jamais entendue sonner ?

— Une fois. » Un des bâtards de son frère avait sonné de la trompe infernale aux états généraux de la royauté, sur Vieux Wyk. Un homme monstrueux, énorme, crâne rasé, des torques en or, en jais et en jade cerclant des bras épaissis par les muscles, et un grand faucon tatoué en travers de son torse. « Le son qu'elle a émis… Cela brûlait, en quelque sorte. Comme si j'avais des os incandescents, qu'ils cuisaient ma chair de l'intérieur. Ces inscriptions ont brillé, portées au rouge, puis à blanc, et on avait mal à les regarder en face. Il semblait que le son ne se tairait jamais. On aurait dit un long cri. Mille cris, tous fondus en un seul.

— Et l'homme qui a sonné de la trompe, qu'est-il devenu ?

— Il est mort. Il y avait des cloques sur ses lèvres, après. Son oiseau saignait, aussi. » Le capitaine se frappa la poitrine. « Le faucon, juste ici. Le sang dégoulinait de chaque plume. J'ai entendu dire que l'homme était tout brûlé à l'intérieur, mais ce pouvait être une histoire.

— Une histoire vraie. » Moqorro retourna la trompe infernale, examinant les lettres singulières qui rampaient sur un deuxième bandeau d'or. « Ici, cela dit : *Aucun mortel qui me sonnera n'y survivra.* »

Avec amertume, Victarion médita sur la duplicité des frères. *Les présents d'Euron sont toujours empoisonnés.* « L'Œil de Choucas a juré que cette trompe asservirait les dragons à ma volonté. Mais à quoi cela me servira-t-il si c'est au prix de ma vie ?

— Ton frère n'a pas sonné du cor lui-même. Tu ne dois pas le faire non plus. » Moqorro indiqua du doigt le bandeau d'acier. « Ici. *Du sang pour le feu, du feu pour le sang.* Peu importe qui souffle dans la trompe. Les dragons viendront au maître de la trompe. Tu dois en *devenir* le maître. Avec du sang. »

# LA LAIDERONNE

Onze serviteurs du dieu Multiface se réunirent cette nuit-là dans le soubassement du temple, plus qu'elle n'en avait jamais vus assemblés en une seule fois. Seul le nobliau et le gros lard arrivèrent par la porte principale ; le reste emprunta des chemins secrets, à travers des tunnels et des passages dérobés. Ils portaient leurs robes de noir et blanc, mais, en prenant place sur son siège, chaque homme retira sa cagoule pour exposer le visage qu'il avait choisi d'exhiber ce jour. Les hauts fauteuils étaient sculptés dans l'ébène et le barral, comme en surface les portes du temple. Les fauteuils d'ébène arboraient sur le dossier des visages de barral, ceux de barral des figures taillées dans l'ébène.

Un autre acolyte se tenait de l'autre côté de la salle, avec une carafe de vin rouge sombre. Elle avait l'eau. Chaque fois qu'un des serviteurs souhaitait boire, il levait les yeux ou faisait signe d'un doigt replié, et l'un, voire les deux, venait remplir sa coupe. Mais pour l'essentiel ils restèrent debout, à guetter des coups d'œil qui ne venaient jamais. *Je suis taillée dans la pierre*, se répéta-t-elle. *Je suis une statue, comme les Seigneurs de la Mer qui se dressent au bord du Canal des Héros.* L'eau pesait lourd, mais la fillette avait de la force dans les bras.

Les prêtres employaient la langue de Braavos, même si, une fois, pendant quelques minutes, trois d'entre eux débattirent avec animation en haut valyrien. La fille comprenait leurs mots, dans l'ensemble, mais ils parlaient à voix basse, et elle ne saisissait pas tout. « Je connais cet homme », entendit-elle déclarer un prêtre au visage de victime de la peste. « Je connais cet homme », confirma en écho le gros lard tandis qu'elle lui versait à boire. Mais le beau type décréta : « Je lui ferai le don, je ne le connais pas. » Plus tard, le bigleux annonça la même chose à propos de quelqu'un d'autre.

Au bout de trois heures de vin et de paroles, les prêtres se retirèrent… tous sauf l'homme plein de gentillesse, la gamine abandonnée et celui dont le visage portait les marques de la peste. Ses joues étaient couvertes de chancres purulents, et ses cheveux étaient tombés. Du sang coulait d'une narine et formait une croûte à l'angle de chaque œil. « Notre frère voudrait s'entretenir avec toi, mon enfant, lui annonça l'homme plein de gentillesse. Assieds-toi, si tu veux. » Elle prit place sur un siège en bois de barral avec un visage d'ébène. Les bubons saignants n'avaient pour elle rien de terrible. Elle vivait dans la Demeure du Noir et du Blanc depuis trop longtemps pour s'effrayer d'un faux visage.

« Qui es-tu ? demanda Face de Peste quand ils furent seuls.

— Personne.

— C'est faux. Tu es Arya de la maison Stark, qui se mord la lèvre et ne sait pas dire un mensonge.

— Je l'étais. Je ne suis plus elle, maintenant.

— Pourquoi es-tu ici, menteuse ?

— Pour servir. Pour apprendre. Pour changer de visage.

— Commence par changer de cœur. Le don du dieu Multiface n'est pas un jouet d'enfant. Tu voudrais tuer à tes propres fins, pour ton propre plaisir. Le nies-tu ? »

Elle se mordit la lèvre. « Je… »

Il la gifla.

Le coup lui laissa la joue cuisante, mais elle savait qu'elle l'avait mérité. « Merci. » Avec assez de gifles, elle apprendrait peut-être à ne plus se mordiller la lèvre. C'était *Arya* qui faisait ça, pas la louve des nuits. « Je ne le nie pas.

— Tu mens. Je lis la vérité dans tes yeux. Tu as des yeux de loup et le goût du sang. »

*Ser Gregor*, ne put-elle s'empêcher de penser. *Dunsen, Raff Tout-miel, ser Ilyn, ser Meryn, la reine Cersei*. Si elle parlait, elle devrait mentir, et il le saurait. Elle garda le silence.

« Tu étais un chat, me dit-on. Qui rôdait dans des ruelles puant le poisson, et vendait des coques et des moules contre une poignée de menue monnaie. Une petite vie, bien appropriée à une petite créature de ton genre. Demande, et on peut te la rendre. Va pousser ta carriole, vends tes coques à la criée, sois heureuse. Tu as le cœur trop tendre pour être l'une de nous. »

*Il a l'intention de me chasser.* « Je n'ai pas de cœur. Je n'ai qu'un vide. J'ai tué des tas de gens. Je pourrais vous tuer, si je le voulais.

— Goûterais-tu la douceur de cela ? »

Elle ne connaissait pas la réponse juste. « Peut-être.

— Alors, ta place n'est pas ici. La mort n'apporte aucune douceur dans cette demeure. Nous ne sommes ni des guerriers, ni des soldats, ni des spadassins qui se pavanent, tout boursouflés de vanité. Nous ne tuons pas pour servir un seigneur, pour engraisser notre bourse, pour flatter notre vanité. Jamais nous n'accordons le don pour notre satisfaction. Non plus que nous ne choisissons ceux que nous tuons. Nous ne sommes que les serviteurs du dieu Multiface.

— *Valar dohaeris.* » *Tous les hommes doivent servir.*

« Tu connais la devise, mais tu as trop d'orgueil pour servir. Un serviteur doit être humble et obéissant.

— J'obéis. Je suis capable d'être plus humble que n'importe qui. »

Cela le fit rire doucement. « Tu seras la déesse de l'humilité en personne, j'en suis certain. Mais pourras-tu en acquitter le prix ?

— Quel prix ?

— Le prix, c'est toi. Le prix, c'est tout ce que tu possèdes, et tout ce que tu pourras jamais espérer posséder. Nous avons pris tes yeux et te les avons rendus. Ensuite, nous prendrons tes oreilles, et tu marcheras dans le silence. Tu nous donneras tes jambes, et tu ramperas. Tu ne seras la fille de personne, l'épouse de personne, la mère de personne. Ton nom sera un mensonge, et même le visage que tu présenteras ne sera pas le tien. »

Elle faillit se mordre de nouveau la lèvre, mais cette fois-ci se retint et s'arrêta. *Mon visage est un bassin obscur, qui dissimule tout, qui n'expose rien.* Elle songea à tous les noms qu'elle avait portés : Arry, Belette, Pigeonneau, Cat des Canaux. Elle songea à la petite idiote de Winterfell qui s'appelait Arya Ganache. Les noms n'avaient aucune importance. « Je peux payer le prix. Donnez-moi un visage.

— Les visages se gagnent.

— Dites-moi comment.

— Accorde à un certain homme un certain don. En es-tu capable ?

— Quel homme ?

— Personne que tu connaisses.

— Je ne connais pas beaucoup de monde.

— C'est l'un d'eux. Un étranger. Personne que tu aimes, personne que tu haïsses, personne que tu aies jamais connu. Le tueras-tu ?

— Oui.

— Alors, demain, tu seras de nouveau Cat des Canaux. Porte ce visage, observe, obéis. Et nous verrons si tu es vraiment digne de servir Celui-qui-a-Maints-Visages. »

Ainsi, le lendemain, revint-elle chez Brusco et ses filles, dans la maison sur le canal. Les yeux de Brusco s'écarquillèrent en la voyant, et Brea poussa un petit cri.

« *Valar morghulis*, lança Cat en manière de salut.

— *Valar dohaeris* », répondit Brusco.

Ensuite, ce fut comme si elle n'était jamais partie.

Elle eut son premier aperçu de l'homme qu'elle devait tuer plus tard dans la matinée, alors qu'elle poussait sa carriole à travers les rues pavées en bordure du port Pourpre. C'était un vieillard, âgé bien au-delà de cinquante ans. *Il a trop longtemps vécu*, essaya-t-elle de se dire. *Pourquoi devrait-il avoir tant d'années alors que mon père a eu droit à si peu ?* Mais Cat des Canaux n'avait pas de père, aussi garda-t-elle cette pensée pour elle-même.

« *Coques, moules et palourdes*, cria Cat lorsqu'il la croisa, *huîtres, crevettes et grosses moules vertes*. » Elle alla jusqu'à lui sourire. Parfois, un sourire suffisait à les faire s'arrêter et acheter. Le vieil homme ne lui rendit pas son amabilité. Lui adressant une grimace, il poursuivit sa route, marchant dans une flaque. Les pieds de Cat en furent éclaboussés.

*Il est dénué de courtoisie*, songea-t-elle en le regardant s'éloigner. *Il a le visage dur et mauvais*. L'homme avait le nez pincé et aigu, les lèvres minces, les yeux petits et rapprochés. Ses cheveux avaient viré au gris, mais la barbiche pointue au bout de son menton demeurait noire. Cat jugea qu'il devait la teindre et s'étonna qu'il n'eût pas également teint ses cheveux. Il avait une épaule plus haute que l'autre, ce qui lui donnait une démarche de guingois.

« C'est un mauvais homme, annonça-t-elle ce soir-là, en regagnant la Demeure du Noir et du Blanc. Il a des lèvres cruelles, des yeux mauvais et une barbiche de malfaisant. »

L'homme plein de gentillesse gloussa. « C'est un homme comme n'importe quel autre, avec en lui de la lumière et des ténèbres. Il ne t'appartient pas de le juger. »

La remarque la laissa perplexe. « Les dieux l'ont-ils jugé ?

— Certains dieux, peut-être. À quoi servent les dieux, sinon à siéger en tribunal des hommes ? Le dieu Multiface ne pèse pas les âmes, toutefois. Il décerne son don aux meilleurs autant qu'aux pires. Sinon, les bons vivraient éternellement. »

Les mains du vieil homme étaient son pire trait, décida Cat le lendemain, en le regardant de derrière sa carriole. Il avait des doigts longs et osseux, toujours en mouvement, pour se gratter la barbe, se tirer l'oreille, tambouriner sur une table, s'agiter, s'agiter, s'agiter. *Ses mains ressemblent à deux grandes araignées blanches*. Plus elle observait ces mains et plus elle en venait à les haïr.

« Il remue trop les mains, leur dit-elle, au temple. Il doit être rempli de peur. Le don lui apportera la paix.

— Le don apporte la paix à tous les hommes.

— Quand je le tuerai, il me regardera dans les yeux et me remerciera.

— S'il fait cela, tu auras échoué. Il vaudrait mieux qu'il ne te remarque même pas. »

Le vieil homme était un genre de négociant, conclut Cat après l'avoir observé quelques jours. Son commerce devait être lié à la mer, bien qu'elle ne l'eût jamais vu mettre le pied à bord d'un bateau. Il passait ses journées assis chez un vendeur de potage près du port Pourpre, une tasse de soupe à l'oignon en train de refroidir près de son coude tandis qu'il manipulait des papiers et de la cire à cacheter, et discutait sur un ton sec avec un défilé de capitaines, d'armateurs et d'autres marchands, dont aucun ne semblait beaucoup l'aimer.

Et pourtant, ils lui apportaient de l'argent : des bourses de cuir qu'arrondissaient l'or, l'argent et les pièces carrées en fer de Braavos. Le vieil homme les comptait avec soin, triant les pièces et les empilant proprement, par catégories. Jamais il ne les regardait. Il se bornait à les mordre, toujours du côté gauche de sa bouche, où il avait gardé toutes ses dents. De temps en temps, il en faisait tournoyer une comme une toupie sur la table et écoutait le son qu'elle produisait en tombant en bout de course.

Et une fois toutes les pièces comptées et goûtées, le vieil homme griffonnait quelques mots sur un parchemin, le frappait de son sceau et le donnait au capitaine. Sinon, il secouait la tête et repoussait les pièces de l'autre côté de la table. Chaque fois qu'il faisait ça, l'autre homme devenait rouge et fâché, ou pâle et comme effrayé.

Cat ne comprenait pas. « Ils lui offrent de l'or et de l'argent, mais il ne leur donne que son écriture. Est-ce qu'ils sont idiots ?

— Quelques-uns, probablement. La plupart sont simplement prudents. Certains cherchent à l'amadouer. Mais ce n'est pas un personnage qu'on amadoue aisément.

— Mais qu'est-ce qu'il leur vend ?

— Il rédige pour chacun une convention. Si leurs vaisseaux sombrent dans une tempête ou sont capturés par des pirates, il promet de leur verser la valeur du navire et de tout son contenu.

— C'est un genre de pari ?

— En quelque sorte. Un pari que tout capitaine souhaite perdre.

— Oui, mais s'ils gagnent...

— ... ils perdent leurs navires, souvent même leurs vies. Il y a du péril en mer, et jamais plus qu'en automne. Sans nul doute, plus d'un capitaine qui a coulé dans une tempête a tiré quelque mince réconfort d'une convention conclue à Braavos, en sachant que sa veuve et ses enfants ne manqueront pas. » Un sourire triste lui toucha les lèvres. « C'est une chose que de rédiger une telle convention, cependant, et une autre que de la respecter. »

Cat comprit. *L'un d'entre eux doit le haïr. L'un d'entre eux est venu à la Demeure du Noir et du Blanc et a prié le dieu de le prendre.* Elle demanda de qui il s'agissait, mais l'homme plein de gentillesse ne voulut pas le lui dire. « Il ne t'appartient pas de te mêler de telles affaires, dit-il. Qui es-tu ?

— Personne.

— Personne jamais ne doit poser ces questions. » Il lui prit les mains. « Si tu ne peux pas accomplir cette tâche, il ne t'est besoin que de le dire. Il n'y a aucune honte à cela. Certains sont faits pour servir le dieu Multiface et d'autres, point. Parle, et je te soulagerai de cette tâche.

— Je l'accomplirai. J'ai dit que je l'accomplirai, et je l'accomplirai. »

Mais *comment ?* Voilà qui était plus difficile.

Il avait des gardes. Deux, un grand maigre et un petit gros. Ils l'accompagnaient partout, de l'instant où il quittait sa maison le matin jusqu'à son retour le soir. Ils veillaient à ce que personne ne s'approchât du vieil homme sans sa permission. Une fois, un ivrogne faillit le bousculer en titubant, alors qu'il revenait de chez le marchand de potage, mais le grand s'interposa, heurta fermement l'homme et le jeta par terre. Chez le marchand de potage, le courtaud goûtait toujours la soupe à l'oignon le premier. Le vieil homme attendait que la soupe eût refroidi avant de la boire, assez longtemps pour s'assurer que son garde ne souffrait d'aucun effet contraire.

« Il a peur, comprit-elle, ou sinon, il sait que quelqu'un veut le tuer.

— Il ne sait rien, répondit l'homme plein de gentillesse, mais il s'en doute.

— Les gardes l'accompagnent partout, même quand il s'écarte pour aller se soulager, mais il ne les suit pas quand eux y vont. Le grand est le plus vif. J'attendrai qu'il aille se soulager, j'entrerai chez le marchand de potage et je poignarderai le vieil homme dans l'œil.

— Et l'autre garde ?

— Il est lent et sot. Je peux le tuer aussi.

— Es-tu un boucher du champ de bataille, pour abattre tous ceux qui te barrent le passage ?

— Non.

— Je l'espère bien. Tu es une servante du dieu Multiface, et nous qui servons Celui-qui-a-Maints-Visages n'accordons son don qu'à ceux qui ont été marqués et choisis. »

Elle comprit. *Tue-le. Ne tue que lui.*

Il lui fallut plus de trois jours d'observation avant de trouver la méthode, et un autre jour pour s'entraîner avec son canif. Roggo le Rouge lui en avait enseigné l'emploi, mais elle n'avait plus dû fendre de bougette depuis avant qu'on lui ait retiré ses yeux. Elle voulait être certaine qu'elle savait encore procéder. *Douceur et rapidité, c'est comme ça qu'on fait, sans hésiter*, se dit-elle, et elle fit glisser la petite lame hors de sa manche, encore et encore et encore. Quand elle eut établi à sa satisfaction qu'elle avait gardé le souvenir du geste, elle affûta l'acier contre une pierre à aiguiser jusqu'à ce que son fil luisît d'un bleu argenté à la lueur de la chandelle. L'autre partie était plus délicate, mais la gamine abandonnée était là pour l'aider. « J'accorderai demain le don à l'homme, annonça-t-elle au petit déjeuner.

— Celui-qui-a-Maints-Visages sera content. » L'homme plein de gentillesse se leva de table. « Beaucoup de gens connaissent Cat des Canaux. Si on la voit commettre cet acte, ça pourrait attirer des ennuis à Brusco et à ses filles. Il est temps que tu prennes un autre visage. »

La petite ne sourit pas, mais à l'intérieur, elle était satisfaite. Elle avait perdu Cat une fois, et en avait porté le deuil. Elle ne voulait pas la perdre à nouveau. « De quoi aurai-je l'air ?

— Tu seras laide. Les femmes détourneront le regard en te voyant. Les enfants te dévisageront et te montreront du doigt. Les hommes forts auront pitié de toi, et certains pourraient

266

verser une larme. Personne parmi ceux qui te verront ne t'oubliera de sitôt. Viens. »

L'homme plein de gentillesse décrocha de son support la lanterne de fer et guida la petite devant le bassin noir et immobile et les rangées de dieux sombres et silencieux, jusqu'aux degrés à l'arrière du temple. La mioche leur emboîta le pas, au cours de la descente. Nul ne dit rien. On n'entendait que le frottement feutré de pieds chaussés de sandales contre la pierre. Dix-huit marches les menèrent aux caves, où cinq passages voûtés divergeaient comme les doigts d'une main. Ici en bas, l'escalier devenait plus étroit et plus escarpé, mais la petite l'avait descendu et remonté mille fois en courant et il ne recelait plus rien qui l'effrayât. Vingt-deux marches encore et ils arrivèrent dans les soubassements. Là, les tunnels étaient étriqués et tordus, d'obscurs trous de ver serpentant à l'intérieur du grand rocher. Un passage était barré par une lourde porte en fer. Le prêtre suspendit la lanterne à un crochet, glissa une main à l'intérieur de sa robe et en sortit une clé ornementée.

La chair de poule courut sur les bras de la petite. *Le sanctuaire*. Ils allaient continuer encore plus bas, jusqu'au troisième niveau, vers les salles secrètes où n'étaient admis que les prêtres

La clé cliqueta trois fois, très doucement, lorsque l'homme plein de gentillesse la fit tourner dans la serrure. La porte s'ouvrit sur des gonds de fer lubrifiés, sans faire de bruit. Au-delà, encore, des marches, taillées dans le roc massif. Le prêtre reprit la lanterne et ouvrit la voie. La petite suivit la lumière, comptant les degrés en descendant. *Quatre cinq six sept*. Elle se prit à regretter de ne pas avoir apporté son bâton. *Dix onze douze*. Elle savait le nombre de marches qui séparaient le temple de la cave, la cave des soubassements, elle avait même compté celles de l'étroit escalier en colimaçon qui montait en spirale vers les greniers, et les échelons raides de l'échelle en bois conduisant à la porte donnant sur le toit et au perchoir secoué par les vents, au-dehors.

Cet escalier-ci était inconnu d'elle, en revanche, et cela le rendait périlleux. *Vingt et un, vingt et deux, vingt et trois*. À chaque marche, l'air semblait refroidir un peu plus. Quand le

267

décompte atteignit trente, elle sut qu'ils se trouvaient même plus bas que les canaux. Trente et trois, trente et quatre. Jusqu'à quelle profondeur iraient-ils ?

Elle avait atteint cinquante et quatre quand les marches s'arrêtèrent enfin devant une nouvelle porte en fer. Celle-ci n'était pas verrouillée. L'homme plein de gentillesse la poussa pour l'ouvrir et la franchit. Elle le suivit, la gamine abandonnée sur ses talons. Leurs pas résonnèrent dans le noir. L'homme plein de gentillesse leva sa lanterne et en ouvrit complètement les clapets. La lumière se déversa sur les murs qui les entouraient.

Mille visages la contemplaient.

Ils pendaient aux murs, devant et derrière elle, en haut, en bas, partout où elle posait les yeux, partout où elle se tournait. Elle vit des visages vieux et des visages jeunes, des pâles et des sombres, lisses et ridés, tachés de son et semés de cicatrices, séduisants et laids, hommes et femmes, garçons et filles, et même des bébés, des visages souriants et des renfrognés, des visages remplis d'avidité, de rage et de concupiscence, des visages glabres et des visages hérissés de poil. *Des masques*, se reprit-elle, *ce ne sont que des masques*, mais alors même que cette pensée la traversait, elle sut que ce n'était pas vrai. C'étaient des peaux.

« Est-ce qu'elles t'effraient, mon enfant ? demanda l'homme plein de gentillesse. Il n'est pas trop tard pour nous quitter. Est-ce vraiment ce que tu veux ? »

Arya se mordit la lèvre. Elle ignorait ce qu'elle voulait. *Si je pars, où irai-je ?* Elle avait lavé et dépouillé cent cadavres, les créatures mortes ne l'effrayaient pas. *Ils les descendent ici et découpent leur visage, et alors ?* Elle était la louve des nuits, ce n'était pas un bout de peau qui pouvait lui faire peur. *Des capuchons de cuir, voilà tout ce que c'est, ils ne peuvent pas me faire de mal.* « Faites-le », bredouilla-t-elle.

Il la conduisit à l'autre bout de la salle, le long d'une rangée de galeries menant à des passages secondaires. La lumière de sa lanterne illumina chacun d'eux à son tour. Un tunnel était tapissé d'ossements humains, son toit soutenu par des colonnes de crânes. Un autre s'ouvrait sur un escalier en spirale qui s'enfonçait encore plus bas. *Combien de caves y a-t-il ?* s'interrogea-t-elle. *Est-ce qu'elles descendent éternellement ?*

« Assieds-toi », ordonna le prêtre. Elle s'assit. « À présent, ferme les yeux, enfant. » Elle ferma les yeux. « Tu vas avoir mal, la prévint-il, mais la douleur est le prix du pouvoir. Ne bouge pas. »

*Figée comme la pierre*, se dit-elle. Elle resta assise sans remuer. L'incision fut rapide, la lame tranchante. En toute logique, le métal aurait dû être froid contre sa chair, mais il paraissait chaud, en réalité. Elle sentit le sang ruisseler sur son visage, un rideau rouge et fluctuant qui tombait sur son front, ses joues et son menton, et elle comprit pourquoi le prêtre lui avait fait fermer les yeux. Quand le sang arriva à ses lèvres, il avait un goût de sel et de cuivre. Elle le lécha et frissonna.

« Apporte-moi le visage », dit l'homme plein de gentillesse. La mioche ne répondit rien, mais la fille entendit ses sandales susurrer sur le sol de pierre. À elle, il prescrivit : « Bois ça » et plaça une coupe dans sa main. Elle la but immédiatement, d'une gorgée. Le liquide était très acide, comme lorsqu'on mord dans un citron. Il y avait mille ans de ça, elle avait connu une petite fille qui adorait les gâteaux au citron. *Non, ce n'était pas moi, ce n'était qu'Arya.*

« Les comédiens changent de visage grâce à des artifices, expliquait l'homme plein de gentillesse, et les conjurateurs emploient des charmes, tissant la lumière et le désir pour créer des illusions qui abusent l'œil. Ces arts, tu les apprendras, mais ce que nous faisons ici plonge plus profond. Les sages peuvent percer l'artifice, et les charmes se dissolvent sous des regards pénétrants, mais le visage que tu vas revêtir sera aussi vrai et aussi matériel que celui avec lequel tu es née. Garde les paupières closes. » Elle sentit les doigts de l'homme lui tirer les cheveux en arrière. « Ne bouge pas. Tu vas éprouver une sensation bizarre. Tu pourrais être prise de vertige, mais tu ne dois pas bouger. »

Alors, elle perçut une secousse et un froissement léger tandis qu'on abaissait le nouveau visage sur l'ancien. Le cuir frotta contre son front, sec et raide, mais, dès qu'il fut imprégné de son sang, il s'attendrit pour s'assouplir. Ses joues s'échauffèrent, rosirent. Elle sentait son cœur palpiter sous son sein et, pendant un long moment, elle ne réussit pas à reprendre son souffle. Des mains se refermèrent sur sa gorge, dures comme la pierre, pour l'étrangler. Ses propres mains se tendirent pour griffer les bras de son agresseur, mais il n'y avait personne. Un terrible sentiment de peur l'envahit, et elle entendit un bruit, un horrible craquement, accompagné d'une douleur aveuglante. Un visage flotta devant elle, gras, barbu, brutal, sa bouche tordue de rage. Elle entendit le prêtre lui conseiller : « Respire, enfant. Expire la peur. Chasse les ombres. Il est mort. Elle est morte. Sa douleur est partie. *Respire.* »

En frissonnant, la fille prit une profonde inspiration et constata qu'il disait vrai. Personne ne l'étranglait, nul ne la frappait. Et pourtant, sa main tremblait quand elle la porta à son visage. Elle passa les doigts sur ses traits, de haut en bas, comme elle avait un jour vu Jaqen H'ghar le faire à Harrenhal. Quand il avait fait ce geste, tout son visage avait ondoyé et changé. Lorsqu'elle l'imita, rien ne se passa. « Au contact, il semble inchangé.

— Pour toi, dit le prêtre. Il ne se ressemble pas.

— Pour d'autres yeux, tu as le nez et la mâchoire brisés, détailla la gamine abandonnée. Tu as un côté du visage enfoncé à l'endroit où ta pommette a été cassée, et il te manque la moitié des dents. »

Elle tâtonna avec sa langue à l'intérieur de sa bouche, sans trouver ni manques ni dents brisées. *De la sorcellerie*, pensat-elle. *Je porte un nouveau visage. Un visage laid, fracassé.*

« Tu feras peut-être de mauvais rêves quelque temps, la mit en garde l'homme plein de gentillesse. Son père la battait si souvent, avec tant de brutalité qu'elle ne s'est jamais vraiment affranchie de la douleur ou de la peur, avant de venir à nous.

— Vous avez tué son père ?

— Elle a sollicité le don pour elle-même, pas pour lui. »

*Vous auriez dû le tuer.*

Il dut lire ses pensées. « La mort a fini par venir pour lui, comme elle vient pour tous les hommes. Comme elle devra venir pour un homme en particulier, demain. » Il souleva la lampe. « Nous en avons terminé ici. »

*Pour cette fois.* Tandis qu'ils rebroussaient chemin par l'escalier, les orbites vides des peaux sur les murs semblèrent la suivre. Un moment, elle vit presque leurs lèvres bouger, se chuchoter de noirs et doux secrets, sur un ton trop bas pour l'ouïe.

Le sommeil ne lui vint pas aisément, cette nuit-là. Empêtrée dans ses couvertures, elle se tourna et se retourna dans la chambre obscure et froide, mais, où qu'elle se tournât, elle voyait les visages. *Ils n'ont pas d'yeux, mais ils me voient.* Elle aperçut au mur le visage de son père. Près de lui étaient accrochés la dame sa mère et, au-dessous, ses trois frères, tous alignés. *Non. C'était une autre fille. Je ne suis personne, et mes seuls frères portent des robes de noir et de blanc.* Pourtant, là était le chanteur noir, là le palefrenier qu'elle avait tué avec Aiguille, là l'écuyer boutonneux de l'auberge au carrefour, et là-bas, le garde dont elle avait tranché la gorge pour les faire sortir d'Harrenhal. Le Titilleur était accroché au mur, aussi, les noirs orifices qui étaient ses yeux baignés de malveillance. Le voir ramena en elle la perception de la dague dans sa main tandis qu'elle la plongeait dans son dos, encore, et encore, et encore.

Quand le jour se leva enfin sur Braavos, il apparut gris, sombre et couvert. La fille avait espéré du brouillard, mais les dieux ignorèrent ses prières, comme souvent les dieux. L'air était dégagé et froid, et le vent mordait cruellement. *Un bon jour pour tuer*, se dit-elle. D'elle-même, une prière lui vint aux lèvres. *Ser Gregor, Dunsen, Raff Tout-miel, ser Ilyn, ser Meryn, la reine Cersei.* Elle articula les noms en silence. Dans la Demeure du Noir et du Blanc, on ne savait jamais qui pouvait entendre.

Les caves étaient remplies de vieux vêtements, des affaires récupérées sur ceux qui venaient à la Demeure du Noir et du Blanc pour boire la paix dans le bassin du temple. On pouvait tout trouver, ici, depuis les haillons de mendiant jusqu'à de riches soieries et brocarts. *Un laideron devrait s'habiller avec laideur*, décida-t-elle, aussi opta-t-elle pour une cape brune tachée, râpée sur les bords, une tunique verte moisie qui empestait la poiscaille, et une lourde paire de bottes. En tout dernier lieu, elle empauma son canif.

Rien ne pressait, aussi décida-t-elle de faire le long détour par le port Pourpre. Elle traversa le pont, jusqu'à l'île des

Dieux. Ici, entre les temples, Cat des Canaux avait vendu des coques et des moules, chaque fois que coulait le sang du cycle lunaire de Talea, la fille de Brusco, et qu'elle devait rester couchée. Elle s'attendait à moitié à trouver aujourd'hui Talea en train de vendre ses denrées, peut-être face à la Garenne, où se dressaient les modestes autels abandonnés de tous les petits dieux oubliés, mais c'était absurde. La journée était trop froide, et Talea n'aimait pas s'éveiller si tôt. La statue devant le temple de la Dame éplorée de Lys versait des larmes d'argent quand passa la laideronne. Dans les Jardins de Gelenei se dressait un arbre doré haut de cent pieds avec des feuilles d'argent battu. Le feu des torches brillait derrière des vitraux en verre plombé, dans le temple de bois du Maître de l'Harmonie, présentant une demi-centaine de papillons dans toute la richesse de leurs coloris.

Une fois, se souvint la petite, la Femme du Matelot l'avait amenée faire sa tournée avec elle en lui contant des anecdotes sur les dieux les plus insolites de la ville. « Là, c'est la demeure du Pâtre suprême. Cette tour aux trois tourelles appartient à Trios Tricéphale. La première tête dévore les mourants, et les ressuscités émergent de la troisième. Je ne sais pas ce qu'est censée faire celle du milieu. Voilà les Pierres du dieu de Silence, et là, l'entrée du Dédale du Concepteur. Seuls ceux qui apprendront à suivre le bon chemin trouveront la voie de la sagesse, selon les prêtres du Dessin. Au-delà, au bord du canal, c'est le temple d'Aquan le Taureau rouge. Tous les treize jours, ses prêtres tranchent la gorge d'un veau d'un blanc immaculé et offrent des coupes de sang aux mendiants. »

Ce n'était pas un treizième jour, apparemment ; le parvis du Taureau rouge était vide. Les dieux frères, Semosh et Selloso, rêvaient dans des temples jumeaux sur des berges opposées du canal noir, reliés par un pont de pierre sculptée. La fillette le franchit en ce point pour se diriger vers les quais, avant de traverser le port du Chiffonnier et longer les flèches et les dômes à demi engloutis de la Ville noyée.

Un groupe de matelots lysiens sortaient en titubant du *Havre Heureux* quand elle passa devant, mais la fillette n'aperçut aucune des putains. Le *Navire* était fermé, l'air délaissé, sa troupe de bateleurs sans doute encore au lit. Mais plus loin, sur le quai, elle aperçut auprès d'un baleinier ibbénien le vieil ami de Cat, Tagganaro, qui échangeait des balles avec Casso, roi des Phoques, tandis que son plus récent tire-laine s'activait dans la foule des badauds. Lorsqu'elle fit halte pour regarder et écouter un moment, Tagganaro lui jeta un coup d'œil sans la reconnaître, mais Casso aboya et battit des nageoires. *Il me reconnaît*, songea la fillette, *à moins que ce ne soit l'odeur de poisson*. Elle se hâta de reprendre sa route.

Le temps qu'elle parvienne au port Pourpre, le vieil homme était retranché chez le marchand de potage à sa table habituelle, et comptait une bourse de pièces tout en marchandant avec le capitaine d'un navire. Le grand garde maigre le surplombait. Le petit courtaud était assis près de la porte, d'où il avait un bon point de vue sur tous les nouveaux venus. Cela n'avait aucune importance. Elle n'avait pas l'intention d'entrer. Elle alla plutôt se percher à vingt pas de là, sur une bitte de bois, tandis que les à-coups du vent lui tiraillaient la cape avec des doigts spectraux.

Même par un jour gris et froid comme celui-ci, le port ne manquait pas d'activité. Elle nota des matelots en quête de catins, et des catins en quête de matelots. Deux spadassins à la mise fripée passèrent, appuyés l'un sur l'autre dans une traversée titubante des quais, leurs épées cliquetant au fourreau. Un prêtre rouge se hâta, ses robes d'écarlate et de vermillon claquant au vent.

Il était presque midi quand elle vit l'homme qu'elle voulait, un riche armateur qu'elle avait vu traiter avec le vieil homme à trois reprises déjà. Grand, chauve et massif, il portait une lourde cape en riche velours brun bordé de fourrure, et une ceinture de cuir brun, ornementée de lunes et d'étoiles d'argent. Quelque mésaventure lui avait laissé une patte folle. Il avançait lentement, appuyé sur une canne.

Il conviendrait autant qu'un autre, et mieux que la plupart, décida la laideronne. Elle sauta de son perchoir et lui emboîta le pas. Une douzaine d'enjambées la plaça juste derrière lui, son canif dégainé. L'homme portait sa bourse sur la droite, à sa ceinture, mais sa cape gênait la petite. La lame fulgura, souple et vive, une profonde entaille à travers le velours, sans qu'il sentît rien. Roggo le Rouge aurait souri de voir le geste. Elle glissa la main à travers la fente, perça la bourse de son canif, s'emplit le poing d'or...

Le gros homme se retourna. « Qu'est-ce... »

Le mouvement embarrassa le bras de la fillette dans les plis de la cape alors qu'elle retirait la main. Une pluie de pièces tomba autour de leurs pieds. « Larronne ! » Le gros homme leva sa canne pour la frapper. D'un coup de pied, elle faucha sa mauvaise jambe, s'écarta sur un pas de danse et détala alors qu'il s'écroulait, croisant une mère avec son enfant. D'autres pièces lui coulèrent des doigts pour rebondir au sol. Derrière elle, montaient des cris de « Au voleur ! Au voleur ! ». Un aubergiste bedonnant qui passait tenta avec maladresse de la saisir par le bras, mais elle le contourna, fila devant une putain hilare, courant à toutes jambes vers la plus proche venelle.

Cat des Canaux avait connu ces ruelles, et la laideronne s'en souvenait. Elle plongea sur la gauche, sauta une murette, bondit par-dessus un petit canal et se coula par une porte pas fermée dans une resserre poussiéreuse. Tous les bruits de poursuite s'étaient désormais effacés, mais il valait mieux en être sûre. Elle se tapit derrière des caisses et attendit, bras croisés autour de ses genoux. Elle attendit pratiquement une heure, avant de décider qu'elle pouvait y aller, escalada le flanc du bâtiment et progressa par les toits, gagnant les parages du Canal des Héros. L'armateur avait dû ramasser ses pièces et sa canne, et repris sa route en claudiquant jusque chez le marchand de potage. Il devait boire un bol de bouillon chaud en se plaignant au vieil homme de la laideronne qui avait tenté de lui dérober sa bourse.

L'homme plein de gentillesse l'attendait à la Demeure du Noir et du Blanc, assis au bord du bassin du temple. La laideronne s'assit près de lui et déposa une pièce sur le bord de bassin qui les séparait. C'était de l'or, portant un dragon sur une face et un roi sur l'autre.

« Le dragon d'or de Westeros, commenta l'homme plein de gentillesse. Et où as-tu pris cela ? Nous ne sommes pas des voleurs.

— Je ne volais pas. J'ai pris une des siennes, mais je lui ai laissé une des nôtres. »

L'homme plein de gentillesse comprit. « Et avec cette pièce et les autres dans sa bourse, il a payé un certain homme. Peu de temps après, le cœur de ce dernier a lâché. Est-ce ainsi que cela s'est passé ? Très triste. » Le prêtre ramassa la pièce et la jeta dans le bassin. « Tu as tant et plus à apprendre, mais il se peut que tu ne sois pas un cas désespéré. »

Cette nuit-là, ils lui rendirent le visage d'Arya Stark.

Ils lui apportèrent également une robe, la robe épaisse et douce d'une acolyte, noire d'un côté et blanche de l'autre. « Porte ceci quand tu seras ici, lui précisa le prêtre, mais sache que tu n'en auras guère besoin pour le moment. Demain, tu partiras à Izembaro commencer ton premier apprentissage. Choisis en bas, dans la cave, les vêtements que tu voudras. Le guet de la ville recherche une laideronne, connue pour fréquenter le port Pourpre, aussi vaut-il mieux que tu aies également un nouveau visage. » Il la prit par le menton, lui tourna la tête d'un côté, puis de l'autre, et hocha la tête. « Un joli, cette fois-ci, je crois. Autant que le tien. Qui es-tu, enfant ?

— Personne », répondit-elle.

# CERSEI

Durant sa dernière nuit d'emprisonnement, la reine ne trouva pas le sommeil. Chaque fois qu'elle fermait les yeux, sa tête s'emplissait de prémonitions et de fantasmes sur la journée du lendemain. *J'aurai des gardes*, se dit-elle. *Ils tiendront les foules à distance. Personne n'aura le droit de me toucher.* Le Grand Moineau le lui avait promis.

Cependant, elle avait peur. Le jour où Myrcella avait pris la mer pour Dorne, le jour des révoltes du pain, les manteaux d'or étaient postés sur tout le trajet de la procession, mais la foule en fureur avait rompu leurs lignes pour tailler en pièces le Grand Septon vieux et gras et violer à une cinquantaine de reprises Lollys Castelfoyer. Et si cette créature pâle, molle et stupide pouvait toute vêtue exciter ces animaux, quel surcroît de désir inspirerait une reine ?

Cersei arpentait sa cellule, aussi impatiente que les lions en cage qui vivaient dans les entrailles de Castral Roc lorsqu'elle était enfant, un héritage venu de son grand-père. Jaime et elle avaient coutume de se défier d'entrer dans leur cage, et une fois elle avait réuni assez de courage pour glisser une main entre deux barreaux et toucher un des énormes fauves bistre. Elle avait toujours été plus hardie que son frère. Le lion avait tourné la tête pour la contempler de ses grandes prunelles dorées. Puis il lui avait léché les doigts. Il avait la langue rugueuse comme une râpe, mais elle n'en avait pas retiré la main pour autant, pas avant que Jaime ne la saisisse par les épaules pour l'écarter avec énergie de la cage.

« À ton tour, lui avait-elle lancé ensuite. Tire-lui la crinière, je t'en mets au défi. » *Il ne l'a jamais fait. C'est à moi qu'aurait dû revenir l'épée, pas à lui.*

Pieds nus, frissonnante, elle allait et venait, une maigre couverture drapée sur ses épaules. Il lui tardait que le jour arrivât. Ce soir, tout serait terminé. *Une petite promenade, et je serai chez moi. Je serai de nouveau auprès de Tommen, dans mes propres appartements à l'intérieur de la citadelle de Maegor.* Son oncle avait déclaré que c'était la seule façon de se sauver. Mais était-ce bien vrai ? Elle ne pouvait se reposer sur son oncle, pas plus qu'elle ne se fiait à ce Grand Septon. *Je pourrais encore refuser. Insister de nouveau sur mon innocence et tout jouer sur un procès.*

Mais elle ne pouvait permettre à la Foi de la juger, comme la Margaery Tyrell projetait de le faire. Cette tactique seyait sans doute à la petite rose, mais Cersei ne comptait guère d'amis parmi les septas et les moineaux entourant ce nouveau Grand Septon. Son seul espoir reposait sur un jugement par combat, et pour cela elle avait besoin d'un champion.

*Si Jaime n'avait pas perdu sa main...*

Une telle route ne conduisait nulle part, cependant. La main d'épée de Jaime avait disparu, et lui aussi, envolé on ne savait où avec cette Brienne, dans le Conflans. La reine se devait de trouver un nouveau défenseur, ou l'épreuve de ce jour serait le moindre de ses soucis. Ses ennemis l'accusaient de trahison. Elle devait contacter Tommen, à n'importe quel prix. *Il m'aime. Il ne refusera rien à sa propre mère. Joffrey était têtu et imprévisible, mais Tommen est un bon petit garçon, un bon petit roi. Il fera ce qu'on lui demande.* Qu'elle demeurât ici, et elle était perdue ; et la seule façon de regagner le Donjon Rouge était de marcher. Le Grand Moineau avait été inflexible, et ser Kevan refusait de lever le petit doigt contre lui.

« Il ne m'arrivera aucun mal aujourd'hui, déclara Cersei lorsque la première lueur de l'aube effleura sa fenêtre. Seul mon orgueil en souffrira. » Ces mots sonnaient creux à ses oreilles. *Jaime pourrait encore arriver.* Elle se le représentait, chevauchant à travers les brumes du matin, son armure dorée resplendissant aux feux du levant. *Jaime, si jamais tu m'as aimée...*

Quand ses geôlières vinrent la chercher, les septas Unella, Moelle et Scolera ouvraient la procession. En leur compagnie se trouvaient quatre novices et deux des sœurs du Silence. La vue de ces sœurs du Silence dans leurs bures grises remplit la reine d'une terreur soudaine. *Pourquoi sont-elles ici ? Vais-je mourir ?* Elles s'occupaient des morts. « Le Grand Septon avait promis qu'il ne m'adviendrait rien de mal.

— Et il en sera ainsi. » La septa Unella fit signe aux novices. Elles apportèrent du savon noir, une cuvette d'eau tiède, une paire de cisailles et un long rasoir à main. La vue de l'acier fit courir un frisson en elle. *Elles ont l'intention de me raser. Une petite humiliation supplémentaire, un raisin sec dans mon gruau.* Elle leur refusa la satisfaction de l'entendre implorer. *Je suis Cersei de la maison Lannister, une lionne du Roc, reine de plein droit de ces Sept Couronnes, fille légitime de Tywin Lannister. Et les cheveux repoussent.* « Finissez-en », leur déclara-t-elle.

L'aînée des sœurs du Silence leva les cisailles. Une barbière exercée, sans doute ; son ordre procédait souvent à la toilette des nobles tués, avant de les restituer à leur famille, tâche qui comprenait la taille de la barbe et des cheveux. La femme commença par mettre à nu le crâne de la reine. Cersei, assise, resta aussi figée qu'une statue de pierre tandis que cliquetaient les cisailles. Des volées de cheveux blonds tombèrent sur le sol. On ne l'avait pas laissée, durant sa captivité en cellule, les entretenir comme il convenait, mais même sale et emmêlée, sa chevelure brillait dès que le soleil la touchait. *Ma couronne*, songea la reine. *Ils m'ont retiré l'autre couronne, et les voilà qui me volent également celle-ci.* Quand ses mèches et ses frisures formèrent un amas autour de ses pieds, une des novices lui savonna le crâne, puis la sœur du Silence racla ce qui restait avec un rasoir.

Cersei espérait que l'on s'arrêterait là, mais non. « Retirez votre camisole, Votre Grâce, ordonna la septa Unella.

— Ici ? s'étonna la reine. Pourquoi ?

— On doit vous tondre. »

*Me tondre*, se répéta la reine, *comme un mouton*. Elle tira la camisole par-dessus sa tête et la jeta par terre. « Faites ce que vous voudrez. »

Ensuite, ce furent encore le savon, l'eau tiède et le rasoir. Le poil sous ses bras suivit, puis ses jambes et, enfin, le léger duvet doré qui couvrait son mont. Quand la sœur du Silence s'introduisit entre ses jambes avec le rasoir, Cersei se remémora toutes les fois où Jaime s'était agenouillé ainsi que la novice le faisait à présent, pour déposer des baisers à l'intérieur de ses cuisses, et la rendre humide. Il avait des baisers toujours chauds. Le rasoir avait le froid de la glace.

Quand l'acte fut accompli, elle fut aussi nue et vulnérable que femme pouvait l'être. *Pas le moindre poil derrière lequel me cacher.* Un petit rire échappa de ses lèvres, lugubre et amer.

« Votre Grâce trouve-t-elle tout ceci amusant ? interrogea la septa Scolera.

— Non, septa », répondit Cersei. *Mais un jour, je te ferai arracher la langue avec des pinces rougies, et ce sera désopilant.*

Une des novices lui avait apporté une robe, une tunique de septa, douce et blanche, afin de la draper le temps de sa descente des marches de la tour et de sa traversée du septuaire, et d'épargner aux fidèles qu'elle pourrait croiser en chemin le spectacle de la chair nue. *Que les Sept nous protègent, quels hypocrites !* « Serai-je autorisée à porter une paire de sandales ? demanda-t-elle. Ces rues sont répugnantes.

— Point autant que vos péchés, répliqua la septa Moelle. Sa Sainteté Suprême a ordonné que vous vous présentiez telle que les dieux vous ont faite. Aviez-vous des sandales aux pieds quand vous êtes sortie du ventre de la dame votre mère ?

— Non, septa, fut obligée de dire la reine.

— Alors, vous avez votre réponse. »

Un glas commença à sonner. Le long emprisonnement de la reine était arrivé à son terme. Cersei serra la tunique plus près d'elle, reconnaissante de la chaleur qu'elle dispensait, et annonça : « Allons. » Son fils l'attendait à l'autre bout de la ville. Plus tôt elle se mettrait en route, plus tôt elle le verrait.

La pierre rugueuse des marches râpa la plante de ses pieds tandis que Cersei Lannister effectuait sa descente. Elle était entrée reine dans le septuaire de Baelor, portée dans une litière. Elle en sortait chauve, pieds nus. *Mais j'en sors. C'est tout ce qui importe.*

Le chant des cloches de la tour appelait la cité à venir témoigner de sa vergogne. Le Grand Septuaire de Baelor grouillait de fidèles assistant au service de l'aube, l'écho de leurs prières résonnant contre le dôme au-dessus d'eux, mais quand la procession de la reine fit son apparition, un silence soudain s'abattit et mille yeux se tournèrent pour la suivre tandis qu'elle descendait l'allée, croisant l'endroit où avait été exposé le corps de son père après son assassinat. Cersei passa avec hauteur, sans un coup d'œil à droite ni à gauche. Ses pieds nus claquaient sur le sol de marbre froid. Elle sentait les regards. Derrière leurs autels, les Sept semblaient observer, eux aussi.

Dans la Salle des Lampes, une douzaine de Fils du Guerrier attendaient son arrivée. Des capes aux couleurs de l'arc-en-ciel drapaient leur dos, et les cristaux qui surmontaient leurs casques scintillaient à la clarté des lampes. Leurs armures en plates d'argent étaient polies jusqu'à avoir l'éclat d'un miroir, mais par-dessous, elle le savait, chacun d'eux portait une haire. Leurs boucliers en amande arboraient tous les mêmes armoiries : une épée de cristal brillant dans les ténèbres, l'emblème ancien de ceux que le petit peuple appelait les Épées.

Leur capitaine s'agenouilla devant elle. « Peut-être Votre Grâce se souvient-elle de moi. Je suis ser Theodan le Véridique, et Sa Sainteté Suprême m'a confié le commandement de votre escorte. Mes frères et moi veillerons à ce que vous traversiez la cité en toute sécurité. »

Le regard de Cersei balaya les visages des hommes qui l'entouraient. Et il était là : Lancel, son cousin, fils de ser Kevan, qui avait naguère protesté de son amour, avant de décider qu'il aimait les dieux davantage. *Mon sang et mon traître.* Elle ne l'oublierait pas. « Vous pouvez vous lever, ser Theodan. Je suis prête. »

Le chevalier se dressa, se retourna, leva une main. Deux de ses hommes allèrent jusqu'aux portes massives qu'ils ouvrirent d'une poussée, et Cersei les franchit pour sortir à l'air libre, clignant les yeux au soleil comme une taupe chassée de son tunnel.

Du vent soufflait en rafales, et il fit voler et claquer contre ses jambes le bas de sa tunique. L'air du matin était chargé des vieux remugles familiers de Port-Réal. Elle aspira les relents de vin aigre, de pain au four, de poisson pourri et de pots de chambre, de fumée, de sueur et de pissat de cheval. Nulle fleur n'avait jamais senti si bon. Pelotonnée dans sa tunique, Cersei s'arrêta au sommet des marches de marbre tandis que les Fils du Guerrier se plaçaient en formation autour d'elle.

L'idée lui vint soudainement qu'elle s'était déjà tenue en ce même endroit, le jour où lord Eddard Stark avait perdu sa tête. *Ça n'aurait pas dû arriver. Joffrey devait l'épargner et l'envoyer au Mur.* Le fils de Stark lui aurait succédé comme seigneur de Winterfell, mais Sansa serait restée à la cour, en otage. Varys et Littlefinger avaient négocié les termes, et Ned Stark avait ravalé son précieux honneur et confessé sa trahison afin de sauver la petite tête vide de sa fille. *J'aurais conclu pour Sansa un bon mariage. Un mariage Lannister. Pas avec Joffrey, bien entendu, mais Lancel aurait pu convenir, ou un de ses frères cadets.* Petyr Baelish s'était proposé pour épouser la fille, elle s'en souvenait, mais bien entendu, c'était impossible ; il était d'une origine beaucoup trop roturière. *Si seulement Joffrey avait fait ce qu'on lui demandait. Jamais Winterfell ne serait entré en guerre, et Père se serait chargé des frères de Robert.*

Mais Joffrey avait ordonné la décollation de Stark, et lord Slynt et ser Ilyn Payne s'étaient empressés d'obéir. *C'était précisément ici*, se rappelait-elle, en considérant l'endroit. Janos Slynt avait soulevé la tête de Ned Stark par les cheveux tandis que le sang et la vie de celui-ci s'écoulaient sur les degrés et, dès lors, il n'était plus question de faire demi-tour.

Ces souvenirs semblaient tellement lointains. Joffrey était mort, ainsi que tous les fils de Stark. Même son père avait péri. Et elle se tenait là de nouveau, sur le parvis du Grand Septuaire, sauf que, cette fois-ci, c'était elle que contemplait la foule, et non Eddard Stark.

La large place de marbre en contrebas était aussi encombrée qu'au jour de la mort de Stark. Partout où elle regardait, la reine voyait des yeux. La foule semblait à égales parts formée d'hommes et de femmes. Certains avaient des enfants sur leurs épaules. Mendiants et voleurs, taverniers et négociants, tanneurs, palefreniers et bateleurs, les plus pauvres sortes de putains, toute une racaille venue voir une reine jetée dans le ruisseau. Se mêlaient à eux les Pauvres Compagnons, des créatures crasseuses, hirsutes, armées de piques et de haches et bardées de fragments de plate cabossée, de maille rouillée et de cuir craquelé, sous des surcots en tissu grossier décoloré, frappés de l'étoile à sept branches de la Foi. L'armée en loques du Grand Moineau.

Une partie d'elle guettait toujours une apparition de Jaime venu la sauver de cette humiliation, mais son jumeau n'était nulle part visible. Son oncle non plus n'était pas présent. Elle n'en fut pas surprise. Ser Kevan avait clairement exposé ses opinions au cours de sa dernière visite ; la honte de la reine ne devait aucunement entacher l'honneur de Castral Roc. Il n'y aurait pas de lions pour marcher à ses côtés, ce jour. L'épreuve lui était réservée, et à elle seule.

La septa Unella se tenait à sa droite, la septa Moelle à sa gauche, et la septa Scolera derrière elle. Si la reine cherchait à s'enfuir ou regimbait, les trois mégères la traîneraient de nouveau à l'intérieur et, cette fois-ci, elles veilleraient à ce qu'elle n'en sortît jamais.

Cersei leva la tête. Au-delà de la place, au-delà de la mer d'yeux avides, de bouches bées et de visages sales, de l'autre côté de la ville se dressaient dans le lointain la Grande Colline d'Aegon, les tours et les fortifications du Donjon Rouge, rosissant à la lueur du soleil levant. *Ce n'est pas si loin.* Une fois qu'elle aurait atteint ses portes, le pire de ses tourments serait passé. Elle retrouverait son fils. Elle aurait son champion. Son oncle le lui avait promis. *Tommen m'attend. Mon petit roi. Je peux y arriver. Je le dois.*

La septa Unella s'avança. « Une pécheresse se présente à vous, annonça-t-elle. Elle se nomme Cersei de la maison Lannister, reine douairière, mère de Sa Grâce le roi Tommen, veuve de Sa Grâce le roi Robert, et elle a commis de graves faussetés et fornications. »

La septa Moelle vint se placer à la droite de la reine. « Cette pécheresse a confessé ses fautes et imploré l'absolution et le pardon. Sa Sainteté Suprême lui a ordonné de démontrer son repentir en se dénudant de tout orgueil et de tout artifice pour se présenter, telle que les dieux l'ont faite, aux yeux des dieux et des hommes, afin d'accomplir sa marche d'expiation. »

Cersei avait un an, à la mort de son grand-père. La première action de son père en accédant au titre avait été d'expulser de Castral Roc la maîtresse de son géniteur, une roturière cupide. On l'avait dépouillée des soieries et des brocarts que lord Tytos lui avait offerts, des joyaux qu'elle s'était appropriés, et on l'avait envoyée, nue, traverser les rues de Port-Lannis, afin que l'Ouest la vît pour ce qu'elle était.

Bien que trop jeune pour assister elle-même au spectacle, Cersei en grandissant avait entendu les histoires, de la bouche de lavandières et de gardes qui avaient été présents. Ils décrivaient combien la femme avait pleuré et supplié, le désespoir avec lequel elle s'était agrippée à ses vêtements lorsqu'on lui avait commandé de se déshabiller, ses tentatives futiles pour couvrir de ses mains ses seins et son sexe tout en clopinant vers l'exil, pieds nus et dévêtue de par les rues. « L'était coquette et orgueilleuse, avant », lui avait raconté un garde, elle s'en souvenait, « tellement fière, on aurait cru qu'elle avait oublié qu'el' sortait du ruisseau. Une fois qu'on y a fait tomber ses nippes, bah ! y avait plus qu'une roulure comme les autres. »

Si ser Kevan et le Grand Moineau s'imaginaient qu'il en irait de même avec elle, ils se trompaient fort. Dans ses veines courait le sang de lord Tywin. *Je suis une lionne. Je ne tremblerai pas devant eux.*

La reine se débarrassa de sa robe.

Elle se dénuda d'un mouvement souple et posé, comme si elle se trouvait dans ses propres appartements, en train de se dévêtir pour prendre son bain sans personne d'autre que ses caméristes pour la voir. Quand le vent froid toucha sa peau, elle eut un violent frisson. Il fallut toute sa force de caractère pour ne pas tenter de se cacher avec ses mains, comme la catin de son grand-père l'avait fait. Ses doigts se serrèrent en poings, ses ongles s'enfonçant dans ses paumes. Ils la regardaient, tous ces yeux avides. Mais que voyaient-ils ? *Je suis belle*, se remémora-t-elle. Combien de fois Jaime le lui avait-il dit ? Même Robert lui avait concédé cela, au moins, quand il venait la visiter en son lit, tout ivre qu'il était, afin de lui rendre avec sa queue un hommage d'ivrogne.

*Mais ils ont regardé Ned Stark de la même façon.*

Elle devait bouger. Dévêtue, tondue, pieds nus, Cersei descendit avec lenteur les larges degrés de marbre. La chair de poule hérissa ses bras et ses jambes. Elle garda le menton haut, comme le devait une reine, et son escorte se déploya devant elle. Les Pauvres Compagnons bousculèrent des hommes pour ouvrir un passage à travers la foule, tandis que les Épées se rangeaient sur ses flancs. Les septas Unella, Moelle et Scolera suivaient. Derrière elles venaient les novices de blanc vêtues.

« *Putain !* » gueula quelqu'un. Une voix de femme. Les femmes étaient toujours les plus cruelles, vis-à-vis des autres femmes.

Cersei l'ignora. *Il y en aura d'autres, et de pires. Ces créatures n'ont pas de plus doux plaisir dans la vie que de railler leurs supérieurs.* Faute de pouvoir leur imposer silence, elle devait feindre de ne pas les entendre. Elle ne les verrait pas non plus. Elle garderait les yeux rivés sur la Grande Colline d'Aegon à l'autre bout de la ville, sur les tours du Donjon Rouge ondoyant dans la lumière. C'était là qu'elle trouverait son salut, si son oncle avait respecté sa part du marché.

*Il avait voulu tout cela. Lui et le Grand Moineau. Et la petite rose également, je n'en doute pas. J'ai péché et je dois expier, parader ma honte sous les yeux de tous les mendiants de la ville. Ils croient que cela brisera mon orgueil, que cela signera ma fin, mais ils se trompent.*

Les septas Unella et Moelle se maintenaient à sa hauteur, la septa Scolera trottinant à leur suite, en agitant une cloche. « *Honte*, criait la vieille carne, *honte à la pécheresse, honte, honte.* » Quelque part sur la droite, une autre voix chantait en contrepoint, un vendeur de pains clamant : « Tourtes de viande, trois sous, elles sont chaudes, mes tourtes. » Le marbre était froid et lisse sous les pieds de la reine, et Cersei devait avancer avec précaution, de crainte de glisser. Leur trajet les mena devant la statue de Baelor le Bienheureux, debout, haut et serein sur son piédestal, son visage un modèle de bienveillance. Jamais à le voir on n'aurait deviné quel imbécile il avait été. La dynastie Targaryen avait produit autant de mauvais que de bons rois, mais aucun n'était aussi chéri que Baelor, ce pieux et doux roi-septon, qui aimait à parts égales le petit peuple et les dieux, et qui pourtant avait emprisonné ses propres sœurs. C'était miracle que la statue ne croulât point au spectacle de la poitrine nue de Cersei. Tyrion avait coutume de dire que le roi Baelor était terrifié par sa propre queue. Une fois, se souvenait Cersei, il avait chassé de Port-Réal toutes les putes. Il priait pour elles tandis qu'on les expulsait par les portes de la ville, racontaient les chroniques, mais refusait de les regarder.

« Traînée », hurla une voix. Encore une femme. Quelque chose s'envola de la foule. Un légume pourri. Brun et suintant, il fila au-dessus de sa tête pour s'écraser aux pieds d'un des Pauvres Compagnons. *Je n'ai pas peur. Je suis une lionne.* Elle continua d'avancer. « Tourtes chaudes, proclamait le petit boulanger. Achetez-les, mes tourtes chaudes. » La septa Scolera secouait sa cloche, en scandant : « *Honte, honte, honte à la pécheresse, honte, honte.* » Les Pauvres Compagnons leur ouvraient la voie, forçant avec leurs boucliers les hommes à s'écarter, délimitant un goulet étroit. Cersei suivait le trajet qu'ils lui indiquaient, gardant la nuque raide, les yeux sur le lointain. Chaque pas rapprochait d'elle le Donjon Rouge. Chaque pas l'amenait plus près de son fils et du salut.

La traversée de la place sembla durer un siècle, mais le marbre sous ses pieds céda enfin la place aux pavés, les boutiques, les écuries et les maisons se refermèrent tout autour d'eux et ils entamèrent la descente de la colline de Visenya.

Ici, la progression était plus lente. La rue était encaissée, les foules étroitement serrées. Les Pauvres Compagnons bousculaient ceux qui bouchaient le passage, en essayant de les faire s'écarter, mais ils ne pouvaient aller nulle part, et les gens à l'arrière de la foule poussaient en réaction. Cersei tenta de garder la tête droite, mais elle marcha dans quelque chose d'humide et de gras qui la fit déraper. Elle aurait pu tomber, mais la septa Unella lui attrapa le bras et la maintint debout. « Votre Grâce devrait faire attention où elle met les pieds. »

Cersei s'arracha à sa poigne. « Oui, septa », dit-elle d'une voix humble, bien que, sous le coup de la fureur, elle eût envie de lui cracher à la figure. La reine continua sa route, uniquement revêtue de chair de poule et d'orgueil. Elle chercha le Donjon Rouge, mais il était caché, à présent, dissimulé à son regard par les hauts bâtiments de chaque côté d'elle. « *Honte, honte* », scandait la septa Scolera, agitant sa cloche. Cersei essaya de presser le pas, mais se trouva vite bloquée par les dos des Étoiles devant elle et dut ralentir à nouveau. Tout de suite devant eux, un homme vendait des brochettes de viande rôtie dans une carriole, et la procession fit halte tandis que les Pauvres Compagnons l'évacuait du passage. À son apparence, Cersei soupçonnait la viande d'être du rat, mais son fumet emplissait l'air et la moitié des hommes autour d'eux mâchonnaient, leurs brochettes à la main, le temps de dégager suffisamment la rue pour que la reine reprît son périple. « Z'en voulez, Vot' Grâce ? » lui lança un gars. C'était une brute épaisse aux yeux porcins, avec une bedaine immense et une barbe noire mal tenue qui lui rappelèrent Robert. Lorsqu'elle se détourna avec dégoût, il lui balança le bâton de sa brochette. Celui-ci frappa la reine à la jambe et rebondit sur le pavé, et la viande à demi cuite lui laissa sur la cuisse une macule de gras et de sang.

Ici, les cris retentissaient plus fort que sur la place, lui sembla-t-il, sans doute parce que la foule était beaucoup plus proche. « Putain » et « pécheresse » étaient les épithètes les plus fréquentes, mais on lui jetait également à la face « fouteuse de frère », « conne » et « traîtresse » et, de temps en temps, elle entendait quelqu'un gueuler les noms de Stannis ou de Margaery. Les pavés sous la plante de ses pieds étaient immondes, et l'espace si réduit que la reine ne pouvait même pas contourner les flaques. *Personne n'est jamais mort de s'être mouillé les pieds*, songea-t-elle pour se consoler. Elle voulait croire que les flaques n'étaient que de l'eau de pluie, mais le pissat de cheval était tout aussi probable.

D'autres détritus plurent sur elle, des fenêtres et des balcons : des fruits à demi gâtés, des seaux de bière, des œufs qui explosaient en une puanteur sulfureuse dès qu'ils se brisaient au sol. Puis quelqu'un jeta un chat crevé par-dessus les Pauvres Compagnons et les Fils du Guerrier. La carcasse percuta le pavé avec tant de force qu'elle éclata, projetant sur le bas des jambes de la reine entrailles et asticots.

Cersei continua d'avancer. *Je suis aveugle, et sourde, et ce ne sont que des vers*, se répéta-t-elle. « *Honte, honte* », chantaient les septas, « Marrons, chauds les marrons grillés », lançait un camelot. « La reine Connin ! » articula sur un ton solennel un ivrogne depuis un balcon au-dessus d'elle, levant avec moquerie une coupe à sa santé. « Rendons tous hommage aux nichons royaux ! » *Les mots sont du vent*, se dit Cersei. *Des mots ne peuvent me faire aucun mal.*

À mi-pente de la colline de Visenya, la reine tomba pour la première fois, lorsque son pied glissa sur quelque chose qui aurait pu être le contenu d'un pot de chambre. Quand la septa Unella la releva, son genou écorché saignait. Des rires épars coururent à travers la foule, et un homme brailla en lui offrant de guérir d'un baiser le bobo. Cersei regarda derrière elle. Elle voyait encore au sommet de la colline le vaste Dôme et les sept tours de cristal du grand Septuaire de Baelor. *Ai-je réellement parcouru si peu de chemin ?* Pire, cent fois pire, elle avait perdu de vue le Donjon Rouge. « Où… Où…? »

— Votre Grâce. » Le capitaine de l'escorte s'approcha d'elle. Cersei avait oublié son nom. « Vous devez poursuivre. La foule commence à s'agiter. »

*Oui*, admit-elle. *À s'agiter.* « Je n'ai pas peur…

— Vous devriez. » Il la hala par le bras, l'entraînant à sa suite. Elle descendit la colline en trébuchant – plus bas, toujours plus bas –, grimaçant à chaque pas, se laissant soutenir par lui. *Ce devrait être Jaime, auprès de moi.* Il tirerait son épée d'or pour se tailler un passage à travers la foule, faisant sauter hors de leur tête les yeux de tous les hommes qui osaient poser le regard sur elle.

Les pavés étaient fendus et irréguliers, visqueux sous ses pieds, et rugueux à leur plante sensible. Son talon se posa sur un objet pointu, une pierre ou un éclat de vaisselle cassée. Cersei poussa un cri de douleur. « J'ai demandé des sandales, cracha-t-elle à la septa Unella. Vous auriez pu m'en donner, m'accorder au moins cela. » Le chevalier la tira de nouveau brutalement par le bras, comme une vulgaire fille de salle. *Aurait-il oublié qui je suis ?* Elle était reine de Westeros, il n'avait pas le droit de poser ses grosses pattes sur elle.

En approchant du pied de la colline, la pente s'adoucit et la rue commença à s'élargir. Cersei aperçut de nouveau le Donjon Rouge, tout d'écarlate brillant au soleil matinal, en haut de la colline d'Aegon. *Je dois continuer à marcher.* D'une saccade, elle se dégagea de la poigne de ser Theodan. « Vous n'avez nul besoin de me traîner, ser. » Elle poursuivit en boitant, laissant derrière elle sur les pierres la piste ensanglantée de ses empreintes de pas.

Elle traversa la boue et la crotte, saignant, grelottant, clopinant. Tout autour d'elle régnait un brouhaha. « Ma femme a de plus beaux nichons que ça », gueula un homme. Un transporteur sacra quand les Pauvres Compagnons lui ordonnèrent de déplacer son chariot. « *Honte, honte, honte à la pécheresse* », scandaient les septas. « Et çui-là, vous l'avez vu ? » lança une putain, de la fenêtre d'un bordel, en levant ses jupes pour les hommes en bas. « Il s'est pas pris moitié tant de bites qu' le sien ! » Les cloches sonnaient, sonnaient, sonnaient. « C'est pas la reine, commenta un gamin, elle est aussi ridée qu' maman. » *C'est ma pénitence*, se répéta Cersei. *J'ai fort gravement péché, voici mon expiation. Elle prendra bientôt fin, pour passer derrière moi et, dès lors, je pourrai oublier.*

La reine commença à découvrir des visages familiers. Un chauve aux favoris en broussaille la toisait avec sévérité d'une fenêtre, arborant l'expression de son père, et l'espace d'un instant, il ressembla tant à lord Tywin qu'elle trébucha. Une fille, assise sous une fontaine et douchée par les éclaboussures, la considérait avec les yeux accusateurs de Melara Cuillêtre. Elle vit Ned Stark et, auprès de lui, la petite Sansa avec ses cheveux auburn et un chien gris hirsute qui aurait pu être son loup. Chaque enfant qui se faufilait dans la foule devint son frère Tyrion, se gaussant d'elle comme il avait ricané à la mort de

Joffrey. Et Joffrey était là également, son fils, son premier-né, son lumineux garçon, avec ses mèches blondes et son doux sourire, il avait de si jolies lèvres, il...

Ce fut là qu'elle chuta pour la deuxième fois.

Elle tremblait comme une feuille quand on la remit sur ses pieds. « Je vous en prie, dit-elle. Que la Mère ait pitié. J'ai confessé.

— En effet, répondit la septa Moelle. Et telle est votre pénitence.

— Ce n'est plus très loin, assura la septa Unella. Vous voyez ? » Elle tendit le doigt. « Au sommet de la colline, c'est tout. »

*Au sommet de la colline. C'est tout.* Elle disait vrai. Ils se trouvaient au pied de la colline d'Aegon, dominés par le château.

« Putain, s'égosilla quelqu'un.

— Fouteuse de frère, ajouta une autre voix. Abomination.

— Et ça, tu veux le pomper, Ta Grâce ? » Un homme en tablier de boucher tira sa queue de ses culottes, avec un large sourire. Peu importait. Elle était presque chez elle.

Cersei entama l'ascension.

S'il était possible, les railleries et les apostrophes fusaient plus ordurières, ici. Sa progression ne la menait pas par Culpucier, aussi ses habitants s'étaient-ils entassés sur les premières hauteurs de la colline d'Aegon afin de voir le spectacle. Les visages qui la lorgnaient derrière les boucliers et les piques des Pauvres Compagnons semblaient déformés, monstrueux, atroces. Des gorets et des enfants tout nus galopaient partout, des mendiants estropiés et des tire-laine grouillaient dans la foule comme des cafards. Elle vit des hommes aux dents limées en pointe, des vieillardes chargées de goitres gros comme leur tête, une putain avec un énorme serpent rayé lové autour de ses seins et de ses épaules, un homme aux joues et au front couverts de plaies purulentes d'où sourdait un pus gris. Ils ricanaient, se pourléchaient et la huaient tandis qu'elle passait en boitant devant eux, ses seins se soulevant et descendant sous l'effort de l'ascension. Certains gueulaient des propositions obscènes, d'autres des insultes. *Les mots sont du vent*, se disait-elle, *les mots ne peuvent me faire aucun mal. Je suis belle, la plus belle femme de tout Westeros, Jaime le dit, jamais Jaime ne me mentirait. Même Robert, Robert ne m'a jamais aimée, mais il a vu que j'étais belle, il me désirait.*

Pourtant, elle ne se sentait pas belle. Elle avait le sentiment d'être vieille, usée, sale, laide. Son ventre présentait des vergetures, conséquence des enfants qu'elle avait portés, et ses seins n'étaient plus aussi fermes que lorsqu'elle était plus jeune. Sans camisole pour les maintenir, ils s'affaissaient sur sa poitrine. *Je n'aurais pas dû faire ça. J'étais leur reine, mais à présent, ils ont vu, ils ont vu, ils ont vu. Jamais je n'aurais dû les laisser voir.* Vêtue et couronnée, elle était reine. Nue, saignante, boitant, elle n'était qu'une femme, pas si différente de leurs épouses, plus proche de leurs mères que de leurs jolies petites pucelles de filles. *Qu'ai-je fait ?*

Quelque chose dans ses yeux la piquait, lui brouillait la vue. Elle ne pouvait pas pleurer, elle refusait de pleurer, jamais ces vers de terre ne devaient la voir pleurer. Cersei se frotta les yeux du bas de la paume. Une rafale de vent froid la fit tressaillir violemment.

Et soudain, la vieillarde se tenait devant elle, debout dans la foule avec ses nichons ballants, sa peau verdâtre et verruqueuse, à ricaner avec tout le reste, ses yeux jaunes et chassieux brillant de malignité. « *Reine tu seras*, chuinta-t-elle, *jusqu'à ce qu'en survienne une autre, plus jeune et plus belle, pour te jeter à bas et s'emparer de tout ce qui te tient le plus chèrement au cœur.* »

Et là, il ne lui fut plus possible de retenir ses larmes. Elles brûlaient comme un acide en coulant sur les joues de la reine. Cersei poussa un cri aigu, se couvrit les seins d'un bras, fit glisser l'autre main pour cacher sa fente et se mit à courir, traversant en les bousculant la ligne des Pauvres Compagnons, se voûtant pour gravir la colline, jambes ployées. En chemin, elle trébucha, tomba, se leva, puis tomba à nouveau, dix pas plus loin. Brusquement, elle s'aperçut qu'elle se traînait, qu'elle grimpait à quatre pattes comme un chien, tandis que le bon peuple de Port-Réal s'écartait devant elle, riant, se gaussant et applaudissant.

Et tout d'un coup, la foule s'ouvrit et parut se dissoudre, et les portes du château furent là, devant elle, ainsi qu'une ligne de piquiers en demi-heaumes dorés et capes écarlates. Cersei entendit le son familier et rogue de son oncle aboyant des ordres et entr'aperçut du blanc de part et d'autre, alors que ser Boros Blount et ser Meryn Trant avançaient vers elle, bardés de plate blême et de manteaux neigeux. « Mon fils, s'exclama-t-elle. Où est mon fils ? Où est Tommen ?

— Pas ici. Un fils ne devrait jamais être témoin de la honte de sa mère. » Ser Kevan parlait sur un ton dur. « Couvrez-la. »

Alors Jocelyn se pencha sur elle, l'enveloppant dans une couverture douce et propre en laine verte afin de voiler sa nudité. Une ombre tomba sur eux deux, masquant le soleil. La reine sentit de l'acier froid se glisser sous elle, une paire de grands bras en armure la soulever de terre, la porter dans les airs aussi aisément qu'elle saisissait Joffrey quand il était encore bébé. *Un géant*, se dit Cersei, prise de vertige, tandis qu'il l'emportait à grands pas vers la barbacane. Elle avait entendu dire qu'on trouvait encore des géants dans la désolation sans dieux au-delà du Mur. *Ce n'est qu'un conte. Est-ce que je rêve ?*

Non. Son sauveur était bien réel. Huit pieds de haut, peut-être davantage, avec des jambes aussi épaisses que des arbres, il avait un torse digne d'un cheval de labour et des épaules qui n'auraient pas déshonoré un bœuf. Son armure était en plate d'acier, émaillée de blanc et aussi brillante que des espoirs de pucelle, portée par-dessus de la maille dorée. Un casque lui cachait le visage. En cimier flottait un plumet soyeux aux sept couleurs arc-en-ciel de la Foi. Deux étoiles d'or à sept branches retenaient la cape flottant sur ses épaules.

*Un blanc manteau.*

Ser Kevan avait tenu sa part du marché. Tommen, son précieux petit garçon, avait nommé son champion dans la Garde Royale.

Cersei ne vit pas d'où Qyburn sortait, mais soudain il fut là, devant eux, pressant le pas pour égaler les longues enjambées du champion de la reine. « Votre Grâce, déclara-t-il, c'est un tel plaisir de vous voir revenue. Puis-je avoir l'honneur de vous présenter le plus récent membre de la Garde Royale ? Voici ser Robert Fort.

— Ser Robert, murmura Cersei alors qu'ils franchissaient les portes.

— N'en déplaise à Votre Grâce, ser Robert a fait un vœu sacré de silence, précisa Qyburn. Il a juré de ne point parler tant que tous les ennemis de Sa Grâce le roi ne seront pas morts et que le mal n'aura pas été bouté hors du royaume. »

*Oui*, songea Cersei Lannister. *Oh oui.*

# TYRION

La pile de parchemins atteignait une altitude formidable. Tyrion la considéra et poussa un soupir. « J'avais compris que vous étiez une bande de frères. Est-ce là l'amour qu'un frère porte à son semblable ? Où est la confiance ? L'amitié, la camaraderie, la profonde affection que seuls des hommes qui ont combattu et saigné ensemble pourront jamais connaître ?

— Chaque chose en son temps, répondit Brun Ben Prünh.

— Quand tu auras signé », précisa Pot-à-l'Encre en aiguisant une plume. Kasporio le Rusé toucha la garde de son épée. « Si tu préfères commencer tout de suite à saigner, je s'rai ravi d' te rendre service.

— Comme c'est aimable de ta part, susurra Tyrion. Mais je ne crois pas, non. »

Pot-à-l'Encre plaça les parchemins devant Tyrion et lui tendit la plume. « Voici ton encre. De l'ancienne Volantis, qu'elle vient. Elle durera aussi longtemps que du noir de mestre qui se respecte. Il te suffit de signer et de me remettre les billets. Je me charge du reste. »

Tyrion lui adressa un sourire torve. « Est-ce que je peux les lire, d'abord ?

— Si tu veux. Elles disent toutes la même chose, dans leurs grandes lignes. Excepté celles du bas, mais nous y viendrons en temps utile. »

*Oh, j'en suis bien persuadé.* Pour la plupart des hommes, rejoindre une compagnie ne coûtait rien, mais il n'était pas la plupart des hommes. Il trempa la plume dans l'encrier, se pencha sur le premier parchemin, suspendit son mouvement, leva le regard. « Vous préférez que je signe *Yollo* ou *Hugor Colline* ? »

Brun Ben plissa les yeux. « Tu préfères qu'on te restitue aux héritiers de Yezzan, ou simplement qu'on te décapite ? »

Avec un rire, le nain signa le parchemin *Tyrion de la maison Lannister*. Le passant sur sa gauche à Pot-à-l'Encre, il feuilleta la pile au-dessous. « Il y en a... combien, cinquante ? Soixante ? Je croyais qu'il y avait cinq cents Puînés.

— Cinq cent treize à l'heure actuelle, précisa Pot-à-l'Encre. Quand tu signeras notre registre, tu seras le cinq cent quatorzième.

— Donc, il n'y en a qu'un sur dix qui reçoit une note ? Ça ne paraît pas très équitable. Je vous croyais tous très partageurs, dans les compagnies libres. » Il signa une nouvelle feuille.

Brun Ben gloussa. « Oh, très partageurs. Mais pas à parts égales. En cela, les Puînés ne diffèrent guère d'une famille...

— Et toutes les familles ont leurs cousins retardés. » Tyrion signa une autre note. Le parchemin craqua fermement quand il le fit glisser vers le trésorier. « Il y a des cellules dans les profondeurs de Castral Roc où le seigneur mon père garde les pires des nôtres. » Il plongea sa plume dans l'encrier. *Tyrion de la maison Lannister*, griffonna-t-il, promettant de payer au porteur du billet cent dragons d'or. *Chaque trait de plume m'appauvrit un peu plus... Ou m'appauvrirait, si je n'étais pas déjà un va-nu-pieds.* Un jour, il se mordrait peut-être les doigts de ces paraphes. *Mais pas aujourd'hui.* Il souffla sur l'encre humide, fit glisser le parchemin vers le trésorier, et signa celui de dessous. Et le suivant. Et le suivant. Et le suivant. « Tout ceci me peine terriblement, je tiens à ce que vous le sachiez, leur déclara-t-il entre deux signatures. À Westeros, on considère que la parole d'un Lannister vaut de l'or. »

Pot-à-l'Encre haussa les épaules. « Nous ne sommes pas à Westeros. Sur cette rive du détroit, nous couchons nos promesses par écrit. » Chaque fois qu'on lui remettait une feuille, il saupoudrait le paraphe de sable fin afin d'absorber l'excès d'encre, puis secouait la feuille avant de la ranger. « Les dettes tracées sur du vent tendent à… s'oublier, disons.

— Pas par nous. » Tyrion signa une nouvelle feuille. Et encore une autre. Il avait trouvé son rythme, à présent. « Un Lannister paie toujours ses dettes. »

Prünh ricana. « Certes, mais la parole d'une épée-louée ne vaut rien. »

*Ma foi, la tienne, en tout cas,* songea Tyrion, *et que les dieux en soient remerciés.* « C'est vrai, mais je ne serai pas une épée-louée tant que je n'aurai pas signé votre registre.

— Ça ne tardera plus, assura Brun Ben. Après les billets.

— Je danse aussi vite que je peux. » Il avait envie de rire, mais cela aurait gâché le jeu. Prünh savourait la situation, et Tyrion n'avait aucune intention de ruiner son plaisir. *Qu'il continue de croire qu'il m'a courbé pour me prendre par le cul, et je continuerai à payer des épées d'acier avec des dragons de parchemin.* Si jamais il rentrait à Westeros revendiquer son héritage, il aurait tout l'or de Castral Roc pour tenir ses promesses. Sinon, eh bien, il serait mort et ses frères tout neufs auraient ces parchemins pour se torcher le cul. Peut-être certains pointeraient-ils le museau à Port-Réal, leur chiffon à la main, en espérant convaincre sa tendre sœur de l'honorer. *Et que ne donnerais-je point pour être un cafard dans la jonchée de roseaux et assister à la scène.*

Le texte sur les parchemins changea à peu près à mi-hauteur de la pile. Tous les billets de cent dragons allaient aux sergents. Au-dessous, les montants enflaient subitement. Désormais, Tyrion promettait de verser au porteur mille dragons d'or. Il secoua la tête, rit et signa. Et une autre. Et une autre. « Bien, reprit-il tout en griffonnant, quelles seront mes tâches dans la compagnie ?

— Tu es trop laid pour servir de bougre à Bokkoko, commenta Kasporio, mais tu pourrais convenir comme chair à flèches.

— Mieux que tu ne penses, répliqua Tyrion en refusant de réagir à la provocation. Un petit homme avec un grand bouclier, ça peut rendre fou les archers. Un homme plus sage que toi m'a enseigné ça, un jour.

— Tu travailleras avec Pot-à-l'Encre, décréta Brun Ben Prünh.

— Tu travailleras *pour* Pot-à-l'Encre, rectifia Pot-à-l'Encre. À tenir les livres, compter les sommes, rédiger des contrats et des lettres.

— Volontiers. J'adore les livres.

— Que pourrais-tu faire d'autre ? ricana Kasporio. Regarde-toi. Tu es incapable de te battre.

— J'ai un jour eu la charge de tous les égouts de Castral Roc, lui répondit Tyrion d'une voix douce. Certains d'eux étaient bouchés depuis des années, mais je les ai bien vite fait s'écouler avec allégresse. » Il plongea de nouveau la plume dans l'encre. Encore une douzaine de billets et il en aurait terminé. « Peut-être devrais-je superviser les filles du camp. Il ne faudrait pas que les hommes soient bouchés, n'est-ce pas ? »

La saillie n'amusa guère Brun Ben Prünh. « T'approche pas des putains, le mit-il en garde. La plupart d'entre elles ont la vérole, et elles parlent trop. T'es pas le premier esclave en fuite à rejoindre la compagnie, mais ça veut pas dire qu'on a besoin de crier ta présence. Je veux pas te voir parader en des lieux où l'on pourrait te voir. Reste à l'intérieur tant que possible, et chie dans ton seau. Y a trop d'yeux, aux latrines. Et sors jamais du camp sans ma permission. On peut t'harnacher de l'acier d'un écuyer, raconter que t'es le bougre de Jorah, mais y en a qui perceront la ruse. Une fois que Meereen sera prise et qu'on sera en route pour Westeros, tu pourras te pavaner tout ton soûl en écarlate et or. Jusque-là, toutefois…

— … je vivrai sous un rocher sans faire le moindre bruit. Tu as ma parole là-dessus. » *Tyrion de la maison Lannister*, signa-t-il une fois de plus, dans un beau mouvement de calligraphie. C'était le dernier parchemin. Il restait trois billets, différents des autres. Deux étaient rédigés sur du beau vélin, et dûment nommés. Pour Kasporio le Rusé, dix mille dragons. Autant pour Pot-à-l'Encre, dont le vrai nom était Tybero Istarion, semblait-il. « *Tybero* ? dit Tyrion. Ça semble presque Lannister. Serais-tu quelque lointain cousin ?

— Possible. Moi aussi, je paie toujours mes dettes. C'est un devoir, pour un trésorier. Signe. »

Il signa.

La note de Brun Ben était la dernière. Celle-ci était rédigée sur un rouleau en peau de mouton. *Cent mille dragons d'or, cinq mille arpents de terre fertile, un château et un titre de lord. Eh bien, eh bien. Cela coûte cher, de travailler pour des Prünh.* Tyrion gratouilla sa cicatrice et se demanda s'il devait feindre l'indignation. Quand on taboure un homme, on s'attend à l'entendre couiner une fois ou deux. Tyrion pourrait jurer, sacrer et crier au vol de grand chemin, refuser un temps de signer, avant de céder à contrecœur, protestant tout du long. Mais il était las des comédies, aussi fit-il une grimace avant de signer et de tendre le rouleau à Brun Ben. « Vous avez la mentule aussi grosse que dans les contes, commenta-t-il. Considérez que vous m'avez baisé en beauté, lord Prünh. »

Brun Ben souffla sur la signature. « Ce fut un plaisir, Lutin. Et maintenant, intronisons-le comme l'un des nôtres. Pot-à-l'Encre, va quérir le registre. »

Le registre était un livre relié en cuir avec des charnières en fer, assez grand pour qu'on y pût déjeuner dessus. Entre ses lourdes couvertures de bois, figuraient des noms et des dates, remontant sur plus d'un siècle. « Les Puînés comptent parmi les plus vieilles des compagnies libres, commenta Pot-à-l'Encre en tournant les pages. Celui-ci est le quatrième volume. Le nom de chaque homme qui sert avec nous est consigné ici. À quelle date ils nous ont rejoints, où ils ont combattu, combien de temps ils ont servi, les circonstances de leur trépas – tout cela, dans le livre. Tu trouveras là-dedans des noms fameux, originaires de tes Sept Couronnes, pour certains. Aegor Rivers a servi un an avec nous, avant de partir fonder la Compagnie Dorée. Aigracier, vous l'appelez. Le Flamboyant, Aerion Targaryen – il a été Puîné. Ainsi que Rodrik Stark, le Loup errant. Non, non, pas cette encre-là. Tiens, prends celle-ci. »

Il déboucha un nouvel encrier et le déposa.

Tyrion inclina la tête de côté. « De l'encre rouge ?

— Une tradition de la compagnie, expliqua Pot-à-l'Encre. Il fut un temps où chaque nouveau venu écrivait son nom de son propre sang, mais il s'avère que, comme encre, le sang est de la merde.

— Les Lannister adorent les traditions. Prête-moi ton couteau. »

Pot-à-l'Encre leva un sourcil, haussa les épaules, fit glisser son couteau hors du fourreau et le tendit, manche en avant. *Ça continue à faire mal, Demi-Mestre, merci beaucoup*, songea Tyrion en se piquant le charnu du pouce. Il pressa pour faire choir une grosse goutte de sang dans l'encrier, échangeant le poignard contre une plume neuve, et inscrivit *Tyrion de la maison Lannister, seigneur de Castral Roc* d'une écriture ample et fière, juste en dessous du paraphe bien plus modeste de Jorah Mormont.

*Et voilà qui est fait.* Le nain se renversa en arrière sur le tabouret de camp. « Est-ce là tout ce que vous exigez de moi ? N'est-il point besoin de prêter serment ? D'égorger un bébé ? De sucer la queue du capitaine ?

— Suce ce qu'il te chante. » Pot-à-l'Encre retourna le registre et saupoudra la page d'un peu de sable fin. « Pour la plupart d'entre nous, la signature suffit, mais je m'en voudrais de décevoir un nouveau frère d'armes. Bienvenue parmi les Puînés, lord Tyrion. »

*Lord Tyrion.* Le nain aimait la façon dont cela sonnait à l'oreille. Les Puînés ne jouissaient peut-être pas de la brillante réputation de la Compagnie Dorée, mais ils avaient remporté au cours des siècles quelques victoires fameuses. « D'autres lords ont-ils servi dans la compagnie ?

— Des lords sans terre, répondit Brun Ben. Comme toi, Lutin. »

Tyrion sauta à bas du tabouret. « Mon frère précédent n'était absolument pas satisfaisant. J'attends mieux des nouveaux. Bien, comment fais-je pour me procurer des armes et une armure ?

— Auras-tu également besoin d'une truie à chevaucher ? s'enquit Kasporio.

— Diantre, j'ignorais que ta femme fît partie de la compagnie, répliqua Tyrion. C'est fort aimable à toi de me la proposer, mais je préférerais un cheval. »

Le spadassin vira au rouge, mais Pot-à-l'Encre éclata de rire et Brun Ben alla jusqu'à glousser. « Pot-à-l'Encre, conduis-le jusqu'aux chariots. Il pourra piocher à sa guise dans l'acier de la compagnie. La fille également. Coiffe-la d'un casque, mets-lui un peu de maille, et peut-être qu'on la prendra pour un gamin.

— Lord Tyrion, avec moi. » Pot-à-l'Encre retint le rabat de la tente pour le laisser passer en se dandinant. « Je vais demander à Fauche de t'accompagner. Prends ta femme et rejoignez-le devant la tente des cuisines.

— Ce n'est pas ma femme. Peut-être devrais-tu te charger d'elle. Tout ce qu'elle fait, ces derniers temps, c'est dormir et me lancer des regards assassins.

— Il faut la battre plus fort et la baiser plus souvent, conseilla le trésorier avec sollicitude. Amène-la, laisse-la, fais ce que bon te semblera. Fauche s'en moque. Viens me retrouver quand tu auras ton armure, et je te ferai débuter sur les registres.

— Comme tu voudras. »

Tyrion trouva Sou endormie dans un coin de leur tente, roulée en boule sur une maigre paillasse, sous une pile de draps sales. Quand il la toucha du bout de sa botte, elle roula sur elle-même, le regarda en clignant les yeux et bâilla. « Hugor ? Qu'est-ce qu'il se passe ?

— Ah, on recommence à parler, je vois ? » C'était préférable à son habituel silence renfrogné. *Tout ça pour un chien et un cochon abandonnés. Je nous ai sauvés tous les deux de l'esclavage, on pourrait imaginer qu'un brin de gratitude serait de mise.* « Si tu continues à dormir comme ça, tu risques de rater la guerre.

— Je suis triste. » Elle bâilla à nouveau. « Et fatiguée. Si fatiguée. »

*Fatiguée ou malade ?* Tyrion s'agenouilla près de la paillasse. « Tu as la mine pâle. » Il posa la main sur son front. *Est-ce la chaleur à l'intérieur, ou a-t-elle un peu de fièvre ?* Il n'osait pas poser la question à voix haute. L'idée de monter la jument pâle terrifiait même de rudes gaillards comme les Puînés. S'ils pensaient Sou malade, ils la chasseraient sans un instant d'hésitation. *Ils seraient même capables de nous restituer aux héritiers de Yezzan, billets ou pas.* « J'ai signé leur registre. À l'ancienne, avec du sang. Je suis désormais un Puîné. »

Sou s'assit sur sa couche, frottant ses yeux pour en chasser le sommeil. « Et moi ? Est-ce que je peux signer, également ?

— Je ne crois pas. Certaines compagnies libres ont la réputation d'accepter des femmes, mais… ma foi, ce sont les Puînés, pas les Cadettes, après tout.

— *Nous sommes*, rectifia-t-elle. Puisque tu es des leurs, tu devrais dire *nous sommes*, pas *ce sont*. Est-ce que quelqu'un a vu Jolie Cochonne ? Pot-à-l'Encre disait qu'il s'informerait. Ou Croque, a-t-on eu des nouvelles de Croque ? »

*Uniquement si tu te fies à Kasporio.* Le lieutenant pas si malin de Prünh prétendait que trois chasseurs d'esclaves yunkaïis visitaient les camps, en posant des questions sur deux nains en fuite. L'un d'eux portait une grande pique avec une tête de chien fichée sur son fer, selon la version que racontait Kasporio. Ce n'étaient pas le genre de nouvelles qui tirerait Sou de son lit, toutefois. « Aucune pour l'instant, mentit-il. Viens. Nous avons besoin de te dénicher une armure. »

Elle lui jeta un regard circonspect. « Une armure ? Pourquoi ?

— Quelque chose que m'a enseigné mon vieux maître d'armes. *Ne va jamais tout nu à la bataille, mon garçon*, a-t-il déclaré. Je le prends au mot. D'ailleurs, maintenant que je suis épée-louée, je devrais quand même avoir une épée à louer. » Elle ne manifestait toujours aucune intention de bouger. Tyrion la saisit par le poignet, la força à se mettre debout et lui jeta une poignée de vêtements à la face. « Habille-toi. Porte la cape avec une cagoule et garde la tête baissée. Nous sommes censés être un duo de jeunes drôles, juste au cas où les chasseurs d'esclaves seraient aux aguets. »

Fauche attendait près de la tente des cuisines en mâchonnant de la surelle quand les deux nains parurent, enveloppés dans une cape et cagoulés. « J'ai entendu dire qu' zallez vous battre pour nous, tous les deux, commenta le sergent. Vont s'en chier au froc, à Meereen. L'un de vous a déjà tué un homme ?

— Moi, répondit Tyrion. Je les fais tomber comme des mouches.

— Avec quoi ?

— La hache, le poignard, une remarque bien choisie. Mais c'est avec l'arbalète que je tue le mieux. »

Fauche se gratta une barbe de trois jours avec la pointe de son crochet. « Une saloperie, l'arbalète. T'en as tué combien, avec ça ?

— Neuf. » Assurément, son père comptait pour autant, à tout le moins. Seigneur de Castral Roc, Gardien de l'Ouest, Bouclier de Port-Lannis, Main du Roi, mari, frère, père, père, père.

« Neuf. » Avec un rire avorté, Fauche cracha une bouchée de phlegme rougi. En visant les pieds de Tyrion, peut-être, mais elle atterrit sur son genou. À l'évidence, c'était ce que « neuf » lui inspirait. Les doigts du sergent étaient couverts de taches rouges par le jus de la surelle qu'il mastiquait. Il en fourra deux feuilles dans sa bouche et lança un coup de sifflet. « *Kem !* Ramène-toi donc, 'spèce de sac à pisse ! » Kem arriva à toutes jambes. « Conduis lord et lady Lutin aux chariots, et d'mande à Mailloche de les harnacher avec l'acier de la compagnie.

— Mailloche est p't-êt' ivre mort, le mit en garde Kem.

— Pisses-y sur la gueule. Ça le réveillera. » Fauche se retourna vers Tyrion et Sou. « Y a jamais eu de nains qu'ont foutu les pieds ici, mais les gamins, on en a jamais manqué. Les fils de telle ou telle pute, des petits cons partis de chez eux pour avoir des aventures, des gitons, des écuyers, tout ça. Y s' peut qu'une partie de leur barda soit assez p'tite pour aller à des lutins. C'est les conneries qu'y portaient quand ils ont crevé, probab'ment, mais j' me doute que ça gênera pas des crevures aussi féroces que vous. Neuf, hein ? » Il secoua la tête et s'en fut.

Les Puînés conservaient les armures de la compagnie dans six gros chariots installés près du centre de leur camp. Kem ouvrit le chemin, faisant osciller sa pique comme s'il s'agissait d'un bâton. « Comment un petit gars de Port-Réal se retrouve-t-il dans une compagnie libre ? » lui demanda Tyrion.

Le jeune homme lui jeta un coup d'œil torve et méfiant. « Qui vous a dit que je venais de Port-Réal ?

— Personne. » *Chaque mot qui te sort de la bouche gueule Culpucier.* « C'est ta malice qui t'a trahi. Il n'est personne de plus rusé qu'un Port-Réalais, dit-on. »

La déclaration parut le décontenancer. « Qui dit ça ?

— Tout le monde. » *Moi.*

« Depuis quand ? »

*Depuis que je viens de l'inventer.* « De tout temps, mentit-il. Mon père avait coutume de le répéter. As-tu connu lord Tywin, Kem ?

— La Main. J' l'ai vu une fois r'monter la colline à ch'val. Ses hommes avaient des capes rouges et de p'tits lions sur le casque. Ils m' plaisaient bien, ces casques. » Sa bouche se pinça. « Mais la Main, j' l'ai jamais aimé. Il a mis la cité à sac. Et après, il nous a écrasés, sur la Néra.

— Tu étais là ?

— Avec Stannis. Lord Tywin s'est pointé avec le fantôme de Renly et y nous a pris de flanc. J'ai lâché ma pique et je m' suis encouru, mais aux navires, y avait un chevalier à la con qu'a dit : *Où t'as mis ta pique, gamin ? Y a pas de place pour les froussards*, et ils se sont taillés en m' laissant là, et des milliers d'autres, avec. Ensuite, j'ai entendu dire que vot' père, il expédiait ceux qu'avaient combattu avec Stannis au Mur, alors j'ai traversé l' détroit et pis j' suis entré chez les Puînés.

— Et Port-Réal te manque ?

— Ça arrive. Y a un gars qui m'manque, il… c'était un copain à moi. Et puis mon frère, Kennet, mais il est mort sur le pont des navires.

— Trop d'hommes vaillants sont tombés ce jour-là. » La cicatrice de Tyrion le démangeait furieusement. Il la gratta de l'ongle.

« La bouffe me manque, aussi, observa Kem d'un ton pensif.

— La cuisine de ta mère ?

— La cuisine de ma mère, des rats en voudraient pas. Non, y avait un vendeur de bols. Personne a jamais préparé un bol de ragoût comme lui. Tellement épais qu'on pouvait faire tenir la cuillère toute droite dedans, avec des bouts de choses et de machins. T'as déjà mangé un bol de ragoût, Mi-homme ?

— Une fois ou deux. J'appelle ça du ragoût de chanteur.

— Ah bon ? Pourquoi ?

— Ça a si bon goût que ça me donne envie de chanter. »

La remarque plut à Kem. « Du ragoût de chanteur. J'en commanderai, la prochaine fois que j'irai à Culpucier. Et toi, y te manque quoi, Mi-homme ? »

*Jaime*, songea Tyrion. *Shae. Tysha. Ma femme, ma femme me manque, l'épouse que j'ai à peine connue.* « Le vin, les putains et la fortune, répondit-il. Surtout la fortune. Avec la fortune, tu peux te payer le vin et les putains. » *Ça paie aussi des épées, et des Kem pour les manier.*

« C'est vrai que les pots de chambre, à Castral Roc, y sont en or massif ? voulut savoir Kem.

— Il ne faut pas croire tout ce qu'on te raconte. Surtout sur le compte de la maison Lannister.

Tout le monde dit que les Lannister sont tous des serpents tordus.

— Des serpents ? » Tyrion rit. « Tu entends ce bruit ? C'est mon père qui rampe dans sa tombe. Nous sommes *des lions* ou, du moins, nous nous plaisons à le dire. Mais peu importe, Kem. Marche sur un serpent ou sur la queue d'un lion, et tu te retrouveras mort tout pareil. »

Tout en discutant, ils avaient atteint l'armurerie, ou ce qui en tenait lieu. Le forgeron, le fameux Mailloche, se révéla être un colosse d'aspect monstrueux, avec un bras gauche qui paraissait deux fois plus épais que le droit. « Il est plus souvent soûl que sobre, confia Kem. Brun Ben laisse faire, mais un jour, y va nous dégotter un vrai armurier. » L'apprenti de Mailloche, un jeune rouquin tout en nerfs, s'appelait Clou. *Mais bien sûr. Quel autre nom aurait-il pu avoir, sinon ?* songea Tyrion. Mailloche cuvait quand ils arrivèrent à la forge, exactement comme Kem l'avait prophétisé, mais Clou ne vit aucune objection à laisser les deux nains fourrager dans les chariots. « C'est du fer de merde, en général, les mit-il en garde, mais si vous trouvez l'emploi de que'que chose, c'est à vous. »

Sous des toits de bois ployés et de cuir durci, les haillons des chariots étaient chargés d'énormes piles de vieilles armes et de harnois. Tyrion jeta un coup d'œil circulaire et poussa un soupir, au souvenir des râteliers luisants d'épées, de piques et de hallebardes de l'armurerie des Lannister dans les profondeurs de Castral Roc. « Ça risque de prendre un moment, déclara-t-il.

— Il y a du bon acier là-dedans, si tu arrives à le dénicher, gronda une voix grave. Rien de très joli, mais ça arrêtera une épée. »

Un chevalier massif descendit de l'arrière du chariot, bardé de pied en cap de l'acier de la compagnie. Sa grève gauche n'était guère assortie à sa droite, le gorgerin était piqué de rouille, ses canons riches et ornementés, niellés de fleurs. À sa main droite, il portait un gantelet d'acier en écrevisse ; à sa gauche, les doigts émergeaient d'une mitaine en mailles rouillées. Les pointes des pectoraux sur sa cuirasse musculaire étaient percées d'une paire d'anneaux de fer. Son heaume s'ornait de cornes de bélier, dont l'une était cassée.

Lorsqu'il le retira, il exposa le visage malmené de Jorah Mormont.

*Il ressemble jusqu'au bout des ongles à une épée-louée, et plus du tout à la créature à moitié brisée que nous avons sortie de la cage de Yezzan*, constata Tyrion. Ses ecchymoses s'étaient en majorité effacées, désormais, et les enflures de son visage avaient en grande partie dégonflé, si bien que Mormont avait presque figure humaine, de nouveau… quoiqu'il ne se ressemblât encore que vaguement. Le masque de démon que les esclavagistes lui avaient apposé au fer rouge sur la joue droite pour le signaler comme un esclave dangereux et rétif ne le quitterait jamais. Ser Jorah n'avait jamais été ce qu'on entend par *un homme séduisant*. La marque avait changé son visage, pour le rendre terrible.

Tyrion sourit. « Tant que je reste plus joli garçon que vous, je m'estimerai heureux. » Il se tourna vers Sou. « Prends ce chariot. Je commence par celui-ci.

— Ça ira plus vite si nous travaillons ensemble. » Elle ramassa un demi-heaume de fer rouillé, et s'en coiffa en pouffant. « Ai-je l'air effrayante ? »

*Tu ressembles à un bateleur avec une marmite sur la tête.* « C'est un demi-heaume. Il te faut un casque. » Il en trouva un, qu'il échangea contre le demi-heaume.

« Il est trop grand. » La voix de Sou résonnait à l'intérieur de l'acier. « Je ne vois rien à l'extérieur. » Elle retira le casque pour le jeter de côté. « Pourquoi pas le demi-heaume ?

— Il laisse le visage à découvert. » Tyrion lui pinça le nez. « J'aime bien regarder ton nez. J'aimerais autant que tu le gardes. »

Elle écarquilla les yeux. « Tu aimes bien mon nez ? »

*Oh, miséricorde des Sept.* Tyrion se détourna et commença à fourrager dans les piles de vieilles armures à l'arrière du chariot.

« Il y a d'autres parties de moi que tu aimes bien ? » s'enquit Sou.

Peut-être avait-elle eu l'intention de dire cela sur un ton badin. Mais en fait, elle semblait triste. « J'aime bien toutes les parties de ton corps, répondit Tyrion, avec l'espoir de couper court à toute discussion ultérieure sur le sujet, et encore plus les miennes.

— Pourquoi aurions-nous besoin d'une armure ? Nous ne sommes que des baladins. Nous faisons juste *semblant* de nous battre.

— Tu fais très bien semblant », dit Tyrion en examinant une lourde cotte en mailles de fer, si crevée de trous qu'elle paraissait mangée aux mites. *Quelle espèce de mites grignote des mailles en fer ?* « Feindre d'être mort est un excellent moyen de survivre à une bataille. Une bonne armure en est un autre. » *Bien qu'il y ait vraiment peu de cela, par ici.* À la Verfurque, il avait combattu sous des fragments dépareillés de plate pêchés dans les chariots de lord Lefford, coiffé d'un heaume en cylindre à pointe qui lui donnait l'air de s'être retourné un seau de pâtée sur le crâne. Ici, l'acier de la compagnie était pire. Pas simplement vieux et mal adapté, mais cabossé, fendu et fragile. *Qu'est-ce que c'est, ça, du sang séché, ou juste de la rouille ?* Il renifla, sans pouvoir trancher davantage.

« Tiens, une arbalète. » Sou la lui indiqua du doigt.

Tyrion y jeta un coup d'œil. « Je ne peux pas employer une poulie à étrier. Je n'ai pas les jambes assez longues. Une manivelle me serait plus utile. » Cependant, à parler franc, il ne voulait pas d'une arbalète. Les recharger prenait trop longtemps. Même en se tapissant dans une fosse de latrines en attendant que l'ennemi vienne poser culotte, ses chances de décocher plus d'un carreau n'étaient pas bonnes.

Il ramassa plutôt un fléau d'armes, le fit tourner, le reposa. *Trop lourd.* Il écarta une masse de combat (trop longue), une étoile du matin (trop lourde aussi), et une demi-douzaine d'épées longues, avant de dénicher une miséricorde qui lui plut, un méchant morceau d'acier à lame triangulaire. « Voilà qui pourrait être utile », jugea-t-il. La lame portait une tache de rouille, mais elle n'en serait que plus dangereuse. Il trouva un fourreau en bois et en cuir de taille convenable et y glissa la miséricorde.

« Une petite épée pour un petit homme ? plaisanta Sou.

— C'est une miséricorde et elle est conçue pour un grand homme. » Tyrion lui indiqua une vieille flamberge. « Voilà une épée. Essaie-la. »

Sou la saisit, la balança, fronça les sourcils. « Trop lourde.

— L'acier pèse plus que le bois. Tranche le col d'un homme avec cet engin, en revanche, et sa tête ne va pas se changer en melon. » Il lui reprit l'épée des mains et l'inspecta de plus près. « De l'acier bon marché. Et entaillé. Ici, tu as vu ? Je retire ce que j'ai dit. Tu as besoin d'une meilleure lame pour trancher les têtes.

— Mais je ne veux *pas* trancher les têtes !

— Et d'ailleurs, il ne faut pas. Porte tes coups en dessous du genou. Le mollet, les tendons, la cheville… Même les géants tombent, si on leur coupe les pieds. Une fois à terre, ils ne sont pas plus grands que toi. »

Sou paraissait à deux doigts de fondre en larmes. « La nuit dernière, j'ai rêvé que mon frère était encore en vie. Nous joutions devant un grand seigneur, à califourchon sur Croque et Jolie Cochonne, et les gens nous jetaient des roses. Nous étions tellement heureux… »

Tyrion la gifla.

C'était un coup amorti, tout bien considéré, un simple mouvement du poignet, porté presque sans aucune force. Il ne laissa même pas de marque sur la joue de la naine. Mais ses yeux se remplirent pourtant de larmes.

« Si tu veux rêver, retourne te coucher, lui dit-il. À ton réveil, nous serons toujours des esclaves en fuite au milieu d'un siège. Croque est mort. Le cochon aussi, probablement. À présent, trouve-toi une armure et enfile-la, et peu importe si ça serre. Le spectacle de baladins est terminé. Bats-toi, cache-toi ou chie-toi dessus, à ta guise, mais quelle que soit ta décision, tu le feras vêtue d'acier. »

Sou palpa la joue qu'il venait de gifler. « Nous n'aurions jamais dû nous enfuir. Nous ne sommes pas des épées-louées. Nous ne sommes pas des épées, d'aucune sorte. On n'était pas si mal, avec Yezzan. Pas si mal. Nourrice était cruel, parfois, mais pas Yezzan, jamais. Nous étions ses préférés, ses... ses...

— *Esclaves*. Le mot que tu cherches est *esclaves*.

— Esclaves, répéta-t-elle en rougissant. Nous étions ses esclaves *spéciaux*, en tout cas. Tout comme Douceur. Ses trésors. »

*Ses animaux de compagnie*, rectifia Tyrion, à part lui. *Et il nous aimait tant qu'il nous a envoyés dans l'arène, nous faire bouffer par les lions.*

Elle n'avait pas totalement tort. Les esclaves de Yezzan mangeaient mieux que beaucoup de paysans des Sept Couronnes et avaient moins de chance de crever de faim, l'hiver venu. Les esclaves étaient du bétail, certes. On pouvait les acheter et les vendre, les fouetter et les marquer au fer, les utiliser pour le plaisir charnel de leur propriétaire, les élever pour produire de nouveaux esclaves. En ce sens, ils ne valaient pas mieux que des chiens ou des chevaux. Mais la plupart des seigneurs traitaient assez correctement leurs chiens et leurs chevaux. Des hommes fiers pouvaient clamer qu'ils préféraient mourir libres que de vivre en esclaves, mais l'orgueil ne coûtait pas cher. Et quand l'acier rencontrait le silex, de tels hommes étaient aussi rares que des dents de dragons ; sinon, le monde n'aurait pas été rempli de tant d'esclaves. *Il n'y a jamais eu d'esclave qui n'a pas choisi de l'être*, réfléchit le nain. *Ils peuvent n'avoir le choix qu'entre la captivité ou la mort, mais le choix existe toujours.*

Tyrion Lannister ne se considérait pas comme une exception. Sa langue lui avait valu quelques zébrures dans le dos, au début, mais assez vite il avait appris les moyens de complaire à Nourrice et au noble Yezzan. Jorah Mormont avait résisté plus rudement et plus longtemps, mais il en serait arrivé au même point, au bout du compte.

*Et Sou, ma foi...*

Sou se cherchait un nouveau maître depuis le jour où son frère Liard avait perdu sa tête. *Elle a besoin de quelqu'un qui s'occupe d'elle, quelqu'un qui lui dise quoi faire.*

Il aurait été trop cruel de le lui déclarer, cependant. « Les esclaves spéciaux de Yezzan n'ont pas échappé à la jument pâle. Ils sont morts, tous autant qu'ils sont. Douceur a été le premier à partir. » Leur énorme maître avait péri le jour de leur évasion, lui avait appris Brun Ben Prünh. Ni lui, ni Kasporio, ni aucune des autres épées-louées ne connaissait le sort des membres de la ménagerie des phénomènes de Yezzan... mais s'il fallait mentir à la Jolie Sou pour lui éviter de se morfondre, alors il lui mentirait. « Si tu veux redevenir une esclave, je te trouverai un bon maître quand la guerre sera finie, et je te vendrai pour une somme d'or suffisante pour rentrer chez moi, lui promit Tyrion. Je te trouverai un gentil Yunkaïi qui te posera un nouveau collier doré, avec de petites cloches dessus qui tinteront partout où tu iras. Mais pour commencer, il faut que tu survives à ce qui va venir. Personne n'achète des comédiens morts.

— Ni des nains morts, commenta Jorah Mormont. Nous risquons tous de nourrir les vers, d'ici à ce que la bataille s'achève. Les Yunkaïis ont perdu cette guerre, même s'il leur faudra peut-être du temps pour s'en rendre compte. Meereen a une armée d'infanterie immaculée, la meilleure du monde. Et Meereen a des dragons. Trois, une fois que la reine sera revenue. Et elle reviendra. Elle le doit. Notre camp se résume à une quarantaine de nobliaux yunkaïis, chacun avec ses singes mal entraînés. Des esclaves sur des échasses, des esclaves enchaînés... ils ont peut-être des troupes d'aveugles ou d'enfants rachitiques, ça ne m'étonnerait pas d'eux.

— Oh, je sais, répondit Tyrion. Les Puînés sont du côté des perdants. Ils ont besoin de retourner encore une fois leur casaque, et de le faire tout de suite. » Il sourit. « Laisse-moi faire. »

# LE BRISEUR DE ROI

Ombre pâle et ombre obscure, les deux conspirateurs se retrouvèrent au calme dans l'armurerie, au deuxième niveau de la Grande Pyramide, entre des râteliers de piques, des boisseaux de viretons et des murs garnis des trophées de batailles oubliées.

« Ce soir », annonça Skahaz mo Kandaq. Le mufle de bronze d'une chauve-souris vampire regardait Selmy de sous la cagoule de sa cape rapiécée. « Tous mes hommes seront en place. Le mot de passe est *Groleo*.

— Groleo. » *Ça s'imposait, je suppose.* « Oui. Ce qu'on lui a fait... vous étiez à l'audience ?

— Un garde parmi quarante. Attendant tous que le tabard vide sur le trône nous donne l'ordre d'abattre Barbesang et le reste. Croyez-vous que les Yunkaïis auraient jamais osé présenter à *Daenerys* la tête de son otage ? »

*Non*, répondit dans sa tête Selmy. « Hizdahr a semblé horrifié.

— Pure feinte. Ses propres parents, des Loraq, lui ont été restitués sains et saufs. Vous avez vu ça. Les Yunkaïis nous ont interprété une farce de baladins, avec le noble Hizdahr dans le premier rôle. Le motif n'a jamais été Yurkhaz zo Yunzak. Les autres esclavagistes auraient volontiers piétiné eux-mêmes ce vieil imbécile. Il s'agissait de fournir à Hizdahr un prétexte pour tuer les dragons. »

Ser Barristan remâcha la phrase. « Oserait-il ?

— Il a osé tuer sa reine. Pourquoi pas ses bêtes ? Si nous n'agissons pas, Hizdahr va hésiter un moment, de façon à donner des gages de sa réticence et à offrir aux Judicieux une occasion de le débarrasser du Corbeau Tornade et du Sang-coureur. Et *là*, il agira. Ils veulent voir les dragons morts avant que la flotte volantaine n'arrive. »

*Certes, cela se comprend*. Tout s'emboîtait. Ce qui ne voulait pas dire que cela plaisait davantage à Barristan Selmy. « Ça n'arrivera pas. » Sa reine était la Mère des Dragons, il ne permettrait pas qu'on mît en péril ses enfants. « L'heure du loup. La partie la plus noire de la nuit, où le monde entier dort. » Il avait entendu ces mots pour la première fois de la bouche de Tywin Lannister, devant les murs de Sombreval. *Il m'a donné une journée pour faire sortir Aerys. Si je ne revenais pas avec le roi à l'aube du jour suivant, il prendrait la ville par le fer et par le feu, m'a-t-il annoncé. C'est à l'heure du loup que je suis parti, et à l'heure du loup que nous avons émergé.* « Ver Gris et les Immaculés fermeront et barreront les portes au point du jour.

— Mieux vaut attaquer au point du jour, jugea Skahaz. Jaillir par les portes et déferler sur les lignes de siège, écraser les Yunkaïis alors qu'ils sortent en titubant de leurs lits.

— Non. » Ils en avaient déjà discuté, tous les deux. « Il y a une paix en cours, signée et scellée par Sa Grâce la reine. Nous ne serons pas les premiers à la rompre. Une fois que nous aurons capturé Hizdahr, nous mettrons en place un conseil afin de gouverner à sa place et d'exiger que les Yunkaïis restituent nos otages et retirent leurs armées. S'ils devaient refuser, alors, et alors seulement, nous les informerons que la paix est rompue, et nous sortirons leur livrer bataille. Votre méthode serait un déshonneur.

— Votre méthode est une stupidité, riposta le Crâne-ras. L'heure est idéale. Nos affranchis sont prêts. Ils ont soif. »

Sur ce point au moins, il disait vrai, Selmy le savait. Symon Dos-Zébré des Frères libres, et Mollono Yos Dob des Boucliers fidèles étaient tous deux impatients d'en découdre, avides de faire leurs preuves et de laver tous les torts qu'ils avaient endurés dans un flot de sang yunkaïi. Seul Marselen des Fils de la Mère partageait les doutes de ser Barristan. « Nous en avons discuté. Vous avez accepté d'employer ma méthode.

— J'ai accepté, bougonna le Crâne-ras, mais c'était avant Groleo. La tête. Les esclavagistes n'ont aucun honneur.

— Nous, si », répliqua ser Barristan.

Le Crâne-ras marmonna quelque chose en ghiscari, puis déclara : « Comme vous voudrez. Mais nous regretterons votre honneur de vieillard avant que la partie soit terminée, je le pense. Et les gardes d'Hizdahr ?

— Sa Grâce conserve deux hommes auprès d'elle quand elle dort. Un à la porte de sa chambre à coucher, le deuxième à l'intérieur, dans une alcôve adjacente. Ce soir, ce seront Khrazz et Cuir d'acier.

— Khrazz, grommela le Crâne-ras. Cela ne me plaît pas.

— Il n'est pas besoin d'en venir à faire couler le sang, lui dit ser Barristan. J'ai l'intention de parler à Hizdahr. S'il comprend que nous n'avons pas l'intention de le tuer, il peut ordonner à ses gardes de se rendre.

— Et sinon ? Hizdahr ne doit pas nous échapper.

— Il ne s'échappera pas. » Selmy ne craignait pas Khrazz, et Cuir d'acier moins encore. Ce n'étaient que des combattants d'arène. La terrible collection d'anciens esclaves de combat d'Hizdahr donnait au mieux des gardes médiocres. La vitesse, la force et la férocité, ils les possédaient, et une certaine habileté aux armes, mais les jeux du sang étaient un piètre entraînement pour protéger les rois. Dans l'arène, leurs ennemis s'annonçaient dans un fracas de trompes et de tambours et, une fois la bataille terminée et remportée, les vainqueurs pouvaient aller se faire panser et boire du lait de pavot pour la douleur, en sachant que la menace était passée et qu'ils étaient libres de boire, de festoyer et de courir la gueuse jusqu'au combat suivant. Mais pour un chevalier de la Garde Royale, la bataille n'était jamais vraiment gagnée. Les menaces surgissaient de partout et de nulle part, à toute heure du jour ou de la nuit. Aucune trompette ne précédait l'ennemi : vassaux, serviteurs, amis, frères, fils, épouses même – n'importe lequel d'entre eux pouvait cacher une arme sous son manteau et le meurtre dans son cœur. Pour chaque heure de combat, un chevalier de la

Garde Royale en passait dix mille à observer et à attendre, debout dans l'ombre en silence. Les combattants d'arène du roi Hizdahr exprimaient déjà leur ennui et leur impatience face à leurs nouvelles attributions, et des hommes qui s'ennuyaient étaient négligents, lents à réagir.

« Je me chargerai de Khrazz, affirma ser Barristan. Assurez-vous simplement que je ne dois pas affronter de Bêtes d'Airain en sus.

— Ne craignez rien. Nous aurons mis Marghaz aux fers avant qu'il puisse causer des problèmes. Je vous l'ai dit, les Bêtes d'Airain m'appartiennent.

— Vous disiez avoir des hommes parmi les Yunkaïis ?

— Des infiltrés et des espions. Reznak en a davantage. »

*On ne peut pas se fier à Reznak. Il sent trop bon et pue trop fort.* « Il faut que quelqu'un libère nos otages. Si nous ne récupérons pas les nôtres, les Yunkaïis en useront contre nous. »

Le rire dédaigneux de Skahaz passa par les narines de son masque. « Parler de sauvetage est aisé. Il est plus ardu de le mettre en œuvre. Que les esclavagistes menacent.

— Et s'ils font plus que de menacer ?

— Vous manqueraient-ils tant, vieil homme ? Un eunuque, un sauvage et une épée-louée ? »

*Héro, Jhogo et Daario.* « Jhogo est le Sang-coureur de la reine, du sang de son sang. Ils ont traversé ensemble le désert rouge. Héro est le lieutenant de Ver Gris. Et Daario... » *Elle aime Daario.* Il l'avait lu dans les yeux de la reine quand elle regardait l'homme, entendu dans sa voix quand elle parlait de lui. « ... Daario est vaniteux et téméraire, mais il est cher à Sa Grâce. Il faut le sauver, avant que ses Corbeaux Tornade ne décident de prendre les affaires en main. On peut y parvenir. J'ai un jour à Sombreval ramené le père de la reine en sûreté, alors qu'un seigneur rebelle le tenait en captivité, mais...

— ... vous ne pourriez jamais vous glisser sans vous faire remarquer au sein des Yunkaïis. Chacun d'eux connaît votre visage, désormais. »

*Je pourrais dissimuler mon visage, comme toi*, se dit Selmy, mais il savait que le Crâne-ras disait vrai. Sombreval remontait à une autre vie. Il était trop vieux pour de tels exploits héroïques.

« Alors, nous devons trouver un autre moyen. Un autre sauve-teur. Quelqu'un connu des Yunkaïis, dont la présence dans leur camp n'éveillera aucune attention…

— Daario vous appelle *ser Grand-Père*, lui rappela Skahaz. Je ne dirai pas comment il me nomme. Si nous étions les otages, vous et moi, risquerait-il sa peau pour nous ? »

*Improbable*, se dit-il, mais il répondit : « Il pourrait.

— Daario nous pisserait peut-être dessus, si nous brûlions. Sinon, n'attendez de lui aucune aide. Que les Corbeaux Tornade se choisissent un autre capitaine, un qui saura rester à sa place. Si la reine ne revient pas, le monde sera plus pauvre d'une épée-louée. Qui le regrettera ?

— Et quand elle reviendra ?

— Elle pleurera, s'arrachera les cheveux et maudira les Yun-kaïis. Pas nous. Pas de sang sur nos mains. Vous pourrez la réconforter. Racontez-lui un conte du temps jadis, elle aime ça. Pauvre Daario, son vaillant capitaine… Non, jamais elle ne l'oubliera… Mais mieux vaut pour nous tous qu'il soit mort, non ? Pour Daenerys, aussi. »

*Pour Daenerys, et pour Westeros.* Daenerys Targaryen aimait son capitaine, mais c'était l'enfant en elle qui parlait, et non la reine. *Le prince Rhaegar aimait Lyanna, sa dame, et des milliers ont péri à cause de cela. Daemon Feunoyr aimait la première Daenerys, et s'est soulevé pour se rebeller quand on la lui a refusée. Aigracier et Freuxsanglant aimaient tous deux Shaïra Astre-des-mers, et les Sept Couronnes ont saigné. Le Prince des Libellules aimait tant Jenny de Vieilles-Pierres qu'il a écarté une couronne, et que Westeros a payé la dot en cadavres.* Les trois fils du cinquième Aegon s'étaient tous mariés par amour, en contravention avec les vœux de leur père. Et parce que cet invraisemblable monarque avait lui-même suivi son cœur en choisissant sa reine, il permit à ses enfants d'agir à leur guise, suscitant des ennemis mortels où il aurait pu avoir de solides amis. La trahison et les troubles s'étaient ensuivis, aussi sûre-ment que la nuit suit le jour, s'achevant à Lestival dans la sor-cellerie, le feu et la douleur.

*Son amour pour Daario est un poison. Un poison plus lent que les sauterelles, mais, au bout du compte, aussi mortel.* « Il reste encore Jhogo, rappela ser Barristan. Lui, et Héro. Tous deux chers à Sa Grâce.

— Nous avons nous aussi des otages, lui rappela Skahaz Crâne-ras. Si les esclavagistes tuent l'un des nôtres, nous tuerons un des leurs. »

Un instant, ser Barristan ne comprit pas de qui il parlait. Puis la réponse lui vint. « Les échansons de la reine ?

— *Des otages*, insista Skahaz mo Kandaq. Grazhar et Qezza sont du même sang que la Grâce Verte. Mezzara est une Merreq, Kezmya une Pahl, Azzak un Ghazîn. Bhakaz est un Loraq, la propre famille d'Hizdahr. Tous sont fils et filles des pyramides. Zhak, Quazzar, Uhlez, Hazkar, Dhazak, Yherizan, tous des enfants des Grands Maîtres.

— D'innocentes fillettes et des garçons au visage doux. » Ser Barristan en était venu à bien les connaître durant le temps où ils avaient servi la reine, Grazhar et ses rêves de gloire, Mezzara la timide, Miklaz le paresseux, Kezmya, coquette et jolie, Qezza avec ses grands yeux tendres et sa voix d'ange, Dhazzar le danseur, et le reste. « Des enfants.

— Des Enfants de la Harpie. Seul le sang peut payer pour le sang.

— C'est ce qu'a dit le Yunkaïi qui nous a apporté la tête de Groleo.

— Il n'avait pas tort.

— Je ne le permettrai pas.

— À quoi bon des otages, si on ne peut pas les toucher ?

— Nous pourrions peut-être offrir trois enfants contre Daario, Héro et Jhogo, admit ser Barristan. Sa Grâce…

— … n'est pas ici. C'est à vous et moi de faire ce qu'il faut. Vous savez que j'ai raison.

— Le prince Rhaegar avait deux enfants, lui répondit ser Barristan. Une petite fille, Rhaenys et un nourrisson, Aegon. Lorsque Tywin Lannister a pris Port-Réal, ses hommes les ont tous les deux tués. Il a enveloppé les corps dans des capes rouges pour les offrir au nouveau roi. » *Et qu'a dit Robert en les voyant ? A-t-il souri ?* Barristan Selmy avait été gravement blessé au Trident, aussi la vision du présent de lord Tywin lui avait-elle été épargnée, mais il se posait souvent la question.

*Si je l'avais vu sourire sur les dépouilles sanglantes des enfants de Rhaegar, aucune armée sur Terre n'aurait pu m'empêcher de le tuer.* « Je ne souffrirai pas qu'on assassine des enfants. Acceptez-le, ou je ne prendrai aucune part à tout ceci. »

Skahaz eut un petit rire. « Vous êtes un vieil entêté. Vos gamins au visage doux ne grandiront que pour devenir des Fils de la Harpie. Tuez-les maintenant ou vous les tuerez plus tard.

— On tue des hommes pour les torts qu'ils ont commis, pas pour ceux qu'ils pourront commettre un jour. »

Le Crâne-ras décrocha une hache du mur, l'examina et poussa un grognement. « Soit. Aucun mal à Hizdahr ni à nos otages. Cela vous satisfera-t-il, ser Grand-Père ? »

*Rien de tout ceci ne me satisfera jamais.* « Je m'en contenterai. L'heure du loup. N'oubliez pas.

— J'ai peu de chances de l'oublier, ser. » Bien que la bouche d'airain de la chauve-souris ne bougeât pas, ser Barristan perçut le sourire sous le masque. « Voilà longtemps que Kandaq attend cette nuit. »

*C'est ce que je redoute.* Si le roi Hizdahr était innocent, ce qu'ils faisaient aujourd'hui serait une trahison. Mais comment pouvait-il être innocent ? Selmy l'avait entendu presser Daenerys de goûter les sauterelles empoisonnées, crier à ses hommes de tuer le dragon. *Si nous n'agissons pas, Hizdahr tuera les dragons et ouvrira les portes aux ennemis de la reine. Nous n'avons là-dessus pas le choix.* Cependant, il avait beau tourner et retourner le problème, il n'y trouvait aucun honneur.

Le reste de la journée fila à une vitesse d'escargot.

En un autre lieu, il le savait, le roi Hizdahr délibérait avec Reznak mo Reznak, Marghaz zo Loraq, Galazza Galare et ses autres conseillers meereeniens, afin de décider de la meilleure façon de répondre aux exigences de Yunkaï... mais Barristan Selmy ne participait plus à de tels conseils. Pas plus qu'il n'avait de souveraine sous sa garde. Aussi effectua-t-il une tournée de la pyramide, du sommet à la base, pour vérifier que les sentinelles se tenaient toutes à leur poste. Cela requit pratiquement toute la matinée. Il passa l'après-midi auprès de ses orphelins, alla jusqu'à prendre lui-même l'épée et le bouclier afin de mettre plus vigoureusement à l'épreuve quelques-uns des enfants les plus âgés.

Certains d'entre eux s'entraînaient pour les combats de l'arène quand Daenerys Targaryen s'était emparée de Meereen et les avait libérés de leurs chaînes. Ceux-là étaient bien familiarisés avec l'épée, la pique et la hache de bataille avant même que ser Barristan ne les prît en charge. Quelques-uns étaient peut-être prêts. *Le gamin des îles du Basilic, pour commencer. Tumco Lho.* Noir comme l'encre de mestre, mais vif et robuste, le meilleur bretteur-né que Selmy ait vu depuis Jaime Lannister. *Larraq, aussi. Le Fouet.* Ser Barristan n'appréciait pas son style de combat, mais on ne pouvait douter de son talent. Larraq avait des années de travail devant lui avant de maîtriser les armes propres au chevalier, l'épée, la lance et la masse, mais il était mortel avec son fouet et son trident. Le vieux chevalier l'avait averti que son fouet serait inutile face à un ennemi en armure… jusqu'à ce qu'il voie comment Larraq en usait, le faisant claquer autour des chevilles de ses adversaires pour les renverser à terre d'une traction. *Pas encore un chevalier, mais un combattant farouche.*

Larraq et Tumco étaient ses meilleurs éléments. Après eux, le Lhazaréen, celui que les autres appelaient l'Agneau rouge, bien qu'il fût, pour le moment, tout pétri de férocité mais dépourvu de technique. Les frères aussi, peut-être, trois Ghiscaris de vile naissance, livrés en esclavage pour régler les dettes de leur père.

Cela en faisait six. *Six, sur vingt-sept.* Selmy en aurait préféré davantage, mais six était un bon début. Les autres, plus jeunes pour la plupart, étaient plus familiarisés avec le métier à tisser, la charrue et le pot de chambre qu'avec l'épée et le bouclier, mais ils travaillaient dur et apprenaient vite. Quelques années comme écuyers, et ser Barristan pourrait présenter à sa reine six chevaliers supplémentaires. Quant à ceux qui ne seraient jamais prêts, ma foi, tous les enfants n'étaient pas destinés à devenir chevaliers. *Le royaume a besoin de fabricants de bougies, d'aubergistes et d'armuriers, également.* C'était aussi vrai à Meereen que ça l'était en Westeros.

En les regardant s'entraîner, ser Barristan étudia la possibilité d'adouber chevaliers sur-le-champ Tumco et Larraq, et peut-être aussi l'Agneau rouge. Il fallait un chevalier pour faire un chevalier et, si les événements devaient mal tourner au soir venu, l'aube pourrait le trouver mort ou emprisonné dans un cachot. Qui adouberait ses écuyers, alors ? D'un autre côté, la réputation d'un jeune chevalier dépendait en partie au moins de l'honneur de celui qui lui avait conféré ce titre. Il ne serait pas bon du tout pour les jeunes que l'on apprît qu'ils avaient reçu leurs éperons d'un traître, et cela pourrait les expédier dans l'oubliette voisine de la sienne. *Ils méritent mieux*, décida ser Barristan. *Plutôt une longue vie d'écuyer qu'une brève existence de chevalier sali.*

Tandis que l'après-midi se fondait dans le soir, il demanda à ses protégés de déposer leurs épées et leurs boucliers et de se réunir autour de lui. Il leur parla de ce qu'être chevalier signifiait. « C'est la chevalerie qui fait le véritable chevalier, et non une épée, dit-il. Sans honneur, un chevalier n'est qu'un vulgaire tueur. Mieux vaut mourir avec honneur que de vivre sans lui. » Les jeunes le regardaient d'un air étrange, lui parut-il, mais un jour, ils comprendraient.

Ensuite, revenu au sommet de la pyramide, ser Barristan trouva Missandei parmi des empilements de rouleaux et de livres, en train de lire. « Reste ici cette nuit, mon enfant, lui conseilla-t-il. Quoi qu'il arrive, quoi que tu voies ou que tu entends, ne quitte pas les appartements de la reine.

— Ma personne entend. Si elle peut demander…

— Il ne vaut mieux pas. » Ser Barristan sortit seul sur les jardins en terrasse. *Je ne suis pas fait pour ceci*, songea-t-il en contemplant la cité déployée devant lui. Les pyramides s'éveillaient, une par une, des lanternes et des torches s'animant d'une palpitation lumineuse tandis que s'amassaient les ombres dans les rues en contrebas. *Complots, ruses, chuchotements, mensonges, des secrets qui en contiennent d'autres, et je ne sais comment, j'y suis désormais mêlé.*

Peut-être aurait-il dû y être habitué, à présent. Le Donjon Rouge aussi avait ses secrets. *Et même Rhaegar.* Le prince de Peyredragon ne lui avait jamais accordé la confiance qu'il avait placée en Arthur Dayne. Harrenhal en avait fourni la preuve. *L'année du printemps trompeur.*

Le souvenir en demeurait amer. Le vieux lord Whent avait annoncé le tournoi peu après une visite de son frère, ser Oswell Whent de la Garde Royale. Avec Varys pour chuchoter à son oreille, le roi Aerys s'était convaincu que son fils conspirait à le déposer, que le tournoi de Whent n'était qu'une ruse pour offrir à Rhaegar un prétexte de rencontrer autant de grands seigneurs qu'on en pourrait rassembler. Aerys n'avait plus posé le pied hors du Donjon Rouge depuis Sombreval, et pourtant, subitement, il annonça qu'il accompagnerait le prince Rhaegar à Harrenhal ; dès lors, tout avait mal tourné.

*Si j'avais été meilleur chevalier... Si j'avais désarçonné le prince dans cette dernière joute, comme j'en avais désarçonné tant d'autres, c'est à moi que serait revenu le choix de la reine d'amour et de beauté...*

Rhaegar avait élu Lyanna Stark de Winterfell. Barristan Selmy aurait choisi autrement. Non point la reine, qui n'était pas présente. Ni Elia de Dorne, bien qu'elle fût bonne et douce ; si elle avait été choisie, on aurait pu éviter bien des guerres et des maux. Son choix se serait porté sur une jeune pucelle, fraîchement arrivée à la cour, une des damoiselles de compagnie d'Elia... bien que, comparée à Ashara Dayne, la princesse dornienne ne fût qu'une fille de cuisine.

Même après toutes ces années, ser Barristan se rappelait encore le sourire d'Ashara, l'éclat de son rire. Il lui suffisait de clore les paupières pour la voir, avec ses longs cheveux bruns qui tombaient sur ses épaules et ces obsédants yeux mauves. *Daenerys a les mêmes yeux.* Parfois, lorsque la reine le regardait, il avait l'impression de contempler la fille d'Ashara...

Mais la fille d'Ashara était mort-née, et la gente dame de Selmy s'était peu après précipitée d'une tour, folle de chagrin à cause de l'enfant qu'elle avait perdu, peut-être aussi à cause de l'homme qui l'avait déshonorée à Harrenhal. Elle avait péri sans savoir que ser Barristan l'aimait. *Comment l'eût-elle su ?* Il était un chevalier de la Garde Royale, voué au célibat. Rien de bon n'aurait pu venir d'un aveu de ses sentiments. *Rien de bon n'est venu du silence, non plus. Si j'avais désarçonné*

*Rhaegar et couronné Ashara reine d'amour et de beauté, se serait-elle tournée vers moi plutôt que vers Stark ?*

Il ne le saurait jamais. Mais de tous ses échecs, aucun autre ne hantait Selmy autant que celui-là.

Le ciel était couvert, l'air chaud, moite, étouffant, et cependant quelque chose dans l'atmosphère lui donnait des fourmillements le long de l'échine. *La pluie*, jugea-t-il. *Un orage monte. Si ce n'est pas pour ce soir, ce sera demain.* Ser Barristan se demanda s'il vivrait assez longtemps pour le voir. *Si Hizdahr a sa propre Araignée, je suis déjà pratiquement mort.* Si les choses devaient en arriver là, il avait l'intention de mourir comme il avait vécu, sa longue épée à la main.

Lorsque les dernières lueurs se furent estompées à l'ouest, derrière les voiles des vaisseaux qui sillonnaient la baie des Serfs, ser Barristan retourna à l'intérieur, appela deux serviteurs et leur demanda de chauffer de l'eau pour un bain. L'entraînement avec ses écuyers durant l'après-midi lui avait laissé une impression d'être souillé, suant.

L'eau, quand elle arriva, était juste tiède, mais Selmy s'attarda dans le bain jusqu'à ce qu'elle fût froide, et se frictionna l'épiderme à presque se l'écorcher. Aussi propre qu'il pouvait l'être, il se leva, se sécha et revêtit une tenue blanche. Bas, petit linge, tunique en soie, gambison, tout cela lavé de frais et décoloré. Par-dessus, il revêtit l'armure que la reine lui avait offerte en témoignage d'estime. La cotte était dorée, finement ouvragée, ses mailles souples comme un bon cuir, les plates nappées d'émail, dur comme la glace et éclatant comme la neige fraîchement tombée. Son poignard se logea sur une hanche, son épée sur l'autre, accrochée à un baudrier en cuir blanc aux boucles dorées. En tout dernier lieu, il décrocha sa longue cape blanche et la fixa sur ses épaules.

Le heaume, il le laissa à son crochet. L'étroite fente pour les yeux limitait son champ de vision, et il avait besoin de voir, pour ce qui venait. Les salles de la pyramide étaient sombres, la nuit, et les ennemis pouvaient arriver d'un côté ou de l'autre. D'ailleurs, aussi splendides à voir que fussent les ailes de dragons ornées qui décoraient le heaume, elles pouvaient trop aisément retenir une épée ou une hache. Il les garderait pour son prochain tournoi, si les Sept lui en accordaient un.

En armes et armure, le vieux chevalier attendit, assis dans la pénombre de sa petite chambre jouxtant les appartements de la reine. Les visages de tous les rois qu'il avait servis et faillis flottèrent devant ses yeux dans l'obscurité, ainsi que ceux des frères qui avaient servi à ses côtés dans la Garde Royale. Il se demanda combien d'entre eux auraient agi comme il se préparait à le faire. *Certains, sûrement. Mais pas tous. D'aucuns n'auraient pas hésité à tuer le Crâne-ras pour la traîtrise de sa conduite.* À l'extérieur de la pyramide, il commença à pleuvoir. Assis dans le noir, ser Barristan écoutait. *On croirait des larmes*, pensa-t-il. *On dirait que pleurent des rois morts.*

Vint l'heure de partir.

La Grande Pyramide de Meereen avait été construite en écho à cette Grande Pyramide de Ghis dont Lomas Grandpas avait jadis visité les ruines colossales. Comme son antique prédécesseur dont les salles de marbre rouge étaient désormais le séjour des chauves-souris et des araignées, la pyramide meereenienne s'enorgueillissait de trente et trois niveaux, nombre apparemment sacré pour les dieux de Ghis. Ser Barristan entama seul la longue descente, sa cape blanche ondulant derrière lui tandis qu'il progressait. Il emprunta la voie de service, non point le grand escalier de marbre veiné, mais la volée de marches plus étroite, plus abrupte et plus directe dissimulée dans l'épaisseur des murs de brique.

Douze niveaux plus bas, il trouva le Crâne-ras qui attendait, ses traits ingrats toujours cachés par le masque qu'il avait porté le matin, la chauve-souris vampire. Six Bêtes d'Airain se tenaient auprès de lui. Toutes arboraient des faciès d'insectes, identiques entre eux.

*Des sauterelles*, se rendit compte Selmy. « Groleo, dit-il.

— Groleo, répondit une des sauterelles.

— J'ai encore d'autres sauterelles, si besoin est, dit Skahaz.

— Six devraient suffire. Et les hommes aux portes ?

— Des hommes à moi. Vous n'aurez pas de problèmes. »

Ser Barristan empoigna le Crâne-ras par le bras. « Ne versez de sang que si vous le devez. Demain, nous réunirons un conseil et nous annoncerons à la cité ce que nous avons fait, et pourquoi.

— Comme vous voudrez. Que la fortune vous sourie, vieil homme. »

Chacun partit de son côté. Les Bêtes d'Airain se rangèrent derrière ser Barristan tandis qu'il poursuivait sa descente.

Les appartements du roi étaient enfouis au cœur même de la pyramide, aux seizième et dix-septième niveaux. En atteignant ces étages, Selmy trouva les portes conduisant à l'intérieur de l'édifice fermées par des chaînes, avec deux Bêtes d'Airain postées en sentinelles. Sous les cagoules de leurs capes cousues de loques, l'une était un rat, l'autre un taureau.

« Groleo, annonça ser Barristan.

— Groleo, répondit le taureau. Troisième salle à droite. » Le rat déverrouilla la chaîne. Ser Barristan et son escorte pénétrèrent dans un étroit corridor de service en brique rouge et noire, éclairé par des torches. Leurs pas résonnèrent sur le sol tandis qu'ils croisaient deux pièces pour entrer dans la troisième sur la droite.

Devant les portes en bois dur donnant sur les appartements du roi se tenait Cuir d'acier, un combattant d'arène plus jeune, pas encore considéré comme un membre du premier cercle. Ses joues et son front étaient marqués de complexes tatouages en vert et noir, d'antiques glyphes de sorcier valyrien censés conférer à sa chair et à sa peau la dureté de l'acier. Des inscriptions similaires couvraient son torse et ses bras ; savoir si elles arrêteraient réellement une épée ou hache restait à démontrer.

Même sans cela, Cuir d'acier paraissait formidable – un jeune homme svelte à la musculature nerveuse, qui dominait ser Barristan d'un demi-pied. « Qui va là ? » lança-t-il en élevant sa longue hache sur le côté de façon à leur barrer le passage. Lorsqu'il vit ser Barristan, et les sauterelles d'airain à sa suite, il l'abaissa de nouveau. « Vieux ser.

— N'en déplaise au roi, je dois m'entretenir avec lui.

— Il est tard.

— Il est tard, mais l'affaire est pressante.

— Je peux demander. » Cuir d'acier cogna la hampe de sa longue hache contre la porte menant aux appartements du roi.

Un judas coulissa. L'œil d'un enfant apparut. Une voix d'enfant appela à travers le vantail. Cuir d'acier répondit. Ser Barristan entendit le bruit d'une lourde barre qu'on retirait. La porte s'ouvrit.

« Vous seulement, précisa Cuir d'acier. Les Bêtes attendront ici.

— À votre guise. » Ser Barristan adressa un signe de tête aux sauterelles. L'une d'elles lui rendit le signe. Seul, Selmy se glissa par la porte.

Sombres et aveugles, cernés de toutes parts par des murs de brique épais de huit pieds, les appartements que le roi avait faits siens étaient spacieux et luxueux, à l'intérieur. De fortes poutres en chêne noir soutenaient les hauts plafonds. Le sol était couvert de tapis de soie venus de Qarth. Sur les murs étaient accrochées des tapisseries inestimables, anciennes et très fanées, dépeignant la gloire de l'Antique Empire de Ghis. La plus grande figurait les derniers survivants d'une armée valyrienne défaite passant sous le joug pour être enchaînés. L'arche qui menait à la chambre royale était gardée par deux amants en bois de santal, sculptés, polis et huilés. Ser Barristan les jugea de mauvais goût, mais sans doute avaient-ils pour rôle d'exciter les sens. *Plus vite nous quitterons ce pays, mieux cela vaudra.*

Un brasero de fer procurait l'unique lumière. Auprès de lui se tenaient deux des échansons de la reine, Draqaz et Qezza. « Miklaz est parti réveiller le roi, expliqua Qezza. Pouvons-nous vous apporter du vin, ser ?

— Non. Je vous remercie.

— Vous pouvez vous asseoir, proposa Draqaz en indiquant un banc.

— Je préfère rester debout. » Il entendait des voix passer sous l'arche, venues de la chambre à coucher. L'une d'elles était celle du roi.

Il fallut encore un bon petit moment avant que le roi Hizdahr zo Loraq, quatorzième de ce Noble Nom, émergeât en bâillant, nouant la ceinture qui refermait sa robe de chambre. Celle-ci était en satin vert, richement ornementée de perles et de fil d'argent. En dessous, le roi était totalement nu. C'était une bonne chose.

Un homme nu se sent vulnérable et est moins enclin à des actes d'héroïsme suicidaire.

La femme que ser Barristan aperçut en train de jeter un coup d'œil par l'arche, derrière une tenture vaporeuse, était nue elle aussi, ses seins et ses hanches masqués en partie seulement par la soie qui volait.

« Ser Barristan. » Hizdahr bâilla de nouveau. « Quelle heure est-il ? Y a-t-il des nouvelles de ma douce reine ?

— Aucune, Votre Grâce. »

Hizdahr poussa un soupir. « Votre *Magnificence*, je vous prie. Quoiqu'à cette heure-ci, il serait plus juste de dire *Votre Somnolence*. » Le roi alla vers la desserte se verser une coupe de vin, mais il n'en restait qu'un filet au fond de la carafe. Un éclair d'agacement traversa son visage. « Miklaz, du vin. Tout de suite.

— Oui, Votre Excellence.

— Emmène Draqaz avec toi. Une bouteille d'Auré de La Treille, et une de rouge, le liquoreux. Et pas votre pisse jaune, merci bien. Et la prochaine fois que je trouve ma carafe à sec, je pourrais bien faire tâter de la badine à tes jolies petites fesses roses. » Le garçon détala à toutes jambes, et le roi se tourna de nouveau vers Selmy. « J'ai rêvé que vous aviez retrouvé Daenerys.

— Les rêves peuvent mentir, Votre Grâce.

— *Votre Splendeur* conviendrait. Qu'est-ce qui vous amène à moi à cette heure, ser ? Des problèmes dans la cité ?

— La cité est paisible.

— Vraiment ? » Hizdahr parut décontenancé. « Pourquoi êtes-vous venu ?

— Pour poser une question. Magnificence, êtes-vous la Harpie ? »

La coupe de vin d'Hizdahr lui glissa entre les doigts, rebondit sur le tapis et roula au sol. « Vous venez dans ma chambre à coucher au plus noir de la nuit pour me demander ça ? Est-ce que vous êtes fou ? » C'est seulement alors que le roi parut remarquer que ser Barristan portait sa plate et sa maille. « Que... pourquoi... comment osez-vous...

— Le poison était-il votre œuvre, Magnificence ? »

Le roi Hizdahr recula d'un pas. « Les sauterelles ? Ce... c'était le Dornien. Quentyn, ce soi-disant prince. Demandez donc à Reznak si vous doutez de moi.

— En avez-vous la preuve ? Reznak l'a-t-il ?

— Non, sinon, je les aurais fait arrêter. Peut-être devrais-je le faire malgré tout. Marghaz leur arrachera une confession, je n'en doute pas. Ce sont tous des empoisonneurs, ces Dorniens. Reznak raconte qu'ils adorent des serpents.

— Ils en mangent, répondit ser Barristan. C'était votre arène, votre loge, vos sièges. Du vin doux et des coussins moelleux, figues, melons et sauterelles au miel. Vous avez tout fourni. Vous avez pressé Sa Grâce de goûter les sauterelles, mais vous n'y avez pas touché vous-même.

— Je... je tolère mal les épices fortes. C'était mon épouse. Ma reine. Pourquoi aurais-je voulu l'empoisonner ? »

*C'était, dit-il. Il la croit morte.* « Vous seul pouvez répondre à cela, Magnificence. Il se pourrait que vous ayez voulu installer une autre femme à sa place. » Ser Barristan hocha la tête en direction de la fille qui épiait timidement depuis la chambre. « Celle-là, peut-être ? »

Le roi regarda autour de lui, affolé. « *Elle ?* Ce n'est rien. Une esclave. » Il leva les mains. « Je m'exprime mal. Pas une esclave. Une affranchie. Formée pour le plaisir. Même un roi a des besoins, elle... elle ne vous concerne en rien, ser. Jamais je ne ferais de mal à Daenerys. Jamais.

— Vous avez encouragé la reine à goûter aux sauterelles. Je vous ai entendu.

— Je pensais qu'elles pourraient lui plaire. » Hizdahr battit en retraite d'un pas encore. « Relevées et sucrées à la fois.

— Relevées, sucrées et empoisonnées. De mes propres oreilles, je vous ai entendu ordonner aux hommes dans l'arène de tuer Drogon. Le leur crier. »

Hizdahr s'humecta les lèvres. « Le monstre dévorait la chair de Barséna. Les dragons se nourrissent d'hommes. Il tuait, il brûlait...

— ... brûlait des hommes qui avaient l'intention d'attenter à la vie de votre reine. Des Fils de la Harpie, très probablement. Vos amis.

— Pas mes amis.

— Vous le dites, et cependant, quand vous leur avez demandé de cesser de tuer, ils ont obéi. Pourquoi le feraient-ils si vous n'étiez pas des leurs ? »

Hizdahr secoua la tête. Cette fois, il ne répondit pas.

« Dites-moi la vérité, insista ser Barristan, l'avez-vous jamais aimée, même un peu ? Ou n'était-ce qu'envers la couronne que s'exerçait votre concupiscence ?

— Ma concupiscence ? Vous osez me parler de *concupiscence* ? » La bouche du roi se tordit de colère. « J'ai éprouvé du désir pour la couronne, certes... mais pas la moitié de ce qu'elle ressentait pour son mercenaire. Peut-être est-ce son précieux capitaine qui a cherché à l'empoisonner, pour l'avoir écarté. Et si j'avais mangé de ses sauterelles aussi, eh bien, ce n'en aurait été que mieux.

— Daario est un tueur, mais pas un empoisonneur. » Ser Barristan s'avança vers le roi. « Êtes-vous la Harpie ? » Cette fois-ci, il posa la main sur la poignée de sa longue épée. « Dites-moi la vérité, et je vous promets une mort rapide et propre.

— Vous présumez par trop, ser, riposta Hizdahr. J'en ai fini avec ces questions, et avec vous. Vous êtes renvoyé de mon service. Quittez Meereen sur-le-champ, et je vous laisserai la vie.

— Si vous n'êtes pas la Harpie, donnez-moi son nom. » Ser Barristan tira son épée du fourreau. Le fil tranchant intercepta la lumière du brasero, se mua en une ligne de feu orange.

Hizdahr céda. « Khrazz ! » hurla-t-il, trébuchant en un mouvement de recul vers sa chambre à coucher. « Khrazz ! *Khrazz !* »

Ser Barristan entendit une porte s'ouvrir, quelque part à sa gauche. Il se retourna à temps pour voir Khrazz émerger de derrière une tapisserie. Il se mouvait avec lenteur, encore engourdi de sommeil, mais il avait en main son arme préférée : un *arakh* dothraki, long et courbe. Une arme de taille, conçue pour permettre à un cavalier d'infliger de longues et profondes coupures. *Une arme meurtrière contre des ennemis à demi nus, dans l'arène ou sur le champ de bataille.* Mais ici, dans un espace confiné, la dimension de la lame jouait contre son porteur, et Barristan Selmy était bardé de plates et de mailles.

« Je suis venu pour Hizdahr, annonça le chevalier. Jette ton acier et écarte-toi, et il ne sera pas nécessaire que tu en pâtisses. »

Khrazz s'esclaffa. « Vieillard, je vais te dévorer le cœur. » Les deux hommes étaient de taille équivalente, mais Khrazz était plus lourd de trente livres et plus jeune de quarante ans, avec une peau pâle, des yeux morts et une crête de cheveux raides rouge-noir qui lui courait du front à la base de la nuque.

« Alors, approche », lui répondit Barristan le Hardi.

Et Khrazz approcha.

Pour la première fois de toute la journée, Selmy se sentit assuré. *Voilà ce pour quoi je suis fait*, se dit-il. *La danse, la douce chanson de l'acier, une épée à la main et un ennemi face à moi.*

Le combattant d'arène était vif, d'une vivacité foudroyante, aussi rapide que n'importe quel adversaire que ser Barristan avait affronté. Dans ses grandes mains, l'*arakh* devenait une image floue et chuintante, un orage d'acier qui semblait attaquer le vieux chevalier de trois côtés à la fois. La plupart des coups visaient sa tête. Khrazz n'était pas un imbécile. Sans son casque, Selmy était particulièrement vulnérable au-dessus du cou.

Il bloqua calmement les attaques, sa longue épée cueillant chaque coup de taille pour le dévier. Les lames sonnèrent et sonnèrent encore. Ser Barristan battit en retraite. Au bord de son champ de vision, il vit les échansons qui observaient avec des yeux aussi grands et aussi blancs que des œufs de poule. Khrazz sacra et changea un coup porté haut en coup bas, trompant pour une fois la lame du vieux chevalier, avec pour seul résultat de voir sa lame déraper sans effet sur une grève d'acier blanc. La réplique de Selmy trouva l'épaule gauche du combattant, fendant le lin fin pour mordre la chair au-dessous. Sa tunique jaune commença à virer au rose, puis au rouge.

« Seuls les poltrons s'habillent de fer », déclara Khrazz en se mouvant selon un cercle. Personne ne portait d'armure dans les arènes de combat. Les foules venaient pour le sang : la mort, les démembrements et les hurlements de souffrance, la musique des sables écarlates.

Ser Barristan tourna avec lui. « Le poltron en question va vous tuer, ser. » L'homme n'était pas chevalier, mais son courage méritait au moins cette courtoisie. Khrazz ne savait pas combattre un homme en armure. Ser Barristan lisait dans ses yeux : le doute, la perplexité, les commencements de la peur. Le combattant d'arène attaqua de nouveau, en criant cette fois-ci, comme si le bruit pouvait abattre son ennemi, quand l'acier y avait échoué. L'*arakh* frappa bas, haut, encore bas.

Selmy bloqua les coups vers sa tête et laissa son armure parer le reste, tandis que sa propre lame ouvrait la joue du combattant de l'œil à la bouche, puis lui dessinait une entaille crue et rouge en travers de la poitrine. Le sang coula des blessures de Khrazz. Cela sembla seulement l'exciter davantage. De sa main libre, il saisit le brasero pour le renverser, répandant braises et charbons ardents aux pieds de Selmy. Ser Barristan les franchit d'un bond. Khrazz frappa au bras et le toucha, mais l'*arakh* ne put qu'ébrécher l'émail dur avant de rencontrer l'acier au-dessous.

« Dans l'arène, ce coup t'aurait emporté le bras, vieillard.

— Nous ne sommes pas dans l'arène.

— *Retire cette armure !*

— Il n'est pas trop tard pour déposer votre épée. Rendez-vous.

— Crève », cracha Khrazz... mais alors qu'il levait son *arakh*, la pointe frôla une des tentures du mur et s'y prit. C'était la seule occasion dont ser Barristan eût besoin. D'un coup en taille, il ouvrit le ventre du combattant, para l'*arakh* qui se dégageait, puis acheva Khrazz d'un rapide coup d'estoc au cœur tandis que les entrailles du combattant glissaient hors de lui comme une nichée d'anguilles grasses.

Le sang et les viscères tachèrent les tapis de soie du roi. Selmy recula d'un pas. La longue épée dans sa main était rouge sur la moitié de sa longueur. Çà et là, les tapis avaient commencé à charbonner aux endroits où étaient tombées quelques braises éparses. Il entendit sangloter la pauvre Qezza. « N'aie pas peur, déclara le vieux chevalier. Je ne te veux pas de mal, mon enfant. Je ne veux que le roi. »

Il essuya son épée à un rideau pour la nettoyer et pénétra à grands pas dans la chambre à coucher, où il trouva Hizdahr zo Loraq, quatorzième de Son Noble Nom, caché et gémissant derrière une tenture. « Épargnez-moi, supplia-t-il. Je ne veux pas mourir.

— Rares sont ceux qui veulent. Mais tous les hommes meurent quand même. » Ser Barristan rengaina son épée et hissa Hizdahr pour le remettre debout. « Venez. Je vais vous escorter jusqu'à une cellule. » Dans l'intervalle, les Bêtes d'Airain avaient dû désarmer Cuir d'acier. « Vous resterez prisonnier jusqu'au retour de la reine. Si l'on ne peut rien prouver à votre encontre, il ne vous sera fait aucun mal. Vous avez ma parole de chevalier. » Il prit le roi par le bras pour le guider hors de la chambre à coucher. Il se sentait la tête curieusement légère, presque comme s'il était gris. *J'étais un Garde du roi. Que suis-je, à présent ?*

Miklaz et Draqaz étaient revenus avec le vin d'Hizdahr. Ils se tenaient dans l'encadrement de la porte, serrant les carafes contre leur poitrine et considérant avec de grands yeux le cadavre de Khrazz. Qezza pleurait toujours, mais Jezhene était apparue pour la consoler. Elle serrait contre elle la fillette plus jeune, en lui caressant les cheveux. Quelques-uns des autres échansons, debout derrière elles, regardaient. « Votre Excellence, intervint Miklaz, le noble Reznak mo Reznak nous prie de… de vous demander de venir tout de suite. »

Le garçon s'adressa au roi comme si ser Barristan n'était pas là, comme s'il n'y avait pas un mort vautré sur le tapis, le sang de sa vie teignant lentement la soie en rouge. *Skahaz aurait dû placer Reznak sous bonne garde jusqu'à ce que nous soyons certains de sa loyauté. Quelque chose aurait-il mal tourné ?* « De venir où ? demanda ser Barristan au gamin. Où le sénéchal veut-il qu'aille Sa Grâce ?

— Dehors. » Miklaz sembla découvrir sa présence. « Dehors, ser. Sur la te… la terrasse. Pour voir.

— Pour voir quoi ?

— Les d… d… les dragons. Les dragons sont lâchés, ser. »

*Que les Sept nous préservent*, pensa le vieux chevalier.

# LE DOMPTEUR DE DRAGONS

La nuit progressa à pas noirs et lents. L'heure de la chauve-souris céda la place à celle de l'anguille, l'heure de l'anguille à celle des fantômes. Le prince, étendu dans son lit, contemplait le plafond, rêvait tout éveillé, se souvenait, imaginait, se retournait sous sa fine couverture de drap, l'esprit enfiévré par des songes de feu et de sang.

Finalement, désespérant de trouver le repos, Quentyn Martell se rendit dans sa salle privée où il se versa une coupe de vin qu'il but dans le noir. Le goût était doux et apaisant sur sa langue, aussi alluma-t-il une chandelle et se versa-t-il une deuxième coupe. *Le vin m'aidera à dormir*, se dit-il, mais c'était un mensonge et il le savait.

Il fixa la chandelle un long moment, puis il posa sa coupe et plaça sa paume au-dessus de la flamme. Il fallut toute sa volonté pour l'abaisser jusqu'à ce que la flamme lui touchât la paume, et quand elle le fit, il retira précipitamment sa main avec un cri de douleur.

« Quentyn ? Vous êtes fou ? »

*Non, juste terrifié. Je ne veux pas brûler.* « Gerris ?

— Je vous ai entendu remuer.

— Je n'arrivais pas à dormir.

— Et les brûlures seraient un remède ? Un peu de lait chaud et une berceuse vous feraient du bien. Ou, mieux encore, je pourrais vous conduire au Temple des Grâces et vous trouver une fille.

— Une putain, tu veux dire.

— On les appelle des Grâces. On en trouve de différentes couleurs. Seules les rouges baisent. » Gerris s'assit de l'autre côté de la table. « Les septas devraient adopter la coutume chez nous, si vous m'en croyez. Avez-vous remarqué que les vieilles septas ressemblent toujours à des pruneaux ? Voilà ce qu'on récolte, à une vie de chasteté. »

Quentyn jeta un coup d'œil vers la terrasse, où les ombres de la nuit s'étalaient, épaisses, entre les arbres. Il entendit le doux susurrement de l'eau qui tombe. « C'est la pluie ? Tes putains ont dû partir.

— Pas toutes. Il y a des petits nids d'amour dans les jardins de plaisir, et elles y attendent chaque nuit d'être choisies par un homme. Celles qu'on n'a pas choisies doivent attendre le lever du soleil, en se sentant seules et délaissées. Nous pourrions les consoler.

— Elles pourraient me consoler, c'est ce que tu veux dire.

— Ça aussi.

— Ce n'est pas de ce genre de consolation que j'ai besoin.

— Je ne suis pas d'accord. Daenerys Targaryen n'est pas la seule femme au monde. Vous voulez mourir vieux garçon ? »

Quentyn ne voulait pas mourir du tout. *Je veux rentrer à Ferboys et embrasser tes deux sœurs, épouser Gwyneth Ferboys, la voir s'épanouir en beauté, avoir un enfant d'elle. Je veux participer à des tournois, chasser au faucon et à courre, aller visiter ma mère à Norvos, lire certains de ces livres que m'envoie mon père. Je veux que Cletus, Will et mestre Kaedry vivent de nouveau.* « Crois-tu que Daenerys apprécierait d'apprendre que j'ai couché avec je ne sais quelle gueuse ?

— Ça se pourrait. Les hommes ont du goût pour les pucelles, mais les femmes aiment les hommes qui connaissent leur affaire dans la chambre à coucher. C'est une autre sorte d'escrime. On doit s'entraîner pour y exceller. »

La plaisanterie toucha un point sensible. Jamais Quentyn ne s'était senti aussi enfant que lorsqu'il s'était tenu devant Daenerys Targaryen, en quémandant sa main. L'idée de coucher avec elle le terrifiait presque autant que l'avaient fait ses dragons. Et s'il échouait à la satisfaire ? « Daenerys a un *amant de cœur*, dit-il,

332

sur la défensive. Mon père ne m'a pas dépêché ici pour amuser la reine dans sa chambre. Tu sais pourquoi nous sommes ici.

— Vous ne pouvez l'épouser. Elle a un mari.

— Elle n'aime pas Hizdahr zo Loraq.

— Quel rapport entre l'amour et le mariage ? Un prince devrait savoir cela. Votre père s'est marié par amour, à ce qu'on dit. Quelle joie en a-t-il retiré ? »

*Tant et moins.* Doran Martell et son épouse norvoshie avaient passé une moitié de leur mariage séparés et l'autre à se disputer. C'était le seul acte inconsidéré qu'avait jamais commis son père, à l'en croire, la seule fois qu'il avait suivi son cœur au lieu de sa tête, et il avait eu tout loisir de le regretter amèrement. « Tous les risques ne conduisent pas à la ruine, insista-t-il. C'est mon devoir. Mon destin. » *Tu es censé être mon ami, Gerris. Pourquoi faut-il que tu te gausses de mes espoirs ? J'ai assez de doutes sans que tu jettes de l'huile sur le feu de ma peur.* « Ce sera ma grande aventure.

— Il y a des hommes qui meurent, dans les grandes aventures. »

Il n'avait pas tort. Cela aussi figurait dans les contes. Le héros part avec ses amis et ses compagnons, affronte maints dangers, rentre triomphalement chez lui. Mais certains de ses compagnons ne rentrent pas du tout. *Le héros ne meurt jamais, toutefois. Il faut que je sois le héros.* « Je n'ai besoin que de courage. Veux-tu que Dorne se souvienne de moi pour mon échec ?

— Dorne risque peu de longtemps se souvenir de nous. »

Quentyn suçait la brûlure sur sa paume. « Dorne se souvient d'Aegon et de ses sœurs. On n'oublie pas si aisément des dragons. Ils se souviendront de Daenerys, aussi.

— Pas si elle est morte.

— Elle est vivante. » *Il le faut.* « Elle est perdue, mais je peux la retrouver. » *Et quand j'y arriverai, elle me regardera avec ces mêmes yeux dont elle couve son épée-louée. Une fois que je me serai montré digne d'elle.*

« À califourchon sur un dragon ?

— Je monte à cheval depuis l'âge de six ans.

— Et vous avez vidé les étriers à deux ou trois reprises.

— Ce qui ne m'a jamais empêché de remonter en selle.

333

— Vous n'avez jamais vidé les étriers mille pieds au-dessus du sol, fit observer Gerris. Et il est rare que les chevaux transforment leurs cavaliers en cendres et os calcinés. »

*Je connais les dangers.* « Je ne veux pas en entendre davantage. Tu as ma permission de partir. Trouve-toi un navire et file à la maison, Gerris. » Le prince se leva, souffla la chandelle et retourna se glisser dans son lit aux draps trempés de sueur. *J'aurais dû embrasser une des jumelles Boisleau, peut-être même les deux. J'aurais dû les embrasser tant que j'en avais la possibilité. J'aurais dû aller à Norvos voir ma mère et le lieu qui lui a donné le jour, afin qu'elle sache que je ne l'avais pas oubliée.* Il entendait la pluie tomber, dehors, tambourinant contre les briques.

Le temps que l'heure du loup les rattrape, il pleuvait avec constance, une chute d'eau qui s'abattait en un torrent dur et froid qui ne tarderait pas à changer les rues en briques de Meereen en rivières. Les trois Dorniens déjeunèrent dans la froidure qui prélude à l'aube – un repas simple, à base de fruits, de pain et de fromage, arrosé de lait de chèvre. Lorsque Gerris fit mine de se verser une coupe de vin, Quentyn le retint. « Pas de vin. Il sera bien temps de boire après.

— Espérons », répondit Gerris.

Le mastodonte jeta un coup d'œil en direction de la terrasse. « J' savais qu'il allait pleuvoir, commenta-t-il d'un ton morose. J'avais mal dans les os, hier au soir. Ils m' font toujours souffrir avant que le temps vire à la pluie. Ça va pas plaire aux dragons. Le feu et l'eau, ça se mélange pas, c'est un fait reconnu. On allume un bon feu pour la cuisine, une bonne flambée, et puis il se met à pleuvoir comme vache qui pisse, et voilà : vot' bois est tout trempé, et les flammes sont mortes. »

Gerris rit doucement. « Les dragons ne sont pas de bois, Arch.

— Y en a, si. Le vieux roi Aegon, le coureur de jupons, il a construit des dragons de bois pour nous conquérir. D'accord, ça a mal fini. »

*Pour nous aussi, ça le pourrait,* songea le prince. Il n'avait cure des folies et des échecs d'Aegon l'Indigne, mais il était rempli de doutes et de craintes. Les plaisanteries forcées de ses amis ne servaient qu'à lui donner une migraine. *Ils ne comprennent pas. Tout dorniens qu'ils soient, moi, je suis Dorne. Dans bien des années, lorsque je serai mort, ce sera cette ballade qu'on chantera sur moi.* Il se leva avec brusquerie. « Il est l'heure. »

Ses amis se mirent debout. Ser Archibald termina son lait de chèvre et essuya du revers d'une main énorme la moustache que le lait lui avait dessinée sur la lèvre supérieure. « Je vais chercher nos tenues de baladins. »

Il revint avec le ballot qu'ils avaient récupéré auprès du Prince en Guenilles à leur deuxième rencontre. À l'intérieur se trouvaient trois longues capes capuchonnées, composées de myriades de petits carrés de tissu cousus ensemble, trois gourdins, trois épées courtes, trois masques en bronze poli. Un taureau, un lion et un singe.

Tout le nécessaire pour devenir une Bête d'Airain.

« Ils risquent de demander un mot de passe, les avait mis en garde le Prince en Guenilles en leur remettant le paquet. Ce sera *chien.*

— Vous en êtes certain ? lui avait demandé Gerris.

— Assez pour parier une vie dessus. »

Le prince ne se méprit pas sur le sens de ces mots. « La mienne.

— Probablement.

— Comment avez-vous appris leur mot de passe ?

— Nous avons rencontré des Bêtes d'Airain, et Meris le leur a aimablement demandé. Un prince devrait savoir qu'on ne pose pas de telles questions, Dornien. À Pentos, nous avons un dicton : *Ne demande jamais au boulanger ce qu'il met dans sa tourte. Mange donc.* »

*Mange donc.* Ça ne manquait pas de sagesse, supposa Quentyn.

« Je serai le taureau », annonça Arch.

Quentyn lui tendit le masque approprié. « Pour moi, le lion.

— Ce qui me laisse faire le singe. » Gerris appliqua le masque de singe contre son visage. « Comment font-ils pour respirer là-dedans ?

— Contente-toi de le porter. » Le prince n'était pas d'humeur à plaisanter.

Le ballot contenait également un fouet – un méchant ouvrage en vieux cuir doté d'une poignée en bronze et en os, assez résistante pour écorcher un bœuf. « C'est pour quoi faire ? s'enquit Arch.

— Daenerys a employé un fouet pour mater le monstre noir. » Quentyn enroula la lanière et l'accrocha à sa ceinture. « Arch, amène également ta masse. Nous pourrions en avoir besoin. »

Pénétrer de nuit dans la Grande Pyramide de Meereen n'était pas entreprise aisée. Chaque jour au coucher du soleil, on fermait et barrait les portes, et elles restaient closes jusqu'au point du jour. Des gardes étaient postés à chaque entrée, d'autres patrouillaient sur la première terrasse, d'où ils surplombaient toute la rue. Naguère, la garde était assurée par des Immaculés. Désormais, des Bêtes d'Airain s'en chargeaient. Et cela ferait toute la différence, espérait Quentyn.

On relevait les gardes au lever du soleil, mais il restait encore une heure avant l'aube quand les trois Dorniens descendirent par l'escalier de service. Autour d'eux, les murs étaient bâtis de brique de cent couleurs, mais les ombres les muaient toutes en gris jusqu'à ce que les touchât la lumière de la torche que portait Gerris. Ils ne rencontrèrent personne au cours de la longue descente. On n'entendait qu'un son, le frottement de leurs bottes sur le sol usé.

Les portes principales de la pyramide ouvraient sur la plaza centrale de Meereen, mais les Dorniens se dirigèrent vers une issue annexe qui donnait dans une ruelle. C'étaient les entrées utilisées dans le passé par les esclaves quand ils vaquaient aux affaires de leurs maîtres, celles par lesquelles petit peuple et négociants allaient et venaient pour effectuer leurs livraisons.

Les portes de bronze massif étaient closes par une lourde barre de fer. Devant elles se tenaient deux Bêtes d'Airain, armées de gourdins, de piques et d'épées courtes. La lumière des torches rutilait sur le bronze poli de leurs masques – un rat et un renard. Quentyn indiqua au mastodonte de rester en retrait dans l'ombre. Puis Gerris et lui avancèrent de conserve.

« Vous êtes en avance », fit observer le renard.

Quentyn haussa les épaules. « On peut repartir, si tu préfères. Libre à toi de monter notre garde. » Il ne parlait pas du tout comme un Ghiscari, il le savait ; mais la moitié des Bêtes d'Airain étaient des affranchis, avec toutes sortes de langues maternelles, aussi son accent n'éveilla-t-il aucune attention.

« Mon cul, oui, riposta le rat.

— Donne-nous le mot de passe du jour, demanda le renard.

— Chien », répondit le Dornien.

Les deux Bêtes d'Airain échangèrent un coup d'œil. Pendant trois longs battements de cœur, Quentyn craignit que quelque chose n'eût mal tourné, que, d'une façon ou d'une autre, la Belle Meris et le Prince en Guenilles n'eussent obtenu un mot de passe erroné. Puis le renard grogna. « Va pour chien, déclara-t-il. Les portes sont à vous. » Tandis qu'ils s'éloignaient, le prince reprit sa respiration.

Ils ne disposaient pas de beaucoup de temps. La véritable relève ne tarderait pas. « Arch », appela-t-il, et le mastodonte apparut, la lueur de la torche brillant sur le masque de taureau. « La barre, vite. »

La barre de fer était épaisse et lourde, mais bien graissée. Ser Archibald n'eut aucun problème à la soulever. Tandis qu'il la tenait dressée sur une extrémité, Quentyn tira sur les portes pour les ouvrir et Gerris les franchit, en agitant sa torche. « Faites-le entrer maintenant. Dépêchez-vous. »

Le chariot de boucher attendait au-dehors, dans la ruelle. Le cocher donna un petit coup de fouet à la mule et entra avec fracas, les roues cerclées de fer parcourant les briques avec des claquements sonores. La carcasse équarrie d'un bœuf remplissait le plateau du chariot, auprès de deux moutons morts. Une demi-douzaine d'hommes pénétrèrent à pied. Cinq portaient des capes et des masques de Bêtes d'Airain, mais la Belle Meris ne s'était pas donné la peine de se déguiser. « Où est ton seigneur ? demanda-t-il à Meris.

— Je n'ai pas de *seigneur*, riposta-t-elle. Si tu parles de ton collègue prince, il est à proximité, avec cinquante hommes. Fais sortir ton dragon et il assurera ton départ en toute sécurité, comme promis. C'est Caggo qui commande, ici. »

Ser Archibald considéra le chariot de boucher d'un œil torve. « Cette carriole suffira, pour contenir un dragon ? s'enquit-il.

— Elle devrait. Elle a contenu deux bœufs. » Tue-les-Morts était vêtu en Bête d'Airain, son visage couturé de cicatrices dissimulé derrière un masque de cobra, mais l'*arakh* noir familier qui lui battait la hanche le trahissait. « On nous a dit que ces bêtes-ci sont plus petites que le monstre de la reine.

— La fosse a ralenti leur croissance. » Les lectures de Quentyn suggéraient que la même chose était advenue dans les Sept Couronnes. Aucun des dragons nés et élevés à Port-Réal dans Fossedragon n'avait jamais approché de la taille de Vhagar ou de Meraxès, et moins encore de celle de la Terreur noire, le monstre du roi Aegon. « Avez-vous amené suffisamment de chaînes ?

— Combien de dragons avez-vous ? riposta la Belle Meris. On a assez de chaînes pour dix, dissimulées sous la viande.

— Parfait. » Quentyn se sentait la tête légère. Rien de tout cela ne semblait tout à fait réel. Un moment, il avait le sentiment de participer à un jeu, le suivant à un cauchemar, à un mauvais rêve où il se retrouverait en train d'ouvrir une porte de ténèbres, en sachant que l'horreur et la mort l'attendaient de l'autre côté, et impuissant cependant à se retenir. Il avait les paumes moites de sueur. Il les essuya contre ses cuisses et annonça : « Il y aura d'autres gardes devant la fosse.

— Nous le savons, dit Gerris.

— Il faut que nous soyons prêts pour eux.

— On l'est », assura Arch.

Une crampe contracta le ventre de Quentyn. Il fut pris d'une envie subite de se soulager, mais il savait qu'il ne pouvait plus s'esquiver, désormais. « Alors, par ici. » Rarement avait-il eu tant l'impression de n'être qu'un enfant. Et pourtant, ils le suivirent ; Gerris et le mastodonte, Meris, Caggo et les autres Erre-au-Vent. Deux des épées-louées avaient sorti des arbalètes d'une cache à l'intérieur du chariot.

À la sortie des écuries, le rez-de-chaussée de la Grande Pyramide se changeait en labyrinthe, mais Quentyn Martell avait traversé les lieux en compagnie de la reine et avait conservé le trajet en mémoire. Ils franchirent trois énormes arches de brique, puis empruntèrent une pente de pierre fortement inclinée vers les fondations, longeant cachots et chambres de torture et croisant deux profondes citernes de pierre. Leurs pas résonnaient contre les murs avec un bruit mat, le chariot de boucher grondant derrière eux. Le mastodonte saisit une torche sur une applique du mur pour ouvrir la voie.

Enfin, une lourde porte double en fer se dressa devant eux, mangée de rouille et menaçante, barrée par une longueur de chaîne dont chaque maillon avait le diamètre d'un bras d'homme. La taille et l'épaisseur de ces portes suffirent à faire douter Quentyn Martell du bon sens de cette équipée. Pire encore, les portes étaient visiblement déformées par les tentatives de quelque chose à l'intérieur pour sortir. Le vantail de fer se crevassait, fendu en trois endroits, et le coin supérieur de la porte de gauche semblait en partie fondu.

Quatre Bêtes d'Airain gardaient la porte. Trois tenaient de longues piques ; la quatrième, un sergent, était armée d'une épée courte et d'un poignard. Son masque sculpté figurait une tête de basilic. Les trois autres portaient des masques d'insectes.

*Des sauterelles*, remarqua Quentyn. « Chien », dit-il.

Le sergent se crispa.

Il n'en fallait pas plus pour que Quentyn Martell s'aperçût que quelque chose n'allait pas. « Emparez-vous d'eux », coassa-t-il au moment où la main du basilic filait vers son épée courte.

Il était vif, ce sergent. Le mastodonte l'était davantage. Il jeta la torche sur la plus proche sauterelle, tendit la main derrière lui et détacha sa masse de guerre. La lame du basilic venait à peine de sortir de son fourreau de cuir que la pointe de la masse lui percuta la tempe, défonçant le bronze fin de son masque et la chair et l'os au-dessous. Le sergent chancela d'un demi-pas sur le côté, avant que ses genoux ne se dérobassent sous lui et qu'il ne s'abattît sur le sol, tout son corps secoué de spasmes grotesques.

Quentyn le regarda, pétrifié, l'estomac retourné. Sa propre arme reposait encore au fourreau. Il n'avait pas même tendu la main pour la saisir. Ses yeux étaient rivés sur le sergent en train d'agoniser en tressautant devant lui. La torche tombée sur le sol commençait à s'éteindre, faisant bondir et se tordre chacune des ombres en une monstrueuse parodie des soubresauts du mort. Le prince ne vit pas la pique de la sauterelle qui filait vers lui jusqu'à ce que Gerris entre en collision avec lui, pour l'écarter. Le fer de la pique érafla la joue de la tête de lion qu'il portait. Cependant, le choc fut si violent qu'il faillit lui arracher le masque. *Elle m'aurait transpercé la gorge*, comprit le prince, abasourdi.

Gerris jura tandis que les sauterelles le cernaient. Quentyn entendit un bruit de course. Puis les épées-louées surgirent des ombres. Un des gardes leur jeta un coup d'œil, juste assez longtemps pour que Gerris contournât la défense de sa pique. Il plongea la pointe de son épée sous le masque d'airain et remonta la lame dans la gorge de l'homme qui le portait, au moment où la deuxième sauterelle voyait un carreau d'arbalète naître sur sa poitrine.

La dernière sauterelle laissa choir sa pique. « Je me rends, je me rends.

— Non. Tu meurs. » D'un revers de son *arakh*, Caggo décapita l'homme, l'acier valyrien tranchant la chair, l'os et les tendons comme s'ils n'étaient que suif. « Trop de bruit, déplora-t-il. Tous ceux qui ont des oreilles ont dû entendre.

— *Chien*, dit Quentyn. Le mot de passe du jour devait être *chien*. Pourquoi n'ont-ils pas voulu nous laisser passer ? On nous avait dit…

— On t'avait dit que ton plan était de la folie, t'as oublié ? coupa la Belle Meris. Fais ce que tu es venu faire. »

*Les dragons*, se remémora le prince Quentyn. *Oui, nous sommes venus pour les dragons*. Il se sentit le cœur au bord des lèvres. *Qu'est-ce que je fiche ici ? Père, pourquoi ? Quatre morts en autant de battements de cœur, et dans quel but ?* « Le feu et le sang, murmura-t-il, le sang et le feu. » Le sang formait une flaque à ses pieds, imprégnant le sol en brique. Le feu se trouvait derrière ces portes. « Les chaînes… Nous n'avons pas de clé…

— J'ai la clé », intervint Arch. Il abattit sa masse avec rapidité et vigueur. Des étincelles volèrent lorsque la tête de l'arme percuta la serrure. Encore, encore et encore. Au cinquième choc, le verrou céda et les chaînes tombèrent, avec un tel fracas que Quentyn fut convaincu que toute la pyramide l'avait entendu. « Amenez le chariot. » Les dragons seraient plus dociles une fois qu'ils seraient rassasiés. *Qu'ils s'empiffrent de mouton grillé.*

Archibald Ferboys empoigna les portes de fer et les écarta. Leurs charnières rouillées émirent un double hurlement, au bénéfice de tous ceux qui avaient pu dormir durant la destruction de la serrure. Une bouffée de chaleur les assaillit soudain, chargée en relents de cendres, de soufre et de viande brûlée.

Au-delà des portes, régnait l'obscurité, de profondes et lugubres ténèbres qui semblaient vivantes, menaçantes, avides. Quentyn sentit qu'existait dans le noir quelque chose de ramassé, de patient. *Guerrier, accorde-moi le courage*, pria-t-il. Il ne voulait pas faire ce qu'il allait faire, mais il ne voyait aucune autre solution. *Pourquoi Daenerys m'aurait-elle montré les dragons, sinon ? Elle veut que je fasse mes preuves pour elle.* Gerris lui tendit une torche. Il franchit les portes.

*Le vert est Rhaegal, le blanc Viserion,* se remémora-t-il. *Emploie leur nom, donne-leur des ordres, parle-leur, avec calme mais avec autorité. Dompte-les, comme Daenerys a dompté Drogon dans l'arène.* La jeune femme avait été seule, uniquement vêtue de voiles de soie, mais intrépide. *Je ne dois pas avoir peur. Elle l'a fait, j'en suis capable aussi.* L'important était de ne pas laisser voir sa peur. *Les animaux sentent la crainte, et les dragons...* Que savait-il des dragons ? *Qu'est-ce que quiconque connaît aux dragons ? Ils ont disparu du monde depuis plus d'un siècle.*

Le rebord de la fosse se trouvait juste devant lui. Quentyn approcha avec lenteur, promenant la torche d'un côté à l'autre. Les parois, le sol et le plafond buvaient la lumière. *Calcinés,* comprit-il. *Des briques complètement carbonisées, réduites en cendres.* La température de l'air augmentait à chaque pas qu'il faisait. Il commença à transpirer.

Deux yeux s'élevèrent devant lui.

Ils étaient de bronze, plus brillants que des boucliers polis, luisant de leur propre chaleur, brûlant derrière un voile de fumée qui montait des naseaux du dragon. La lumière de la torche de Quentyn baigna des écailles vert sombre, le vert de la mousse dans le profond des bois au couchant, juste avant que ne s'estompent les dernières lueurs. Puis le dragon ouvrit la gueule, et la lumière et la chaleur déferlèrent sur eux. Derrière la barrière des crocs noirs et aigus, il aperçut une clarté de fournaise, les reflets d'un feu couvant, cent fois plus flamboyant que sa torche. Le dragon avait une tête plus large que celle d'un cheval, et son cou s'étira, interminable, se déroulant comme un grand serpent vert tandis que la tête montait, jusqu'à ce que ces deux yeux luisants de bronze le toisent de haut.

*Vertes*, se dit le prince, *il a des écailles vertes.* « Rhaegal », lança-t-il. Sa voix s'étrangla dans sa gorge ; n'en émergea qu'un coassement brisé. *Guernouille*, put-il seulement penser, *je redeviens Guernouille.* « La nourriture, croassa-t-il, la mémoire lui revenant. Apportez la viande. »

Le mastodonte l'entendit. Arch s'évertua à décharger du chariot une des carcasses de moutons par deux de ses pattes, puis il tourna sur lui-même et la balança dans la fosse.

Rhaegal la happa dans les airs. Sa tête pivota en un éclair et d'entre ses mâchoires explosa une pique de flammes, un orageux tourbillon de feu orange et jaune veiné de stries vertes. Le mouton brûlait avant d'avoir entamé sa chute. Avant que la dépouille fumante pût heurter les briques, les dents du dragon se refermèrent sur elle. Un nimbe de flammes continua de palpiter autour du corps. L'air empestait la laine cramée et le soufre. *La puanteur du dragon.*

« Je croyais qu'il y en avait deux », observa le mastodonte.

*Viserion. Oui. Où est passé Viserion ?* Le prince abaissa sa torche pour jeter quelque lumière dans la pénombre en contrebas. Il voyait le dragon vert déchirer la carcasse fumante du mouton, sa longue queue fouettant d'un côté à l'autre tandis qu'il dévorait. Autour de son cou on apercevait un épais collier de fer, d'où pendaient trois pieds d'une chaîne rompue. Des maillons brisés parsemaient le sol de la fosse, entre les ossements noircis – des torsades de métal, en partie fondues. *Rhaegal était enchaîné au mur et au sol, la dernière fois que je suis venu*, se souvint le prince, *mais Viserion était accroché au plafond.* Quentyn recula d'un pas, leva la torche et pencha la tête en arrière.

Un moment, il ne vit au-dessus de lui que les cintres de briques noircies, calcinées par la flamme des dragons. Un filet de cendres attira son regard. Une forme pâle, à demi dissimulée, qui bougeait. *Il s'est creusé une grotte*, comprit le prince. *Une tanière dans la brique.* La Grande Pyramide de Meereen avait des fondations massives et épaisses, de façon à soutenir le poids de l'énorme structure qui les coiffait ; même les cloisons intérieures étaient trois fois plus épaisses que la chemise de fortification de n'importe quel château. Mais Viserion s'y était foré un trou, par les flammes et les griffes, une tanière assez grande pour y dormir.

*Et nous venons de le réveiller.* Il voyait une sorte d'énorme serpent blanc se dérouler à l'intérieur du mur, à l'endroit où la paroi s'incurvait pour rejoindre le plafond. De nouvelles cendres plurent, et une portion de brique effritée se détacha. Le serpent se révéla être un cou et une queue, puis le long mufle cornu du dragon apparut, ses yeux luisant dans le noir comme des braises d'or. Ses ailes craquetèrent en s'étirant.

Tous les plans de Quentyn avaient déserté son crâne. Il entendait Caggo Tue-les-Morts crier des ordres à ses épées-louées. *Les chaînes, il les envoie chercher les chaînes,* se dit le prince de Dorne. Le plan avait été de nourrir les bêtes et de les entraver en profitant de leur torpeur, exactement comme l'avait fait la reine. Un dragon, ou de préférence les deux.

« Encore de la viande », appela Quentyn. *Une fois que les animaux seraient rassasiés, ils deviendraient somnolents.* Il avait vu la méthode fonctionner avec des serpents, à Dorne, mais ici, avec ces monstres... « Apportez... apportez... »

Viserion s'élança du plafond, déployant ses ailes de cuir blême, les ouvrant totalement. La chaîne brisée qui pendait à son cou se balançait follement. Sa flamme illumina la fosse, or pâle veiné de rouge et d'orange, et l'air vicié explosa en une nuée de cendres chaudes et de soufre, sous les battements répétés des ailes blanches.

Une main saisit Quentyn par l'épaule. La torche lui vola des doigts pour aller rebondir sur le sol, puis plongea dans la fosse, toujours allumée. Il se retrouva face à face avec un singe d'airain. *Gerris.* « Quent, ça ne va pas marcher. Ils sont trop sauvages, ils... »

Le dragon vint se poser entre les Dorniens et la porte, avec un rugissement qui aurait mis en fuite mille lions. Sa tête oscillait d'un côté à l'autre, tandis qu'il inspectait les intrus – les Dorniens, les Erre-au-Vent, Caggo. Finalement et plus longuement, la bête fixa la Belle Meris, en la flairant. *La femme,* comprit Quentyn. *Il sait que c'est une femme. Il cherche Daenerys. Il veut sa mère et ne comprend pas son absence.*

Quentyn s'arracha à la poigne de Gerris. « Viserion », appela-t-il. *Le blanc est Viserion.* L'espace d'un demi-battement de cœur, il craignit de s'être mépris. « Viserion », appela-t-il à nouveau, tâtonnant pour empoigner le fouet qui lui pendait à la ceinture. *Elle a dompté le noir avec un fouet. Je dois en faire autant.*

Le dragon connaissait son nom. Il tourna la tête, et son regard s'attarda pendant trois longs battements de cœur sur le prince dornien. Des feux livides brûlaient derrière les noirs poignards brillants de ses crocs. Ses yeux étaient des lacs d'or fondu et de la fumée montait de ses naseaux.

« Couché », ordonna Quentyn. Puis il toussa, et toussa à nouveau.

L'air était chargé de fumée et l'odeur de soufre le prenait à la gorge.

Viserion perdit tout intérêt. Le dragon se retourna vers les Erre-au-Vent et avança lourdement vers la porte. Peut-être flairait-il le sang des gardes morts, ou la viande dans la carriole de boucher. À moins qu'il vînt seulement maintenant de s'apercevoir que la porte était ouverte.

Quentyn entendit crier les épées-louées, Caggo qui réclamait des chaînes et la Belle Meris qui hurlait à quelqu'un de s'écarter. Le dragon se mouvait au sol de façon pataude, comme un homme qui avançait sur les genoux et les coudes, mais plus rapidement que ne l'aurait cru le prince dornien. Lorsque les Erre-au-Vent tardèrent trop à lui dégager le passage, Viserion poussa un nouveau rugissement. Quentyn entendit le cliquetis des chaînes, le vrombissement grave d'une arbalète.

« Non, hurla-t-il, non, pas ça, *pas ça* », mais il était trop tard. *L'imbécile*, eut-il juste le temps de penser tandis que le vireton ricochait sur le cou de Viserion pour disparaître dans les ténèbres. Une ligne de feu fulgura dans son sillage – du sang de dragon, luisant de rouge et d'or.

L'arbalétrier cherchait un nouveau carreau quand les crocs du dragon se refermèrent sur son cou. L'homme portait un masque de Bête d'Airain, la face terrible d'un tigre. Lorsqu'il lâcha son arme pour tenter d'écarter les mâchoires de Viserion, la flamme se vomit par la gueule du tigre. Les yeux de l'homme crevèrent avec de douces détonations, et le bronze se mit à couler autour de ses orbites. Le dragon arracha un morceau de chair, l'essentiel du cou de l'épée-louée, puis l'avala pendant que le cadavre embrasé s'écroulait à terre.

Les autres Erre-au-Vent battaient en retraite. Tout ceci dépassait ce que même la Belle Meris était capable de soutenir. La tête cornue de Viserion balançait entre eux et sa proie, mais, au bout d'un moment, il oublia les mercenaires et ploya le cou pour arracher une nouvelle bouchée sur le mort. Le bas d'une jambe, cette fois-ci.

Quentyn laissa son fouet se dérouler. « Viserion », appela-t-il, plus fort cette fois-ci. Il pouvait y arriver, il allait réussir, son père l'avait expédié à l'autre bout de la terre à cette fin, il n'y faillirait pas. « *Viserion !* » Il fit siffler la mèche en l'air avec un claquement qui résonna contre les parois noircies.

La tête pâle se leva. Les grands yeux dorés se rétrécirent. Des fumerolles montèrent en spirale des naseaux du dragon.

« Couché », ordonna le prince. *Il ne faut pas lui laisser flairer ta peur.* « Couché, couché, *couché !* » Il ramena le fouet et en cingla le museau du dragon. Viserion émit un chuintement.

Et soudain un vent chaud le bouscula et il entendit le bruit d'ailes de cuir, l'air s'emplit de cendres et d'escarbilles, un rugissement monstrueux se répercuta sur les briques calcinées et carbonisées, il entendit ses amis pousser des cris affolés. Gerris criait son nom, encore et encore, et le mastodonte beuglait : « Derrière vous, derrière vous, *derrière vous !* »

Quentyn se retourna et jeta son bras gauche devant son visage pour protéger ses yeux du souffle de fournaise. *Rhaegal*, se répéta-t-il, *le vert, c'est Rhaegal.*

Quand il leva son fouet, il vit que la lanière brûlait. Sa main aussi. Toute sa personne, il était tout entier embrasé.

*Oh*, pensa-t-il. Puis il se mit à hurler.

# JON

« Qu'ils meurent », trancha la reine Selyse.

C'était la réponse à laquelle s'attendait Jon Snow. *Voilà une reine qui ne faillit jamais à décevoir.* Cela n'amortissait pas le coup pour autant. « Votre Grâce, s'entêta-t-il, ils meurent de faim par milliers, à Durlieu. Beaucoup sont des femmes…

— … et des enfants, oui. Cela est fort triste. »

La reine attira sa fille plus près d'elle et l'embrassa sur la joue. *La joue que ne flétrit pas la léprose*, ne manqua pas d'observer Jon. « Nous sommes navrée pour les petits, bien entendu, mais nous devons nous montrer raisonnable. Nous n'avons pas de nourriture pour eux, et ils sont trop jeunes pour aider le roi mon époux dans ses guerres. Mieux vaut qu'ils renaissent dans la lumière. »

Ce qui était simplement une façon plus atténuée de dire : *qu'ils meurent.*

La salle était envahie de monde. La princesse Shôren se tenait près du siège de sa mère, debout, Bariol assis en tailleur à ses pieds. Derrière la reine se dressait ser Axell Florent. Mélisandre d'Asshaï restait plus près du feu, le rubis à sa gorge palpitant à chacun de ses souffles. La femme rouge avait elle aussi sa cour – l'écuyer Devan Mervault et deux des gardes que lui avait laissés le roi.

Les protecteurs de la reine Selyse étaient rangés le long du mur, une ligne de chevaliers étincelants : ser Malegorn, ser

Benethon, ser Narbert, ser Patrek, ser Dorden, ser Brus. Avec tant de sauvageons assoiffés de sang qui infestaient Châteaunoir, Selyse conservait nuit et jour ses boucliers liges autour d'elle. Tormund Fléau-d'Ogres avait rugi en l'apprenant. « Elle a peur qu'on l'enlève, c'est ça ? J'espère qu' t'as pas été lui parler d' la taille de mon membre, Jon Snow, y a d' quoi terrifier n'importe quelle femme. J'ai toujours rêvé d'en avoir une moustachue. » Puis il rit sans pouvoir s'arrêter.

*Il ne rirait plus, en ce moment.*

Jon avait perdu assez de temps ici. « Je suis désolé de vous avoir dérangée, Votre Grâce. La Garde de Nuit va s'occuper de cette affaire. »

Les narines de la reine se dilatèrent. « Vous avez l'intention de chevaucher quand même vers Durlieu. Je le lis sur votre visage. *Qu'ils meurent*, ai-je dit, et vous persistez dans cette grande folie. Ne le niez pas.

— Je dois agir comme il me paraît préférable. Avec tout le respect que je vous dois, Votre Grâce, le Mur m'appartient, et, de même, cette décision.

— C'est exact, admit Selyse, et vous en répondrez au retour du roi. Ainsi que d'autres décisions que vous avez prises, je le crains. Mais je vois que vous êtes sourd au bon sens. Faites ce que devez. »

Ser Malegorn éleva la voix. « Lord Snow, qui mènera cette patrouille ?

— Vous proposeriez-vous, ser ?

— Ai-je l'air si sot ? »

Bariol se leva d'un bond. « Moi, je mènerai ! » Ses grelots tintèrent joyeusement. « Nous marcherons dans la mer et en ressortirons. Sous les vagues, nous chevaucherons les hippocampes, et des sirènes souffleront dans des conques pour annoncer notre arrivée, oh, oh, oh. »

Tout le monde éclata de rire. Même la reine Selyse se permit un mince sourire. Jon s'en amusa moins. « Je ne demanderai jamais à mes hommes d'accomplir ce que je ne pourrais faire moi-même. J'ai l'intention de prendre la tête de la patrouille.

— Quelle hardiesse, commenta la reine. Nous vous approuvons. Ensuite, un barde composera sans doute sur vous une

exaltante ballade, et nous aurons un lord Commandant plus circonspect. » Elle but une gorgée de vin. « Passons à d'autres
sujets. Axell, ayez donc l'amabilité de faire entrer le roi sauvageon.

— À l'instant, Votre Grâce. » Ser Axell franchit une porte
et revint un instant plus tard avec Gerrick Sangderoi. « Gerrick
de la maison Barberouge, annonça-t-il. Roi des Sauvageons. »

Gerrick Sangderoi était un homme de grande taille, long de
cuisse et large d'épaule. La reine l'avait habillé de vieux vêtements du roi, apparemment. Nettoyé et peigné, accoutré de
velours verts et d'une aumusse en hermine, ses longs cheveux
roux lavés de frais et sa barbe ardente taillée et raccourcie, le
sauvageon avait toutes les apparences d'un roi sudier. *Il pourrait entrer dans la salle du trône à Port-Réal, sans que nul
sourcille*, jugea Jon.

« Gerrick est le roi véritable et légitime des sauvageons,
déclara la reine, descendant par les mâles en ligne ininterrompue
de leur grand roi Raymun Barberouge, alors que l'usurpateur
Mance Rayder était né d'une roturière, et engendré par un de
vos frères noirs. »

*Non*, aurait pu corriger Jon, *Gerrick est né d'un frère cadet
de Raymun Barberouge.* Pour le peuple libre, cela comptait à
peu près autant que de descendre du cheval de Raymun. *Ils n'y
connaissent rien, Ygrid. Et, ce qui est pire, ils n'apprendront
jamais.*

« Gerrick a eu la bonté d'accorder la main de sa fille aînée
à mon bien-aimé Axell, afin qu'ils soient unis par le Maître de
la Lumière en noces sacrées, annonça la reine Selyse. Ses autres
filles se marieront en même temps – sa cadette avec ser Brus
Buckler, et la benjamine avec ser Malegorn de Pourprétang.

— Sers. » Jon inclina la tête en direction des chevaliers en
question. « Puissiez-vous trouver le bonheur avec vos promises.

— Sous la mer, les hommes épousent les poissons. » Bariol
exécuta un petit pas de danse, en agitant ses clochettes. « Que
oui, que oui, que oui. »

La reine Selyse renifla de nouveau. « On célèbre quatre
mariages aussi aisément que trois. Il est grand temps que cette

Val s'établisse, lord Snow. J'ai décidé qu'elle épouserait mon brave et féal chevalier, ser Patrek du Mont-Réal.

— A-t-on prévenu Val, Votre Grâce ? s'enquit Jon. Chez le peuple libre, quand un homme désire une femme, il l'enlève et prouve de cette manière sa force, sa ruse et son courage. Le prétendant court le risque d'une féroce rossée si la famille de la femme le surprend, et de pire que cela, si elle-même ne le juge pas digne.

— Coutume de sauvages », jugea Axell Florent.

Ser Patrek se borna à glousser. « Aucun homme n'a jamais eu motif de douter de mon courage. Aucune femme ne le fera jamais. »

La reine Selyse avança les lèvres en cul de poule. « Lord Snow, puisque lady Val est étrangère à nos coutumes, veuillez me l'envoyer, que je puisse l'instruire des devoirs d'une noble dame envers le seigneur son époux. »

*Voilà qui va donner des merveilles, je le sens.* Jon se demanda si la reine serait toujours aussi impatiente de voir Val épouser un de ses propres chevaliers si elle connaissait les sentiments de Val vis-à-vis de Shôren. « Comme vous le désirez, répondit-il, bien que, si je puis parler librement...

— Non, je ne crois pas. Vous pouvez nous laisser. »

Jon Snow plia le genou, inclina la tête et se retira.

Il descendit les marches deux par deux, saluant en route d'un signe de tête les gardes de la reine. Sa Grâce avait posté des hommes sur chaque palier pour la préserver des sauvageons meurtriers. À la moitié de l'escalier, une voix l'appela d'en haut. « Jon Snow. »

Jon se retourna. « Lady Mélisandre.

— Nous devons parler.

— Vraiment ? » *Je ne crois pas.* « Madame, mes devoirs m'appellent.

— C'est de ces devoirs que je voudrais vous parler. » Elle entama la descente, le bord de ses robes écarlates se balançant par-dessus les marches. On aurait dit qu'elle flottait. « Où est votre loup géant ?

— Il dort dans mes appartements. Sa Grâce n'autorise pas Fantôme en sa présence. Elle affirme qu'il effraie la princesse.

Tant que Borroq et son sanglier sont dans les parages, je ne puis le laisser divaguer. » Le change-peau devait accompagner Soren Fend-l'Écu à La Roque une fois que les chariots transportant à Verposte le clan Écorchephoque seraient revenus. En attendant, Borroq avait établi sa résidence dans une des anciennes tombes jouxtant le cimetière du château. La compagnie d'hommes depuis longtemps morts semblait lui convenir davantage que celle des vivants, et son sanglier paraissait fort aise de fouir entre les tombeaux, bien à l'écart des autres bêtes. « Cette créature a une taille de taureau et des défenses aussi longues que des épées. Fantôme s'en prendrait à lui s'il était libre, et l'un ou les deux ne survivraient pas à la rencontre.

— Borroq est le moindre de vos soucis. Cette patrouille...

— Un mot de vous aurait pu convaincre la reine.

— Selyse a raison sur ce point, lord Snow. *Qu'ils meurent.* Vous ne pouvez les sauver. Vos vaisseaux sont perdus...

— Il en demeure six. Plus de la moitié de la flotte.

— Vos vaisseaux sont perdus. *Tous.* Pas un homme ne reviendra. J'ai vu cela dans mes feux.

— Vos feux ont déjà pu mentir.

— J'ai commis des erreurs, je l'ai reconnu, mais...

— Une fille grise sur un cheval agonisant. Des poignards dans le noir. Un prince promis, né de la fumée et du sel. Vous ne commettez *que* des erreurs, ce me semble, madame. Où est Stannis ? Qu'en est-il de Clinquefrac et de ses piqueuses ? *Où est ma sœur ?*

— Toutes vos questions recevront des réponses. Tournez votre regard vers les cieux, lord Snow. Et quand vous aurez vos réponses, faites-moi venir. L'hiver est presque sur nous, à présent. Je suis votre seul espoir.

— Un espoir de sot. » Jon se détourna et s'en fut.

Dehors, Cuirs errait dans la cour. « Toregg est revenu, rapporta-t-il quand Jon parut. Son père a installé son peuple à Bouclier de Chêne et sera de retour cet après-midi avec quatre-vingts combattants. Qu'en a dit la reine à barbe ?

— Sa Grâce ne peut fournir aucune assistance.

— Trop occupée à s'épiler les poils du menton, c'est ça ? »
Cuirs cracha par terre. « Peu importe. Les hommes de Tormund
et les nôtres suffiront. »

*Ils suffiront pour que nous parvenions là-bas, peut-être.*
C'était le voyage de retour qui inquiétait Jon Snow. En revenant, ils seraient ralentis par des milliers de membres du peuple
libre, nombre d'entre eux malades et affamés. *Un fleuve
d'humanité se mouvant moins vite qu'un fleuve de glace.* Cela
les laisserait vulnérables. *Des créatures mortes dans les bois.
Des créatures mortes dans les eaux.* « Combien d'hommes suffisent ? demanda-t-il à Cuirs. Cent ? Deux cents ? Cinq cents ?
Mille ? *Devrais-je prendre plus d'hommes, ou moins ?* Une
patrouille plus réduite atteindrait plus vite Durlieu... Mais à
quoi bon les épées, sans vivres ? La mère Taupe et son peuple
en étaient déjà venus à dévorer leurs morts. Pour les nourrir,
il aurait besoin de chariots et de charrettes, et de bêtes de trait
pour les tirer – des chevaux, des bœufs, des chiens. Plutôt que
de filer à travers bois, ils seraient condamnés à se traîner. « Il
reste beaucoup de décisions à prendre. Fais passer le mot. Je
veux voir tous les chefs dans la salle aux Écus quand débutera
la garde du soir. Tormund devrait être rentré, à ce moment-là.
Où puis-je trouver Toregg ?

— Avec le petit monstre, probablement. Il s'est entiché
d'une des nourrices, à ce que je me suis laissé dire. »

*Il s'est entiché de Val. Elle avait une sœur reine, pourquoi
pas elle aussi ?* Tormund avait autrefois songé à se proclamer
Roi d'au-delà du Mur, avant que Mance ne l'emporte sur lui.
Toregg le Grand caressait peut-être le même rêve. *Plutôt lui
que Gerrick Sangderoi.* « Laisse-les en paix, dit Jon. Je parlerai
à Toregg plus tard. » Il leva les yeux, au-delà de la tour du
Roi. Le Mur était d'un blanc terne, le ciel au-dessus plus blanc.
*Un ciel de neige.* « Prie simplement pour que nous n'essuyions
pas une nouvelle tempête. »

Devant l'armurerie, Mully et la Puce montaient la garde en
grelottant. « Vous ne devriez pas être à l'intérieur, plutôt que
dans ce vent ? leur demanda Jon.

— Ça f'rait du bien, m'sire, répondit Fulk la Puce, mais vot'
loup est pas d'humeur à avoir d'la compagnie, aujourd'hui. »

Mully opina. « L'a failli me bouffer, j' vous l' dis.

— *Fantôme ?* » Jon était abasourdi.

« Sauf si Vot' Seigneurie a un aut' loup blanc, ouais. J' l'ai jamais vu comme ça, m'sire. Tout sauvage, j'veux dire. »

Il disait vrai, comme Jon le découvrit par lui-même, quand il se glissa par les portes. Le loup géant blanc ne tenait pas en place. Il allait et venait, d'un bout à l'autre de l'armurerie, longeant la forge froide dans un sens puis dans l'autre. « Du calme, Fantôme, appela Jon. Aux pieds. Assis, Fantôme. *Aux pieds.* » Et pourtant, quand il fit mine de le toucher, le loup se hérissa et montra les crocs. *C'est ce foutu sanglier. Même ici, Fantôme renifle sa sale odeur.*

Le corbeau de Mormont semblait agité, lui aussi. « *Snow*, ne cessait de glapir l'oiseau. *Snow, snow, snow.* » Jon le chassa, demanda à Satin d'allumer un feu, puis il l'envoya chercher Bowen Marsh et Othell Yarwyck. « Et apporte un pichet de vin chaud, par la même occasion.

— Trois coupes, m'sire ?

Six. Mully et la Puce ont l'air d'avoir besoin d'un petit quelque chose de chaud. Tu en auras besoin aussi. »

Lorsque Satin fut parti, Jon s'assit et jeta un nouveau coup d'œil sur les cartes des territoires au nord du Mur. Le trajet le plus court jusqu'à Durlieu suivait la côte... à partir de Fort-Levant. Les bois étaient moins denses en bord de mer, le pays pour l'essentiel des plaines, des collines moutonnantes et des marais salants. Et quand les tempêtes d'automne s'abattaient en hurlant, la côte recevait du grésil, de la grêle et des pluies verglaçantes, plutôt que de la neige. *Les géants se trouvent à Fort-Levant, et d'après Cuirs, certains nous aideront.* À partir de Châteaunoir, le chemin était plus difficile, passant directement par le cœur de la forêt hantée. *Si la neige monte déjà à une telle épaisseur au Mur, jusqu'où atteindra-t-elle là-bas ?*

Marsh entra en reniflant, Yarwyck avec la mine sombre. « Encore une tempête, annonça le Premier Constructeur. Comment pouvons-nous travailler par un temps pareil ? J'ai besoin de davantage d'ouvriers.

— Emploie le peuple libre », répondit Jon.

Yarwyck secoua la tête. « Ils causent plus d'ennuis qu' ça n'en vaut la peine, ceux-là. Négligents, étourdis, paresseux… y a des bons charpentiers çà et là, je dis pas, mais c'est à peine si on trouve un maçon et, pour les forgerons, pas grand-monde. L'échine est solide, ça se peut, mais ils ne font pas ce qu'on leur dit. Et nous, avec toutes ces ruines à retransformer en forteresses. C'est pas possible, messire. J' vous le dis en vérité. C'est pas faisable.

— Ce sera fait, assura Jon, ou ils vivront dans des ruines. »

Un lord avait besoin autour de lui d'hommes sur lesquels il pouvait compter pour le conseiller avec honnêteté. Marsh et Yarwyck n'étaient pas des lèche-bottes, et c'était fort bien… Mais ils ne lui étaient que rarement utiles. De plus en plus, il constatait qu'il connaissait leur réaction avant même de la leur demander.

Surtout en ce qui concernait le peuple libre, où leur désapprobation était chevillée dans l'os. Lorsque Jon avait confié La Roque à Soren Fend-l'Écu, Yarwyck avait protesté que l'endroit était trop isolé. Comment savoir quelles vilenies Soren pourrait ourdir, là-bas, dans les collines ? Quand il avait attribué Bouclier de Chêne à Tormund Fléau-d'Ogres et Porte Reine à Morna Masque Blanc, Marsh avait fait observer que désormais Châteaunoir aurait de chaque côté des ennemis à même de les isoler aisément du reste du Mur. Quant à Borroq, Othell Yarwyck clamait que les bois au nord de La Roque regorgeaient de sangliers sauvages. Qui savait si le change-peau n'allait pas lever sa propre armée de pourceaux ?

Mont-Frimas et La Givrée étaient encore dépourvues de garnisons, aussi Jon leur avait-il demandé leur opinion sur ceux des chefs et seigneurs de guerre sauvageons restants qui conviendraient le mieux pour les tenir. « Nous avons Brogg, Gavin le Troqueur, le grand Morse… Howd l'Errant marche seul, d'après Tormund, mais il y a encore Harle le Veneur, Harle Beauminois, Doss l'Aveugle… Ygon Père-Ancien dirige un groupe, mais la plupart sont ses propres fils et petits-fils. Il a dix-huit épouses, dont la moitié ont été volées au cours de razzias. Lequel de ceux-ci…

— Aucun, avait tranché Bowen Marsh. Je connais tous ces hommes par leurs actes. Nous devrions leur passer la corde autour du col, et non leur donner nos châteaux.

— Certes, avait renchéri Yarwyck. Le mauvais, le pis et le pire : piètre choix. Autant nous présenter une meute de loups, messire, et nous demander par lequel nous préférons avoir la gorge arrachée. »

Il en alla encore de même avec Durlieu. Satin servit pendant que Jon leur narrait son audience avec la reine. Marsh écouta avec attention, ignorant le vin chaud, tandis que Yarwyck buvait une coupe, et une deuxième. Mais Jon n'avait pas plus tôt fini que le lord Intendant déclarait : « Sa Grâce est sage. Qu'ils meurent. »

Jon se rassit. « Est-ce là le seul conseil que vous puissiez offrir, messire ? Tormund nous amène quatre-vingts hommes. Combien devrions-nous en envoyer ? Ferons-nous appel aux géants ? Aux piqueuses de Longtertre ? Si nous avons des femmes avec nous, cela pourrait tranquilliser le peuple de la mère Taupe.

— Eh bien, envoyez donc des femmes. Et des géants. Envoyez des marmots au sein. Est-ce là ce que vous désirez entendre, messire ? » Bowen Marsh frictionna la cicatrice qu'il avait remportée à la bataille du pont des Crânes. « Envoyez-les tous. Plus nous en perdrons, et moins nous aurons de bouches à nourrir. »

Yarwyck ne fut pas plus utile. « Si les sauvageons de Durlieu ont besoin d'être sauvés, que des sauvageons aillent là-bas s'en charger. Tormund connaît la route de Durlieu. À l'écouter parler, il est capable de tous les sauver avec son membre énorme. »

*Tout ceci était inutile*, jugea Jon. *Inutile, vain et sans espoir.* « Merci de vos conseils, messires. »

Satin les aida à rendosser leurs capes. Quand ils traversèrent l'armurerie, Fantôme vint les renifler, la queue dressée, le poil hérissé. *Mes frères.* La Garde de Nuit avait besoin de chefs avec la sagesse de mestre Aemon, le savoir de Samwell Tarly, le courage de Qhorin Mimain, la force entêtée du Vieil Ours, la compassion de Donal Noye. Mais elle ne disposait que d'eux.

Dehors, la neige tombait dru. « Y a un vent du sud, observa Yarwyck. Il rabat la neige tout contre le Mur. Zavez vu ? »

Il disait vrai. L'escalier en zigzag était enseveli pratiquement jusqu'au premier palier, constata Jon, et les portes de bois des cellules de glace et des réserves avaient disparu derrière un mur de blanc. « Combien y a-t-il d'hommes en cellules de glace ? demanda-t-il à Bowen Marsh.

— Quatre vivants. Deux morts. »

*Les cadavres.* Jon les avait presque oubliés. Il avait espéré apprendre quelque chose des corps qu'ils avaient ramenés du bosquet de barrals, mais les morts s'étaient entêtés à demeurer morts. « Il faudra dégager ces cellules.

— Dix intendants et dix pelles devraient y suffire, déclara Marsh.

— Employez également Wun Wun.

— À vos ordres. »

Dix intendants et un géant eurent vite raison des congères, mais même quand les portes furent de nouveau dégagées, Jon ne fut pas satisfait. « Ces cellules seront de nouveau enfouies, au matin. Nous ferions mieux de déplacer les prisonniers avant qu'ils périssent étouffés.

— Karstark aussi, m'sire ? interrogea Fulk la Puce. On pourrait pas le laisser grelotter jusqu'au printemps, lui ?

— Si seulement. » Cregan Karstark avait pris coutume de hurler la nuit, ces derniers temps, et de cribler d'excréments gelés quiconque venait lui apporter à manger. Cela ne l'avait pas rendu populaire auprès de ses gardes. « Menez-le à la tour du lord Commandant. Il sera très bien, enfermé dans le soubassement. » Quoique en partie effondré, l'ancien séjour du Vieil Ours serait plus chaud que les cellules de glace. Ses caves étaient dans l'ensemble demeurées intactes.

Cregan donna des coups de pied aux gardes quand ils passèrent la porte, se tordit et les bouscula lorsqu'ils s'emparèrent de lui, allant jusqu'à essayer de les mordre. Mais le froid l'avait affaibli, et les hommes de Jon étaient plus massifs, plus jeunes et plus vigoureux. Ils le traînèrent au-dehors, toujours se débattant, et le halèrent jusqu'à son nouveau domicile, à travers une neige qui leur montait jusqu'aux cuisses.

« Que souhaiterait le lord Commandant que nous fassions de ses cadavres ? demanda Marsh une fois que les vivants eurent été déplacés.

— Laissez-les. » Si la tempête les ensevelissait, fort bien. Il serait sans doute nécessaire de les brûler, tôt ou tard, mais pour l'heure, ils étaient entravés par des chaînes de fer à l'intérieur de leurs cellules. Cela, et le fait d'être morts, devraient suffire à les garder inoffensifs.

Tormund Fléau-d'Ogres calcula son retour à la perfection, se présentant avec fracas, accompagné de ses guerriers, quand les pelles eurent terminé tout l'ouvrage. Ne semblaient l'avoir accompagné que cinquante hommes, en lieu des quatre-vingts promis à Cuirs par Toregg, mais on n'appelait pas Tormund Haut-Parleur pour rien. Le sauvageon arriva, le visage rubicond, criant qu'on lui apportât une corne de bière et quelque chose de chaud à manger. Il avait de la glace dans la barbe et plus encore pris dans sa moustache.

Quelqu'un avait déjà parlé à Poing-la-Foudre de Gerrick Sangderoi et de sa nouvelle mise. « Roi des Sauvageons ? rugit Tormund. Har ! Roi de mon cul velu, plutôt !

— Il a l'air fort royal, commenta Jon.

— Il a une petite bite rouge pour accompagner tout son poil roux, voilà ce qu'il a. Raymun Barberouge et ses fils sont morts à Lonlac, grâce à tes foutus Stark et au Géant Soûl. Pas le petit frère. Zêtes jamais demandé pourquoi on l'appelait le Choucas rouge ? » La bouche de Tormund se fendit en un sourire aux dents écartées. « Premier à détaler du champ de bataille, oh ouais. On a composé une chanson là-d'sus, par la suite. Le barde cherchait une image pour l' décrire : un vol rapide et bas, couvert de sang. Alors… » Il s'essuya le nez. « Si les chevaliers de vot' reine veulent de ses filles, grand bien leur fasse.

— *Filles*, piailla le corbeau de Mormont. *Filles, filles.* »

Cela fit de nouveau éclater de rire Tormund. « Là, voilà un oiseau qui a du bon sens. Combien t'en demandes, Snow ? J' t'ai donné un fils, la moindre des choses s'rait de me donner ce foutu oiseau.

— Je le ferais volontiers, répondit Jon, mais tu serais bien capable de le manger. »

Cela aussi fit rugir de rire Tormund. « *Manger* », croassa le corbeau sur un ton sombre, dans des battements d'ailes noires. « *Grain ? Grain ? Grain ?*

— Il faut que nous discutions de la patrouille, poursuivit Jon. Je veux que nous parlions d'une seule voix dans la salle aux Écus, nous devons… » Il s'interrompit quand Mully pointa le nez par la porte, la mine sombre, pour annoncer que Clydas avait apporté une lettre.

« Dis-lui de te la laisser. Je la lirai plus tard.

— À vos ordres, m'sire, sauf que… Clydas a pas l'air d'êt' dans son état normal… Il est plus blanc que rose, si vous voyez c' que je veux dire… pis, il tremble.

— Noires ailes, noires nouvelles, marmonna Tormund. C'est pas ce que vous dites, chez les Agenouillés ?

— On dit aussi : *Saigne le rhume, mais, pour la fièvre, festoie*, lui répondit Jon. On dit : *Ne bois jamais avec un Dornien par pleine lune*. On dit beaucoup de choses. »

Mully ajouta son grain de sel. « Ma grand-mère, elle disait toujours : *Les amis d'été fondent comme neige d'été, mais les amis d'hiver sont amis à jamais.*

— Je pense que ça suffira, comme sagesse, pour le moment, coupa Jon Snow. Aie l'obligeance de faire entrer Clydas. »

Mully n'avait pas eu tort : le vieil intendant tremblait, en effet, le visage aussi pâle que les neiges au-dehors. « Je me conduis comme un sot, lord Commandant, mais… cette lettre m'épouvante. Vous voyez, ici ? »

*Bâtard* était le seul mot inscrit à l'extérieur du rouleau. Ni *lord Snow*, ni *Jon Snow* ou *Lord Commandant*. Simplement *Bâtard*. Et la lettre était scellée d'une coulée de cire rose et dure. « Vous avez eu raison de venir tout de suite », jugea Jon. *Vous avez raison d'avoir peur*. Il brisa le sceau, aplatit le parchemin et lut.

> *Ton faux roi est mort, bâtard. Lui et tout son ost ont été écrasés en sept jours de bataille. J'ai son épée magique. Dis-le à sa putain rouge.*
>
> *Les amis de ton faux roi sont morts. Leurs têtes sur les remparts de Winterfell. Viens les voir, bâtard. Ton faux roi a menti, et toi aussi. Tu as raconté au monde que tu avais brûlé le Roi d'au-delà du Mur. En réalité, tu l'as envoyé à Winterfell me voler mon épouse.*

*Je reprendrai mon épouse. Si tu veux récupérer Mance Rayder, viens le chercher. Je le tiens en cage aux yeux de tout le Nord, pour preuve de tes mensonges. La cage est froide, mais je lui ai confectionné un chaud manteau avec la peau des six putains qui l'ont accompagné à Winterfell.*

*Je veux restitution de mon épouse. Je veux la reine du faux roi. Je veux sa fille et sa sorcière rouge. Je veux sa princesse sauvageonne. Je veux son petit prince, le marmot sauvageon. Et je veux mon Schlingue. Envoie-les-moi, bâtard, et je ne t'importunerai pas, toi et les noirs corbacs. Prive-m'en, et je t'arracherai ton cœur de bâtard pour le dévorer.*

C'était signé :
*Ramsay Bolton,*
*Lord légitime de Winterfell.*

« Snow ? interrogea Tormund Fléau-d'Ogres. À te voir, on dirait que la tête sanglante de ton père vient de rouler hors de ce papier. »

Jon Snow ne répondit pas tout de suite. « Mully, aide Clydas à regagner ses appartements. La nuit est noire et la neige doit rendre les chemins glissants. Satin, accompagne-les. » Il tendit la lettre à Tormund Fléau-d'Ogres. « Tiens, vois par toi-même. »

Le sauvageon jeta à la lettre un coup d'œil dubitatif et la rendit tout de suite. « Sale apparence… mais Tormund Poing-la-Foudre avait mieux à faire que d'apprendre à faire parler les papiers pour lui. Ils n'ont jamais rien de bon à raconter, pas vrai ?

— Pas souvent », reconnut Jon Snow. *Noires ailes, noires nouvelles*. Peut-être y avait-il plus de vérité dans ces vieux dictons qu'il ne l'avait cru. « Elle a été envoyée par Ramsay Snow. Je vais te lire ce qu'il a écrit. »

Quand ce fut fait, Tormund poussa un sifflement. « Har. Bougrerie, y a pas d'erreur. Et c'est quoi, cette histoire de Mance ? Il l'a mis en cage, c'est ça ? Comment il a pu, quand des centaines ont vu ta sorcière rouge brûler l'homme ? »

*C'était Clinquefrac*, faillit répondre Jon. *C'était de la sorcellerie. Un charme, comme elle a appelé ça.* « Mélisandre… *surveillez les cieux*, a-t-elle dit. » Il déposa la lettre. « Un corbeau dans une tempête. Elle a vu ceci arriver. » *Quand vous aurez vos réponses, faites-moi venir.*

« Tout ça pourrait bien être une pleine outre de mensongeries. » Tormund se gratta sous la barbe. « Si j'avais une jolie plume d'oie et une bouteille d'encre de mestre, j' pourrais écrire qu' j'ai le membre aussi long et épais qu' le bras, ça le changerait pas pour autant.

— Il détient Lumière. Il parle de têtes sur les remparts de Winterfell. Il sait pour les piqueuses et leur nombre. » *Il sait, pour Mance Rayder.* « Non. Il y a du vrai, là-dedans.

— J'irai pas dire qu' t'as tort. T'as l'intention de faire quoi, corbac ? »

Jon plia les doigts de sa main d'épée. *La Garde de Nuit ne prend pas parti.* Il serra le poing, le rouvrit. *Ce que vous proposez n'est rien de moins qu'une trahison.* Il songea à Robb, des flocons de neige fondant sur ses cheveux. *Tue l'enfant pour laisser naître l'homme.* Il songea à Bran, escaladant le mur d'une tour, agile comme un marmouset. Au rire essoufflé de Rickon. À Sansa, qui brossait la toison de Lady en chantant pour elle-même. *T'y connais rien, Jon Snow.* Il songea à Arya, aux cheveux aussi emmêlés qu'un nid d'oiseau. *Je lui ai confectionné un chaud manteau avec la peau des six putains qui l'ont accompagné à Winterfell... Je veux restitution de mon épouse... Je veux restitution de mon épouse... Je veux restitution de mon épouse...*

« Je crois que nous avons intérêt à réviser le plan », déclara Jon Snow.

Ils discutèrent pendant presque deux heures.

À la relève de la garde, Harse et Rory avaient remplacé Fulk et Mully à la porte de l'armurerie. « Avec moi », leur intima Jon, le moment venu. Fantôme aurait suivi aussi, mais lorsque le loup trottina sur leurs talons, Jon l'empoigna par la peau du cou et réussit à le forcer de nouveau à l'intérieur. Borroq ferait peut-être partie des gens assemblés dans la salle aux Écus. La dernière chose dont il eût besoin en ce moment précis était de voir son loup massacrer le sanglier du change-peau.

La salle aux Écus constituait l'une des plus anciennes parties de Châteaunoir, une longue salle de banquet en pierre noire, traversée de courants d'air, aux poutres de chêne noircies par des siècles de fumée. Aux temps où la Garde de Nuit était beaucoup plus nombreuse, ses murs étaient décorés de rangées d'écus en bois aux vifs coloris. À l'époque comme aujourd'hui, quand un chevalier prenait le noir, la tradition lui imposait de délaisser ses armoiries d'origine pour adopter l'écu noir traditionnel de la fraternité. On accrochait les écus ainsi répudiés dans la salle aux Écus.

Des centaines de chevaliers, cela signifiait des centaines d'écus. Des faucons et des aigles, des dragons et des griffons, des soleils et des cerfs, des loups et des vouivres, des manticores, des taureaux, des arbres et des fleurs, des harpes, des piques, des crabes et des seiches, des lions rouges et des lions d'or, des lions échiquetés, des hiboux, des agneaux, des pucelles et des tritons, des étalons, des étoiles, des seaux et des boucles, des écorchés, des pendus et des ardents, des haches, des flamberges, des tortues, des licornes, des ours, des plumes, des araignées, des serpents et des scorpions et cent autres charges héraldiques avaient orné les murs de la salle aux Écus, exécutés en plus de couleurs qu'aucun arc-en-ciel jamais rêvé.

Mais quand un chevalier mourait, on décrochait son bouclier afin qu'il l'accompagnât sur son bûcher ou sur sa tombe et, au cours des années et des siècles, de moins en moins de chevaliers avaient pris le noir. Vint le jour où il ne fut plus raisonnable pour les chevaliers de Châteaunoir de dîner à part. On délaissa la salle aux Écus. Comme salle de banquet, elle laissait beaucoup à désirer – elle était sombre, sale, pleine de courants d'air et difficile à chauffer en hiver, ses caves étaient infestées de rats, ses poutres de bois massif vermoulues et festonnées de toiles d'araignée.

Mais elle était vaste, et assez longue pour accueillir deux cents personnes, et la moitié de ce nombre en plus si l'on serrait les rangs. À l'entrée de Jon et de Tormund, une rumeur parcourut la salle, comme des guêpes s'agitant dans un nid. Les sauvageons étaient plus nombreux que les corbacs en un rapport de cinq contre un, à en juger par le peu de noir qu'il voyait. Moins d'une douzaine d'écus demeuraient en place, tristes objets gris à la peinture écaillée et au bois fendu de longues craquelures. Mais des torches neuves brûlaient dans les appliques en fer qui bordaient les murs, et Jon avait ordonné que l'on apportât des bancs et des tables. Des hommes confortablement assis étaient plus enclins à prêter l'oreille, lui avait un jour dit mestre Aemon ; les hommes debout tendaient à gueuler davantage.

Au haut bout de la salle se dressait une plate-forme affaissée. Jon y grimpa, Tormund Fléau-d'Ogres à ses côtés, et il leva les mains pour réclamer le silence. Les guêpes n'en bourdonnèrent que plus fort. Alors Tormund porta à ses lèvres sa trompe de guerre, et il sonna un appel. La clameur emplit la salle, résonnant contre les solives au-dessus de leurs têtes. Le silence tomba.

« Je vous ai convoqués pour dresser des plans visant à secourir Durlieu, commença Jon Snow. Par milliers, les hommes et les femmes du peuple libre y sont rassemblés, pris au piège et mourant de faim, et on nous a signalé des créatures mortes dans les bois. » Sur sa gauche, il vit Marsh et Yarwyck. Othell était entouré de ses constructeurs, tandis que Bowen avait auprès de lui Wick Taillebois, Gaucher Lou et Alf de Bouecoulant. À sa droite, Soren Fend-l'Écu était assis, les bras croisés sur la poitrine. Plus loin en retrait, Jon vit Gavin le Troqueur, et Harle Beauminois chuchoter ensemble. Ygon Père-Ancien siégeait au milieu de ses épouses, Howd l'Errant en solitaire. Borroq était adossé à un mur, dans un coin sombre. Miséricordieusement, on ne voyait son sanglier nulle part. « Les vaisseaux que j'ai envoyés emporter la mère Taupe et son peuple ont été malmenés par les tempêtes. Nous devons dépêcher l'aide que nous pourrons par voie de terre, ou les laisser périr. » Deux des chevaliers de la reine Selyse étaient venus également, nota Jon. Ser Narbert et ser Benethon se tenaient près de la porte au bas de la salle. Mais le reste des gens de la reine brillaient par leur absence. « J'avais espéré conduire moi-même la patrouille et ramener autant de sauvageons qu'il en pouvait survivre au voyage. » Un éclair rouge au fond de la salle attira l'œil de Jon. Lady Mélisandre venait d'arriver. « Mais je découvre à présent que je ne puis aller à Durlieu. La patrouille sera conduite par Tormund Fléau-d'Ogres, que vous connaissez tous. Je lui ai promis autant d'hommes qu'il en exigera.

— *Et tu s'ras où, l' corbac ?* tonna Borroq. Caché ici, à Châteaunoir avec ton chien blanc ?

— Non. Je pars vers le sud. » Alors, Jon leur lut la lettre qu'avait écrite Ramsay Snow.

La salle aux Écus explosa.

Tous les hommes commencèrent à crier en même temps. Ils se levèrent d'un bond, secouant le poing. *Les limites du pouvoir d'apaisement d'un banc confortable.* On brandissait des épées, on entrechoquait haches et boucliers. Jon jeta un regard vers Tormund. Le Fléau-d'Ogres sonna de sa trompe une nouvelle fois, deux fois plus longtemps et deux fois plus fort que la première fois.

« La Garde de Nuit ne prend aucune part aux guerres des Sept Couronnes », leur rappela Jon quand un simulacre de calme fut rétabli. « Il ne nous appartient pas de nous opposer au Bâtard de Bolton, de venger Stannis Baratheon, de défendre sa veuve et sa fille. Cette *créature* qui taille des capes dans des peaux de femmes a juré de m'arracher le cœur, et j'ai l'intention de lui faire répondre de ces paroles... mais je ne demanderai pas à mes frères de rompre leurs vœux.

» La Garde de Nuit partira pour Durlieu. Je chevauche seul vers Winterfell, à moins... » Jon s'interrompit. « ... y a-t-il ici un homme qui viendra se tenir auprès de moi ? »

Le rugissement fut tout ce qu'il aurait pu espérer, un tumulte si sonore que deux anciennes rondaches se décrochèrent des murs. Soren Fend-l'Écu était debout, ainsi que l'Errant. Toregg le Grand, Brogg, Harle le Veneur autant que Harle Beauminois, Ygon Père-Ancien, Doss l'aveugle, et même le grand Phoque. *J'ai mes épées*, se dit Jon Snow, *et nous venons te chercher, Bâtard.*

Yarwyck et Marsh s'éclipsaient, nota-t-il, et tous leurs hommes avec eux. Ça n'avait aucune importance. Il n'avait pas besoin d'eux, désormais. Il ne *voulait pas* d'eux. *Personne ne pourra jamais dire que j'ai forcé mes frères à rompre leurs vœux. S'il y a parjure, le crime me concerne, et ne concerne que moi seul.* Et voilà que Tormund Fléau-d'Ogres lui administra force claques dans le dos, souriant à claire-voie d'une oreille à l'autre. « Bien parlé, corbac. Et maintenant, qu'on serve l'hydromel ! Lie-les à toi et soûle-les, c'est comme ça qu'on procède. On finira par faire de toi un sauvageon, petit. Har !

— Je vais faire demander de la bière », répondit Jon, l'esprit ailleurs. Mélisandre avait disparu, s'aperçut-il, ainsi que les chevaliers de la reine. *J'aurais dû aller d'abord voir Selyse. Elle a le droit de savoir que son seigneur est mort.* « Tu devras m'excuser. Je te laisse les soûler.

— Har ! Une tâche à laquelle j' suis particulièrement apte, corbac. Va donc ! »

Harse et Rory encadrèrent Jon à sa sortie de la salle aux Écus. *Je devrais m'entretenir avec Mélisandre après avoir vu la reine*, songeait-il. *Si elle a pu voir un corbeau dans une tempête, elle peut trouver Ramsay Snow pour moi.* Puis il entendit les clameurs, et un rugissement si sonore qu'il parut secouer le Mur lui-même. « Ça vient de la tour d'Hardin, m'sire », rapporta Harse. Il aurait pu en dire davantage, mais le hurlement lui coupa la parole.

*Val*, fut la première pensée de Jon. Mais ce n'était pas un cri de femme. *C'est un homme dans les souffrances de l'agonie.* Il se mit à courir. Harse et Rory galopèrent à ses basques. « Des spectres ? » demanda Rory. Jon se posait la question. Ses cadavres avaient-ils pu s'évader de leurs chaînes ?

Les hurlements avaient cessé quand ils parvinrent à la tour d'Hardin, mais Wun Weg Wun Dar Wun rugissait toujours. Le géant secouait par une jambe un cadavre ensanglanté, de la même façon qu'Arya agitait sa poupée quand elle était petite, la maniant comme un fléau d'armes quand on la menaçait de légumes. *Mais Arya n'a jamais mis sa poupée en pièces.* Le bras d'épée du mort se trouvait à plusieurs pas de là, la neige en dessous virant au rouge.

« Lâche-le, cria Jon. Wun Wun, *lâche-le.* »

Wun Wun n'entendit pas ou ne comprit pas. Le géant saignait, lui aussi, d'entailles d'épées au ventre et sur le bras. Il balança le chevalier mort contre la pierre grise de la tour, encore, encore et encore, jusqu'à ce que la tête de l'homme fût une pulpe rouge comme un melon d'été. La cape du chevalier claquait dans l'air froid. En laine blanche, elle avait été, bordée de tissu d'argent, avec un motif d'étoiles bleues. Le sang et l'os volaient en tous sens.

Des hommes se déversèrent des donjons et des tours environnants. Des Nordiens, le peuple libre, des gens de la reine... « Formez un cordon, leur ordonna Jon Snow. Faites-les reculer. Tout le monde, mais en particulier les gens de la reine. » Le mort était ser Patrek du Mont-Réal ; sa tête avait en grande partie disparu, mais ses armoiries étaient aussi distinctives que son visage. Jon ne voulait pas courir le risque de voir ser Malegorn, ser Brus ou n'importe quel autre chevalier de la reine chercher à le venger.

Wun Weg Wun Dar Wun rugit encore une fois, tordit et tira l'autre bras de ser Patrek. Celui-ci s'arracha de l'épaule dans une gerbe de sang rouge vif. *Comme un enfant qui effeuille une marguerite*, songea Jon. « Cuirs, parle-lui, calme-le. L'Ancienne Langue, il comprend, l'Ancienne Langue. *En arrière*, les autres. Rangez votre acier, nous l'effrayons. » Ne voyaient-ils pas que le géant avait été blessé ? Jon devait mettre un terme à tout ceci, ou il y aurait d'autres morts. Ils n'avaient aucune notion de la puissance de Wun Wun. *Une trompe, il me faut une trompe*. Il vit luire l'acier, se tourna de ce côté. « *Pas de lames !* » hurla-t-il. « Wick, range tout de suite ce... »

*Poignard*, avait-il l'intention de dire. Quand Wick Taillebois frappa en visant sa gorge, le mot se changea en grognement. Jon se tordit pour esquiver l'arme, juste assez pour qu'elle l'égratignât à peine. *Il m'a coupé*. Quand il porta la main au côté de son cou, du sang coula entre ses doigts. « *Pourquoi ?*

— Pour la Garde. » Wick le frappa de nouveau. Cette fois-ci, Jon lui attrapa le poignet et lui tordit le bras en arrière jusqu'à ce que Wick lâchât le poignard. L'intendant dégingandé recula, mains levées comme pour dire : *pas moi, ce n'était pas moi*. Des hommes criaient, Jon tendit la main vers Grand-Griffe, mais ses doigts étaient devenus raides et gourds. Il ne savait pourquoi, il semblait incapable de libérer l'épée de son fourreau.

Puis Bowen Marsh se tint devant lui, des larmes lui coulant sur les joues. « Pour la Garde. » Il porta à Jon un coup au ventre. Lorsqu'il retira la main, le poignard resta fiché à l'endroit où il l'avait planté.

Jon tomba à genoux. Il trouva la garde du poignard et l'arracha. Dans l'air froid de la nuit, la blessure fumait. « Fantôme », chuchota-t-il. La douleur l'engloutit. *Frappe-les avec le bout pointu*. Quand le troisième poignard le perça entre les omoplates, il poussa un grognement et tomba la tête la première dans la neige. Il ne sentit jamais le quatrième poignard. Rien que le froid...

# LA MAIN DE LA REINE

Le prince de Dorne mit trois jours à mourir.

Il exhala son dernier soupir tremblant dans le noir lugubre de l'aube, alors qu'une pluie froide tombait en chuintant d'un ciel obscur pour changer en torrents les rues de brique de la vieille ville. La pluie avait noyé le plus gros des incendies, mais des fumerolles montaient encore de la ruine calcinée qui avait été la pyramide d'Hazkar, et la grande pyramide noire d'Yherizan, où Rhaegal avait établi son antre, se dressait dans la pénombre comme une grosse femme parée de brillants joyaux orange.

*Peut-être les dieux ne sont-ils pas sourds, après tout*, songea ser Barristan Selmy en observant ces brasillements au loin. *Sans la pluie, les incendies auraient pu consumer tout Meereen, à l'heure actuelle.*

Il ne voyait aucun signe des dragons, mais il n'en attendait aucun. Les dragons n'aimaient pas la pluie. Une fine balafre rouge marquait l'horizon d'orient, à l'endroit où le soleil apparaîtrait bientôt peut-être. Cela rappela à Selmy le premier sang qui affleure sur une blessure. Souvent, même avec une profonde entaille, le sang venait avant la douleur.

Il se tenait auprès des garde-corps au plus haut niveau de la Grande Pyramide, scrutant le ciel comme il le faisait chaque matin, avec la conscience que l'aube devait venir et l'espoir que sa reine viendrait avec elle. *Elle ne nous a pas abandonnés, jamais elle n'abandonnerait son peuple*, se répétait-il, quand il entendit le râle d'agonie du prince sortir des appartements de la reine.

Ser Barristan rentra. L'eau de pluie ruisselait sur sa cape blanche et ses bottes laissaient des traces trempées sur le sol et les tapis. Sur son ordre, on avait étendu Quentyn Martell dans le propre lit de la reine. Il avait été un chevalier, et un prince de Dorne, de plus. Le laisser mourir dans le lit qu'il avait traversé la moitié d'un monde pour atteindre semblait un geste de bonté. Le lit était irrécupérable – les draps, les couvertures, les oreillers, le matelas, tout cela empestait le sang et la fumée, mais ser Barristan estimait que Daenerys le lui pardonnerait.

Missandei était assise au bord du matelas. Elle était restée auprès du prince nuit et jour, satisfaisant les besoins qu'il parvenait à exprimer, lui donnant de l'eau et du lait de pavot quand il avait assez de force pour boire, prêtant attention aux quelques mots torturés qu'il hoquetait par moments, lui faisant la lecture quand il se taisait, dormant sur sa chaise à son chevet. Ser Barristan avait demandé à quelques échansons de la reine de l'aider, mais la vision de ce brûlé dépassait ce que pouvaient endurer les plus hardis. Et les Grâces Bleues ne s'étaient même pas déplacées, bien qu'il les eût fait mander à quatre reprises. Peut-être la dernière avait-elle été emportée par la jument pâle, désormais.

La petite scribe naathie leva les yeux quand il approcha. « Honoré ser. Le prince a dépassé la douleur, désormais. Ses dieux dorniens l'ont emporté chez lui. Vous voyez ? Il sourit. »

*Comment vois-tu cela ? Il n'a plus de lèvres.* Il aurait été plus charitable que les dragons le dévorent. Au moins, cela aurait été rapide. Ceci… *Le feu est une atroce façon de mourir. Rien d'étonnant si la moitié des enfers sont constitués de flammes.* « Couvre-le. »

Missandei tira la couverture sur le visage du prince. « Qu'allons-nous faire de lui, ser ? Il est tellement loin de chez lui.

— Je veillerai à ce qu'il soit restitué à Dorne. » *Mais comment ? Sous forme de cendres ?* Cela exigerait encore du feu, et ser Barristan n'en pouvait supporter l'idée. *Nous devrons dépouiller ses os de leur chair. Des scarabées, pas de mise à bouillir.* Les sœurs du Silence s'en seraient chargées, chez eux, mais on était ici dans la baie des Serfs. La plus proche sœur du Silence se trouvait à dix mille lieues de distance. « Tu devrais aller dormir, à présent, petite. Dans ton propre lit.

— Si ma personne peut se permettre, ser, vous devriez en faire autant. Vous ne dormez pas durant toute la nuit. »

*Depuis bien des années, petite. Plus depuis le Trident.* Le Grand Mestre Pycelle lui avait enseigné un jour que les vieux n'avaient pas autant besoin de sommeil que les jeunes, mais c'était plus que cela. Il avait atteint l'âge où il répugnait à fermer les yeux, de crainte de ne les jamais rouvrir. D'autres hommes pouvaient souhaiter mourir dans leur lit, pendant leur sommeil, mais ce n'était pas le trépas d'un chevalier de la Garde Royale.

« Les nuits sont trop longues, expliqua-t-il à Missandei, et il y a tant et plus à faire, toujours. Ici, comme dans les Sept Couronnes. Mais tu en as fait assez pour le moment, petite. Va te reposer. » *Et si les dieux sont cléments, tu ne rêveras pas de dragons.*

Une fois la fillette partie, le vieux chevalier rabattit la couverture pour regarder une dernière fois le visage de Quentyn Martell, ou ce qu'il en subsistait. Le prince avait été tant décharné qu'on distinguait le crâne au-dessous. Ses orbites étaient des flaques de pus. *Il aurait dû demeurer à Dorne. Il aurait dû rester une grenouille. Tous les hommes ne sont pas faits pour danser avec les dragons.* En couvrant de nouveau le jeune homme, il se surprit à se demander s'il y aurait quelqu'un pour couvrir le corps de sa reine, ou si son cadavre resterait à gésir dans les hautes herbes de la mer Dothrak, sans personne pour la pleurer, contemplant en aveugle le ciel jusqu'à ce que la chair tombât de ses os.

« Non, déclara-t-il à voix haute. Daenerys n'est pas morte. Elle montait ce dragon. Je l'ai vu de mes deux yeux. » Il avait cent fois répété la même chose, déjà... mais chaque jour qui passait rendait la phrase plus difficile à croire. *Ses cheveux étaient embrasés, j'ai vu cela, aussi. Elle brûlait... et si je ne l'ai pas vue tomber, des centaines jurent qu'eux l'ont vu.*

Le jour s'était avancé sur la ville. Bien que la pluie continuât à tomber, une vague lumière imbibait le ciel à l'est. Et avec le soleil arriva le Crâne-ras. Skahaz avait revêtu sa tenue familière : une jupe noire plissée, des grèves et une cuirasse musculaire. Le masque de bronze sous son bras était nouveau – une tête de loup à la langue pendante. « Eh bien, déclara-t-il en guise de salut, cet imbécile est mort, donc ?

— Le prince Quentyn a expiré juste avant le point du jour. » Selmy n'était pas surpris que Skahaz le sût. Les nouvelles voyageaient vite à l'intérieur de la pyramide. « Le conseil est-il réuni ?

— Ils attendent en bas le bon plaisir de la Main. »

*Je ne suis pas une Main*, voulait s'écrier une partie de lui. *Je ne suis qu'un simple chevalier, le protecteur de la reine. Je n'ai jamais voulu cela*. Mais avec la disparition de la reine et le roi aux fers, il fallait que quelqu'un gouvernât, et ser Barristan ne se fiait nullement au Crâne-ras. « Y a-t-il eu des nouvelles de la Grâce Verte ?

— Elle n'est pas encore revenue en ville. » Skahaz était opposé à l'envoi de la prêtresse. Galazza Galare elle-même ne s'était pas offerte à cette tâche. Elle irait pour la paix, elle y avait consenti, mais Hizdahr zo Loraq était mieux indiqué pour traiter avec les Judicieux. Ser Barristan ne cédait cependant pas aisément, et en fin de compte la Grâce Verte avait courbé la tête et juré d'agir de son mieux.

« Dans quel état est la ville ? demanda Selmy au Crâne-ras.

— Toutes les portes sont fermées et barrées, comme vous l'avez ordonné. Nous traquons toutes les épées-louées et les Yunkaïis restés à l'intérieur de l'enceinte, et nous expulsons ou nous arrêtons ceux que nous trouvons. La plupart semblent s'être terrés. À l'intérieur des pyramides, sans aucun doute. Les Immaculés montent la garde sur les remparts et les tours, préparés à tout assaut. Deux cents personnes de haute naissance sont rassemblées sur la place, debout en *tokar* sous la pluie, et réclament audience en hurlant. Elles exigent la libération d'Hizdahr et ma mort, et vous demandent de tuer ces dragons. Quelqu'un leur a raconté que les chevaliers excellaient à cet emploi. Les hommes continuent à extraire des cadavres de la pyramide d'Hazkar. Les Grands Maîtres d'Yherizan et d'Uhlez, eux, ont abandonné leurs pyramides aux dragons. »

Ser Barristan savait déjà tout cela. « Et le décompte du boucher ? demanda-t-il en redoutant la réponse.

— Vingt et neuf.

— *Vingt et neuf ?* » C'était bien pire que ce qu'il aurait jamais imaginé. Les Fils de la Harpie avaient repris leur guerre de l'ombre deux jours plus tôt. Trois meurtres la première nuit, neuf la seconde. Mais passer de neuf à vingt et neuf en une seule nuit...

— Le compte franchira les trente avant midi. Pourquoi une si grise mine, vieil homme ? Qu'espériez-vous ? La Harpie exige la remise en liberté d'Hizdahr, et elle a donc renvoyé ses fils dans les rues, couteau en main. Les morts sont tous des affranchis et des crânes-ras, comme auparavant. L'un d'eux était un des miens, une Bête d'Airain. On a laissé le signe de la Harpie à proximité des corps, tracé à la craie sur la chaussée ou gravé sur un mur. Il y avait également des messages. *Les dragons doivent mourir*, ont-ils écrit, et *Harghaz le héros*. On a également vu *Mort à Daenerys*, avant que la pluie ne lave les mots.

— L'impôt sur le sang...

— Deux mille neuf cents pièces d'or de chaque pyramide, certes, bougonna Skahaz. Il sera perçu... mais jamais la perte de quelques pièces d'or ne retiendra la main de la Harpie. Seul le sang le peut.

— Selon vous. » *Encore les otages. Il les tuerait jusqu'au dernier si je le lui permettais.* « J'avais entendu les cent premières fois. Non.

— La Main de la reine, grommela Skahaz avec dégoût. Une main de vieille femme, à mon avis, ridée, faible. Je prie pour que Daenerys nous revienne vite. » Il abaissa son masque de loup en airain sur son visage. « Votre conseil va commencer à s'impatienter.

— Ils sont le conseil de la reine, et non le mien. » Selmy troqua sa cape détrempée contre une sèche et boucla son baudrier, puis il accompagna le Crâne-ras pour descendre l'escalier.

La salle des colonnes était vide de pétitionnaires, ce matin. Bien qu'il eût adopté le titre de Main, ser Barristan n'aurait pas eu l'effronterie de tenir audience en l'absence de la reine, et il refusait à Skahaz mo Kandaq de le faire. Les grotesques trônes dragon d'Hizdahr avaient été retirés sur ordre de ser Barristan ; mais il n'avait pas réinstallé le simple banc garni de coussins qui avait eu la faveur de la reine. À la place, on avait dressé une grande table ronde au centre de la salle, entourée de hauts sièges où les hommes pouvaient s'asseoir et débattre en égaux.

Ils se levèrent quand ser Barristan arriva au pied des degrés de marbre, Skahaz Crâne-ras à ses côtés. Marselen des Fils de la Mère était présent, avec Symon Dos-Zébré, commandant des Frères Libres. Les Boucliers fidèles s'étaient choisi un nouveau commandant, un Estivien à la peau noire du nom de Tal Toraq, leur ancien capitaine, Mollono Yos Dob, ayant été emporté par la jument pâle. Ver Gris était là pour les Immaculés, assistés par trois sergents eunuques portant calottes de bronze à pointe. Les Corbeaux Tornade étaient représentés par deux mercenaires vétérans, un archer appelé Jokin et le guerrier à la hache, balafré et lugubre, qu'on nommait simplement le Veuf. Tous deux assumaient en commun le commandement de la compagnie en l'absence de Daario Naharis. La plus grande partie du *khalasar* de la reine avait accompagné Aggo et Rakharo pour la chercher sur la mer Dothrak, mais le *jaqqa rhan* Rommo, un bigleux aux jambes arquées, était là afin de parler pour les cavaliers restés en arrière.

Et, face à ser Barristan, siégeaient à la table quatre des anciens gardes du roi Hizdahr, les combattants d'arène Goghor le Géant, Belaquo Briseur-d'os, Camarron du Compte et le Félin moucheté. Selmy avait insisté pour qu'ils fussent présents, en dépit des objections de Skahaz Crâne-ras. Ils avaient autrefois aidé Daenerys Targaryen à s'emparer de la ville, et l'on ne devait pas l'oublier. Même s'ils étaient des brutes imprégnées de sang et des tueurs, ils avaient à leur manière été loyaux… au roi Hizdahr, certes, mais aussi à la reine.

Dernier à arriver, Belwas le Fort entra pesamment dans la salle.

L'eunuque avait vu la mort en face, de si près qu'il eût bien pu lui baiser les lèvres. L'expérience l'avait marqué. Il paraissait avoir perdu une soixantaine de livres, et la peau brun sombre qui jadis se tendait sur un torse et une bedaine massifs, traversée par cent cicatrices effacées, pendait à présent sur lui en replis flasques et avachis, ballottant comme une robe taillée trop ample de trois tailles. Son pas aussi avait ralenti, et semblait un peu indécis.

Malgré tout, le cœur du vieux chevalier se réjouit de le voir. Il avait naguère traversé le monde avec Belwas le Fort et savait pouvoir compter sur lui, si tout ceci devait finir par se régler à l'épée. « Belwas. Nous sommes heureux que tu aies pu te joindre à nous.

— Blanchebarbe. » Belwas sourit. « Où sont le foie et les oignons ? Belwas est pas si fort qu'avant, doit manger, redevenir grand. Ils rendent Belwas le Fort malade. Quelqu'un doit mourir. »

*Quelqu'un mourra. Beaucoup de quelqu'uns, très probablement.* « Assieds-toi, mon ami. » Quand Belwas fut assis et qu'il eut croisé les bras, ser Barristan poursuivit. « Quentyn Martell est mort ce matin, juste avant l'aube. »

Le Veuf ricana. « Le Cavalier du dragon.

— Je dis que c'est un imbécile », lança Symon Dos-Zébré.

*Non, rien qu'un enfant.* Ser Barristan n'avait pas oublié les folies de sa propre jeunesse. « Ne dites pas de mal des morts. Le prince a payé un prix effroyable pour son geste.

— Et les autres Dorniens ? demanda Tal Taraq.

— Prisonniers, pour l'heure. » Aucun des Dorniens n'avait opposé la moindre résistance. Archibald Ferboys étreignait le corps brûlé et fumant de son prince quand les Bêtes d'Airain l'avait découvert, comme ses mains brûlées pouvaient en témoigner. Il les avait utilisées pour étouffer les flammes qui avaient englouti Quentyn Martell. Gerris Boisleau se tenait au-dessus d'eux, l'épée à la main, mais il avait lâché l'arme à l'instant où les sauterelles avaient paru. « Ils partagent une cellule.

— Qu'ils partagent un gibet, jugea Symon Dos-Zébré. Ils ont lâché deux dragons sur la ville.

— Ouvrez les arènes et donnez-leur des épées, les pressa le Félin moucheté. Je les tuerai tous deux tandis que tout Meereen hurlera mon nom.

— Les arènes de combat demeureront closes, déclara Selmy. Le sang et le bruit ne serviraient qu'à attirer les dragons.

— Tous les trois, peut-être, suggéra Marselen. Le monstre noir est venu une première fois, pourquoi pas une autre ? Cette fois, avec notre reine. »

*Ou sans elle*. Si Drogon revenait à Meereen sans que Daenerys le chevauchât, le sang et les flammes exploseraient dans la cité, de cela ser Barristan ne doutait nullement. Toute jeune fille qu'elle fût, Daenerys Targaryen était la seule chose qui les retenait ensemble.

« Sa Grâce reviendra quand elle reviendra, coupa ser Barristan. Nous avons conduit mille moutons dans l'arène de Daznak, rempli l'arène de Ghrazz de taureaux et l'Arène d'or de bêtes qu'Hizdahr zo Loraq avait collectées pour ses jeux. » Jusqu'ici les deux dragons manifestaient du goût pour le mouton, revenant à l'arène de Daznak chaque fois qu'ils avaient faim. Si l'un ou l'autre chassait des hommes à l'intérieur ou à l'extérieur de la ville, ser Barristan n'en avait pas encore entendu parler. Les seuls Meereeniens que les dragons avaient tués depuis Harghaz le Héros avaient été les esclavagistes assez sots pour s'opposer à Rhaegal quand il avait cherché à établir son antre au sommet de la pyramide d'Hazkar. « Nous avons des sujets plus pressants à discuter. J'ai envoyé la Grâce Verte chez les Yunkaïis pour arranger la libération de nos otages. Je l'attends vers midi avec leur réponse.

— Avec des mots, déclara le Veuf. Les Corbeaux Tornade connaissent les Yunkaïis. Leurs langues sont des vers qui se tortillent dans un sens ou un autre. La Grâce Verte reviendra avec des mots de vers, pas avec le capitaine.

— Qu'il plaise à la Main de la reine de se rappeler : les Judicieux détiennent Héro, également, glissa Ver Gris. Ainsi que le seigneur du cheval Jhogo, Sang-coureur de la reine.

— Sang de son sang, renchérit Rommo le Dothraki. Il faut le libérer. L'honneur du *khalasar* l'exige.

— Il sera libéré, assura ser Barristan, mais nous devons d'abord attendre de voir si la Grâce Verte peut accomplir... »

Skahaz Crâne-ras frappa du poing sur la table. « La Grâce Verte n'accomplira *rien*. En ce moment même, peut-être conspire-t-elle avec les Yunkaïis, alors que nous siégeons ici. Pour *arranger*, disiez-vous ? *Arranger* ? Et quelle sorte d'*arrangements* ?

— Une rançon, lui répondit ser Barristan. Pour chaque homme, son poids en or.

— Les Judicieux n'ont nul besoin de notre or, ser, déclara Marselen. Ils sont plus riches que vos seigneurs ouestriens, tous autant qu'ils sont.

— Leurs mercenaires voudront de l'or, cependant. Que sont des otages, pour eux ? Si les Yunkaïis refusent, cela plantera une lame entre leurs employés et eux. » *Du moins je l'espère.* C'était Missandei qui lui avait suggéré cette astuce. Jamais une telle idée ne lui serait venue à lui. À Port-Réal, les pots-de-vin étaient du ressort de Littlefinger, tandis que lord Varys avait pour tâche de susciter les divisions parmi les ennemis de la Couronne. Ses propres attributions avaient été plus directes. *Âgée de onze ans – et cependant Missandei est aussi habile que la moitié des hommes assis à cette table, et plus sage que n'importe lequel d'entre eux.* « J'ai donné pour instruction à la Grâce Verte de ne présenter cette offre que lorsque tous les commandants yunkaïis seront rassemblés pour l'entendre.

— Ils refuseront quand même, insista Symon Dos-Zébré. Ils répéteront qu'ils veulent voir les dragons morts, et le roi rétabli.

— Je prie pour que vous ayez tort. » *Et crains que vous n'ayez raison.*

« Vos dieux sont loin, ser Grand-Père, commenta le Veuf. Je ne crois pas qu'ils entendent vos prières. Et quand les Yunkaïis nous renverront la vieille pour vous cracher à la gueule, qu'adviendra-t-il, alors ?

— *Le feu et le sang* », répondit Barristan Selmy à voix basse, si basse.

Un long moment, personne ne dit mot. Puis Belwas le Fort se claqua la panse et dit : « Mieux que le foie et oignons », et Skahaz Crâne-ras regarda par les fentes de son masque de loup et dit : « Vous rompriez la paix du roi Hizdahr, vieillard ?

— Je la fracasserais. » Jadis, il y avait très longtemps, un prince l'avait nommé Barristan le Hardi. Une partie de cet enfant vivait encore en lui. « Nous avons installé un fanal au sommet de la pyramide où se dressait auparavant la Harpie. Du bois sec imbibé d'huile, couvert pour le protéger de la pluie. Si l'heure devait sonner, et je prie pour qu'elle ne vienne point, nous allumerons ce fanal. Les flammes seront votre signal de vous déverser par les portes pour attaquer. Chacun de vous aura un rôle à jouer, aussi chacun doit être prêt à tout instant, du jour ou de la nuit. Nous détruirons nos ennemis, ou nous serons nous-mêmes détruits. » Il leva la main pour faire signe à ses écuyers qui attendaient. « J'ai fait préparer des cartes pour vous montrer la disposition de nos ennemis, leurs camps, les lignes de siège et les trébuchets. Si nous réussissons à écraser les esclavagistes, les épées-louées les abandonneront. Je sais que vous avez des inquiétudes et des questions. Exposez-les ici. Quand nous quitterons cette table, nous devons tous penser avec un même esprit, vers un même objectif.

— Mieux vaut envoyer chercher à manger et à boire, alors, suggéra Symon Dos-Zébré. Tout cela prendra du temps. »

Cela prit le reste de la matinée et la majeure partie de l'après-midi. Capitaines et commandants se disputèrent au-dessus des cartes comme des poissonnières autour d'un seau de crabes. Points faibles et forts, comment tirer le meilleur parti de leur petite compagnie d'archers, savoir s'il fallait utiliser les éléphants pour briser les lignes yunkaïies ou les tenir en réserve, qui aurait l'honneur de conduire la première vague, s'il valait mieux déployer la cavalerie sur les flancs ou en avant-garde.

Ser Barristan laissa chaque homme exposer son opinion. Tal Toraq estimait qu'ils devraient marcher sur Yunkaï dès qu'ils auraient rompu les lignes ; la Cité Jaune serait pratiquement sans défense, aussi les Yunkaïis n'auraient-ils pas d'autre choix que de lever le siège pour les suivre. Le Félin moucheté proposa de mettre l'ennemi au défi de produire un champion capable de l'affronter, lui, en combat singulier. L'idée séduisit Belwas le Fort, mais il insista pour que ce fût lui qui combattît et non le Félin. Camarron du Compte avança un plan pour s'emparer des vaisseaux amarrés le long du fleuve et profiter de la

Skahazadhan pour amener trois cents combattants d'arène prendre les Yunkaïis à revers. Chacun des présents s'accorda à déclarer que les Immaculés constituaient leurs meilleures troupes, mais aucun n'était d'accord sur la meilleure façon de les employer. Le Veuf voulait utiliser les eunuques comme un poing de fer de façon à enfoncer le cœur des défenses yunkaïies. Marselen jugeait qu'il vaudrait mieux les placer à chaque extrémité de la ligne de bataille principale, où ils pourraient repousser chaque tentative de l'ennemi pour les prendre de flanc. Symon Dos-Zébré souhaitait les scinder en trois blocs à répartir au sein des trois compagnies d'affranchis. Ses Frères Libres étaient braves et piaffaient de combattre, affirmait-il, mais sans les Immaculés pour leur donner une armature, il craignait que ses troupes sans expérience n'eussent pas la discipline nécessaire face à des épées-louées aguerries.

Et quand tout cela eut été discuté, débattu et décidé, Symon Dos-Zébré souleva un dernier point. « En tant qu'esclave à Yunkaï, j'ai aidé mes maîtres à traiter avec les compagnies libres et veillé au paiement de leurs soldes. Je connais les mercenaires, et je sais que les Yunkaïis ne peuvent pas payer des sommes suffisantes pour affronter le feu de dragons. Aussi, je vous le demande… si la paix devait échouer et qu'on devait livrer cette bataille, les dragons viendront-ils ? Se joindront-ils au combat ? »

*Ils viendront*, aurait pu répondre ser Barristan. *Le bruit les attirera, les cris et les hurlements, l'odeur du sang. Cela les attirera sur le champ de bataille, tout comme le rugissement dans l'arène de Daznak avait attiré Drogon vers les sables écarlates. Mais quand ils seront là, sauront-ils discerner un camp de l'autre ?* Il en doutait. Aussi dit-il simplement : « Les dragons feront ce qu'ils feront. S'ils viennent, il se peut que la seule ombre de leurs ailes suffise à faire perdre courage aux esclavagistes et à les mettre en fuite. » Puis il les remercia et leur donna à tous congé.

Ver Gris s'attarda après le départ des autres. « Nos personnes seront prêtes quand le fanal sera allumé. Mais la Main doit savoir que, lorsque nous attaquerons, les Yunkaïis tueront les otages.

— Je ferai tout ce qui est en mon pouvoir pour l'empêcher, mon ami. J'ai une… idée. Mais je vous prie de m'excuser. Il est grand temps que les Dorniens apprennent la mort de leur prince. »

Ver Gris inclina la tête : « Ma personne obéit. »

Ser Barristan prit avec lui deux de ses chevaliers nouvellement adoubés pour descendre aux cachots. Le chagrin et la culpabilité avaient déjà conduit à la folie des hommes valeureux, et Archibald Ferboys et Gerris Boisleau avaient tous deux joué un rôle dans le trépas de leur ami. Mais, quand ils atteignirent la cellule, il pria Tum et l'Agneau rouge d'attendre à l'extérieur tandis qu'il entrait annoncer aux Dorniens que l'agonie du prince était terminée.

Ser Archibald, le grand chauve, n'eut rien à dire. Assis au bord de sa paillasse, il fixait ses mains bandées dans leurs pansements de drap. Ser Gerris donna un coup de poing dans un mur. « Je lui ai dit que c'était une folie. Je l'ai supplié de rentrer chez nous. Votre garce de reine n'avait rien à faire de lui, tout le monde le voyait. Il a traversé le monde pour offrir son amour et sa féauté, et elle lui a ri au nez.

— Elle n'a jamais ri, répondit Selmy. Si vous la connaissiez, vous le sauriez.

— Elle l'a repoussé. Il a offert son cœur, et elle le lui a rejeté et s'en est allée baiser avec son épée-louée.

— Vous feriez bien de surveiller votre langue, ser. » Ser Barristan n'aimait pas ce Gerris Boisleau et ne lui permettrait pas d'insulter Daenerys. « La mort du prince Quentyn a été de son propre fait, et du vôtre.

— *Du nôtre ?* En quoi sommes-nous en faute, ser ? Quentyn était notre ami, certes. Un peu sot, vous pourriez le dire, mais tous les rêveurs sont des sots. Cependant, avant toute chose et au final, il était notre prince. Nous lui devions obéissance. »

Barristan Selmy ne pouvait disputer la vérité de cet argument. Il avait passé le plus clair de sa propre vie à obéir aux ordres d'ivrognes et de déments. « Il est arrivé trop tard.

— Il a offert son cœur, répéta ser Gerris.

— Elle avait besoin d'épées, et non de cœurs.

— Il lui aurait également donné les piques de Dorne.

— Si seulement il l'avait fait. » Personne plus que Barristan Selmy n'aurait souhaité que Daenerys considérât avec faveur le prince dornien. « Mais il est arrivé trop tard, et cette folie… S'attacher des épées-louées, libérer deux dragons sur la ville… c'était une folie et pire qu'une folie. C'était une trahison.

— Ce qu'il a fait, il l'a fait pour l'amour de la reine Daenerys, insista Gerris Boisleau. Pour prouver qu'il était digne de sa main. »

Le vieux chevalier en avait assez entendu. « Ce qu'a fait le prince Quentyn, il l'a fait pour Dorne. Me prenez-vous pour quelque aïeul gâteux ? J'ai passé ma vie auprès des rois, des reines et des princes. Lancehélion a l'intention de prendre les armes contre le trône de Fer. Non, ne vous donnez pas la peine de le nier. Doran Martell n'est pas homme à lever ses piques sans espoir de victoire. C'est le devoir qui a amené le prince Quentyn ici. Le devoir, l'honneur, la soif de gloire… jamais l'amour. Quentyn était ici pour les dragons, et non pour Daenerys.

— Vous ne le connaissiez pas, ser. Il…

— Il est mort, Buveur. » Ferboys se leva. « Les mots le ramèneront pas. Cletus et Will aussi sont morts. Alors, ferme ta gueule avant que j'y colle mon poing dessus. » Le grand chevalier se tourna vers Selmy. « Qu'avez-vous l'intention de faire de nous ?

— Skahaz Crâne-ras veut vous pendre. Vous avez tué quatre de ses hommes. Quatre des hommes *de la reine*. Deux étaient des affranchis qui suivaient Sa Grâce depuis Astapor. »

Ferboys ne parut pas surpris. « Les hommes bêtes, ouais. J'en ai tué qu'un, la tête de basilic. Les épées-louées se sont chargées des autres. Mais peu importe, j' sais.

— Nous protégions Quentyn, protesta Boisleau. Nous…

— La *ferme*, Buveur. Il sait. » À ser Barristan, le grand chevalier dit : « Pas besoin de venir discuter si zaviez l'intention de nous pendre. Donc, s'agit pas de ça, hein ?

— Non. » *En voilà un qui n'a peut-être pas l'esprit si lent qu'il y paraît.* « Vous m'êtes plus utiles vivants que morts. Servez-moi et après, je ferai en sorte qu'un navire vous ramène à Dorne et je vous donnerai les os du prince Quentyn à rapporter au seigneur son père. »

Ser Archibald fit la grimace. « Pourquoi faut-il qu' ce soit toujours des navires ? Mais quelqu'un doit reconduire Quentyn chez lui, cependant. Que demandez-vous de nous, ser ?

— Vos épées.

— Vous en avez des milliers.

— Les affranchis de la reine n'ont pas encore connu les combats. Les épées-louées, je n'ai pas confiance en eux. Les Immaculés sont des soldats valeureux… mais point des guerriers. Point des *chevaliers*. » Il se tut. « Que s'est-il passé quand vous avez essayé de vous emparer des dragons ? Racontez-moi. »

Les Dorniens échangèrent un coup d'œil. Puis Boisleau répondit : « Quentyn avait affirmé au Prince en Guenilles qu'il pouvait les contrôler. C'était dans son sang, a-t-il expliqué. Il avait du sang de Targaryen.

— Le sang des dragons.

— Oui. Les mercenaires étaient censés nous aider à enchaîner les dragons pour les conduire sur les quais.

— Le Guenilleux avait arrangé un navire, déclara Ferboys. Un grand, au cas où on aurait les deux dragons. Et Quentyn allait en monter un. » Il regarda ses mains bandées. « Du moment qu'on est entrés, on sentait bien que rien allait marcher. Les dragons étaient trop sauvages. Les chaînes… Y avait des bouts de chaînes brisées partout, des *grosses*, avec des maillons de la taille de vot' tête, mélangés à tous ces ossements, brisés et fendus. Et Quentyn, les Sept le préservent, on avait l'impression qu'il allait se chier dessus. Caggo et Meris étaient pas aveugles, ils l'ont vu, eux aussi. Et puis, un des arbalétriers a tiré. Peut-être qu'ils avaient depuis le début l'intention de tuer les dragons, et qu'ils se servaient juste de nous pour arriver jusqu'à eux. On peut jamais savoir, avec le Loqueteux. Expliquez ça comme vous voudrez, c'était pas malin. Le vireton a simplement réussi à mettre les dragons en colère, et ils étaient déjà pas de très bonne humeur. Ensuite… ensuite, ça a mal tourné.

— Et les Erre-au-Vent se sont envolés, poursuivit ser Gerris. Quent hurlait, couvert de flammes, et ils n'étaient plus là. Caggo, la Belle Meris, il n'y avait que le mort.

— Bah, t'espérais quoi, Buveur ? Un chat tue les souris, un cochon se vautre dans la boue et un mercenaire décampe quand on a le plus besoin de lui. On peut pas leur en vouloir. C'est dans la nature de la bête.

— Il n'a pas tort, dit ser Barristan. Qu'a promis le prince Quentyn au Prince en Guenilles, en échange de toute cette aide ? »

Il n'eut pas de réponse. Ser Gerris regarda ser Archibald. Ser Archibald considéra ses mains, le sol, la porte.

« Pentos, proposa ser Barristan. Il lui a promis Pentos. Dites-le. Rien de ce que vous dites ne peut plus aider ou nuire au prince Quentyn, à présent.

— Oui-da, répondit ser Archibald sur un ton malheureux. C'était Pentos. Ils ont tracé des marques sur un papier, tous les deux. »

*Il y a une chance, ici.* « Nous avons encore des Erre-au-Vent dans les cachots. Ces faux déserteurs.

— Je me souviens, dit Ferboys. Paisselande, Chaume, ceux-là. Certains d'entre eux étaient pas trop mauvais bougres, pour des épées-louées. D'autres, ma foi, ça leur ferait p'têt' pas de mal de mourir. Qu'en est-il d'eux ?

— J'ai l'intention de les renvoyer au Prince en Guenilles. Et vous avec eux. Vous serez deux parmi des milliers. Votre présence dans les camps yunkaïis devrait passer inaperçue. Je veux que vous apportiez un message au Prince en Guenilles. Dites-lui que je vous ai dépêchés, que je parle avec la voix de la reine. Dites-lui que nous paierons son prix s'il nous livre nos otages, sains et saufs. »

Ser Archibald fit la grimace. « La Guenille a plus de chances de nous confier tous les deux à la Belle Meris. Il le fera pas.

— Pourquoi pas ? La tâche est assez simple. » *Comparée à un enlèvement de dragons.* « J'ai un jour tiré de Sombreval le père de la reine.

— C'était en Westeros, dit Gerris Boisleau.

— Nous sommes à Meereen.

— Arch n'est même pas en mesure de tenir une épée, avec ses mains.

— Il ne devrait pas en avoir besoin. Vous aurez les épées-louées avec vous, si je ne méjuge point mon homme. »

Gerris Boisleau repoussa en arrière sa crinière de cheveux décolorés par le soleil. « Pourrions-nous avoir un moment pour en discuter entre nous ?

— Non, répondit Selmy.

— Je vais le faire, proposa ser Archibald, du moment qu'y a pas de foutus bateaux dans l'histoire. Le Buveur va le faire aussi. » Il sourit. « Il le sait pas encore, mais il va le faire. »

Et ce fut conclu.

*La partie facile, du moins*, se dit Barristan Selmy en reprenant la longue ascension jusqu'au sommet de la pyramide. La partie difficile, il l'avait laissée entre les mains dorniennes. Son grand-père aurait été horrifié. Les Dorniens étaient des chevaliers, en titre du moins, bien que seul Ferboys lui parût posséder l'acier véritable du titre. Boisleau avait un beau minois, une langue agile et une chevelure magnifique.

Le temps que le vieux chevalier regagnât les appartements de la reine au sommet de la pyramide, le cadavre du prince Quentyn avait été enlevé. Quand Selmy entra, six des jeunes échansons jouaient à un jeu d'enfant, assis en cercle sur le sol tandis que chacun à son tour faisait tourner une dague sur elle-même. Lorsqu'elle s'arrêtait en tanguant, ils coupaient une mèche de cheveux à celui ou celle vers qui la lame pointait. Enfant aux Éteules, ser Barristan avait joué avec ses cousins à un jeu similaire… bien qu'à Westeros, pour autant qu'il s'en souvînt, on s'embrassât, également. « Bhakaz, appela-t-il. Une coupe de vin, si tu veux bien. Grazhar, Azzak, je vous confie la porte. J'attends la Grâce Verte. Faites-la entrer dès qu'elle arrivera. Sinon, je ne souhaite pas qu'on me dérange. »

Azzak se remit debout. « À vos ordres, lord Main. »

Ser Barristan sortit sur la terrasse. La pluie avait cessé, bien qu'une muraille de nuages gris ardoise cachât le soleil couchant tandis qu'il descendait dans la baie des Serfs. Quelques filets de fumée montaient encore des pierres noircies d'Hazdar, tordus comme des rubans par le vent. Loin à l'est, au-delà des remparts de la ville, il vit des ailes pâles se mouvoir au-dessus d'une lointaine ligne de collines. *Viserion*. En train de chasser, sans doute, ou de voler pour le simple plaisir de voler. Il se demanda où était Rhaegal. Jusqu'ici, le dragon vert s'était montré plus dangereux que le blanc.

Quand Bhakaz lui apporta son vin, le vieux chevalier but une longue gorgée et envoya l'enfant chercher de l'eau. Quelques coupes de vin pouvaient bien être l'idéal pour l'aider à dormir, mais il aurait besoin de toute sa lucidité quand Galazza Galare rentrerait de ses pourparlers avec l'ennemi. Aussi but-il son vin largement coupé d'eau, tandis que le monde sombrait dans l'obscurité autour de lui. Il était extrêmement las, et rempli de doutes. Les Dorniens, Hizdahr, Reznak, l'assaut... agissait-il comme il fallait ? Agissait-il comme Daenerys l'aurait voulu ? *Je n'ai pas été fait pour ceci.* D'autres Gardes royaux avaient servi comme Main avant lui. Pas beaucoup, mais quelques-uns. Il avait lu leur histoire dans le Livre blanc. Et maintenant, il se demandait, curieux, s'ils s'étaient sentis aussi perdus et désorientés que lui.

« Lord Main. » Grazhar se tenait à la porte, une lampe à la main. « La Grâce Verte est arrivée. Vous avez voulu être prévenu.

— Fais-la entrer. Et allume des chandelles. »

Galazza Galare avait une suite de quatre Grâces Roses. Une aura de sagesse et de dignité semblait la nimber, que ser Barristan ne pouvait s'empêcher d'admirer. *C'est une femme forte, et elle a été une fidèle amie de Daenerys.* « Lord Main », dit-elle, son visage caché derrière de chatoyants voiles verts. « Puis-je m'asseoir ? Mes vieux os sont fourbus.

— Grazhar, un siège pour la Grâce Verte. » Les Grâces Roses se disposèrent derrière elle, les yeux baissés et les mains jointes devant elles. « Puis-je vous proposer un rafraîchissement ? s'enquit ser Barristan.

— Ce serait bien volontiers, ser Barristan. J'ai la gorge sèche à force de parler. Un jus de fruits, peut-être ?

— Comme vous voudrez. » Il fit signe à Kezmya et lui demanda d'apporter à la prêtresse un gobelet de jus de citron, adouci de miel. Pour le boire, la prêtresse dut retirer son voile, et Selmy se vit rappeler combien elle était âgée, au fond. *De vingt ans mon aînée, ou plus.* « Si la reine était ici, je sais qu'elle se joindrait à moi pour vous remercier de tout ce que vous avez fait pour nous.

— Sa Magnificence a toujours été fort aimable. » Galazza Galare vida son verre et rajusta son voile. « Y a-t-il eu d'autres nouvelles de notre douce reine ?

— Aucune pour l'instant.

— Je prierai pour elle. Et qu'en est-il du roi Hizdahr, si je puis avoir l'audace de demander ? Aurai-je la permission de visiter Sa Splendeur ?

— Bientôt, j'espère. Il est sain et sauf, je vous le promets.

— Je suis heureuse de l'entendre dire. Les Judicieux de Yunkaï ont réclamé de ses nouvelles. Vous ne serez pas surpris d'apprendre qu'ils souhaitent voir le noble Hizdahr restauré sur-le-champ à sa place légitime.

— Il le sera, si l'on peut prouver qu'il n'a pas tenté de tuer notre reine. Jusque-là, Meereen sera gouvernée par un conseil des loyaux et des justes. Il y a pour vous une place à ce conseil. Je sais que vous avez beaucoup à nous apprendre à tous, Votre Bienveillance. Nous avons besoin de votre sagesse.

— Je crains que vous ne me flattiez avec de vides amabilités, lord Main. Si vraiment vous me considérez comme sage, écoutez-moi à présent. Libérez le noble Hizdahr et rendez-lui le trône.

— Seule la reine peut cela. »

Sous ses voiles, la Grâce Verte poussa un soupir. « La paix que nous avons œuvré si dur à forger frissonne comme une feuille au vent d'automne. Nous vivons des jours terribles. La mort parcourt nos rues, montée sur la jument pâle venue d'Astapor, trois fois maudite. Des dragons hantent nos cieux, se repaissant de la chair des enfants. Des centaines prennent la mer, mettant les voiles pour Yunkaï, Tolos et Qarth, et tout refuge qui voudra d'eux. La pyramide d'Hazkar s'est effondrée en une ruine fumante, et de nombreux membres de cette ancienne lignée gisent morts sous ses pierres noircies. Les pyramides d'Uhlez et d'Yherizan sont devenues des antres de monstres, et leurs maîtres des mendiants sans foyer. Mon peuple a perdu tout espoir et s'est retourné contre les dieux eux-mêmes, dévouant leurs nuits à l'ivresse et à la fornication.

— Et au meurtre. Les Fils de la Harpie ont tué trente personnes, cette nuit.

— Je l'apprends avec chagrin. Raison supplémentaire de libérer le noble Hizdahr zo Loraq, qui a arrêté une fois de tels meurtres. »

*Et comment a-t-il accompli cela, à moins d'être lui-même la Harpie ?* « Sa Grâce a accordé sa main à Hizdahr zo Loraq, en a fait son roi et son consort, a rétabli l'art de la mort comme il l'en priait instamment. En retour, il lui a offert des sauterelles empoisonnées.

— En retour, il lui a offert la paix. Ne la rejetez pas, ser, je vous en supplie. La paix est la perle inestimable. Hizdahr est un Loraq. Jamais il ne souillerait ses mains avec du poison. Il est innocent.

— Comment pouvez-vous en avoir la certitude ? » *À moins que vous ne connaissiez l'empoisonneur.*

« Les dieux de Ghis me l'ont dit.

— Mes dieux sont les Sept, et les Sept sont restés cois sur cette affaire. Votre Sagesse, avez-vous présenté mon offre ?

— À tous les seigneurs et capitaines de Yunkaï, comme vous m'en aviez donné l'ordre... Cependant, je crains que leur réponse ne vous plaise pas.

— Ils ont refusé ?

— Oui. Aucune quantité d'or ne rachètera vos gens, m'a-t-on dit. Seul le sang des dragons pourra les libérer. »

C'était la réponse à laquelle s'attendait ser Barristan, à défaut de celle qu'il espérait. Sa bouche se pinça.

« Je sais que ce n'étaient pas les mots que vous souhaitiez entendre, dit Galazza Galare. Toutefois, pour ma part, je comprends. Ces dragons sont des bêtes terribles. Yunkaï les redoute... et à bon droit, vous ne pouvez le nier. Nos chroniques parlent des seigneurs dragons de la terrible Valyria et de la dévastation qu'ils ont semée sur les peuples de l'ancienne Ghis. Même votre propre reine, jeune et belle, Daenerys, qui se présente comme la Mère des Dragons... nous l'avons vue brûler, ce jour-là, dans l'arène... Elle non plus n'était pas à l'abri du courroux du dragon.

— Sa Grâce n'est pas... Elle...

— ... est morte. Puissent les dieux lui accorder un doux repos. » Des larmes brillèrent derrière ses voiles. « Que ses dragons périssent aussi. »

Selmy tâtonnait en quête d'une réponse quand il entendit un lourd bruit de pas. La porte s'ouvrit à la volée et Skahaz mo Kandaq entra en coup de vent, quatre Bêtes d'Airain derrière lui. Quand Grazhar essaya de lui barrer le passage, il rejeta l'enfant sur un côté.

Ser Barristan se remit immédiatement debout. « Qu'y a-t-il ?

— Les trébuchets, gronda le Crâne-ras. Tous les six. »

Galazza Galare se leva. « Voilà comment Yunkaï répond à vos propositions, ser. Je vous ai averti que leur réponse ne vous plairait pas. »

*Ils ont donc choisi la guerre. Soit.* Ser Barristan se sentit curieusement soulagé. La guerre, il la comprenait. « S'ils croient briser Meereen en lançant des pierres…

— Pas des pierres. » La voix de la vieille femme était pleine de chagrin et de peur. « Des cadavres. »

# DAENERYS

La colline formait une île de pierre dans un océan de vert.

Il fallut à Daenerys la moitié de la matinée pour en descendre. Le temps qu'elle parvînt au pied, elle était hors de souffle. Ses muscles la faisaient souffrir et elle se sentait comme prise d'un début de fièvre. Les rochers lui avaient mis les mains à vif. *Mais elles vont mieux qu'avant*, décida-t-elle en triturant une cloque crevée. Elle avait la peau rose et sensible, et un fluide pâle et laiteux suintait de ses paumes crevassées, mais ses brûlures guérissaient.

La colline paraissait plus grande, vue d'ici. Daenerys avait pris l'habitude de l'appeler Peyredragon, du nom de l'ancienne citadelle où elle était née. Elle n'avait conservé aucun souvenir de l'autre Peyredragon, mais elle n'oublierait pas celle-ci de sitôt. Des broussailles sèches et des buissons épineux couvraient ses premières pentes ; plus haut, un chaos déchiqueté de roc nu s'élançait, escarpé et soudain, vers le ciel. Là, au sein de rochers fracassés, de crêtes tranchantes comme des rasoirs et de pics en aiguille, Drogon avait établi son antre dans une caverne peu profonde. Il y vivait depuis quelque temps, avait compris Daenerys en voyant la colline pour la première fois. L'air sentait la cendre, chaque rocher, chaque arbre en vue étaient brûlés et noircis, le sol semé d'os cuits et brisés, et pourtant, il y était chez lui.

Daenerys connaissait l'attrait d'un lieu à soi.

387

Deux jours plus tôt, en escaladant une pointe rocheuse, elle avait aperçu de l'eau au sud, une mince ligne qui avait brièvement miroité alors que le soleil se couchait. Un ruisseau, avait décidé Daenerys. Menu, mais il la conduirait à un plus gros, et celui-ci se jetterait dans une petite rivière, et dans cette partie du monde, toutes les rivières étaient vassales de la Skahazadhan. Une fois qu'elle aurait retrouvé la Skahazadhan, Daenerys n'aurait qu'à la descendre vers l'aval jusqu'à la baie des Serfs.

Certes, elle eût préféré revenir à Meereen sur les ailes d'un dragon. Mais ce n'était pas une envie que semblait partager Drogon.

Les seigneurs dragons de l'antique Valyria contrôlaient leurs montures avec des sortilèges de sujétion et des cors sorciers. Daenerys se contentait d'un mot et d'un fouet. À califourchon sur le dos du dragon, elle avait souvent l'impression de totalement réapprendre à monter. Si elle fouettait sa jument argentée sur le flanc droit, l'animal partait à gauche, car le premier instinct d'un cheval le poussait à fuir le danger. Lorsqu'elle claquait de son fouet le flanc droit de Drogon, il obliquait à droite, car le premier instinct du dragon l'incitait toujours à l'attaque. Parfois, cependant, l'endroit où elle frappait semblait sans importance : il allait par moments où l'envie le portait et l'entraînait avec lui. Ni le fouet ni les paroles ne pouvaient faire dévier Drogon s'il ne souhaitait pas modifier sa route. Le fouet l'agaçait plus qu'il ne le blessait, avait-elle fini par comprendre ; ses écailles étaient devenues plus dures que de la corne.

Et aussi loin que le dragon volât chaque jour, à la tombée de la nuit, un instinct l'attirait toujours chez lui, à Peyredragon. *Chez lui, mais non chez moi.* Elle était chez elle à Meereen, avec son époux et son amant. Assurément, là était sa place.

*Continue à avancer. Si je regarde en arrière, c'en est fait de moi.*

Des souvenirs l'accompagnaient. Des nuages vus d'en haut. Des chevaux, gros comme des fourmis tonnant à travers les herbes. Une lune d'argent, presque assez proche pour la toucher. Des rivières courant, lumineuses et bleues, en contrebas, scintillant au soleil. *Reverrai-je jamais de tels spectacles ?* Sur le dos de Drogon, elle se sentait *complète*. Là-haut dans le ciel, les malheurs de ce monde ne la touchaient pas. Comment pourrait-elle abandonner cela ?

Le temps était venu, cependant. Une enfant pouvait passer sa vie à jouer, mais elle était une femme faite, une reine, une épouse, la mère de milliers. Ses enfants avaient besoin d'elle. Drogon avait plié sous le fouet, elle devait agir de même. Elle devait coiffer de nouveau sa couronne et revenir à son banc d'ébène et aux bras de son noble époux.

*Hizdahr, aux tièdes baisers.*

Le soleil était chaud, ce matin-là, le ciel bleu, sans nuages. C'était bien. Les vêtements de Daenerys étaient à peine plus que des loques et ne lui apportaient pas grand-chose, en termes de chaleur. Une de ses sandales lui avait glissé du pied au cours de son vol insensé depuis Meereen, et elle avait laissé l'autre près de la caverne de Drogon, préférant marcher pieds nus plutôt qu'à moitié chaussée. Son *tokar* et ses voiles, elle les avait abandonnés dans l'arène, et sa camisole de lin n'avait jamais été prévue pour supporter la chaleur des jours et le froid des nuits de la mer Dothrak. La sueur, l'herbe et la terre l'avaient tachée, et Daenerys en avait arraché une bande sur le bord afin de panser son tibia. *Je dois paraître une bien pauvre créature, dépenaillée et morte de faim,* songea-t-elle, *mais si le temps reste chaud, je ne gèlerai pas.*

Son séjour avait été solitaire et, durant sa plus grande partie, elle avait souffert de ses blessures et de la faim... et en dépit de tout cela, elle avait été étrangement heureuse, ici. *Quelques douleurs, un ventre creux, des frissons la nuit... quelle importance quand vous pouvez voler ? Je le referais volontiers.*

À Meereen, Jhiqui et Irri devaient l'attendre au sommet de sa pyramide, se répétait-elle. Missandei, sa douce scribe, aussi, et tous ses petits pages. Ils lui apporteraient à manger, et elle pourrait se baigner dans le bassin sous le plaqueminier. Il serait agréable de se sentir à nouveau propre. Daenerys n'avait nul besoin d'un miroir pour savoir qu'elle était couverte de crasse.

Elle avait faim, également. Un matin, elle avait trouvé des oignons sauvages qui poussaient à mi-pente sur le flanc sud, et plus tard, le même jour un légume rougeâtre et feuillu qui aurait pu être une curieuse variété de chou. Peu importe ce dont il s'était agi, ça ne l'avait pas rendue malade. En dehors de cela et d'un poisson qu'elle avait attrapé dans le bassin qu'alimentait une source devant la caverne de Drogon, elle avait survécu de son mieux sur les restes du dragon, des os brûlés et des pièces de viande fumante, moitié carbonisée et moitié crue. Elle avait besoin de davantage, elle le savait. Un jour, elle avait tapé dans le crâne fendu d'un mouton avec le côté de son pied nu et l'avait envoyé dévaler la colline en rebondissant. En le regardant dégringoler la pente escarpée vers la mer des herbes, elle avait compris qu'elle devait le suivre.

Daenerys se lança dans la traversée des hautes herbes à une allure soutenue. La terre était chaude entre ses orteils. L'herbe avait la même taille qu'elle. *Elle n'a jamais paru si profonde quand je montais mon argentée, que je chevauchais auprès du soleil étoilé de ma vie en tête de son* khalasar. En marchant, elle tapotait sa cuisse avec le fouet du maître d'arène. Cet objet et les hardes sur son dos étaient tout ce qu'elle avait emporté de Meereen.

Bien qu'elle avançât dans un royaume verdoyant, ce n'était pas le vert riche et intense de l'été. Même ici, l'automne imprimait sa présence, et l'hiver ne tarderait plus, derrière. L'herbe était plus pâle que dans ses souvenirs, un vert délavé et maladif, près de virer au jaune. Puis viendrait le brun. Les herbes se mouraient.

Daenerys Targaryen n'était pas une étrangère à la mer Dothrak, le grand océan végétal qui s'étendait de la forêt de Qohor jusqu'à la Mère des Montagnes et au Nombril du Monde. Elle l'avait vue pour la première fois alors qu'elle était encore enfant, tout juste mariée au *khal* Drogo, en route vers Vaes Dothrak pour être présentée aux vieillardes du *dosh khaleen*. La vue de toute cette herbe s'étirant devant elle lui avait coupé le souffle. *Le ciel était bleu, l'herbe verte, et j'étais remplie d'espoir.* Ser Jorah l'accompagnait, à l'époque, son vieil ours bougon. Elle avait Irri, Jhiqui et Doreah pour s'occuper d'elle, le soleil étoilé de sa vie pour la tenir au cours de la nuit, lui dont l'enfant grandissait en elle. *Rhaego. Je voulais l'appeler Rhaego, et le* dosh khaleen *a déclaré qu'il serait l'étalon qui montera le monde.* Elle n'avait plus été aussi heureuse depuis ces jours à Braavos, confus dans sa mémoire, où elle vivait dans la maison à la porte rouge.

Mais dans le désert rouge, toute sa joie s'était changée en cendres. Le soleil étoilé de sa vie avait chu de son cheval, la *maegi* Mirri Maz Duur avait assassiné Rhaego dans son ventre et Daenerys avait étouffé de ses propres mains la coquille vide du *khal* Drogo. Ensuite, le grand *khalasar* de Drogo s'était brisé. Ko Pono s'était proclamé *khal* et avait pris de nombreux cavaliers avec lui, et bien des esclaves aussi. Ko Jhaqo s'était déclaré *khal*, et il était parti avec bien davantage. Mago, son Sang-coureur, avait violé et tué Eroeh, une enfant que Daenerys avait un jour sauvée de lui. Seule la naissance de ses dragons au sein du feu et de la fumée du bûcher funéraire du *khal* Drogo avait épargné à Daenerys elle-même d'être traînée de nouveau à Vaes Dothrak pour y vivre le restant de ses jours parmi les vieillardes du *dosh khaleen*.

*Le feu m'a brûlé les cheveux, mais sinon il m'a laissée intacte.* Il en était allé de même dans l'arène de Daznak. De cela, elle se souvenait, mais beaucoup de ce qui avait suivi était flou. *Tant de gens, qui hurlaient et se bousculaient.* Elle se rappelait les chevaux qui se cabraient, une carriole de nourriture qui éparpillait des melons en se renversant ; d'en bas une pique avait fusé, suivie d'une volée de carreaux d'arbalète. L'un d'eux était passé si près que Daenerys l'avait senti lui frôler la joue. D'autres avaient ricoché sur les écailles de Drogon, s'étaient logés entre elles ou avait déchiré la membrane de ses ailes. Elle se remémorait le dragon qui se tordait sous elle, frissonnant sous les impacts, tandis qu'elle tentait désespérément de s'agripper à son dos squameux. Les blessures fumaient. Daenerys vit un des viretons s'embraser soudain. Un autre tomba, décroché par le battement des ailes de Drogon. En contrebas, des hommes virevoltaient, engainés de flamme, les mains levées, comme pris dans la frénésie d'une folle danse. Une femme en *tokar* vert tendit la main vers un enfant en pleurs, l'attirant entre ses bras pour le protéger du brasier. Daenerys vit la couleur, intense, mais pas le visage de la femme. Des gens les piétinèrent tandis qu'ils gisaient entrelacés sur les briques. Certains étaient embrasés.

Ensuite, tout cela s'était effacé, les bruits s'estompant, les gens rapetissant, les piques et les flèches retombant au-dessous d'eux tandis que Drogon se hissait dans le ciel à coups de griffes. De plus en plus haut il l'avait emportée, bien au-dessus des pyramides et des arènes, ses ailes déployées pour capter l'air chaud montant des briques de la ville, cuisant au soleil. *Si je tombe et que je meurs, cela en aura quand même valu la peine*, s'était-elle dit.

Plein nord, ils avaient volé, par-delà le fleuve, Drogon planant sur des ailes déchirées et trouées, à travers des nuages qui défilaient comme les bannières d'un ost fantomatique. Daenerys aperçut les côtes de la baie des Serfs et l'ancienne route valyrienne qui courait en les suivant à travers les sables et la désolation jusqu'à disparaître à l'ouest. *La route qui s'en va chez moi*. Puis il n'y eut rien sous eux, que de l'herbe qui ondulait au vent.

*Y avait-il des milliers d'années écoulées depuis ce premier vol ?* Parfois, elle en avait bien l'impression.

Le soleil devint plus chaud en montant dans le ciel, et elle sentit sous peu sa tête lui cogner. Les cheveux de Daenerys repoussaient, mais lentement. « J'ai besoin d'un chapeau », déclara-t-elle à voix haute. Sur les hauteurs de Peyredragon, elle avait tenté de s'en confectionner un, tressant des tiges d'herbes comme elle avait vu des femmes dothrakies le faire lorsqu'elle était avec Drogo, mais, soit elle employait une variété d'herbe qui ne convenait pas, soit elle était simplement dénuée du talent nécessaire. Tous ses chapeaux tombaient en pièces entre ses doigts. *Essaie encore*, dit-elle pour s'encourager. *Tu réussiras mieux la prochaine fois. Tu es le sang du dragon, tu peux fabriquer un chapeau*. Elle essaya, encore et encore, mais sa dernière tentative n'avait pas davantage abouti que la première.

L'après-midi était là quand Daenerys trouva le ruisseau qu'elle avait aperçu du haut de la colline. C'était un ru, un filet d'eau, une saignée pas plus large que son bras… et son bras avait maigri à chaque jour passé sur Peyredragon. Daenerys recueillit de l'eau dans sa main et s'en éclaboussa le visage. Quand elle plaça ses mains en coupe, ses phalanges s'enlisèrent dans la vase au fond du ruisseau. Elle aurait préféré une eau plus fraîche, plus claire… mais non, si elle devait accrocher ses espoirs à des vœux, elle souhaiterait qu'on vînt à son secours.

Elle s'agrippait encore à l'espoir qu'on suivrait ses traces. Ser Barristan pourrait venir en quête d'elle ; premier de sa Garde Royale, il s'était juré de défendre la vie de sa reine au prix de la sienne. Et ses Sang-coureurs n'étaient pas étrangers à la mer Dothrak, et leurs vies étaient liées à la sienne. Son époux, le noble Hizdahr zo Loraq, pourrait dépêcher des groupes de recherche. Et Daario… Daenerys se le représentait, chevauchant vers elle à travers les hautes herbes, souriant, sa dent en or brillant aux feux du soleil couchant.

Seulement, Daario avait été livré aux Yunkaïis, comme otage, pour assurer qu'aucun mal n'adviendrait aux capitaines yunkaïis. *Daario et Héro, Jhogo et Groleo, et trois parents d'Hizdahr.* Désormais, tous les otages avaient été restitués, certainement. Toutefois…

Elle se demanda si les lames de son capitaine étaient encore accrochées au mur auprès du lit de la reine, en attendant que Daario revînt les récupérer. « *Je laisse mes filles avec toi*, avait-il déclaré. *Prends-en soin pour moi, mon amour.* » Et elle se demanda ce que les Yunkaïis savaient du prix qu'elle attachait à son capitaine. Elle avait posé la question à ser Barristan, l'après-midi où les otages étaient partis. « Ils auront entendu les ragots, avait-il répondu. Naharis a même pu se targuer de la grande… considération que Votre Grâce lui témoigne. Si vous voulez bien me pardonner de le dire, la modestie n'est pas une des vertus du capitaine. Il tire grand orgueil de sa… de son habileté à l'épée. »

*Il se vante de coucher avec moi, tu veux dire.* Mais Daario n'aurait pas été assez sot pour se vanter ainsi parmi ses ennemis. *C'est sans importance. En ce moment, les Yunkaïis doivent rentrer chez eux.* C'était pour cette raison qu'elle avait agi comme elle l'avait fait. Pour la paix.

Elle se retourna vers le chemin qu'elle avait parcouru, vers Peyredragon qui s'élevait au-dessus des plaines herbues comme un poing serré. *Ça paraît si près. Je marche depuis des heures, et pourtant l'impression demeure que je pourrais tendre le bras et le toucher*. Il n'était pas trop tard pour rebrousser chemin. Il y avait du poisson dans le bassin qu'alimentait la source, près de la caverne de Drogon. Elle en avait attrapé un le premier jour là-bas, elle pourrait en pêcher d'autres. Et il y aurait des restes, des os calcinés où s'accrochaient encore des lambeaux de viande, les reliquats des chasses du dragon.

*Non*, se dit Daenerys. *Si je regarde en arrière, c'en est fait de moi.* Elle pourrait vivre des années sur les rochers cuits au soleil de Peyredragon, chevauchant Drogon le jour et grignotant ses reliefs à chaque nuit tombante, tandis que le grand océan d'herbe virait de l'or à l'orange, mais ce n'était pas pour cette existence qu'elle était née. Aussi tourna-t-elle de nouveau le dos à la colline au loin et se boucha-t-elle les oreilles au chant d'essor et de liberté que susurrait le vent en jouant dans les crêtes rocailleuses de la colline. Le ruisseau courait vers le sud-sud-est, pour autant qu'elle pût en juger. Elle le suivit. *Conduis-moi au fleuve, c'est tout ce que je te demande. Conduis-moi au fleuve et je ferai le reste.*

Les heures s'écoulèrent lentement. Le ruisseau obliquait d'un côté et de l'autre, et Daenerys l'accompagnait, marquant une cadence sur sa jambe avec le fouet, en s'efforçant de ne pas songer au chemin qu'elle avait parcouru, ni aux battements sous son crâne, ni à son ventre creux. *Fais un pas. Puis le suivant. Encore un pas. Et encore.* Que pouvait-elle faire d'autre ?

Le calme régnait, sur sa mer. Quand soufflait le vent, l'herbe soupirait tandis que les tiges frottaient les unes contre les autres, chuchotant dans une langue que seuls comprenaient les dieux. De temps en temps, le petit cours d'eau gazouillait en contournant une pierre. La boue giclait entre les orteils de Daenerys. Des insectes bourdonnaient autour d'elle, des libellules indolentes, des guêpes vertes luisantes et des moustiques qui piquaient, presque trop petits pour être visibles. Elle les giflait distraitement quand ils se posaient sur ses bras. Une fois, elle surprit un rat qui buvait au ruisseau, mais il s'enfuit en la voyant paraître, détalant entre les tiges pour disparaître dans les hautes herbes. Parfois elle entendait des oiseaux chanter. Le son lui faisait gronder l'estomac, mais elle n'avait pas de rets pour les prendre, et jusqu'ici elle n'avait pas croisé de nids. *Autrefois, je rêvais de voler, et maintenant que j'ai volé, je rêve de dérober des œufs.* L'idée la fit rire. « Les hommes sont fous, et les dieux plus encore », expliqua-t-elle aux herbes, et les herbes susurrèrent leur assentiment.

Trois fois ce jour-là elle aperçut Drogon. La première, il était si loin qu'il aurait pu s'agir d'un aigle, disparaissant dans les nuages et en ressortant en planant, mais Daenerys connaissait désormais sa silhouette, même quand il n'était plus qu'une petite tache. La deuxième fois, il passa devant le soleil, ses noires ailes déployées, et le monde s'obscurcit. La dernière fois, il vola juste au-dessus d'elle, si près qu'elle entendait battre ses ailes. L'espace d'un demi-battement de cœur, Daenerys crut qu'il la traquait, mais il continua son vol sans lui prêter aucune attention, et disparut quelque part à l'est. *C'est aussi bien*, estima-t-elle.

Le soir la prit presque à l'improviste. Alors que le soleil dorait les lointaines aiguilles de Peyredragon, Daenerys tomba sur un petit mur de pierre brisé, couvert par la végétation. Peut-être avait-il appartenu à un temple, ou à la demeure du seigneur du village. D'autres ruines s'étendaient plus loin – un vieux puits, et certains cercles dans l'herbe qui marquaient l'emplacement où s'étaient dressées quelques masures. On les avait construites en torchis, jugea Daenerys, mais de longues années de vent et de pluie les avaient réduites à rien. Daenerys en trouva huit avant que le soleil ne se couchât, mais il aurait pu y en avoir davantage plus loin, dissimulées dans les herbes.

Le mur de pierre avait mieux survécu que le reste. Bien qu'il ne dépassât nulle part trois pieds de hauteur, l'angle où il rencontrait un autre muret de moindre hauteur offrait cependant un abri contre les éléments, et la nuit montait rapidement. Daenerys se blottit dans ce recoin, s'arrangeant une sorte de nid en arrachant des poignées de l'herbe qui croissait autour des ruines. Elle était très lasse, et de nouvelles ampoules étaient apparues sur ses deux pieds, y compris une paire assortie au petit doigt de chaque. *Ça doit venir de ma façon de marcher*, pensa-t-elle en pouffant.

Tandis que le monde s'obscurcissait, Daenerys se rencogna et ferma les yeux, mais le sommeil refusa de venir. La nuit était froide, le sol dur, son ventre vide. Elle se retrouva à songer à Meereen, à Daario, son amour, et à Hizdahr, son mari, à Irri et Jhiqui et à la douce Missandei, à ser Barristan, Reznak et Skahaz Crâne-ras. *Craignent-ils que je sois morte ? Je me suis envolée sur le dos d'un dragon. Vont-ils croire qu'il m'a dévorée ?* Elle se demanda si Hizdahr était toujours roi. Sa couronne lui venait d'elle, pourrait-il la conserver en son absence ? *Il voulait tuer Drogon. Je l'ai entendu. « Tuez-le, a-t-il crié, tuez cet animal », et il avait au visage une expression avide.* Et Belwas le Fort était à genoux, secoué de vomissements et de trépidations. *Du poison. C'était forcément du poison. Les sauterelles au miel. Hizdahr m'a encouragée à en manger, mais Belwas a tout mangé.* Elle avait fait d'Hizdahr son roi, l'avait mis dans son lit, avait rouvert pour lui les arènes, il n'avait aucune raison de souhaiter sa mort. Et cependant, qui cela pouvait-il être d'autre ? Reznak, son sénéchal parfumé ? Les Yunkaïis ? Les Fils de la Harpie ?

Au loin, un loup hurla. Ce son la rendit triste et solitaire, mais pas moins affamée. Tandis que la lune s'élevait au-dessus des plaines d'herbe, Daenerys sombra enfin dans un sommeil agité.

Elle rêva. Tous ses soucis se détachaient d'elle, et toutes ses douleurs aussi, et elle paraissait flotter vers le haut, dans le ciel. Elle volait encore une fois, tournoyant, riant, dansant, tandis que les étoiles cabriolaient autour d'elle et lui chuchotaient des secrets à l'oreille. « Pour aller au nord, tu dois voyager vers le sud. Pour atteindre l'ouest, tu dois aller à l'est. Pour avancer, tu dois rebrousser chemin. Pour toucher la lumière, tu dois passer sous l'ombre.

— Quaithe ? appela Daenerys. Où êtes-vous, Quaithe ? »

Puis elle vit. *Son masque est fait de lumière d'étoiles.*

« Rappelle-toi qui tu es, Daenerys, chuchotèrent les étoiles avec la voix d'une femme. Les dragons le savent. Et toi ? »

Le lendemain matin, elle s'éveilla courbaturée, percluse de douleurs et de crampes, avec des fourmis qui lui couraient sur les bras, les jambes et le visage. Quand elle comprit ce qu'elles étaient, elle écarta d'un coup de pied les tiges d'herbe brune qui lui avaient servi de couche et de couverture, et se remit debout tant bien que mal. Elle était couverte de piqûres, de petites bosses rouges qui démangeaient et cuisaient. *D'où sortent toutes ces fourmis ?* Pour se débarrasser d'elles, Daenerys frotta ses bras, ses jambes et son ventre. Elle laissa courir une paume sur le chaume de son crâne, à l'endroit où ses cheveux avaient brûlé, et elle sentit d'autres fourmis sur sa tête, et une qui lui descendait sur la nuque. Elle les gifla et les écrasa sous ses pieds nus. Il y en avait tellement...

Il s'avéra que la fourmilière se situait de l'autre côté de son mur. Daenerys s'étonna que les insectes eussent réussi à l'escalader et à la trouver. Pour eux, cet amas de pierres devait les surplomber avec l'énormité du Mur de Westeros. *Le plus grand mur du monde*, répétait son frère Viserys, aussi fier que s'il l'avait bâti de ses mains.

Viserys lui racontait des histoires de chevaliers si pauvres qu'ils étaient obligés de dormir sous les haies anciennes qui poussaient au long des chemins des Sept Couronnes. Daenerys aurait donné tant et plus pour une belle haie bien épaisse. *De préférence sans fourmilière.*

Le soleil se levait tout juste. Quelques étoiles brillantes s'attardaient dans le cobalt du ciel. *Peut-être l'une d'elles est-elle le khal Drogo, assis sur son étalon ardent dans les terres de la nuit, qui me sourit d'en haut.* Peyredragon était toujours visible au-dessus des herbes. *Elle paraît si proche. Je dois me trouver à des lieues, désormais, mais on dirait que je pourrais y revenir en une heure.* Elle avait envie de se recoucher, de fermer les yeux et de s'abandonner au sommeil. *Non, je dois poursuivre. Le ruisseau. Borne-toi à longer le ruisseau.*

Daenerys prit un instant pour s'assurer de son orientation. Il ne faudrait pas partir dans la mauvaise direction et perdre son ruisseau. « Mon ami, commenta-t-elle à voix haute. Si je reste près de mon ami, je ne m'égarerai pas. » Elle aurait dormi au bord de l'eau si elle avait osé, mais il y avait des animaux qui venaient y boire, la nuit. Elle avait vu leurs traces. Daenerys ne ferait pas un grand banquet pour un loup ou un lion, mais mieux valait un maigre repas que pas de repas du tout.

Une fois qu'elle fut certaine de se diriger vers le sud, elle compta ses pas. Le ruisseau apparut au bout de huit. Daenerys mit ses mains en coupe pour boire. L'eau lui infligea des crampes d'estomac, mais on supportait des crampes plus facilement que la soif. Elle n'avait rien d'autre à boire que la rosée du matin qui luisait sur les hautes herbes, et pas de nourriture du tout, à moins qu'elle ne tînt à manger de l'herbe. *Je pourrais essayer de manger des fourmis.* Les petites jaunes étaient trop infimes pour beaucoup la nourrir, mais il y en avait des rouges dans l'herbe, et elles étaient plus grosses. « Je suis perdue en mer, décida-t-elle en claudiquant au bord de son ru sinueux, alors peut-être que je trouverai des crabes, ou un beau gros poisson. » Son fouet claquait doucement contre sa cuisse. *Flap, flap, flap.* Un pas à la fois, et le ruisseau la ramènerait chez elle.

Juste après midi, elle atteignit un buisson qui poussait près du ruisseau, ses branches torses couvertes de baies dures et vertes. Daenerys les lorgna d'un œil soupçonneux, puis en cueillit une sur une branche, qu'elle grignota. La pulpe en était acide et croquante, avec un arrière-goût amer qui lui parut familier. « Dans le *khalasar*, ils utilisaient ce genre de baies pour assaisonner les rôtis », décida-t-elle. Le dire à haute voix renforça sa conviction. Son estomac grondait, et Daenerys se retrouva à cueillir des baies à deux mains pour les jeter dans sa bouche.

Une heure plus tard, son estomac commença à être tordu de crampes si fortes qu'elle ne put pas continuer. Elle passa le reste de la journée à vomir une bouillie verte. *Si je reste ici, je vais mourir. Je suis peut-être déjà en train d'agoniser.* Le dieu cheval des Dothrakis écarterait-il les herbes et la prendrait-il dans son *khalasar* d'étoiles, afin qu'elle chevauchât dans les terres de la nuit avec le *khal* Drogo ? En Westeros, les morts de la maison Targaryen étaient livrés aux flammes, mais qui, ici, allumerait son bûcher ? *Ma chair ira nourrir les loups et les charognards*, songea-t-elle avec tristesse, *et les vers creuseront leurs tunnels dans mon ventre.* Ses yeux revinrent vers Peyredragon. La colline semblait plus petite. Elle voyait de la fumée s'élever de son sommet sculpté par les vents, à des milles d'elle. *Drogon est rentré de sa chasse.*

Le coucher du soleil la trouva accroupie dans l'herbe, en train de gémir. Chacune de ses selles était plus molle que la précédente et sentait plus mauvais. Le temps que la lune se levât, elle chiait de l'eau brune. Plus elle buvait et plus elle chiait, mais plus elle chiait et plus elle avait soif, et sa soif l'envoyait à quatre pattes jusqu'au ruisseau pour aspirer plus d'eau. Lorsqu'elle ferma enfin les yeux, Daenerys ne savait pas si elle aurait assez de force pour les rouvrir.

Elle rêva de son frère mort.

Viserys ressemblait exactement à ce qu'il avait été la dernière fois qu'elle l'avait vu. Il avait la bouche tordue de souffrance, les cheveux brûlés, et son visage noir fumait aux endroits où l'or fondu lui avait coulé sur le front, sur les joues et dans les yeux.

« Tu es mort », déclara Daenerys.

*Assassiné.* Bien que ses lèvres n'eussent pas bougé, elle entendait quand même sa voix, qui lui chuchotait à l'oreille. *Tu n'as jamais porté mon deuil, ma sœur. Mourir sans être pleuré n'est pas facile.*

« Je t'ai aimé, jadis. »

*Jadis,* répéta-t-il, avec tant d'amertume qu'elle en frémit. *Tu aurais dû être mon épouse, me donner des enfants aux cheveux d'argent et aux yeux mauves, pour préserver la pureté de la lignée du dragon. Je me suis occupé de toi. Je t'ai appris qui tu étais. Je t'ai nourrie. J'ai vendu la couronne de notre mère pour continuer à te nourrir.*

« Tu m'as fait mal. Tu m'as fait peur. »

*Seulement quand tu éveillais le dragon. Je t'aimais.*

« Tu m'as vendue. Tu m'as trahie. »

*Non. La traîtresse, c'était toi. Tu t'es retournée contre moi, contre ton propre sang. Ils m'ont floué. Ton époux chevalin et ses sauvages puants. C'étaient des tricheurs et des menteurs. Ils m'ont promis une couronne en or et m'ont donné ceci.* Il toucha l'or fondu qui lui coulait lentement sur le visage, et de la fumée monta de son doigt.

« Tu aurais pu avoir ta couronne, lui dit Daenerys. Le soleil étoilé de ma vie l'aurait remportée pour toi, si seulement tu avais attendu. »

*J'ai attendu assez longtemps. J'ai attendu toute ma vie. J'étais leur roi, leur roi légitime. Ils ont ri de moi.*

« Tu aurais dû rester à Pentos, avec Maître Illyrio. Le *khal* Drogo devait me présenter au *dosh khaleen*, mais tu n'avais aucune raison de chevaucher avec nous. Tu as choisi de le faire. Tu as commis une erreur. »

*Veux-tu réveiller le dragon, petite putain sans cervelle ? Le* khalasar *de Drogo m'appartenait. Je les lui ai achetés, cent mille hurleurs. Je les ai payés avec ta virginité.*

« Tu n'as jamais compris. Les Dothrakis n'achètent rien, ils ne vendent rien. Ils font des cadeaux et en reçoivent. Si tu avais attendu... »

*J'ai attendu. Attendu ma couronne, mon trône, toi. Toutes ces années, et tout ce que j'en ai tiré, c'est un chaudron d'or fondu. Pourquoi t'ont-ils donné les œufs de dragon ? Ils auraient dû me revenir. Si j'avais possédé un dragon, j'aurais enseigné au monde ce que notre devise signifie.* Viserys se mit à rire, jusqu'à ce que sa mâchoire se séparât en fumant de son visage et que le sang et l'or fondu se répandissent hors de sa bouche.

Quand elle se réveilla, le souffle court, ses cuisses étaient nappées de sang.

Un moment elle ne comprit pas de quoi il s'agissait. Le monde commençait tout juste à s'éclaircir et les hautes herbes chuchotaient doucement sous le vent. *Non, je vous en prie, laissez-moi dormir encore un peu. Je suis tellement fatiguée.* Elle essaya de s'enfouir de nouveau sous le tas d'herbe qu'elle avait arrachée en s'endormant. Certaines des tiges semblaient humides. Avait-il de nouveau plu ? Elle s'assit, craignant de s'être souillée pendant son sommeil. Quand elle porta ses doigts devant son visage, elle sentit sur eux l'odeur du sang. *Est-ce que je suis en train de mourir ?* Puis elle vit le pâle croissant de la lune, qui flottait haut au-dessus des herbes, et l'idée lui vint que ce n'était que le sang de la lune.

Si elle n'avait pas été si malade et effrayée, cela aurait pu représenter un soulagement pour elle. Mais elle fut prise de frissons violents. Elle se frotta les doigts dans la terre et attrapa une poignée d'herbe pour s'essuyer entre les jambes. *Le dragon ne pleure pas.* Elle saignait, mais ce n'était que du sang de femme. *Cependant, la lune n'est encore qu'un croissant. Comment cela se peut-il ?* Elle essaya de se souvenir de la dernière fois qu'elle avait saigné. La dernière pleine lune ? La précédente ? Celle d'avant, encore ? *Non, ça ne peut pas remonter si loin.* « Je suis le sang du dragon », déclara-t-elle à l'herbe, à voix haute.

*Autrefois*, lui chuchota l'herbe, en retour, *jusqu'à ce que tu enchaînes tes dragons dans le noir.*

« Drogon a tué une petite fille. Elle s'appelait... Son nom... » Daenerys ne se souvenait plus du nom de l'enfant. Cela l'attrista tellement qu'elle en aurait pleuré si le feu n'avait pas consumé toutes ses larmes. « Jamais je n'aurai de petite fille. J'étais la Mère des Dragons. »

*Certes*, répondit l'herbe, *mais tu t'es retournée contre les enfants.*

Elle avait le ventre vide, ses pieds douloureux et couverts d'ampoules, et il lui parut que les crampes s'étaient aggravées. Son ventre était rempli d'un nœud de serpents qui lui mordaient les entrailles. Elle prit une poignée de boue et d'eau avec des mains tremblantes. À midi, l'eau serait tiède, mais dans la froidure de l'aube, elle était presque fraîche et l'aida à garder les yeux ouverts. Tandis qu'elle s'éclaboussait le visage, elle vit à nouveau du sang sur ses cuisses. Le rebord déchiré de sa tunique en était taché. La vision de tant de rouge l'effraya. *Du sang de la lune, ce n'est que mon sang de la lune*, mais elle ne se rappelait pas avoir jamais eu un flot aussi important. *Se pourrait-il que ce soit l'eau ?* Si c'était l'eau, elle était perdue. Elle devait boire ou périr de soif.

« Avance, s'ordonna Daenerys. Suis le ruisseau et il te conduira à la Skahazadhan. C'est là que Daario te trouvera. » Mais il lui fallut toutes ses forces rien que pour se remettre debout et, quand elle y parvint, elle ne put que rester plantée là, fiévreuse et saignante. Elle leva les yeux vers le ciel bleu et vide, considérant le soleil en plissant les paupières. *Déjà la moitié de la matinée enfuie*, découvrit-elle avec consternation. Elle se força à progresser d'un pas, puis d'un autre, et voilà qu'elle marchait de nouveau, en suivant le petit ruisseau.

La température du jour augmenta et le soleil pesa sur sa tête et les restes brûlés de ses cheveux. L'eau lui éclaboussait la plante des pieds. Elle marchait dans le ruisseau. Depuis combien de temps faisait-elle ça ? La boue douce et molle lui était agréable entre les orteils et aidait à apaiser ses ampoules. *Dans le ruisseau ou sur le bord, je dois continuer à avancer. L'eau coule vers le bas. Le ruisseau me mènera au fleuve, et le fleuve me ramènera chez moi.*

Sauf qu'il ne le ferait pas, pas vraiment.

Meereen n'était pas chez elle, et ne le serait jamais. C'était une cité d'hommes étranges aux dieux étranges et aux cheveux plus étranges encore, d'esclavagistes enveloppés de *tokars* à franges, où la grâce s'obtenait par la fornication, la boucherie était un art et le chien un mets de choix. Meereen serait toujours la cité de la Harpie, et Daenerys ne pouvait être une harpie.

*Jamais*, prononça l'herbe sur le ton rogue de Jorah Mormont. *Vous étiez prévenue, Votre Grâce. Laissez donc cette cité, vous ai-je conseillé. Votre guerre se passe à Westeros, je vous l'ai dit.*

La voix n'était qu'un chuchotis et pourtant Daenerys avait la sensation qu'il marchait juste derrière elle. *Mon ours*, songea-t-elle, *mon cher vieil ours, qui m'aimait et m'a trahie.* Il lui avait tant manqué. Elle voulait voir son visage ingrat, l'entourer de ses bras et se serrer contre son torse, mais elle savait que, si elle se retournait, ser Jorah aurait disparu. « Je rêve, dit-elle. Un rêve éveillé, un réveil de marche. Je suis seule et je suis perdue. »

*Perdue, parce que vous vous êtes attardée en un lieu où vous n'auriez jamais dû être*, murmura ser Jorah, aussi bas que le vent. *Seule, parce que vous m'avez renvoyé.*

« Tu m'as trahie. Tu as vendu des informations sur moi, pour de l'or. »

*Pour rentrer. Je n'ai jamais voulu que rentrer chez moi.*

« Et moi. Tu me voulais, moi. » Daenerys l'avait lu dans ses yeux.

*C'est vrai*, susurra l'herbe, avec tristesse.

« Tu m'as embrassée. Je ne t'en ai jamais donné permission, mais tu l'as fait. Tu m'as vendue à mes ennemis, mais tu étais sincère quand tu m'as embrassée. »

*Je vous ai bien conseillée. Gardez vos piques et vos épées pour les Sept Couronnes, vous ai-je dit. Laissez Meereen aux*

*Meereeniens et partez à l'ouest, ai-je insisté. Vous n'avez pas voulu m'écouter.*

« J'ai dû prendre Meereen ou voir mes enfants périr de faim durant leur marche. » Daenerys gardait à la mémoire la file des cadavres qu'elle avait laissés derrière elle en traversant le désert rouge. Ce n'était pas un spectacle qu'elle voulait revoir un jour. « J'ai dû conquérir Meereen pour nourrir mon peuple. »

*Vous avez pris Meereen,* lui rappela-t-il, *et vous vous êtes encore attardée.*

« Pour être reine. »

*Vous êtes reine,* riposta son ours. *À Westeros.*

« C'est tellement loin, se plaignit-elle. J'étais fatiguée, Jorah. J'étais lasse de la guerre. Je voulais me reposer, rire, planter des arbres et les voir grandir. Je ne suis qu'une jeune fille. »

*Non. Vous êtes le sang du dragon.* Le chuchotement s'estompait, comme si ser Jorah prenait de plus en plus de retard sur elle. *Un dragon ne plante pas d'arbres. Souvenez-vous-en. Souvenez-vous de qui vous êtes, de ce pour quoi vous êtes faite. Souvenez-vous de votre devise.*

« Feu et Sang », récita Daenerys à l'herbe qui dansait.

Une pierre roula sous son pied. Elle tomba sur un genou et poussa un cri de douleur, espérant contre tout espoir que son ours allait la serrer dans ses bras et l'aider à se relever. Quand elle tourna la tête pour le chercher, elle ne vit qu'un filet d'eau brune… et l'herbe, qui continuait à frémir doucement. *Le vent,* se dit-elle, *le vent balance les tiges et les fait danser.* Mais il n'y avait pas de vent. Le soleil la surplombait, le monde était calme et brûlant. Des nuées de moustiques emplissaient l'air et une libellule flottait au-dessus du ruisseau, filant de-ci, de-là. Et l'herbe bougeait, sans rien pour l'agiter.

Elle tâtonna dans l'eau, trouva un caillou de la grosseur de son poing, l'arracha à la boue. C'était une piètre arme, mais préférable à une main vide. Du coin de l'œil, Daenerys vit l'herbe remuer encore, sur sa droite. L'herbe tangua et s'inclina, comme devant un roi, mais aucun roi ne lui apparut. Le monde était vert et vide. Le monde était vert et silencieux. Le monde était jaune, et se mourait. *Je devrais me lever,* se reprocha-t-elle. *Il faut que je marche. Je dois suivre le ruisseau.*

À travers l'herbe monta un doux tintement argentin.

*Des clochettes*, songea Daenerys en souriant au souvenir du *khal* Drogo, son soleil et ses étoiles, et des grelots qu'il avait dans sa tresse. *Quand le soleil se lèvera à l'ouest pour se coucher à l'est. Quand les mers seront asséchées, et quand les montagnes auront sous le vent le frémissement de la feuille, quand mon sein se ranimera, quand je porterai un enfant vivant, alors le* khal *Drogo me sera rendu.*

Mais il n'était rien advenu de tout cela. *Des clochettes*, se répéta Daenerys. Ses Sang-coureurs l'avaient retrouvée. « Aggo, chuchota-t-elle. Jhogo. Rakharo. » Se pourrait-il que Daario les eût accompagnés ?

La mer verte s'ouvrit. Un cavalier apparut. Sa tresse était noire et brillante, sa peau aussi sombre que du cuivre poli, ses yeux avaient la forme d'amandes amères. Des clochettes chantaient dans ses cheveux. Il portait une ceinture de médaillons et un gilet peint, avec un *arakh* sur une hanche et un fouet sur l'autre. Un arc de chasse et un carquois plein de flèches pendaient à sa selle.

*Un cavalier, et seul. Un éclaireur.* C'était celui qui galopait en avant du *khalasar* pour repérer le gibier et la bonne herbe verte, et détecter les ennemis partout où ils pouvaient se cacher. S'il la trouvait ici, il la tuerait, la violerait ou la réduirait en esclavage. Au mieux, il la renverrait vers les vieillardes du *dosh khaleen*, où étaient censées aller les bonnes *khaleesis*, quand mourait leur *khal*.

Mais il ne la vit pas. Les herbes la dissimulaient, et il regardait ailleurs. Daenerys suivit son regard, et là-bas volait l'ombre, ses ailes largement déployées. Le dragon se situait à un mille de distance, et cependant l'éclaireur resta pétrifié jusqu'à ce que son étalon se mît à doucement hennir de peur. Puis l'homme s'éveilla comme d'un rêve, fit volter sa monture et s'en fut au galop à travers les hautes herbes.

Daenerys le regarda partir. Quand le bruit de ses sabots se fut estompé jusqu'au silence, elle commença à crier. Elle appela jusqu'à s'enrouer... et Drogon vint, renâclant dans des panaches de fumée. L'herbe s'inclina devant lui. Daenerys lui sauta sur le dos. Elle puait le sang, la sueur et la peur, mais rien de tout cela n'importait. « Pour avancer, je dois revenir en arrière », déclara-t-elle. Ses jambes nues se nouèrent autour de l'encolure du dragon. Elle lui donna un coup de pied, et Drogon se jeta vers le ciel. Le fouet avait disparu, aussi usa-t-elle de ses mains et de ses pieds pour le faire obliquer vers le nord-est, dans la direction où était parti l'éclaireur. Drogon obtempéra assez docilement : peut-être reniflait-il la peur du cavalier.

En une douzaine de battements de cœur, ils avaient dépassé le Dothraki, qui galopait, loin en contrebas. À sa droite et à sa gauche, Daenerys aperçut des espaces à l'herbe calcinée, réduite en cendres. *Drogon est déjà venu par ici*, comprit-elle. Comme un archipel d'îles grises, les marques de ses chasses ponctuaient le vert de la mer d'herbe.

Un vaste troupeau de chevaux apparut sous eux. Il y avait des cavaliers, aussi, une vingtaine ou plus, mais ils obliquèrent pour fuir à la première vue du dragon. Les chevaux s'égaillèrent en courant quand l'ombre tomba sur eux, filant à travers les herbes jusqu'à avoir les flancs blancs d'écume, ravageant le sol de leurs sabots... mais si rapides qu'ils fussent, ils ne volaient pas. Bientôt, un cheval commença à traîner derrière les autres. Le dragon fondit sur lui avec un rugissement, et subitement le malheureux animal s'embrasa, continuant cependant à courir, hennissant à chaque foulée, jusqu'à ce que Drogon se posât sur lui et lui brisât les reins. Daenerys se retint de toute son énergie au cou du dragon, afin de ne pas glisser.

La carcasse était trop lourde pour que Drogon l'emportât dans son antre, aussi consomma-t-il sa proie sur place, déchirant la chair carbonisée tandis que les herbes flambaient autour d'eux, l'air chargé de fumée et de l'odeur du crin cramé. Daenerys, morte de faim, se laissa choir du dos du dragon et elle mangea avec lui, arrachant des bouts de viande fumante au cheval mort avec ses mains nues et brûlées. *À Meereen, j'étais une reine vêtue de soie, grignotant des dattes fourrées et de l'agneau au miel*, se souvint-elle. *Que penserait mon noble époux s'il pouvait me voir en ce moment ?* Hizdahr serait horrifié, sans aucun doute. Mais Daario...

Daario éclaterait de rire, se taillerait une part de viande de cheval avec son *arakh* et viendrait s'accroupir pour se repaître à ses côtés.

Tandis que le ciel à l'ouest virait à la nuance d'une plaie sanglante, Daenerys entendit approcher un bruit de chevaux. Elle se leva, s'essuya les mains sur sa camisole en loques et alla se placer auprès de son dragon.

C'est ainsi que le *khal* Jhaqo la trouva, lorsqu'une cinquantaine de guerriers montés émergèrent des volutes de fumée.

# ÉPILOGUE

« Je ne suis pas un traître, déclara le chevalier de la Griffonnière. Je suis l'homme du roi Tommen, et le vôtre. »

Un goutte-à-goutte régulier ponctuait ses paroles, la fonte de la neige coulant de sa cape pour étendre une flaque sur le sol. Il avait neigé pratiquement toute la nuit sur Port-Réal ; dehors, les congères montaient à la cheville. Ser Kevan Lannister serra sa cape plus près de lui. « C'est ce que vous dites, ser. Les mots sont du vent.

— Alors, laissez-moi en prouver la vérité avec mon épée. » La lumière des torches transformait les longs cheveux roux et la barbe de Ronnet Connington en halo ardent. « Envoyez-moi contre mon oncle, et je vous rapporterai sa tête, et celle de ce prétendu dragon, par la même occasion. »

Des piquiers Lannister en capes écarlates et demi-heaumes surmontés d'un lion s'alignaient contre le mur ouest de la salle du trône. Des gardes Tyrell en capes vertes leur faisaient face sur le mur opposé. Il régnait dans la salle du trône un froid palpable. Bien que ni la reine Cersei ni la reine Margaery ne se trouvassent parmi eux, on sentait leur présence empoisonner l'atmosphère, comme des spectres à un banquet.

Derrière la table où siégeaient les cinq membres du Conseil restreint du roi, le trône de Fer se tenait ramassé comme un grand fauve noir, ses pointes, ses griffes et ses lames à demi voilées d'ombre. Kevan Lannister percevait dans son dos sa présence, une démangeaison entre ses omoplates. On imaginait aisément le vieux roi Aerys perché là-haut, saignant d'une blessure récente, les couvant d'un regard noir. Mais en ce jour, le trône était vide. Il n'avait pas vu de raison pour que Tommen se joignît à eux. Il était plus charitable que l'enfant se tînt avec sa mère. Les Sept seuls savaient combien de temps la mère et le fils pourraient passer ensemble avant le jugement de Cersei… et son exécution éventuelle.

Mace Tyrell parlait. « Nous nous occuperons de votre oncle et de son enfant prétendu en temps utile. » La nouvelle Main du roi était assise sur un trône en chêne sculpté en forme de main, une absurde coquetterie que Sa Seigneurie avait présentée le jour où ser Kevan avait accepté de lui accorder la charge qu'il guignait. « Vous attendrez ici que nous soyons prêts à nous mettre en marche. Vous aurez alors l'occasion de prouver votre loyauté. »

Ser Kevan n'y vit point d'objection. « Escortez ser Ronnet jusqu'à ses appartements », ordonna-t-il. *Et veillez à ce qu'il y reste* apparut implicite. Si bruyantes que fussent ses protestations, le chevalier de la Griffonnière demeurait suspect. D'après les rumeurs, les mercenaires qui avaient débarqué dans le sud étaient menés par un homme de son propre sang.

Tandis que s'effaçait l'écho des pas de Connington, le Grand Mestre Pycelle branla lourdement du chef. « Son oncle s'est un jour tenu au même endroit que le petit, et il a dit au roi Aerys qu'il lui livrerait le chef de Robert Baratheon. »

*Voilà comment il en va quand un homme devient aussi vieux que Pycelle. Tout ce qu'on voit ou qu'on entend vous rappelle une autre chose vue ou entendue quand vous étiez jeune.* « Combien d'hommes d'armes ont accompagné ser Ronnet en ville ? s'enquit ser Kevan.

— Vingt, répondit lord Randyll Tarly, et la plupart étaient les anciens comparses de Gregor Clegane. Votre neveu Jaime les a donnés à Connington. Pour s'en débarrasser, j'imagine. Ils n'étaient pas à Viergétang depuis une journée que l'un d'eux a tué un homme et qu'un autre était accusé de viol. J'ai dû pendre le premier et castrer le second. S'il ne tenait qu'à moi, je les expédierais tous à la Garde de Nuit, et Connington avec eux. La place de cette racaille est au Mur.

— Un chien tient de son maître, déclara Mace Tyrell. Des manteaux noirs leur siéraient, j'en conviens. Je ne tolérerai pas de tels hommes dans le Guet. » On avait ajouté aux manteaux d'or une centaine de ses hommes de Hautjardin ; cependant, de toute évidence, Sa Seigneurie avait l'intention de résister à toute infusion d'Ouestriens pour équilibrer.

*Plus je lui en donne, et plus il en veut.* Kevan Lannister commençait à comprendre pourquoi Cersei avait conçu tant d'acrimonie à l'encontre des Tyrell. Mais le moment n'était pas venu de provoquer une querelle ouverte. Randyll Tarly et Mace Tyrell avaient tous les deux amené des armées dans Port-Réal, tandis que la meilleure part des forces de la maison Lannister demeurait dans le Conflans, et fondait rapidement. « Les hommes de la Montagne ont toujours été des guerriers, déclara-t-il sur un ton de conciliation, et nous pourrions avoir besoin de toutes les épées face à ces mercenaires. S'il s'agit bel et bien de la Compagnie Dorée, comme les chuchoteurs de Qyburn insistent...

— Appelez-les comme vous voudrez, riposta Randyll Tarly. Ils n'en restent pas moins de vulgaires aventuriers.

— Cela se peut, répondit ser Kevan. Mais plus longtemps nous ignorerons ces aventuriers, plus ils croîtront en force. Nous avons fait préparer une carte, une carte de ces incursions. Grand Mestre ? »

La carte était magnifique, peinte de main de maître sur une page du plus beau vélin, si vaste qu'elle couvrait la table. « Ici. » Pycelle tendit un doigt d'une main parsemée de taches. Quand la manche de ses robes se retroussa, on put voir un repli de chair pâle qui ballottait sous son avant-bras. « Ici et ici. Tout au long de la côte, et sur les îles. Torth, les Degrés de Pierre, même Estremont. Et nous recevons à présent des rapports selon lesquels Connington marche sur Accalmie.

— S'il s'agit bien de Jon Connington, intervint Randyll Tarly.

— Accalmie. » Lord Mace Tyrell maugréa le mot. « Il ne pourra pas s'emparer d'Accalmie. Il en serait incapable, fût-il Aegon le Conquérant. Et s'il y parvenait, eh bien, quoi ? C'est

Stannis qui le détient, pour l'heure. Que le château passe d'un prétendant à l'autre, en quoi cela devrait-il nous troubler ? Je le reconquerrai une fois que l'innocence de ma fille aura été prouvée. »

*Comment pourrais-tu le reconquérir, alors que tu ne l'as jamais conquis ?* « Je comprends, messire, mais... »

Tyrell ne le laissa pas achever. « Ces accusations contre ma fille sont d'ignobles mensonges. Je vous le demande encore, *pourquoi* devons-nous nous prêter à cette farce de baladins ? Faites déclarer ma fille innocente par le roi Tommen, ser, et mettons un terme à ces sottises ici et maintenant. »

*Fais ça, et les chuchotements suivront Margaery tout le reste de sa vie.* « Nul ne doute de l'innocence de votre fille, messire, mentit ser Kevan, mais Sa Sainteté Suprême insiste pour avoir un procès. »

Lord Randyll émit un renâclement de dédain. « Que sommes-nous devenus, pour que rois et grands seigneurs doivent danser au gazouillis de moineaux ?

— Des ennemis nous cernent de toutes parts, lord Tarly, lui rappela ser Kevan. Stannis au nord, des Fer-nés à l'ouest, des épées-louées au sud. Défiez le Grand Septon, et le sang coulera également dans les caniveaux de Port-Réal. Si nous donnons l'impression de contrevenir aux dieux, cela ne servira qu'à pousser les gens pieux dans les bras de l'un ou l'autre de ces soi-disant prétendants. »

Mace Tyrell demeura de marbre. « Une fois que Paxter Redwyne aura balayé des mers les Fer-nés, mes fils reprendront les Boucliers. Les neiges se chargeront de Stannis, sinon Bolton le fera. Quant à Connington...

— Si c'est bien lui, glissa lord Randyll.

— ... quant à Connington, répéta Tyrell, quelles victoires a-t-il remportées, que nous devions le redouter ? Il aurait pu mettre fin à la Rébellion de Robert à Pierremoûtier. Il a échoué. Tout comme la Compagnie Dorée a toujours échoué. Certains pourront courir les rejoindre, certes. Le royaume se porterait mieux, débarrassé de pareils sots. »

Ser Kevan aurait aimé pouvoir partager sa conviction. Il avait connu Jon Connington, vaguement – un orgueilleux jeune homme, le plus obstiné de la troupe de jeunes nobliaux qui s'étaient réunis autour du prince Rhaegar Targaryen, rivalisant pour sa royale faveur. *Arrogant, mais capable et énergique.* Cela et son habileté aux armes étaient les raisons pour lesquelles Aerys, le roi fou, en avait fait sa Main. L'inaction du vieux lord Merryweather avait permis à la rébellion de s'enraciner et de se propager, et Aerys voulait quelqu'un de jeune et de vigoureux, pour contrebalancer la jeunesse et la vigueur de Robert. « Trop tôt, avait jugé lord Tywin quand la nouvelle du choix du roi était parvenue à Castral Roc. Connington est trop jeune, trop hardi, trop avide de gloire. »

La bataille des Cloches avait prouvé la validité de ce jugement. Ser Kevan s'attendait à ce qu'Aerys n'ait ensuite d'autre choix que de faire une fois de plus appel à Tywin... Mais le Roi fou s'était tourné vers les lords Chelsted et Rossart, et il l'avait payé de sa vie et de sa couronne. *Tout cela, cependant, est arrivé il y a si longtemps. S'il s'agit bel et bien de Jon Connington, ce sera un homme différent. Plus âgé, plus dur, plus aguerri... plus dangereux.* « Connington dispose peut-être de ressources plus importantes que la Compagnie Dorée. On raconte qu'il a un prétendant Targaryen.

Un enfant prétendu, voilà ce qu'il a, riposta Randyll Tarly.

— Cela se peut. Ou non. » Kevan Lannister avait été ici, en cette même salle, quand Tywin avait déposé les corps des enfants du prince Rhaegar au pied du trône de Fer, enveloppés dans des capes écarlates. La fillette avait été identifiable comme la princesse Rhaenys, mais le garçon... *Une horreur défigurée d'os, de cervelle et de sang, quelques poignées de cheveux blonds. Aucun d'entre nous n'a longtemps regardé. Tywin a affirmé que c'était le prince Aegon, et nous l'avons cru sur parole.* « Nous recevons des histoires qui nous arrivent d'orient également. Une seconde Targaryen, et une dont nul ne peut disputer le sang. Daenerys Typhon-Née.

— Aussi folle que son père », déclara lord Mace Tyrell.

*Ce père que, si je ne m'abuse, Hautjardin et la maison Tyrell ont soutenu jusqu'à l'extrême fin et au-delà.* « Folle, il se peut, déclara ser Kevan, mais si tant de fumée dérive jusqu'à l'ouest, il doit assurément y avoir quelque feu qui brûle à l'est. »

Le Grand Mestre Pycelle dodelina du chef. « Des dragons. Les mêmes histoires sont parvenues à Villevieille. Trop nombreuses pour qu'on les balaie. Une reine aux cheveux d'argent, avec trois dragons.

— À l'autre bout du monde, contra Mace Tyrell. Reine de la baie des Serfs, certes. Grand bien lui fasse.

— Sur ce point, nous pouvons partager le même avis, reconnut ser Kevan, mais la fille est du sang d'Aegon le Conquérant, et je ne pense pas qu'elle se contentera de rester éternellement à Meereen. Si elle devait atteindre ces côtes et unir ses forces à celles de lord Connington et de son prince, prétendu ou pas… Nous devons détruire Connington et son prétendant *tout de suite*, avant que Daenerys Typhon-Née puisse venir à l'ouest. »

Mace Tyrell croisa les bras. « C'est bien mon intention, ser. *Après* les procès.

— Les mercenaires se battent pour de l'argent, déclara le Grand Mestre Pycelle. Avec suffisamment d'or, nous pourrions convaincre la Compagnie Dorée de nous livrer lord Connington et le prétendant.

— Certes, si nous avions de l'or, répliqua ser Harys Swyft. Hélas, messires, nos coffres ne renferment que rats et cafards. J'ai de nouveau écrit aux banquiers myriens. S'ils acceptent de garantir les dettes de la couronne envers les Braaviens et de nous consentir un nouveau prêt, nous ne serons pas contraints à augmenter les impôts. Sinon…

— On a vu les maîtres de Pentos prêter de l'argent, eux aussi, suggéra ser Kevan. Essayez auprès d'eux. » Les Pentoshis étaient encore moins susceptibles d'aider que les usuriers myriens, mais il fallait faire cet effort. À moins de trouver une nouvelle source d'argent, ou de convaincre la Banque de Fer de se raviser, il n'aurait d'autre choix que de payer les dettes de la couronne avec l'or des Lannister. Il n'osait recourir à un surcroît d'impôts, pas au moment où les rébellions se multipliaient dans les Sept Couronnes. La moitié des seigneurs du royaume, incapables de distinguer taxation et tyrannie, décamperaient en un battement de cœur vers le plus proche usurpateur s'ils pouvaient ainsi économiser un cuivre rogné. « En cas d'échec, vous risquez bien de devoir aller à Braavos, pour traiter en personne avec la Banque de Fer. »

Ser Harys frémit. « Vraiment ?

— Vous êtes trésorier, après tout, mentionna sèchement lord Randyll.

— En effet. » La houppette de poil blanc au bout du menton de Swyft tremblota d'indignation. « Dois-je vous rappeler, messire, que ces troubles ne sont point de mon fait ? Et nous n'avons pas tous eu l'occasion de remplir nos coffres avec le sac de Viergétang et de Peyredragon.

— Je ne goûte point vos sous-entendus, Swyft, répliqua Mace Tyrell, hargneux. On n'a découvert aucune fortune à Peyredragon, je vous le garantis. Les hommes de mon fils ont retourné chaque pouce de cette île sinistre et humide sans dénicher un seul joyau ni une miette d'or. Pas plus que de trace de cette légendaire cache d'œufs de dragon. »

Kevan Lannister avait vu Peyredragon de ses yeux. Il doutait beaucoup que Loras Tyrell eût fouillé chaque pouce de l'antique forteresse. Les Valyriens l'avaient édifiée, après tout, et tous leurs ouvrages puaient la sorcellerie. Quant à ser Loras, il était jeune et enclin à tous les jugements précipités de la jeunesse ; d'ailleurs, il avait été grièvement blessé durant la prise du château. Mais rappeler à Tyrell que son fils préféré n'était pas infaillible ne serait pas de bonne politique. « S'il y avait des richesses sur Peyredragon, Stannis les aurait exhumées, déclara-t-il. Passons, messires. Nous avons deux reines à juger pour haute trahison, vous vous en souvenez peut-être. Ma nièce a choisi le jugement par combat, m'informe-t-elle. Ser Robert Fort sera son champion.

— Le géant silencieux. » Lord Randyll fit la grimace. « Dites-moi, ser, d'où sort cet homme ? voulut savoir Mace Tyrell. Pourquoi n'avions-nous jamais entendu son nom ? Il ne parle pas, il refuse de montrer son visage, jamais on ne le rencontre sans son armure. Avons-nous seulement la certitude qu'il est chevalier ? »

*Nous ne savons même pas s'il est vivant.* Meryn Trant prétendait que Fort ne prenait ni nourriture ni boisson et Boros Blount n'hésitait pas à affirmer qu'il n'avait jamais vu l'homme user du cabinet d'aisances. *Pourquoi le devrait-il ? Les morts ne chient point.* Kevan Lannister avait de puissants soupçons quant à l'identité réelle de ce ser Robert au-dessous de sa brillante armure blanche. Un soupçon que Mace Tyrell et Randyll Tarly partageaient sans doute. Quel que fût le visage caché sous le heaume de Fort, il devrait demeurer caché pour le moment. Le géant silencieux était le seul espoir de sa nièce. *Et prions pour qu'il soit aussi formidable qu'il le paraît.*

Mais Mace Tyrell semblait incapable de voir au-delà de la menace qui visait sa propre fille. « Sa Grâce a nommé ser Robert dans la Garde Royale, lui rappela ser Kevan, et Qyburn se porte également garant pour l'homme. Quoi qu'il en soit, nous avons besoin que ser Robert triomphe, messires. Si ma nièce est reconnue coupable de toutes ces trahisons, la légitimité de ses enfants sera remise en question. Si Tommen cesse d'être roi, Margaery cessera d'être reine. » Il laissa Tyrell ruminer un instant cette pensée. « Quoi qu'ait pu faire Cersei par ailleurs, elle demeure une fille du Roc, de mon propre sang. Je ne la laisserai pas connaître la mort des traîtres, mais j'ai pris soin de lui retirer ses crochets. Tous ses gardes ont été renvoyés et remplacés par mes propres hommes. En lieu de ses anciennes dames de compagnie, elle sera désormais servie par une septa et trois novices sélectionnées par le Grand Septon. Elle ne doit plus avoir voix au chapitre en ce qui concerne le gouvernement du royaume, ni l'éducation de Tommen. J'ai l'intention de la restituer à Castral Roc après le procès et de veiller à ce qu'elle y demeure. Que cela suffise. »

Il garda le reste pour lui. Cersei était désormais entachée, son pouvoir rendu à son terme. Du mitron au mendiant, la ville avait assisté à sa honte et, de la traînée au tanneur, de Culpucier l'Anse-Pissat, tous avaient contemplé sa nudité, leurs yeux avides s'attardant sur ses seins, son ventre et ses parties intimes. Aucune reine ne pouvait espérer régner de nouveau, après cela. Vêtue d'or, de soie et d'émeraudes, Cersei avait été une reine, avec les déesses pour seules rivales ; nue, elle n'était plus qu'humaine, une femme qui avançait en âge, avec des vergetures sur le ventre, et des seins qui avaient commencé à s'affaisser... comme les commères dans la foule s'étaient complu à le signaler à leurs époux et amants. *Mieux vaut vivre humiliée que de mourir fière*, se dit ser Kevan. « Ma nièce ne causera plus de tracas, promit-il à Mace Tyrell. Vous avez ma parole là-dessus, messire. »

Tyrell opina de mauvais gré. « Comme vous dites. Ma Margaery préfère se voir juger par la Foi, afin que le royaume tout entier puisse porter témoignage de son innocence. »

*Si ta fille est aussi innocente que tu voudrais nous le faire accroire, pourquoi insistes-tu sur la présence de ton armée quand elle affrontera ses accusateurs ?* aurait pu interroger ser Kevan. « Bientôt, j'espère, se borna-t-il à commenter, avant de se tourner vers Pycelle. Y a-t-il autre chose ? »

Le Grand Mestre consulta ses papiers. « Nous devrions traiter de l'héritage Rosby. Six revendications ont déjà été déposées...

— Nous pourrons régler Rosby ultérieurement. Quoi d'autre ?

— Les arrangements à prendre pour la princesse Myrcella.

— Voilà ce qu'il arrive quand on traite avec les Dorniens, commenta Mace Tyrell. Il devrait être possible de trouver meilleur parti pour la donzelle ? »

*Ton propre fils, Willas, pas exemple ? Elle, défigurée par un Dornien, lui, estropié par un autre ?* « Sans doute, répondit ser Kevan, mais nous avons assez d'ennemis pour ne point offenser Dorne. Si Doran Martell devait unir ses forces à celles de Connington pour soutenir ce dragon prétendu, les choses pourraient très mal tourner pour nous tous.

— Peut-être pourrions-nous convaincre nos amis dorniens de se charger de lord Connington, proposa ser Harys Swyft avec un gloussement horripilant. Cela nous épargnerait bien du sang et des problèmes.

— Certes », commenta ser Kevan avec lassitude. Il était temps d'en finir avec tout cela. « Merci, messires. Retrouvons-nous dans cinq jours. Après le procès de Cersei.

— Qu'il en soit ainsi. Puisse le Guerrier prêter de la force aux bras de ser Robert. » Les mots étaient dits avec mauvaise grâce, et l'inclinaison du menton que Mace Tyrell adressa au lord Régent constituait la plus minimale des courbettes. Mais c'était quelque chose et, de cela au moins, ser Kevan Lannister s'estimait heureux.

Randyll Tarly quitta la salle avec son suzerain, leurs piquiers en cape verte immédiatement sur leurs talons. *Le véritable danger vient de Tarly*, jugea ser Kevan en observant leur départ. *Un homme étroit, mais il a une volonté de fer et de la ruse ; un des meilleurs soldats dont puisse s'enorgueillir le Conflans. Mais comment le gagner à notre camp ?*

« Lord Tyrell ne m'aime point, déclara le Grand Mestre Pycelle d'une voix lugubre quand la Main fût partie. Cette question du thé de lune… Je n'aurais jamais abordé un tel sujet, mais la Reine douairière me l'a ordonné ! N'en déplaise au lord Régent, je dormirais plus profondément si vous pouviez me prêter quelques-uns de vos gardes.

— Lord Tyrell pourrait prendre cela en mauvaise part. »

Ser Harys Swyft tira sur sa barbiche. « J'ai grand besoin de gardes moi-même. Les temps sont périlleux. »

*Certes*, songea Kevan Lannister, *et Pycelle n'est pas le seul membre du conseil que notre Main souhaiterait remplacer.* Mace Tyrell avait son propre candidat à la charge de lord Trésorier : son oncle, le lord Sénéchal de Hautjardin, que les hommes appelaient Garth la Brute. *Voilà bien la dernière chose dont j'ai besoin : un autre Tyrell au Conseil restreint.* Il était déjà en minorité. Ser Harys était le père de son épouse, et l'on pouvait également compter sur Pycelle. Mais Tarly était lige de Hautjardin, de même que l'était Paxter Redwyne, lord Amiral et maître de la flotte, contournant à l'heure actuelle Dorne avec sa flotte pour se charger des Fer-nés d'Euron Greyjoy. Une fois que Redwyne rentrerait à Port-Réal, le conseil serait divisé trois contre trois, Lannister et Tyrell.

La septième voix serait celle de la Dornienne qui escortait à présent Myrcella chez elle. *La dame Nym. Mais en rien une dame, si la moitié seulement de ce que rapporte Qyburn s'avère.* Fille bâtarde de la Vipère rouge, presque aussi tristement célèbre que son père, et bien décidée à revendiquer le siège au conseil que le prince Oberyn lui-même avait si brièvement occupé. Ser Kevan n'avait pas encore jugé politique d'informer Mace Tyrell de son arrivée. La Main, il le savait, ne s'en réjouirait pas. *L'homme qu'il nous faut, c'est Littlefinger. Petyr Baelish avait un don pour sortir des dragons du néant.*

« Engagez les hommes de la Montagne, suggéra ser Kevan. Ronnet le Rouge n'en aura plus l'emploi. » Il ne croyait pas que Mace Tyrell aurait la maladresse de tenter d'assassiner Pycelle ou Swyft, mais si des gardes pouvaient les tranquilliser, qu'ils en prennent donc.

Les trois hommes sortirent ensemble de la salle du trône. Dehors, la neige tourbillonnait dans la cour extérieure, un fauve en cage qui hurlait en cherchant à se libérer. « Avez-vous jamais connu pareil froid ? demanda ser Harys.

— Le meilleur moment pour parler du froid, rétorqua le Grand Mestre Pycelle, n'est pas celui où nous y sommes plongés. » Il traversa lentement la cour pour regagner ses appartements.

Les autres s'attardèrent un instant sur le parvis de la salle du Trône. « Je ne place aucune confiance en ces banquiers myriens, confia ser Kevan à son beau-père. Vous feriez bien de vous préparer à aller à Braavos. »

Ser Harys ne parut pas enchanté par cette perspective. « S'il le faut. Mais je vous le répète, ces tracas ne sont point de mon fait.

— Non. C'est Cersei qui a décidé que la Banque de Fer devrait attendre son dû. Faut-il que je l'envoie à Braavos ? »

Ser Harys cligna les yeux. « Sa Grâce... qui... que... »

Ser Kevan vint à son secours. « C'était une plaisanterie. Une mauvaise plaisanterie. Allez retrouver un bon feu. Je compte bien faire de même. » Il enfila sèchement ses gants et s'en fut à travers la cour, courbé contre le vent, tandis que sa cape claquait et dansait derrière lui.

La douve sèche qui encerclait la citadelle de Maegor avait trois pieds de profondeur, les piques en fer qui la bordaient scintillaient de givre. La seule façon d'entrer ou de sortir de Maegor était d'emprunter le pont-levis qui enjambait ce fossé. Un chevalier de la Garde Royale était posté en permanence à son autre extrémité. Ce soir, cette corvée avait échu à ser Meryn Trant. Avec Balon Swann qui traquait à Dorne Sombre astre, le chevalier félon, Loras Tyrell gravement blessé sur Peyredragon, et Jaime disparu dans le Conflans, ne subsistaient plus à Port-Réal que quatre des Épées blanches, et ser Kevan avait jeté Osmund Potaunoir (et son frère Osfryd) au cachot quelques heures après que Cersei eut confessé avoir eu les deux hommes pour amants. Cela ne laissait plus, pour protéger le jeune roi et la famille royale, que Trant, le peu valeureux Boros Blount et le monstre silencieux de Qyburn, Robert Fort.

*J'aurai besoin de trouver de nouvelles épées pour la Garde Royale.* Tommen devrait avoir sept bons chevaliers autour de lui. Dans le passé, on servait à vie dans la Garde Royale, mais cela n'avait pas empêché Joffrey de renvoyer ser Barristan Selmy pour faire une place à son chien, Sandor Clegane. Kevan pourrait mettre ce précédent à profit. *Si j'installais Lancel dans les manteaux blancs ?* se demanda-t-il. *Il y a plus d'honneur dans cette charge qu'il n'en trouvera jamais chez les Fils du Guerrier.*

Kevan Lannister suspendit sa cape trempée de neige à l'intérieur de sa salle privée, retira ses bottes et ordonna à son serviteur d'aller chercher plus de bois pour son feu. « Une coupe de vin chaud ne me déplairait pas, déclara-t-il en prenant place devant l'âtre. Occupe-t'en. »

Le feu ne tarda pas à le dégeler, et le vin lui réchauffa agréablement le ventre. Il le rendit également somnolent, aussi ne se hasarda-t-il pas à en boire une deuxième coupe. Il avait des rapports à lire, des lettres à rédiger. *Et un souper avec Cersei et le roi.* Sa nièce avait fait preuve de retenue et de docilité depuis sa marche de pénitence, les dieux en soient loués. Les novices à son service rapportaient qu'elle passait un tiers de ses heures de veille avec son fils, un autre en prières, et le reste dans sa baignoire. Elle se baignait quatre ou cinq fois par jour, se frictionnant avec des brosses en crin de cheval et un puissant savon noir, comme si elle avait l'intention de se racler la peau.

*Jamais elle ne lavera cette tache, malgré toute son énergie à frotter.* Kevan se souvint de l'enfant qu'elle avait été, si pleine de vie et de malice. Et lorsqu'elle avait fleuri, ahhh… y avait-il jamais eu pucelle plus accorte à regarder ? *Si Aerys avait accepté de la marier à Rhaegar, combien de morts auraient pu être évitées ?* Cersei aurait pu donner au prince les fils qu'il désirait, des lions aux yeux mauves et aux crinières d'argent… et, avec une telle épouse, Rhaegar aurait bien pu ne pas accorder plus d'un coup d'œil à Lyanna Stark. La Nordienne avait une beauté sauvage, dans son souvenir, mais, aussi fort que flambât une torche, jamais elle ne pourrait rivaliser avec le soleil levant.

Point ne servait de ressasser les batailles perdues et les routes qu'on n'avait point suivies, toutefois. C'était un vice de vieillards épuisés. Rhaegar avait épousé Elia de Dorne, Lyanna Stark était morte, Robert Baratheon avait pris Cersei pour épouse, et ils en étaient là. Et ce soir, sa propre route le conduirait dans les appartements de sa nièce, face à face avec Cersei.

*Je n'ai aucune raison de me sentir coupable*, se répéta ser Kevan. *Tywin le comprendrait, assurément. C'est sa fille qui a jeté l'opprobre sur notre nom, et point moi. Ce que j'ai fait, je l'ai fait pour le bien de la maison Lannister.*

Ce n'était pas comme si son frère n'avait jamais agi de même. Dans les dernières années de leur père, après le décès de leur mère, leur géniteur avait pris pour maîtresse l'accorte fille d'un fabricant de chandelles. Qu'un lord veuf s'attachât une roturière pour chaufferette n'était pas chose inouïe... mais lord Tytos ne tarda pas à faire siéger la fille avec lui dans la grande salle, la couvrant de présents et d'honneurs, allant jusqu'à lui demander son avis sur les affaires d'État. En moins d'un an, elle renvoyait les domestiques, donnait des ordres aux chevaliers de sa maison, et parlait même pour Sa Seigneurie quand son époux était indisposé. Elle acquit tant d'influence qu'on répétait dans Port-Lannis que tout homme qui souhaitait faire entendre sa requête devait s'agenouiller devant elle et parler fort dans son giron... car l'oreille de Tytos Lannister se situait entre les cuisses de sa dame. Elle avait même pris coutume de porter les joyaux de leur mère.

En fait, jusqu'au jour où le cœur du seigneur leur père avait éclaté dans sa poitrine alors qu'il gravissait une volée de marches escarpées montant au lit de la garce. Tous les arrivistes qui s'étaient déclarés amis de celle-ci et avaient cultivé sa faveur la désertèrent bien vite lorsque Tywin la fit mettre nue et promener à travers Port-Lannis jusqu'aux quais, comme une vulgaire putain. Bien qu'aucun homme n'eût posé la main sur elle, cette promenade avait signé la fin de son pouvoir. Assurément, Tywin n'aurait jamais rêvé que le même sort attendît sa propre fille dorée.

« Il le fallait », murmura ser Kevan face à son restant de vin. Il fallait apaiser Sa Sainteté Suprême. Tommen aurait besoin d'avoir la Foi derrière lui dans les batailles à venir. Et Cersei… l'enfant dorée en grandissant était devenue une femme coquette, sotte et cupide. Laissée au pouvoir, elle aurait provoqué la ruine de Tommen, comme elle l'avait fait de Joffrey.

Dehors, le vent montait, griffant les volets de la pièce. Ser Kevan se remit debout. Il était l'heure d'affronter la lionne dans son antre. *Nous lui avons coupé les griffes. Jaime, toutefois…* Mais non, il n'allait pas y songer.

Il revêtit un vieux pourpoint souvent porté, au cas où sa nièce serait d'humeur à lui jeter encore une coupe de vin à la face, mais il laissa son baudrier suspendu au dossier de son siège. Seuls les chevaliers de la Garde Royale étaient autorisés à arborer l'épée en présence de Tommen.

Ser Boros Blount était de service auprès de l'enfant roi et de sa mère quand ser Kevan entra dans les appartements royaux. Blount avait revêtu de l'écaille émaillée, le manteau blanc et un demi-heaume. Il n'avait pas bonne mine. Dernièrement, Boros avait pris une lourdeur notable au niveau du visage et du ventre, et son teint n'était pas d'une couleur saine. Et il s'appuyait contre le mur derrière lui, comme si la station debout représentait désormais un trop grand effort pour lui.

Le repas fut servi par trois novices, des jeunes filles très propres, bien nées, dont les âges s'étageaient entre douze et seize ans. Dans leurs robes de douce laine blanche, chacune paraissait plus innocente et étrangère au monde que la précédente, et cependant le Grand Septon avait insisté pour qu'aucune ne passât plus de sept jours au service de la reine, de crainte que Cersei ne les corrompît. Elles s'occupaient de la garde-robe de la reine, coulaient son bain, versaient son vin, changeaient ses draps au matin. L'une d'elle partageait chaque nuit la couche de la reine, afin de garantir qu'elle n'avait pas d'autre compagnie ; les deux autres dormaient dans la chambre qui jouxtait, tandis que la septa veillait sur elles.

Un grand échalas, une fille au visage piqué de vérole lui fit escorte pour aller en présence du roi. Cersei se leva à son entrée, et lui donna un léger baiser sur la joue. « Cher oncle, c'est tellement aimable de votre part de souper avec nous. » La reine était vêtue avec une décence de matrone, d'une robe brun sombre boutonnée jusqu'à la gorge et d'une coule verte dont le capuchon cachait son crâne rasé. *Avant sa marche, elle aurait arboré sa calvitie sous une couronne d'or.* « Venez, asseyez-vous, le pria-t-elle. Voulez-vous du vin ?

— Une coupe. » Il s'assit, encore aux aguets.

Une novice couverte de taches de rousseur remplit leurs coupes de vin chaud aromatisé. « Tommen me disait que lord Tyrell a l'intention de rebâtir la tour de la Main », fit remarquer Cersei.

Ser Kevan opina. « La nouvelle tour sera deux fois plus haute que celle que vous avez incendiée », dit-il.

Cersei partit d'un rire de gorge. « De longues piques, de hautes tours... lord Tyrell essaierait-il de suggérer quelque chose ? »

La réflexion le fit sourire. *C'est bien qu'elle n'ait pas oublié comment l'on rit.* Quand il demanda si elle avait tout ce dont elle avait besoin, la reine répondit : « Je suis bien servie. Les filles sont aimables, et les bonnes septas s'assurent que je dis mes prières. Mais une fois que mon innocence sera prouvée, je serai fort aise que Taena Merryweather revienne à mon service. Elle pourrait amener son fils à la cour. Tommen a besoin de voir d'autres garçons, des amis de noble naissance. »

C'était une modeste requête. Ser Kevan ne vit pas de raison pour ne pas la lui accorder. Il pourrait recueillir lui-même le jeune Merryweather tandis que lady Taena accompagnait Cersei pour son retour à Castral Roc. « Je la ferai quérir après le procès », promit-il.

Le souper débuta par une soupe de bœuf et d'orge, suivie de cailles et d'un brochet rôti de presque trois pieds de long, avec des navets, des champignons et beaucoup de pain chaud et de beurre. Ser Boros goûtait chaque plat qu'on posait devant le roi. Un devoir humiliant pour un chevalier de la Garde Royale, mais peut-être le seul dont fût capable Blount, ces temps-ci... et une sage précaution, après la façon dont avait péri le frère de Tommen.

Le roi semblait plus heureux que Kevan Lannister ne l'avait vu depuis longtemps. De la soupe au dessert, Tommen gazouilla sur les exploits de ses chatons, tout en les nourrissant de bribes de brochet prises à sa royale assiette. « Le vilain chat était devant ma fenêtre, la nuit dernière, informa-t-il Kevan, à un moment donné, mais ser Bondissant a craché de colère et il s'est enfui par les toits.

— Le vilain chat ? » reprit ser Kevan, amusé. *Quel gentil petit garçon.*

« Un vieux matou tout noir avec une oreille en moins, lui expliqua Cersei. Une créature crasseuse, et de méchante humeur. Il a un jour griffé la main de Joffrey. » Elle se rembrunit. « Les chats limitent la population de rats, je sais, mais celui-là… On dit qu'il a attaqué des corbeaux dans la roukerie.

— Je demanderai aux piégeurs de disposer une ratière à son intention. » Ser Kevan ne se souvenait pas d'avoir jamais vu sa nièce si calme, si discrète, si modeste. C'était une excellente chose, supposait-il. Mais cela l'attristait, également. *Sa flamme est mouchée, elle qui flambait avec tant d'éclat.* « Vous n'avez point demandé de nouvelles de votre frère », nota-t-il tandis qu'ils attendaient les choux à la crème. Le roi avait un faible pour les choux à la crème.

Cersei leva le menton, ses yeux verts brillant à la clarté des chandelles. « Jaime ? En avez-vous reçu ?

— Aucune. Cersei, vous devez peut-être vous préparer à…

— S'il était mort, je le saurais. Nous sommes venus au monde ensemble, mon oncle. Il ne partirait pas sans moi. » Elle but du vin. « Tyrion peut partir quand il lui plaira. Vous n'avez eu aucune nouvelle de lui non plus, je suppose.

— Personne n'a cherché à nous vendre un chef de nain, dernièrement, non. »

Elle hocha la tête. « Mon oncle, puis-je vous poser une question ?

— Tout ce que vous voudrez.

— Votre épouse… Avez-vous l'intention de la faire venir à la cour ?

— Non. » Dorna était un être doux, jamais à son aise ailleurs que chez elle, avec des amis et de la famille autour d'elle. Elle s'était bien occupée de ses enfants, rêvait d'avoir des petits-enfants, priait sept fois par jour, adorait la broderie et les fleurs.

À Port-Réal, elle serait aussi heureuse qu'un des chatons de Tommen dans une fosse de vipères. « La dame mon épouse n'aime point voyager. Elle se trouve bien à Port-Lannis.

— Sage la femme qui connaît sa place. »

La remarque ne lui plut guère. « Précisez ce que vous entendez par là.

— Il me semblait l'avoir fait. » Cersei tendit sa coupe. La fille aux taches de rousseur la remplit à nouveau. Les choux à la crème firent leur apparition à ce moment-là, et la conversation prit un tour plus léger. Ce fut seulement lorsque Tommen et ses chatons partirent pour la chambre à coucher royale, escortés par ser Boros, que leurs discussions s'orientèrent vers le procès de la reine.

« Les frères d'Osney ne resteront pas oisifs à le regarder mourir, le mit en garde Cersei.

— Je ne m'attendais pas à ce qu'ils le fassent. Je les ai fait tous deux arrêter. »

Elle parut décontenancée. « Pour quel crime ?

— Fornication avec une reine. Sa Sainteté Suprême dit que vous aviez confessé avoir couché avec les deux – l'auriez-vous oublié ? »

Elle rougit. « Non. Qu'allez-vous faire d'eux ?

— Le Mur, s'ils reconnaissent leur faute. S'ils nient, qu'ils affrontent ser Robert. De tels hommes n'auraient jamais dû accéder à un rang aussi haut. »

Cersei baissa la tête. « Je... je les ai mal jugés.

— Vous avez mal jugé bien des hommes, à ce qu'il semble. »

Il aurait pu en dire davantage, mais la brune novice aux joues rondes revint annoncer : « Messire, madame, pardonnez mon intrusion, mais il y a un jeune garçon en bas. Le Grand Mestre Pycelle sollicite la faveur de la présence du lord Régent, à l'instant. »

*Noires ailes, noires nouvelles,* fut la première pensée de ser Kevan. *Accalmie serait-elle tombée ? Ou s'agirait-il de nouvelles de Bolton, dans le Nord ?*

« Ce pourraient être des nouvelles de Jaime », aventura la reine.

Il n'y avait qu'une seule façon de le savoir. Ser Kevan se leva. « Je vous prie de m'excuser. » Avant de prendre congé, il mit un genou en terre et baisa la main de sa nièce. Si son géant silencieux échouait, ce serait peut-être le dernier baiser qu'elle connaîtrait jamais.

Le messager était un gamin de huit ou neuf ans, tellement emmitouflé dans des fourrures qu'il semblait un ourson. Trant l'avait fait attendre sur le pont-levis plutôt que de l'admettre à l'intérieur de Maegor. « Va retrouver un feu, petit, lui conseilla ser Kevan en lui glissant un sou dans la main. Je connais fort bien le chemin de la roukerie. »

La neige avait enfin cessé de tomber. Derrière un voile de nuages en lambeaux, flottait une pleine lune dodue et blanche comme une boule de neige. Les étoiles brillaient, froides et lointaines. Tandis que ser Kevan traversait la cour intérieure, le château lui parut un lieu étranger, où des crocs de glace avaient poussé à chaque donjon et à chaque tour, et où tous les chemins familiers avaient disparu sous une couverture blanche. Une fois, un glaçon long comme une pique tomba pour se briser à ses pieds. *L'automne à Port-Réal*, songea-t-il, morose. *À quoi les choses peuvent-elles bien ressembler, sur le Mur ?*

La porte fut ouverte par une domestique, une créature maigrichonne dans une robe bordée de fourrure, beaucoup trop large pour elle. Ser Kevan tapa des bottes pour décrocher la neige, retira sa cape et la lui jeta. « Le grand Mestre m'attend », annonça-t-il. La fillette hocha la tête, solennelle et silencieuse, et montra du doigt les marches.

Les appartements de Pycelle se situaient au-dessous de la roukerie, une spacieuse enfilade de pièces encombrées de râteliers de simples, de baumes et de potions, et d'étagères chargées de livres et de rouleaux. Ser Kevan les avait toujours trouvées d'une chaleur inconfortable. Pas ce soir. Une fois franchie la porte de l'appartement, le froid était tangible. De la cendre noire et des braises expirantes, voilà tout ce qu'il subsistait du feu dans l'âtre. Quelques chandelles vacillantes projetaient çà et là des flaques de lumière pâle.

Le reste était enveloppé d'ombre... sauf sous la fenêtre ouverte, où une gerbe de cristaux de glace scintillait au clair de lune, tournant dans le vent. Sur le siège de la fenêtre, un corbeau s'attardait, pâle, gros, ses plumes ébouriffées. C'était le plus gros corbeau qu'ait jamais vu Kevan Lannister. Plus grand que n'importe quel faucon de chasse de Castral Roc, plus imposant que le plus énorme hibou. Des volutes de neige dansaient autour de lui, et la lune le peignait d'argent.

*Pas d'argent. De blanc. L'oiseau est blanc.*

Les corbeaux blancs de la Citadelle ne transportaient pas de messages, au contraire de leurs cousins sombres. Quand ils sortaient de Villevieille, c'était dans un seul but : annoncer un changement de saison.

« L'hiver », murmura ser Kevan. Le mot forma dans l'air un brouillard blanc. Le chevalier se détourna de la fenêtre.

Puis quelque chose lui percuta la poitrine, entre les côtes, avec la dureté d'un poing de géant. L'air chassé de ses poumons, il partit en arrière, chancelant. Le corbeau blanc prit son essor, lui giflant la face de ses ailes pâles. Ser Kevan s'assit, moitié choix, moitié chute, sur le siège de la fenêtre. *Qu'est-ce que... Qui...* Un vireton s'était planté presque jusqu'à l'empennage dans sa poitrine. *Non. Non, c'est de cette façon qu'est mort mon frère.* Le sang affleurait autour de la hampe. « Pycelle, marmotta-t-il, désemparé. Aidez-moi... Je... »

Et là, il vit. Le Grand Mestre Pycelle était assis à sa table, sa tête posée sur l'oreiller du grand grimoire relié de cuir devant lui. *Il dort*, songea Kevan... jusqu'à ce qu'il clignât les yeux et vît la profonde entaille rouge dans le crâne tavelé du vieillard, et le sang en flaque autour de sa tête, maculant les pages de son livre. Tout autour de sa chandelle apparaissaient des fragments d'os et de cervelle, des îlots dans un lac de cire fondue.

*Il voulait des gardes*, se rappela ser Kevan. *J'aurais dû lui envoyer des gardes.* Cersei avait-elle eu raison depuis le début ? Était-ce l'œuvre de son neveu ? « Tyrion ? appela-t-il. Où... ? »

« — Loin d'ici », répondit une voix à demi familière.

Il se tenait dans une mare d'ombre près d'une bibliothèque, dodu, le visage pâle, les épaules arrondies, serrant une arbalète dans de douces mains poudrées. Des sandales de soie lui enveloppaient les pieds.

« Varys ? »

L'eunuque déposa l'arbalète. « Ser Kevan. Pardonnez-moi si vous le pouvez. Je n'ai pour vous aucune antipathie. Je n'ai pas agi par malveillance. C'était pour le royaume. Pour les enfants. »

*J'ai des enfants. J'ai une épouse. Oh, Dorna.* La douleur l'envahit. Il ferma les paupières, les rouvrit. « Il y a… il y a des centaines de gardes Lannister dans ce château.

— Mais aucun dans cette pièce, fort heureusement. Ceci me désole, messire. Vous ne méritez pas de mourir seul par une nuit si sombre et si froide. Il y en a beaucoup comme vous, de braves hommes au service de mauvaises causes… mais vous menaciez de défaire tout le bel ouvrage de la reine, de réconcilier Hautjardin et Castral Roc, de lier la Foi à votre petit roi, d'unir les Sept Couronnes sous l'égide de Tommen. Aussi… »

Une rafale de vent souffla. Ser Kevan fut secoué d'un violent frisson.

« Vous avez froid, messire ? s'enquit Varys. Pardonnez-moi. Le Grand Mestre Pycelle s'est souillé en mourant et la puanteur était tellement abominable que j'ai cru m'asphyxier. »

Ser Kevan essaya de se lever, mais ses forces l'avaient déserté. Il ne sentait plus ses jambes.

« J'ai jugé approprié d'user d'une arbalète. Vous avez tant partagé avec lord Tywin, pourquoi pas cela, aussi ? Votre nièce pensera que les Tyrell vous ont fait assassiner, peut-être de connivence avec le Lutin. Les Tyrell la soupçonneront, elle. Quelqu'un, quelque part, trouvera moyen d'accuser les Dorniens. Le doute, la division et la méfiance vont ronger le sol sous votre enfant roi, tandis qu'Aegon brandit sa bannière sur Accalmie, et que les seigneurs du royaume s'assemblent autour de lui.

— Aegon ? » Pendant un instant, il ne comprit pas. Puis il se souvint. Un bébé emmailloté dans une cape écarlate, le tissu imprégné de son sang et de sa cervelle. « Mort. Il est mort.

— Non. » L'eunuque semblait parler d'une voix plus grave. « Il est ici. Aegon est modelé pour régner depuis qu'il sait marcher. On l'a formé aux armes, ainsi qu'il convient à un futur chevalier, mais son éducation ne s'est pas arrêtée là. Il sait lire et écrire, il parle plusieurs langues, il a étudié l'histoire, le droit et la poésie. Une septa l'a instruit dans les mystères de la Foi depuis qu'il est en âge de les comprendre. Il a vécu avec des pêcheurs, travaillé de ses mains, traversé des fleuves à la nage, reprisé des filets et appris à laver ses propres vêtements, au besoin. Il sait pêcher, cuisiner, panser une blessure, il sait ce que c'est que d'avoir faim, d'être traqué, d'avoir peur. On a appris à Tommen que la royauté était son droit. Aegon sait que la royauté est son devoir, qu'un roi doit faire passer son peuple d'abord, et vivre et régner pour lui. »

Kevan Lannister essaya de crier... d'appeler ses gardes, son épouse, son frère... mais les mots ne voulaient pas venir. De sa bouche coula une bave de sang. Il tressaillit violemment.

« Je suis désolé. » Varys se tordit les mains. « Vous souffrez, je le sais, et pourtant je reste là, à bavarder comme une vieille femme sotte. Il est temps d'en finir. » L'eunuque avança les lèvres et siffla doucement.

Ser Kevan était froid comme la glace, et chaque inspiration laborieuse lui plantait une nouvelle lame de douleur dans le corps. Il perçut un mouvement, entendit le doux frottement de pieds chaussés de sandales contre la pierre. Un enfant émergea d'une mare de ténèbres, un garçonnet pâle dans une robe en loques, pas plus de neuf ou dix ans. Un autre se leva derrière le siège du Grand Mestre. La fille qui lui avait ouvert la porte était là, elle aussi. Ils l'entouraient tous, une demi-douzaine d'enfants aux visages blafards et aux yeux obscurs, garçons et filles mêlés.

Et dans leurs mains, les poignards.

# REMERCIEMENTS

Ce dernier volume a été l'enfer. Trois enfers et une belle saleté. Encore une fois, mes remerciements vont à mes directeurs littéraires et mes éditeurs, dans leur longue épreuve : à Jane Johnson et Joy Chamberlain chez Voyager, et à Scott Shannon, Nita Taublib et Anne Groell chez Bantam. Leur compréhension, leur bonne humeur et leurs conseils avisés m'ont aidé durant les moments difficiles, et je ne cesserai jamais d'être reconnaissant de leur patience.

Merci également à mes agents, tout aussi patients et encourageants, Chris Lotts, Vince Gerardis, la fabuleuse Kay McCauley et feu Ralph Vicinanza. Ralph, j'aimerais que tu sois là pour partager ce moment.

Et merci à Stephen Boucher, l'Australien errant qui aide à préserver la fluidité et les ronronnements de mon ordinateur chaque fois qu'il fait halte à Santa Fe pour un petit déjeuner burrito (Noël), accompagné de bacon au jalapeño.

Pour en revenir ici, en première ligne, je dois aussi remercier mes chers amis Melinda Snodgrass et Daniel Abraham pour leurs encouragements et leur soutien, à Pati Nagle, ma webmestre qui entretient mon petit coin d'Internet, et à l'épatante Raya Golden, pour les repas, les peintures et la bonne humeur sans faille qui ont aidé à illuminer même les journées les plus sombres, à Terrapin Station. Même si elle a bel et bien tenté de me chouraver mon chat.

Si j'ai pris longtemps pour exécuter cette danse avec les dragons, elle aurait sans doute exigé deux fois plus de temps sans l'assistance de mon fidèle (et acerbe) acolyte et compagnon de voyage à l'occasion, Ty Franck, qui soigne mon ordinateur lorsque Stephen n'est pas là, repousse les hordes virtuelles affamées à mes portes, effectue mes courses, classe mes documents, prépare le café, déchire grave et compte dix mille dollars pour changer une ampoule électrique – tout en écrivant le mercredi des bouquins bien à lui, qui tapent fort.

Et en dernier lieu, mais non le moindre, tout mon amour et ma gratitude vont à ma femme, Parris, qui a dansé chaque pas de tout ceci à mes côtés. Je t'aime, Phipps.

George R.R. Martin
13 mai 2011

Le traducteur et l'éditeur remercient chaleureusement les membres La Garde de Nuit (www.lagardedenuit.com), site francophone des fans du *Trône de Fer*, pour leur aide précieuse et leur relecture attentive.

Composition et mise en page

NORD COMPO
m u l t i m é d i a


CET OUVRAGE
A ÉTÉ ACHEVÉ D'IMPRIMER
SUR CAMERON
PAR L'IMPRIMERIE NIIAG
À BERGAME (ITALIE)
EN DÉCEMBRE 2012


N° d'édition : L.01EUCN000469.N001
Dépôt légal : janvier 2013